风华无双

上

幕雪 著

重庆出版集团 重庆出版社

图书在版编目(CIP)数据

凤华无双/幕雪著. —重庆：重庆出版社，2015.6
ISBN 978-7-229-09434-8

Ⅰ.①凤…　Ⅱ.①幕…　Ⅲ.①长篇小说—中国—当代
Ⅳ.①I247.5

中国版本图书馆 CIP 数据核字(2015)第 023830 号

凤华无双
FENGHUA WUSHUANG
幕　雪　著

出 版 人:罗小卫
责任编辑:王　淋
责任校对:刘小燕

重庆出版集团
重庆出版社　出版

重庆市南岸区南滨路 162 号 1 幢　邮政编码:400061　http://www.cqph.com
重庆出版集团艺术设计有限公司制版
重庆市国丰印务有限责任公司印刷
重庆出版集团图书发行有限公司发行
E-MAIL:fxchu@cqph.com　邮购电话:023-61520646

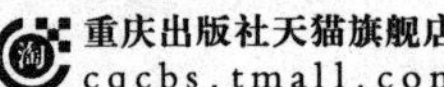
重庆出版社天猫旗舰店
cqcbs.tmall.com

全国新华书店经销

开本:700 mm×1 000mm　1/16　印张:36.25　字数:610 千
2015 年 6 月第 1 版　2015 年 6 月第 1 次印刷
ISBN 978-7-229-09434-8
定价:56.80 元

如有印装质量问题,请向本集团图书发行有限公司调换:023-61520678

目录

第一章
大难不死

浑身好难受，她这是死了吗？可是为何死了，她还能隐约的听到她娘和她弟弟的声音呢？她这是在哪儿，她是怎么了？

昏昏沉沉的脑子突然闪现出了一些画面来，由于她的堂姐得了时疫，所以，她的奶奶竟是让她去照顾她的堂姐，可是，她也只是一下十二岁的孩子啊，又是长年的营养不良，所以，她的堂姐最终熬过了这一关，而她却是病了。

可是，她并没有她堂姐那个待遇，在她病得很是严重的时候，她的奶奶和大伯娘却是将她丢入了深山中，让她自生自灭。

虽然她娘和她弟弟一再的去恳求，但是却是丝毫没有说动她的奶奶，在整个蓝家里，她的奶奶便是一家之主，而她的奶奶很是偏心于大房，她们二房也只能算得上大房乃至蓝家的仆人。

最后，便是在她娘和弟弟的痛哭声中，她被扔到了山上自生自灭去了。

也许是她命不该绝，在她都要放弃自己的生命时，却是被人救了，救她的人她很是熟悉，还是三年前，她上山挖野菜的时候认识的这位老奶奶，她无儿无女无家人，很是可怜，而蓝朵朵原本就是一个善良的孩子，所以在平日儿里，她都会悄悄的给这位老奶奶送些野菜，野果等吃食，虽然都不是些值钱的东西，可是她的能力也是有限的，毕竟，纵使是野菜和野果，她在蓝家也不是可以敞开了吃的。

虽然这个老奶奶在最初的时候对她冷冰冰的，完全不接受她的好意，但是时间久了，她却是渐渐接受了朵朵，而且时不时的还会给朵朵做一些朵朵根本就没有见过的一些吃食，当然，这也是有前提的，前提便是，朵朵不能把见过她，吃过她东西的事情告诉第三个人，特别是村里的人，就连她娘也不可以告诉，虽然老奶奶并没有说为什么，但是朵朵知道，这个老奶奶还是对她们村里的人有敌意的。

这三年里，这个老奶奶还教了她许多的农业常识，她还吃过了许多以前没有吃过的东西，那些个东西，她可是连见都没有见过的，但却是极其美味，她甚至有时候觉得，这个老奶奶根本就是一个神奇的人，她有这样的本事，为何还要待在这个贫瘠的深山里呢？

她病重，老奶奶把她救下后，整日整夜的在她身边照顾着她，虽然她一直昏迷着，但是，她仍能感受到老太太那浓浓的怜惜。

之后的事情，她便是记不清了，所以她也并不知道，她现在到底是生是死。

这种种的一切都在蓝朵朵的脑中闪现着，使得蓝朵朵的脑袋很是疼痛，突然她又听到了一个稚嫩又带着哭腔的声音道："娘，姐姐的眼睛刚刚好像动了呢？"

"谦儿，你姐姐一定会没事的，一定会没事的！"一个柔柔还夹杂着阵阵的哭泣的声音传来。

"老二媳妇，我可是告诉你，咱家可就剩下这一头猪了，那个赔钱货死了也就死了，要是再把我的猪给染上病，那到时休怪我把她扔到乱葬岗，就是你也得给我滚！这丫头还真是个丧门星，被扔到深山老林里，她竟然还能被你们找到！"又是一个中气十足的婆子的声音。

"娘！朵儿她没死，她真的没死啊！"只听身边那温柔的妇人反驳道。

"我说弟妹啊，你就别在那里自欺欺人了，朵儿那丫头早就已经没气了，你又何必在那里强挺着啊，这场时疫死了多少人你不知道吗？况且，这几日里，她一直被扔在山上，没吃没喝的，不是病死也是饿死了，身上还染有时疫，你难道真想让我们大家陪你朵儿一块死啊！"一道尖酸刻薄的声音响起。

"大嫂，你怎么能这么说啊，朵儿可是为了照看雨儿才染上这时疫的，你看，雨儿不是没事吗？朵儿她一定没事的，一定没事的！"离着蓝齐儿最近的那个妇人似是反驳，又似是自言自语道。

"我呸，你少诅咒我雨儿，我雨儿只是着了凉而已，什么时候得了时疫了，朵儿这个贱丫头又怎配与我雨儿比呢？娘……你看刘氏啊，她竟然诅咒您最亲的大孙女儿！"那个尖酸刻薄的声音响起。

朵朵终于知道了自己现在的处境，原来，她是被她娘和她弟弟又给带回蓝家了，听着她娘的苦苦哀求与她弟弟的哭声，蓝朵朵终于明白了什么叫做人善被人欺了，以往那位老奶奶可是没少同她说这些的，但是善良的朵朵总是不忍心做出伤害别人的事情，导致于她与她娘她弟弟一次次的被伤害，所以这次，朵朵不想再忍下去了，她必须要坚强起来。

“你个丧门星，胡咧咧什么？一天就知道哭，趁早把那小丫崽子给我埋了去，要不然，你们娘儿三个都给我滚出去！”

“奶！我姐没死，她真的没死，奶，你不要赶走我们，奶，谦儿求求你了！”那个稚嫩的声音又响了起来苦苦哀求道。

哭求声，谩骂声，指责声，阵阵传来，蓝朵朵最后实在是受不了了，口中传出呻吟声：“娘……谦儿……”

这一声细微的声音一响起，世界终于安静了。

“娘，姐姐她没死，她没死，她说话了，娘，你听到了吧，奶，大伯娘，我姐她说话了呀！”

片刻间，朵朵终于缓缓的睁开了眼睛。

首先进入她眼帘的，便是一直拉着她手的一个妇人，只见她穿着对襟的蓝粗布夹袄，头发在脑后挽了一个发髻，苍白着脸，好似几天没有吃饱睡好一样，眼睛也肿得像核桃似的。

“朵儿，我朵儿睁开眼睛了，我朵儿醒了！”见到蓝朵朵睁开眼睛后，那妇人一把把蓝朵朵抱在了怀里，而且抱得很是用力，蓝朵朵被她抱得都有些喘不过气了，很艰难地咳嗽了一声，这时那妇人才放开了蓝朵朵。

这人不是她那善良又软弱的娘又是谁呢，由于她的爹爹在八年前离家赴京赶考去至今未归，外面又是有些个传言说是她娘和她弟弟克死了她爹，所以即便是她的弟弟再怎么聪明伶俐，她的奶奶也是不喜欢他，所以在这个家里，她的娘亲是十分辛苦的人。

“姐，你终于醒了，谦儿好怕姐你就这样地睡过去啊！”听到弟弟的声音，朵朵眼圈却是红了，弟弟原本都十岁了，就是因为长期的营养不良，导致他小小的个子，也就五六岁的样子，很是瘦小，巴掌大的小脸上最为醒目的也就是那双明亮的大眼睛了。

闻着这周围的气味儿，还有自己所在的环境，朵朵还有什么想不通的呢，她那狠心的好奶奶和大伯娘这是连猪圈都不想让她住呢，好啊，真的是好啊。

看到她大伯娘那样目瞪口呆，又满是嫌弃的目光，朵朵心里也是止不住的心冷。

由于蓝朵朵的娘亲是寒门小户出来的，所以很不招那个老太太的待见，可以说就他们成婚的时候，老太太便是反对的，后来还是自家儿子的哀求，又答应了她那个很过分的要求，这样才让蓝朵朵的娘亲进了门。

而就是这个要求便让蓝朵朵她们娘三个背负了一生的耻辱。

由于蓝朵朵的大伯早逝，而老太太最喜欢的便是她的这个大儿子，要说蓝朵朵的这个大伯，那也是一个才子啊，才二十几岁便中了举人，而娶的媳妇也是有着极好家世的，是他恩师的女儿，两人成亲一年多的时候，蓝朵朵的大伯在赴京赶考的时候，遇上了劫匪，死于乱刀下，老太太得知后，很是伤心，而他的媳妇余氏也几度寻死，由于两人才成婚一年多，所以两人还没有孩子，余氏那时候也才十八岁的年纪，小小年纪便守了寡，以后的日子要怎么过啊。

老太太看在眼里疼在心里的，正巧二儿子也到了说亲的年纪了，二儿子虽然不比大儿子聪明，但却也是一介秀才了，要娶的女子却是老太太十分不喜欢的，一个寒门小户的女子哪能上得了台面，相对于二儿媳妇，蓝老太太当然是偏爱于她的大儿媳妇，加上那余氏的爹爹也是二儿子的恩师，对二儿子以后的科举那可是很有帮助的，因而，老太太便起了那份心思……

她一直是不同意那个刘氏进门的，既然二儿子这样的执迷不悟，她也唯有用这一妙计来保留他蓝家的门楣。

所以老太太便提出了让他的二儿子两房一起担，在古代三妻四妾很是正常，自家过日子，若是自家人不说，谁又会管呢？在他们这穷乡僻壤的，也没那么多说道，再说了大儿子一直无后，大儿媳妇又深得她心，二儿子若是能得到这大儿媳妇帮忙，那未来的仕途还不是平平坦坦的吗？从而她起了这个主意，而她的二儿子开始自然是不同意的，因为他深爱着刘氏，但是最后，来自他娘的压力实在太大了，所以没有办法，只能同意，同时他也是向刘氏承诺过，无论如何他最爱的仍是她。

而刘氏也是个没主意的，自幼无母，只有一个嗜赌的爹爹，所以她除了相信蓝光辉（朵朵便宜爹爹的名字）根本别无选择，从而这才有了接下来的荒唐一事发生，这也是为何蓝朵朵的大伯娘只叫朵朵的娘亲为刘氏了，因为在她的心中，纵使那刘氏是他蓝光辉明媒正娶的妻子，但是自己却是蓝家老太太所看重的，所以她才是蓝家二房的正妻，也是长媳。

最后在蓝老太太有意的压制下，果然是蓝朵朵的大伯娘余氏先生下一个女儿，而她那个女儿也只比蓝朵朵大上一个多月而已。

蓝朵朵的爹爹还是在她四岁的时候进京赶考从此一去不复返，而就在自家弟弟出生的那一天，却有一个一块赴考的同乡回来传话，说是她那便宜爹爹住的那家店起了大火，从而他也葬身那火海之中了。

蓝朵朵的奶奶一听到消息，还哪来的刚刚喜得孙子的喜悦，早就一下子倒仰得晕了过去，两个儿子可是她的主心骨，如今两个儿子都死了，她可如何是好，这个消息对她来说无疑晴天霹雳啊。

还有那一心等着做官太太的余氏也如天崩地裂了，为什么会这样，为什么她余香就这样的命苦啊，如今虽然不算是改嫁，但她这一女也侍了二夫，以后她的日子要怎么过啊，况且，这事情也太过巧合吧，她的两任相公都死在了赶考的异乡，这若是让有心人去利用，或者是让婆婆起了歪心，那还能容得了她吗，更何况刘氏那贱人竟是那样的好命，一下子生出了个儿子，如今的局势对她很是不利啊，蓝家唯一的一个男丁竟是那个女人生的，那她余香还有何立足之地啊……

所以余氏思前想后，越发觉得自己的地位将要有所动摇，虽说现在这蓝家也是没什么值得她留下来的人或是物件了，可是要知道像她这样的，嫁过两次人的改嫁，那也是极其的难的，若是连名声都不好的话，那她余香还要怎么活下去啊，两任相公都是死于非命，所以最后她终于想到了一个两全其美的办法。

于是她悄悄地找人去给她娘送了信儿，第二日也就是在蓝家老太太醒来的时候，一位静夜庵的尼姑来到了他们的村子，当路过蓝家门口的时候却扬言说道，蓝家天降灾星，导致了血光之灾，若是灾星不除，怕是蓝家还会有大难发生。

话说在三里铺子村，谁人不晓得那静夜庵是出神尼的地方啊，所以蓝家老太太一听说那神尼竟然说出了这样一番话来，蓝家老太太“嗷”的一声便倒仰了过去。

而此时正在屋子里坐月子的刘氏哪里知道这外面所发生的一切呢，她只知道还在她昏昏沉沉地睡着的时候，便有人闯进了她的屋子来，刘氏惊醒后，便发现那余氏与蓝老太太两人走了进来，伸手便要去抢那刚刚出世的蓝谦。

话说那蓝老太太醒来之后，便越发地觉得，那神尼口中的“天降灾星”便是蓝谦，要不然为何那二儿子的死讯传来之时，便是那蓝谦出生之时呢？这样一想，她便觉得这蓝谦是非除不可了。

所以老太太便去了刘氏的屋子去抢蓝谦，要把蓝谦丢到荒山上自生自灭去。

却不料刘氏此时醒来，苦苦哀求，拼死护住了蓝谦，别无他法，蓝老太太总不能把刘氏也给弄死吧，所以最后她只能愤恨地离去了，从那以后，蓝老太太便更加不待见刘氏，对那蓝谦也没个好脸色，蓝朵朵更是个赔钱货，所以她们娘儿三个的日子很是不好过，更过分的是，本来这蓝家一共是有四间房，老太太一间，大房一间，二房一间，还有一小间草房是放杂货的地方，哪知那余氏不知道与蓝老太太说了些什么，蓝家老太太竟把她们娘三个给赶到了放杂货的那个破乱草房中。

而刚刚生产完的刘氏，便被蓝家老太太指派了活计，若是不做，那蓝谦就必须被送走，刘氏无法，只能含着泪，靠着与蓝光辉的那点回忆与一双儿女坚强地生活下去。

所以自那以后，家里的脏活累活全都是刘氏做，而吃得最差的也是刘氏与她那一双儿女，余氏与她的女儿蓝雨儿却什么活计都不干，家里面的好东西，老太太也都紧着她那宝贝大孙女吃，也许是蓝雨儿从小营养跟得上的原因吧，蓝雨儿从小长得就粉嫩可人的，不像蓝朵朵那样又黑又瘦的，老太太看到自己最疼爱孙女儿的模样，也知道，这个孙女儿以后是一个差不了的，转眼看到那个整日跟着刘氏做着粗活的蓝朵朵后，便满眼深深的厌恶，暗道，果然跟她那上不了台面的娘一样，只配做些粗活儿。

孩子的心思或许是天真无邪的，但是刘氏却深深地感受到了婆婆的厌恶，每当她看到同龄的蓝雨儿过着快乐而又幸福的童年时，她便独自流着眼泪，轻抚着朵朵那黑瘦的小脸蛋，满满的都是心酸。

蓝朵朵从小便是一个乖巧的孩子，看到自己的娘这样辛苦，所以从很小的时候，便开始在她娘的身边打着下手，慢慢下来，蓝朵朵比同龄的孩子都要早熟许多，也懂事许多，知道她的奶奶不喜欢她们，但她还是认真地生活着。

蓝家这些年来早已不比从前了，家里的日子也并不好过，可以说整个蓝家上下，都指着刘氏一人支撑着，家里本来有十几亩的地，却因为蓝家上下只剩下她们这些个孤儿寡母的，余氏人家是书香门第之女自然是不会干那些个活计的，所以最后便只留下了三亩地让刘氏打理，余下的十亩地便佃了出去，而整个院子里，也只有一头猪与几只鸡而已，这也是为什么蓝老太太怕蓝朵朵住进猪圈会把猪也给传染上了病的原因。

想了许多，朵朵终于是握紧双拳，既然妥协、懂事并不能让她们日子变得好过，那么，她还有什么好委屈自己的呢，她一定要靠自己让她的娘亲和弟弟过上好日子。

想罢，朵朵便是带着仇恨与心酸的目光向那蓝老太太看去，蓝老太太今年有五十多岁，虽说身着旧夹袄，但却十分的整洁，脸上的神色也十分的阴沉，表情上并没有因朵朵而醒来而有任何的喜悦的表现。

“朵朵那丫头不会是发烧烧坏了脑子了吧，怎么这么看着你奶啊？”余氏那尖细的声音响了起来。

朵朵顺着这个声音，向蓝老太太身边的余氏看去，只见余氏身着半旧的碎花夹袄，耳朵上还戴着一对赤金的金叶子，头发上也插了一支银簪，明明在年纪上，她应该是比刘氏还要年长一些，但在她的脸上却找不出一丝的岁月痕迹，白皙的脸颊，杏眼柳眉，哪有半点如刘氏那般的沧桑。

心酸过后，蓝朵朵便嘲讽地向余氏道："大伯母这是希望朵朵脑子烧坏了吗？可是若是下回雨儿姐姐再染上时疫的话，不知道还有谁能照顾她，而且不知道雨儿姐姐会不会住得惯这猪圈呢！"

"你个死丫崽子，你竟敢咒骂你雨儿姐姐，就你那贱命还想着跟你雨儿姐姐比，我呸！"那余氏哪有一点书香门第闺秀的样子，整个一个市井泼妇一样骂了起来。

"娘，你看这死丫崽子，她咒骂雨儿，她这是恨雨儿不死啊娘！"余氏转身装作很是委屈又很愤恨地对着脸色越发阴沉的蓝老太太说道。

"娘，朵儿她还小，不懂事，大嫂，朵儿她知道错了，她这是刚刚醒来，头脑还不太清楚呢！"还没等蓝老太太说什么，刘氏在一旁又抹着眼泪哭泣道。

"奶，我姐这身子还虚着呢，有啥活就让我干吧，我现在什么都可以干了，您要是心里有气，就打我吧，您饶了……饶了我姐吧！"蓝谦那单薄的小身板就拦在了刘氏与蓝朵朵的面前。

"丧门星的货，看来你们这是吃饱了没事干，还敢顶嘴了，那今晚上就都别吃饭了！"蓝老太太并没有被刘氏与蓝谦的哀求所打动，开口就骂。

骂完后，看到还在哭着的刘氏，便满眼的厌恶道："别在那给我哭天抹泪的，这都什么时候了，还不去做饭去，怎么的，小的没死，想让我老婆子饿死啊？还愣着干啥呢？"说罢，蓝老太太还狠狠地瞪了朵朵一眼转身离开那个让她嫌恶的猪圈。

刘氏惊慌地站了起来，很是不放心地看了一眼朵朵，但是好似又十分惧怕老太太的命令，所以便这样左右为难的样子。

"娘，你赶快去做饭吧，要不然一会儿我奶又不让咱们吃饭了，咱们不吃还能忍着，可是我姐刚刚醒来，身体还弱着呢，这里有我呢，你快去吧……"小家伙是含着泪与刘氏说的。

刘氏又为难地看了朵朵一眼道："朵儿啊，娘亲得去了，你好好休息一下，一会儿娘去求求你奶，让你今晚上回屋子睡吧，这猪圈还是冷了些！是娘没能耐！"说完，便红着眼眶扭身出去了。

蓝朵朵突然意识到自己的一时口舌之快竟然给她那软弱的娘带来麻烦了，

虽然一心想要强大起来，但眼下的自己根本没有资本这样逞强的，她心中很是懊恼，环顾整个猪圈，又看了看眼前这个长期营养不良的弟弟，大大的眼睛里满是担忧，她心里满满的都是温暖。

“姐，你别担心没饭吃，晚上我会把我的饭留给你的，我一顿不吃没有关系的，可是你现在正是虚的时候！不能饿着！”小蓝谦拍着小胸脯儿说道。

朵朵闻言向小蓝谦看去，虽然自己可谓是命悬一线，而她的娘亲又软弱无能，弟弟还是个孩子，可是，这两个人带给她的温暖，是让她怎么也无法忽视的。

既然有这么好的家人，那她一定要好好的珍惜啊，努力生活着，穷算什么？软弱算什么？有她蓝朵朵在，她一定会让她那软弱娘与营养不良的弟弟过上好日子的，但眼下首要的事情，便是她们要另起炉灶，不能与蓝老太太她们继续搅和在一起了，只是她那软弱的娘亲脑子估计是一根筋，不会先开口要求的。

虽说是在乡下，但是毕竟是古代，这孝字却是很重要的，死了男人的女人，只要婆婆还在的，那便断然没有分出去单过的道理，再加上虽说那蓝老太太很是不待见刘氏，但是她也不得不承认，刘氏确是一个干活的好手，所以她定然也不会同意他们母子三人单出去过的，所以这件事情上，她还需要再筹谋一番。

而解决她们的温饱问题却是她将首要去做的。

正在朵朵想着事情的时候，去而复还的蓝老太太与余氏又一次回来了，她们还是站在那个出口处，只不过，这次她们还带了一个老者来。

“宋先生好！”这时一旁的蓝谦很规矩地叫了人。

朵朵知道，这个人就是给她看病的大夫。

“好好，今日老夫来瞧瞧朵朵那丫头的病是否去了根儿！”被叫做宋先生的这位老者是一位游医，本不是三里铺子的人，是后到这个村儿上的，但是这一住便是五年啊，平日里他也是为一些人家瞧瞧病，乡里乡亲的，一般他都不收诊金的，只是收一些吃食而已，所以三里铺子的人，都很喜欢这位宋先生。

朵朵被刘氏和蓝谦又给捡回来后蓝谦就跑去求了这位宋先生，朵朵才捡回了一条命来，这宋先生不但诊金分文未取，还免费给他们提供了药材，这样朵朵才醒了过来。

“宋先生，您可要瞧好了，看看那丫头到底好利索没，若是没好，我们家可没有那些闲钱给她治病啊！”余氏显然还对刚刚朵朵出言反驳而生气呢，阴阳怪气地说道。

老者目光无波地看了眼余氏，转身为朵朵把了把脉道：“朵朵丫头，你果真吉人自有天相啊，大难不死必有后福啊！”

“谦儿，你姐姐无事了，你可以放心了！”随后又笑眯眯地对蓝谦说道，却丝毫没有理会那余氏与蓝老太太。

余氏尴尬地涨红了脸，而蓝老太太却暗自松了口气。从她让蓝朵朵在猪圈养病一事，便知道了，她此时松了一口气，并不是因为得知蓝朵朵无事，而是她也知道，二房的那母女几个才是那干活的好手，若是这丫头真的有点什么事情，那这家里的活计谁去做啊，鸡鸭谁喂，猪谁喂，那几亩地又谁种呢，所以得知朵朵没有事情的时候，老太太终于松了口气。

“既然没事，也别装那金贵小姐的样子，赶快出去帮你娘忙活去！”蓝老太太板个脸，开口说完，又扭身出去了，而余氏则也满含嘲讽地跟随着。

宋先生则又嘱咐了一些注意事项，也告辞了，蓝谦很有礼貌地跟着出门去送他，而这时只听院子中又响起了那蓝老太太中气十足的声音：“死丫崽子，既然无事了就给我出来干活，咱们乡下的孩子哪里有那么金贵，还在那给我偷什么懒，晚上还想不想吃饭了！”

蓝朵朵无语了，难道她奶就不会用些别的要挟她，动不动就拿还吃不吃饭来说事。

不过这次朵朵没有任何的反驳，因为，她也看出来了，她的反驳不会有任何的效果，她的奶奶就是看她们二房不顺眼，上至她娘，下至她弟弟，稍有不如意便破口大骂的。

想着往日的种种，朵朵突然也觉得，造成今日的这个局面，或许也不光是因为她娘刘氏软弱，另一个原因就是乡下这种地方的人爱讲是非，若是明着反抗的话，被那有心人(蓝老太太或余氏）传了出去的话，那他们就是不孝了，到时候怕光唾沫星子也会淹死他们的，所以她还是慢慢想办法吧！相信一定会有办法的。

朵朵一边想着，一边和蓝谦走出了猪圈，却发现外面竟然站了一个小美人，她穿的是半旧的藕荷色妆花褙子，漆黑的头发在头顶挽了个髻，两边耳后垂落几缕青丝。她的肌肤雪白，杏眼桃腮，美艳动人，只是她看着朵朵两姐弟那眼中却是深深的厌恶与嫌弃。

“想不到你的命挺大的，这样了还没有死？呀，这是什么味道啊，难闻死了，你就不能去洗洗吗？”此小美人正是蓝朵朵的同父异母的姐姐，蓝雨儿。

“雨儿姐，你怎么能这么说我姐，她可是为了照顾你才病倒的！”瘦小的蓝谦上前一步，反驳道。

“你个丧门星，哪里有你说话的份儿啊，谁要她来照顾我啊，不是她自己要来的吗？若不是有你这个丧门星，咱家会这样吗？这里哪有你说话的份啊，唉哎臭死啦，你们两个快点离我远一点！”看到脏兮兮的姐弟，蓝雨儿捂住了鼻子说道。

听到蓝雨儿的话后，蓝谦的小脑袋突然就这样耷拉了下来，好像很自责的样子，蓝朵朵终于忍无可忍地说道：“我们是臭，可是你别忘了，你每日吃的饭，喝的水，可都是我们做的，我们打上来的，可是却也没见你少吃一顿饭，少喝一碗水，若是你真的嫌弃我们，有能耐你自己去做啊！”还真是一家子极品啊，这样一个赏心悦目的小美人，说起话来还真不是一般的噎人啊。

“你……看我不告诉奶去，让奶骂你，哼！”那蓝雨儿竟红了眼眶转身就往正屋里跑了过去。

蓝朵朵彻底无语了，她说的不是事实吗，她哭个什么劲儿呢，这样也就罢了，她竟然还去蓝老太太那里告状，这叫什么事儿啊？

“你个丧门星，刚刚好一点就开始挑事是不，那么多的力气，你就多干点活，快去，那猪今天还没喂呢，还有那缸里的水都给我添满，别成天只想着吃饭，找事的！”

刚进主屋，蓝朵朵便听到了老太太那犹如洪钟的声音传来，刘氏正在烧火，在刘氏的左右各有一个大灶和一个小灶。中间还有一道隔断，隔断北面摆放着碗柜、菜墩、还有一些杂物，等于是厨房的操作间。

“朵儿，你快去帮娘抱些柴火，那猪，还有鸡鸭一会儿娘喂，水也还够，谦儿你快去帮你姐抱些柴火来！”刘氏听到老太太的叫喊脸色苍白起来，眼中也满是挣扎，但最后她还是不忍自家女儿去吃那个苦，从而头一次做了违逆蓝老太太的事情。

“娘，朵儿她大病初愈，身子还不太好，那些活，我一会儿就会都干完的，娘你不用担心！”自作主张后，刘氏还小心翼翼地向蓝老太太解释道。

“大嫂，雨儿，朵儿那孩子是病得心焦了些，你们别往心里去啊！”刚刚雨儿的告状，她在外间都听得清清楚楚的，所以她当然知道这蓝老太太发作朵朵的原因了。

屋中的余氏与蓝雨儿并没有去理会刘氏，刘氏也没有去理会。

与此同时，刘氏还给朵朵与蓝谦使了个眼色，让他们赶快去抱柴火，就这样，两人就在蓝老太太那继续传来的谩骂声中出去抱柴火了，虽然蓝老太太还是在骂，但同时他们也明白，她是默许刘氏的话了，而蓝朵朵也不得不承认，这蓝老太太也太有战斗力了，那嘴一张开骂人，都没有重样的。

蓝朵朵与蓝谦向后院出去抱柴火，蓝家后院非常大，全做了菜园子。现在是夏末秋初的天气，园子里一畦一畦的韭菜、白菜、辣椒、黄瓜、茄子等，都长得非常喜人。一阵微风吹过来，带着点泥土和绿叶的清香。

蓝朵朵深吸了几口气，心里也平静了好多，还能活着真好。

两人一同抱着柴火回到了主屋，只见那蓝家老太太此时也站在了灶台的旁边。

“老二家的！把这土豆给切成细细的丝！”

“再往里面放些醋，少放葱花，雨儿不爱吃，多放些油，再放点青辣椒进去，雨儿爱吃。”

蓝家老太太正站在外屋的灶台旁边，指挥着刘氏做这做那。

“哎。”刘氏痛快答应道。

“那白菜切细一点的丝，别炒得太大发劲儿了，你大嫂喜欢吃嫩一点的！”

“……”

“死丫崽子，你还在那站着干啥，过来烧火。”蓝老太太看到蓝朵朵与蓝谦抱柴火进来，便立刻命令蓝朵朵道。

“啊？哦……”蓝朵朵此时除了忍还能做什么？这个家的规矩一向如此，自己如今还不到硬气的时候，若是瞎硬气，那么受连累的只有她娘和她弟弟。

“奶，还是我来吧。我姐还没好利索呢！”这时蓝谦也抱着柴火跟在蓝朵朵的身后走了进来，听见蓝老太太说话，赶忙道。

“娘，朵儿才刚醒过来，这些个活计我和谦儿忙得过来，等她好点……等她好点，再让她干吧。”刘氏向蓝老太太恳求道。

“哼，刚才不还挺有能耐的吗？这败家丫崽子，都叫你惯坏了！”蓝老太太横了一眼刘氏，但是却也不再让蓝朵朵干活了。

刘氏一副小白菜的样子，红着眼睛，一直在一边赔着不是。

朵朵不仅是心里动容了，而同时单出去过的心思也是更加地强烈，若是再这样继续下去，那么刘氏和蓝谦两人是不会有出头之日的。

刘氏的手脚很快，一会儿功夫，就将两样菜都炒好了。

“谦儿，你去把桌子放上。”刘氏吩咐蓝谦道。

刘氏也把那锅糙米饭给打开了，用盆盛了出来，紧接着往屋子里端，而朵朵看到大家都有活干，她也不能干站着，眼看着那白菜丝炒肉也好了，她便拿了一个大碗去盛，而她把菜勺子刚要伸到锅里时……

“你个偷懒耍滑的馋货，你这是要干什么？”只见那蓝老太太又走了出来，后面还跟着蓝谦与刘氏，此时她怒视着蓝朵朵，一只手掐着腰，一只手又指着蓝朵朵大声骂道。

蓝朵朵再好的脾气现在也被蓝老太太给骂得再也忍不下去了，这老太太简直就是莫名其妙啊。

“奶，我这是盛菜啊，您看不出来吗？不是您说我啥活也不干吗，怎么？我这干活也不对吗？”蓝朵朵实在是忍不住了，名声是重要，现在也不是扯破脸的时候，但是这老太太也实在太过分了吧，从她醒来到现在，她说过句好话吗，哪句不是开口就骂，开口就吵，更甚的是刚刚明明就是蓝雨儿挑衅在先的，结果最后还是她被骂，就算是偏心，那偏到蓝家老太太这个样子的也太过分了吧，这人简直不可理喻嘛。

突然整个外间的灶台处，一时间竟安静下来，里边屋子里似乎也传来抽气的声音，片刻过后，只见还是刘氏先回过神儿来道：“朵儿！快向你奶赔不是，你忘了，咱们晚饭的分配都是你奶她亲自来做的！”刘氏满脸的惊慌失措，心想着，朵儿这孩子今日这是怎么了，怎么把这件事情给忘了。

由于蓝家二房是在一块儿过的，而她们这房人口还多，所以，这分配食物的活儿，一直都是蓝老太太做的。

而这边，只听啪嚓一声，蓝老太太把不知从哪里来的勺子一下子摔在了灶台上。

“你的意思是我错了？你那明明是嘴馋想要偷吃，还想要骗我！”骂骂咧咧的声音又响起，一边骂着，一边手舞足蹈地比画着，她的手指差一点戳到蓝朵朵的眼睛上，看那架势恨不得把朵朵的眼睛给抓瞎一样。

刘氏见状，慌忙过来把蓝朵朵拉到她的身后，虽然刘氏是懦弱的，但是此时她却大有一副母鸡护小鸡的架势，边护着蓝朵朵，边开口劝说道：“娘，朵儿知道错了，您就消消气儿吧，朵朵刚刚也是想帮忙，不会偷吃的！”

“是不是偷吃，我的眼睛没瞎，哼！”最后她又是狠狠地瞪了朵朵母女一眼说道。

随后，她的眼睛就向那锅里面的菜看去，又看了看朵朵手上也没有沾上什么油渍后，她才又哼了一声吼道：“你们还在那干什么？还不快拿碗筷，怎么？还等着我这老婆子亲自去伺候你们啊！”

朵朵看蓝老太太这样心虚不讲理的样子，很想上前去再与她理论一番，但是当她看到她那瘦弱的弟弟还有红着眼睛的娘亲后，她也只能作罢了，她知道，与那老太婆讲理根本是讲不通的，所以人家说啥他们也只能有执行的份儿。

晚饭的地点是在一铺炕上，炕上摆了一个饭桌，而饭盆和菜碗都摆在了蓝老太太的旁边，蓝老太太拿起饭勺，先盛了满满的一碗糙米饭，递给蓝雨儿，在乡下，大米根本是只有过年过节才可以吃上的，而这普通的糙米饭，也不是家家都可以每顿吃饱的，别的人家都不会把糙米做成干饭，都会把它做成粥，然后里面还要拌些野菜进去，那样可以多吃几顿，而由于蓝家人口比较少，还都是女人，蓝老太太自个儿也并不喜欢吃稀饭，所以蓝家每顿都会做些干的糙米饭，只是，这干的糙米饭也不是人人都可以吃到的。

因此，接过了糙米饭的蓝雨儿挑衅地看了蓝朵朵一眼，但她却没吃，而是递给了余氏，余氏与蓝老太太都对蓝雨儿投以了赞赏的眼光后，蓝老太太又盛了一碗递给了蓝雨儿。

而给蓝雨儿她们母女二人盛完饭，老太太又拿眼角扫了扫朵朵娘几个……

只见她又拿过来三个稍破一点的碗，说破碗，是因为那三个碗或多或少都有了些缺口，蓝朵朵心里已经猜到了这三个破碗的主人了，可是这还不算，一般乡下都是用大锅煮饭的，所以就算火候看得再好，底部也会有些火大的地方，而火大的地方便会结了一层如锅巴那一类的东西，而蓝家老太太便在锅里又刮出了些锅巴，放到每个人的碗中，之后又在另一个碗里抓了些野菜来，最后又倒了些热水，边倒水的时候还边说着："一个个的还等着我去喂啊，愣头愣脑的干什么呢？还不把自个的碗端走，我老婆子还要亲自端到你们手里去吗！"说完"嘭"的一声便把最后一碗锅巴重重地放到了桌子上。

随后，她又把那碗白菜炒肉和辣椒土豆丝放到了蓝雨儿的面前关心地说道："雨儿，你正是长身体的时候，多吃些，多吃些个子才会长高，这肉是奶专门给你做的！"边说着，还边往蓝雨儿的碗里夹着肉。

虽说都是孙女儿，但是蓝雨儿这个孙女可是她的宝贝啊，小小年纪便已经同她那个私塾先生的姥爷习字了，而且又同村长家的孙女交好，村长家的孙子更是对她的这个孙女另眼相看，所以在蓝老太太的心里，这蓝家最后能否翻身，都是要看她这个孙女儿的，哪里会想到那个让她一向看不起的孙女最后却是凤冠霞帔在身风光地出嫁呢？当然这都是后话了。

"奶，我怎么闻到了一股猪圈的味道，真是难闻啊！"蓝雨儿故作那些个千家小姐的样子，用帕子轻按在鼻子上，之后还满含讽刺地看了眼蓝朵朵已经接了过去的碗，只见那碗里只有几块锅巴加上一些野菜，看着却猪食一般，蓝雨儿满脸嫌恶地看着蓝朵朵。

蓝老太太顺着蓝雨儿的视线，看到全身还是脏兮兮的蓝朵朵，这时她便想到了蓝朵朵可是在猪圈里待了近半个月了，能没有异味吗？这样想着，蓝老太太便也皱了皱眉头横了眼对蓝朵朵道："你个死丫崽子，你要埋汰死啊，这都醒了这么半天了，怎么还没去洗洗啊，真是脏死了，你给我上外屋吃去，省得在屋里把我们给熏着！”

“奶，我姐她……她的病刚好，您能不能给她点糙米饭啊，我和我娘吃啥都成！”蓝老太太说完，蓝谦就看见了朵朵的脸色十分不好，他很怕朵朵会发火，所以就马上扯开话题道。

只是，他向蓝老太太求情这事儿，却也是他真的想说的，他姐可是得了时疫刚刚才好啊，吃这野菜锅巴实在是没有营养。

只是，当他的话刚刚一说完，就听到了“啪”的一声，蓝老太太把手中的筷子拍在了桌子上。

黑着脸朝蓝谦骂道：“你个丧门星，吃吃，一天就知道吃，干活的时候怎么找不到你们啊，家里就这个条件，怎么？要不然我老婆子的饭给你们？你们那碗里的就不是糙米饭了，你也让大家看看，那叫不叫糙米饭，我知道你们的心思，你们也不用眼红雨儿，若是你们有雨儿一半懂事，乖巧，有雨儿那样的姥爷，我也让你们天天吃肉，若是没有，你们就好好给我吃饭，若是再惹事，那么你们就别吃饭了！”

刘氏红了眼眶，好似想到了什么，而蓝朵朵现在气得浑身发抖，可是她知道，若是吵架，她一定不是蓝老太太的对手，而且，要是她们真的吵起来，估计那余氏添些油加些醋地传出去，到时候她娘和她弟弟的名声也就会这样的完了，但是她却并不想忍了，因为她是看出来了，这蓝老太太是个软硬不吃的主儿，不是你一味地隐忍，她就能有所收敛的，她反而会更加变本加厉来折腾他们的。

而当她听到她奶的那句话，“去问问大家，她这叫不叫做糙米饭”时，朵朵却是有了一个想法。

对啊！她会用孝道来做欺压他们的资本，那她又为何不会利用呢？

想罢，朵朵便很懂事地说道：“谦儿，姐没事，你和娘好好吃饭吧，姐这就‘出去’吃，别惹咱奶生气了，娘也累了一天了，早点吃完早点休息吧！”

说完这番话后，蓝朵朵便偷偷向蓝谦眨了眨眼睛，然后就出去了。

“朵儿！”

“姐……”

刘氏与蓝谦都有些不舍地叫道，如今虽说是秋天，中午的天气也是很热，但早晚的天气还是很冷的，蓝朵朵的病又刚刚好，他们怎么能放心呢。

“娘，谦儿，你们放心吧……”

临走之前，朵朵还故意看了一眼那蓝雨儿，之后挑起了嘴角暗道：“既然，你们这么嫌弃我，让我出去，那我便如你们所愿吧！”

“蓝朵朵你……”蓝雨儿越发觉得蓝朵朵的笑容有问题，所以情不自禁地叫道。

“你们还吃不吃饭了，不吃饭就都给我滚出去喂猪，喂鸡去！”蓝老太太看到刘氏与蓝谦那一副依依不舍的样子，便不由得气不打一处来。

“雨儿，你叫她做什么？你乖乖地吃饭，你要多吃些才会变得更漂亮，来，尝尝这土豆丝，可是专门按你的口味去做的！”蓝老太太看到蓝雨儿叫蓝朵朵，还以为蓝雨儿是性子太软，心疼蓝朵朵呢，所以马上转移了话题道。

“谢谢奶，您老人家也吃，娘，你也吃！”蓝雨儿笑着给蓝老太太与余氏夹菜，同时心里也否定了自己的想法，蓝朵朵那个死丫头还能折腾出什么幺蛾子来呢！

刘氏与蓝谦虽然还是有些担心蓝朵朵，但是碍于蓝老太太的怒火，也只能安安分分地吃饭。

再说蓝朵朵这边，她并没有如蓝老太太说的那样，在外间灶台前吃饭，她则是拿了个小木墩，走到了外面的大门口，坐在了中间，小心翼翼地拌着饭，她知道如今是秋收季节，大家都在争分夺秒地抢收呢，而现在也该到了晚饭的时间，估计大家也该往家奔了吧。

朵朵知道，蓝家住的地方是在这整个三里铺子最靠里面的，离田地很是近，所以大家回家的路上都会路过蓝家。

所以此时蓝朵朵慢慢地拌好了锅巴，虽说锅巴被水一泡后，会变软，也会变多一点，只是与那野菜拌在一块，还是怎么看，怎么像猪食一般，虽说三里铺子各家的条件都不是很好的，但是现在却也没有人再吃野菜拌锅巴的了，眼下又是秋天，正是那丰收的季节，谁家能舍不得那一把菜呢，所以当蓝朵朵看着那一伙伙回家吃晚饭的人陆陆续续地要走过来了，她便暗自咬了牙，往自己的大腿上一掐……

那眼泪便成双结对儿地掉了下来，其实疼是一方面，还有一方面是她想到了从她醒来到现在的遭遇，那蓝老太太根本就没有把他们娘儿三个当人看啊，所以此时的蓝朵朵哭得很是伤心。

“呀，这不是朵朵吗？听说你得了时疫好些日子了，这是好利索了吗？这虽然才是初秋，可是你坐在这冷风口边儿上，身体能受得了吗？”

“是呀，朵朵，你可不能再让你娘难过了，你娘拉扯你和你弟不容易啊！”

“这孩子这是怎么了，这是哭了吗，呀，看这小脸哭的……”

“……”众人你一言我一语地就开始向朵朵问道。

“我雨儿姐说我身上有猪圈味儿，我奶不让我在屋子里吃饭，所以……”朵朵话说半句还留了半句地说道。

“这孩子也是个命苦的，真不知道李氏（蓝老太太的姓氏）是怎么想的，做人怎么就能这么偏心啊！”

“哟！朵朵，你这是吃的叫什么啊？你的病才刚刚有了起色，吃这个可怎么好啊！跟三奶奶回家，三奶奶给你做点好吃的补一补，你这样坐在门口，可别再着了凉去！”

此时说话的是一个穿着蓝衫的老太太，虽然干了一天的农活，但这个老太太还是很利索，一点也不像其他人那样浑身脏兮兮的，而且朵朵记忆中也知道这个慈祥的老太太对她还是极为怜惜的，时不时地还偷偷给她吃的，而这个老人便是她三奶奶，也是她爷爷堂兄的媳妇，而且她还清楚地知道，这个三奶奶一向看不惯她的奶奶，她奶奶也看不上三奶奶，两人可是对头呢。

想罢，蓝朵朵便红着眼睛，仰着小脸道：“……三奶奶没事儿的，我……我身上的味儿太大了，就不去你那儿了，一会儿我吃完了饭，还要喂猪和鸡鸭，要不然我奶……”朵朵说得欲言又止的，不过看她的情形，大家不难想象李氏会做什么，无非就是非打即骂了。

“哟，这孩子真是可怜，都这样了还让她干活啊……”

“光辉她媳妇也是个命苦的，好容易生了儿子，这相公又没了，李氏那个老太婆又，唉，真是苦了这娘儿仨了！”

三铺子大多数的村民还是比较纯朴善良的，所以很多人都为朵朵不平起来，同时她们也是觉得这朵朵三母子实在是太可怜了。

“你这孩子，管那老货干什么？她还敢打你不成，她要是打你，你就去你三奶奶家，以后也不用回来了，早就与你娘说过了，趁早地分出去过，你们娘儿三个能干着呢，看你们走了，谁能干活？指着她那心尖的儿媳妇？哼！我看她就是看你们老实才欺负你们的！”于氏（三奶奶的姓氏）就是看不惯李氏那样的性子，总搞什么偏心，吃小灶那套方法，都是自家儿媳妇，儿子都死了，大家都不容易，那个老货怎么就想不开呢，而且二房这娘儿几个也都是好的，不像那个雨儿，嗨，那孩子估计也是被大人给影响了吧。

“于小花，你个老货，你在那杵坏什么呢？怎么，你自个儿媳妇生不出来，你就到处使坏，让我孙女儿上你家去？你个老不死的，看我不撕烂你的嘴！”正说话的功夫，没想到蓝家老太太便奔了出来，说是奔，那是因为她走起路来都带着风，满脸的怒气。

“我呸，李香草你也配是个人？竟是这样虐待自个儿的亲孙女，你不得好死，我儿媳妇怎么了？她还年轻，就算是她生不出来，那我也不会虐待她的，都是人生父母养的，你怎么就那么心狠啊，亲孙女生了病你竟给她扔到猪圈里，你还是人吗？你撕烂我的嘴，我还要抽你呢！”

三奶奶掐着腰骂道，这三奶奶一共有两个儿子，大儿子是在镇上开杂货铺的，已经成亲了，儿媳妇给她生了两个孙子，虽说这是值得高兴的事，但是由于镇上与乡下到底是有些距离的，所以三奶奶常常见不到孙子。

小儿子虽说是在她的身边，但是已经成婚有五年之久，却没有一儿半女的，虽说这事儿一直是三奶奶于氏的心中之痛，但三奶奶却是从来没有亏待过自家的儿媳妇，所以，今日蓝老太太李氏竟拿这事来说事，三奶奶哪能不生气。

两个老太太都气性很大，竟是相互扑了上去，就这样，两个年过半百的老婆子就这样撕扯在一块，而一旁看热闹的人也都纷纷来劝架。

“李香草，你都多大岁数了，你好日子不过，整那些偏心的事儿，朵朵她娘儿三个都被你欺负成什么样了？你要知道，谦儿那是你唯一的孙子啊，你怎么能这样地丧天良，这若是四弟在泉下有知，也不会放过你的，你个狠毒的老货，怪不得我们家那口子当年看不上你……”三奶奶被一些人拉着，但还挣扎着想要往前冲着骂蓝老太太。

“你个老不死的，你别在那站着说话不腰疼啊，你家要是有个天降灾星你试试看，我收留他们母子三个就算不错了，怎么着，我好吃好喝地供着他们敢情还错了？于小花，当年的事情，你还有脸提？你不就是仗着家里面有几个臭钱吗？我呸，看我不撕了你这个老不死的嘴！”蓝老太太也不是个省油灯，更何况，当年的丑闻都被人爆了出来了，她这张老脸要往哪儿放啊。

话说当年，她与于小花两人那可是村里数一数二的村花，而蓝家又是旺族，蓝家四兄弟，就属老三稳重，老四有才华了，但是乡下人当然更青睐于会干庄稼活的了，所以那李氏与于氏便都看上了蓝老三，于氏虽性子泼辣，但是天真烂漫，而李氏却是十分高傲，眼高于顶，她满心以为最后那蓝老三会娶她，哪知最后却是娶了于氏，后来，她便听到有人说于氏的嫁妆如何如何多，家具是如何如何的好，她便恨上心头，她认为于氏是因为有几个臭钱才把蓝老三给勾到手的，而最后她也嫁给了蓝老四，所以这些年来，两妯娌一直不合。

朵朵此时却大开眼界了，没想到这两个老太太竟是这样的泼辣，手脚并用了起来，而此时，那余氏和蓝雨儿也在屋子里待不下去了，也跑出来拉架。

本来余氏是最不想出来的一个，丢不丢人啊，如市井泼妇一样，刚刚在屋子里面她们早早便听明白事情的原因了，她们实在有些心虚。

余氏出来之后，赶忙去拉起架来，而蓝雨儿却是板个小脸对朵朵说道：“蓝朵朵，你怎么跑到门口来吃饭，你这是故意想丢咱们蓝家人的脸吗？奶什么地方对不住你们了，你竟让人这样的来欺负她！”

蓝雨儿是想着，眼看着外面聚集的人越来越多，若是照这样下去，难免一会儿村长会来调解，而她蓝雨儿在外一向是个善良又懂事的孩子，若是让别人知道，这件事情是因她而起的话，那她的形象不就都完了吗，所以蓝雨儿便把矛头指向了蓝朵朵，针对蓝老太太与三奶奶打架这一事做文章。

果然蓝朵朵感受到了少数人的不同目光了，刚刚那些还是很同情蓝朵朵的众人目光转变成抱有怀疑的目光，毕竟在古代这个地方，孝心是很重要的。

朵朵当然也是发现了众人的表情变化，所以她立即明白了蓝雨儿的用心，可是朵朵又怎么能让她称心如意呢，所以她便上前拉住蓝雨儿的衣服，满是委屈与恐惧地说道：“雨儿姐姐，是朵朵不好，刚刚雨儿姐姐说朵朵身上有异味，所以奶就让我出来吃饭，可是我真的没有说那肉是紧着雨儿姐吃的，也没有说我娘与谦儿吃的也同我一样的，都怪我们命贱，都怪我们呀！”

被朵朵这样一拉，蓝雨儿虽然十分嫌弃，但是却也被蓝朵朵的这一番言语给惊得顿了一下。她总觉得蓝朵朵今天有些变化，好像不再是她记忆中的那个懦弱又胆小的女孩了，刚开始，她还以为是蓝朵朵因她而生病，才那样与自己顶嘴的，可是眼下这样有条理的“争辩”便让她不得不对她另眼相看了。

蓝雨儿的一时闪神，恢复了正常，却见朵朵正用她那脏兮兮的手抓她的衣服呢，她身上这件衣服，虽说是八成新，但是也是镇里最为流行的，自己穿的时候也是十分小心的，此时这个死丫头竟用她那么脏的手来抓她，所以蓝雨儿很是气愤地低声道：“贱丫头，你还不放开我？你以为这些人就能为你出头吗？你做梦？最后看奶怎么教训你们！”

蓝朵朵脸上依然挂着泪痕，但也凑过身去，低声说道：“我贱？你就贵了？你别忘了你身上流的是谁的血，要说贱，也是你娘更贱，你别忘了，你娘同我爹……所以，你就不觉得你更贱吗？”蓝朵朵一边说着，还一边用她另一只手拉蓝雨儿的另一只袖子。

“你才贱呢，你个扫把星，你和你那个娘就是我们蓝家的下人，不对，是奴才！”蓝雨儿气疯了般地使劲推开蓝朵朵，而蓝朵朵却像是断线了的风筝一般，摔到了地上。

“雨儿姐，我们是一家人啊，我怎么是奴才呢，还有你怎么能这样说我娘呢？”朵朵泣不成声哭了起来，而一旁打架的李氏和于氏也被蓝雨儿这一番话给惊住了，停了下来。

蓝谦早早就跑到了朵朵的身边，试图拉起蓝朵朵，蓝朵朵却悄悄地握了握蓝谦的手后，看向她的娘刘氏，朵朵不相信，那蓝雨儿都说出了这样的一番话，刘氏还能忍。

可是最终朵朵又失望了，因为刘氏只是苍白了一张脸，狠狠地咬着自己的嘴唇，却是仍然没有发作，蓝朵朵心中哀叹道，看来这要分出去单过，她还要靠自己啊。

“朵朵，你有没有伤到哪里？你没事吧，快快起来，你病刚好，可不要着了凉去！”这时只听到一个男孩子的声音传来。

也就是这一道声音传来后，朵朵便发现了那蓝雨儿有了些变化，只见此时的她满脸的娇羞，刚刚还满脸的泼妇模样，如今却是一副含羞带怯模样，望向自己的身后。

蓝朵朵不禁回过头去，看到了身后来人，看过之后，蓝朵朵终于知道蓝雨儿为何这副神态了，眼前这个少年，也就略微比她大上个两三岁左右，现在看他便是一副俊逸的模样，想必长大了也是妖孽一枚，一双细长的眼睛很是担心地看着自己，这便是村长的孙子，徐思源！

村长的儿子听说是在京都里做官的，而这徐思源的身体不是很好，他的爹爹特意让他来乡下养身子，同时也是因为他爹爹刚刚调入京都，又身居要职，难免无法照顾他们兄妹，所以这兄妹二人，会时常地在这三里铺子住上一段，所以蓝雨儿便抓住了这次的机会，慢慢地接近他们兄妹。

“源哥哥，你……你怎么来了？倩儿姐姐呢？”蓝雨儿脸颊一片羞红，有点不知所措地问道。

可是徐思源并没有理会蓝雨儿，反而伸出他那修长又干净的手，把蓝朵朵拉了起来，很是担心地说道：“你病了这几日，还真是瘦了好多，你要切记莫再着了凉去啊！”

“你们这是怎么回事啊，你俩都多大岁数了，也不嫌臊得慌，还不快给我停下来！”只见村长徐长水板着脸怒斥道。

“老婆子你，你这是跟弟妹为了啥啊，都是亲戚里道的，真是不让人消停啊！”说这句话的是一个精神的老头儿，如今看他的面相，不难看出，这个老头儿，年轻时也是一个帅小伙呢，此人正是三爷爷。

“村长，老头子，你们来评评理，朵朵是为了照顾雨儿染上了时疫，可是那个老货……额……弟妹呢（看到自家老头子递过来的警告眼神儿，三奶奶马上把称呼给改了过来）她竟是先把朵朵给扔到了深山去，好在刘氏和小蓝谦把朵朵给救了回来，可是，紧接着又被这个老货给赶到了猪圈里去自生自灭，若不是宋先生心肠好，朵朵如今怕是已经去见四弟了啊，怎么可以这样的偏心，一个孙女能吃肉，另一个孙女却是连饭都吃不饱，我就是看不惯她的偏心，她就是……她就是找打，村长你说我打得对不对吧？”三奶奶如今仍是十分气愤地控诉着蓝老太太的恶行，说到最后，看到自家老头没啥反应，她便又向村长问道。

“你……你胡说……我……我根本没有，三哥，你不要听她乱说！”蓝老太太也结巴地说道，众人一听便知道根本没啥说服力。

蓝朵朵十分意外蓝老太太能心虚，因为在她的记忆中，蓝老太太是无理还能嚷三分的那种，今天却是一改常态，很明显，事情不正常哦，果然她竟然在蓝老太太的脸上看到了可疑的红晕。

“我呸，你个老货，你那脸红得跟猴子腚似的是给谁看呢，年轻的时候你就不安分，老了老了，还扯这个！”

就在蓝朵朵正在满是不解时候，只听三奶奶又开口大骂起来。

这回蓝朵朵若是还不明白是怎么回事，那她便是个傻的了，无论女人还是女孩，都是在自己心仪的人面前显得娇羞无措的，而无疑就是眼前这个刚刚还如泼妇一般的蓝老太太也不例外。

“咳咳……都多大岁数了，你说的这是啥？”

三奶奶这一叫喊，倒是把三爷爷给弄得不好意思了，老脸很是尴尬地斥道。

“你看看她那张老脸红的，还怪我说……”三奶奶反驳道。

“好了，不要说那些老掉牙的事儿了，大家都是乡里乡亲的，你们又还是妯娌，怎么就打成了这个样子！”村长训斥道。

“还有你，李氏，你怎么能那样对你的亲孙女儿呢，雨儿是你的孙女儿，朵儿也是啊，你也能狠下去心，从明天开始，若是你不能一视同仁，那你便让她们娘三个自己单开火吧，你们家那几亩地都是光辉媳妇种的，除去你们自家吃的，余下的就让她处理吧，而那十几亩地，就是吃租，也够你们婆媳吃的了！”随后村长又眉头紧皱地把他这几日来一直想着的事情向蓝老太太说出来。

蓝家的事情，他早就知道，可是虽说他是一村之长，但这毕竟是人家家里之事啊，他也不好过分去参与的，而这次却是差不点儿就闹出人命来。

他知道朵朵那孩子平日里是个乖巧的，若是真的有什么好歹，那光辉媳妇估计也活不下去了，虽说这次朵朵是捡了一条命回来，但是为了避免以后再次发生这事儿，老村长是想了又想，最后想出这个办法来，那便是让她们娘儿三个自个儿立火。

“什么？自个儿立伙？我不同意，我老婆子还没死呢，这就要分家吗？我儿子都被他们给克死了，如今还要分给他们家产，那是做梦呢，不行，我不同意！”眼下蓝老太太也顾不上三爷爷在一边了，也不继续娇羞了，因为村长的这番话她是万万不能同意的。

要知道，虽说蓝老太太不太待见他们娘儿三个，但好歹他们三人可是干活的好手啊，何况吃得也不多（她根本没有想到，是她根本不肯给人家多吃啊）就是大户人家请丫头下人，那也要有月例的，哪有她用她们娘儿仨这么仗义，这么顺手呢，而且村长还想要打她那几亩地的主意，她怎么会同意呢。

“徐大叔，虽说您是一村之长，但是这毕竟是我蓝家内部的事情吧，我们这孤儿寡母的此时不抱成团生活，那以后的日子过得不是更苦吗？更何况婆婆还在，我们侍奉婆婆也是应该的啊，万万没有让弟妹单立火的道理啊，那样做，只会让我们一家人变得越来越外道啊！”一直未开口的余氏说道。

第二章
巧议分家

余氏觉得，若是现在把刘氏他们母子三人分出去单开火的话，那这些个活计要谁去干呢？而自家的婆婆脾气她是再清楚不过的，那些个活计她肯定不会亲自去做的，而雨儿又是她的希望，所以她也不会让雨儿做，那么很明显最后倒霉的肯定是她了。

更何况村长还说，要把那三亩地分给那母子三人，那怎么能行呢，蓝家一共才十三亩地，十亩地又已经佃了出去，光那十亩地的租金，哪够她们用的啊，所以余氏也极力反对村长的提议。

一时间村长又皱起了眉头，好似在考虑这余氏所说，余氏说的也是于情于理的，本来他也是有这个顾虑的，只是这次竟差点儿就闹出了人命来，所以他这才下的决心，可是眼看着人家婆媳这样极力地反对……

而如今这边的刘氏心里也有一点小小的窃喜，但是却还是碍于孝道，不敢说些什么，而蓝朵朵和蓝谦就不同了，两人个一听到村长的提议后，两张黑瘦的小脸上全是满满的期望，原本朵朵今日闹这一出的目的就是有这个想法的，只是没有想到，这事儿竟是能由村长出面来解决，若是这样的话，那再好不过了，要是靠她那个懦弱又孝顺的娘的话，估计这辈子都别想逃出她那极品奶奶的手掌心了。

突然间，朵朵便感受到了有一道极为凌厉的目光朝她射来，顺着那个方向看过去，只见蓝雨儿正恶狠狠地盯着她，眼圈还是红红的，朵朵才发现，那徐思源正拿着一张帕子给她擦拭手上的脏泥土呢，由于刚刚自己想得太过出神，所以根本没有发现。

感受到蓝雨儿的嫉妒与伤心，蓝朵朵有些无语了，看来她这个“堂姐”还真是早熟啊，她们才刚刚十二岁好不好啊。

而朵朵现在还真是没有多少时间去揣摩那蓝雨儿的心思了，因为，刚刚那蓝老太太和余氏听到要分家的时候，明显都是不同意的，可是今日已经闹到这种地步了，若是不坚持分家，那日后若是再想分家的话，估计就更加难上加难了。

所以就在众人又一次都沉默的时候，朵朵突然间想到刚刚自己那吃剩下的半碗“猪食”，早在刚刚她看到那碗“猪食”的时候，她根本没有胃口去吃了，只是碍于她这个身体病了几天没有进食太饥饿的原因，所以才吃了小半碗，而在刚刚蓝雨儿把她推倒的时候，她那余下的半碗猪食自然也洒了，蓝朵朵眼睛转了一下。便又红了眼圈，挣开了徐思源的手，蹲在了地上，小心翼翼地捡着地上的野菜。

“朵朵，你还捡它干什么啊？这么脏了，根本不能吃的，而且，这是什么啊？你都病得瘦成这样，怎么才吃这个啊？雨儿不是说过，你们家的条件还是不错的吗？昨天她还与小倩说她的二婶做红烧肉做得很好吃呢。你怎么……”徐思源很是不解地向朵朵问道，而朵朵却清楚看到徐思源在朝她眨眼，朵朵突然明白，原来这厮是发觉了她的心思，这是在帮她啊。

蓝朵朵实在想不起来，她的原身与眼前这个小帅哥有什么牵扯，但别人给自己的好处，她却没有回拒的道理，眼见着大家都向她看来，就连蓝老太太也用她那凌厉又狠毒的目光看着她，那目光的含义蓝朵朵也读懂了，意思就是让蓝朵朵小心说话……

“源哥哥我……”一直未开口说话的蓝雨儿此时却是喃喃地发出声音，此时她很难堪，有一种被人打脸的感觉，她之所以能够攀上人家村长的孙女儿，靠的还不是镇上表姐不要了的衣服、首饰、小玩意什么的，给了她，她便利用了起来，而在这村子里装腔作势的，所以蓝雨儿从穿戴上到吃食上，也略显得与别人不同一些，谁让她有一个在镇上当先生的姥爷（外祖父）呢，整个村子里，除了徐家兄妹，她蓝雨儿是都看不上眼的，所以她在徐家兄妹前，肯定有时候要炫耀一下的，她哪里想到今日那个该死的蓝朵朵竟是这样拆自己的台?

蓝朵朵看到蓝雨儿那欲言又止，十分委屈的样子，她便明白了，看来今日自家人能不能分出去，就要看这个蓝雨儿了，所以此时的蓝朵朵有意无意地朝着徐思源身边靠了靠，而徐思源好似玩上瘾了般，也有意无意地把蓝朵朵护在了他的身后。

蓝雨儿的脸色苍白，红了眼眶大吼道：“源哥哥，她……她和她的弟弟都是个扫把星，他们能害死人的啊，你离她那么近干嘛？她和她的那个娘还有弟弟在蓝家也就只配做个下人，你干嘛要护着她！”

“雨儿！你给我住口！”余氏面带尴尬地开口斥道，平日在家里她怎么说二房的人都没关系，今天这是什么情况啊，全村上下加上村长都在这里呢，她怎么能这样地说话呢，这孩子看来还是被她给宠坏了啊。

“娘？我说得有错吗？您和我奶不也是经常这么说吗，他们三口人只配做咱们蓝家使唤的奴才，以后我出嫁了你们不也是商量着，让蓝朵朵那个贱丫头当我的使唤丫头吗？还有她那灾星弟弟给咱们家带来的灾难还少吗？我怎么就说不得啊？”蓝雨儿眼见着徐思源那样体贴又温柔地护着蓝朵朵，此时她所有的理智都没了。

“啪！”的一声，余氏上前甩手就给蓝雨儿一巴掌：“看你这孩子还混说不？”余氏现在根本顾不得别的了，因为让蓝朵朵当蓝雨儿的陪嫁丫头一事怎么能此时泄露出去呢，所以她焦急得不得了。

“你打我？娘，你竟然为了那贱丫头打我？”从小到大，蓝老太太与余氏别说是打蓝雨儿了，就是连一句重话都没有说过她，今天自己的娘竟然打了自己，这让她怎么能承受得了呢。

“老大媳妇，你这是干嘛，你干嘛打雨儿啊，雨儿说得不对吗？朵朵的命是比不上雨儿的，就算嫁出去，也不一定能嫁到什么正经人家，不如跟着雨儿了，她以后若是个聪明的，雨儿还能亏待得了她？这又不是什么说不得的秘密，看把我的心肝这小脸打的！”蓝老太太一把把蓝雨儿给拉到了怀里，当她看到蓝雨儿嫩白的小脸上那五指印的时候，心中便是一阵揪痛。

蓝老太太口中所说的这个不会“亏待”朵朵的含义，在场的大人肯定都明白的，一般大户人家的公子都是除了正妻之外还有通房小妾之类的女人，而这个正妻会在有身子的时候抬一个自己身边最信得过的人去笼络住自个儿相公的心，这个最信得过的人一定要选好，多少正室身边的丫头最后当上姨娘后，反而与正妻争斗的，从而夺取自家相公的宠爱，所以这个陪嫁丫头可是很关键的。

而蓝老太太与余氏之所以能容忍刘氏母子三人这么多年，除了他们是真的能干外，还是留有这样的心思的，从小她们便拿捏住了刘氏母子三人，而且她们知道蓝朵朵是有孝心的，若是到时候蓝朵朵也有了异心，她们也好拿刘氏与蓝谦说话。

蓝朵朵听到蓝老太太与余氏竟有这样的想法后，气得恨不得上前甩她们几个嘴巴，但是碍于长幼尊卑她却不能，反观刘氏，此时她的身子已经瑟瑟发抖了，脸色都有些苍白得透明了，但却仍咬着嘴唇不说话。

周围的村民都在下面小声议论，但碍于村长在，他们也不敢说得太大声，三奶奶听到蓝老太太的话后，刚要出声，便被三爷爷给扯了扯，摇了摇头，三奶奶只有怜惜地看了蓝朵朵一眼。

当蓝朵朵看到村长还是一副沉思的样子后，“扑通”一声，跪到了地上向蓝老太太哭泣道：“奶，您怎么能这样对我们啊，雨儿姐姐生病了，我去照顾，我生病了您把我扔在猪圈里，雨儿姐姐吃肉，我与弟弟我娘只能吃野菜，而家中的大大小小的活计也都是我们母子三人干，这些都没什么，谁让您是长辈，您怎么说我们就怎么干，可是我们也是您的亲人啊，我也是您的亲孙女啊，您怎么能把孙女儿往火坑里推啊，再怎么说咱们蓝家也是正经人家啊，您怎么能让孙女儿去给人家当小的啊，奶？您这是要逼死我们啊！”

蓝朵朵的这一番话说得周围的村民们都纷纷议论起来，更甚的都有红了眼圈的，三里铺子的大多村民都是纯朴善良的，蓝家有些事情，他们不是没有听说过，但是比起从蓝朵朵的口中听到这些事情，那些只能算上传言。

所以此时他们听到这话是由蓝家的人亲自说出来后，众人们又开始不淡定了。

“这个李氏怎么这么糊涂啊，以前还以为是误传，没想到她真的是这么狠心啊，虎毒还不食子呢，那朵朵和谦儿可是她亲生的孙女儿和孙子啊……”

“单过吧，单立伙，这两个孩子还能享些福，瞧瞧这两个孩子瘦的……”

“早就知道蓝家的老太太是个黑心的，没想到她竟是这样的恶毒呢……”

“你们再看看她家的这个大孙女儿，竟是这样的嚣张跋扈，就这样还想着嫁大户人家呢，就凭她也配……”

顿时，刚刚那些还在忍着的村民们此时却如开了锅般地在那里议论起来，有说蓝家老太太不是的，有说余氏不是的，更有甚者直接骂蓝雨儿也是个不要脸的，总之大家全都同情蓝朵朵母子三人这边了。

而蓝朵朵要的就是这样的氛围，此时她还需要烧最后一把火了，只见蓝朵朵又跪着爬向刘氏的方向，痛哭道：“娘，您现在还要沉默吗，还要忍受着吗？您也是蓝家的儿媳妇啊，为什么您生的女儿就要给人家做陪嫁丫头啊，娘！您说句话啊，这可是女儿一生的幸福啊，您真的就这样地置之不理吗？就算您不为女儿想，那谦儿呢，谦儿现在都十岁了，有一个当通房或当妾的姐姐他以后还能挺直腰杆做人吗，恐怕就连说亲都不会太顺利吧！”

朵朵之所以会拉上蓝谦，那是因为她这个弟弟可是蓝家唯一的男丁，若是加上他，或许离自己的目标还能近一些。

"娘！咱们听村长爷爷的话吧，分出去单过吧，到时候就算再苦再累，女儿也愿意，只求娘不要让奶把女儿给'卖'了啊！"

朵朵的话一说完，刘氏的确心里有些松动了，朵朵猜的没错，在刘氏心里面，她这两个孩子才是最重要的，她什么苦都能吃，什么罪也都能承受，但是她的儿女却是一定要以后幸福，她也是万万没有想到，自己的婆婆竟能这样的狠心，这样的容不下她们母子三人，竟能让一个孙女给另一个孙女做陪嫁丫头，亏她想得出来啊！在刘氏的心里女儿与儿子都是她的命啊，她怎么能同意呢？

可是自家女儿所说的分出去过，又谈何容易啊，他们孤儿寡母的，没田又没地，以后要怎么生活，住在哪里啊？

"你个黑心肝的丫崽子，早就知道你那心不稳当，原来竟打着分出去过的主意，我告诉你，想分出去可以，但是你们别想拿走蓝家的分文，还有那三亩地，你们也妄想！这辈子你们只配做蓝家的奴才，想分出去，没门！"蓝老太太也看到了刘氏脸上的挣扎，婆媳这么多年，她也知道刘氏性子，所以马上放出了狠话，她就不信刘氏能同意那个死丫崽子的主意。

朵朵眼见着自家娘亲的身子抖了几下，她便知道，经过蓝老太太的这一番话后，她娘刚刚燃起的勇气怕是又没了吧。

只不过朵朵却不能让这个机会白白浪费，胜败都在此一局了，所以朵朵上前一步，跪倒在地，哭红了双眼说道："娘！您难道真的要弃我与弟弟于不顾吗？就算您要孝顺，那也不能愚孝啊，奶她没把我们当做亲人看啊！我们就是这蓝家的奴才！大伯娘和雨儿姐那才是奶的亲人，娘，我和谦儿苦点累点都不要紧，我们还有一双手啊，你想想女儿生病时住的哪里，而咱们二房明明有大房子住，我奶却让咱们住茅草屋，大房子让她们拿去堆放旧物，还有雨儿姐每日吃的是什么？而女儿与谦儿吃的又是什么？女儿明明只比雨儿姐小两个月，可是您看女儿的身量，像一个十二岁的孩子吗？娘！您说句话啊！"

"娘，谦儿也想要分出去，哪怕咱们苦死累死谦儿也愿意，奶她根本没把谦儿当成孙子看，谦儿在奶眼里只是个灾星，娘，求您答应姐的要求吧，姐这次捡回一条命真的不容易啊！"机灵的蓝谦看到自己的姐姐为他们以后的幸福努力着，他自然也要助姐姐一臂之力。

朵朵转过头，看到也已经跪到地上的蓝谦，心里不禁欣赏起这个只有十岁的弟弟，没想到他头脑能这样的冷静，看得这样的长远，同时她也深深地感受到，这个孩子对自己或许说是对以前的蓝朵朵是十分的信任的，也就是这份信任，才让他做出这样的表现。

“你个丧门星，早知你今天是这样一个白眼儿狼，当年我就该亲手掐死你！你们这是逼我呐，这是想逼我死啊，我儿子没了，若是我把你们赶出去，那不少人等着在那戳我脊梁骨呢啊……”蓝老太太听着私底下人的议论，又看到了朵朵和蓝谦姐弟俩的互动，以及刘氏的表情，让她有些底气不足了。

“朵朵，你这是干啥啊，赶快和谦儿站起来，咱们关起门来是一家人啊，何必让外人看笑话啊，有什么事情咱们慢慢商量啊！”余氏心里很是担心，今日这样一闹，怕是雨儿的心思要落空了，今日的大闹，很显然村长等人都是同情于刘氏他们娘儿三个了，而那个村长的孙子也是站在蓝朵朵那个贱丫头那边了，无论如何，一定要先把他们娘几个给稳住，自己的婆婆终究是太着急了。

“弟妹，你看，朵朵这孩子性子也太倔了些，这样可不好，这么多乡亲都在这里，可别让人家笑话了去，弟妹咱们才是一家人，你快把朵朵与谦儿给拉起来吧！”随后余氏又使劲儿地朝刘氏边使眼色边道。

“大伯娘，你与我奶商量要把我给雨儿姐姐做陪嫁丫头的那时候怎么没有想到咱们是一家人呢，我好歹也是蓝家的血脉，虽说我爹爹不在了，但我们蓝家也是世代清白啊，你们怎么能就做出那样的事情呢，今天这事儿，谁说也不行，若是今日我娘不答应我分出去，我便一头撞死在这儿，左右也是给人家做小妾的命，我的命贱啊，爹爹，女儿这就去陪你啊！奶，我这就去死，我死了，你一定要好好地待我娘亲和弟弟啊，要不然我就是做了鬼也要向爹爹告状的！”说着，蓝朵朵便朝着蓝老太太的方向撞过去，蓝老太太很自然地后退了几步，而围在外面的村民看的方向则是蓝朵朵去撞墙，是蓝老太太用身子挡住了她。

“奶，我们娘几个总是要活不下去的，您就别拦着我了，让我死去吧！”笑话，她蓝朵朵刚刚有了新生活，怎么可能真去死呢？今日她就是要给这个老太太一点颜色看看，她一定要带着她娘与弟弟离开这个家，哪怕是净身出户。

“哎哟……哎哟我的腰啊，你个死丫崽子，你个黑心肝的，你这是在逼我死啊，我们蓝家怎么就出了你这么一个白眼狼啊，蓝家的列祖列宗啊，辉儿啊，看看你的丫头是怎么欺负我的啊，老天爷啊，你怎么不打雷劈死这个黑心肝的丫头呢……”蓝老太太被这么一撞反而是清醒了好多，这还是她的孙女蓝朵朵吗，还是那个一向唯唯诺诺，软弱的小丫头吗？今日被她这么一闹怕是轻易不好收场了，如今她只能魔高一尺，道高一丈了，也大闹特闹起来，只有她闹起来，才能给她们施加压力啊。

“奶，不用雷劈，我自个儿去死，左右也是一死，我的死要能换来娘亲与弟的幸福，我也认了，奶，我这就去死……”朵朵好似起不了身似的，还使劲儿地在蓝老太太的身上狠狠地按了起来，以做支撑，这给蓝老太太按得嗷嗷直叫。

“姐，谦儿不让你死，娘和谦儿需要你啊……”蓝谦这个小家伙，别看人小，可是机灵着呢，他当然看出他姐姐不是真的要死，是在做戏给大家看呢，但仍然不忘给朵朵渲染气氛。

场面一时之间大乱了起来，三奶奶好几次都想上前去帮朵朵，但却是被三爷爷给拉住了，三爷爷并不想让这矛盾太过于激化。

而这时村长不禁头痛起来，眼见着这场面变得越发地不可收拾起来，老村长大叫道：“行了，都给我停下来，你们不嫌丢人吗？”

果然老村长这一叫喊，蓝老太太老实了，而蓝朵朵显然也是受了惊吓般的，在那只是一直哭，蓝谦也跟着哭。

“光辉媳妇你说，你倒是想不想分出去单过？”看到他们停下了手，老村长很是严肃地向刘氏问道。

现在的情况是蓝老太太与蓝朵朵各执一方，而这个单开伙的事情也是由朵朵先提出的，所以他怎么也要去问一下刘氏的意思，毕竟刘氏也是当事人之一啊。

“徐大叔我……我同意单开伙，不过即便是分出去了，娘这边，我们该孝敬的，我们还是会孝敬的！”刘氏最终还是很坚定地说道。

刘氏的话一说出口，朵朵与蓝谦几乎同时松了口气，而余氏与蓝老太太则同时都瞪大了眼睛，一副不相信的模样，这些年来刘氏的秉性她们可是相当了解啊，今天到底是出了什么状况？刘氏竟然也有主意了，而这其中，最为吃惊的要属蓝老太太，刚刚她还一直哼哼来着，一听到刘氏的话后，都忘记哼哼了，一双眼睛使劲儿瞪着刘氏。

而刘氏此时面对蓝老太太与余氏的瞪视，她却十分坚定，她从没有过如今日一样地挺直腰杆过，眼看着自己懂事的女儿与儿子都跪在地上哭着，宁可寻死也要分出去过，她心里哪里不明白，女儿这是用她的命来换取她与儿子的幸福呢！若是她再软弱下去的话，那她还配做人家的娘亲吗，所以今日她所做的决定，哪怕是以后她们娘几个真的无路可走了，也是比这样坐等着用女儿幸福来换她们的痛快一些。

“好，那既然光辉媳妇也同意了，老妹妹啊，你也想想我刚刚的提议，光辉媳妇到底也是你的儿媳妇啊，你看……”老村长见刘氏也这样坚定地说出自己的意思，他便是觉得这事件会好办得多。

可是却没成想，他还没有说完自己想表达的意思，那蓝老太太便是“噌”

的一下站起身来，也不再继续装模作样了。

余氏趁机赶忙上前来扶住她，哪里知道她却是甩开余氏的手，站在院子中间，一手指着挺着腰板儿的刘氏就开口骂道："你个小娼妇，你不得好死，我儿子娶你的时候我便不同意，好啊，我儿子这才刚去世几年啊，你竟是这样的不安分，竟妄想分我的家产去倒贴那野男人，你和我说，那个野男人是谁？你个下贱的破烂货，竟把我的孙女儿孙子都给带坏了，你到底是安的什么心啊，老天爷啊，我究竟是做了什么孽了，竟是有这样一个儿媳妇，我人还没死呢，她就迫不及待地改嫁了……我……我……"

"娘！"

"奶！奶！"

"老妹妹！"

"……"

只见那蓝老太太突然手捂着胸口很是痛苦地倒仰了过去，幸好后面有余氏给接住了，余氏，蓝雨儿等都纷纷尖叫起来。

所有人都把目光看向了蓝老太太，而却没有人看到，此时的刘氏，则是脸色苍白，满脸泪水地站在了那里，她目光呆滞，就连老太太的晕倒，都没让她缓过神儿来，自从自家相公不好的消息传来以后，她便本本分分地侍奉婆婆还有余氏，甚至蓝雨儿对她也是指手画脚的。

她一个妇道人家，除了下地干活便是在河边洗衣服，除了遇到同村熟悉的人打招呼，她又什么时候与男人私自说过话呢？可是今日婆婆的话太伤她的心了，她怎么能这样地污蔑自己呢，她真是……

"弟妹，你在那杵着干什么呢，没看娘都让你们给气倒了吗？朵朵胡闹，你也随着，快过来吧，别的事先放下吧，咱们赶快把娘扶到屋子里去！"余氏大有责怪刘氏的意思说道。

而刘氏依然站在那里，就直直地看着老太太并不做声。

"快！二牛，你快去把宋先生给请来，老妹妹可别有什么事啊！"倒是老村长徐长水赶紧吩咐其他人道，这李二牛是在三里铺子数一数二的腿脚快，可见老村长是真的担心蓝老太太的病情。

"不！不用了，我娘只是一时被弟妹与朵朵给气着了，让她们给平顺平顺就好了，咱们庄稼院里的人，哪有那么金贵啊，我娘一向节俭，若是等她醒来知道去请了宋先生，那可是一定要怪我的！"余氏赶忙插话说道，而那一番解释更加地让人说不出一点不是来，因为她把责任都推在了还在昏迷的老太太身上。

蓝朵朵早在老太太晕过去的时候便存在怀疑了，以蓝老太太自私的性子，他们出去单过，应该还是不至于她要死要活的吧，而现在更甚的是，她竟然晕了过去，这根本就不符合她这个脑子里记忆中的老太太的性子呢，所以这时一听余氏此时的说辞后，朵朵便是知道了这里面一定是大有文章的。

“大伯娘，既然我奶都生病了，那就该请大夫去啊，你现在还在这里追究到底是谁的责任，又有什么意思呢？而且，我们只是要分出去过，又没说不管我奶了，这又有什么错呢？我奶她老了，有些糊涂，你不至于也跟着糊涂吧！”朵朵这时也不跪着了，而是拍了拍自己身上的土，走到人群里，向余氏反驳道，而当她说到“老糊涂”的时候，她分明地看到了蓝老太太的眼皮稍稍地动了一下。

果然蓝老太太是装的，蓝老太太可是要强一辈子，也当家做主了一辈子，哪怕是蓝家老爷子活着的时候，她都是在家说一不二的，现在却是被自个儿的孙女儿说成老糊涂，她哪能受得了，她几乎想蹦起来破口大骂，可是若是真的那样的话，那自己所做的一切，那不就是白做了吗？

看来她一直都小瞧了这个孙女儿了，她竟敢鼓动她的贱人娘同意分家，不行，她绝对不能同意，这个家不能分，蓝家能当家做主的也只能有她一个，而刘氏那个贱人，只配做蓝家的奴才，她所生的孩子也一样，想分家，那是妄想，打定这个主意，蓝老太太便继续装晕。

“朵朵啊，现在可不是说气话的时候啊，咱们家哪有那些个银钱啊，再说了你奶也是老毛病了，今日又赶上了这事，是伤着她的心了，无事的，回屋去给她揉拍一下就好了，用不着……用不着麻烦宋先生的，你生病的那会儿，咱们没少麻烦人家宋先生的，所以这次还是……还是算了吧！”余氏有些不顺畅地说道，她以前怎么没发现蓝朵朵这样的难缠呢。

“哦，原来是老病啊，这也难怪了，平日里奶一向身子很好的，今日怎么就说晕就晕了呢，不过不寻宋先生也可以，就在前些日子，我昏迷的时候，也做了许多的梦呢，其中便是有一个白胡子爷爷教过我要怎样给老人治顽疾。而今日虽说我奶的病不是我们造成的，但是怎么说她也是我奶！找宋先生大伯娘怕麻烦，那就由我来帮我奶治病吧，要不然就是我们分出去了奶她也不能安心啊！”蓝朵朵含笑说道。

朵朵是故意把那个老奶奶的形象给改成了白胡子老爷爷，因为那位老奶奶可是不只一次的告诉她，一定不能把她的任何消息透漏给别人，所以，哪怕是她瞎说的，也不能往老奶奶身上引去。

“朵朵啊，你说的是真的吗？你真的在梦中遇到一个白胡子老头吗？那老头长的什么样啊？你快快与老夫说说！”朵朵的话刚一说完，竟是老村长焦急地问道。

原来，他们三里铺子以前可是很富庶的一个村子，因为他们的祖先有着很灵活的头脑，会种得一手好地，据说当时就连皇上都大大地赞赏，因为就他们三里铺子这么一个小村儿，就解决了朝廷大量的军饷，就拿现在来说吧，一提到土豆这个产物，大家也会先想到他们三里铺子的，可是俗话说得好，人怕出名猪怕壮，当时他们村儿，便被那有心人给盯上了。

在当时，也是正值皇上年老，几位皇子夺嫡时期，而当时他们的老祖先也正得到另一种作物的种子，据说若是种植好了，产量与价值都要超过土豆的，本来一切都是在顺利地进行时，但是不料却被人传到了那几个皇子的耳中，他们纷纷地都打这种作物的主意，若是能由自己推广这种作物的话，那便是也离那个位置近了一步。

可是那些个皇子却是不知，他们的祖先，其实早已与皇上有协议在先了，所以他当然不肯透漏这种作物的秘密。

而当年这个秘密其实也是皇上故意透漏给那些个皇子的，他之所以那么做，就是想看看他的那几个儿子的表现，只是让他没有想到的是，他其中的一个儿子因为得不到任何信息，便是在夜里悄悄地放了一把火。

老村长还记得当年的大火烧得怎样的旺，他们的祖先是一个白胡子老头，一家四口妻子温婉贤惠，子女天真烂漫，而整个村子里又有谁没有接受过祖先的恩惠呢，就拿那土豆来说，他们的祖先并没有藏私，而是带领大家一块发家致富的，可是，当他家起火的时候，村民们却是有着小小的迟疑，不敢前去帮忙，正俗话说，民不与官斗，所以那场大火烧的很是旺，最后有些有良知的村民们还是心里过不去那个坎儿，便都纷纷地来救火，只是最终还是晚了，大火把那个院子烧得一干二净的。

最后火终于被他们扑灭的时候，他们心中还怀有一丝生机的寻找，可是当他们在废墟中寻来寻去的过程中，却是却是找到了三俱尸体，少了一俱，所以当时有人说，“是因为火烧得太大了，把人都烧成灰烬了”，还有人说“这人一定是逃出去了，要不然怎么会不见尸体呢”……

总之怎么说的都有，后来，还有人说在深山里曾经看过一个孤独的身影，总之众说纷纭的，但在那之后三里铺子的一切便让人遗忘了，那土豆作物，也是全国推广了，大家都可以种，也就并不显得他们特别了。

老皇帝最后在临死前，竟是把皇位传给了自己的弟弟，因为他觉得他的儿子们让他太失望了，心中只有小我，心胸这样的狭隘，根本不配做储君。

最后新帝登基，还亲自来过三里铺子，仔细寻问每一户村民，有没有知道那个作物培育以及名字的问题，他的皇兄可是清楚地告诉过他，那个作物以后的价值有多广泛，他又是一个明君，怎能让这么一大块利国利民的肥肉从他眼前飞过呢，可是无奈，无论他怎样寻问，最后还是无果。

所以今日当朵朵说到她梦到了一个白胡子老头儿时，这村长徐长水的心思又是想到了当年的事情来，虽然当时他还小，但是却仍然记得他的长相。

蓝朵朵一看老村长竟是这样热切地相问，而在场又有这么多人也都纷纷向她看来，那她怎么也要把这个话给圆过去啊，所以她脑中便是出现了现代电视中所演的那丐帮帮主洪七公的样子："那个白胡子爷爷白花花的胡须，手中还拿着一个酒葫芦，而且穿得很是破旧，就与我和谦儿差不多吧，当时我还想呢，难道他的家里也有一个不喜欢他的奶奶吗？"什么叫做童言无忌，她这样便叫吧，反正她才十二岁而已，又是乡下的孩子，啥也不懂那是应该的。

众人一听到朵朵的话后，都纷纷地捂嘴笑了起来，就连老村长也不例外。

果真朵朵又一次偷偷地瞄到了蓝老太太的脸有些抖动的迹象，她想，这一定是让她给气的吧，朵朵心里偷着做了一个胜利的手势，一会儿她便要揭穿那个老太婆的恶行去。

只是现在老村长爷爷是什么情况啊，为何如像看到了粮食般地看自己呢（大周粮食紧缺众所周知，所以在大周粮食是很重要的），朵朵很是不解地看着正在对自己笑眯眯的老村长。

她哪里知道老村长心里想的是什么，老村长徐长水听闻朵朵说完后，他更加地确信，朵朵梦中的人便是他们村里的那个传奇人物。

"朵朵啊，那，那个白胡子老头儿与你还说了其他的事情没啊？比如说种什么作物可以高产还可以价值高啥的？"老村长很是小心地问道。

蓝朵朵疑惑道，亏得这个老村长一把年纪了，怎么连她说瞎话都听不出来啊，看到余氏一直扶着蓝老太太脸上而表露出来的不耐，蓝朵朵便与老村长说道："白胡子爷爷只教了朵朵怎么给我奶治病，因为白胡子爷爷知道，只有会给我奶治病了，我奶才不会讨厌我，好了，村长爷爷，我还是先给我奶治病吧！"

蓝朵朵听似天真的话，却是让周围的人又是一阵感慨，原来朵朵这孩子心心念念都是想着要怎么让她奶喜欢她啊。

"朵朵这孩子从小就是个懂事的！"

"懂事有个屁用啊，可是有人眼睛就是瞎的啊，同样是孙女，可是便只疼那一个！"

大家又开始议论起来，有的人甚至把蓝雨儿也给捎带上了，蓝雨儿涨红着小脸站在那里，实在想不通，为什么反而她现在成了让人议论的话题了？

而这边的余氏一直扶着蓝老太太，这对于一向不干活的余氏来说也是一种煎熬，胳膊都酸得不行了。

"好啊，既然朵朵有这样的孝心，那你就去做吧，你奶啊真是不知足，有你这样的好孙女儿她却……唉！"老村长的脸上微微有些失望，但却是仍然答应了朵朵的要求。

而这时蓝朵朵却是给蓝谦使了个眼色，两人一同走到了刘氏的身边，刘氏依然呆愣着，很显然，她还没有从刚刚的打击中回过神儿来。

"娘，您是什么人，大家谁不知道啊，你没听到刚刚大伯娘说了吗，我奶是有旧疾的，所以是病糊涂了，难免胡言乱语的，不过，这也没关系，女儿会治这病，您在这儿等着我去把我奶给治好了，到时候咱们定要问个清楚，那样咱们分出去也分得清清白白啊，您说是不，虽然我和谦儿年纪小，但那也是蓝家的人，谁要欺辱您，那她也得好好想想不是？"蓝朵朵与蓝谦一左一右地挽着刘氏的手，说道。

"是啊，娘！等谦儿长大了一定会好好地护着您和姐姐的，到时候，再也不让那些恶人伤害你们！"小蓝谦到底是年纪小，说这话的时候，目光紧紧盯着余氏，虽说他是小小年纪，但是有好些事情，他也渐渐地有所察觉，奶奶为何这样待他们，那是与眼前的这个大伯娘分不开的。

刘氏含泪地看着自己的两个瘦弱的孩子，却是给了她无比的安心，这也更加地坚定了她分家的念头。

"光辉媳妇啊，你看啊，你有这么一双好儿女，还有什么不如意的？等到将来你们分出去过，那好日子可就是等着你呢，你婆婆是啥人，大家谁不知道，大家都知道你是个好孩子，她那满嘴喷粪的话，你怎么能往心里去呢！"三奶奶这时再也不顾三爷爷的拉扯，便上前一步含笑宽慰着刘氏。

"是啊，大妹妹，你别往心里去，你是什么样的人，我最清楚了……"

"是啊是啊，你婆婆她……"

有三奶奶领头儿支持，这围观的人又都开始劝慰刘氏，从而指责余氏的不对。

蓝朵朵含笑听着众人的指责，而却又不忘去盯着她那极品"奶奶"。想不到这一向霸道又一向好强的蓝老太太竟是这样硬生生忍住了，只是她那额头上青筋暴露地早已经泄露了她此时的心情。

而那余氏的脸已经铁青了，自己受累不说，那些村里的人分明在劝刘氏的过程中正在含沙射影地说她与雨儿的不是呢，想罢余氏定下心神说道："朵朵啊，你不是要医治你奶吗？那咱们就先回屋子去吧，这外面的天气还挺凉的，别再……"

余氏还是不忘敲打朵朵，意思是若是蓝老太太因此而着凉，那便更要算在他们母子三人的身上了，而且她要把老太太弄屋子里去医治，她还有一个目的，那便是她早早就发现了蓝老太太是装晕，早在蓝老太太倒仰到她身上的时候，便是用手扯了一下她的。

而现在老太太很是明显已经呈弱势了，所以她现在就是扶着老太太站在这里也是得不到好的，不如一会儿回到屋子里，关起门来，看她们怎么收拾刘氏那个贱人，和这两个野种。

可是她却是没有想到，若是她应对的是刘氏，也许她会成功，但现在她面对的却是蓝朵朵。

"大伯娘，你刚刚不是说我奶这是旧疾吗，或许吹吹风会好上许多吧，你不用着急，我现在马上就为我奶治病！"朵朵笑盈盈地对那余氏说道。

"朵儿，你真的……真的会治病吗？若是没有把握，咱们就算了，娘这次是拼了命，也要带你们姐弟俩出去过的，朵儿你不需要为难啊！"刘氏很怕若是这中间有什么差错的话，那蓝老太太与余氏都不会放过自己的女儿的，所以此时她是完全想通了，无论如何她也要离开这个不把她当人看的家。

"娘，你放心吧，治我奶的病不难！对了，你与弟退后一步，还有各位叔叔，伯伯，婶婶奶奶们，你们还请退后，雨儿姐，你也退后！"宽慰完刘氏后，蓝朵朵又对周围的人说道，不仅如此，还特意地对蓝雨儿说道。

蓝雨儿此时恨足了蓝朵朵，她的源哥哥自打来了以后，根本是连用正眼看她一眼都没有的，这怎么能够不让她伤心呢？蓝朵朵是个什么东西，长得又黑又瘦的，有哪一点能比上她的？

所以在蓝雨儿听到蓝朵朵的话后，不仅没有后退，反而是直直地站在那里一动也不动的，挑衅地看着朵朵，她就是要和她拧着来，气死她。

而朵朵看到这样的蓝雨儿，也不气不恼，只是含笑往另一个方向走去，她就知道蓝雨儿是不会老实听她的话的，不过没关系，她也就是算准了她这一点才这样做的。

其他人在老村长的带领下，都后退了数步，但他们却是仍然小心仔细的，看着朵朵究竟是怎么给蓝老太太治病的，特别是老村长，那简直是目不转睛了，因为，他在内心里还是感觉那个梦里的人定然是他心里所想的传奇人物。

而这边只见朵朵却是朝猪圈方向走去了，走到猪圈的墙外，她拎起了这几日准备喂猪的泔水朝着这边走了过来，小小的身子，大大的木桶，朵朵拎得十分艰难。

“朵朵，还是我来吧，这个木桶太重了！”徐思源朝着蓝朵朵走了过来，温和地说道。

蓝朵朵从来就知道徐思源是一个好人，却是没有想到，他竟然还有这样腹黑可爱的一面呢，这满桶馊了的泔水，就连她这个要故意报复别人的当事人，也都根本受不了这个味道的，而他这个看着养尊处优的大少爷，竟然不顾脏臭，主动来帮她提，若是说没有感动，那肯定是不可能的。

“思源哥，没事的，我都拎习惯了，你先去一旁站着！”朵朵颇有深意地向徐思源说道，与此同时她还向他使了个眼色。

蓝朵朵觉得徐思源应该能看出她的意图来，没有想到，徐思源却一把接过了那桶馊泔水，从容地走向了蓝老太太的方向，便把泔水桶放到了中间，自己退后了几步，无视于蓝雨儿那满脸受的伤。

蓝朵朵暗道，帅哥就是帅哥啊，怎么拎泔水桶都这么的帅气啊，而最主要的是，他竟是发现了自己的意图，看来要从侧面打听一下，以前这两人是怎么认识的。

“朵朵，你这是干啥，你把这桶喂猪的泔水拎来干嘛，真是胡闹！都说了，你不会治病，我和你奶都不会怪你的，但是你可不要乱来啊！”余氏在听到蓝朵朵会给人治病的时候便已经挺嗤之以鼻了，眼下倒好，她竟是把泔水桶给拎来了，怎么着，她这是想给老太太喝泔水吗?

她的话一说完，她就感觉到靠在她身上的老太太的身子一僵，很显然，她的想法与余氏是一样的，余氏感觉到了蓝老太太的微动，便是轻微地按了下蓝老太太，示意她不要担心。

“大伯娘，我是要给奶治病啊，想要给我奶这病去根儿，这个东西就是不可缺少的啊！”朵朵意味深长地说道，她细心地观察到，蓝老太太听到她说到“去根儿”二字时，那身子便是抖了几抖。

“朵朵啊，你奶这不是啥大病，是旧疾，你不要瞎胡闹，你今日若是让你奶服这个泔水，这就是大逆不道啊，众位乡亲也都在这里，朵朵啊，就算是你奶平日里性子有些急，但她终究是你奶啊，是你的长辈啊，你可不能这么做啊！”余氏颇有一些苦口婆心地劝说道。

“弟妹，你们这时候可不能犯傻啊，若是朵朵今日趁她奶病着的时候对她奶下手，那她以后的名声，也就毁了，以后她再想找好婆家也是不可能的了，就是雨儿谦儿也要受影响的啊，弟妹……”余氏见蓝朵朵不为所动，若是蓝朵朵执意如此，她也不能来硬的，毕竟现在周围这么多人呢，而且她手上还扶着蓝老太太呢，自个儿的女儿现在泪眼婆娑的，根本脑子里只有那个徐家的少爷啊，所以此时她只能朝刘氏那边使劲儿了。

“大伯娘，我什么时候说要让我奶喝这泔水了，很奇怪，难道你不想让我把我奶给治好吗？为何你总是要恶意阻拦呢，难道大伯娘是不希望我奶能好吗？”朵朵似笑非笑地说道。

“胡说，你奶根本就……我怎么会不希望你奶的病好呢？只是，这泔水乃是喂猪的，你不让你奶喝，那你拎这玩意来是想做什么呢？”余氏差一点儿就把蓝老太太没病的事儿说出来，随后马上转移话题道。

“啊……蓝朵朵，你个小贱人你干什么？你干什么啊？啊……”

片刻的工夫，众人都纷纷石化了，直到大家闻到了一股馊了的泔水味儿，还有听到蓝雨儿那歇斯底里的叫声后，他们才缓过了神儿，无一不被眼前这状况惊住了。

“雨儿啊，奶奶的心肝儿，有没有怎么样啊，那个黑心肝的小娼妇，竟是这样地对你，看我不打死她！快快让奶奶看看……”只见那蓝老太太一听见蓝雨儿的尖叫声，竟然奇迹般地推开了余氏，赶紧奔向那满身是泔水的蓝雨儿身边。

“蓝朵朵，你个小贱人，你是故意的是不是，你是故意让我在源哥哥面前出丑的是不是，我这衣裙可是镇上最流行的啊，你竟这样给毁了，我要撕了你个小贱蹄子！”说罢蓝雨儿竟不顾蓝老太太的关怀，反而把蓝老太太推开，而那边的蓝老太太全身心都关注在蓝雨儿有没有怎么样的事情上了，根本就没有防备，就这样，蓝老太太被蓝雨儿气愤地一挥，被挥到了地上。

“娘，娘你有没有怎么样啊，雨儿，你给我住手，还不过来看看你奶！”余氏现在只觉得脑袋上的神经都一崩一崩地疼，看来今天，她们是完全地被蓝朵朵那个贱丫头给耍了，她这哪是要治病了，她这分明就是知道老太太是装的病，而自己刚刚又拿这忠孝尊卑来说话，那死丫头只能对雨儿下手了。

如今有这么多人都围在这呢，通过这样一闹谁不知道自家婆婆刚刚是在装晕啊，而且蓝朵朵那死丫头更是用事实证明了自家婆婆有多么地偏疼雨儿，总之，今日这家势必要分了。

蓝雨儿哪里肯听余氏的话，她现在已经被蓝朵朵气得浑身发抖了，眼睛通红，看那架势分明要真的杀了蓝朵朵呢，其实蓝雨儿的心里也确实那么想的，从刚刚源哥哥都没正眼看她一眼，却温和体贴地对待蓝朵朵的时候，她便起了这个念头，而自己现在身上的衣裙，可是镇上的表姐只穿过两次的啊，这是今年最流行的锦缎制成的，如今却是被那馊掉了的泔水淋了一身，就连头发上也无可幸免。

而她最爱慕的源哥哥就在一旁看着她，看着这样狼狈的她，她以后还有什么脸见人了啊，所以她又如何不抓狂呢？

“雨儿姐，难道你身上的那身儿衣服和面子，就真的能与咱奶的身体相比吗？我这是为咱奶治病呢，你看看你做了什么，你竟是把咱奶给推到了地上去，这是咱们做孙女儿该做的事情吗？所以为了咱奶的病能去根儿，你就先忍耐这一次吧！”蓝朵朵压根儿就没有怕蓝雨儿能对她做什么，而且她在训斥蓝雨儿的同时还不忘了威胁蓝老太太，那便是，若是这次没给你治去根儿了，那她不介意之后再来。

“蓝朵朵，你个贱人，就跟你那贱人娘一样下贱，要不是她生下了那个灾星，爹爹也不会死，所以是你们欠咱们蓝家的，你们就是蓝家最下贱的奴才，比狗都不如……”

人只有在最生气激动的时候，才会在言辞上无所顾忌的，就连蓝雨儿也不是例外的，别看她只有十二岁的年纪，也是单纯天真的年纪，可是她却没少受蓝老太太与余氏的影响，所以对蓝朵朵那母子三人简直是痛恨到了极点。

她从小便知道她的爹爹其实便是她的二叔，所以她便把她爹爹的死都算在了蓝朵朵她们母子三人的头上了，再加上蓝老太太与余氏的恶意中伤，所以蓝雨儿此时的语言是犀利的，也是照着平日里蓝老太太口中常常骂朵朵的话语给扒下来的。

这蓝家二儿子二房一肩担的事情，那些年长一点的人都是知道的，虽说这样的规矩在一般的高门大户中也是有的，可是在乡下却是极少的，一来乡下人认为，不管哪个儿子，只要有后，都是他们家族的后人，二来呢，乡下人都很善良，死了夫君的女子，若是没孩子，婆家都会赞成那女子改嫁的。

所以如蓝家这样的在乡下是很少见的，可是这蓝家老太太李氏，以前也曾是一商户的女儿，只是由于家庭破败，这才来到了乡下生活，最后也是嫁给了乡下人，可是她却是如大户人家一样，很是注重那嫡次之分的，而且她最为偏爱的也是她的大儿子，所以，她这才做了这么一件荒谬的事情的。

只听“啪！”的一声，蓝朵朵上前甩了蓝雨儿一个巴掌。

“你……你敢打我？”蓝雨儿不敢置信地看着蓝朵朵，这个她一向看不起的，又一向惟她是从的妹妹竟是打了自己。

“这是为我娘打的！”

随后，又“啪”的一声，蓝朵朵反手就又抽了蓝雨儿一个嘴巴：“这是为我自己打的！”

紧着在蓝雨儿彻底懵了的时候，蓝朵朵又献上一巴掌道：“这是为谦儿打的！”

直到蓝雨儿瞪着眼睛呆愣在那里，蓝朵朵才停了下来说道：“我为什么不敢打你，在长幼尊卑上，我娘是你的长辈，而你却是对长辈口出狂言，你该不该打？俗话说，滴水之恩当涌泉相报，你的命是我用命换回来的，若是没有我的侍疾，你会好起来吗？你别忘了，当时那个疼你的奶奶和娘亲可是都没有上前啊，结果我染上了病就给我扔到了山上，赶到了醒来之后，你就这样地恶意伤害我，你说说，我该不该打你？还有，你既然都知道你我拥有共同的爹爹，咱们乃同父异母的姐妹，那谦儿也是你的亲弟弟啊，你却一口一个灾星，一口一个奴才的，这是你当姐姐该叫的吗？你说我打你打错了吗？”

“谁……谁让你给我侍疾的？你娘也配当长辈？整天哭丧着一张脸，看着就晦气，还有蓝谦他是个什么东西，我可没有他那样的弟弟，蓝朵朵我跟你拼了，你个不要脸的贱人，你敢打我，我叫你打我……”蓝雨儿说到自己染病蓝朵朵侍疾一事时，明显很是没有底气，可是后来说着说着，她便觉得她根本没有错，所以便很是疯狂地向蓝朵朵扑了上去，准备大打一场。

“够了，你们还没有闹够吗？蓝李氏，这就是你当的好家啊，雨儿那孩子看来还真是叫你给惯坏了！”徐长水很是失望地对蓝老太太说道，从而那称呼上也从老妹子变成了蓝李氏，若是大家细看村长的脸色，却会发现，村长在训斥蓝老太太的同时，还很是失望地看了朵朵一眼，而他这个失望却不是因朵朵泼了蓝雨儿，是因为此时他深深地感觉到了，蓝朵朵刚刚说的做梦梦见白胡子老头的事情是假的，这个孩子分明是早看出了蓝李氏是装晕，才做的这一场戏啊，所以老村长现在是失落加失望啊。

“村长爷爷，您怎么也向着那个小……向着蓝朵朵说话啊，是她先打了我啊！”蓝雨儿很是不明白，明明是自己挨了打，怎么连一向对她和善的村长爷爷也向着蓝朵朵呢，不过此时此刻，她却是没胆大骂蓝朵朵了。

“哎哟，这反了天去了，你个黑心肝的，你人小却心狠啊，连你自己的亲姐姐你都能下手，刘氏，你真阴损啊，这是你教孩子吧，你不得好死啊，不孝敬婆婆，你教坏蓝家的孩子，我蓝家怎么娶了你这么一个婆娘啊！”老太太见老村长开始发难蓝雨儿，而眼看着自己也躲不过去，开始坐在地上撒泼起来，同时又把那脏水开始往刘氏身上泼，说着说着，她又要企图装晕。

“哎呀，我奶这是又犯病了啊，白胡子爷爷教我给我奶治病可不是光有刚才那一招啊，这症状虽然都是一样的，可是这方法可不全是一样的啊，不过大家就瞧着好吧，无论怎样的症状，我一准儿能把我奶给治好了！”蓝朵朵看到蓝老太太想旧计重施，便急忙开口说道。

“你个死丫崽子，你的心咋就那么狠呢，你这是巴不得我死啊，我哪犯病了？我有什么病，我有什么病啊，你个黑心肝的，老天爷啊，你咋这么不长眼啊，这样黑心肝的就该把她收回去啊！”蓝老太太见自己的招数被自家孙女儿给拆穿了，便又开始撒泼起来。

“奶，你这是怎么说话呢，我这是给你治病啊，难道我孝敬奶，老天爷还能把我怎么了吗？村长爷爷，咱们还是继续刚刚的话题吧，我奶这病也好了，我和我娘我弟分出去也就放心了！”眼见着蓝老太太无理取闹，就是不提刚刚她们提出的分家一事，蓝朵朵也并不想与她们再继续纠缠下去了。

“朵朵啊，咱们到什么时候也都是一家人，你今天刚醒来，估计是有些小性子的，你照顾你雨儿姐的事情，大家都是看在眼里的，虽说是让你住猪圈是我们不好，但我们也是怕把你弟弟和你娘都传染上啊，我和你奶是为了大家好啊！好了，朵朵，别耍小性子了，快扶着你娘回屋去吧，今日你把你雨儿姐的衣服也给毁了，也算是出了气了，所以大伯母做主，以后咱家人谁都不准提这事，比起这件衣服，你们可是亲姐妹儿啊，弟妹，你说是不是这个理儿呢？寡妇家家的，单出去过也是不容易的事情，没有家族的依靠，以后朵朵和谦儿说亲，人家能会高看他们一眼吗？所以，听嫂子的话，这件事情就这么算了吧！”

余氏虽然表面含笑，但实际上，她却是咬碎了自己的满口银牙，自己的女儿满身的馊泔水，连头发上都是，却愣是没人为她说一句话，眼看着老太太要赖撒泼那一套也不管用了，余氏只能晓之以理，动之以情地劝说着刘氏和朵朵，而且还把这其中的利害关系都说得很是清楚，想必刘氏也该明白一个寡妇带着两个孩子出去过的艰难吧。

“大嫂，就是因为我一个寡妇带着孩子不容易，而且娘也健在，所以我从没有过自己单出去过的想法！”余氏的话一落，还没等着蓝朵朵去反驳，一直未作声的刘氏却开口说道。

“弟妹……”余氏一听刘氏说这话，她的心里便松了口气，果然，一个女人单独过日子是极难的，要不然当年她也不会做那样的选择，更何况，这刘氏还要多想想她的一对儿女呢，所以就当余氏要接过刘氏的话时，刘氏却又开口了。

“大嫂，你听我说完！”刘氏的脸上透着从未有过的坚定，对余氏说完后，又看了看自己的一双儿女，便又开口说道。

“大嫂出身于镇上的书香门第，而咱娘又是上了年纪的，所以这家里大大小小的活计我很自然地就全做了，我一直认为，相公没了，所以我要替相公好好地孝顺娘，或许在谦儿出生前，是有些个传言，但是那他也是相公的血脉啊，也是蓝家唯一的根儿啊。娘，大嫂，这些年谦儿吃的苦还少吗？一个男孩子，他火烧过，饭做过，甚至连衣服都洗过，他只是一个十岁的孩子啊，还有朵儿，这些年来，朵儿为这个家做的还少吗？你们不要忘了，雨儿的这条命都是朵儿用生命换来的啊，结果我们换来什么了？朵儿只配给雨儿做陪嫁丫鬟，我们只是蓝家最低贱的奴才是吗？

“娘，我刘芳（刘氏的闺名）可以当着众位父老乡亲的面发誓，若是背着您偷了人，或者不守妇道了，我不得好死，死后不得善终，所以，这种诬蔑媳妇的话还请您以后不要再说了！”刘氏眼中已经没有了泪水，而满是坚定。

“徐大叔，今日您给做个证，从今日起，我们娘儿三个，就单分出去过了，房子，地，我们啥也不要，我们娘儿三个只拿着我们的一些随身衣物离开！”刘氏发完誓后，便又转身对老村长说道。

“光辉媳妇儿，你……你这是又何必呢？”老村长心中很是怜惜刘氏母子三人，要知道，就是得了三亩地，她们的日子也不会过得太好的，更何况，刘氏的意思可是要净身出户啊，什么都不要，若是这样的话，那她们娘儿三个要怎么活啊。

“朵朵，谦儿，是娘没用，是娘不好，以后无论再苦再累，娘也要守护好你们，不让你们再受伤害，娘的这个意见，你们同意吗？”刘氏何尝不知道村长的意思呢，但是她心里更清楚的是，就算她想要些什么，那也是不可能的，老太太和余氏根本不想让她们分出去，若是分出去，便只能走这一步了，所以她又询问了一下自己的两个孩子的意见。

“弟妹……”

“黑心肝的……”余氏与蓝老太太都满脸的惊讶，甚至都尖叫了出声。

“娘，只要咱们一家平平安安的没有人算计咱们，就是我和弟弟跟您去要饭，那么我们也认了！”未等蓝老太太与余氏再开口，蓝朵朵马上说道。

能让刘氏说出这样的话已经极为难得了，所以朵朵现在不能再让余氏和蓝老太太再影响她的决定了，而到了这时候，朵朵也明白，刘氏的后顾之忧是她与蓝谦，若是她与蓝谦能支持她，那么刘氏便会底气足一些。

“你个死丫崽子，我就知道你是最心狠的，好啊，你们走吧，你们今晚就给我滚出去，蓝家的一切你们什么都不准拿，走吧，一窝白眼儿狼！”老太太索性站了起来，也不坐在地上耍泼了，因为在她心里认为，若是刘氏他们母子净身出户那肯定是没地方去的，那以后生活怎么办？以什么为生呢？好赖不计，现在还有他们一口吃的啊，若是他们出了蓝家的大门怕是连口吃的都没有吧。

“弟妹，你的性子也不要太倔了，你看咱娘让你们给气的，听嫂子的话，说些软话吧，说些软话娘肯定会心软的，你别看娘现在这样，她可是典型的刀子嘴豆腐心啊，快，听嫂子的话，说点软话儿吧！”余氏在这边急得满头大汗，因为她才不会像老太太那样天真呢，像刘氏母子三人这样地能干，就是出去了也一定饿不死，更何况这么多乡亲都在这呢，怎么可能让他们露宿在外呢？

可是若是他们真的出去了，那蓝家以后的日子要怎么过啊，她可是一向没有做过活计的啊，自家的婆婆又是那样的刻薄，一想到这些，她就觉得非留下刘氏不可。

“你别劝他们，你劝他们干嘛，丧良心的，翅膀硬了是吧，我倒要看他们在外面能过个什么样子，不要留他们，还有，一会儿你要看好屋子里的东西，除了他们那破衣服，啥都不能让她们带走，连一双筷子都不行，雨儿她娘，你一定要给我仔细看好了！”蓝老太太一辈子要强惯了，像今日这么丢人的事情，她还真没做过，硬话软话她都说了一遍，可是还是不行，还真让他们反了天去了呢。

“娘，你放心，蓝家的一针一线我们都不会拿的，我身上的衣服，还是我与光辉成婚时，我娘家带来的，朵儿身上穿的是我的旧衣改成的，而谦儿身上穿的还是三伯母给的，还有，我们屋子里还有一床铺盖，也是我的嫁妆，除了这些，就再没有其他的物件了！”刘氏边说着，眼圈便也红了起来，想她刚嫁进蓝家时还有蓝光辉给她的东西，在蓝光辉死后，便全被老太太和余氏给“强抢”了回去，简直是一点儿没剩啊，这么多年来，她为了讨好老太太，真的是让她的儿女们受了太多的苦了，今日这样一说，好似两个孩子长这么大，还没有穿过一件新衣服呢。

“娘，这家也不就这样分就算了……”刘氏的话刚一说完，蓝朵朵却是在一旁边接话道，她的话让刘氏一愣，而又暗自担心起来。

而蓝朵朵的话音一落，只见那蓝老太太杀气腾腾地走了过来，一只手指，指着朵朵骂道：“你个死丫崽子，你别指望着还想要啥，蓝家什么都和你们三个丧门星无关，哼，若是你们还想继续留在蓝家的话，那便要做好奴才的本分，若是想要分家产，门儿都没有！”老太太指着朵朵大声骂道，而那手指，也是快要点到了朵朵的头上去。

刘氏见状，赶忙拉开了朵朵，脸色很是苍白地对朵朵说道：“朵儿，你放心，以后有娘吃的一口，就绝对不会饿着你和谦儿的，娘还会刺绣，娘多接点活儿，一定不会苦了你和谦儿的，你奶的东西，咱们不要！”

“娘，朵朵到底是咱蓝家人啊，她这是舍不得离开您老人家呢，什么奴才不奴才的，也就是我是个没用的，不会做那些活计，以后我一定会跟弟妹学习一下的，咱们都是一家人！娘，你可不能生气啊，不能驳了您孙女儿的面子啊！”余氏可谓是八面玲珑啊，她见朵朵到底还是小孩子，刚刚说什么都不要也要分家，现在却是又要阻止很明显是后悔了嘛，这小孩子啊无非就想让大人多注意她些才这样的，所以余氏又继续一边给蓝老太太使眼色，一边劝慰道。

“娘，您别着急啊，女儿自然知道不会要蓝家的任何东西，女儿很同意娘所说的，但是今日村长爷爷，三爷爷，三奶奶等诸位长辈都在，咱们也要立一个字据，从今日起，这边无论有什么事情，咱们娘儿三个都不会过问的，是奶先不把咱们当蓝家人的，那咱们也不需要再想着孝敬之类的事情了，所以无论以后我们是生，是死，是贫穷，是富贵，那便与老宅蓝家无任何关系！”蓝朵朵目光很是嘲讽地看着蓝老太太与余氏，又坚定地与刘氏说道。

开玩笑，如今老宅剩下的这三人，根本就是肩不能扛，手不能挑的人，日子会过得什么样，她心里再清楚不过了，而且她觉得虽说到了古代，自己又是变成了十二岁的小萝莉，但是她的灵魂可是二十多岁了，而且又掌握着一些现代的农业知识，大富大贵她不敢说，但是若说解决个温饱，过着小康的生活她还是有把握的，更何况她娘和她弟还都是勤劳的人，以后的日子肯定会好起来。若是到时候蓝老太太，仗着自己是长辈，而指手画脚地来打秋风，那不是便宜她们了吗，所以眼下有些事情必须要说清楚。

“哎哟，你个丧良心的丫崽子，这次你染上时疫，你咋没替那好人死了呢，你个白眼儿狼，还想跟我立字据，没门儿我告诉你，我不同意！”蓝老太太终于感到心惊了，不为别的，她突然发现，今日的一切怎么这么像一个圈套呢，她好像掉进了自家那丧门星孙女的圈套里了，看现在这一切，他们是来真的了，可是那怎么行呢？那蓝谦可是蓝家唯一的孙子啊，就算是自己再不待见他，他的身份也在那呢啊，她怎么可能同意让那两个孩子和她们蓝家一刀两断呢，不行，绝对不行。

蓝老太太本来想着，就算是她们分了家，那孙子，孙女，还有刘氏等，也还都是他们蓝家的人呢，到时候若是有些个活计让他们干，他们还能不干吗？他们若是敢不干，那她就会以孝道来说话，况且话又说回来了，就算是他们分出去了又能怎么样呢，估计没个几天就会跑回来的，外面的日子那么好过吗？首先要考虑的便是他们可以住哪里呢？就算于小花那个老货肯收留他们，可是他们又怎么能在那住一辈子呢？所以刚刚她并没有过多的担心，哪里想到朵朵竟是与她提出了要写字据，虽说没有直接说与蓝家断绝关系，但是那意思却是差不多的，所以此时她才知道了害怕与担心。

“奶，您不同意立字据那也可以，那么你便公平地分配我们该得的，十三亩地，我们家怎么也是可以分四亩的，当然，我们也不会继续住草房了，所以这三间房，也有我们一间！还有那猪也是我和我娘辛辛苦苦喂的，就连那猪草谦儿也没少出力，所以过年无论是卖了还是杀了，都要有我们的份，还有那鸡，那鸭，都有……”蓝朵朵听闻老太太的言语，脸上一副早就知道你不同意的表情，又继续说道。

“我呸！你个黑心肝的，就你心眼儿多是不，不过，我劝你还是死了那个心吧，你个丧良心的丫崽子，早晚有你遭报应的那一天！好啊，你们想要字据，我就给你一个字据，今日全村的人也都看到听到了，是这个黑心肝的丫崽子在逼我的，若是以后他们母子三人有任何事情，我蓝家都不会去理会的，那两个丧门星，我们蓝家不要也罢，若是有他们在蓝家，还会耽误我雨儿的前程呢！”蓝老太太一听说要分出去四亩地还有一间房，顿时就激动起来，她若不是碍着有这么多人在场，她还真想去上前扇那死丫崽子的嘴巴，就她能是吧，以为这么多人在，就能给她壮了胆子谈条件了是不？看来这死丫崽子所做这一切，还是为了这几亩地吧，想她刚刚还以为这丫崽子有多清高呢，看来真是高看她了。

“好，有奶这句话就行！”朵朵并未把蓝老太太的愤怒与过激的话放在心上，反而含笑应答。

“那么村长爷爷，三爷爷，三奶奶也请你们来做个见证吧！”随后朵朵又对那三人说道。

“还有，思源哥，你可以帮我们把字据立一下吗？”蓝朵朵很是信任地说道，而且她也并没有指明要怎么写，相信从她刚刚说的话中，徐思源一定会明白她要的是什么。

果然，徐思源含笑应答后，便在自己身边的小厮耳边说了些什么，那小厮便跑着离去。

“朵朵啊，你这孩子，嗨，你们娘儿三个以后住哪啊？”老村长虽说对今日蓝朵朵梦境一事很是失望，但是却仍然怜惜她。

“村长爷爷，村里面有没有废旧的房子呢？再破也无所谓的，只要能让我们娘儿三个有个落脚之地就可以，我们可以给银钱的，虽说是废旧的，却也是村里的，我们不会白住的，只是这银钱，我们一时却是拿不出，但只要我们有了银钱之后，绝不会拖欠的！”

老太太的心思，朵朵抓得紧紧的，蓝老太太一准舍不得她那几亩地，还有鸡、鸭、猪什么的，所以自己特意那样要求，为的就是刺激老太太自己同意她的条件。

“哟，村长啊，你可要想清楚啊，就算是村子里破旧的房子那也是咱们村的共同财产吧，村长你可不能私自做主卖人情啊！”眼见着大势已去，余氏心里还是不死心，她一想到以后要过的生活，她便心惊胆战的，而一想到刘氏竟然可以出去躲清净，她的心里便很是嫉妒，而一听蓝朵朵所说的话，她便冷嘲热讽说道。

“是啊，徐家大哥，这事你得给大家一个交代啊！”蓝老太太听到大媳妇的话后，便也语出讥讽地说道。

“还找什么废弃的房子，那种地方怎么住人，这眼下就要到冬天了，你就去我那住吧，我那院里还有两间空房呢，一间有着南北屋的，虽然房子不大，但你们娘儿三个住正合适！”三奶奶先是横了一眼蓝老太太，然后热络地拉过朵朵道。

三奶奶之所以这样地心疼刘氏母子三人，那是因为刘氏曾经在山里救过她的命，她被蛇咬伤了，是刘氏用嘴把她的毒给吸出来的，据说为了这事儿，没少遭蓝老太太的责骂，所以三奶奶一直觉得蓝老太太这样刁难刘氏与这件事情有直接的关系。

“那哪行呢，三婶子，我们娘儿三个在哪都能对付一冬天，赶明儿个，我就到镇上接些绣活，去了吃喝怎么也能有点余费了，来年开春，再佃几亩地，相信我们娘儿三个很快地也会起间房的！争取也起个草房！”刘氏此时的脸上毫无一丝的落寞与伤感，相反地，众人都从她的眼中看到了生活的希望，看到了对未来的向往。

“光辉媳妇，听你三婶子的话，就去我们那住，你们孤儿寡母的没必要吃那个苦，若是你公公还在，又怎么能放任他的孙女、孙子，独自在外呢，什么都不用说了，你们若是不去的话，我便找族长出面，除非你们不想分家了！”三爷爷很是坚定地说道。

自己这个四弟妹实在是太糊涂了，早晚有她后悔的那天，看着朵朵和谦儿那俩孩子便是个懂事的，为何只因为当年一个尼姑的一句话，她就可以这样地怀疑自己的亲孙子，这么多年过去了，蓝家人哪个不是好好的啊，就她这么多年来，还是这么个折腾啊。

“少爷，小的取笔墨纸砚来了！”正在这时，刚刚徐思源身边的小厮跑了回来，手中还拿着一个小方盒子，原来是取纸笔去了。

徐思源接过笔墨，小厮背过背去，徐思源一气呵成，动作那个潇洒利落，看得蓝雨儿都直了眼，最后徐思源完成后，蓝雨儿又怨毒地看了蓝朵朵一眼，徐思源一式两份写完后，便由老太太与刘氏都按了手印，同时还有村长，三爷爷两位证人也按了手印。

“娘，咱们就同意三爷爷所说的吧，我们也照样付银钱，等咱们的手头宽裕后，再另起屋子！”蓝朵朵知道刘氏此时还是不想惹蓝老太太生气，但是不得不说，住三奶奶那边，的确是个很好的去处。

“哼，真是什么人都敢收留啊，本来你那个儿媳妇就是个不能生养的，等这灾星落入你家门，你们就等着倒霉吧！哼，雨儿她娘，咱们带雨儿回屋去，哦对了，别忘了把门给插上，终于咱家要太平了！”

蓝老太太早就想到了那于小花那个老货会与她作对，可是让她万万没有想到的是，连三爷爷也会同意，眼看着刘氏不同意，他还要搬出族长来，若是族长来，那还了得了，怕是必须要给那女人些什么了，那个丧门星到底有什么好啊，竟是让三哥也偏着她，想想她就来气，随后又看不惯于小花那老货的得意样子，所以便是开口酸溜溜地讽刺道。

“哼，我儿媳妇还年轻，能不能给我生孙子我也不知道，但是我却知道你这辈子也就这个德行了，自己的亲孙子、孙女你都可以这样对待，你还有什么不能的！”三奶奶强忍住上前撕烂蓝老太太的冲动，也给予反击道。

果然蓝老太太脸色苍白，想到了自己两个儿子的惨死，又看了看那面黄肌瘦，本来已经十岁，却形同七八岁的孩童般的孙子，蓝老太太的心却是隐隐作痛，而余氏却是如同想到什么般，拉了一下还在呆愣中的女儿，一同扶着蓝老太太轻声道：“娘，您别伤心了，您还有雨儿啊，雨儿可是一向最孝敬您的呢！”

“是呀，奶，那两个丧门星走了也就走了，等雨儿长大了一定会孝敬奶的，那种没有良心的人您又何必在意呢？”蓝雨儿心思终于在徐思源的身上转了回来，因为徐思源正满是怜惜地朝着蓝朵朵看呢，这可是让蓝雨儿咬碎了满口的银牙。

“好了，以后朵朵母子三人就先住在蓝三弟家吧，来年开春了，咱们大家都帮帮忙，给他们母子三人起座房子，都是乡里乡亲的是不？”老村长含笑地对大家说道，这三里铺子的村风向来是不错的。

“村长说的是啊，都是乡里乡亲的，是得帮一把啊，前些日子我的腰闪了，男人又去镇上干活，还是朵朵那丫头帮我挑的水，还有谦儿，也是个有礼貌的，大家说是不是啊，乡下人盖房子，也需要不了多少银钱，自家有啥咱们就贴补些啥吧！”这是一个三十岁左右的村妇，手里还拿着一个篮子，估计也是收地刚刚回来的。

“可不是吗，朵儿那孩子是个能干的，也没少帮我家忙，眼下都是深秋了，正是秋收忙的时候，等来年开春村儿，种完地的，我们大家都来帮忙，朵朵娘啊，你们家的日子肯定会过得红红火火的！”

“……”

众人又开始响应村长的提议，这可是气坏了正要进屋却是还没进屋的蓝老太太与余氏两婆媳，这刘氏到底是哪里好啊，还有那两个丧门星，竟是让这么多人来帮他们，不仅如此，那些人现在还竟然劝慰刘氏，若是早分了家，你们的日子便会早些好过之类的，这可真是让蓝老太太与余氏气得够呛。

气得她们又加快了几步，进了主屋“砰！”的一声便把外屋的门给关上了，这一下也隔住了大家的议论声。

第三章
第一桶金

刘氏只拿了自己的那卷铺盖，然后就带着孩子们随着三爷爷三奶奶走了，当然这个过程中也是千恩万谢的，只差没有跪下磕头道谢了，刘氏心里明白，若是他们自个儿租用那村儿里的破旧房子，这到了冬天柴火不够也要遭罪的，她倒是无所谓了，但是不能让孩子们跟着她遭罪啊，所以对于她这个三叔三婶是打心眼儿里感谢的。

“朵朵，若是有用得着我的地方，你便来爷爷家找我啊！”徐思源紧走两步跟上朵朵的步伐小声说道，他倒不是怕什么，只是朵朵毕竟是女儿家，若是自己太过于明显，那么对朵朵的名誉不太好。

“谢谢思源哥，今天的事儿，我与我娘还有我弟也是十分感谢你的！”朵朵也是发自内心地感谢道。

徐思源温和一笑，便随着自家爷爷走了。

“光辉媳妇你带着朵朵，谦儿，就住这间房吧，这以前是你大哥他们住的，他们已经搬到镇里许多年了，每次回来都住我们对面屋，所以这间屋子好久没人住了，一会儿我和光磊媳妇一块帮你们收拾一下，外屋有柴火，你们先把炕烘烘，要不然会很潮的！光磊啊，光磊媳妇，你嫂子来了，你们快出来一下！”三奶奶一看就是个爽快的，刚刚一进院，她先是与刘氏交代一下他们往后的住处后，便又风风火火地喊她的小儿子与儿媳妇。

三奶奶一声话下，便看到一个二十左右的男子，一身短袍，脸上还有些水珠未干，浓眉大眼的，正方脸，与三爷爷长得很是相像，一看到他们的到来，他用手搔了搔头憨憨地笑了笑道：“二嫂子！”

“玲子，二嫂子来了！”蓝光磊向刘氏打了招呼后，又冲屋子里正在做饭的媳妇道。

“哎，来了！”这时只见一个长得娇小玲珑皮肤又白皙的女子走了出来，那女子圆圆的脸上挂着让人舒服的笑容，也就二十出头的年纪。

“二嫂子，呀，朵朵和谦儿也来了啊，快屋里来，婶子正在做饭呢，一会儿多吃点啊！”说着她还上前一步拉起朵朵就要往屋进。

“行了，光磊媳妇，你也别着急，这往后啊，他们娘儿三个就住在这了，就住你们大哥那屋，你先去做饭吧，我先帮着简单收拾一下，让他们先把炕烘上，要不然晚上一准潮啊！”三奶奶可不是蓝老太太一样，光动嘴，人家可是说干就干的，此时她就挽起袖子要抱柴火去。

“欸，那二嫂子，我先做饭去，你们先简单收拾下吧，这眼看着也要黑了，一会儿我弄完了，帮你们一块收拾，朵朵，谦儿，你们俩人也帮不上啥忙，先进屋子来吧！”乡下的小孩本就不是娇贵的，但是光磊媳妇万氏却是一直没孩子，所以便对孩子特别的溺爱，更何况朵朵与蓝谦更是个懂事的，所以万氏自然不会让他们去干活。

“光磊婶子，我们去帮娘收拾，三奶奶都下了一天的地了，不能让她那么累，那间房，我们收拾就行，人手够用，快把三奶奶拉回来，你们赶紧吃饭，好歇着吧！”朵朵是在家里干惯了活计的，她又不是那十指不沾阳春水的千金小姐，所以说着就去拉三奶奶，又给蓝谦使眼色，蓝谦便小跑过去去抱柴火，姐弟二人就就开始忙活起来。

把万氏看得眼圈直红，她也是一直渴望有这样一对贴心的孩子啊。

看着大家你拉我，我拉你这副热闹的样子，三爷爷也背着手眯眼笑了，是啊，家里早该多几个孩子热闹下了，而小儿子到现在没有孩子的确是他们的心病啊！

果然是人多力量大，在三奶奶，小堂叔蓝光磊的帮助下，刘氏母子三人简单地收拾了一下，由于这房子，多年未住，所以里面只是放了些旧杂货，却也落了厚厚的一层灰，屋外三奶奶帮着烧炕，烧水，而屋内的几人便是倒旧物，擦灰，直到小婶子万氏叫他们吃饭，他们才回去。

在三爷爷三奶奶和万氏的极力拉扯下，朵朵母子三人也一块去吃了，朵朵那碗“猪食”她只动了小小一口，不是她娇贵，而是她看着那碗“猪食”根本吃不下。

在三奶奶和小婶子的劝说下，刘氏只能脸色微红地答应了，朵朵这才仔细看了下三奶奶家的院子，三奶奶家正房三间，主屋是三爷爷三奶奶住的，主屋还分为东西屋，老两口儿住一间，大儿子回来的时候也住一间，这样做是为了方便打扫。

小儿子和小儿媳妇也住上一间，余下的便是他们所住的以前大儿子住的房间，从院中间可以看到，主屋的后院还有个菜园子，这院子还收拾得很整洁。

一块进入了主屋，只见三爷爷已经坐在了炕上的主位上，见朵朵母子三人进来后，便笑眯眯地说道："家里也没啥好东西，都是自家有的，你们也不用客气，以后咱们都是一家人了，朵朵和谦儿可是我从小看到大的，这俩孩子啊都是好样的，你那婆婆就是作，光辉媳妇儿，你就等着以后享福吧！"

"唉！"刘氏本来就不是个善言谈的，但听到外人夸自家孩子好，她心里也是甜甜的，所以只是喜滋滋地回应了一声，三奶奶便招呼着大家上了炕。

朵朵看到了桌子上的一个炒豆角丝，一盆老黄瓜汤，烀茄子，还有一碗酱，三爷爷正拿着大葱往那碗里蘸着吃呢，朵朵也脱了鞋上了炕后，只见她与蓝谦的面前各有一碗鸡蛋羹，能看出来，这个是专门为他们俩准备的，蓝朵朵心里暖暖的，而蓝谦更是眼泪儿在眼圈上转，看得出来，三奶奶家的日子也不是个富裕的，可是却能对他们这样，朵朵很是感动，同时她也发了誓，一定要改善如今的生活，让三奶奶一家也要过上好日子。

一顿饭一家人其乐融融吃完了，饭后，刘氏当然抢着与万氏收拾，三奶奶与三爷爷当然也只是含笑看着，没有阻止，因为他们知道，只有这样才像一家人啊，朵朵和蓝谦也没闲着，也捡碗的捡碗，搬桌子的搬桌子，全都利索后，三奶奶却是把刘氏叫了过来，只见炕上还放着一串铜钱。

"光辉媳妇，别管咋样，你们这以后也要单立伙过日子了，咱们庄稼人虽说礼数不多，但是这单立户也得需要再添置些东西不是？所以这有五十文铜钱，你拿去到集上，买些常用的东西回来！"三奶奶想得很周道，虽说以后就这样地一同在一块吃也是可以的，但是三奶奶却是了解刘氏的为人，刘氏自尊心强，面子矮，一定是不肯的，而他们娘儿三个出来又是分文没有，连铺盖也是用了多年的旧的，柴火就不用说了，虽然两个孩子很是勤快，再加上自家也还有一些富余的，所以对付这一冬天肯定是没问题的，可是那些个锅碗瓢盆的呢，糙米也要买上一些，这些没有些银钱又怎么能行呢。

"不不不！三伯母，你与我三伯收留我们就不错了，我们哪能要您的钱，明天正好镇上有集，我就去上绣庄看看，到时候能接些活计回来，虽然日子会紧巴些，但是我绝对不能再收你们的钱了，快！快，快收回去！"刘氏头摇得跟拨浪鼓一样，那手也一直在摆。

"光辉媳妇儿，你还与你伯母我客气啥，这个钱你就先拿着，不拿，我可就不高兴了，冬天也快到了，你们娘儿几个身上也只有这几件单衣，可是要怎么过冬呐，要是伯母手里的钱宽裕，肯定还要给你多拿的，可是你大哥家的宝儿生病了，他们的钱又都压在了杂货店上，所以啊，婶子目前也只有这个能力啦！”三奶奶一提到镇上的孙子，这神情上也落寞了许多，好似想到了什么一样。

三奶奶家里的事情，刘氏也是知道的，而且三奶奶说的这些，也是实在的困难啊，刘氏“扑通”一声跪到了地上道：“朵儿，谦儿，快来谢谢你三奶奶、三爷爷的大恩大德啊！”

蓝朵朵与蓝谦也很是懂事地一同与刘氏跪了下来感谢三爷爷与三奶奶，老两口连忙下地来扶他们，三爷爷道：“光辉媳妇，你这是干啥，啥大恩大德啊，你救你三婶子一条命啊，我们这才做到哪啊，而且咱们两家也是实在的亲戚啊！”

这时候光磊两口子也走了进来，与三爷爷三奶奶一同把他们娘儿三个给扶了起来。

“好了，天色也不早了，你们回屋歇了去吧，今天那老货……你婆婆也把你们给折腾得够呛，有啥事明天再说吧！”

庄稼人一般晚上吃过晚饭就没什么事了，累了一天，晚上又没有什么业余活动，所以只能睡觉了。

娘三儿个回到他们的屋子里，眼圈又一次红了，因为那炕上又放了一套新的铺盖，想必也是刚刚三奶奶叫他们谈话时，万氏送进来的吧。

“娘，你放心，咱们的日子一定会好起来的，到时候咱们一定要好好地待三奶奶还有婶子一家！”看到刘氏的眼圈又含着眼泪，所以蓝朵朵马上劝说道。

“是啊，娘，我明天就进山去拾柴火去，再帮三奶奶割些猪草回来，我有的是劲儿，我会回报三奶奶家的！”蓝谦也攥起小拳头道。

“进山？”蓝朵朵一听到进山二字，小脸便乐开了花儿，山上的宝贝可多着勒，以前无论是她采了再多的野菜和蘑菇回来，也是都入了人家的肚子里，现在她们自己单过了，还怕饿着吗？更何况老奶奶所种的那些东西可是都是宝贝呢。

“是呀！姐，我要拾些柴火回来，咱们这一冬天可得用不少柴火呢，三爷爷三奶奶说是让咱们随便用，但是咱也有胳膊有腿的，哪里就能等那现成儿的？赶明个儿，我就去，再割些猪草回来，别的咱也使不上啥劲儿了！姐，你的身子还没好，就不要和我去了！”看到自家姐姐那发亮的眼睛，怕是也想着与他一块上山吧，但是姐姐刚醒来，可别再累病了，若是再病了，他与他娘两人可要怎么办啊，这次姐姐醒来后，可是发生了很大的改变啊，就像今日他们能顺利地搬出来，那也可都是姐的功劳啊。

“乡下的孩子哪有那么娇贵，再说了，只是拾些柴火，也累不到哪里去，明个儿娘去镇上，咱俩就上山吧，我再看看有没有蘑菇啥的，要不然咱冬天吃啥啊！”蓝朵朵拍了拍蓝谦那单薄的小肩膀认真地说道，笑话，若是自己不去那怎么行，她一定要努力带领全家过上好日子呢。

“傻孩子，现在哪还有什么蘑菇了，早就让人采走了，如今山里肯定啥都没了，这都几月了，家家都开始秋收了，那山上的东西早就被人采走了，好朵儿，信娘的话，你就别费那劲儿了，好好地在家里多休息着，娘和谦儿能忙得过来！快来，洗洗脸，咱们就睡吧，咱运气好，明天就有集了，明天一早娘要去镇上呢！”三里铺子到镇上还有几里地，而镇上的集，也是隔一天一次有的，最近正赶上秋收，所以这集上的人也少了，而那隔一天一次的集，也改成一周一次了。

“娘，那明天谁和你去镇上啊，你一个人行吗？你也别怕费那几个银钱，一定要搭个车去啊！”朵朵决定不再和刘氏继续讨论明天的事情了，因为明天刘氏一走，蓝谦她还是有办法对付的，而以刘氏的性格，又要走那么早，是肯定不会搭车去的，若是什么都没拿，去也就去了，但若是回来买东西了，那不搭车回来就不行了。而三里铺子一共也有两辆马车是专门在集上拉脚的，一次要两文钱。

“明天你光磊婶子也跟娘一块去，朵儿放心吧，娘心里有数儿！”刘氏温和地笑了笑回答道。

娘几个收拾一下便去睡了，几个人连在睡梦中都带着微笑，无不证明她们对未来美好生活的向往。

第二日一早，朵朵是在蓝谦的叫唤中醒来的，看来她这个小身板还是虚弱的，因为现在所有人都已经走了，刘氏与万氏早就离开了，那万氏也是个节省的，早点走，也是为了省两文钱，三爷爷，光磊两父子也走了，只留下三奶奶在外面喂猪，喂鸡呢，早上蓝氏走得急，加上娘几个净身出户，根本没有什么可做的，还是三奶奶给刘氏和万氏带的糙米面的干粮，知道朵朵身子还虚着，特意给朵朵煮了个蛋，蓝谦这也是要走了，才舍得叫朵朵起来吃早饭，看到自家姐姐的脸上依然苍白，蓝谦满是不忍。

“姐，我先走了，你在家里歇着吧，中午可以帮三奶奶做饭，三爷爷和光磊叔中午要回来吃饭的，咱娘和小婶子那时也能回来，估计咱家也就有粮食了！”蓝谦嘱咐完，便要走。

“谦儿，你等等，姐和你一块去，姐病了这么多天一直躺着，实在是难受得很，姐保证不拖你的后腿行不？好谦儿，你等姐啊！”说着，朵朵便穿好了衣服，胡乱洗了把脸，拢了下头发，便跑到还在目瞪口呆的谦儿面前道：“好了，咱们出发吧！”

看到蓝谦在那呆愣的样子，蓝朵朵用手在他的眼前晃了一晃道：“还愣着做什么？咱们走啊。”

“姐，你的身子……”蓝谦有一种说不上来的感觉，以前的姐姐一直都中规中矩的，完全不会像刚刚那么洗脸与梳头发，最后蓝谦还是担心朵朵的身体，刚要说道。

“行了，我的好弟弟啊，你别这么婆婆妈妈的了，你姐姐我没事啦，快走吧！”说完，朵朵拉着蓝谦向外走去。

“哟，朵朵啊，你这孩子啊，就是闲不住，你可要小心了呀，这身子刚好，可不能再闪着了，那样你娘会伤心死的！”三奶奶一看到朵朵也要跟着出去，连忙嘱咐道。

“这俩鸡蛋也拿着吧，你需要体力的！”三奶奶说着，利索地给朵朵拿了两个鸡蛋。

“不用了，三奶奶，今早的我还没吃呢，有这一个就够了，我哪有那么金贵，没事的！”朵朵摆了摆手，就带着蓝谦跑了。

“你这孩子……唉，那老货，就让她作吧，多好的孩子啊，早晚有她后悔的那一天！”三奶奶望着那勤劳又懂事的两个孩子，叹气道。

三奶奶家的院子是在村子里的最里面，而若是要上山，势必要经过蓝家院子的，或许是小蓝谦心里面还有阴影，所以当他们姐弟俩走到蓝家老宅的时候，蓝谦明显很紧张。

以往这时候，正应该是朵朵喂猪的时候，而此时院子里并没有人，朵朵心中冷笑，以余氏的性子，怕是不会自个儿喂猪吧，只不过，除了她，蓝老太太与蓝雨儿又有哪个是能干活的呢？

“蓝朵朵，你给我站住！”蓝雨儿的声音打断了朵朵的思绪。

朵朵回头看到向她走来的蓝雨儿，蓝雨儿今日穿的虽然是一般的八成新的锦缎罗裙，但是明显能看得出比起昨天所穿的料子要差了许多。

“喂，你看什么看？你还有脸看，若不是你昨天……我今天也不会穿这件，哼！长话短说，倩儿还在等着我呢，我警告你，离源哥哥远一点，源哥哥之所以帮助你，那是因为他看你可怜，就你那瘦竹竿样，又凭什么与我比呢！”蓝雨儿眼睛瞪得如斗鸡眼一般，挺着小胸脯向蓝雨儿警告道。

朵朵看到蓝雨儿那骄傲的小胸脯，便觉得人家的确是有骄傲的资本啊，而同时她也发现她身边的蓝谦好似更加的紧张，难道是蓝雨儿以前也经常地欺负她弟弟吗？

想罢蓝朵朵脸上满是不怀好意地笑道："是吗？看我们可怜啊？那真不知道，我们是为什么才可怜呐？既然你想得那么清楚，你今日还特意在这里警告我又是什么意思呢？怕是你心虚吧！"

反问完之后，看着蓝雨儿那变化多端的脸色，无视于她那尖叫怒骂声，朵朵便拉过蓝谦的手轻轻地握了握，给予他安心，之后朵朵便拉着蓝谦继续出发了。

对于蓝雨儿这个小插曲，蓝朵朵一点都没放在心上，在她眼里，蓝雨儿只是怕自己心爱的东西被夺而已，而对于朵朵来说，如今发家致富才是她首先要做的，所以朵朵是怀着激动的心情上山的，朵朵特意把谦儿给支到另一边去拾柴禾，而自己却是奔着老奶奶的住处去。

哪里想到，老奶奶竟然不见了踪影，朵朵左找，右找都找不到老奶奶的身影了，朵朵心里很是难过，要知道，若不是这个老奶奶救了她，那她在山上或许就会被野兽给吃了的。

朵朵走到老奶奶的屋子里，却是发现了一封信，朵朵跟着老奶奶也是识了许多的字，所以信上所写的，朵朵也是可以看得懂的。

读完了信后，朵朵泪流满面，原来老奶奶走了，可是，她所种的这些作物，却都留给了朵朵，同时还提醒了朵朵，一定不能把她存在的事情同别人说。

信上还说，朵朵一家人的遭遇她都知道了，希望这些东西能帮得上忙，解她们的燃眉之急，同时，一再提醒朵朵，这些个作物一定不能私下里去种，想办法光明正大的去种，以免惹出麻烦了。

朵朵把这封信整整看了三遍，最后擦干了眼睛，把这封信给烧了，她一定不能让人发现老奶奶的存在，所以，即使是她再想留着这封信她都不能留。

朵朵走了出去，便 是看到了，一株株黄色的菊花落入朵朵的眼中，朵朵心中感叹，还好老天爷并没有遗忘她啊，众所周知，菊花为菊科多年生草本植物，是中国传统的常用中药材之一，主要以头状花序供药用。据古籍记载，菊花味甘苦，性微寒；有散风清热、清肝明目和解毒消炎等作用，对口干、火旺、目涩，或由风、寒、湿引起的肢体疼痛、麻木的疾病均有一定的疗效。主治风热感冒，头痛病等。对眩晕、头痛、耳鸣有防治作用。

菊花的种类很多，不懂门道的人会选择花朵白皙且大朵的菊花。其实又小又丑且颜色泛黄的菊花反而是上选，而对于朵朵来说，这一片片小小的野菊花便是银子啊，前世的时候，她与阿伟也是特意去他们村里采野菊，还在网上查了好多处理野菊的方法，而他们当然不是药用，而是把它做成枕头用，想到这些，朵朵晃了晃脑袋，好像要晃掉那段记忆，便又想着怎么利用这些小野菊去赚钱。

若是她采些野菊回去处理后，拿到镇上药店去卖，不知道人家会不会收啊，虽然这小野菊不一定能值几个钱，但是这可是不需要成本的啊，现在对于他们来说，一文钱那都要算计着花啊，想罢，朵朵便蹲在地上开始摘野菊。

“姐，你采这个干啥，又不能当饭吃，也不漂亮，你要是喜欢花，我知道那边有更漂亮的野花，反正你身子也不好，到时候我在那边割猪草，你采花儿呗！”蓝谦对于朵朵的做法，先是皱眉，然后有些不解，这一株株黄色的小花有啥好看的，姐姐为啥露出这副开心的表情啊。

“谦儿，你去割你的猪草，不用管我，我听人家说这种小野菊可以入药的，我想摘一些回去试试，要是能成功的话，或许还能换几个钱！”朵朵笑着说道。

“这满山都是的野花能入药？姐，莫不是你的病还没好利索？还发烧不？”蓝谦听到朵朵的话后，赶忙伸手去向朵朵的额头探去。

“我已经完全好了，根本就没事了，谦儿！还记得我昨天说的那个白胡子老头不？”朵朵躲开蓝谦的手，神秘地向蓝谦问道。

“你昨天不是骗奶奶才编出的那段谎话吗？”一想到自家姐姐用馊泔水去泼蓝雨儿的时候，蓝谦那稚嫩的小脸上还闪现着幸灾乐祸的表情呢，想着以前蓝雨儿明里暗里也没少欺负他呢。

“昨天的事情是我在骗奶奶，但是那个梦中的白胡子爷爷的事情可是真的呢，就如这小野菊花可以入药的事情，可真是那白胡子爷爷告诉我的，谦儿，无论这事能不能成，咱们先试试，又不损失啥，你拾你的柴火，割你的猪草，姐自个儿采这花儿就行，若是真行，到时候你再来帮姐采！”朵朵觉得昨天所讲的那个白胡子老头的故事便是一个契机，真真假假的，古代人又很信这鬼神一说，哪怕她懂得更多的东西，估计大家也不会怀疑她了吧。

“姐，你说的是真的吗？若是能入药，能换钱，那真的太好了，那你也别太累啊，先少弄点试试，可千万别累着自己，我也就在这附近拾柴火，你要记得，可千万不能往那林子里面去，更何况这野菊花可满山都是呢，不用往这深山里面也有。”蓝谦那稚嫩的小脸满是兴奋，但同时也不忘叮嘱朵朵注意安全。

"知道啦，你也要小心划到手哦！"对于蓝谦的小贴心，没有继续问下去这个院子是怎么回事儿，这怎么会有房子等等的，朵朵也是省了许多的事情。

说完后，两姐弟便分头行动，朵朵眼见着这一片片的野菊便如看到了铜钱一样开心，所以采摘起来，也格外地顺手，不一会儿，她那小背篓便满得不能再满了，她不禁又皱了皱眉头，这一小背篓才能装多少啊，纵使是压得满满的也不行啊，等晒干后，再挑精品，估计也剩不了多少了，所以她必须要想办法多采些。

突然眼睛一亮，脑中出现了一个主意，她便放眼四处看去，发现前面一棵枯树上果然缠着一些藤蔓，她想着，用藤蔓把野菊给捆住，那么便可以采摘许多，反正这东西也不沉，她还是有力气背的。

朵朵把背篓放在了一边，向那枯树跑去，结果到了近前竟被惊得呆愣住了，那圆溜溜的眼睛瞪得大大的，满是震惊……

那枯树的枝干上，呈耳形，黑褐色的东西是什么？若是她没看错的话，那是木耳吧，这叫她如何不震惊呢，要知道这个东西可是很好吃的，没想到老奶奶把这个也是留给了她，她又重新回忆了起了老奶奶所教她如何识别木耳与处理木耳的信息，木耳的样子，虽然色泽黑褐，可是它质地柔软，味道鲜美，营养丰富，而且最主要的是它可素可荤。不但可以当食物用，而且还能做为营养品养血驻颜，令人肌肤红润，容光焕发。这样的好东西，她必须要好好利用的。

想罢，朵朵便先扯了几根藤蔓，然后把她刚刚摘的野菊给倒了出来，又麻利地用藤蔓给捆上了，然后放在一边，背起小背篓朝着那枯木跑去，小心攀上了一枝树干，便开心地摘了起来，朵朵发现，原来这边的枯树还有好多呢，而木耳的数量也很多。

"姐，你干啥呢，你摘它干啥，村里的李二牛就摘过它吃，结果全身都痒得很，最后还肿了起来，要不是宋先生，估计他都挺不过了，姐，咱家再穷，你也不能摘那东西吃啊，你快点下来！"这时，只见那一直在拾柴火，顺便割猪草的蓝谦不知何时走了过来，小脸上满是担心与害怕，这李二牛的事情，全村里没有不知道的，若是真的能吃的东西，可能留到现在却无人问津吗？

"什么？你是说木耳有毒？不可能啊，这可是很有营养的东西啊！"怎么会这样呢，看着自家弟弟那副表情，根本不像是在说谎啊。

突然朵朵想到了，曾经老奶奶也是说过的，鲜木耳是有毒的，鲜木耳含有一种卟啉的光感物质，人食用后经太阳照射可引起皮肤瘙痒、水肿，严重的可致皮肤坏死。可是干木耳就不一样啦，干木耳可是经暴晒处理的成品，在暴晒过程中会分解大部分卟啉，而在食用前，干木耳又经水浸泡，其中含有的剩余卟啉会溶于水，因而被暴晒和用水浸泡过的干木耳可安全食用。

“是啊，难道姐你不记得了吗？那李二牛的身子可是一向很好的，没有他不敢吃的东西，但是经此一事后，他便怕这东西怕得要命啊，姐，你快下来吧，你那野菊摘得也差不多了，咱也该回去了！”蓝谦伸出他的小手，想要接过朵朵的小背篓。

“谦儿，如果说姐姐知道这东西怎么吃呢？这东西不但没毒，而且还很好吃呢，没准还能卖上大价钱呢，听姐的，把你那背篓里的猪草也用藤蔓捆上，那柴火，姐一会儿帮你一块拿，你那小背篓也要给我装它满满的木耳！”只见朵朵用她小手一指，便指向蓝谦那背后的背篓，指挥道。

“啥？让我也摘那黑糊糊的东西？”蓝谦不敢置信地看着自家姐姐，他越发觉得自家姐姐的病也许真的没好吧。

“快点儿啊谦儿，难道姐还能骗你吗，你就相信姐一次，若是这东西不能吃的话，那姐以后全听你的还不行吗？好谦儿，听话！”蓝朵朵看到自己那一脸不情愿的弟弟便又祈求保证道。

“那，那好吧，我去那边摘！”蓝谦很是不情愿地说道。

“要记得摘得满满的，到时候姐把它卖了钱来年让你上学堂！”蓝朵朵信心满满地向着蓝谦大喊道。

蓝谦只是默默地回过头来仔细地看了朵朵一眼，之后转过去的时候眼圈却是红了起来，对于他来说能去学堂，那根本就是十分奢侈的，他从他奶、大伯母乃至从其他人的口里听到自己是天降灾星的时候，他也不是一点都没有感觉，他心里其实是很难受的，同时他也很怕他的娘亲和姐姐也会遭遇什么不测，所以在他的心里，只要一家人吃饱穿暖，平平安安地过日子就好，至于别的，他根本是连想都不敢想啊。

而朵朵这边却没有发现蓝谦的异样，只是专注于开心地摘木耳。

大约过了有一刻钟的时候，两姐弟终于都摘得满满一背篓后，这才要准备离开，蓝朵朵的眼睛笑得眯成了一条缝，眼下正是秋高气爽，秋季又是少雨的季节，而午时的阳光也是最足的，所以她的这些野菊与木耳晾晒便不在话下了。

“姐，你把那野菊也搭在我的身上吧，你就背那黑糊糊的东西算了！”由于自己的任性，蓝谦现在身上已经有一捆猪草，一捆干柴，加上一背篓的木耳，他那单薄的小身板已经被压得直不起来了，可是如今他那小脸还是满是坚定地对朵朵说道。

朵朵心疼自己的弟弟，便从旁边的枯树上，掰下一个粗树干，之后便把那野菊挂了上去："谦儿，你把那两捆柴火和猪草也都放在这上面，咱们两人抬着，这样会轻松许多的！"说着朵朵还亲自伸手去帮忙。

"姐，我自己能拿动的，你身子刚好，可别累着啊，还是我来吧！"蓝谦还是很不放心。

"哎呀，我哪有那么娇弱啊，行啦，你看这样多好，咱俩一块抬着，两人都不累！"朵朵与蓝谦一人抬着一面，开开心心地下山去。

就在他们走后，从树林的深处走出两个人来："思源，你还确定那个女孩只是随便胡乱说的吗？可是这个叫木耳的东西，据说也是当年你们村里的那个传奇之人种植的呢，这个名字连皇家的人也极少知道，她一个乡村小丫头如何得知，而且还知道木耳味道鲜美，好似吃过似的，听皇叔说过，当年就是他，也是在很小的时候有幸尝过一次，这又怎么解释呢？"

只见说话的人，大约有十七八岁的年纪，剑眉清秀，鼻梁挺拔，墨发用玉冠盘起，穿一件月牙白色的圆领长袍，金色束口箭袖，腰束三镶白玉带，此时他的嘴角微微上扬噙着笑意，一双清澈明净的眸子也好似温和得如三月春风般轻柔，但是那眸子中深深隐藏的锐利也是不容人置疑的。

"睿！我认识朵朵也好久了，她的字还是我教的呢，她有多大的能耐，我最清楚不过了，我想这只是个巧合！对！是巧合！"徐思源的脸上也满是疑惑与担心，但还是弱弱地否认着。

"你看，连你自己都感觉到心虚不是？"那个被称为睿的白衣少年讥笑道。

"可是，她……她怎么会……"徐思源不可置信地摇了摇头。

"你还想说你认识她好久了，她本来是一个懦弱又勤劳的小姑娘是吗？整天在她的奶奶与大伯母的欺压下生活，这次也是因为照顾她那同父异母的'堂姐'才染上的病，再接下来就是昨天发生的那一幕是吗？这些我也早就调查过了，可是现在的事实却是摆在那呢，思源，你要知道，为了当年的事情，那几位皇子也受到了应有的惩罚啊，你又何必担心呢！"徐家祖祖辈辈都生活在这里，对这三里铺子的感情，他也是理解的，更何况还有当年的那件事情，所以如今他想保护蓝朵朵也是无可厚非的，但今天他这样强烈的反应，好像有些颇为不理智吧。

"睿，你答应我，今日的事情你不要与任何人说，知道当年事情的人并不多，在世的就更是屈指可数了，咱们再观察一下，看看朵朵她……她接下来还会做些什么！"徐思源艰难地说道。

"这个你大可以放心，我心里有数，不过，这村里的事情你就先盯着吧，但愿她能给咱们带来希望，你也知道，西域那边暴乱，突厥也蠢蠢欲动，如今全国各地到处征收粮食，已经搞得老百姓民不聊生了，若是此时，她能寻找到你们村那位传奇人物所培植的作物，那就会解决我们粮食短缺的问题。”白衣少年拍了拍徐思源的肩膀，向他保证，同时又交代道。

“我不管那些大道理啊，这么大的事情，咱们爷爷们都搞不定的事情，你还想靠她一个小丫头吗？睿，算我求你，你不要把主意打到朵朵的头上，如今那几个皇子也争得厉害，难道你还想让朵朵也重蹈我们村儿那位奇人的覆辙吗？”很显然徐思源不同意那白衣少年的想法。

“你说的，就算我可以答应你，但是若是别人也发现了呢？你觉得她是被我们保护起来好，还是被别人盯上好呢？而且现在说什么还都过早，最主要的是，她能不能培植那种作物！行了，你也别瞎操心了，一会儿我就要回京了，这边你先盯着吧，我会想办法拖延你回京都的时间的！”

徐思源沉思了一会儿，除了点头外，他也没有其他的办法了，因为他自己也觉得白衣少年所说的是事实，但是他却仍然不想去接受这个事实，而这时他依然看到的是白衣少年那样云淡风轻的样子，便觉得气不打一处来，只见他微微叹了口气，紧接着促狭道：“我什么时候回去都无所谓的，只是我那个傻妹妹估计又要发飙了，她就是没办法喜欢这里，唉，也不知道京都有什么让她在意的人啊！”

果然白衣少年一听到他的话后，眉头紧皱，沉声说道：“我来的事情，你要保密，而且，你要记住，若是不想让你妹妹受伤，那你就要管住她的心思，我不是良人！”说完后，他便转身离开，吹了一记口哨，只见一匹皮毛黑亮，无一点杂色的汗血宝马向他奔来，白衣少年飞身上马，策马离开。

徐思源看到自己好朋友那别扭的样子，脸上除了幸灾乐祸外，还有丝丝苦涩，看来自己的妹妹只能长痛不如短痛了，因为睿的身份毕竟是极为特别的。

想罢，徐思源从另一边准备下山，这是条近路，虽然路难走一些，但是对于有些功夫底子的人来说不算是什么，穿过丛林，只见朵朵姐弟俩，正满头大汗地艰难行走，虽说两人也是干惯了这些活计的，但是到底两人的身板也是属于十一二岁的孩子的啊，更何况，得两人又瘦弱得如七八岁的孩子般，拿这些东西，的确难为他们了。

“朵朵，谦儿，这么巧啊，你们是拾柴火去了吗？”徐思源含笑出现在他们身边。

“咦？思源哥，你这是做什么去了？怎么会在这啊？”谦儿与徐思源的关系好似也挺不错的，谦儿很有礼貌地开口问道。

"我是去帮爷爷收地了，累了，找个阴凉的地方休息一下，正巧看到你们过来了！你们怎么拿了这么多东西啊，来，把这些给我拿吧，你们两个还小，怎么能拿得动这些啊！"徐思源边说着，边接过他们手中的那三捆菊花、猪草与柴火。

"不用了，思源哥，这东西怪脏的，别把你衣服弄脏了！"朵朵连忙反驳道，一看徐思源的衣着整洁，怎么看也不像刚刚下地的人啊，明显他在说谎啊，可是他怎么会出现在这里呢。

"呵呵，没事的，刚刚收地的时候，这身衣服都已经脏了，你看看我这后肩上，还有印子呢，没事，就着我这身衣服，快给我吧！"徐思源何尝不知道朵朵的想法，他心里有点微微的苦涩，这个全心全意信任他的小姑娘，何时对他也有这样的防备了，还好刚刚他有所准备，自个儿弄脏了自己的衣服，要不然，还真的没法瞒过这个小丫头呢。

"那就谢谢思源哥了！"看来还真是自己想多了呢，估计这个少年是个善良的人吧，更何况自己也没有啥他可图的东西，家里穷得叮当响，这个小身板干瘪得也如七八岁的年纪，或许他是真的想帮助自己吧。所以朵朵欣然接受道。

"谢谢思源哥！"蓝谦也腼腆地把东西递给了徐思源，有些不好意思地搔了搔头。

"跟我还客气啥啊，对啦，你们这背篓里背的是什么啊？我怎么没见过这东西啊？"徐思源很轻松地背起了三捆子东西，然后指了指他们背后问道。

"思源哥，你不常回咱村儿，你不知道，这黑糊糊的东西其实是有毒的，以前李二牛就吃过这东西，皮肤上起了许多的红点，呼吸也困难，若不是宋先生救得及时，怕是他连命都没有了，我都与我姐说了这东西不能吃，可是我姐不信，非说这是好东西，也只能由着她了！"蓝谦一副老成的样子，还看着朵朵无奈地摇了摇头，很是惋惜地说道。

"呵呵，思源哥，这真是好东西，要不然，等我处理好了，第一个送给你吃好吗？"看到蓝谦那老成的样子，朵朵忍不住笑出声来说道。

徐思源看到那姐弟俩的表情也忍不住笑了起来，三人开心地有说有笑朝村子里走去。

可是这时他们却是没有发现，在离他们不远的地方一棵大槐树后，正有三个人偷偷摸摸又小心翼翼地朝他们这边看来。

"倩儿，怎么样，我说得对吧，别看我那堂弟是个天降灾星，但是他那个姐姐可是很会勾引人的呢，你看，源哥哥竟帮他们背柴火，那哪是源哥哥该干的活啊？"说话的是蓝雨儿，只见她与一个穿着淡黄色衣裙的小姑娘一起，那小姑娘白皙的皮肤，大大的眼睛，巴掌大的小脸，此时却噘个小嘴，好似很不高兴一样，而在她身后站着一个穿着碎花衣裙的小姑娘，正手中拿着一把团扇，在给她扇扇子。

这三人正是蓝雨儿、徐思倩还有她的丫头坠儿，蓝雨儿是每日都去陪伴徐思倩的，原因很简单，那便是只有她去了徐家，才可以堂堂正正地看到她的源哥哥，所以今日她也不例外，早早地去了徐家。

可是她到了徐家后，她的源哥哥并不在，她心里难免会想起昨儿个晚上所发生的事情，蓝雨儿的心里告诉她，她的源哥哥一定去见那个贱丫头去了，所以她的心情十分不好，于是她就在徐思倩那里说了许多朵朵与蓝谦的坏话，最主要的是说了蓝谦是天降灾星，而蓝朵朵则是想攀高枝的狐狸精，就连他们的那个娘，也是因为行为不检点而被自家奶奶给赶出去了云云。

结果她这样一说不要紧，却把徐思倩心中的火气给勾了出来，因为她也很不解，自家哥哥为什么要对那个又丑又脏的丫头那么好，佳怡姐姐的身份才是与他们徐家门当户对的，所以徐思倩一听说那个丑丫头竟是上山了，有可能是与哥哥偷偷见面去了，这才堵在村口想要一探究竟的。

眼见着三人有说有笑地并肩走着，而且哥哥还帮他们背东西，这可真是气坏了徐思倩，那蓝谦是什么人？那可是村里都知道的天降灾星啊，哥哥他是想干什么呀，竟然离他那么近，还有那个丑八怪蓝朵朵，一看那双眼睛就长得狐媚样，看到这些，徐思倩的火气“腾”的一下就冒上来了。

“蓝朵朵你个狐媚子，你竟然让我哥哥给你背那些破烂货，你还要不要脸啊？”徐思倩气急了，竟从树后跑了出来，指着朵朵大骂道。

“倩儿，你住口！胡说什么呢？”徐思源沉下脸不悦地说道。

而蓝朵朵却是好笑地看着眼前这个被宠坏了的小丫头，真是不明白了，这个小丫头明明也就十一二岁的年纪，怎么就那样的早熟，什么叫做狐媚子啊？这小小年纪竟已懂得这么多，只不过当她看到她身边的蓝雨儿的时候，她什么都明白了，原来这是有人挑唆啊。

听到自家哥哥对自己大吼，又说自己胡说，被宠坏了的徐思倩更加怒火冲天了，不由得大吼道：“哥哥，你想干什么啊？你明知道她弟弟是个天降灾星，你这是要毁了咱们家吗？而且这个丑丫头有什么好的？哪里比得上佳怡姐姐啊，看她的那个样子就知道她一定是随她那个娘的，真是不要脸，怪不得被雨儿的奶奶给撵了出来……”

“啪！”的一声。

“姐！”

“倩儿！”

“啊！”的一声尖叫声从蓝雨儿口中传了出来，但是若是在场的人，便会发现，这一声响却是跟蓝雨儿无关的！

“蓝朵朵，你竟敢打我？你……哥，她打我，你就看着吗？”只见徐思倩捂着脸，先是向蓝朵朵指控道，随后便委屈地向徐思源告状，毕竟是被娇宠惯了的官家小姐，关键时候，也是没了主意。

“朵朵，你怎么能这么野蛮，竟然打倩儿，你真是太没教养了！”刚刚尖叫一声的蓝雨儿对蓝朵朵指责道。

“哦？我没教养，那这位徐小姐就有家教了？她骂我也就算了，我不与她一般见识，可是她千不该万不该骂我娘与弟弟，这是我不能容她的，还有，这些话到底是从谁的口里传到她那的，我也知道，那人也最好小心点，留点口德，若是再让我听到这类侮辱人的话，别怪我对她不客气！”朵朵阴沉着小脸，眯着眼，很有气势地说道。

蓝雨儿不敢置信地张着小嘴就这样看着朵朵，而徐思倩也一样呆愣了，暗道，蓝朵朵是不是疯了啊，这打了人还这样的理直气壮？！

随后，朵朵回过头，含笑地去接过徐思源身上的柴火等道：“思源哥，这离三奶奶家也没多远了，今天就多谢你了，这柴火什么的就交给我和谦儿吧，改天我再好好谢谢你！”

徐思源满脸愧疚地道：“对不起朵朵，倩儿她……”

“没事儿的，思源哥，我也打了她，算是警告了，想必她以后会有记性的，那我们先走了！”一码归一码，徐思倩做错的事情，朵朵是不会算在徐思源头上的。

蓝谦乖巧地与朵朵抱着柴火等往三奶奶家的方向走去。

“啊”的一声在朵朵他们走出几步远的时候传了出来。

“哥哥，你竟帮着打我的人？还向她道歉？你有没有搞错啊，挨打的人是我啊！我不会放过她的，不会放过她的！坠儿，你给我追上去，掌她的嘴，给我掌她的嘴！”对于徐思源的道歉，徐思倩觉得是丢了她的脸，对她来说简直是耻辱，纵使是她碍于身份不能亲自动手，但是她还是疯狂地叫自己的小丫头追上去打朵朵。

“是，小姐！”那个唤坠儿的小丫头此时也满脸的气愤，可见她对于蓝朵朵打自家主子的事情也很是生气，要知道自家主子没了脸面，就等于她们做下人的没有脸面，所以她便挽起了袖子，做势要去追朵朵。

“够了！你们还嫌不够丢人吗？看看你现在像什么样子了，你刚刚的那些话还像是闺阁中的女子该说的吗？都给我回家去，要是你再不听话，我就把你自己留在这里，我一个人回京都，把这件事情告知父亲，那样，你就继续在这里待着吧！”徐思源沉着脸，阻止了坠儿，又对徐思倩训道。

“你！哼，我讨厌你了！”徐思倩早就对乡下这种鬼地方感到厌烦了，无奈父亲没有派人接她们，她只能忍耐，而她知道，她哥哥是那种说到就会做到的人，所以她觉得很是委屈，拿起帕子捂住脸，便哭着跑了，那坠儿见状也跟着追了去。

而蓝雨儿此时却是红着小脸，站在一边无措地绞着帕子，做梦她都想这样近距离地接近她的源哥哥，所以她此时的心也“咚咚”跳个不停，仰着小脸，满心期待着徐思源能对她说什么。

“蓝小姐，无事请不要去找倩儿，也请你口中留德！”

徐思源说完后，便甩袖离开，从头至尾，他根本就没有正眼看蓝雨儿一眼！

蓝雨儿那本来是绯红期待的一张小脸，听到了徐思源的话后，突然变得苍白了起来，眼里也充满着雾气，就那样站着，久久没有反应。

“蓝朵朵我恨死你了！”蓝雨儿双手攥拳低语了一句，那整张小脸扭曲了起来。

“姐，是我连累了你，有时候我真希望当年死的人是我，而不是咱爹，这样，奶就不会……”蓝谦显然是把刚刚徐思倩的话放在心里了。

“谦儿，姐就不相信那什么灾星一说，咱爹那是意外，若真是天降灾星才害了爹，那咱大伯是怎么死的，谦儿，别人怎么说是咱们不能控制的，但是咱自己的想法却是能控制的，咱们只有自己活好了，那些谣言才会不攻自破，所以你以后不但要好好地活着，还要快快乐乐地活着，让那些等着看咱笑话的人无笑话可看，谦儿，相信姐，苦日子一定会过去的，咱们一定会过上好日子的！”朵朵坚定地对蓝谦说道。

果然蓝谦听到后，便觉得生活真的有意义了许多，也是朵朵的这一番话影响了蓝谦以后的一生。

两人在心理上达成了共识，都觉得浑身是劲儿，很快便回到了家。

“朵儿，谦儿，你们俩怎么拿了这么多东西，都告诉过你们了，柴火的事情不用你们担心的，那猪草也够用，看你们累的，这大晌午头儿的，太阳多毒辣啊，你们这两个孩子啊，真不听话！”只见蓝光磊，正穿个短衫在院子里洗脸呢，很显然他们也是刚从地里回来吃午饭。

“光磊叔，没事儿的，咱庄里的孩子哪有那么娇贵，我和谦儿也是做点力所能及的事情！”朵朵含笑，把背上的筐放了下来，随后又把柴火、野菊、猪草分类放好。

“朵儿啊，你摘这么多这黑糊糊的东西干啥啊，这东西不能吃的，会死人的，宋先生都说过的！”蓝光磊见到那两个背篓里的东西后，脸色大变，不由得声音也提高了些。

他这样一喊，便把刚刚从集上回来的刘氏和万氏叫了出来，同时三爷爷，三奶奶也纷纷都出来了，这可是提到死人了，他们能不紧张吗?

“朵儿，谦儿，你俩这是要干啥，咱家就是再穷也不会短在你俩身上的，赶快把这有毒的东西给我扔到外面去！”已经看清是什么东西的刘氏激动地向朵朵与蓝谦叫道，同时她也加之行动，便要去搬那两个背篓。

“娘，你干什么呀，这可是好东西，女儿好不容易和谦儿背回来的！”蓝朵朵大惊失色，笑话，若是她娘真的把木耳给扔了的话，她拿什么赚钱啊。

“朵儿啊，你难道忘了咱村儿李二牛中毒的事情了？听三奶奶的话，这东西咱不能留啊，你放心，有三奶奶吃的一口，就会有你们娘儿三个的，听话啊！”三奶奶也是满脸担心说道。

“三奶奶，光磊叔，娘，你们先听我说一句好不？”蓝朵朵如老母鸡张开双手，护着她这两背篓的宝贝道。

“是啊娘，你先听姐把话说完吧！”蓝谦也有点急了，在他的内心里有点越发地相信他的姐姐了，不知道为何，如今姐姐的身上，让他有一种莫名的安全感。

“三爷爷，三奶奶，光磊叔，光磊婶子，娘，或许昨个儿我说我做梦梦见白胡子爷爷的事儿，你们并没有相信，而且还有我给我奶治病一事，让你们更加地不信任我，但是，我梦见白胡子爷爷的事情是真的，他告诉了我许多事情，比如这黑糊糊的叫木耳的东西怎么吃，还有这小野菊可以入药一事，若是你们不相信我，你们大可以找来宋先生问一下，这小野菊是否可以入药？三爷爷，三奶奶，光磊叔，娘，请你们相信我好吗？”朵朵祈求地说道。

“什么？你采的那些小野花儿，不是看着好看的啊，它是可以入药的？那是真的吗？”万氏也满脸质疑地问道。

“是呀光磊婶子，若是处理好了，是可以入药的，而且稍差一点的还可以做成枕芯，对身体也是极好的啊！”朵朵欣然地回答道，老奶奶的枕头可都是菊花做的呢。。

“就算那小野菊你能鼓捣成什么药，但是这个你说的什么耳的是绝对不能吃的，要是……”三奶奶对当年李二牛的症状还很是后怕，可是她这劝说的话刚刚说了一半，一直未出声的三爷爷却是开口阻止道。

“就让朵朵试试吧，弄好了后，我老头子第一个试吃，我相信她！”三爷爷眼睛微眯，像是在思考什么，但目光却是一直看着朵朵。

“老头子你……”

“爹……”

“三伯……”

“谢谢三爷爷相信我，我一定不会让您失望的！”朵朵开心地笑着说。

“好了，朵儿，那就先吃饭吧，吃过了饭，下午还要下地呢！”三爷爷笑着对朵朵点了点头，说道。

而刘氏在镇上回来也买回了些高粱米，还有糙米面、碗、筷等日常用的东西，东西是买回来了，但还没来得及做呢，所以中午这顿，他们娘儿仨，又被拉去了主屋吃饭。

吃过饭后，娘仨儿依然帮着三奶奶收拾桌子，之后小蓝谦也跟着三爷爷和蓝光磊，万氏去下地了，之后三奶奶也拎了个水壶给他们送水去了，刘氏要收拾一下买回来的东西，所以没有去，而朵朵呢，便开始了她的发财大业的首期准备。

首先，她搬来了梯子，用一张油纸铺在了房顶（油纸是古代做伞所用的材料），然后便把那些采摘来的湿木耳均匀地放了上去晾晒，朵朵抬头看了看头上的太阳，心中暗道，若是这样的晴天，暴晒上它三天，估计这木耳就能吃了，此时她好像都闻到了苜蓿肉、陈醋木耳的味道了。

一想到这些，她的眼睛又湿润了，以前老奶奶不就时常的偷偷的做给她吃吗，而现在，老奶奶却是走了，她心里很是难过，不过，她一定不会辜负老奶奶在临走之前还为她留下的这些个好东西，她一定要过得好好的，让老奶奶在远方也能安心。

刘氏一出院子，便看到了朵朵正在房顶上，她担心地说道：“朵儿啊，你可小心点啊，怎么登了那么高去啊，你说你这孩子怎么就那么爱逞能啊，你三爷爷三奶奶一家可是咱家的恩人啊，到时候你那个叫什么耳的东西弄好了后，还是先叫娘吃吧，娘给你试吃，咱们家可不能做对不起你三爷爷、三奶奶一家人的事情啊！”

把木耳弄均匀后，朵朵小心地扶着梯子走了下来，握住刘氏的手说道：“娘，您放心吧，木耳做好后，女儿先尝，然后你再吃，保管你吃完后还想再吃，你就不要想太多了，没准以后这东西能赚大钱呢。”

“你这孩子，现在越发地没正经了，还美味呢，我只盼着不要出事就好！”

刘氏点了点朵朵的鼻子说道。

“唉，你现在抱柴火干嘛，这离黑天还远着呢！虽然今天你和谦儿拾了柴火，但是咱们可要省着些用啊，别到时候不够了，咱可不能占你三爷爷三奶奶的便宜啊！”刘氏很是不解朵朵为何要抱柴火。

朵朵越发地觉得她的这个娘有唐僧的潜质了，但她心里也很是清楚，这还不是被穷给闹的吗，处处得看人家脸色，虽然三爷爷一家人待他们也算极好的，但是同在一个屋檐下，还是有许多不便，她现在只希望她们能早日地拥有自个儿的房子。

“我要处理那些野菊，等着下次上镇上赶集的时候好拿去啊，这几天有空的时候，我再去采些回来，这东西可是好东西啊！”朵朵边抱柴火边说道。

“嗨，你这孩子，性子还真是倔啊，若是那满山遍野的野菊都能入药的话，哪能别人不知道啊，这么好的一件事情，怕是那山上的野菊都被抢疯了吧，哪能轮到你啊，算了，既然你不见黄河心不死，那娘就帮帮你吧！”刘氏虽然嘴里说着不赞同，但到底还是不放心朵朵，所以接过柴火，去给朵朵烧火，片刻，那锅里的水就开了。

朵朵把事先摘好的野菊分别装进了蒸笼里就放进已经烧开的热水锅里，没多久，就蒸好了。

刘氏在一边很怕她被烫着了，所以起身拿了帕子浸水过后才去端蒸笼，把蒸笼放在案板上一揭开，热气扑面。刘氏看了看，花紧紧地贴在蒸笼底部，便问道：“这样就可以入药了吗？”

“当然不行了啊，一会儿要把它晾在通风处，但不能放在太阳底下暴晒的，这样就不会失去野菊原有的色泽，才可以卖个好价钱的！”朵朵接过蒸好的野菊后，把它小心翼翼平铺在了她事先准备好的油纸上，这张油纸是放在了阴凉通风的地方。

一切就绪后，朵朵这才回到屋子里看看今日刘氏都买了些什么。

只见刘氏买了几斤的糙米，还买了几斤的糙米面，一小瓶子菜油，一小罐盐，几个大粗瓷的破碗，之所以说它是破碗，那是因为每个碗上大小都有点缺口，朵朵心想，一定是这种碗比较便宜吧。

而转身进入屋中，便看到了炕桌上还有几样绣活，放在上面，朵朵注意到，不光是绣活，还有几样略显粗糙的彩线。

“娘，这是做什么用的，这个总不会是绣线吧？”朵朵不解地问道。

“这当然不是绣线了，这个是打络子用的线，娘寻思着，光是绣活，赚得太少，要是绣得太多，娘又没那么多时间，而这打络子就不同了，这可以随身携带的，娘有空的时候便打上一会儿，这一个络子也八文钱呢！”刘氏满脸兴奋地说道，好像钱已经到手了一样。

朵朵看那鲜红的粗线，突然想起了老奶奶教给她打的同心结来，她便兴奋地拿起那绺红线道：“娘，让我也试试吧，我也会打络子的！”

刘氏想着这红线不能坏，又不能折旧的，所以便是含笑地让朵朵试试。

直到约有一刻钟的时候，朵朵编好了后让她看，她便惊喜地说道：“我朵儿还真是厉害啊，竟然能编出这么好看的东西，而且速度还这么快，快和娘说说，这是个什么花样啊？”这样红红火火的东西谁不喜欢啊。

“娘，这叫同心结，也是那个白胡子爷爷教女儿的！”朵朵暗道，还好早早便把这谎撒出去了，要不然如今让她圆谎还真不容易啊。

“朵儿，你真的梦见那个白胡子老头了啊，他还真教了你这些东西？呀，老天真的显灵了，一定是老天爷看我朵儿这样的善良才派了一位老神仙来帮助咱的，太好了，真的太好了，咱现在还愁咱以后的日子会过不好吗？”如今刘氏可算是真的相信朵朵被梦中的老神仙指引一事了，所以心中满是激动。

从这日后，刘氏也跟着朵朵上山去采木耳和小野菊，而蓝谦还是依然拾柴火，割猪草，一家三口天天忙活着，直到这日又到了镇上的集市之日，这一天，朵朵和蓝谦都是起得早早的，直到几人吃过了早饭，朵朵姐弟二人便是背上了头一天早已经便准备好的一袋小野菊，一袋干木耳，这两样都不太沉，所以刘氏也就任由他们二人背了，朵朵一想到那日她把晒干的木耳用水泡完，切成了小段，然后又加上蒜末，香菜末，和少量的辣椒油和醋搅拌后，大家吃得那叫欢实的样子，朵朵不禁偷笑起来……

而刘氏也带上了绣好的绣活，和打好的络子，这次还是与万氏同行，就这样一行四人依然是选择步行赶往集市。

清晨的空气本就新鲜，如今虽是深秋了，而好些树的叶子都随着秋风化了尘土，但在这个叫三里铺子的村子里的树依旧挺拔青翠，特别是远远望去，郁郁葱葱的树林风吹影动，煞是好看。而近处的旱地里倒是黄凄凄的一片。

三里铺子的民风很是淳朴、节俭，所以这一路上步行去集上的人还有许多，他们都是为了省些车脚钱，而这样一同走，路上也能聊聊天。

“朵朵娘，你们娘几个最近天天上山去采那野花，还有那房子上面晒的那东西，是不是咱村李二牛吃了中毒的那东西啊，你们弄这些是要干啥啊？别怪婶子多管闲事啊，那玩意可是要吃死人的啊！”刘婶子与三奶奶家只有一墙之隔，而且乡下这种地方，哪能是那种高墙啊，只是一堵矮墙以此分隔每家的院子而已，况且，就这么小的一个村子，每日里谁家有啥稀奇的事儿，保准第二天全村的人都知道。

而朵朵母子三人，自从分了家后，便天天上山上去采野花与那有毒的东西的事情，全村人可都看在眼里的，私底下说什么的都有，有说刘氏是被蓝老太太撵出来受了刺激的，有的说，他们是以此卖钱的，还有人说，他们真是穷疯了，竟是想着这种方法赚钱，可谓是议论纷纷啊。

所以今日一同去赶集的刘婶子则是好心提醒他们。

“婶子，是朵朵那孩子鼓捣出来的，那个黑糊糊的东西叫做木耳，可好吃着呢，我爹我娘都尝过了，根本没毒的，要说啊，还是朵朵那孩子聪明，知道怎么吃，某些人啊，可千万别有样学样啊，纵使是想吃，那也是不能吃的，可不是什么人都如朵朵那样聪明的，到时候若是吃中了毒怨天尤人的，咱们可不担那责任的！”刘氏一直没有作声，反而是万氏接过话来说道，只是这个万氏却也很是聪明，虽然朵朵已经告诉过他们怎样去处理的方法，但是万氏却是没有当众说出来，而且她看到有些人听到刘奶奶的问话后，都已经凑过耳朵来想听个究竟了，所以那万氏还不忘敲打着众人的心思。

“还有这一码子事呢，那可敢情好啊，朵朵真是个好孩子，这样你们母子三人的日子也能好过些不是？”刘婶子也欢喜地说道。此时她根本不知道那木耳究竟是有何价值的。

朵朵和蓝谦只是滴溜溜转着大眼睛，尽量保持低调，因为他俩现在满心寻思着这些东西到底能不能卖上价钱。

因为大家想节约时间，所以走的崎岖不平的小路。大家都是小心翼翼看着脚底下的路，不再东家长西家短了。

就这样大约花了两刻钟的时间他们才赶到集市，走得朵朵脚生疼。朵朵忍不住暗想道，别看她瘦小，但她这个身体还真是不错的，这若是在现代，她哪能走得了这么久啊！

刚刚一进入集市，朵朵就忍不住好奇心四处张望起来，这块虽说是集市却也不过两条街罢了！也不对，应该说是一条街，因为此处的地势不平，一边高一边低，造成了两条街的现象。街上的房子是两排对望，临街屋子都是店铺，有卖杂货、布匹、胭脂水粉的，也有饭庄面铺等。

而那些农家散货的买卖则是在两排房子的中间，一上一下的街道上。

朵朵这可是第一次走出三里铺子来到镇上赶集啊，原以为这个小镇上的集市应该没多大的，但是却没想到这集市竟是这般的繁荣啊。

此时仔细想想也是，来这个镇上赶集的，可不光他们一村的人啊，还有许多村的人也都纷纷来赶集，更何况原本一周两次的集，现在十天才一次，这样繁华也是应该的。

朵朵他们娘儿三个，先是和万氏约好了一块儿回去，在哪等的地点，之后便找了一个卖农家散货的地方，先是把木耳的袋子打了开来，之后又把早上准备好的凉拌木耳也拿了出来，那木耳上面还插了许多蓝光磊给削的小竹签，当时大家都问朵朵，要这细小的竹签干嘛，朵朵说是给大家品尝用的，当时三奶奶还很是担心，若是让人家尝完了，人家不买怎么办呢？那他们不是赔了吗？

可是朵朵却说，这木耳，大家或许在新鲜的时候都见过，还是让人吃了中毒的，而这种晒干的，大家却是没见过，若是不弄些让大家品尝，那又有谁会买呢，后来大家想想也这是这么回事，只是吃好了木耳的三爷爷在那里大叫心疼啊。

只等朵朵把他们要卖的木耳和试吃品都摆好后，这集上的人慢慢地也多了起来，刘氏是个腼腆的，只是愣愣站在那里，不知道如何是好，而蓝谦还是个孩子，也是站在一旁直搓着手，也不知所措。

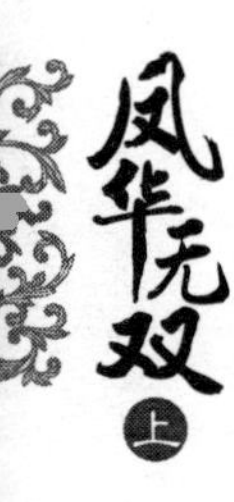

“木耳哩，新鲜的木耳哩，凉拌着吃，炒着吃都行哦，各位走过路过的叔叔伯伯、婶婶、奶奶，大家都来尝一下，品尝是不要钱的，要是吃好了，还请大家称上些拿回去尝尝啊！”朵朵扯开嗓子便喊道。

蓝谦见自家姐姐喊得这样有趣，便也跟在一旁一同叫卖着，只有刘氏那脸颊不受控制地红了起来。

“娘，一会儿您就只管称秤就行了，不用你喊！”看到刘氏纠结的样子，朵朵便开口为她解围道。

“哎！”果然刘氏听到自家女儿这样说，欣喜地答应了下来。

或许是这叫卖声吸引了大家，或者是这免费品尝吸引了大伙，总之好几个人围了上来，纷纷问道：“这个叫木耳的东西怎么卖啊，是不是可以先尝着，不要钱啊？”一位五六十岁的老太太张口问道。

“这位大婶儿，这个木耳是一百文钱一两！”朵朵甜甜地笑说道。

“哟呀，还大婶儿呢，我都能当你奶奶了！”老太太被小姑娘叫为大婶儿，那心里开心得不得了呢。

“大婶儿这么年轻怎么能当我奶奶啊，我奶奶都五十多了，可是大婶儿怎么看，怎么像四十出头的人啊！”朵朵甜甜地说道。

“这孩子的小嘴真甜啊，我今年都五十八了，哪里还四十出头啊！”虽然反驳着，但是那脸上的笑意却是丝毫未减。

“只不过小姑娘，你这个是什么金贵物件啊，这青菜竟是一百文钱才一两，要知道那猪肉才十五文钱一斤，这也太贵了！这一百文钱能买多少猪肉了啊？”老太太认真地说道。

古人，特别是乡下人，根本不懂得什么叫做养生之道，况且在他们看来，这菜再好吃，还能好吃过那肉去？所以大家一听价钱，便都纷纷地摇头议论，这简直是天价啊。

“大婶儿，你可千万不要小看这一两哦，只要抓上这一小把便能吃一顿菜呢，无论是用鸡蛋炒着吃，还是用肉炒着吃，或是像我这样凉拌，都是味道极好的，您可以先尝一下，不好吃，您可以不买的，这冬天马上就到了，天天就是白菜、酸菜、土豆的，也没啥别的菜，多单一啊，而这木耳啊，是可以长时间放的，只要吃的时候，用水泡一下，再清洗一下便会变成这样软的，大婶儿，你先尝尝！”说着，朵朵便用细竹签给那个老太太扎了一小块儿。

“哎呀，还真是鲜嫩爽口啊，真是好吃啊，丫头啊，你是说这东西还能炒着吃啊，用鸡蛋用肉都行吗？能有这种凉拌的爽口吗？”那老太太尝了味道后赞不绝口，同时还确定一下，是否炒着吃也好吃。

“当然了，这木耳炒着吃也好吃，最主要的是，这东西只要抓上少少的一把，便能吃上一顿，到啥时候在咱的饭桌上也能当盘菜啊，您说是不是啊大婶儿！”朵朵这一口一个大婶儿叫得很是亲切，本就惹得这个老太太心花怒放了，更何况她还吃到了这么美味的吃食，所以她一跺脚，一咬牙。

“给我称上五两吧，先买回去让我那儿子和媳妇都尝尝，若是吃好了，我便再来买！”说完后，便从自己的怀里数好一串五百文的铜钱递给朵朵。

要知道，这五两木耳便是五百文钱啊，对于乡下人来说，这五百文钱可是能花上个把月啊，有的人家若是省着点花儿，能花上半年的也有呢，而这个老太太想必家里的条件也不错吧，所以这一下就买了五百文钱的。

“好嘞，那您吃好了，可是再来买啊，这东西能放住，只要放在干燥的地方，放上它一年半载的都没问题的，娘，快，给这位大婶儿称得高高的五两！”朵朵伸手接过钱后，数了一下，便把它放在自己准备好的口袋中，之后放进了怀里。

“欸！好！好！”刘氏听说人家一买就买了五两，顿时激动得就呆傻了，还是朵朵给她叫了过来，她忙给人家称了高高的五两，递给人家。

“喏，今个大婶儿是第一份儿，再给大婶儿添点儿！”说着，又抓了几块给老太太放了进去。

这可是把老太太笑开了花儿，这东西这样的金贵，一两要一百文钱，刚刚这小丫头让她的娘给她称了高高的分量，这次又给她抓了一些，她哪能不乐啊。

“这小丫头还真是会做买卖，得了，我说姐妹们啊，你们也尝尝吧，这东西真的好吃啊，大家都买上些回去尝尝，咱们这么大岁数了，可不就图个新鲜不是？”果真，这人啊是吃人家的嘴短，拿人家的手软啊，这会儿，那老太太便招呼她那几个老姐妹也都来品尝，也买些回去，以此回报朵朵的乖巧。

“哟，张家妹子，这东西真的那么好吃吗？那我可要尝一尝了，你的嘴刁可是出了名的了！小姑娘，给我也拿一块尝尝！”

“还有我！”

“咱们也尝一尝吧，看着像是好吃的样子！”

经过那位老太太的宣传，不光是老太太的那几个老姐妹，就连一旁围观的人都纷纷地要尝试，朵朵含笑递给他们品尝。

“给我称二两，今天带的钱不多，先买回去尝尝吧，吃好了再来！”

“给我也称二两……”

“给我称上三两……”

众人尝完后，无不赞不绝口，要求买上一些回去给家里人尝尝。

片刻后，他们带来的二斤多的木耳全部卖光，当然还有许多没有买上的，都很失望地说下次让他们再来卖等等。

直到人群散去，朵朵在一边收拾空袋子的时候，只见蓝谦与刘氏两人还久久不能回过神儿来，傻笑着，呆呆地站在那里，这二斤多的木耳可是卖了二两银子啊，那多出的都添秤用了，要知道这二两银子，若是在普通人家，那可是一年的花销啊，他们哪能不激动啊。

“娘，谦儿，咱们现在赶紧去绣坊吧，去完绣坊还要去药店呢，时间也不多了，一会儿还要与小婶婶会合呢！”朵朵站起身来，用手在傻笑的两人眼前晃了晃说道。

“啊！对对，那咱们快点走吧！”如今刘氏那眉眼间都是笑意。

“姐，我现在感觉还像做梦似的呢，咱们的木耳竟然挣了这么多的钱啊！”蓝谦的大眼睛已经笑成了月牙状，小声地说道。

“谦儿，你要记得，一会儿回去的时候，你可不能同别人说，咱们到底挣了多少钱，若是让别人起了歹意的话，那就不好了，要记得财不外露哦！”朵朵一想到一会儿回去是要搭车的，因为她准备要奖励一下大家，首先在吃食上一定要改善一下，所以一看到他们买的东西，有些人一定会好奇地去问的，若是让大家知道卖了这么多钱，那些眼红的人没准儿会打些什么主意呢。

还好她有先见之明，这几天带着大家把木耳全都摘到家去了，这处理木耳的方法并不难，有心人试几次就能明白，到时候人人都去摘木耳去卖，那她还指望什么挣钱啊，倒不能说朵朵有多自私，只是毕竟她是第一个带他她们吃木耳的人，既然是领军人物，那肯定要享受一下第一年的特权吧，至于以后，她当然不会垄断了，而且，就村里那些个人精儿，自己想垄断也是不可能的啊，她现在就是想不清楚，那木耳只有十几根枯树上有，看样子好似是谁特意种的，但是为何却是没有人知道吃它的方法呢?

“我知道了姐，我不会说出去的！”蓝谦看到姐姐那认真又沉思的样子，便认真地点了点头回答道。

刘氏看到两姐弟那在小声地说些什么，她便左右都看了看，然后附在朵朵耳边说道：“朵儿，那银钱你可要收好了啊，可别让人顺了去！”

“娘，您就放心吧，不过您答应女儿的事情，你也要做到哦！”朵朵神秘地向刘氏眨了眨眼道。

“……唉！”刘氏很为难地回应了一声。

蓝谦先是看了看自家姐姐，又看了看他娘，结果两人都没有回应他，无奈只得跟在了她们的后面。

母子三人，穿过了一条街道，才到了集市上的绣铺一条街，说是绣铺一条街，是因为这集市上竟是不止一家绣铺。想来许多农妇都靠着针线活赚钱的缘故吧!

刘氏一到绣铺，叫了一声“王大姐”，就见一与刘氏年龄相当的女子走了出来，或许是没有干农活的缘由，那女子的脸颊显得白皙干净一些，相比而言，刘氏更显得苍老了一些，朵朵暗道，以后一定要帮她娘改善。

“是刘妹子来了啊，怎么样，绣活都完成了吧？这次还准备取多少呢？”不得不说老板很满意于刘氏的绣活，干她们这行的，接活前都要先试试手的，刘氏的绣工她很满意，而且刘氏又不漫天要价的，更得她的心意。

“王大姐，你看这几样绣活怎么样，还有这五条络子，你都看看，还满意不？”刘氏摊开包袱，把那几样绣活拿给那王大姐看。

“你的绣活我是信得过的，呀！这是个什么图案啊，这么别致？”只见那王大姐从那五个络子里挑出了朵朵编的那条中国结来。

“这个叫做同心结，是我那丫头自己鼓捣出来的，我这次来正好也要同你说一下这事儿！”刘氏先是看了看朵朵，又如下定决心般地开口向那位绣铺老板王大姐说道。

“怎么了？什么事儿啊？”以王大姐多年来的经验来说，刘氏要说的事情，对于自己怕是不好的事情。

“就是我这丫头啊，她心疼我的眼睛，不打算让我再接绣活了，所以，我送完这次绣活，便不打算再接活了，还有，您看到这个络子了吧，这络子我们倒还能继续再编下去，可是那丫头说，这东西编着也挺麻烦的，若是王大姐看着还满意的话，就给我们涨点儿……”

刘氏真可谓是闭着眼睛把这段话说完的，在她的心里，人家王大姐，在她最缺钱的时候帮助了她，现在却是过河拆桥，实在是不地道，但是自家女儿却说，这叫做等值交换的，具体的她也不明白是啥意思，总之那意思便是这根本是对等的，没有谁对不起谁的一说。

“哦？那你打算要涨多少呢？”绣铺的老板到底是做买卖的，毫无不悦之色地问道。

“嗯……从以前的九文钱……从以前的九文钱……涨到二十文钱一个！”刘氏结结巴巴地说道，她甚至有些不敢看王大姐的眼睛。

“啪！”的一声拍桌。

把刘氏吓的，从椅子上站了起来，不安地看着绣铺老板。

“好，就这么定了，不过，你要确定，你们这络子只能给我一家打，不能传出去，若是传出去，那……”绣铺老板那也是个人精儿，她当然能预计这络子以后的价值啊，她并不是那目光短浅之人，所以她马上同意，只是丑话她也要说在前面，省得以后会有不必要的麻烦。

“王婶子，其实若是我答应你，不会编给别家，你也不会放心的，不如咱们想个两全其美的办法，你看怎么样？省得到最后，咱们闹得不欢而散！”朵朵知道这绣铺老板是个聪明人，所以也便不再与她藏着掖着了。

“哦？小姑娘，那你说说怎么个两全其美呢？”绣铺老板早早地便注意到，他们这娘儿三个人当中，是这个小姑娘说了算的，刚刚那刘氏说话的时候，可是一直看着她的女儿的，所以绣铺老板也很想看看这小姑娘究竟有什么主意。

“王大婶儿，我可以把这编络子的方法只教给你一人，以后就只你一人会了，而且咱们还要签个协议，这样你就可以把心放在肚子里了呀！”朵朵笑着说道。

“哦？那你准备把这个方法卖我多少钱呢？”绣铺老板越发地喜爱上了这个聪明的小姑娘了。

“只要五两银子！”神啊，原谅她吧，她把人家的心血拿来换钱，也是迫不得已的，况且，她也并没有卖多，这个同心结，她是加了原创在里面的，一般人偷学，怕是不会成功的。

一听到朵朵说五两银子，那绣铺老板还没说什么，可是刘氏与蓝谦却是“腾”的一下又站了起来，双双地看向朵朵。

“小丫头，你要的价格可是有点高啊？”绣铺老板有些试探朵朵地说道。

“王大婶儿，你真的觉得高吗？五两银子，你买了这个方法，要知道，我若是自个儿编，一条络子二十文钱，十条络子可就是二百文啊，而且这东西，我一刻钟就能完成，你想想，若是我真的自己编，一天能赚多少，一个月能赚多少，而一年又赚多少呢？”

“不怕对您说，我们家有许多活计要做，而且这东西又很累眼睛，你也知道我们乡下人，到了晚上，那点微弱的光线，很是伤眼睛的，这也是我为什么不让我娘做绣活的原因，所以我才想把这个方法卖给你的，若是你觉得贵，那便算了！”朵朵很真诚地说道，最后摆了摆小手道。

“哎哟，刘妹妹啊，你是怎么生出这么个小机灵鬼儿啊，真是太聪明了，好了，就按你说的，你这个同心结的方法我买下来了，咱们现在就立个字据吧。”绣铺老板很爽快便答应了下来。

就这样双方立下了字据，在朵朵的要求下，那五两银子，加上朵朵又把她卖木耳的两千个铜钱给拿了出来，让绣铺老板给她换成了几块共计七两的碎银子，这样携带会方便许多，而那绣活共计赚了三十文钱，那五条络子是按九文钱一条收的，所以络子钱也就四十五文钱，共计七十五文钱，朵朵是要的铜钱。

直到朵朵按下手印办理好一切事情之后，刘氏和蓝谦还在呆愣着，用刘氏后来自己的话说，她当时都不知道是怎么出了绣铺的。

出了绣铺后，刘氏和蓝谦才缓过神儿来，两人的脸上笑得那叫灿烂啊，刘氏这一辈子也没见过七两银子这么多啊，哪能不乐啊。

“朵朵，接下来咱们还要去药铺吗？要我说这银子也赚着了，咱家还有那么多的木耳，也够咱们母子三人过日子的了，你那野花也不知道行不行，可别让药铺的人把咱们给撵出来啊，那样多不好！”说来说去，刘氏就是不相信那野菊能治病，而且，若是真的是药，再把人给吃坏了可怎么办啊？

刘氏从骨子里还是传统的农妇，她的希望就是粮食够吃，钱也充足，然后全家平平安安的那种，她并不需要什么大富大贵，只求大家身体健康，所以对于朵朵去卖药材，她很是担心。

“娘，难道通过木耳那事，您还不相信我吗？您就放心吧！”朵朵拉着刘氏的胳膊撒娇道。

“是啊，娘，你就相信我姐一次吧，我觉得我姐这事儿，准成！”蓝谦眯着眼睛笑着，拉着刘氏的另一只胳膊晃着说道。

“你们两个啊，好吧，娘都依着你们，咱们快去吧，一会儿还要买些东西回去呢！”上次之后他们就单开伙了，不与三奶奶一家人吃了，只是每当三奶奶家做了好吃的，都会给他们送来的，所以那十斤米，十斤面，才将就吃到了这次集上，这次回去怎么也要再多买一些啊。

得到了刘氏的支持，娘儿三个便又向药铺走去，药铺就在这绣铺的下一条街，所以片刻间就到了药铺。

只见这间叫做奇善堂的药铺内部格局大体是左边做了柜台，柜台后面装中草药，而在靠右的里边则是大夫坐堂的地方，此刻靠着右边墙壁正坐着一些待诊治的病人。

药铺不大，但也干净整洁。忽然传来一道亲切的问道："请问，几位是抓药还是瞧病啊？"

朵朵闻声一转，便看见一学徒模样，大抵二十岁左右的男子趴在柜台前看着他们。

"这位哥哥，请问贵药铺收散药吗？"朵朵很是礼貌地问道。

"我们这里收散药，你手里有什么药吗？"虽说这小伙计心里有点可笑，来了这么三个人，两个孩子，一个村妇，他们手里能有什么药呢，只不过，师父曾经告诉过他们，人不可貌相，对待每一位客人都要有礼貌，所以这个小伙计并没有丝毫的怠慢。

朵朵把手中的布袋放在柜台上，解开布袋，而那小伙计则是从里面拿了一把药菊摊开在手上一看，色泽亮丽光鲜，成色却是极好的。眼里微微闪过几丝惊喜，之后又把药菊放到鼻子下一闻，菊花应有的香气不少分毫——真想不到这家人竟是懂得处理药材呢……

小伙计想着想着，便用目光略带探究地打量着朵朵。朵朵倒是很坦然地应对，但却是急坏了刘氏与蓝谦，他们的心里七上八下的，看着那小伙计迟迟地不说话，只是看着他们，他们便有些紧张害怕，毕竟这可是药材啊，若是吃不好，会吃死人的啊，所以当他们看到这个伙计那探究的目光之时，一颗心全吊到了嗓子眼，生怕他一开口就说了不好的。

而朵朵却是自信满满，迎上那探究的目光，浅浅一笑，因为从方才那小伙计的反应来看，这药应该是合格了，只是暂时她还不知道这药到底能赚多少钱而已。

看到刘氏与蓝谦那样的紧张，朵朵便开口问道："怎么样，你们收吗？"

"哦，小姑娘，你先等一下，我去后面问一下师父，我现在只是个学徒，有些事情是做不了主的！"小伙计客气地说道。

"那好吧，你且去问一下吧，我们在这里等着，不过请你快一些，因为我们一会儿还要去买些东西回去呢！”朵朵说道。

“好嘞，我马上回来！”说完，那小伙计便一溜烟儿地没影儿了。

“朵儿，不会有什么事儿吧？我看那小哥的面色可是不善啊！”刘氏把朵朵拉到一旁问道。

“娘，没事儿的，你就把心放到肚子里吧！”朵朵把刘氏按坐到椅子上，耐心等候起来。

果然没一会儿，那店里的小伙计就高兴地拿着药材从后院出来了，眼里难掩笑意地道：“几位，方才师父说了，你们这药不仅成色好，还是经过特别处理了的，而且这药处理的无论是火候与阳光都掌握得很好，是不可多得的好药，所以我们药铺收下了。”

“小哥，是真的吗？这真的是药吗？真的可以治病吗？”刘氏刚刚悬着的一口气终于放下了，但仍是想再确认一下道。

“当然了，这可是极好的药材啊！”小伙计乐呵呵地说道。

“那这位小哥哥，你们打算多少钱收呢？”朵朵终于问出了她最关心的事情。

那位小伙计便把算盘给拿了过来，一边拨动算盘一边念叨着：“这药菊是你们处理过的，而且也是极好的品种，所以我们掌柜的说，给你们五十文一斤，你们这一共是三斤二两，所以总共是一百六十文怎么样？”

“什么？一斤要五十文钱？是真的吗？是真的吗？”刘氏万万没有想到，那满山遍野的小野花儿竟然可以卖钱，这是不是天上掉馅饼的好事儿啊？所以开心得不得了。

“是的，若是你们同意，小的这就把钱付给你们！”那小伙计问道。心中暗道，这一家人可真有意思，这被称之为娘的人竟是这么高兴，而作为女儿的却是那样冷静沉着。

朵朵却是在心里大叫不值啊，果然还是木耳最赚钱，这野菊一处理完，根本没有多少嘛，算了，跟她心里预计的也差不多，就卖了吧，反正这也是没有成本的东西。

“那好吧，这位小哥哥，我们卖，你付钱吧！”朵朵笑着说道。

那位伙计便把准备好的一百六十个铜板用一根线串着递给了朵朵并且说道：“小妹妹，若是下次再有其他好药，可别忘了给我们送来啊，我们肯定会给你最高的价钱的！”

“好嘞！那小哥哥我们就先走了！”朵朵与刘氏等向那小伙计告辞离开。

第四章

心灵手巧

“姐，我现在咋还像做梦似的呢，真没想到那小野菊还能卖钱，等着回去，我还知道一个地方，那里有大片的野菊呢！”蓝谦眯着眼睛笑道，一斤野菊就能卖上五十文钱，这相当于是天上掉下来的钱啊，他怎么能不开心呢，这放在以前，没分家之前，别说五十文钱了，他可是一文钱都没见着过啊，他们母子三人可是连集上都没有来过呢，一般有赶集这样的好事，都是大伯娘带着雨儿坐着马车来的，他们母子三人只有在家里干活的份儿啊，而现在，可是他们赚钱了，他们有钱了呀，所以小蓝谦那菜色的小脸上的笑容就没有断过。

看着一家三口这一副营养不良的样子，朵朵决定了，绣铺的七十五文钱，加上卖小野菊赚的一百六十文钱，一共是二百三十五文钱，除去留下五十文还给三奶奶，余下的，朵朵准备要再买些粮食，因为虽说是秋天，新粮马上就要下来了，但是他们母子三人可是没有地的啊，下来新粮也是没有他们的份的，所以他们必须备些粮食啊。

“谦儿，这钱挣的，你的功劳可是不小的，你和姐说，你想要什么？”朵朵看到蓝谦那满脸的喜悦，又看到他那单薄的小身板，不禁问道。

“要啥都行吗？”蓝谦问的过程中还看了看刘氏。

“当然什么都行了，这可是谦儿自己挣的钱，就是娘，她也会同意的！”朵朵含笑说道。

“那……那你可不可以给我买一支笔和几张纸呢，我想有空的时候和思源哥哥学学写字，他以前就答应过我，会教我的，姐姐你还记得不，就是在思源哥哥教你在地上写字的时候，他说等我大一点了也教我的啊！”蓝谦那消瘦的小脸上满是祈求，怕是朵朵想不起来，还特意提醒一下场景。

朵朵当然知道教她识字的不只有那个老奶奶，徐思源也会时常的教她认字的，看到自家弟弟这样的有上进心，朵朵很是开心，因为他们家只有蓝谦一个男丁，若是没有些本事的话，那她们娘俩的日子也不会太好过的，就算自己以后真的嫁了人了，那没有娘家的支持也是不行的啊，所以蓝谦的想法，她很支持。

“那除了笔和纸，你还想要点什么，这两样东西不算，就算你不找姐要，姐也要给你买的，你是咱们家唯一的男人，只有你强大了，我和娘才不会受欺负，眼下你这样的上进，姐很高兴！”朵朵拉着蓝谦的小手，边走边说道。

“我……我……”突然蓝谦的小脸红了起来。

“我替他说吧，他怕是想吃肉了吧，除了过年，你们两个能吃到一块半块的肉外，其余的时候，还真是……”说着说着刘氏的眼圈又红了，她一直在自责，若是自己早些坚强起来，也不会让这两个孩子受这样大的罪的。

“可以吗姐？”蓝谦小心翼翼地问道。

“有什么不可以的，这是我们蓝谦自个儿赚的钱，想买什么都成，走，咱们这就去买吃的去！”朵朵使个眼色给蓝谦，两人一边一个地拉着刘氏，往前走。

回到集上，朵朵母子三人便开始采购上了，上次刘氏一人来，并没买太多的东西，那是因为没钱，三奶奶家给的那些钱要省着花的。

所以这次朵朵便买了十斤的大米，三十斤的糙米，十斤的白面，三十斤的糙米面，别看他们现在有了银子，可是以后要用银子的地方多着呢，所以他们买了几种米混着吃，这样营养也能跟得上。

买了米之后，母子三人又去了布庄，一进布庄，便看见那五颜六色的各个等级的布不同放置着，在中间的柜台前面，还堆着一堆的散布，布头之类的。

“几位客人需要买些什么料子，我可以给你们介绍一下，不过你们要是不嫌弃的话，那一堆的布头也是极好的，是可以给孩子做几身小衣的！”只见这店铺的小伙计并没有因为他们穿得寒酸而冷淡他们，反而还向他们介绍了一些便宜的布头。

“小哥，我们想买几尺尺头，不用太好的，就是粗麻布便可，咱们店里可有？”刘氏看到这个伙计挺和气的，便开口问道。

“有啊，有啊，大姐你看，这几匹怎么样？”伙计一看人家对布头不感兴趣，点名要粗麻尺头，他便抱了几匹尺头过来。

朵朵一眼便相中了那个枣红色的，她觉得给她娘做身衣服正合适，店家，这匹布怎么卖？庄稼人做衣裳，一般只做上身的，所以几尺布便够了，但是朵朵这次却是想给她娘做一套，所以便问的一匹布是多少钱。

“小姑娘，真是好眼光啊，这匹枣红色的麻布的面料是极好的，还厚实，颜色也正适合这位大姐，不老气，也不张扬，这匹尺头是六十文！”小伙计笑着说道。

“朵儿，买那么多干啥，扯上个五尺布，娘做个对襟小袄就可以了，娘不用做全身的！”刘氏赶忙挥手说道。

家里以后用钱的地方可多了去了，怎么能这样地浪费，所以刘氏定然是不同意的。

“娘，你都没有一条像样的腰裙，而裤子也都旧得不能再旧了，听我的，就买一匹，这钱在我和谦儿卖药菊的钱里出，就当我们俩孝敬你的。”

“是啊，娘，你就买吧，这是我和我姐孝敬你的，小哥哥，这匹布我们要了！”蓝谦也是劝说刘氏，最后还做了决定，就要这匹布了。

“哎呀，大姐，你好福气啊，这两个孩子可真是懂事，你就买了吧！”伙计一边对刘氏说着，一边把那匹枣红的布给单放出来。

“小哥，这匹紫色的布给我扯上五尺，还有这匹藏青色的也给我扯上五尺，这价钱你可要给我公道些，这样我们以后也常来不是？”朵朵觉得庄稼人，天天要做活的，可不能买太浅色的布料，要不然也太不适用了，所以她便指着那两匹颜色较深，又不太老气的料子说道。

“姐，这两块料子真好看！”蓝谦打从出生之后，就没有穿过新衣裳，全是旧衣改成的，所以马上就快要有属于自己一个人的衣裳时，蓝谦心里又激动了。

“小姑娘，这两匹布都是七文钱一尺的，这五尺就是三十五文，两个五尺便是七十文，加上刚刚大姐的那匹六十文，这一共是一百三十文，你们一次性买了这么多，我给你便宜十文，就算你一百二十文吧，不过小姑娘，你们以后买布可是都要来我家啊！”那小厮很是爽快地给朵朵他们抹去了十文钱，之后又看出了，这三个人当中，竟是这小姑娘说了算，所以，最后这话他是对着朵朵说道。

“好嘞，不过小哥，那堆布头是怎么卖的啊，我也想买上些！”朵朵刚刚有仔细看，那堆布头虽然是碎了些，但是做小衣还是不错的，小衣的布料最好要柔软一些的，那样贴身穿着舒服，而且，太碎的小布还可以裁上几方帕子，无论是自己用也好，送人也好，都挺实用的，三奶奶与万氏待他们都是不错的，好东西送不起，送方帕子也是一点心意不是。

“哟，什么钱不钱的，你随便挑，挑好了随便给我几个钱就行。”那些个布头，就算是不给钱，白送给他们都行，反正都是些零碎的布，大户人家吧人家看不上，乡下人又嫌这些个料子太贵的，所以这布头已经在这里堆放许久了。

对于朵朵这次的提议，刘氏并没有阻止，因为她现在觉得，自家女儿可是有主意得很，而她也十分放心，所以就任由着朵朵去选。

朵朵走到布头那边，一边挑，一边在心里边核计。首先是白棉细布，这个可要多挑一些，他们娘儿三个至少要添一套小衣，再添两双袜子。而自家娘亲就会裁剪，那针线和刺绣，就更不在话下了，所以只要买了布料回去，让她娘抽空缝制就可以了，别看这布头是有大有小，但只要你利用好了，那就是捡到便宜了，所以朵朵便仔细地挑着。

还真别说，这些绢子、缎子、绸子可真好看。就连朵朵这个从现代穿越来的也觉得这些料子好看，她捡起两块缎子看了看，大小正好可以做帕子，想着三奶奶和万氏一定会喜欢的，在乡下，若是能有一方绸缎的帕子，那可是不得了的。

“娘，这几块给三奶奶和光磊婶子做帕子怎么样？”朵朵拿起那两块料子向刘氏说道。

说完朵朵又继续去挑了一块豆绿的和一块鹅黄的细纱绢子，又挑了块银红的素缎，把她要的都放在了一边，随后又选了一块大红的细纱绢子，一块宝蓝的素缎，一块月白的潞绸，一块靛青的潞绸，两块淡青的潞绸。

别说是朵朵喜欢这些，就连一向节俭惯了的刘氏，眼看着这些花花绿绿的料子，也忍不住地喜欢，“你三奶奶和你小婶子，一定会喜欢的，我朵儿选的料子，做成帕子肯定好看，我会锁边，还能绣花。不过，朵朵，就是送人也不需要这么多吧？”虽说要不了几个钱，但要是选得太多，怕是人家也不会让自己赔了的吧。

“娘，没关系的，一会儿让小哥哥给咱们便宜一些，要不然他这些布头放在这里也是放着，不如卖给咱们了，我选这些自然有用处，一会儿还要再买些彩线，绣出来的帕子一定会很漂亮的。”朵朵心里有自己的盘算，不过现在她不打算与刘氏说。

果然购物是女人的本性，这么一会儿工夫，朵朵竟是买了一大包的布头，看得刘氏都有点流汗了，讪不搭地看着小伙计。

“小姑娘好眼光啊，你选的这几块料子哪块不是好料子啊，这样吧，咱们也有言在先了，这一包布头你也不用多给，就给我五文钱吧，以后你缺啥少啥的多来就行了，这布头，咱们也是半个月来一批新的，有需要的你就来吧！”小伙计并没有坐地起价，反而是很实在地说道。

“什么？五文钱？那就谢谢小哥哥了，放心吧，日后我们有需要一定会来你们这的，喏，这是一百二十五文钱，你收好，我们就先走了！”朵朵没想到这么多好料子的布头才五文钱，若是一次她能把这五文钱变成五十文钱，一百文钱，不知道这个小伙计会不会后悔呢。

“好嘞，几位慢走啊！”一下子卖出去这么多的布头还得了五文钱，东家也一定会高兴的，别看那几尺尺头他给他们抹去了十文钱，但是那也有得赚的，总之这娘三儿个人和气，买东西也不是那么计较，他当然喜欢多来几个这样的主顾啊。

“朵朵，你咋买了这么多布头呢，做手帕，有两块儿送人就够了，咱乡下人，不讲究太多的！”刘氏还是不忘提醒朵朵，虽说她们赚钱赚得快，但是这花钱要比赚的快得多啊，不能这么浪费，更何况，那木耳，家里也就还有个十多斤了，总要存起来些啊。

“娘，你放心吧，我自有用处的，到时候你就知道了，好了，咱们快去买猪肉吧，一会儿还要赶回去呢！”朵朵并没有明白要拿这布头做什么，只是说明她自有用处。

到了卖肉的地方，娘儿三个又称了三斤猪后鞧，有肥有瘦的，朵朵母子三人是打算晚上回去与三爷爷一家一块吃饭的，所以多称上几斤，一斤十五文钱，所以共计四十五文钱，朵朵算了算，这卖野菊和做绣活的钱，花得就剩下五文了，可是一会儿回去，他们是要搭车回去的，一个人也要两文钱，这么多东西，估计也要收两文钱，这样就要八文钱，而她身上现在的铜钱就有这么多了，又不能直接付银子，这可怎么办啊。

“娘，你那里还有钱没？称了这猪肉后，我这儿只有五文钱了，一会儿回去搭车都不够了呐！”朵朵有些苦恼地说着。

刘氏“扑哧”一下乐了：“哟，我闺女儿终于发现钱不够了啊，行啦，娘出门哪能不带钱啊，娘这里带着二十文哩！”刘氏打趣朵朵道。

“娘，你还打趣人家！”朵朵小脸也有些微红，看来无论是在现代还是古代，自己都不是一个善于理财的人啊。

朵朵拿出怀里的铜钱，付给卖肉的，突然她又看到了，那猪肉案上的大棒骨，又想到了蓝谦和自己的小身板，如今他们可正是在长身体的时候啊，老奶奶说过，他们这时候最缺的就是钙了，所以用这大骨头熬汤是最好的，所以她又向卖肉的大叔问道：“大叔，这猪骨头怎么卖啊？”

“小姑娘，吃肉多好啊，这骨头上也没啥肉了，不值几个钱，这个，这骨头你想要的话，那就两文钱拿走吧！”卖猪肉的大叔见到朵朵很是有礼貌，身子又瘦弱，所以不免也产生了几分怜惜，这猪骨头上确实没啥肉了，只等着哪个大户人家来买去喂狗呢。

估计若是让朵朵知道卖肉大叔的心里想法后，一定会大骂那大户人家的暴殄天物的，这大棒里面的骨髓，营养价值可是很高的啊。

“那就谢谢大叔了！”在刘氏又要欲言又止的情况下，朵朵便把钱递给了那卖肉的大叔，而刘氏除了无奈摇头外，也没有别的办法了。

用荷叶把肉和骨头给朵朵包起来后，朵朵接了过来，放在了篮子中，上面还用那空袋子给盖了上去，朵朵这么做的原因就是怕一会儿到了马车上，有些眼红的人又要叨叨了。

朵朵给完钱，正想走，却是想到，晚上与三爷爷三奶奶一家吃饭，这三斤肉怕是少了些吧，光磊叔与三爷爷可都是白天下地干活的啊，朵朵皱了皱眉，可是这猪肉也真不便宜，而且，她早就发现她娘刚刚在她买猪大骨的时候，就已经时不时地皱眉了，若是再买肉，她娘是一定不能同意的。

思前想后，突然她眼前一亮道：“大叔，你这还有猪下水卖吗？多少钱啊？”

“朵朵，你问那东西干啥，那玩意臭烘烘的根本没法子吃，你这孩子，不准瞎花钱了！”这次没等卖肉的大叔开口，刘氏却是抢先说道，刚刚的猪大骨那两文钱都是白送人了，这骨头有啥吃的啊，没办法，谁让她晚开口一步呢，可是这猪下水，她是无论如何也要阻止的，那东西，根本没人吃的，又脏又臭的，最穷的人家也没有吃那个的。

“娘，在梦里面老爷爷教过我吃法哦，很好吃的，你真的不想尝尝吗？”朵朵向刘氏眨了眨眼。

“……”果然刘氏不再说话了，只是那脸上还是有些不同意。

“小姑娘，你娘说得对，这东西还真的不好吃啊，要不然你别要了，下次你再来买肉我算你便宜些吧！”卖肉大叔是真心地怜惜朵朵，所以也禀着良心劝说道。

“大叔，这东西真的好吃的，您就说多少钱吧！”朵朵笑着说道。

“得了，那你给二文钱拿走吧！”卖肉的大叔见自己也劝说不听，便叫价道。

“大叔，您这有没有破篮子，给我一个，我装猪下水的，路远，这样拿着也不方便啊！”光用荷叶包看来是不行了，这猪下水挺大一坨呢，因而朵朵说道。

“好的，你看这个行不？”卖肉大叔，便把那猪下水放到了一个破旧的篮子里，上面还给盖了一张荷叶。

朵朵看着那一篮子的猪下水，那小脸上满是止不住的笑容，最主要的是这也太便宜了吧，竟然才两文钱这么一大堆，她原本想着猪肉十五文，这个再便宜也得十文吧，哪里想到才两文钱啊，想想那猪大肠，猪心，猪肺的，猪肚的，哪个不是美味啊，简直是太便宜了啊。

想着，朵朵便拎起了装着猪下水的篮子往与万氏约定的地方走，那小脸上洋溢着满满的笑容，看得刘氏与蓝谦两人无不猜想，她女儿/他姐，是不是魔怔了啊，那玩意真的有那么好吗。

当她们娘儿三个到的时候，只见万氏已经焦急地在左看右看了，而刚刚在那米店订的米面的店家也是把东西都送了过来。

“夫人，是装到这个车上去吧？”那小二问道。

“嗯，对，就放到那个车上去！”刘氏笑着点头道。

“光辉嫂子，你咋买这老多粮食呢，咱家粮食也快下来了，咱们先对付着吃呗，你们现在哪哪不要用钱啊？”万氏见刘氏他们回来，又见到买了这么多的粮食，不禁开口说道，他们孤儿寡母的能吃多少啊，而且他们三人都是那么能干，也不是白吃饭，有得吃，就一块儿吃呗。

“妹子，等一会儿嫂子和你细说啊！”刘氏向万氏眨了眨眼睛道。

万氏也看到周围这么多人，所以也就不说了，四人一块上了车，刘氏抢着付了十文钱，四个人一人二文，这些东西两文，所以共计十文。

“光辉嫂子，这哪能让你付钱啊，你看……”在家出来的时候自己的婆婆就说了，让自己给他们娘几个付钱，而她自己也是这么觉得的，虽说她家里的条件也是一般的，可是总比刘氏母子三人强啊，从而万氏要阻止道。

“小婶子，你就别嚷嚷了，你听我说……”朵朵凑过身去，便与万氏嘀咕了一番。

“我的小机灵鬼，这是真的吗？哎哟，你真是个小福星啊！”万氏闻言后，竟是掐了掐朵朵的小脸赞扬道。

“哎哟，蓝嫂子，你们家发财啊？还买了大米和白面啊？难道这就是卖咱们村儿山上的那个黑糊糊的东西挣的吗？”就在朵朵与万氏嘀咕的时候，车上的一个妇人便是尖声尖气地问道。

此人叫做李寡妇，早些年就死了男人，而她性子又是个不安分的，所以村里的人没有不烦她的。

“妈呀，这都有十斤二十斤吧，这得多少钱啊？”李寡妇继续在旁边挨个袋子打，边说道。

“我说大婶儿，你怎么可以随便翻人家的东西呢？我娘还教过我做人要有礼貌，要有教养，我一个小孩子都懂，你怎么不懂啊？”朵朵看到李寡妇那手还伸进米袋子里，顿时便发火了。

“可不是吗，赶紧把你那狗爪子拿开，也不知道脏不脏，那是你家的米啊，那是人家的，你管人家是怎么赚的呢？那黑糊糊的东西长在山上也好几年了，怎么就没见着你也能拿它去卖钱呢？我跟你说，你也别在那瞎寻思了，那米、面的钱，是人家朵朵和谦儿上山采药赚的，不怕告诉你，那小野菊可是味药材呢，不过，告诉你也没用，你会炮制吗？哼，不用想也知道，你要是会的话，还至于今天这么眼气于别人的吗？”万氏一直是不喜欢这个李寡妇，所以说起话来也很不客气。

“你说谁是狗爪子，你说谁手脏呢……”那李寡妇也不是一个好相与的，所以一听到万氏骂她，便也开始与其对骂起来。

“行了，你们都少说一句吧，大家都一个村儿的，而且，李家妹子，你也是的，怎么翻起人家的东西了？”

“是啊，是啊，朵朵这个孩子是个聪明的，小小年纪就懂得那么多啊！”

众人又是把话转移到了朵朵姐弟二人的身上，从而，那李寡妇也是默不作声了，因为，她知道，她现在若是出头，怕是也得不到什么好处。

众人又开始聊起了天，大约有一个时辰左右，他们就到了三里铺子，由于这马车是村子里的，又见到朵朵一家买了这多东西，所以最后直接把他们送到了三爷爷家的门口。

“光磊啊，快出来接应一下啊！”万氏是个外向爽快的，刚刚一停稳车，她便朝着院子里喊道。

紧接着，她便帮着刘氏等人从马车上往下搬东西，不一会儿，只见蓝光磊走了出来，三奶奶，三爷爷也跟了出来，一看这大大小小的袋子，都先是皱了皱眉道：“光辉媳妇，你咋买这老多粮食呢，不是说了粮食的事情你不用操心吗，你们能有几个钱啊！”三奶奶有些斥责地说道。

“娘，您老先听我和您说……”万氏附在三奶奶的耳边嘀咕了一会儿。

“啥？那玩意那么值钱？真的……”三奶奶马上激动起来，叫道。

“娘，咱们一会儿回屋去说！”看着三奶奶那激动的神情，万氏马上制止说道。

“好！好！咱们先搬东西！”三奶奶乐呵呵地说道，好似那赚钱的是她一般。

全都搬到了朵朵一家住的那个房子里，之后三奶奶便说午饭做了他们娘儿三个的了，因为她们娘儿三个全都去赶集了，所以三奶奶便顺手给做了出来。

“那三奶奶，今晚上的饭由我们来准备吧，晚上我请你们吃饭！”朵朵拍个小胸脯说道。

“哎呀，我朵儿果然是最懂事的，还知道请我们吃饭啊，那好啊！”老太太把朵朵的话只当玩笑话，但是仍然顺着她说。

“老婆子啊，先领着那几个孩子来吃饭吧，什么事情吃完饭再说，可别耽误一会儿下地啊！”三爷爷在门外叫道。

“快！快！快！咱们赶紧去吃饭吧，要不然一会儿那个老家伙又来催了！”三奶奶满脸含笑地说道。

到了上屋，边吃饭，刘氏便把今天发生的事情都说了一遍，本来刚刚万氏就已经对三奶奶透露了一些了，直到此时从刘氏的嘴里又仔细地听了一遍后，那整个饭桌上，除了去赶集的那四人，其余包括三奶奶在内的三人都停止了吃饭的动作，瞪大眼睛都看着刘氏以及朵朵与蓝谦。

“是真的吗？一两银子一斤吗？真的卖出去了？还有那野花儿，也真的能入药？”蓝光磊首先反应过来不敢相信地问道。

“是真的，光磊叔，今天那掌柜的还说我姐姐炮制的药是极好的呐，等一会儿吃完饭再采些去，我还知道有一个地方有更大的一片呐！”蓝谦的小脸上满是对朵朵的崇拜。

“一会儿，我也与谦儿一块去采，那东西也就费点火，咱家柴火也不是没有，这钱可不就是天上掉下来的吗？”这倒不是万氏见钱眼开，而是刚刚在回来的路上，在车上就都跟刘氏说好了的，那野菊花可是满山海了去了，自然不会去抢朵朵他们的饭碗，至于怎么理成药材，到时候可以让朵朵教给她，反正她也亏待不了朵朵。

“也行，地里的活儿，再有两天也就完事儿了，你爹和光磊两个人应该能忙得过来的！”三奶奶也赞同道，那可是五十文钱一斤啊，这可不少了，那玩意也费不了什么事儿啊。

众人达成协议后，大家又安静地吃上了饭，只有三爷爷目光充满着希望与激动地看着朵朵，只不过大家都顾着吃饭了，根本没有发现这个异状。

吃完了午饭，收拾完桌子，三爷爷三奶奶正坐在炕上喝着茶水，刘氏娘儿几个又走了进来，只见刘氏从怀里拿出一两银子放到了炕上道：“三叔，婶子，这一两银子除去还你们的那五十文外，余下的就留着做我们娘儿几个在这里住的租金吧！多了少了的，三叔三婶儿就见谅吧！”

虽然刘氏话是这样说，但是朵朵却是知道，这一两银子去除了三奶奶给他们的那五十文钱，余下的，怕是租两年的租金也是够的，而朵朵却是有决心，让他们家来年春天便可能起一个属于自己的房子，这样会更方便一些。

“你们这是干啥？这是要和我们外道吗，还是想和我们划分清楚啊，要是分清楚，那我老婆子还欠你们一条命呐，你们这日子才刚刚起来，给我们钱做啥？啥租不租金的，你们就放心住，至于那五十文，就当我给你们另开炉灶的钱，我做长辈的给你们花这点钱，你还要和我计较吗？”三奶奶很不高兴地说道。

“光辉媳妇，你把这钱给我收回去！”三爷爷也沉着脸色说道。

“三伯……”刘氏刚要开口解释道。

朵朵却是接过话茬说道：“既然三爷爷三奶奶都这样说了，娘，咱们就收下吧，这是三爷爷三奶奶的一片心意啊，您放心，以后我会和谦儿加倍孝顺他们的！”朵朵是在想，这人情，也不是用五十文或是一两银子就可以换回的，来日方长，对他们好的，他们要永远都记得。

“好，三伯，三伯母，你们这份情，我们娘儿几个永远记在心里！”刘氏把这银子拿了回来说道。

“三爷爷，三奶奶，晚上由我来给你们做吃的，你们就瞧好吧！”朵朵俏皮地说道。

“好好，那我们可有口福了！”三爷爷却是先开口接话道。

到了下午餐，大家又开始分头忙了，三爷爷，光磊叔去下地了，光磊婶子和蓝谦去山上采野菊拾柴火去了，而家里依然是留三奶奶在家，刘氏本来要跟着朵朵去收拾那臭臭的猪下水去，可是朵朵却是让她进屋去裁衣服去，这天气也慢慢冷了起来，这破衣已经被穿得薄薄的了，根本不挡啥了，最后三奶奶也一同去帮忙，帮着刘氏给他们一块做衣裳。

朵朵先是把那猪大骨给用盐给卤上，这样能多吃几天，古代又没有冰箱，只能用这种办法储存肉类了。卤完之后，她便端着木盆去处理那猪下水，这猪下水里，要属猪大肠最脏最臭了，所以朵朵把那猪大肠单独放在了木盆里，然后放在院子中，她拿了个小板凳坐了下来。

朵朵也顾不得什么脏臭的，拿着醋和盐将这些东西在木盆里一顿揉搓。木盆里的肠子肚子混合了盐醋揉搓后，浓腻的酱色污水黏糊糊的，看起来很恶心。

要说这猪下水虽然便宜，但洗起来却是很费劲儿，但是总体来说还是便宜的，盐和醋才多少钱，肉要更多钱呢，这样一想，朵朵也就不嫌脏了，谁让她家穷呢。

揉搓之后，朵朵又换了盆水继续冲洗，一直换了三盆水，那水才变得清澈无比，朵朵才作罢。

回到屋子后朵朵将猪心和猪肺用开水煮了一会儿，便捞了起来切成了块儿，之后便把油也下了锅，加上姜、辣椒、八角、桂皮、大蒜热炒了一会儿，便又倒入醋，酱油上色，添上水用大火煮开，最后，朵朵又压了压那灶坑里的柴火，让它小火慢慢地熬着。

猪肚则是被朵朵腌起来了，大肠和小肠照样过了遍水，然后切段，将焯水的锅洗过之后，加作料和腌菜下去红烧！

这两种做法也是她在现代与阿伟常做的。她为了讨好阿伟的家人，特意在网上学了好多农家菜的做法。想了想，朵朵却是摇了摇头，暗道，现在还再想那些事情有什么用呢？

朵朵光收拾猪大肠啥的也收拾了一个多时辰呢，之后进了厨房后，那里面就不断地飘出扑鼻的香味，惹得屋子里面的三奶奶一个劲儿地问刘氏："光磊媳妇，朵朵这是做啥呢？咋这么香呢？没想到咱朵朵的手艺还真好呢！"

"今天买了三斤肉，想和大家庆祝一下，也犒劳一下孩子的辛苦，怕是那肉味儿吧，朵儿那孩子啊，就是爱瞎琢磨！"刘氏虽然是在斥责着朵朵，但那语气却满是宠溺。

"哟，你有朵朵这个姑娘，你以后就享福去吧，你婆婆那老货就让她后悔去吧！"三奶奶一说到蓝老太太，便打开了话题，没有看到刘氏脸上那一丝的忧伤。

毕竟婆婆当着那么多人的面往自己的身上泼脏水，轮到谁的头上，也不会心里舒服的，更何况，刘氏在蓝家这么多年任劳任怨，勤勤恳恳的呢。

"光辉媳妇，你们今天这是去了镇上，没有听说你们老宅出事了？"三奶奶自顾在那说道。

"啊？出了什么事儿啊？"刘氏还是心善的，别看蓝老太太那样地待她，但是那到底是她婆婆啊，所以她颇为有些紧张地问道。

"还不是你那个大嫂，差点没把那屋子给点了，听说把那老货吓得都尿了裤子呢，哈哈哈，这真是报应，以前就让你们娘儿三个干活，这下可好，她们那三个人除了她外，就没有一个会干活的，结果她还是个只会动嘴儿，不动手的，就指挥那余氏干活，结果，今天早饭的时候，余氏竟把房屋给烧了，还好那余氏发现得快，与老太太两人合力把火给扑灭了，忙活完之后，就发现她那裤子是湿的，哈哈哈……"说到这里三奶奶终于忍不住了，大笑起来，随后又继续说道。

“差点儿没把我笑死，你是没看见呐，全村的人除去赶集的，连那些在地里干活的都去看热闹了，大家都看到了她的裤子湿了一片，那老货还解释说，那是救火时洒上的水，可是明眼人谁会不明白啊，你那水咋那么会洒呢，专门往那裤裆那洒啊！后来她见到大家都满脸的不信，还都忍不住笑，便羞愧得晕了过去！”

“啊？晕倒了？”刘氏闻言，作势就要下地。

“你快坐下吧，她你还不了解啊，她那是没脸了，装晕呢，以此来躲开大家的！”三奶奶见刘氏想要下地去看蓝老太太，便马上说道。

“娘和大嫂她俩哪儿干过活啊！以前可都是我们娘儿三个干的啊，朵朵和谦儿很小的时候就会帮着我干活了呢，就那么点儿活，地又收完了，这都学了十多天了，咋还没学会呢？”刘氏听三奶奶说完老太太是装晕的事情后，便又想到了那天他们离开蓝家老宅时，老太太不也是用那方法逼他们吗？想到这些，刘氏心里满是苦涩。

“哼！她哪里肯认真去学啊，她历来不就是个偷懒耍滑的吗，当初你们老太太还不是看上了人家的家底儿？可是这么多年过去了，她穿的，吃的，用的，哪个不是蓝家的啊，啥时候用过她娘家的一针一线了，天天就想着那偏了向了的，这下可好了，连喝口水也要自个儿去烧了，要我说那老货就是活该！”三奶奶满脸的愤然说道。

“唉，不管咋的，我们娘儿几个算是搬出来了，三婶子，你说要不我晚上去看看去？毕竟她还是光辉的娘啊！”刘氏一想到那过世的相公，眼圈便红了起来。

三奶奶见状，也不好去阻止了，虽然是分了家，但她们毕竟还是婆媳关系啊，更何况，就如光辉媳妇儿所说，不看别的，就是看光辉的面上也不好弃之不顾的。

朵朵刚刚去洗土豆去了，洗完土豆正在削块，她晚上打算要用那猪后鞧与这土豆炖着红烧着吃，所以无意间朵朵便听到了三奶奶与她娘的谈话，听到自家奶奶尿裤子的事情，她差点没笑出声儿来，倒不是说她不厚道，只是她一想到在她印象中的奶奶可是天不怕地不怕的啊，没想到是被火给吓成那样，她能不笑吗。

突然她又听她的娘竟是要打算去看她那野蛮奶奶去，那怎么能行啊？她这小绵羊般的娘，哪里是她那野蛮奶奶的对手啊，想着她便掀开了门帘道：“娘，还是我去吧，今天我做菜，给我奶端去一碗尝尝，顺便也代你去看看她，你就别去了，想必她的丑事，她也不想太多的人知道，我是小孩子，所以她不会想太多的！”

“你这孩子，你怎么偷听我们说话啊？”刘氏娇斥朵朵道。

朵朵有时候真在想，那刘氏的脸皮是什么做的，此时竟是又红了起来，不就是她奶奶尿个裤子吗？至于她这样的脸红吗？

“娘，人家是无意间听到的，谁让你们说话的声音大了呐，怎么能怪我啊，好了，这件事儿就这么定了，晚上我去给我奶送点菜过去，娘您就别担心了，我得去焖饭了！”说完朵朵便一溜烟地没影儿了。

“这孩子啊，鬼机灵一个！”刘氏摇了摇头笑道。

“她呀，这是怕你去了吃亏啊，所以她自己要去的，要我说啊，你们家还好有个朵朵，要不然还不是就等着受那老货的欺负啊！”三奶奶却是摇头对着刘氏说道。

刘氏只是抿嘴一笑，并不作声，而她心里也觉得有朵朵真是她的福气。

朵朵溜出来后，便去了主屋，烧了火，把那刚刚淘完的米，下了锅，她们那屋是两个锅都炖着菜，所以到主屋来做饭，这样会省时间。

把大米下锅后，朵朵又把旁边的另一个炉灶也烧了起来，准备炖肉，先是将猪肉过了遍水，去掉了血沫和杂质，锅热了后，朵朵又把肉块，葱段，大料等几位调料炒出油来，最后又倒入她事先准备好的土豆块，翻炒均匀，最后倒入足量的凉水，加上适量的盐，将锅盖盖上，而炉灶下却是用大火将锅烧开，之后再用小火焖煮着大约一刻钟的工夫便好了，做这种农家菜，一向是朵朵的强项。

这样用农村的大铁锅烧出来的菜，虽然看着不好看，不精致，但是味道却是十分的不错，就连前世吃过各种大饭店的自己，也很钟爱这种味道。

这边都准备完了，她便又回到他们住的屋子，这时候只见三奶奶与刘氏也已经走出来了，看看这饭菜做得怎么样了，虽说朵朵夸下海口说她一切可以搞定，但是两人还是不放心地出来看个究竟，另外呢，也许她们也是被这香气给吸引出来的。

“三奶奶，娘，你们咋出来了呢？这饭还没好呢，上屋我炖着肉，焖着饭，咱们这两个锅我做猪下水用的。”朵朵也看出了两人眼中的疑惑，想想也是，这都快到晚饭口儿了，她一个人做菜，能忙得过来吗。

“啥？你是说刚刚那个味道儿是猪下水的味道？不是猪肉的味道？”三奶奶不敢置信地看着朵朵问道，怎么可能啊，那么又臭又脏的猪下水怎么可能是这么香的味道呢，猪下水她们不是没买过，可是做出来也是臭臭的，难闻得很啊，怎么可能这么香呢。

“是啊，三奶奶，这是猪下水啊，这锅是猪心和猪肺，那一锅是猪大肠，红烧肉焖土豆和大米饭我在主屋做的，我已经都下了锅，等三爷爷和光磊叔、光磊婶子、谦儿回来的时候，一定会刚刚好的！”朵朵还是以为三奶奶和她娘是怕自己完不成任务才问的呢。

三奶奶很是不信地掀开了锅，只见果然是猪心与猪肺，只是那满锅的香味却是让三奶奶瞪圆了眼睛，随后又掀开了猪大肠那锅，却也是满是香气，这可乐坏了三奶奶。

“哟，我老婆子可是有口福了啊，咱们朵朵真是厉害啊，连这臭臭的猪下水也能做得这样香啊，今晚我一准儿能多吃两碗饭啊。”三奶奶笑得那叫开心啊。

“娘，你说啥有口福呢？我在大门儿口就听到你们的笑声了，今天我和谦儿可收获不小啊，今天谦儿带我去那地儿，那野菊花可是海了去了，我们俩摘了好多回来，明儿个，我们接着去，至于怎么去处理，就交给朵朵你行不？到时候卖的钱，你自个儿分五成，我和谦儿一共五成，你看行不？你让我干些体力活还行，要是做那些个细活儿，我可不行啊！”万氏一向是个爽快的，也是个直肠子，所以她心里想什么也就说什么了。

“那可不行，啥我自己五成，你和谦儿五成啊，要说辛苦，你和谦儿最辛苦，所以若是光磊婶子想和我们合作的话，那便是咱们三人平均分吧，这样我才同意！”朵朵笑着说道，其实朵朵的志向根本不在药菊上面，这玩意太费力气，又赚不了几个钱，只是眼下做什么都要本钱，所以她才没有把这一生意扔掉，若是她与万氏合作，那样她会轻松好多的，一来呢，她会把省下的时间做些别的事情，二来呢，还能卖万氏个人情儿。

“那好吧，婶子我也不和你客气了，我就占了你这个便宜了！”万氏爽快地说道。

而蓝谦只有在那傻笑的份儿，好像这些都跟他无关似的。

“啥占不占便宜的，要说占便宜那也是朵朵占你便宜啊，咱们都是一家人，不说那两家话！”刘氏也在一边插话道。

“好了，光磊媳妇儿啊，你赶快去洗手吧，今儿个可是朵朵亲自下的厨啊，竟然把这猪下水都做得这么香，咱们可是有口福了！”三奶奶笑着说道。

“啥？那臭烘烘的玩意有啥吃的啊？”万氏满脸嫌恶的表情，好似已经闻到了那猪下水的臭味儿一样。

“光磊婶子，希望一会儿你记得你说过的话哦！”朵朵神秘地笑了笑。

“娘，这两锅菜差不多了，可以出锅了，你把它们盛出来吧，我这就去看看那饭和那锅菜去！”朵朵交代完，便去了上屋。

到了上屋，便见到了三爷爷和蓝光磊两人正围着那土豆焖肉吞口水呢，这乡下人啊，一般都把这顿晚饭看得很重要的，因为早上一般都是对付一口，然后下地，中午的时间也不多，也是对付，只有晚上这一顿才能敞开了去吃，所以三奶奶与娘才很是担心，怕她照顾不过来。

除了土豆炖肉的香味儿，那香喷喷的大米的味道也很是吸引人的，朵朵已经穿越来十多天了，却是连一顿大米饭都没吃过。

“三爷爷，光磊叔，你们快洗洗吧，一会儿开饭了，今天咱们得好好地庆祝一下啊，我做了好多好吃的啊！”朵朵很是识趣地像是刚看到他们一般，开口说道。

而意识过来的三爷爷和蓝光磊脸上都一红，然后直点头说好，两人都出去洗脸洗手的，把那身脏衣服也给换了去。

等着他们一切都收拾好后，朵朵等人已经把桌子都放好了，除了一锅大米饭，猪心、猪肺还有土豆焖肉外，朵朵还特意给三爷爷泡了一盘木耳，用香菜、辣椒等凉拌了一下，放到了桌子上。

“呀，朵朵，这玩意这么贵，我可舍不得吃了，快快拿下去，留着卖吧，我老头子吃这肉就行啊！”三爷爷一看到那清爽的黑木耳后，便使劲儿挥手道，虽然他极爱吃这道菜，但是他现在可是知道这东西的价值了，他可舍不得吃了。

“还有这大米饭，一共也没买多少，你们自个儿留着吃就好了，干嘛做了这么多啊，我们这些大人吃啥都行，你和谦儿才是正长身体的时候啊！”三爷爷闻到那大米饭的味道，肚子都响了起来，他有多少年没有吃过白米饭了，上一次吃是啥时候来着，不由得又想起了往事。

“啥钱不钱的啊，这东西买来就是让人吃的，还有那木耳，那可是咱们不花一分钱得来的，三爷爷你吃些咋了，别说是没花钱，就是价值千金、万金的，要是三爷爷您想吃的话，我们要是有条件也会买给你吃的！”朵朵这一番话倒不是说谎，也不是挑好听的说，她是发自真心说的这番话，锦上添花简单，但雪中送炭却是极为可贵的。

三爷爷和三奶奶能在他们最无助的时候给予他们帮助，之后又发自真心地待他们，就这份儿情意，那是用多少钱都买不了的。

“好孩子！好孩子啊！”三爷爷连连点着头说道。

“朵朵，这是啥啊，可真香啊！”蓝光磊看着他们在那边一个劲儿地说，他被这香味儿引诱得都受不了了，所以便先夹了一块像肠子的东西吃了下去，赞不绝口地问道。

“光磊叔，那是猪大肠啊，你没尝出来吗？”朵朵有些坏心地说道。

“……啥？这是猪大肠那臭烘烘的东西……”蓝光磊凌乱了，他现在只觉得朵朵是在跟他开玩笑啊，这么好吃又香的东西，怎么可能是猪大肠呢，不过现在这个长得还真像肠子啊。

“光磊叔，你吃过了，你来说，这东西真的臭吗？真的难吃吗？”朵朵打趣道。

“不……不难吃，好吃得很呢！”蓝光磊最后还认真点了点头。

“真的吗光磊？这东西真的好吃吗？”万氏还是不敢置信地看着这猪大肠。

“真的好吃呢，不信，你尝尝！”蓝光磊又放嘴里一块，这次他更加坚定地说着这猪大肠的美味。

众人也纷纷动起筷子吃了起来，香喷喷的大米干饭，土豆软软面面的，猪肉也很烂，这两样放在一块焖，好吃得很，还有那猪心，猪肺红烧得也十分可口，若是吃得油腻了，还有那凉拌木耳。

“姐，你干啥去？”这时候蓝谦却发现朵朵并没有上炕吃饭，而是要往外出走。

“你们先吃，我去给咱奶送点吃的！听说她老人家今天尿了裤子，估计现在心情挺不好的，大伯母又不会做饭，也不知道她现在能不能吃上饭呐！你们不用等我，我送去就回来！”朵朵小脸上满是凝重地说道，好似在替蓝老太太难过似的。

但是她那话却让吃饭的人都咳嗽了起来，而那三爷爷却是老脸通红，那一口酒没咽下去，便咳嗽了起来。

“朵朵……”刘氏也红了脸，瞪了朵朵一眼。

“行了行了，你们先吃吧，我去去就回啊！”朵朵吐了吐舌头，向蓝谦眨了眨眼睛，示意他安心吃饭，便走了。

朵朵挎个小篮子，里面装着猪下水，却没有去送土豆焖肉这个菜，缓慢向老宅走去，还有许多下地的人刚回来，看到朵朵挎个小篮子正往前走着，而朵朵还很是嘴甜地跟每个人打招呼。

“哟，是朵朵啊，你挎着篮子干什么去啊？”

“我去给我奶送些吃的，今日上镇上，我和我弟卖药菊挣了些钱，所以买点肉，这不听说我奶她……听说老宅着火了，所以我娘怕今晚上她们没饭吃，让我给送点去！”朵朵那句我奶她……说得极为地不怀好意，让大家听了想入非非的，有无限的想象。

“这孩子真有孝心啊！”

“那刘氏也是个好的！”

“哎，那李氏又怎么了？难道又作起来了？多好个儿媳妇，多好的孙子孙女啊，她都给逼走了！”

“哎哟，你不知道啊，李氏今天可是丢人丢大发啦，她今个儿，都给吓尿裤子了……”

大家又七嘴八舌地议论了起来，好像是说什么秘密似的，而那声音却是让大家都能听到。

朵朵不自觉地嘴角上扬，并且也加快了去老宅的脚步。

终于到了老宅，只见主屋内安安静静的，并没有烧火的迹象，也没有做饭做菜的味道传来。

“奶，你在家吗？”朵朵一进院先是叫了一声，然后往主屋走去。

一进主屋门，朵朵不禁惊呆了，这是什么情况？看来这场大火烧得很严重，这灶台四周都熏得黑糊糊的一片，那锅碗瓢盆的也满地是……

“你来做什么？”朵朵还没欣赏完这着火之后的厨房，只见那蓝雨儿阴着脸走了出来，口气很不好地问道。

“奶，我来给您送吃的了！”朵朵却绕过了蓝雨儿，直奔老太太的主屋去。

一进入主屋，只见余氏低着头坐在炕沿边上的小木凳上，低垂着头，不知道在想些什么，而蓝老太太则盘着腿坐在炕中央，板着一张脸，朵朵还特意向蓝老太太的裤子看去。

“你来做什么？”蓝老太太见到朵朵的眼神儿，一直往她的裤子上看，那眼睛里顿时就冒起了火花，狠狠地说道。

“奶，听说今个儿咱家着火了？到底是咋回事儿？你人没事吧？外面那些人说的真邪乎，可把我娘吓坏了，脚都软了，这不，她让我来看看您，顺便给您送些吃的！”朵朵说着，很是热络地还自己坐在了蓝老太太的身边。

“朵朵啊，听说，你们上山采的那些花花草草的挣了老鼻子钱了，就连那大米、白面都买了几十斤呐，和大伯母说说，你们到底是挣了多少钱啊？”一直低垂着头，未吭声的余氏，此时插话道。

“大伯母，你是听哪个嘴快的说的啊，我们是卖了些钱，也买了点粮食，可是那大米和白面才各买了十斤，哪有几十斤啊，我和弟弟正是长身体的时候，得吃点吧，三爷爷三奶奶又在我们最困难的时候收留了我们，也该吃点吧，所以那十斤米、面，也就只能吃个新鲜而已，谁家能那么有钱啊，买了几十斤！”朵朵翻个白眼对余氏说道。

“黑心肝的王八犊子，你的亲奶奶还没吃上大米、白面呐，你倒是想到了外人，我真是白养了你们这么多年，一个个的都是白眼儿狼啊，我这是作了什么孽了啊！”朵朵的话刚一说完，蓝老太太便又开始大骂道，意思就是她一个正牌亲人，还没吃到他们的东西呢，却是先让外人尝了，她觉得委屈了。

“是啊！朵朵啊，你们要分清楚远近啊，谁是最亲的人，你那个娘不是姓蓝的，有些事情，你和谦儿要在一旁提点着啊，免得你娘她耳根子软，把咱家的东西都给那外人了，今天你给我们带什么吃的了？”余氏很是不客气地说道，同时还伸出手去拿朵朵那放在炕上的篮子。

“大伯娘，那你姓蓝吗？我娘她虽不姓蓝，但她是我和谦儿的娘，谁是亲人，谁是外人啊？我们娘儿三个身无分文的时候，是谁让我们净身出户，又是谁收留的我们呐？做人要将心比心啊！”朵朵话有深意地说道。

“你个小丫崽子，你这是在打我的脸吧，谁让你们出去了，谁让你们分家了，还不是你们一个个的白眼狼，自个儿要走的？你们这些丧良心的东西，还知道给我拿吃的啊，我倒要看看，人家大米白面吃着，给我拿来啥了？”蓝老太太果然听出了朵朵那话的含义，但是出了早上的事儿后，她这一天根本没有吃东西呢，那余氏也是个蠢笨的，这都到了晚上了，厨房的东西还没收拾好，这不，她刚刚正在训斥着余氏呢，没想到这丫头来了。

还算是他们有良心，还知道有她这么一个老的，要不然今天她肯定要饿肚子了，指望余氏，还真是无望了，现在她有点怀念以前刘氏在的日子，刘氏虽然蠢笨些，黑心肝些，可是有一手的好手艺啊，做的菜也很对她的口味儿。

自从他们娘儿三个走了后，几乎顿顿饭都是出自她的手的，而那余氏也不知道是真学不会还是装的，竟是这么多天了还没学会怎么做饭，就如今天早上，只是让她烧个水，结果，竟是把整个厨房都给点着了，害得她……

想想这个，蓝老太太便不自觉地轻咳两声，老菊花脸上也出现了一抹可疑的红晕。

说着老太太便去掀那篮子上的盖子。

“奶，也没啥好东西，就是今天在集市上买了点猪下水！”朵朵这次并没有去阻拦，而是不紧不慢地开口说道。

“啥？猪下水？你快把你这臭烘烘的东西给我拿出去，你们这些黑心肝的、烂下水的货，给人家大米白面地供着，轮到我这就剩下这猪下水了？你们不得好死，天打五雷轰啊！”老太太听了朵朵的话后，那眼睛瞪得滴溜圆，拔直了腰板，唾沫星子可哪飞地破口大骂道。

“蓝朵朵，拿着你的猪下水，马上给我滚出去，这怕是你那贱人娘出的主意吧，你这是来窝囊老太太来了，你这是要报复啊，你们的心咋就那么狠呢？那猪下水是人吃的吗？猪都不吃（猪当然不吃自己身上的零件了）。你拿来给你奶吃，你个坏心眼儿的家伙，给我滚出去！”此时那余氏也再没了装腔作势，慈眉善目了，也开始口无遮拦地骂道。

“大伯母，我娘是贱人，你又贵到哪去，别忘了，有我娘在，你永远只是个见不得光的妾，所以，你没有任何资格这样说我娘，还有，我拿猪下水来怎么了，三爷爷，三奶奶，光磊叔，小婶子也在吃啊，怎么人家能吃，我奶就不能吃了？不吃算了，那你们就饿着吧，要不是听说我奶被吓尿了裤子，又晕了过去，我还懒得来呢。”朵朵小脸一板，拎起篮子便要走。

“哎呀我的老天爷啊！你个挨千刀的丧门星啊，你这是盼我死啊，你是安的什么心啊，我！我打死你个小丧门星儿！”蓝家老太太一听蓝朵朵说了自己的那件丑事，顿时发起飙来，在炕上抄起了扫炕的笤帚疙瘩，边说着还要边下地去追朵朵。

“奶，难道你没有尿裤子吗？可是现在村子里的人都传开了啊？我该听谁的呢？唉呀对了，听他们说是大伯母烧了厨房，奶你是去救火，可是人家说明明看见你裤裆上面有湿了的痕迹啊，难道是大家看错了？”朵朵并没有被蓝老太太的怒气给吓着，她反而还往蓝老太太的伤口上撒盐。

“你个王八犊子，丧门星，雨儿，余氏，你们给我把她拦下来，今天我不打死她，我就白活了！”老太太一着急，便是干提鞋提不上，从而一边骂朵朵一边指使蓝雨儿和余氏堵人。

“蓝朵朵你个贱人，你给我站住！”蓝雨儿满目怒火地大叫道。

“娘，咱们把她堵住，让奶打死这个小贱人！”要说这蓝家的三人中，最恨朵朵的便是蓝雨儿了。

自从那天在村口发生完那件事后，她已经有近十多天没有见到倩儿了，当然更别说是徐思源了，每次去村长家，都是倩儿的小丫头出来，说她家小姐最近身体不舒服等，一次是这样，两次是这样，可是次次这样，蓝雨儿当然明白是为什么了，一定是因为蓝朵朵，所以源哥哥才叫倩儿不理自己的，那天源哥哥的警告她可是时时刻刻地都记在心里呢。

“就你们？还想拦住我？”朵朵讥笑一声，便很是灵巧地就跑出了屋子，到了院子里。

之后她便语带哭腔地大叫道：“奶，您怎么能这么嫌弃我娘的一片心意啊？我娘听说咱家出了事，马上打发我来给您送吃的，为了让您吃上热的，我到现在都还没吃上饭呢。您怎么能这样说我们啊？您真是太让我们伤心了。奶，您说，难道我不是您的亲孙女儿吗？您还要听大伯娘的挑唆要打死我？你还真能狠下那个心去啊？”

本来朵朵只是装装样子的，可是，不知道是不是因为自己所说的话刚好触动了自己这个前身的内心了，那眼泪却是不由自主地流了出来，站在院子里抽泣着说道。

古代的“孝”字是可以压死人的，虽然他们已经与老宅已经分了家，但是蓝老太太毕竟是他们的长辈，若是今天发生这么大的事情，自家娘儿三个没有过来人看看的话，那真的有点说不过去了，可是，要是她那善良的娘亲来的话，却是一定要受气的，这也是为什么她自告奋勇前来的目的。

当然今日她亲自来送菜却是还有一个目的，那便是做一场秀给全村人看，免得她们娘儿几个过好了，大家又眼红了起来，又说三道四的了，谦儿是男丁，想要日后往仕途上发展，人家首先要看的也是这一孝字啊，所以他们不能让老宅的人抹黑他们，还要让全村的人都来看看他们的“孝心”。

“你个黑心肝的烂下水的，你哪里安的什么好心？你和你那娘一样，一肚子坏水！你们好吃好喝的，却给我送猪下水来，你那是好心？我的个天啊！大家快来看看啊，这就是我的亲孙女儿啊，竟然让她奶奶吃猪下水，这是盼我早死啊！”此时蓝老太终于跑了出来，并站在院子里大声地叫道。

她一边叫着，一边还四处张望着，蓝老太太不傻，从朵朵娘儿三个离开蓝家后，她和余氏都不太敢出门了，那些人背后议论她们，谁不说她们容不下朵儿那娘儿三个啊，明明是他们要离开蓝家的，所以这次蓝老太太也不是专为了朵朵拿来的那猪下水才发作的，她是借此机会，揭开刘氏那贱人的嘴脸。

“奶，就算我求求你，就不要找我们娘儿几个的麻烦了，自从您把我们赶出去后，我们娘儿几个是在三爷爷三奶奶的接济下生存的啊，这猪下水咋了，这猪下水就不是人吃的了？那我和我娘是啥，三爷爷三奶奶又是啥啊？我们不是都吃得好好的吗？怎么轮到您老人家这里就行不通了呢？”朵朵“扑通”一声跪在地上，一张黑瘦的脸上满是泪痕。

“奶，还记得您给我们赶出家的那天吗？我和我娘还有我弟，只是一人穿了一件衣服走啊，如今我们的日子刚有了点儿起色，一听到您今儿个晕了过去，我娘吓得腿都软了，忙得打发我来看您的，您怎么那样地想我们呐？您是我们的长辈，我们怎么能盼着您死呢？奶，您饶了我们吧！”说着朵朵跪在地上磕上了头。

这可把蓝老太太给整懵了，说实话，现在这小丫崽子有点太不按常理出牌了，刚刚的话还那么的强硬呢，现在咋还服上软了呢。

而一旁的蓝雨儿见到这种状态，忙大叫道：“奶，你打死这个小贱人，都是因为她，现在我连倩儿的面都见不着了，都是她，都是她啊，奶，你给我打死她，打死蓝朵朵这个小贱人！”蓝雨儿边喊着还攥个小拳头，若不是有余氏在一边拉着她，估计她肯定要上前去打朵朵。

余氏之所以拉住蓝雨儿，那是因为她越发觉得有些不对劲儿，她总觉得蓝朵朵刚刚在屋子里是在故意激怒老太太的，而现在却又当着已经围上来的人的面这样地服软，她不由得起了疑心，而雨儿还是未嫁的小姑娘，名声可是很重要的，若是她上去就打蓝朵朵，那大家要怎么议论呢？

“朵朵啊，你奶今天本就受了惊吓，而你们家大米、白面的都能吃得起，却是给你奶奶送猪下水，你奶奶那是伤心了啊，你也别怪你奶，赶快起来吧，你这个样子，大家还以为我们欺负你了呢！”余氏在一边装好人地说道，但这话里话外的，还是说朵朵一家人没有孝心，朵朵不懂事。

“娘，你跟她说这些干什么，你让奶奶打死她这个小贱人，你是不知道啊，她们上山采那什么叫木耳的东西，还有那野花，都卖了不老少钱呢，今天买回来的可不光那大米白面的，还有肉呢，咋就给咱们送这猪下水呢，她这是骂奶呢呀！”蓝雨儿越发不理解自己的娘在干什么，为什么要帮着蓝朵朵说话呢，还让她起来，她爱跪就让她跪呗，腿跪折了才好呢。

“雨儿！你住口！”余氏有时候对自己的这个女儿真是无奈，她怎么就生了这么一个没长心眼儿的女儿呢，现在都站了满院子的人了，她还一口一个贱人地叫着蓝朵朵，她这是要上赶着把自己的名声搞臭是怎么着。

“余氏，你还有脸说雨儿，今天要不是你把房子给我烧了，我又……这个小死丫崽子能来气我吗？”蓝老太太一着急，差点没把她那丑事给说出来。

“我的个天啊，这是恨我不死啊，给外人就能吃肉和细粮，我这当奶的只有吃猪下水的份儿，刘芳（刘氏的闺名）她这是想要了我的命啊，早知道她是个心狠的，可是碍不住我儿的哀求，这才让她进了门，而她进门又做了什么？生下了一个天降灾星克死了我儿子，我那儿子命苦啊！让我死了算了！老天啊，我不活了。”

这蓝老太太一向是喜爱蓝雨儿，而蓝雨儿的话她自然也是最相信的啊，所以她一听说刘氏他们有钱了，不仅买了米和面，还买了肉，可是却给自己送了些猪下水，这还得了了，刘氏那烂肠子的东西，一定是她指使来的，说什么她在家里吓得腿软了，来不了了，她这是不敢来，这才让朵朵这个死丫崽子来气她的。

“这又怎么了？李氏你们家就不能消停些吗？这早上刚刚出了事，怎么又闹上了？”只见这时老村长又紧皱着个眉头从人群中走了出来。

老村长看了看蓝老太太，又看了看余氏和蓝雨儿，那眉头不由得更加紧皱起来，看来，蓝家这房，除了朵朵一家人外，剩下的这三口人，实在是太不像话了，还好他听了思源的话，没有让倩儿再继续跟那个蓝雨儿一块玩，要不然倩儿那丫头估计也毁了吧。

“老徐大哥，您可要给我做主啊，刘氏那个黑心肝的啊，她竟然打发朵朵那死丫崽子给我送猪下水吃，而他们自己吃肉，吃细粮，你说，他们这不是盼我死吗？”蓝老太太一听到老村长的声音后，那心扑通扑通地直跳，老脸也不由自主地红了起来。

早上那一场闹剧，自己尿裤子的时候，那老村长就到了，所以她此时羞愧得很啊。

“村长爷爷，我娘她真是冤枉啊，今儿个，我们大清早地就去赶集了，结果，卖了几个钱，买了些粮食和猪大肠，想着改善一下伙食，也想以此来谢谢三奶奶一家人，毕竟他们一家人对我们母子三人的照顾，那真是面面俱到啊，后来，我们从三奶奶的口里听说了老宅着了火，我奶吓尿了裤子，还晕了过去！”朵朵说此话的时候，还特意地停顿了一下，向蓝老太太的那边看了看。

只见那蓝老太太的一张老脸，由红转黑，又由黑转红的，嘴也不由自主抽动着，身子更是气得直发抖，暗道她这个孙女儿才是她的克星啊！

朵朵看了这一幕后，在心里做了个胜利的手势，其实早在她跪下的时候，她就发现村长已经来了，所以她才卖力演着戏，她现在不为别的，就为蓝家这三人以后不要再纠缠着她们母子三人，无论是蓝雨儿，还是余氏，今日说的那番话对他们都是不利的，他们卖木耳赚钱的事情，看来已经被某些人传了开来，而若是今日没有发生这场火的话，估计他们晚上便不能这么消停地吃饭了，这几个人一定会去三奶奶家闹的，到时候她们以孝来说话，那么他们娘儿三个挣的钱，肯定要被她们瓜分去一些的！

所以朵朵想要找一棵大树来庇护他们家人，可是无论从古至今都有一句老话，那便是清官难断家务事啊，所以若是想让村长这棵大树来庇护他们，那她只有利用群众舆论的压力了。

第五章
惊人发现

想罢，朵朵又继续说道：“这把我娘也吓够呛，腿都吓软了，所以马上就要我来看看，可是我一寻思，这厨房都着了火，大伯母一向不会干活，奶奶又受了惊吓，晚饭一定是没着落了，所以马上来送点吃的，村长爷爷您看，我给我奶带来了今天我们新买的大米饭，还有我亲自做的猪下水，香着哩，连三爷爷和三奶奶都称赞我，可是我奶却说我没良心，说我娘黑心肝……还骂了好多难听的话呢！村长爷爷，您说，我们难道真的错了吗？”

朵朵说完这一番话后，把这对与错的话题踢给了老村长。

而余氏和蓝老太太在那边却是暗叫不好，这死丫头什么时候和她们说过，还送白米饭啦？

“村长，这死丫崽子她说谎，我们根本没有见到什么白米饭，而且她也没有和我们说她送了白米饭，村长，你不要听这死丫崽子的话，这肯定是那她坏了心肝的娘教她的，村长啊，我的命好苦啊，我儿死得早，他们这是想逼死我啊！”蓝老太太的眼睛滴溜一转，便马上解释道。

“奶，您怎么就这么看不上我们一家啊？我们也是您的亲人啊。难道我们孝敬也孝敬错了啊？我一进门你就开始找我的茬，说完了我娘就说我，说完了我，又开始说我弟，我们家人怎么就这么不招您待见啊？您一直说我爹爹的死是怪我娘生了谦儿，那我大伯的死又是怎么回事呢？奶，一碗水要端平啊，这么多年了，我娘和我弟背负了多少的痛苦啊！”朵朵一直跪在地上，一边说着一边流泪，她知道，这是她的前身在伤心，她能带着她的记忆生活，自然也感受到这个主人的伤心。

“蓝朵朵你个小贱人，你再乱说，看我不撕烂你的嘴，蓝谦是天降灾星，你干嘛要拉上我娘？你就跟你那娘一样，都不是好东西，你勾引源哥哥……你……唔！”正发飙的蓝雨儿口无遮拦地大叫起来，只是她喊着喊着便让余氏给拦了下来，捂住了她的嘴。

“这蓝家的雨儿这是怎么了？为什么对朵朵那么大的劲儿呢？（劲儿是三里铺子的土语，就是敌意的意思）”

“那丫头，你没看到平日里一副大家小姐的样子啊，见着谁都是仰着脸，要是在人家那大户实论起来，她可只是个庶女，装什么装啊！”

“你们不知道吧，那是因为村长家的那个孙女不理她了，她便记恨上人家朵朵了，说是因为朵朵的事儿！”

“哎哟，常常去找村长家的孙女儿，谁不知道她是因为啥才去的啊？她那是瞧上人家村长的孙子了！”

“一个乡下丫头片子，那心还挺高呢，人家徐家可是在京都做大官的啊，她也配？而且，她的心眼儿也不好，人家朵朵在她生病的时候是咋对她的？你瞧她现在又是怎么对人家朵朵的，呸，就这种丧良心的东西，就是给我家柱子做媳妇，我都不会同意的！”

蓝雨儿的几声吼叫，终于激起了围观人的议论，余氏最担心的事情发生了。

余氏暗道完了，这回她女儿的名声算是臭得彻彻底底的了，无奈她只得瞪了还满脸委屈的蓝雨儿一眼。

蓝雨儿终于老实了，不再折腾了，如今她的小脸惨白一片，使劲摇着头，好似想辩解着什么，却又张不开口。

朵朵看着这满受打击的蓝家三人，心里却是一阵的痛快，觉得这也到了差不多的时候了，便把那篮子的盖也揭开了道：“村长爷爷，各位乡亲们，大家可以看看，我有没有说谎！”说完，便掀去了盖子，那篮子里的东西便呈现在大家面前了。

那里面的香味扑鼻而来，白白的香米饭，可是他们庄稼人一辈子也只能吃几回的东西啊，还有那菜香，浓浓的肉味儿，这猪下水怎么做得这样香啊。

“老蓝家的二儿媳妇可真是能干啊，这才分出去几天啊，竟然能吃上白米饭了，还有朵朵这孩子也是个孝顺的，咱们谁不知道，他们娘几个以前在蓝家过的是啥日子啊，可是你看人家，你看见没？那白米饭可是顶尖的啊，还有那菜，哎哟，咱们咋就没有那好命呐！”

“就那李氏，你看她心偏的那个样吧，一心向着她的大孙女儿，刚刚在路上的时候，我就看见朵朵给她奶送饭了，我清清楚楚地看见有白米饭了，那李氏还不满意，我看呐，她是觉得人家现在有钱了，又要想分上几成去吧，这老家伙啊，咋就那么想不开呐！”

周围的人又开始绘声绘色说了起来，连朵朵都不禁佩服这些人，她什么时候让别人看她这篮子里的饭菜了，那些人竟然说得这样逼真，看来她奶在这三里铺子的人缘并不好啊。

“这……这怎么可能？怎么可能啊？她明明说……明明说送的是猪下水啊，这个黑心的丫崽子，她一定是故意的，她是故意的！”蓝老太太此时终于发现自己又被自个儿的孙女儿给算计了，只不过她真的不知道这丫头到底想干啥。

“你这老货，我说朵朵这怎么送个饭还没回去呢，原来你又难为她了，我真是不明白，朵朵究竟哪入不了你的眼了，你怎么就这么不待见她啊，这孩子去集上累了一天了，回来听说你的事情了，她就马上做菜做饭，为了给你送热乎的，她连饭都没吃啊，你怎么就狠下心让孩子给你跪着呢！”这时只听三奶奶的声音从人群里传来，与她一块的还有三爷爷，却没有见到刘氏。

“朵朵你快起来，你这孩子，咋就心眼儿这么实诚呢，她不吃，你就拿回来好了，你干嘛这样委屈自己？快别哭了，你娘和你小婶子还在家等你吃饭呢！”三奶奶上前拉起朵朵，用手小心地给她擦了擦眼泪，然后劝说道。

“我……我什么时候让她跪了，是她自己要跪的，合着你在家吃着白米饭就肉，却给我吃猪下水吗？想得美，于小花，你现在心里是不是特别的美啊，我的孙女儿和儿媳妇不待见我，却对你很好？我告诉你，你做梦！”蓝老太太此时心里是虚的，但是她却不允许自己退缩，她怎么可能有错呢。

“猪下水怎么了，朵朵做的猪下水好吃得很呢，我那老头子也赞不绝口的，我们家里的人谁不爱吃？你不爱吃可以不吃，哼！”三奶奶很是生气地说道。

“徐老哥，我说一句行吗？”三爷爷此时脸上虽然很平静，但是他的眉头却是没有松开过。

“蓝三弟，有话你说！”老村长对于蓝家的事情，真的有点筋疲力尽了。

“以后，他们娘儿三个还是少来老宅吧！省着四弟妹生气，对朵朵她母子三人也不好，孩子们也都大了，也该消停消停了，除了过年过节的，平日里就这样吧！”三爷爷叹了口气终于说道。

“三哥……你……”蓝老太太终究是没有说出什么来。

“四弟妹，刘氏和那几个孩子都是好的，他们也不会记你的仇的，你们分家的时候也都说好的，他们也是净身出户，所以孝敬你是他们心地善良，若是不孝敬你，那也是他们的本分，所以，你以后就别再挑啥了！”三爷爷语重心长地对蓝老太太说道。

“朵儿啊，你先回家吃饭吧，你娘还在家等着你呢，还有你光磊婶子，好像也有话要对你说呢！”随后三爷爷很慈祥地说道。

“三爷爷、村长爷爷，那我奶……”朵朵的小脸上还满是惊恐无措，有点拿不定主意地向村长他们看去。

实际上，三爷爷已经为她铺好了路，她现在只想让村长再表个态，还有这么多的乡亲做证，那么以后，无论何事，她们都不用回到这个让他们伤心又难过的老宅了，当然，虽说这血缘是割舍不掉的，她也没想过能断得干干净净的，可是最起码也要起个震慑她们的作用啊，让她们以后最好不要打他们母子三人的主意，有钱怎么了？有钱跟她们也没关系，所以今天她就要村长的一句话。

“朵儿啊，好孩子，村长爷爷知道你和谦儿都是好孩子，什么天降灾星的，老夫我根本不信，人各有命啊！和你娘说，你奶这边不用担心了，还有你大伯娘呢，你们现在分家了，总这么回来算啥事啊？以后没啥事，就别总回来打扰你奶了！”老村长叹了口气看着蓝老太太，却是对朵朵说道。

很明显，他是说给蓝老太太听的，而此时的蓝老太太终于意识到今天蓝朵朵来到底是为何事了。这个坏心肝的丫崽子，她真是变了。

“儿啊，你看到没，这就是你的女儿啊，她这是在逼娘啊！”若是刚分家时，蓝老太太肯定是不屑与朵朵他们娘儿三个有啥牵连的，可是现在不同了，他们娘儿三个有钱了，应该孝敬她啊，凭啥要与她一刀两断啊，他们妄想。

“李氏，你别忘了，你的大孙女儿蓝雨儿也是你儿子的女儿，还有，当日你是怎么对待你儿子的媳妇还有你儿子的儿女们的？李氏将心比心吧！这样闹下去有意思吗？用不用咱们让县太爷评评理呢？”老村长对蓝老太太现在已经失去了耐心，明明是在无事撒泼啊！

“村长你……”蓝老太太的身子晃了晃，不由得往后退了退。

“李氏，咱们岁数也都不小了，也该懂些道理了，我今天的话就放在这了，以后，你们就各过各的日子吧，这样大家都好，逢年过节的他们该孝敬你也会孝敬你的，你还有啥不知足，人啊，知足才常乐啊！”老村长盯着蓝老太太说道。

“好了，大家都散了吧，朵朵啊，村长爷爷也听说了你做的猪下水很好吃啊，这篮子里的菜能不能就给村长爷爷呢？这碗白米饭就留给你奶吧，想必她们今天也没法做饭了！”村长笑眯眯地对着朵朵询问道。

朵朵当然含笑点了点头，一想到事情办完了，她心里不知道有多高兴，虽然损失了一碗白米饭，但也算是值了。

“那猪下水有啥好吃的，莫不是你们都魔怔了？真是的！”蓝老太太自顾地嘟囔着，真不明白，刚刚三哥说的，还有于小花那个老货，现在连村长都要抢着吃这猪下水，这些人脑子有病吧！

“李氏，总有一天你会知道，你是舍掉了怎么一颗明珠啊！”村长心里暗道。

“好了，好了，大家都散了吧！”村长挥了挥手，便端起那碗猪下水走了。

那猪下水的香味，所到之处，众人无不称赞。

“奶，那这碗饭就给您放在这了，您老趁热吃吧，我们就回去了！”朵朵把那碗饭给老太太放到了地上，挽着篮子也同三爷爷三奶奶走了。

“她才是那个最心狠的人啊！”老太太看到朵朵那乖巧懂事的样子，心里便满是愤恨。

“娘！那这碗饭？”余氏小心翼翼地问道。

“饭什么饭？这碗饭一会儿我和雨儿分了，你啥时候把厨房收拾干净了，啥时候你再自个儿做饭吃，我以前怎么没发现你这样的蠢，都教了几遍了还学不会，哼！”

“雨儿，跟奶回屋吃饭去！”蓝老太太教训完余氏后，便招手对蓝雨儿说道。

蓝雨儿虽然还在别扭地噘着嘴，但是还是随着蓝老太太一块儿进屋了，只为她禁不起那白米饭的诱惑啊，别看她在蓝家吃的穿的都是最好的，但是这白米饭她却没有在蓝家吃过，每次去镇上舅舅家的时候才可以吃上那一小碗的白米饭，她只记得白米饭真的是太香了，太好吃了，让她久久都无法忘记。

两祖孙一块进屋，只留余氏阴着脸站在那里。

而朵朵与三爷爷三奶奶一块回了家，刘氏又继续问长问短的，她都说很顺利，她在路上便与三爷爷三奶奶通了气儿，一概不提刚刚在老宅发生的事情，事情已经发生了，又何必再让她娘伤心呢，所以三爷爷家依然是风平浪静的，一片和谐。

直到她吃完了饭，看见蓝谦和万氏在那里摘野菊的花头，她也一同去帮忙，摘着，摘着，她发现了几根让她吃惊的东西，惊叫了出来……

“这……这是地瓜秧子吗（地瓜也叫红薯）？”墨绿的五爪形的叶子，暗红色的茎秆，这怎么看都像她所认识的地瓜秧子！朵朵来到古代后这些日子来，对于她所熟知的作物，她只看见土豆，水稻，小麦，高粱了，但是玉米，大豆，地瓜她还真是没见到呢。至少在三里铺子并没有，镇上也没有卖的。

朵朵这一声惊叫，把正在忙着筛选小野菊的蓝谦与万氏吓了一跳。

“小婶婶，谦儿，你们这是在哪里摘的野菊啊，我去采花的时候怎么没有发现这地瓜秧子呢？”朵朵已经连续好多天去采野菊和木耳，若是真有地瓜的话，她怎么能看不见呢。

“咋了朵儿？这是今天谦儿带我新去的地儿，不是你们常去的，也不知道是为了啥，今天去山上采小野菊的人可多了，还好谦儿知道这个地方，有好多呢，所以我们就多采了些回来，就怕是那些红了眼的人再同我们抢！”万氏说着今日去采花所发现的事情，估计今天去镇上，朵朵一家人去卖药菊，回来的时候人家又是买大米，又是买白面的，那篮子里也装得满满的，估计也都是好东西吧。

山上那黑糊糊的东西能赚多少钱啊，吃不好还得没了半条命去，所以大家一致认为，肯定是那小野菊赚得多，一些有心人前些日子还发现了朵朵家晒药菊的事情，想着这可是天上白掉下来钱啊，庄稼人一般都是自给自足的，余下的卖钱也是有数的，所以若是能卖些山上长的东西，那可是天大的好事儿，从而今天从集上回来的好多人都上山采小野菊去了，还有那天回来听说的也纷纷出动，本来现在的秋收好多人家已经是在做收尾工作了，所以等到蓝谦与万氏去的时候，已经满山的人在那里采花了，他们只能换地方了。

“那你们去那块儿，这地瓜秧子多吗？离咱们常去的地方远吗？那块没人发现吗？”朵朵如今是心潮澎湃啊，满心都是喜悦，要知道，既然能看到地瓜秧子，那就证明有地瓜存在啊，地瓜满身都是宝啊，地瓜就可以当做粮食充饥，那叶子可以腌咸菜，也可以当菜吃，而那地瓜秧子的茎秆还可以喂猪，在古代喂一头猪是很辛苦的，猪草一到深秋的时候就没有了，猪又那么能吃，喂其他的成本又高，所以三里铺子里养猪的很少，除非哪家的人勤快，还可以养上几头，一年到头又有猪肉吃，又有钱赚，很是划算。

若是有了这地瓜的茎秆，开春后，等他们自己家起房子后，到时候他们也抓几头猪去养，那岂不是又可以挣上些银子？朵朵这样想着，又很怕让别人先发现了，所以很紧张地问道，她完全忘了，这种东西若是不认识，那肯定是会被人当做杂草之类的东西的，要不然蓝谦和万氏也不会将那些地瓜秧子给筛选出来啊。

“我……我们……”蓝谦低着头，说话也是结结巴巴的。

朵朵发现了有些不对劲儿，怕是这些野菊的来路有问题吧，朵朵一直盯着蓝谦，只见蓝谦的目光一直躲闪着，闪烁不定。

“我……”

“嗯，朵儿……你别怪谦儿，是我，是婶子我让谦儿带我去的，更何况我们并没有往深处走的，只是那片林子大家不常去而已，是真的，朵朵我们明天再去一天，肯定不会再去了，我一定会小心保护好谦儿的，朵儿……”别说是蓝谦有些心虚，就是万氏也是吞了吞口水，心虚地说道。

由于山林的深处常有野兽出没，除非常打猎的人敢往里走，其余村子里的人，都不敢去的，而他们一个是女人，一个是小孩的，那地方本就不该去的。

“小婶子，我也不是怪你们，其实若是下次咱们再去的时候，可以叫上光磊叔一块去，他冬天的时候不是常去那打猎吗？但是咱们单独是万万不能去的，赚钱重要，但是我们的命更重要的，你想想啊，若是你出事了，光磊叔要多么伤心啊，还有婶子的家人也会痛不欲生的，而谦儿，那也是我和我娘的希望，我们的命啊！多少钱都换不回你们的性命的！”

朵朵也知道大家真是穷怕了，所以才会凭着侥幸的心理去深山里采花，可是若是前些日子，他们娘儿几个身无分文的时候，也许她自己也会选择冒险，但现在不同了，在不缺吃少穿的情况下还要去冒险，那就有些犯不上了，无论前世和后世，朵朵都认为，家人能够一起幸福健康地生活着，那就是最大的福气了。

而且，她也很怕他们会发现老奶奶的住所，要知道越往深山里走，就越接近老奶奶的住所啊，虽然老奶奶人走了，可是房子还在啊，到时想要怎么解释呢？

“姐！我知道错了，以后我不会去了！”蓝谦没想到朵朵没有骂他，但与其这样说，还不如骂他呢，至少骂他他心里还能舒服一些，没想到自己对姐姐和她娘竟是这样的重要。

“对啊，朵朵，我们以后都不去了，你千万不要……不要和你光磊叔说啊！”虽然现在是夜幕低垂了，可是透着火光，朵朵还是看出万氏的脸颊红了起来。

“不，我们要去，而且不是以后，我们明天就要去，明天让光磊叔陪着咱们一块去！”朵朵想罢，说道。

“啥？和你叔一块去？好朵儿，这件事情是婶子做得欠考虑了，你就别和你光磊叔说这事儿，好不好？”万氏有些着急了，若是让自家相公知道了，一定会对她发火的，毕竟那个地方是很危险的。

“光磊婶子，你知道这是啥吗？”朵朵拿着一枝地瓜秧子问道。

“这是啥啊？”刚刚万氏也听朵朵在那说这是什么瓜的，具体的她也没听清楚，只听到朵朵在那尖叫了。

“这可是地瓜秧子啊，有它就有地瓜啊，若是咱们能种上地瓜，那也是能赚上一笔的，你是不知道这地瓜的身上到底有多少宝贝呢！”朵朵解释道。

“是……是真的吗？这地瓜真的如你说的那么好吗？可是这就如一般野草一样啊，也没看到这有啥宝啊？”万氏满不信地接过朵朵手中的地瓜秧子道。

“小婶婶，这些都是我梦中那白胡子爷爷告诉我的，你不相信吗？”朵朵现在很庆幸自己当初怎么就那样明智呢，竟然找了这么个借口，要不然现在她却什么都知道又什么都赚钱的，大家会不会把她当成妖孽一样烧死啊。

“好好，那我就去和你叔去说，说明天让他先别下地了，跟咱们去上山！”万氏那脸上的笑容比那明媚的阳光还要灿烂呢，朵朵家那木耳有多赚钱她是知道的，虽然她不嫉妒眼红朵朵家，可是若是她也能为家里赚些钱贴补一下的话，她心里会好受得多啊。

说完，她转身就进了屋子，马上就把刚刚她拜托朵朵不要告诉蓝光磊的事情给忘到一边去了，朵朵也摇头无奈地笑了笑，同时又很是羡慕万氏，像万氏这么好命的人在这个古代还真不多啊，哪家婆婆不是以拿捏儿媳妇为乐的啊，更何况她还是一个没有孩子的女人呢，可是即便是这样，三爷爷三奶奶待她依然好，光磊叔也待她温柔体贴，反观自己的娘亲，却没有这样好的命，一想到刘氏，朵朵眼中的斗志便又满满的，这毕竟是她越过来给她第一温暖的人啊。

“姐！那个叫地瓜的真的可以赚钱吗？”蓝谦如今也被刚刚的气氛给渲染得激动起来，自己家的日子过得越来越好，他哪能不开心呐。

“当然是真的了，明年开春咱家就起个房子，到时候咱们抓几头猪，那地瓜的茎秆喂猪极好的，省着冬天没有东西喂，到时候咱们卖了钱，谦儿你就可以上学堂了，你是小男子汉，以后我和娘就只有靠你了，你记得，万事以你的安全为主，以后切不可以再如今天这样了，听到没？”这些事情朵朵早就想好了，家里还有十几斤的木耳，这样还可以卖上十几两银子，再加上卖药的银钱，凑个二十两是没问题的，更何况，朵朵今天买的那些布头也不是白买的，若是那个再利用好了，来年除去起座房子外，再让蓝谦上学堂那可是富富有余啊，士农工商，这商人再赚钱，也比不上当官的啊，所以她一定要让她的弟弟成为人上人！

“姐，你放心，我一定会好好学习，一定不会让你和娘再受欺负了！”小蓝谦小拳头紧攥，信誓旦旦地说道。

“好了，姐相信你，咱们把这收拾一下准备回屋吧，这钱可不是一天赚的，谦儿，啥时候你都要记得，钱再重要大不过身体的，这就是为什么我不让娘晚上刺绣的原因！”朵朵边把那已经筛选好的小野菊装起来，边与蓝谦说道。

两姐弟这样一问一答很是和谐，而这一幕被三爷爷和三奶奶给看到了。

“嗨，老头子，你说那老货怎么就那么偏心啊，真是可惜了朵朵和谦儿了，多好的孩子啊！”三奶奶叹了口气，喃喃地说道。

“朵朵这孩子啊，以后肯定是有大出息的，四弟妹她……唉，这也是命啊！”三爷爷也自顾地说着，这老两口看似在说一件事情，但却又好像在各说各的……

这下天色真的是黑得透透的了，整个三里铺子家家都熄了灯，准备休息，古代农村根本没有什么娱乐活动，又不像大户人家有条件，晚上可以绣绣花啥的，乡下的灯油也很贵的呢，所以一到晚上，大家很早便睡觉了。

可是今晚却有一家的油灯还亮着，不时地从里面传来谩骂声。

“我的老脸啊，今天可是丢尽了，那个死丫崽子也不知道是随谁了，那么狠，她这是要发财了，我这老婆子给她挡道了啊，好……好啊！”此人不是蓝老太太又是何人呢。

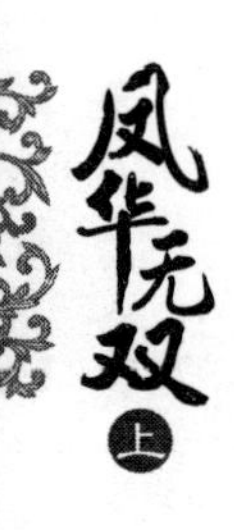

此时蓝雨儿也坐在炕上，不知道在想些什么，好像蓝老太太的漫骂她根本没有听到一样。

而余氏却不那么幸运了，她还在厨房里收拾呢，平日里余氏就不是个干活的，今天的厨房又被烧得一片狼藉，她这要收拾到什么时候去啊。

“还有你，余氏，今天我这老脸是被你丢得净净的了，我那脏了的裤子，等你收拾完了厨房，你给我洗了，若不是你……我……我怎么早没看出来你是个蠢笨的呢？看来咱家这样下去是不行了，明天找人给翠儿捎信儿，让她带着来福和秋儿来陪陪我，要不然整天看着你，我得气死，我怎么就这么命苦啊，这两个儿媳妇没一个是省心的！”

老太太就这样已经骂了一晚上了，特别是吃了白米饭后，她心里更加地不平衡了，养了朵朵母子三人这么久，这下好了，人家发了，却是把自己给扔了，连大米都能吃得上了，这得挣多老多的钱啊？真没想到刘氏那个呆头呆脑，平日里见到她还大气儿都不敢喘一下的儿媳妇儿，现在竟然过上了这么好的日子，她心里气得牙根儿直痒痒。

再反观在厨房里发出乒乓声响一向让自己喜爱的大儿媳妇时，她不禁也紧皱了一下眉，当时之所以对她极好而挤兑刘氏，那完全是因为她的娘家，可是今日这样一想，好似他们蓝家根本没有借上余家的一点光儿吧。不仅没有沾上光，就是那余氏的嫁妆这么多年她好似连看都没有看到过吧？她怎么就早没有想到这一点呢？

蓝老太太越发地发现，现在的蓝家越来越不受自己控制了，而且她现在的内心还有一丝的恐惧，若是有一天和余氏也闹翻了，那么她要怎么办？眼下余氏看在这房子，还有那十几亩地，加上她还有一些私房钱的份儿上对她还算是孝顺，可是这也不是长久之计啊，所以老太太恐慌了，马上想到了嫁到镇里去的女儿。

她的女儿蓝翠儿可是她的骄傲，这也是余氏和刘氏都对她低眉顺眼的主要原因，蓝翠儿的男人是做生意的，很是有钱，就是要长年地在外奔波，所以蓝翠儿平日里通常都跟她那一双儿女住在那个大宅子里，平日里偶尔蓝翠儿也会回到娘家来显摆一下，拿些个吃的，尺头什么的，这让蓝老太太很是长脸，也更加得意起来。

眼下的老太太遇上这么大的憋屈事，心里越发不平静，所以她现在唯有找来女儿商议一下，她才心里有底。

"好的！娘！"在厨房打扫的余氏听到此话，眼睛闪亮了一下，嘴角也微微上挑了，看来她的苦日子是要到头了。

别的不敢说，就那蓝翠儿可是与她一向交好的，她的儿子来福那可是自己爹爹的学生啊，爹爹的门生在京都做官的多了去了，若是她蓝翠儿想让她儿子出人头地的话，那还不得靠自己的爹爹吗，若是让她来，看刘氏母子还那样嚣张不，而且，就算是他们娘几个不回来了，她若是要求蓝翠儿给她派个丫头来蓝家，那也不是不可能的呢，所以余氏越想，心里就越止不住地开心，所以她回应老太太的声音也格外地响亮。

又过了一个时辰后，蓝家终于也恢复了宁静。

京都敬王府内

一张大书案，后面白衣少年坐在太师椅上，是一张太师椅，手指轻敲着书案，紧皱眉头，好似在思考什么，此人正是与徐思源在三里铺子的树后说话的白衣少年。

"你是说，那个叫木耳的东西吃了格外的鲜嫩可口吗？"那个白衣少年低声地问道。

"回主子，是这样的，而且奴才今日还找了几人品尝，大家无不称赞。"那跪在下面，如管事一般的中年人说道。

"那好，若是他们再来卖，你就高价全收了吧！这东西最好不要流入京都，还有，她的其他动向你也要告诉我！那丫头也实在不像……"白衣少年的声音越来越小，说到最后，明显是说给自己听的。但是那跪在地上的管事还是依然领命。

清早的三里铺子空气格外清新，而今天三爷爷三奶奶，朵朵一家人起得很早。

大家用过早饭，（由于昨天做的菜还有些剩，所以今早的早饭，他们也是在一块吃的）“爹，今日我不去下地了，谦儿留在家里，若是光辉嫂子今日无事的话，也去帮个忙，今天也没啥了，就是把地里昨天没拾掇完的给弄回来就行了，爹，你说行不？”

一般的庄户人家，那是一粒粮食都不能浪费的，而三爷爷家，昨天已经把大批的粮食给拉回来了，但那地里还是有少量的没有收净，所以今日只需要心细的人去收个尾就行了，不需要力气活了。

“那有啥不行的，这点活儿，我自个儿一天像玩儿似的就给拾掇完了（像玩儿似的也是三里铺子的土语，就是轻松的意思），就让你光辉嫂子和你娘在家做活儿吧，谦儿留在家里也休息几天，这孩子还在长身子的时候，可不能给累着了！”

昨天他们的谈话三爷爷，三奶奶都听到了，所以对于蓝光磊的提议他们丝毫没有感到意外，反而还做了一下安排。

“不过光磊啊，朵朵和你媳妇的安全可就都交给你了，你一定要小心谨慎啊！”三爷爷很是认真地说道。

“爹，你咋知道的？”一向爽利的万氏突然问了一句。

她万万没有想到，她家老爷子竟连问都没有问一句，而且嘱咐相公保护她和朵朵的安全，这让她十分的不解。

“光磊媳妇，以后没有光磊的陪同，你万万不可再冒失地上山了！”三爷爷突然来了这么一句。

万氏连忙向蓝光磊看去，结果看到蓝光磊那黑着的脸，万氏竟然脸又一次红了，因为她想到了昨天晚上，她与蓝光磊说完这件事后，蓝光磊是怎么发火的，而发火后又是怎么“教训”她的，从而“嗯！”的一声回了三爷爷的话，便低下头不作声了。

蓝谦是个勤快懂事的孩子，所以他并没有按照三爷爷所安排的那样就此在家里歇着，而是笑嘻嘻地非要跟着三爷爷去不可，三爷爷表面上嗔怒，但内心里对这懂事的孩子喜欢着呢，反正田里面也真的没有啥太费力的事情了，也就同意让蓝谦一块儿去。

三奶奶与刘氏则留在家里了，中午饭就交给了她们，虽说两家人已经分开了吃饭，可是一有好吃的什么的，都会想着对方，偶尔还是在一个桌子上吃的，所以刘氏慢慢地也不自尊心作怪了，也接受了大家伙在一块吃，毕竟他们娘儿三个现在也不只是白占人家便宜了，她的心里还能好受一些，更何况，她觉得大家一块吃饭真的挺热闹的，不像老宅那样让人喘不过气来。

而蓝光磊，万氏，朵朵三人则向山上出发了，这次万氏还让蓝光磊推了个平板车去，万氏是这样想的，即便是那东西不是朵朵所说的那个叫什么地瓜的，那他们也可以再采些药菊回来啊，昨儿个虽然说她与谦儿也采了几大捆，但东西一下水，再一晒也根本剩不下啥了，而这次好不容易有了蓝光磊这个帮手，而那个地方的野菊还那么多，他们要一次摘够了本儿才好啊。

一路走来，朵朵看到了山上有许多人正成群结队地在那里摘野菊，心中暗道，怪不得昨天万氏与谦儿会以身涉险呢，这么多人都在这里采摘，就是再多的小野菊也架不住人多啊，更何况还要挑选那些好一点的，那就更不容易了。

“哼，你瞧瞧他们，一群没良心的，这明明是朵朵想出的主意，可是他们却是自顾在那抢，这回你们知道昨天我和谦儿为啥要跑那老远了吧，还不是他们，看到我和谦儿来后，竟然跟在我们后面，我们走到一片小野菊那，他们就一窝蜂跑来，我同他们理论，他们还说，这东西是大家的，又不是我们自己的，可气死我了！”万氏见着那些人依然在那里采摘着，好似今天的人，比昨天还多了一些呐。

“光磊婶子，你也不用生气，就是他们采了，那又如何呢，他们会炮制这药菊吗？你信我的，有他们上门求咱们的一天！”朵朵含着微笑淡然说道。

“哎呀，我怎么把这茬给忘了呢？对啊，他们采回去又能怎么样啊，他们根本就卖不出去，到时候朵朵，你一定不能告诉他们怎么去炮制药菊，我看他们还和我们抢不抢！这群人简直太可恨了！”万氏还很清楚地记得，昨天那些人是怎么挤兑他们的，让她感到心寒。

朵朵看到那些原本摘小野菊的人，见到他们的到来后，便更是加快了手上的动作，所以，那原本满山遍野的小野菊，如今放眼望去，却也是星星点点，几乎是没有了。

其实她早就料到会有今天了，可是不出意外，那些人摘到手里的小野菊最后还是要落到她手里的，她可不是什么圣母，如今这种状况她只能先顾好他们自己的一家人。

万氏带他们去的那片林子是在这座山西南角，或许真如万氏所说，这里隶属禁区，所以这边是没有人来的。

刚一走到林子里，朵朵便迫不及待地从车上跳了下来，直奔万氏指的那处，当朵朵看那么绿油油的一片时，激动得奔跑起来，看得万氏在一边一个劲喊道：“朵朵，你慢着点，小心脚底下！”

朵朵先是找了一片地瓜秧，蹲下身，先将地瓜秧子拨拉开，露出那都有些平的地瓜垄。轻轻地将顶层的土刨开，等看见了地里埋着的地瓜，便向蓝光磊和万氏跑了过去，在那平板车上拿了铁镐刚要刨，却是被蓝光磊接了过来，因为朵朵身子实在太过瘦弱，两个大人在这，怎么也不能让朵朵干活，而朵朵也不扭捏，还对蓝光磊说道："一定要估摸着位置刨，这东西和刨土豆是一样的。"

蓝光磊点了点头，便用铁镐刨了起来。果真先刨出来两个大地瓜，那蓝光磊与万氏相视一眼，眼中掩饰不住激动与兴奋，蓝光磊就将铁镐放在一边，再次蹲下身，将地瓜拿在手中掂了掂。那一个地瓜，比蓝光磊的手掌还要大。

"朵朵，这叫地瓜的还真是好东西，这一个。我掂量着，就算不到两斤，也差不了多少。"蓝光磊脸上那笑容就没有变过，一路上，朵朵就与他介绍了许多有关于地瓜的好处，首先就是高产，有什么能比高产的作物更让庄稼人高兴啦？作物高产，就意味着同样的土地。可以收获更多的粮食，一家人能够吃得更饱，有更多的余粮能够换钱，可以过上更富足的日子，而且听朵朵说，这地瓜还很甜，吃法也不比土豆少，这让蓝光磊如何能不欢喜呢？

"光磊叔，你确定咱们村里没有人见过这个吗？"朵朵利用蓝光磊在刨地瓜的时候，又仔细地观察了一下这周围，她却发现，这块地不光只有地瓜这一种作物，还有大豆呐，最主要的是，这两种作物根本就不是自动生产的，那地垄虽然已经有些平坦了，但却依稀可见，所以朵朵断定，这块地，在很久的以前肯定是有人特意种植的，而这山还是属于三里铺子的山林，那自然而然朵朵便想到了这个疑问。

"当然确定了，这东西，我根本连看都没看过，若是今天你不告诉我和刨土豆一样刨，我哪知道这能吃啊，朵朵，怎么了？有什么不对的地方吗？"蓝光磊看到朵朵那满腹心思的样子，便有些不解地问道。

"是呀，我也是从小到大头一次见到啊，以前在我娘家的村儿里，我都没见过呢，这东西看着就喜人啊！"万氏从蓝光磊的手中接过那个大地瓜，地瓜长得饱满，外皮有一处被蓝光磊刚才不小心刨掉了，露出里面像白梨一样雪白色的瓤，还有一丝丝的浆水泌出来，抱在手里，沉甸甸地压手，万氏如何不欢喜啊。

"可是，你们看看，这地垄沟虽然都已经平了，但还是依稀可以见到的啊，这明明是有人种过的地啊！"朵朵把自己所想所看，说给蓝光磊和万氏听。

"朵朵这样一说，还真是这么回事儿啊。不过，就算是别人种的能咋的，看着这个样子，怕也是多年没有打理过了，这一边都已经杂草丛生了，不仔细看根本发现不了这东西，而且如今村里也没有人认识，怕是种这地瓜的人也已经不在了吧，没事儿的！”万氏还以为朵朵是因为怕别人找上来才这样地担心，从而宽慰她说。

朵朵的心里已经在猜想，或许这片地也是老奶奶留下来的，毕竟这片地离她住的地方并不是太远，

想想自己无意间做了点力所能及的好事，还真够幸运的，能够及时发现这两种作物，这两种作物才真的是宝贝啊！若是好好的利用，那么一家人吃饱穿暖便不成问题了，想到这两种作物的用处，朵朵觉得，老奶奶还真是她的福星啊。

“呀！朵朵啊，你看咋这么老多地瓜呢，这还不到一亩地啊！光磊，你小心点刨，别刨破了皮儿，到时候不容易放！”万氏边捡着地瓜还边提醒着自家相公。

“欸！”蓝光磊回应道，而他那手上的锄头也真的小心了许多。

一棵地瓜秧子，通常都是下面长几个大的地瓜。然后根须继续向四周和下面扩展，地瓜就没那么大了。就像他们刚刚刨开的第一棵地瓜秧，最大的地瓜也就三四个左右，接下来刨出来的三四个就小了一圈，不过大都也在一斤左右，等再往深一些刨，就是地瓜须连着的一串小地瓜。最小的一个只有胡萝卜那般粗细。

一连刨了一垄地瓜秧，已经装满了两竹筐地瓜了，可是还有三垄地没有刨呢，而他们也并没有想到能有这么多的地瓜啊，朵朵则还没有判断昨天那秧子到底是不是地瓜的，从而也只拿了两个竹筐而已，而眼下却是都装满了，这下几个人都为难了。

“要不，咱们明天再来吧，反正也没人敢进这林子里来！”朵朵向蓝光磊与万氏说道。

“那可不行，那些人，可说不准，自你们家昨天在集上买了大米白面后，大家伙儿可都在盯着咱们呢，若是今天咱们回去，让那些人看到，保不齐他们也来涉这个险呢，更何况整个三里铺子，像你光磊叔这样会打猎的也不下少数呢，咱们若是推着车子回去了，那肯定又会招来很多人的！”

万氏脸上明显很是不赞同，更何况，如今大家伙都去采小野菊那便是一个例子，那些人才不管会不会炮制呢，先摘回去再说，而这地瓜，若是他们也不认识，却是把这些地给祸害了，那不是太浪费了吗，就是有一些人，眼见着别人家日子过好了而眼红呢。

“是呀，你光磊婶子说的对，咱们来都来了，万万没有就这么回去的理由！”蓝光磊也在一边附和道。

朵朵也觉得二人说得在理儿，便又说道："要不然，我回去再取几个筐吧，你与光磊婶子先在这里挖！"朵朵眼下只能想到这个主意了。

"要是光为了取筐来回跑，不值得，更何况，你能拿几个筐啊，这样吧，你和你小婶婶去那边弄些柳树条来，咱们自个儿编筐，这样，我编，你们俩装，不耽误时间，现在，我先把这几垄刨了！"蓝光磊丝毫无倦意地说道。

"对啊，我怎么没想到，你叔叔他就会编筐啊，走吧，咱们这就去弄柳条去吧！"万氏风风火火地便拉着朵朵去折柳条，而蓝光磊一人在这里刨地瓜。

就这样，他们足足又编了十个筐，又用了八个筐才勉强地把这地瓜全都给装完，余下的那两个筐，朵朵用来装还未处理的大豆，如今它还是被包在黄色的皮里，所以用筐装也不会露出去，而在收黄豆的过程中，虽说蓝光磊与万氏眼中还是有不解，但他二人却谁也没去怀疑朵朵的话，因为到目前为止，朵朵所说的话，还都是有一定的道理的。

最后都完成后，就连那地瓜秧子，朵朵也全让蓝光磊给捆好，放到了车上，这些都忙活完，不知不觉地天色都渐渐地暗了起来，想不到这一忙活就是一天啊，连午饭都没来得及吃，想必家里人都已经很是着急了吧，想着，蓝光磊、万氏便加快了脚步，而朵朵在回去的路上坚决不坐车了，她知道那八筐地瓜的分量就已经不轻了，就是万氏与蓝光磊合力，也推得很是吃力的，更何况那还有两筐大豆，和那么些的地瓜秧子呢，所以朵朵也是在一边使劲儿地推着。

"磊子啊，朵朵，是你们吗？"刚刚走到山坡中间的时候，便听到了三爷爷的声音，如今天色虽然已经有些暗了下来，但依旧还可以看清楚人的。

"爹，你咋来了呢？"蓝光磊看到来人，便开口打招呼道。

"这都啥时辰了，还不回来，你娘和朵朵娘都急得不行了，我能不来吗？你这孩子，做事总是欠考虑！"三爷爷此时虎着脸说道，那脸色十分不好。

很显然，家里人都着急了，这才让三爷爷来看看吧，而三爷爷此时当然只能把火气都发在自家儿子身上了。

"三爷爷，今天我们带来的筐不太够，所以光磊叔是一边编筐，我们一边装的地瓜，这才回来晚了，有什么事儿，咱们回去说吧，这天色马上就要黑了！"朵朵看着三爷爷那不太好看的脸色，和蓝光磊垂下的头，赶忙劝说道。

"呀，咋这么多啊，还这么老大？这东西真的能吃啊……"

"下次你们再上山，可不能让我们这么担心啊，实在不行多去几次就行了，可别这样不声不响地吓我们啊……"

三爷爷还是瞪了眼蓝光磊，之后便跟着他们一块儿推平板车下山，那平板车本来就挺大的，如今又被堆得高高的，所以就是他们现在已经是四个人推了，却还是十分吃力。

四个人到家的时候，三奶奶与刘氏、蓝谦早就站在大门口等候多时了，直到看到他们四个人的身影，那三人才松了口气，同时又马上上前去帮忙推车。

“磊子，咋这么晚，都快把你光辉嫂子给急坏了，这咋推回来这么多呢？不会被你们都包圆儿了吧？（包圆儿也是三里铺子的土语，全部解决的意思）可是这么大个东西，真的能吃？”见到众人都回来了，又看到这收获不小，当然也顾不得生气了，却对这大大的地瓜产生了疑问。

“是啊，朵儿，这东西咱们可是从来没有见过的啊，你们费了这么大的力气，要是不能吃，可咋整啊，还有，这都是什么啊，这秧子咋还往回拿呢，也不嫌费事儿，难道这秧子也能吃？”刘氏也看出了三奶奶的疑问，所以也很怕他们是白费工夫了，问道。

“娘，这地瓜秧子喂猪可好着呢，可比猪草强多了，冬天也可以存上些，这也省得满山地去割猪草不是？屋里的火可还烧着呢？我可以先烀几个地瓜让你们尝尝，保管你们说好吃！”虽然一路下山已经很累了，但是朵朵还是浑身是劲儿，只想着要给大家一个惊喜。

刚刚在装筐的时候，朵朵已经与万氏把那些有些个刨破皮儿的地瓜给放在了专门的一个筐里，所以她决定晚上烀些地瓜。

“朵朵，你就同三奶奶说，怎么烀吧，你们也累了一天了，好好洗洗准备吃饭吧！”三奶奶端了盆水来递给朵朵。

“这地瓜和土豆一样烀便可以了！”朵朵笑着说道，好似现在她已经闻到了那香喷喷的地瓜味儿了呢！

“那行，我这就去刷锅。”刘氏好似也很着急，所以就笑着道。

“那我们去洗地瓜。”三奶奶领着蓝谦道。

如今的地瓜上带着泥土，要好好地用水清洗过，才能下锅里煮着吃。

按照朵朵说的将放在最外面的一个筐里的地瓜捡了几个，然后放在井边，三奶奶和蓝谦从井里打上水来，开始洗地瓜。而其余的地瓜朵朵则告诉蓝光磊和三爷爷，要把它们放在阴凉处存放起来，因为朵朵是想挑些好一点的留种，明年她准备种些地瓜，所以今年她一定要多存些银钱，多买些地，看来这起房子的计划要延后了，因为她不光只种地瓜，还有大豆啊，想着，朵朵就开心，没想到到了古代后，自己竟然是向地主努力。

大约过了一刻钟左右，地瓜也差不多了，而此时，朵朵等人早已经洗好了脸和手，摆好了桌子，站在灶台前等候着，直到刘氏把锅盖掀了起来，地瓜的香气迎面扑来。

大家吃过了晚饭后，朵朵便把自己的想法同三爷爷说了一下，她现在手里有些银两，所以，她想买几亩地，在乡下生存，土地才是最主要的。

“啥？朵朵，你是想种这地瓜吗？可是这野生野长的东西，你会种吗？你买地虽说正事儿，可是你要知道，这地就是咱们的命啊，这东西是挺好吃的，但是毕竟是没种过的啊，若是种瞎了，那可……”三奶奶作为一个庄稼人来说还是比较保守的，同时，除了三爷爷外，其他人的脸上也都表现出不赞同。

“三奶奶，我知道怎么种，那个白胡子老爷爷都教过我，而且这种作物可是十分高产的，地瓜的产量是比土豆等作物的产量要高的，要把这地瓜给推广开来，这天下，就没有闹饥荒的地方了，也没人会饿死了！”关于产量的问题，朵朵可还是记得她前世的时候，阿伟家那个村子有的人家，采用优良的地瓜品种，亩产量能够达到五千公斤以上，就是一般的地瓜，亩产最少也有两三千公斤左右啊！朵朵虽然没有圣母之心，可是在自己全家吃饱不饿的情况下，又不损失什么，她又何乐而不为呢。

“朵儿，你是说真的吗？那个白胡子老头真的教你怎么种了吗？如果真的那样，那可是天大的好事儿啊！”三奶奶拍了一下手叫好道。

“是啊，若是真的能种植出来，那对于咱们村儿也是个好事儿啊！朵儿啊，这件事情，三爷爷支持你！”三爷爷很是支持地说道，而那眼里的激动更是不言而喻。

“爹，咱家就那十几亩地，也不能都种这个吧，高粱米啥的不种了？”蓝光磊却有些担心，他总觉得这东西虽然好吃，定是个金贵的物儿，就如他们三里铺子的人很少种水稻而改种高粱米一样，金贵的东西也是难养的啊。

“光磊叔，你大可不必担心，好地瓜也就那么几筐，我们还要选优质的留种，这样本来就要少上许多，再加上我自己也要留上一些，所以留给你们的种有半亩地就不错了，所以说啊，就是你想要多种一点，那也是没有的了！”朵朵恶作剧般地取笑蓝光磊道。

“朵儿！不准调皮！”刘氏宠溺地娇斥了一下蓝朵朵，蓝朵朵吐了吐舌头。

“啊？才半亩啊，那行！半亩行！”蓝光磊不好意思地搔了搔头道。

“姐，那剩下的地瓜，咱们是不是就可以自个儿留着吃了呢？”到底还是孩子，且不说这地瓜好不好吃，但是就冲它可以当粮食吃，蓝谦便是很开心，要不然这一冬天买粮食得费多少钱啊。

“这个当然不可以咱们自己留着吃了，咱们要多留一些，等到天冷的时候，咱们多烀一些，或者多烤一些，拿到集上去卖，没准也能卖个好价钱呢！”朵朵笑着说道。

“对对，咱们拿集上去卖，这又是个稀罕物件，一准能挣钱呢！”因为今日去挖地瓜的就有万氏，所以万氏很是积极地说着，这么金贵的东西，光自家留着吃了实在可惜，若是能换些钱，那家里也宽裕一些不是？

其实三奶奶一家的日子确实过得不充裕，除去给大儿子拿去了应急的钱，这万氏也是在长年地吃药调理中，要知道那小野菊都卖五十文一斤，可见生个病得需要多少钱呢，一个病症需要多少味药材呢？这样一算下来，可见真的不便宜啊，更何况这万氏还是长年吃药，只为求子。

“好啊！好啊！朵朵真是咱家的福星啊，她简直就是一个小财神啊！行了，今天朵朵他们也是累坏了，赶快洗洗睡吧，怕是明天还是要上山吧！”三奶奶开口说道。

“明天咱们大家都不用上山采野菊了，就把这几天采的处理一下就行！”朵朵也打个哈欠说道，她是真的困了。

“那怎么成呢？那才多少啊？你过一遍水，根本就啥都没有了，不成，明天你光磊叔也一块去，一准儿不会有啥事儿的，朵朵你就放心吧！”万氏哪能错过这次好机会，她以为朵朵还是为昨天的事情而担心地不想让他们再去采野菊的。

“光磊婶子，你放心吧，咱们不去采，明天自然有人给咱们送，咱们又何必挨那累呢，明儿个有时间，你帮我把我弄回来的大豆给处理一下，那东西，我自个儿一个人也弄不来的！”朵朵笑着说道。

“谁？谁给咱送啊？那明儿个让你光磊叔去采野菊，婶婶在家里帮你弄那个叫黄豆的东西！”万氏有点觉得朵朵是在说笑话呢，现在大家伙儿都在山上疯抢那小野菊呢，现在还能有人给他们送？这孩子莫不是疯了吧，之后万氏又听到朵朵说让大家帮她弄那个叫黄豆的东西，她便以为，朵朵一个人弄不了那个叫黄豆的东西，才这样说，从而万氏便想着自己留下来帮朵朵的忙，而蓝光磊则是去上山采野菊。

虽然朵朵一直说那黄豆也叫大豆的东西，如何如何的有用，如何如何的高产，但是毕竟他们没有真实见过啊，也没有尝到啥甜头，所以难免万氏等人对黄豆不是很重视，若是如地瓜那般地立竿见影尝到甜头儿，估计万氏便不会这样的不重视那些黄豆了。

“婶婶，看来你还是不相信明天会有人来给咱们送小野菊来啊，要不要咱们打个赌啊？”朵朵眨了眨眼睛笑道。

“朵儿，你这孩子现在越发地不像样子了，怎么和你光磊婶子这样说话呢？

就按你婶子说的，明个儿我们在家帮你干活，让你光磊叔和谦儿上山去采花！”朵朵一说完打赌，那刘氏便小心翼翼地去看了看万氏，见到她没有因朵朵的话而生气，从而悄悄地松了口气，训斥朵朵道。

“娘，人家是怕明天太多的人来送野菊，到时候没人包称啊，到时候若是缺斤少两了，光磊婶子一定会心疼的！”朵朵又取笑万氏道。

“你这孩子……”刘氏看到万氏的脸“腾”的一下红了起来，不由得又要训斥朵朵。

“哈哈哈！朵儿，你这么有信心啊？那你同三爷爷说说，为什么别人会把辛辛苦苦摘来的野菊给咱家送来呢？要知道，今天山上的情景，你也看到了啊，大家伙儿可都在纷纷地抢摘呢！”三爷爷哈哈大笑地问道。

“三爷爷，您说，在我没有发现这小野菊能入药前，为何大家都没有上山去采，而现在大家都上山去疯抢那以前没人要的小野菊呢？”朵朵笑盈盈地问道。

“那还不是大家看到这东西能卖钱，所以才纷纷抢着去摘然后拿到镇上去卖钱？”万氏一直是个急性子，所以在三爷爷还没回答的情况下，抢着回答道。

“对啊，他们现在也只是知道那野菊能卖钱，也是看我拿到镇上去卖啊，但是他们却是不懂这东西要怎么去卖钱啊，他们不懂得炮制药菊，所以，即便是他们摘完了，拿到镇上去卖，到时候人家也不会收的，而他们只能是一文钱得不到，最后可能是赔了夫人又折兵，若是他们想降低损失便只能来找我！”朵朵笑着解释道。

众人一愣，之后纷纷露出了一副恍然大悟的样子，无不开心。

“可是，那咱们要怎么去收啊？那野菊咱们是只要花的，根茎是不要的，咱们按多少钱收啊？”这时一直未做声的蓝光磊便想到了这个问道。

“到时候，咱们只需要说，只要花朵，根茎他们自行解决，而那花朵，咱们一律按三文钱一斤收购，大家看怎么样？这样咱们也能少一道工序不是？”朵朵向大家询问意见道。

“三文钱？那太少了吧，人家会卖给咱们吗？咱们卖入药铺可是要五十文一斤呢！这么做是不是不太厚道啊！”刘氏在一旁轻声说道，她是觉得大家都是乡里乡亲的，没必要算得这么清楚。

“娘，一码是一码啊，您想想，若是我不收的话，那他们才叫赔了夫人又折兵的，况且那野菊可不是咱们强迫他们摘的，也不是咱们强迫他们卖的，若不是他们贪心的话，咱们也没有这个机会啊，再说说昨天光磊婶子为何与谦儿去了那么危险的地方采花，还不是那些人挤兑他们啊，我给他们三文钱一斤，至少还给他们留有一点脸面，而且那已经算是够厚道了，若是我一分钱不给，他们那小野菊只有扔掉的份儿！”

“而且三文钱已经够多了，您想啊，三文钱收上来，我们还要挑选那成色好的炮制药，那成色不好的也是用不上的，所以咱们也是存在着风险的！”朵朵不得不给刘氏和大家伙儿好好分析了，若是朵朵不说出这番话，相信就是三爷爷三奶奶也觉得自己有些黑吧。

“我就觉得朵朵说得很有理，明明这野菊是朵朵先发现入药的，可是那些人却连声招呼都不打地与咱们疯抢，也就朵朵是个心善的，还要收购他们的花，要是别人，哪能做到这样呢，光辉嫂子，朵朵这样做对，您想想，咱们炮制药菊，就那柴火还需要多少呢，那要是算钱的话，也是不老少钱呢，三文钱不少了！”万氏依然对昨天那些人挤对她和蓝谦的事情耿耿于怀的，从而站在朵朵这面说道。

“好了，咱们也不要参与了，这事儿就听朵朵的吧，毕竟这种方法也是朵朵先发现的，乡亲们想送就送，不想送就算了，咱们也不强迫他们，谈不上什么厚道不厚道的。”三爷爷叹了口气说道。

议论好了这事儿，大家也都累了，纷纷回房睡觉了。

第二日一大早，大家便精神饱满地起床，吃过早饭后，大家便是开始挑选地瓜的种儿，把那些看着饱满，又没有损坏的，都挑选出来，之后多少有些磕碰，还有破皮儿的，单独放在一个筐里，放在了一个放杂物的屋子里。

挑完了地瓜种，也快到中午了，朵朵又让蓝光磊给她用木头钉了一个长一米七八，宽一米的木槽子，这个是打黄豆用的，由于古代没有专门给黄豆脱皮的机器，所以她只能用这种老方法了。

钉完了木槽子，又找来几个木棒，然后把未脱皮的黄豆都倒入了木槽子当中，刘氏与万氏等人便按照朵朵说的，开始敲打着这木槽里面未脱皮的黄豆，直到那干黄的表皮脱落，饱满的黄豆露出来的时候，大家别提有多高兴了。

正当大家高兴的时候，只见徐思源有些焦急地走了进来。

“刘婶子，万婶子，请问朵朵在吗？”徐思源很有礼貌地问道。

“是徐小少爷啊，朵朵她在，刚刚去了后园子，好像去摘些小白菜吧，说是要做面条吃！”朵朵对家人一向大方，更何况，她现在想赚钱就必须得靠他们，所以大家这么辛苦地忙碌，对于吃食上，朵朵也不吝啬，今天她就准备用她买来的大骨头熬汤，然后下点小白菜，煮面条吃，这样又方便，又实在的，最主要的是省事儿，不用又做菜又做饭的！

“朵朵啊，快出来，徐小少爷来了！”刘氏一见徐思源满脸焦急的样子，便开口向后院叫道。

片刻后，朵朵从后院走了出来，笑盈盈地问道：“思源哥，有什么事吗？”看到徐思源满脸焦急的样子，朵朵有些不解了，究竟是什么事情能让这温润如玉的少年急成这样子呢？

“朵朵，出事儿了，我刚刚从镇上回来，听说三里铺子的很多村民们在镇上的几个药铺闹了起来，都惊动了官府，据说是跟那药菊有关，朵朵这件事情不会牵扯到你吧？”近几日徐思源并没有在村里，而是出去办事，直到今日归来时，却是在镇上听说了这件事情。

他爷爷是三里铺子村的村长，所以涉及到三里铺子的事情，他难免会多多关注一些，所以等他听说是因为药菊的事情而闹了起来的时候，他便马上想起了起初便是朵朵发现野菊可以用药的，难道，是药菊出事了吗？

“思源哥，那你有没有听说那药菊是出了什么事情？”朵朵平静地问道，因为听徐思源这样一说，她有些知道是为了什么事了。

听到朵朵的问话，徐思源的俊脸“腾”的一下红了，果然关心则乱啊，他一听说是关于药菊的事情，他的心思便只想到了朵朵了，从而根本没有打听原因啊。

“好像，好像是说那些村民们有欺诈他们的嫌疑吧，具体的……具体的我也没有听得太多！当时我只想着，怕你也是涉及在里面，所以我就急着赶回来了。”

“朵儿，这是咋的了？不会出什么事吧？这怎么还扯上欺诈了呢？咱们的药，当时人家药铺的掌柜可是亲自验的啊，那掌柜的都夸奖你了，这怎么会出了这么档事儿呢？这可怎么是好呢？”刘氏与万氏正在把黄豆去皮呢，见到徐思源来说出事了，还是因为药菊，刘氏等便很担心地问道。

“娘，您别担心，我当然不会有什么事儿了。您想啊，我这药菊送去的时候，人家掌柜的可没说什么欺诈什么的，怎么今个儿他们一去就出了这事儿了呢？定是他们的药菊不过关，又与人家闹吧！”朵朵笑着说道。

“思源哥，谢谢你来通知我，不过，我想应该不关我的事吧！”朵朵安慰完刘氏后，便又向徐思源感谢。

徐思源的脸更加地红了，此时他是羞愧得脸红，遇到事情，他竟没有一个十二岁的小姑娘沉着冷静，实在让他羞愧啊。

“我……”徐思源张了张口，说了个我字便没了声音。

“朵儿娘，你可要帮帮我们啊！”

“是啊，光辉嫂子，现在也只有你家朵儿能帮我们啦！”

徐思源正在这里不知道说什么才好的时候，只见三奶奶家的大门进来一伙人，说这是一伙人，是因为，他们是三五个人一组，正陆续进来的。

“你们这是啥意思？跑我家来干啥？这两天你们不是正忙着采野菊吗？今天怎么这么闲着了？”万氏尖着嗓子提高了声音说道。

万氏不是傻子，从刚刚徐思源的话中，还有此时这些村民的到来，她也大约猜出是什么事情来了。

怕是她们采的小野菊卖不出去了吧，这才来求刘氏的。

“光磊媳妇啊，我们是被猪油蒙了心了，我们不该自不量力地去同你们抢摘那小野菊啊，到现在，我们费了两天的时间，人家那药店说不收我们这样的，可是我们大家伙儿也忙活了两天了，所以这才想向光辉媳妇求个人情，让朵朵把怎么炮制药的方法告诉我们呗？”一个身材稍胖的妇人，觍个脸，苦笑地说道。

“是啊，是啊，这些小野菊我们也是很辛苦摘来的，现在药铺说不收，那我们怎么办啊？咱们村儿的情况你也是知道的，家家的日子都不好过啊，所以，朵朵娘，你们就行行好吧……”

“是啊，就把方法告诉我们吧，这份恩情我们一定会记下的……”

“……”

众人的脸上满是焦急，都期待地求着刘氏，看着朵朵，好似朵朵是一块儿肥肉般地诱人。

“你们这些见利忘义的东西，你忘了你们昨天是如何挤对我和谦儿的了？现在想着来求我们了？你们也好意思吗？”眼见着刘氏有松动的迹象，万氏赶忙又上前一步地说道，她觉得一码是一码，可不能让刘氏破坏了他们原来的计划。

“万氏，这事儿和你有什么关系啊？再说了那山上的小野菊，那可是野生野长的东西，不是你家种的吧？凭什么你们能摘，我们就不能摘呢？你管得太宽了吧！”一个熟悉的声音传来，不是那上次在车里很讨厌的李寡妇又是谁呢？

李寡妇本来是站在人群后面的，她没敢上前的原因就是这整件事情，都是她搞出来的，是她回来的时候看到朵朵一家人买了那么多的东西，从而她便开始散播着流言，说那山上的野菊是多么多么地赚钱，还有那黑糊糊的东西也是赚钱的，而那黑糊糊的东西，全被朵朵他们摘走了，所以他们大家才都到那山上去采野菊的。

而今日他们去了镇上的所有药铺，当他们把那在山上摘来的野菊拿给那掌柜时，掌柜的便吩咐人将他们赶出去，说他们是捣乱的，可是他们明明知道这个小野菊可以用药的啊，蓝朵朵的家里不就是卖了吗，人家可是又买大米，又买白面的，怎么轮到他们这就不行呢？从而他们开始和掌柜的理论了起来，结果那掌柜的却把他们告上了衙门，以欺诈罪把他们都给抓了去。

最后经过他们大家伙儿的申辩，与那药铺掌柜的解释，他们才知道，这个从山上摘下来的野菊的确是可以入药的，但是却不是这么摘下来就可以直接用，而是需要炮制的，人家蓝朵朵娘儿三个送去的就是炮制好的药菊，那个可以卖钱，而这个却不可以的，这下他们才恍然大悟。最后那药铺掌柜的念他们也是无意的，便也就这么不了了之了，但是那小野菊他们却是不收的。

就这样，三里铺子的人才给放了出来，出来后，大家便开始埋怨李寡妇，若不是她，大家也不用耽误那地里的活，而去满山遍野地摘小野菊去，面对大家的暴怒，李寡妇那眼睛滴溜一转，最后说，他们不会炮制，但那蓝朵朵却是会啊，他们去求蓝朵朵不就完了吗，众所周知，朵朵的娘刘氏是个老实的，心也善着呢，求她一准儿成。

所以这才有了这一幕，却是没有想到万氏是个难对付的，眼见着刘氏都松口了，可是万氏却不依不饶的，那李寡妇一时没有忍住，便反驳了过来。

“李寡妇，你有胆嚼舌根，却没能耐收场，你自个儿惹的祸，现在却上门来逼人家帮你，真不知道你安的是啥心，我管得宽？嫌我管得宽，那你倒是离着我远些啊，干吗上我家来找不自在啊？山上的野菊是大家的，但这个院子可是属于我们的啊，若是无事，你还是请回吧！”万氏一早就知道，那天赶集回来大家就都去山上摘野菊的事情是这李寡妇搞出来的。

“我们是来找朵朵的，跟你有啥关系，你……你心肠也不要太狠了，都是乡里乡亲的，你还想逼死谁啊，平日里乡亲们待你家可不错啊！”李寡妇眼见着自己的心思被万氏拆穿，从而便把大家都搬了出来说道，暗道，你可以不给我面子，但大家的面子你若也不顾的话，那也要掂量一下吧。

“你……”万氏刚要开口大骂。

“李婶子，你说得对，咱们都是乡里乡亲的，这个忙我得帮，但是，这炮制药材也是我吃饭的手艺，教给你们那是不可能的了，但是若要是把你们手中的那小野菊收过来，我还是可以办到的，所以大家都把自家的花处理一下，我只要花头儿，不要茎叶，三文钱一斤，若是各位同意的话，便去处理一下，就在这院上称！”朵朵把事先商量好的价格同大家说道。

“啥？三文钱一斤，还不要茎叶？这也太黑了吧？听那掌柜的说，若是要炮制好了的话，可是要五十文一斤呢，你现在给我们才三文一斤？蓝朵朵，你还真敢说话呢！”李寡妇很尖锐地反驳道，她回来时，早在镇上打听好了这药菊的价格，如今这个黑心肝的蓝朵朵想占她们的便宜，那也要看她肯不肯啊。

“是啊，三文钱这也太少了，我们这两天可是什么都没干，就采这个东西了，所以这钱再高些吧！”

“是啊！是啊！”

“若是大家嫌少的话，那大可不必卖给我的，你们也知道，这小野菊是野生野长的，我完全不需要花一文钱就可以得到的！”对于李寡妇的挑唆，以及那些人的反对，朵朵却是没有一点的着急，只是淡淡地说出了事实。

“朵朵啊，这话儿你可不能这么说啊，小野菊是不花钱的，但是你去摘它不是还得搭功夫吗？这功夫钱，体力钱，不都得算进去不是？”李寡妇讪笑道。

“李婶子应该知道，咱们庄户人家最多的便是力气，而且我家又没啥田地，就指着这药菊挣钱呐，又怎么闲搭功夫呢？价钱我也给你们提供了，你们若是同意，那么就先去摘花头儿，再上秤，若是不同意就算了，你们也要知道，就是这一斤野菊花，也不一定能制成一两的药菊啊，更何况，我们需要的其他的材料，那也是需要银钱的，所以说三文钱一斤，我也是看在咱们是乡里乡亲的份儿上的！”朵朵环视了一下那些人的表情说道。

“……”众人一阵沉默，就李寡妇也不知道说什么好了。

“好，俺同意，谁让俺耳朵根儿软了，听了那娘们的话，俺活该，朵朵你说多少钱就多少钱吧，俺这就去摘那花头去！”一个皮肤黝黑的农妇大声喊道，说话的过程中，不知道瞪了李寡妇多少眼。

“俺们也同意……”

大家见有一个人带头儿说了同意的话，便都纷纷地同意，人群也都散了去，只有那李寡妇，站在那里，脸色一会儿红一会儿白的很是精彩，最后也一跺脚离开了。

随着众人的离开，徐思源也算是心安了，所以也要离开。

“徐少爷，这些个地瓜拿回去给村长也尝尝，就像烀土豆那样烀着吃就行，可甜了，这也是我们家朵朵发现的，你就算是不来，我也要打发谦儿给你们送去呢！”刘氏提着一篮子的地瓜递了过来。

朵朵不禁抚额哀叹了，她的这个娘还真是大方啊。

“谢谢婶子！”徐思源也并没有客气地接过了篮子。

“既然你没事儿，我就先回去了，若是有事儿，就让谦儿去通知我！”徐思源含笑对朵朵道。

“好的！”朵朵也并未与他客气，且撇开他不谈，他爷爷可是一村之长，可是在这个村里最有权的人啊，以后自家买地什么的，都用得着他呢。

徐思源转身离去，而此时朵朵一家人若是仔细看，会发现，他并未向村长家的方向走去，而是去了后山。

“把这个交给你家主子吧，吃法，想必你也听到了，告诉他，若是想要明年秋收时看到高产作物，那就让他不要轻举妄动，同时也要保证她安全！”此时的徐思源哪还有刚刚的温润亲善，完全是一副冷硬不容接近的模样。

“是！”对方领命，便飞身离去。

直到朵朵他们吃过饭后，乡亲们才把那整理好的小野菊送了过来，蓝光磊称重，万氏记数，而朵朵则负责付钱，也许大家是禀着要自家卖的缘故吧，所以这小野菊的质量是没得说，最后他们共计收上来二百三十斤，共付出去六百九十文钱。

乡下人平日里都是自给自足的，一年到头儿，也见不着多少银钱，而今日他们却每家都收入了四五十文钱，虽说跟那李寡妇说的一斤五十文钱要差了许多，但是他们也明白，人家掌柜的都说了，这炮制药也很是费功夫的，里面的说道也多了去了，所以他们只是出出力，这两天就能赚上四五十文钱，也是很好的呢。

“朵朵啊！你们还收这小野菊不？要是要的话，明儿婶子还上山采去，一定挑那好的给你送来，你看怎么样？”那个皮肤黝黑的妇人询问道，而其他人也同样都看朵朵的反应，因为庄稼人都知足得很，所以大多数人都抱着与她一样的想法，等待着朵朵的回应。

“当然收了，各位叔叔婶子们，你们采多少，我收多少，但是前提是，一定要保证质量，银钱方面还是三文钱一斤，若是满意的话，你们就继续采吧，这天气越来越冷了，也采不了多久了！”朵朵要的就是这个效果，就是利用群众的力量，这样她能大量，快速地收购，而自家人，全部的都用在炮制药上，毕竟再往后天气就要冷了，对于小野菊的晾晒上，肯定是有一定难度的，所以他们全家人要齐心协力地炮制药菊。

这批小野菊的质量非常好，最后经过他们的筛选后，炮制完后，足足有了八十多斤，这可把万氏给乐坏了，这可是四两多银子啊，朵朵那丫头还真是小财神啊！

这些天陆续地有人来送小野菊，之后慢慢地送来的人越来越少了，朵朵也知道，山上的小野菊越来越少了，深山里，大家是不敢去的，所以朵朵也说了以后不再收小野菊了，这野菊收购行动也就此结束了。

直到再次赶集的日子，朵朵家里共计炮制出了一百五十多斤的小野菊，所以这次去集上的人，除了朵朵那母子三人，万氏外，还多了三爷爷和蓝光磊，所以他们合计好分成两路，三爷爷，刘氏，蓝谦卖木耳，而万氏，蓝光磊，还有朵朵则去送药去，之所以把两个男人给分开，那便是因为这次卖的银钱会多一些，所以有男人在会安全一些。

这次他们去的时候，便是搭车去的，由于去的时候大多数的人都是走着去，所以搭车的人并不多，赶车那个大叔则把马车赶到了三爷爷家的门口，十几斤的木耳，再加上了一百多斤的药菊，一家人就这么浩浩荡荡地上了车，只留三奶奶一人看家。

到了集市上，把三爷爷他们要排完了，朵朵他们便朝药铺走去，到了药铺还是那位小伙计，看到朵朵来，很是高兴，上次通过三里铺子的人一闹过后，他还担心朵朵不来呢，而今天朵朵来了，又带来了这些药菊，小伙计很高兴，最近正缺这药菊配药呢，他们这家药铺，在京都也有几家店的，所以也是大批量需要药的。

这次朵朵他们格外地顺利，一百五十多斤的药菊，卖了七两多的银子，最后朵朵分给万氏四两银子，自个儿留了三两多，万氏和蓝光磊都不同意，直说要平均分，可是朵朵执意如此，更何况，这次出力最多的也是他们啊，最后两人也欣然地接受了。

卖完了药菊，三人便往他们卖木耳的摊位走去，当他们走到那趟街时，便发现了三爷爷、刘氏也正站在那里往这边张望呢，地上的袋子也空了，朵朵等人有些惊慌了，难道是出了什么事了吗？只是看刘氏和三爷爷的表情也不像是出什么事了，对了，谦儿呢，谦儿怎么不在呢？朵朵便是四处张望了一下。

突然，一个怪异的身影吸引了她，她看到了一个身穿青衣的男子，右胳膊正夹个孩子，鬼鬼祟祟地正往一个小胡同里拐呢，而那小胡同里似乎还停着一辆马车，因为她明明看到了半个黑色的车棚，而他那胳膊肘夹着那孩子的衣服，她却是很眼熟……

“朵儿啊！你是不知道啊，今天咱们是遇贵人了，我和你三爷爷、谦儿一站在这，就有一个掌柜的来了，把那木耳全都给包圆儿了！”刘氏见到朵朵他们回来了，便开心地说道。

随后还凑到朵朵的耳边道：“人家足足给了二十两银子呢！”也不怪刘氏开心，他们带来的木耳本来也只有十几斤了，可人家却是足足给了二十两银子，他如何能不开心呢。

“真的吗？是个什么人来买的啊？这一下子就买了这么多，怕也是个有钱的主儿吧，就是他家能吃了这么多吗？”万氏在一边高兴地问问题，她是一直与朵朵站在一块的，她当然听到了刘氏的话了，为了避免集市上其他人听到，万氏的声音也格外的小。

“娘，谦儿呢？”朵朵对于一人买这么多木耳的事情并没有太多的惊讶，毕竟这镇上的大户人家多，酒楼也多，木耳又是难得一见可以储存的青菜，所以一下子买十多斤很是正常，所以她便问出了她心中的不安，不错，她总觉得好像要出什么事儿似的。

“谦儿啊，谦儿说去小解一下，这孩子，早上一定是喝水喝多了，估摸着，也快回来了吧！”刘氏说着，还往蓝谦去的那个方向看了看。

“娘，谦儿是往那个方向去了吗？”朵朵的手指也指向刚刚刘氏所说的方向。

“是啊，是往那个方向去的，不过这去了也有了一会儿了，也该回来了！”刘氏说道。

朵朵突然想起来了，刚刚那个衣角的颜色是谁的衣服了，想罢，她便同刘氏说道：“娘，我去看看去！”说完朵朵就往刚刚那个小胡同的方向快速走去。

第六章

顿然醒悟

“嫂子，咋的了，这是出了什么事吗？朵朵干啥去了？”蓝光磊和万氏刚刚和三爷爷说完今天卖药菊的事情，便发现了匆忙离去的朵朵。

“是谦儿不见了，他说他去小解，可是到现在还没有回来，朵儿说去看看！”刘氏的脸色也越发地不好起来，她总觉得事情有些不对劲儿。

“那我也过去看看吧！”蓝光磊也发现了刘氏的不对劲儿，朵朵一人去他也有些不放心，说完，蓝光磊便去追朵朵了。

朵朵心里十分焦急，今日蓝谦穿的是刘氏新给他做的衣服，也是上次在镇上买的那个料子，虽说镇上穿同样颜色衣服的多的是，但朵朵还是害怕如她想的那般。

这时，朵朵只见一辆马车向她的这个方向驶来，朵朵只觉得整颗心都要跳到了嗓子眼儿，因为此马车的棚不就是她看到的在那个小胡同里面露出的那个车棚吗，那马车越来越近地向自己驶来，朵朵此时也顾不得其他，一心地只想上马车看个究竟，她越发地觉得，那个刚刚被夹着的孩子是蓝谦。

朵朵眼瞧着那马车就要擦过她的身子，要离开了，她一个纵身，在侧面扑向了那赶车人的位置，同时她还留了个心眼儿大声叫道：“救命啊！救命啊！有拍花子的！”

朵朵现在只希望蓝光磊等人能听到，毕竟这只隔着一条街，也不太远。

朵朵扑向车夫的同时嘴里还嚷嚷着：“停下来，快停下来，你们把我弟弟给放了，快停下来！”这几日吃的渐渐地好了起来，朵朵的身上也渐渐长了些肉，别看她只有十二岁，那在家里也是做惯了些活计的，所以此时她那手上的力道也不小地与那车夫撕扯起来。

赶车的车夫是一个眼睛细小，尖尖脸，精瘦的男人，“专心”赶车的他，竟是被朵朵吓了一跳，随后，只能一只手赶车，一只手与朵朵撕扯。

“哪里来的臭丫头，你还不放手！”那赶车的男人冲着朵朵的脸就要拍去，而朵朵却是抓紧他的胳膊狠狠地一口咬上去，就不放开。

她此时能做的只有期待着蓝光磊等能发现异样，追上来，那个赶车男人“嗷”的一声大叫起来，因而那马车也赶得东拐西拐的，撞翻了不少的摊位。

“啊！死丫头，你敢咬我，看我不打死你！”那个赶车的尖脸男人此时也不顾着去赶车了，另一只手，也上了来，向朵朵挥去，狠狠地朝朵朵的小脸打去，朵朵那被这些天养的白皙一点的小脸高高地肿了起来，可是朵朵却是死死地咬着那个男人的胳膊上的肉，一寸也不放。

“老三，你怎么赶车的，你想要撞死老子啊！”这时只听那车厢里也传来了声音。

“啊啊……大……大哥，来了一个臭丫头，她发现咱们的事儿了，她咬着我就不松口了，好疼啊，大哥！”那被朵朵咬的尖脸男人也不知道打了朵朵多少下了，但朵朵就是死死地咬着他的手臂。

“把她给我丢下去，继续赶车！”车里的男人命令道。

“啊！”那尖脸男人一声惨叫，那胳膊上的肉竟然是掉下来一块。

“救人啊，快来救人啊，抓拍花子的啊，谁家的孩子丢了，快来救人啊！”朵朵从刚才的对话中已经越发地确认，这车上的人便是专门抓了小孩去卖了的人，所以她扯开了喉咙喊道，马车也东倒西歪地行驶着。

这时只听到一声：“朵朵，你先起开，看我不打死这畜生！”蓝光磊那硕大的拳头，就挥向那尖脸男人，或许是那尖脸男人已经疼得没有了力气，此时他竟然连躲都没有躲开，只能“啊啊”大叫。

“老三，出了什么事？”这时，那人一直在车厢里唤车夫老三的人掀帘出来。

朵朵却是看到了这个人正是刚刚夹着蓝谦的那个古怪的身影。

朵朵便又扯开嗓子大喊道：“谁家的孩子丢了，快来帮忙啊，这些是拍花子的人啊，谁家丢孩子了！”朵朵一遍又一遍地大叫道。

“死丫头，你给我住嘴，看我不打死你！”那个车棚内的男人也冲了出来，要对朵朵下手。

而同时却是在前方冲出了十几名的官差，也顺势上了马车，其中有一人勒住了马，制止了马车的前进，同时几人又合力把那个要冲向朵朵的人给按住了，要说那要冲向朵朵的那男人还是有些身手的，几个官差也是费了力气才把他按住。

朵朵现在顾不得其他，跌跌撞撞地掀开车帘，一眼就找到了蓝谦，里面一共被捆了四个与蓝谦差不多大的男孩儿，那几个男孩想必已经听到了外面的声音，眼中都充满了希望。

“谦儿，谦儿你没事儿吧？”朵朵赶忙冲到蓝谦的身边，把蓝谦口中塞着的布给拿了出来，之后便帮蓝谦解绳子。

“姐，我没事！还好你来了，姐！你的脸！那些该死的人！”蓝谦攥紧了小拳头，恨自己的无能而连累了姐姐。

“你没事儿就好，咱们一会儿再说，先把其他人的绳子解开！”朵朵解开蓝谦的绳子后，又吩咐蓝谦去解其他三人的绳子。

马车已经停了下来，所以两人的动作也十分的灵敏，竟是把那几个孩子的绳子都解了开来。

只听到外面有人喊道：“浩儿，我的浩儿在里面吗？”

只见一个男孩冲了出去，几个孩子也随后出去，外面站着的竟是一个老人，老人的身边是一个妇人，两人的衣着都极为的讲究，而两人的眼中满是焦急，而当见到孩子后，她们终于流下了眼泪。

“祖母！娘亲！”一家人团聚的戏码，让朵朵都不禁红了眼眶。

“谦儿，你没事吧！你可吓死我们了！”蓝光磊此时也上前抱起蓝谦，激动地问道。

“我没事，我没事光磊叔，可是我姐她……”蓝谦的声音哽咽了，大大的眼睛里充满了泪水。

朵朵嘴角还挂着血迹，也不知道是自己的还是那个尖脸男人的，头发也是散乱着的，虽然这些日子被补得有些肉了，但与同龄人比，她还是单薄的，此时她满脸欣慰与庆幸站在那里。

“姐……没事……”朵朵说完后，倒仰了过去。

“朵儿！”

“朵朵！”

“姐！”

或许是她刚刚太紧张了，所以才一直坚持到现在才晕，她只觉得松懈下来的身体怎么那么疼啊，疼得让她都喘不过气来，终于她倒了下去，而倒下去的同时，她听到了这么多呼唤她的声音。

直到朵朵再次醒来的时候，发现周围已经站了一群人，个个都焦急地看着她。

“朵儿啊，你可醒来了，真是吓死娘了！”见到朵朵睁开眼睛，刘氏是第一个冲上前来关切地说道。

“姐，对不起，都怪我，要不是我，你也不能被人打成这样！呜呜呜……”小蓝谦的眼睛已经哭得红肿了。

“行了，姐没事了，姐只是累了，休息一会儿而已！”朵朵只觉得醒来之后，身体舒服多了，也不觉得疼痛了，就连脸上也觉得冰冰凉的，朵朵不由得用手去碰。

“朵朵，你可不能碰，这可是咱们的县太爷夫人送给你的药，据说是宫里的御医配制成的呐！”刘氏上前一步，阻止了朵朵那将要碰到脸的小手。

“我朵朵是好人有好报啊，若不是朵朵，那几个孩子也就都完了，据说县太爷的娘也差点儿没哭死过去，就这一个孙子啊！”三奶奶并没有跟去集上，所以一些事情也是回来之后才听说的。

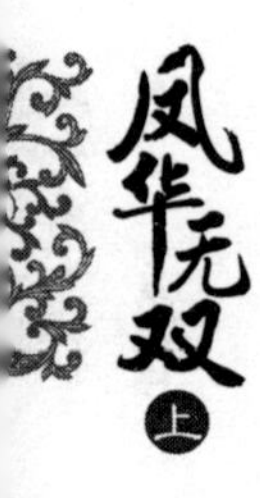

朵朵听得云里雾里的，不明白大家在说啥，这怎么跟县太爷的夫人和娘扯到一块儿了？还有，自己脸上涂的这清清凉凉的东西，真的是宫内的御医配的吗？

“娘……这到底是怎么回事啊？”朵朵起了起身，靠在床上不解地问道。

原来当天，蓝谦是在去小解的时候被那贼人给盯上了的，而与蓝谦一样被绑了去的还有另外几个孩子，其中一个就是县太爷的儿子，所以在他家人得知是朵朵救了他们的宝贝儿后，马上找大夫为其诊治，最后大夫说，朵朵只是筋疲力尽才晕了过去，要说伤得最严重的地方还属她的脸，不过还好年纪小，调养好了不会留下疤痕的，而县太爷的夫人听到后，便让丫头回府把她的陪嫁玉肌液送给了朵朵，听说这个县太爷的夫人可是名门之后，而这瓶玉肌液则是宫中太医所配，涂上了不仅会红肿全消，皮肤还会越来越水嫩的，县太爷夫人把这瓶玉肌液全部送给了朵朵，以报答朵朵对她儿子的救命之恩。

“那另外那几个孩子呢？他们的亲人有没有找来啊？”朵朵关心地问道，丢孩子可是一件大事儿啊，那孩子的父母知道孩子不见了要多担心啊。

“真不知道这两个拐子绑人的时候有没有事先查一下孩子的身世，另外一个孩子是咱们青城县上首富的儿子，人家爹娘也就这一个独苗儿，听说那孩子的家里人也是急得不行了，还有几个也都找到了家人，可是还有一个孩子却是无人来认领，听那拐子说，那孩子是在京都被拐的！”刘氏满脸气愤地说道。

若不是今日朵朵发现了不对劲儿，估计她的谦儿也就这样被拐走了。

朵朵听完刘氏的话，瞪着大大的眼睛不敢置信，想不到那一车上的孩子竟这样的有来头儿啊。

“那，那无人认领的孩子怎么办了？县太爷怎么说？”想到孩子家人的焦急，朵朵不禁地还为人家操起心来。

“嗯，朵儿啊，说到这事儿，娘还真的不知道该咋说……那……那孩子被娘带回来了，他说他爹娘都死了，祖母和祖父也不管他，就连唯一待他好的叔叔也要娶妻了，他就是个没人要的孩子，朵儿啊……你看？”万氏小心翼翼地看着朵朵说道。

虽然她才是一家之长，但她如今却是不知道怎么回事，她觉得有些事情，还是要和朵朵商量一下，她的心才托底，其实在回来的路上万氏也说过她，说她不该一时心软地把那个孩子带回来，毕竟那孩子的底细他们并不了解，更何况有县太爷在呢，怎么也轮不到他们管啊。

可是刘氏实在是不忍心把那个孩子扔给县太爷，而那个孩子很明显也愿意跟着他们，只见他一直跟在谦儿的身后，不想离去，就这样，刘氏一咬牙，便将孩子带了回来。

这时，朵朵也终于发现了，站在蓝谦身后的那个也就四五岁年纪的孩子，一张小脸儿如同面团似的，粉嫩俊秀，着实的可爱如仙童一般，身上穿的衣裤虽然已经破烂，但却不难看出，这衣裤的料子，可都是上好的。

朵朵心中暗道这个孩子必定出身富贵，且是怎么看也是被家人捧在手心中呵护的，怎么也不像如他所说，自己就如个小白菜一般命苦啊。

“小弟弟，你的家在哪里啊？你被坏人拐了出来，你家里一定会着急的！”朵朵试探着问道。

结果就见那孩子低下头红了眼圈儿，轻声道：“我叫天天，你不用想着把我送回去了，哼！实话告诉你们吧，我是从家里逃出来的，这才被那可恨的拐子给拐了来的，我逃出来的时候，就已经被我爷爷关了好几天了，我那奶奶不是我的亲奶奶，坏得很，她不喜欢我，我更加地不喜欢她，还有我叔叔，我一直以为他是对我最好的人，可是呢，他竟然要娶那个可恶的女人为妻了，我实在是太难过了，这才想着跑出来的，我跑出来的三天里，我就在京都里转悠着，结果，根本就没有人找我，那聘礼一箱箱地从我家抬出，他们根本就不在乎我，想想我也知道，他们都有各自的新生活，不会想要我的！

“我被拐的这些日子里，不是被打就是被骂，我试图逃走过，但却被抓了回去，后来他们便开始不给我吃饭，怕我逃跑，我饿着肚子，就不会跑得太远的，这位姐姐，你虽然蠢了些，但是我知道你是好人，你能那么在意你的家人，不顾自己的安危去救他，想必你心肠也一定是好的，你就收留我吧，我会帮你干活的，你只要给我一口饭吃就行好吗？”那个叫天天的小孩子奶声奶气地说道。

“什么叫做我蠢了些？”朵朵的大眼睛此时瞪得圆圆的，阴沉着脸问道。

“遇到这件事情，不是该先告诉大人吗？然后再去报官，可是你却自己冲了上来，还站在那里让人家打，只是咬掉人家一块肉下来，你说你蠢不蠢啊？”那个粉嫩小天天不屑地说道。

“你……那不是事发突然吗？还有，什么叫我站在那里让人打啊？你厉害，你厉害还不是也让人打了好几次？你个臭小子，还说我蠢，你就多聪明吗？你不要忘了，若是没有我，你不一定会被卖到哪去呢！”朵朵试图调节了好几次呼吸，却是仍然没有忍住，终究是发火道。

“我知道，我就是个拖累，没有人会喜欢我，好，我走，我不会给你们添麻烦的！”只见那小男孩却是低垂下了头，来上了这么一句。

“朵儿，不要赶他走好吗？他真的太可怜了，再说了，他的年纪这么小，若是就这样走了，没准儿又被其他的拐子捉到呢，朵儿！”刘氏可怜兮兮地对朵朵说道。

刘氏就是一个做母亲的，更何况这个孩子竟是比蓝谦还要小，她怎么能忍下心呢？

朵朵不敢置信地张了张嘴，只觉得一拳头打在了棉花上，她说什么了啊？她也没说赶他走啊，他装这副可怜相给谁看呢？朵朵依然狠狠瞪着小天天，突然却见到，小天天冲她伸了伸舌头笑了下。

朵朵不禁无语了，这个臭小孩还不是一般的讨厌啊，回过头来又看到她娘亲满脸的祈求，再看其他人，就连万氏在内，都满脸的怜惜，朵朵无语了，看来那个臭小孩是吃定他们了，便一头躺在了床上道：“娘，你看着办吧，我还想再睡会儿，吃饭再叫我吧！”

“欸，好嘞！朵朵那你先睡会儿吧，我们先出去了。”

看到刘氏那满脸欢喜的样子，朵朵更加的无语了，这到底还是不是她的亲娘啊，那个孩子明明是装的可怜啊！

看那孩子的机灵样，怎么看也不像受委屈的样子，怕是他的离家出走也另有原因吧，不过，无论如何，她也不会把他赶出去的，这么小的孩子，在他的家人没找到他前，他在这里是最安全的，等她脸上的伤好一点的时候，她可以让徐思源帮着打听一下天天的身份，毕竟谁家丢了孩子都会焦急的啊，想罢朵朵又慢慢进入了梦乡，这段日子她也真是累坏了，今日又经历了这样一个阵势，此时完全松懈下来的她，还真的觉得疲劳啊。

直到再次醒来的时候，已经是夜幕低垂了，而刘氏和万氏也已经做好了饭菜，今日因为朵朵的受伤，三奶奶还专门杀了一只鸡，放了些土豆炖了汤，又烀了几个地瓜，拌了个黄瓜，一锅糙米饭，都摆在了桌子上。

朵朵还是早上出门的时候吃的东西，这样算下来，也已经是一天了，所以吃起来格外的香，而那小天天虽然也说了他饿了有几天了，可是吃起饭来，却是十分的有教养，一看便知道他是大家出来的孩子。

朵朵却不知道，只有小天天自己知道，此时的饭菜有多么的美味，这家人的心肠有多么的好，吃饭的时候有多么的热闹，虽然这没有平日里他吃的山珍海味，但是却是他打记事儿以来，吃的最美味的一顿饭了。

饭后，一家人又坐在一块聊天，对于今天所发生的意外却是一个字也不提了，说的都是今日赚了这么多银子有多么的高兴。

“三爷爷，今日卖木耳的二十两银子，加上卖药菊的三两多，再加上上次去集上，我们卖东西的钱，加在一块有三十两有余了，我准备用这三十两都买地，现在正好是秋收之后，各家地也都收完了，若是有人要卖的，您就帮我留意一下，免得到来年开春儿，耽误播种！”朵朵笑着说道。

“朵儿，你着啥急，咱家怎么也要再留些银钱急用啊，你怎么能都把它买地呢？而且，这刚刚秋收完，等着过完年开春儿买也来得及啊。”刘氏却是有点舍不得把这些钱都买地了，一来呢，是她家人口太少，除了女人就是小孩的，根本没有劳动力啊，所以不用买太多的地，二来呢，缺钱缺惯了的人呢，就是想自己手里有宽裕钱，这样到用的时候也不抓瞎啊，所以她不是很同意地说道。

“娘，银钱的事儿你不用操心，咱们还会挣更多钱的，我现在买地自然有现在买地的理由，你想啊，经上次李寡妇的有意恶传，今日咱们在镇上卖木耳，买药菊价钱的事情，有心人一定都知道了，到时候又是流言纷纷的了，到时候难免有人惦记着，特别是老宅那边，别又打着咱们这银子的主意，虽然咱们是有协议在先，可是百事孝为先，若是我奶以各种理由向咱们借怎么办？难道不借吗？以前咱家是弱者的一方，大家伙都会帮咱们，可是这次药菊的事情，虽说大家没吃上什么亏，但是毕竟没有咱赚得多，那眼红的人也会不占少数的，若是到时候借着我奶的事情说事儿，那咱家以后还怎么在村儿里住下去啊！”朵朵分析道。

“还有最主要一点，那便是现在买地，肯定要比年后开春儿买便宜啊，三爷爷，您说是这个理儿不？”朵朵笑嘻嘻地向三爷爷问道。

开春儿正是种地的季节，若要当时买地，那肯定是要贵的呢，朵朵还能算过来这个账。

“哼，蠢丫头，你也挺聪明的啊！”此时的天天已经换上了给蓝谦的衣服，虽然料子粗糙了些，但仍是把天天给衬得粉嫩惹人喜爱，但他的那张小嘴却是真的让人喜爱不起来。

“哈哈，你个小机灵鬼，这分析得头头是道的呢，好吧，三爷爷就给你留意着！”三爷爷哈哈大笑地说道。

“嫂子，银钱的事情，你不用担心，你那若是没有，朵朵今天给我分的那四两银子你先拿去用！”万氏很大方地说道，她喜欢朵朵一家人是一方面，再有就是，她越来越觉得朵朵在赚钱这一方面很是有天分了，所以即便是她再缺钱，对于朵朵家，她也不会吝啬的。

“不……不用，我这里还有，就是这马上就要快入冬了，我想给孩子们做几套棉衣……不用了，不用！”刘氏结结巴巴地说道，她不得不承认朵朵说得很对，老宅那边，肯定不会眼看着她们有这么多钱而无动于衷的，买些地来也好啊。

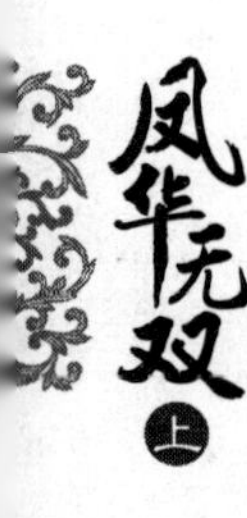

“光磊婶子，那是你的钱，你就踏实地留着吧！”

“娘，你也不需要担心，我算了一下，一亩好地也就五两银子，而眼下正是秋收过后的季节，过段日子就是要交税的，紧接着就是快要过年了，肯定会有些人家急着往出卖地的，我想到时候四两银子就会买下来，那咱们就买上七亩，还能剩下二两银子，再加上咱们手里还能有个一两多，三两银子也足够咱们一人做一套冬衣了，而且，我还有挣钱的法子呢，你怕啥？”朵朵安慰刘氏道。

“真是穷人的孩子早当家啊，你看咱们朵朵，这么小的年纪竟是把这账算得这么清楚，比起我这活了半辈子的老婆子都不差啊，这小脑袋瓜里天天想着挣钱的事儿，真是苦了你了孩子！”三奶奶满是心疼地轻轻地摸了摸朵朵的头道。

“朵朵，你还有啥挣钱的法子？到时候你可别忘了你光磊婶子我啊，大不了，我这四两银子给你做本钱呗！”朵朵的聪明劲儿她可是看在眼里呢，而她那挣钱的天分，可是谁都比不了的，所以万氏可谓是很舍得血本去投资，要知道乡下人家，四两银子可是很大一笔钱呐。

“光磊婶子，有好事儿，怎么会忘了你呢，肯定是有你的份儿的，但是却是用不了这么多钱投资的，再看看吧，若是事情真的可行的话，有一两银子作为本钱就足够了！”朵朵对于万氏的信任，也感到很是开心，再加上万氏又不是那贪图小利之人，朵朵也很喜欢与她合作。

“刘婶子，我好困，现在能睡觉吗？”就在万氏与朵朵正聊得起劲儿的时候，小天天打了个哈欠说道。

“好！好！这时间也不差了，那你和谦儿就去睡吧，你们俩一个房间！”对于漂亮的孩子谁又不喜欢呢，更何况小天天对刘氏还很是有礼貌，刘氏便很喜欢他。

“就你事儿多！”朵朵嘟囔了一句，便也向三爷爷三奶奶道晚安。

第二日一大早，三爷爷吃过饭，便去给朵朵打听买地的事情去了，而朵朵也去村长家，想找徐思源给打听一下小天天的身世，却没有想到，到了村长家后，被告之，徐思源有事情先回了京都，走得很急，为此徐思倩还发了一阵的脾气呢。

朵朵无法，只能等徐思源回来再作打算了。

她便往家里走，结果，刚刚走到三爷爷家门口时，刘氏神色慌张地走了出来道：“朵儿，不好了，你老姑回来了，说要咱们回老宅一趟！”

“不去！不用理她！”凭着自己脑中的记忆，朵朵并不喜欢她那个老姑，因为她的那个老姑，对待她和谦儿就连对待她身边的丫头都不如，仗着自己有几个臭钱，就处处地压着她的娘亲，对那余氏和蓝雨儿却是极好的。

“朵儿，这次咱们必须要去啊，不去不行啊！”刘氏焦急得眼睛都红了，身子也止不住地发抖。

“怎么不行了？娘，你别怕她，咱们现在分家了，就是我奶，也管不着咱们家的事儿了！”朵朵坚定地说道，对于她娘，朵朵有时候真的很无力，她觉得她娘是这些年被那边的人给欺压惯了，从而才像如今这般，从骨子里散发出恐惧。

“你老姑她……你老姑她是为了你的亲事儿回来的！她竟然和你奶两人，竟是私自换了你和对方的庚帖啊！她们，她们这是想逼死咱们娘儿几个啊！”刘氏终于痛哭出声说道。

“什么？这种恶毒的事情她们都能干得出来，好啊！看来她们还真的贼心不死啊，娘，没关系，你别担心，我自有办法！”朵朵的小脸上还有一点红肿，却不是那样的严重了，不得不说那宫里的东西，到底是好东西啊，而眼下朵朵却是顾不上了。

她那奶奶还真是无所不用其极地想迫害他们娘儿几个啊，连这种阴损恶毒的方法都用上了，她现在才多大啊，十二岁，况且，她们这样背着自己家人和人家私换了庚帖，想想也不会是什么好的良缘，恐怕这又是一场算计啊，就算毁去了自己的名声，她也不会如他们的愿的。

“娘，那家人来了吗？”朵朵问道。一般男女双方互换庚帖后，两人的生辰八字若是和，那男方找日子就会下聘的，而今日，她那老姑让自己和她娘一块儿过去，想必可不只是要通知她们一下这婚事儿而已吧，要不然也不会把那私换庚帖的事情这么早就说出来了。

“来了，听说那家人是镇上的李员外的儿子，家里有钱有势，你老姑说，这是不可多得的一份儿好姻缘！”刘氏把刚刚那个小丫头来说的话与朵朵学了一遍。

“好姻缘？好姻缘，她会想到我？她怎么不给她女儿秋儿，她怎么能忘了雨儿，我看她这是想推我进火坑啊！”朵朵愤恨地说道，这种烂剧情，她前世在电视里可是没少看呢，她才不信会有什么好姻缘呢。

想罢，朵朵便往院子里走，院子里的蓝谦与那小天天正在那里装黄豆呢，由于昨天只是把黄豆去了皮，今天朵朵出门前，让蓝谦与小天天，挑些上等的黄豆，准备开春儿了当种子，或许是因为小天天对于这件事是感到稀奇的，所以竟然很乖巧地同蓝谦一块挑选种子。

“姐，你不要嫁出去好不好，老姑她们肯定没安好心！”经过昨天小蓝谦被拐之事后，他越发地黏朵朵了，所以无论是不是好的姻缘，蓝谦都不太想让朵朵这么早地嫁出去。

“谦儿，姐的事情你不必担心，姐自有办法！”朵朵拍了拍蓝谦的小脑袋瓜说道。

“真是个蠢丫头，难道你不知道互换庚帖是代表什么吗？真是的，自己的生辰八字，都管不住！”小天天也皱着一张嫩白小脸，如那白面包子一样，可以看得出来，小天天也正在为朵朵的事情苦恼呢。

“你个没大没小的，你再叫我蠢丫头，我就把你给卖了！哼！”朵朵恶狠狠地说道。

“卖我？你现在还是想想，你怎么能不被人卖了吧！不过，你的奶奶不是你的亲奶奶吗？”小天天皱了皱眉，好似在想些什么似的。

“行了，小屁孩，乖乖地在家等我回来啊，姐姐我自有办法！”朵朵没有继续与小天天拌嘴，她心里是明白的，虽然这个孩子有时候别别扭扭的，但是却是真心在关心她呢。

“朵儿啊，你那坏心眼儿的奶奶和老姑竟把你的庚帖给换了，现在男方家来人了，你快躲出去吧，这里有婶子给你顶着！”就在这时，那万氏从外面风风火火地回来了，万氏也是个闲不住的人，知道朵朵家想要买地，也出去帮着打听去了，结果，却听到蓝家老宅来人下聘的事情，所以她便风风火火赶了回来。

“光磊婶子，我正好有事要求你帮忙呢，一会儿你帮我个忙……”朵朵便附在了万氏的耳朵上说了几句话。

“你这个鬼机灵啊！不过……”万氏有些为难地刚要问道。

“小婶子，你就按我说的做吧，其他的事情，我心里有数儿的，无论如何，现在除了这个主意，也没有其他的办法不是？而且我现在还小，谁知道过几年后会是什么样的呢！”朵朵明白万氏所要说的，但是为了不让她娘跟着担心，朵朵只能把万氏的话给拦了下来。

“那行，小婶子这就去！”刘氏转身便又出了院子。

“娘，我先回屋子里换身衣服去，你等等我啊！”朵朵也转身往屋子里面走。

“换啥衣服啊，这身就行了，朵儿啊，难道你想同意这婚事儿吗？”刘氏很不解地问朵朵。

“娘，老姑也是费尽了心思才为我说了这门亲事，我怎么地也要给她点颜面吧，你就等等我吧，我去去就来！”朵朵站在房门前，笑了笑便进屋了。

“婶子，你不用担心了，估计那个蠢丫头是又要使坏了！”小天天却是安慰刘氏道。

刘氏听到小天天的话不禁笑了笑道：“天天啊，你怎么总是叫朵朵蠢丫头啊？”刘氏很是不解，明明自家女儿是聪明机灵的，可是小天天却总是叫她“蠢丫头”，这是怎么回事儿呢。

“谁让她没有我聪明了！”小天天憋红了小脸只说了这么一句便扭个小屁股继续上那边去挑豆子去了。

蓝谦也是搔了搔头也过去干活去了。

片刻后，当朵朵出来的时候，吓得刘氏不敢置信地瞪大了眼睛，心里暗道，这……这还是她的女儿朵朵吗？

头发如乱草一样乱糟糟的，那小脸也有些微微的红肿，那柳叶弯眉也早已经变得又粗又黑的，那樱桃小嘴如今却是变得很苍白，身上的衣服，更是让刘氏头疼，那件衣服，便是朵朵他们母子三人刚刚被赶出蓝家时所穿的那一套，不过，此时那套衣服也被朵朵做了改制，那裙边上，竟是不知怎么弄的，一条一条的，走起路来，那裙边一抖一抖的。

刘氏就那样呆呆愣在那里，大脑一片空白。

“哈哈哈……我就说那蠢女人又有坏主意了吧，果然！哈哈，哎哟，笑死我了，肚子疼，肚子好疼啊！”小天天捂着肚子笑得眼泪都流出来了。

“姐……你这是……”小蓝谦的小脸都皱到一块儿了，他姐这是唱的哪出啊？

“娘？走啊，还愣着干啥，老姑估计都等急了吧！”朵朵上前拉了拉刘氏的手说道。

刘氏这才缓过神儿来，眼圈又红了起来道：“朵儿，是娘没能耐，是娘太软弱啊，要不然，也不用你这样自毁形象了！”

“娘，你看你这是干什么啊？既然你知道自己性子软弱，那么即便是为了女儿，你也要强大起来，今天这件事情不怪你，在这婚姻大事上，就算你强硬，也硬不过我奶的，更何况，估计咱家也是被人家给盯上了，他们这是看咱家挣了钱眼红了，把我打发出去，好让你伤心从此一蹶不振，从而好拿捏你，娘，你放心，女儿是不会让他们得逞的！”朵朵宽慰刘氏道。

刘氏的性子朵朵是最清楚不过了，而今日刘氏能把自己的弱点说了出来，朵朵当然很高兴，但是该劝也得劝，该鼓励也要鼓励，要不然若是想让她这个娘改变的话，也是难啊！

刘氏含着泪水向女儿点了点头，两人便手挽着手向蓝家老宅去了。

再说蓝家老宅内，今日是热闹得很啊，一改朵朵母子三人走了之后的清静，院子里也站了许多人。

“我那老闺女儿（老闺女儿也是三里铺子土语，他们通常把最小的女儿叫做老闺女儿）回来了，这些年来，大家也都知道，我那老闺女儿是时时刻刻惦着家里的，有什么好事都想着我们，这不，这次回来，还给我们带来了一件更大的喜事儿！”此时蓝老太太等人就坐在了院子中央，而她时不时地对着围过来的人大声说道。

只见蓝老太太一边与那些围观的人说着，还一边冲着李员外说道：“我那二孙女儿很是能干，会炮制药材，懂医理，估计对小少爷的病一定是有帮助的，您呀选上我们家二孙女儿，那可是选对人啦……”老太太便在那里口若悬河地夸着朵朵，好似她有多喜欢朵朵似的。

而那蓝翠儿早就不耐烦地坐在那里往人群外看了，这深秋的季节，天气早就不暖和了，乡下的院子，那猪啊，鸡啊的味道又那么的重，她实在是受不了了。

都怪她大嫂余氏那个蠢货，若不是她把那屋子烧成了那个样子，而且主屋里还那么的脏，他们也不至于在这里吹着冷风，闻着臭烘烘的猪粪，鸡粪的味道，害得她在这里受这样的罪，想着想着，她不免瞪了那余氏一眼。

余氏的心思，别以为她不知道，她不就是想要自己派给他们一个丫头使唤吗？她还真是异想天开，一个乡下人，还得用使唤丫头伺候着，说出去不让人笑话，只是自己到底是有求于余氏的，所以也只能把这怨气憋在心里。

不过这刘氏和那个蠢笨的蓝朵朵今天是怎么了？怎么还没来呢，难道真如余氏同她说的？那娘儿三个真的是与蓝家有外心了？还有那个蓝朵朵，什么时候有那么大的本事了？竟是连药理都懂了，还挣了那么多的钱，眼见着老宅的活计没人做，自己的娘亲又这样的后悔让那娘儿三个出去，所以她才想了办法，把朵朵嫁出去，朵朵可是刘氏分家后的唯一支柱，若是把那丫头给打发走了，估计刘氏只有乖乖回来的份儿，还有她们所挣的那些银两也都是娘的了，听说她们这短短一个月内，竟是挣了好几十两呢。

而那边李员外听到蓝老太太说的话，并没有作声，只是含笑听着，而若是你要仔细看的话，却是能发现，李员外的笑意并不达底。

“听说那蓝家朵朵那丫头的性子可是泼辣得很啊，不仅鼓动着她娘和她奶分家，据说昨天去集市上还咬掉了人家胳膊上的一块儿肉呢！”

“是啊，是啊，说什么会懂药理，其实是就是平常所见的那个药菊啊，别的也没看出来她懂什么啊！”

“这蓝家老太太这样说，一定是看上人家员外家的钱了，蓝家老太太一向是个有奶便是娘的主儿啊！”

“你们知道吧，那蓝朵朵以前是得过时疫的，虽说是好了，但那也是在猪圈里面突然好了的，谁知道，她有没有染上什么病啊？员外家的少爷又是个身子不好的，别到时候……”

众人你一言我一语地在下面议论着，只是这议论的声音恰到好处，正好院子里的所有人都能听到。

李员外的脸色渐渐阴沉了下来，而蓝老太太与蓝翠儿的脸色也同样好不到哪里去。

“李员外啊，你可不能听那些风言风语啊，我们家朵儿那孩子可是我们从小看到大的，很是懂事有礼貌，怎么会如他们所说的那样泼辣的，那些人是嫉妒我们家朵儿，对，绝对是嫉妒！”余氏眼见着这事情要坏，便马上插嘴进来说道。

“哟，朵朵她大伯娘，我没有听错吧？你竟是在这里夸上了朵朵，这太阳还真的从西边出来了呢！”说话的正是万氏，不错，此时她能出现在这里，都是朵朵授意的，而刚刚那些人说的话，也是朵朵教给万氏说的。

而万氏本来是顾及朵朵的名声不想去这样做，可是正如朵朵说的，除了这一办法，还能有什么办法啊？庚帖都已经换完了，若是男方不先提出来悔婚的话，那朵朵势必要嫁过去的，不然那生辰八字在人家手里，朵朵以后还要如何嫁人呢。

所以万氏只能按朵朵所说的去做，再加上昨天在镇上蓝谦被拐的事情村里的人也有所耳闻，从而万氏一说起来，就有那知情人随声附和着，从而才导致刚刚的那番传言。

“万氏，你说的那叫什么话，谁不知道我家朵朵平日里是个乖巧懂事，长得又秀气的孩子，就连你以前不都是很喜欢她吗，今日你怎的来抹黑她呢？”余氏硬从脸上挤出笑容道。

“李员外，您可不要听有些人胡说，仁者见仁，智者见智，一会儿朵朵那孩子来了，你自然会见着她是什么样的！”余氏随后又对李员外说道。

“我是喜欢朵朵不假，但是这成婚，可是两个孩子一辈子的事啊，朵朵得过时疫，这没错吧？她昨天在镇上发起狂来咬掉人家胳膊的一块肉这也是真的吧？我又有哪一点说了谎了呢。”

“她是得过时疫，可是她后来好了呀，根本没问题了，还有那昨日之事，她不也是为了救……”余氏对于昨天镇上发生的事情也有所耳闻，她也没有想到蓝朵朵那个死丫崽子竟是那么的厉害，硬生生咬掉人家胳膊上一块肉来，这让她听了后都不禁打了个冷颤，同时她想把朵朵嫁出去的心思是越发地强烈。

她和老太太两人都很是清楚，这几次让她们每次交锋都败下阵来的原因便是这蓝朵朵，若是想要刘氏还如以往那样的听从她们，那么首要的便是把蓝朵朵弄走，其实早在大火烧了厨房的第二天，老太太便托人送信儿给她的老闺女儿蓝翠儿了，同时她们也把这些日子以来发生的事情，全都同蓝翠儿说了一遍，本来她们是想让蓝翠儿来，震慑一下朵朵母子三人的，可是蓝翠儿却是捎过话来，那样只能治标不治本，想要刘氏母子三人还像以前那样听话，那便是拿着蓝朵朵的婚事做文章。

而且，为了避免蓝朵朵嫁得太近而再出幺蛾子，蓝翠儿费尽了心思才“攀”上了李员外这门亲事儿，李员外的家里是住在镇上的，而且又门禁森严，是不能经常出来的，而李员外的那个儿子又是个病秧子，身边根本离不开人，若不是李员外的儿子是个病秧子的话，这门儿亲事儿还不会这么容易地就成了呢，说白了，人家李员外才是不管对方是什么家庭的人，只要身体健康就好，反正这门亲事儿只为冲喜，若是等到他儿子真的好了那一天，那么势必是不会亏待了她的。

如今这好容易快要成功的事情，却是被那万氏的几句话给搅和了，提什么不好，却非要提起朵朵得过时疫的事情，还有那咬人家一块肉儿的事情，这不是想毁了这门亲事吗，所以余氏刚要反驳道。

“奶，我和我娘来啦，听说我老姑来了？我可想死我老姑了，秋儿和福儿来没来啊？”就在余氏还没有解释完为何咬人的事情的时候，朵朵的声音却是传了过来。

“哟，朵儿来了，快进来，你老姑刚刚还叨咕你怎么还没来呢，你娘来了没？”余氏眼前一亮，只觉得若是此时朵朵一露面，那么刚刚的那些流言便会全部不攻自破的。

“我娘跟我一块儿来了！”说着朵朵便从人群中挤了进来。

“你……你是朵朵？你……你……你怎么变成这副样子了？”只见朵朵那颇如夜叉般的造型，余氏的舌头止不住地打结儿。

“朵朵，你怎么……怎么是这副样子了？这是怎么回事儿？”蓝老太太也不敢置信地看着朵朵。

“奶，对不起，吓着您了，这不是我上次得了时疫，你们把我扔到猪圈里，或许是染上了别的病了吧，这脸最近很是疼痒，这不，抓着抓着就变成这样了！”朵朵整张小脸满是无奈地说道。

“那……那你这身衣服是怎么回事儿，你们不是挣了好几十两银子吗，怎么会连件像样的衣服都没有呐，你可知道今天是什么日子吗？”一直未吭声的蓝翠儿，平复了一下自己的心情，咬着牙问出了这句话来。

“哦哦，这衣服就是我们被我奶赶出蓝家时的衣服啊，老姑，你听谁说我们赚了几十两银子了啊，根本没有的事儿啊，银子是挣了些但是没那么多啊，你是知道的，我奶把我们赶出去的时候，啥都没有，所以我们用些银子全都买了地了，现在我们手里连一文钱都没了，还要靠三奶奶一家人的救济呐！”朵朵那一张苍白的小嘴在那里一张一合地叭叭地说着。

而那蓝翠儿却是越加脸色不好，恨不得上前去把朵朵那身碍眼的衣服扒下来，终于，她那本来就不算好的心情被朵朵气得更加不好起来：“我再问你，你不是有好衣服吗，干吗要穿成这样出来丢人，你是成心的吧你！”

“老姑！你说啥呢？我怎么会故意的呐，昨天在集上，我给一个人的胳膊上咬掉一块肉来，那身好衣服被染了血迹，今天刚洗完，还没有干呐，我一共也就这两身衣服，我不穿这个，还能穿啥？不过，今儿个到底是啥日子啊？难道是雨儿姐要成亲了啊？”朵朵故意扯上蓝雨儿问道。

“哎呀，老姑对雨儿姐还真是好，这么老多的尺头和首饰啊，不知道有没有我的份儿啊。说来说去也都是怪我奶狠心啊，我得时疫的时候，若是也同雨儿一样，给我找个大夫看看吃点药，我哪能成现在这个样子啊，我就觉得有时候我的情绪是无法控制的，急了就想咬人，哪怕让我受一点的刺激，我都能咬掉他一块儿肉来，有时候我真是害怕啊，这样我以后还咋嫁人啊？老姑，你也给我留意一下，哪怕是远点儿也好的，只要对方家里还算是殷实的，你就给我做主了吧，我就嫁过去，咱们村儿，怕是不成了，谁不知道我得了这种怪病啊……我……”朵朵那神情很是苦涩地说道。

“蓝氏，你好啊，竟敢这样欺骗我，你是看我李有德好欺负是不是？哼！拉上东西，咱们走！”李员外此时再也镇定不下去了，虽然他的儿子是身体不好，也不要求对方的家世，但是这蓝翠儿也不能把一个夜叉塞给他家吧，更何况还是一个得过时疫被染上病的，这让他怎么能不生气呢？

刚刚从那个小姑娘与蓝氏的家人对话的过程中，很明显，这个丫头和她的娘都是不得宠的，真是不知道那蓝氏还有多少事情在隐瞒他们啊。

“李员外，您听我说，事情不是像你想的这般的，朵朵，朵朵她这是故意的，她根本就不是长成这个样子，还有，她哪里有什么传染病啊，她明明好好的啊！”蓝翠儿眼见着把李员外给得罪了，她的心里也害怕了起来，要知道，李员外在镇上也是一方人物啊，就连她的丈夫，每次回来都要去拜访他的啊，若是把他给惹生气了，她自己丈夫那边也不好交代啊。

“好好的？你看她那张脸，还红肿着，你看她那嘴唇哪有一个健康孩子有的红唇呢，就是我儿，也没病成她那副鬼样子啊，这事儿就此算了，以后休得再提，庚帖回头我让人给你们送回来！”说完李员外甩袖便要走。

“李员外呐，你先别走啊，我这个孙女儿，她是故意的，她在作妖呢，她比谁都健康，她能有什么病啊？”蓝老太太此时也有点坐不住了，若是这人走了，那以后那对母女有了防范，那她还有什么办法让她们低头呢。

“想不到这李氏还真黑啊，自个儿的孙女儿有病，她还非要往人家李员外家里塞，真是够可以的了！”

“哎呀，你也别怪人家，要是有人给你孙女儿说媒，对方又是个有钱的，你也会同李氏一样的！”

“但，她也不能这样的骗人啊，昨天我在镇上可是看到了，那蓝朵朵可是硬生生地咬掉人家一块肉啊，那嘴上还满是鲜血呢，若是你家娶了这样的儿媳妇儿，你不怕啊，你不怕，你儿子估计也得怕呢！”

“你们胡说，你们胡说，没有……”蓝老太太此时再也没有刚刚的那副神气样了，而是慌乱起来。

“哼，你们蓝家欺人太甚，我李某人是不会就此罢休的！”李员外说完便是一甩袖离开了。

“李员外……李大哥……你等等啊，你听我给你解释……”蓝翠儿也顾不得什么大家的风范了，竟是大声地嚷嚷了起来，什么员外大哥的，叫得那格外的亲切，但却是仍换不回人家的一个回头。

“你个死丫崽子，丧门星的货，你这是想干啥啊，这么好的亲事儿让你给搅和黄了，你这是想毁了咱们蓝家吗？”那蓝老太太又拿出了她拿手的一项，那便是撒起泼来。

“奶，你忘了吧，咱们分家了，而且也说好我们的事儿，已经不归你管了，可是你今天这是做了什么？你要记得，自古婚姻都是父母之命媒妁之言，可是您是谁？你只是我的奶奶，您凭什么插手我的姻缘，私自地拿我的庚帖去与人家交换？”朵朵似笑非笑地看着蓝老太太说道。

“这么好的亲事？这么好的亲事儿，为何您没有去想着雨儿？而我老姑为何不留给她的秋儿，论长幼之分，雨儿比我大吧，而秋儿却是小我半年，这论长，论幼都不该轮到我，你们却偷偷地将我的庚帖换给人家，这是我要毁了蓝家吗？”说到最后朵朵的声音也提高了许多，说得蓝老太太一众人都没有搭话。

“刘芳，这就是你教育出来的好女儿？还有没有点教养，总不能我哥没了，你这个当娘的也指望不上吧？你要教不好，你就直说，这种没教养的东西，放在我的手下，保准儿三天我就给她扳过来！这要是秋儿敢这样的作，看我不扒了她的皮！”此时那蓝翠儿追李员外未果回来了，看到朵朵母女，那就像见着世仇一样，看来，今日这事儿，她相公回来后，她免不了地要被责骂了，所以她此时怎么能饶了朵朵母女二人呢。

“老姑，你这话说的，我是什么东西？你是什么东西，我就是什么东西呗，你别忘了，咱们同样是流着蓝家的血呐，我娘怎么了？我娘再不会教我，我也没有对你指名道姓的，别忘了，我娘还是你二嫂呢，你的教养又好到哪去？我今天就把这话放到这，以后我们母子三人的事情，你最好还是别管，不然下次，我不会就这么轻轻松松地小打小闹的，那后果是你想象不到的！”索性都说开了，朵朵便不想再继续忍下去了，什么礼仪孝道的，她们简直是欺人太甚。

“好啊，蓝朵朵，你长本事啦，还学会骂人了？看我不打死你！”蓝翠儿那一向是说什么是什么的，哪被人这样地顶撞过？今日却是被自己一向不喜欢的侄女儿这样地给损了，她如何不气？所以她便恼羞成怒地扑向了朵朵。

却没想到“啪”的一声！

“啊！刘芳，你竟敢打我？你疯了不是？”蓝翠儿双目猩红，一手捂着脸颊喊道。

“我是疯了，我是被你们一个一个给逼疯的！你们蓝家人欺人太甚了，我谦儿被你们说为天降灾星，搞得他小小年纪便挺不直腰板做人！他怎么灾星了，这么多年我们家不是好好的吗，而且现在我们已经离开蓝家了，为何你们还不放过我们，竟然要把我朵儿嫁给一个快要死了的人去冲喜，你们还是人吗？我告诉你们，我不欠你们蓝家的，而我朵儿谦儿也不欠，若不是你们是我相公的亲人，我不会这样地一忍再忍的！今天我也把话放在这，我刘芳的一双儿女的婚事，由不得你们做主，即便是老太太也一样，我再提醒你们一遍，我们是分了家的，且有凭证的，若是你再这样地毁我这一双儿女，我不怕去衙门走一趟！”刘氏此时的一双眼睛也已猩红一片，很是吓人。

“刘氏，你怎么和翠儿说话呢？你现在是翅膀硬了是吧？你忘了，翠儿哪次回来亏待了你们了，你们那一股都是白眼狼！怎么喂都喂不熟！可怜我那儿啊，当年怎么就死心眼地看上了你！”蓝翠儿被刘氏的那一巴掌和一番话给弄得哑口无言，只是眼睛放火，而蓝老太太怎么能看着自己的女儿被一个她看不上眼儿的媳妇这样对待，她当然不会这么算了的。

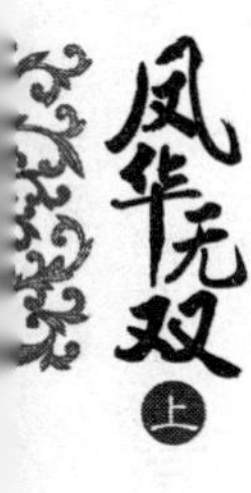

“娘，既然我们都是白眼狼，那您要清楚狼的习性，千万不再打我朵儿和谦儿的主意了，要不然即便是头破血流，我也不会就此罢休的，我什么都没有了，只有这双儿女，我能为相公留下的也只有这一双儿女了，以后无事，我们是不会再回来的，您多保重吧！”刘氏面无表情地说完，拉着朵朵便要离开。

“真没见过这样的奶奶和姑姑啊，我说今儿个怎么有这么大的一块馅饼掉到了朵朵身上了呢，原来是给快要不行的人去冲喜啊，真是够阴损的！”

“谁说不是，要说那刘氏也是个孝顺的，蓝家大大小小的活计，哪件不是她在做啊，如今却是落到被她婆婆给赶出家门的下场，要我说啊，这人在做天在看啊！”

“你们都给我滚，这是我的家事，和你们有什么关系，一个个扯老婆舌的（扯老婆舌：就是扯闲话的意思，由于现在朵朵一家人还生活在乡下，所以很多时候会出现一些土语来，我会在这里一一注明的），黑心肝的，别以为我不知道你们的心思，你们不就是嫉妒我女儿嫁得好吗？我翠儿就是比你们那些没用的儿女都行！”蓝老太太一向把她的女儿蓝翠儿当做了她这辈子最大的荣耀，镇里大房子住着，有丫头婆子伺候着，女人这一辈子还要啥呢。

“哟哟，还我们嫉妒你？你有啥事值得我们嫉妒的啊，咋的啊，一个女人嫁个有钱的就算好了？也不看看你那个心肝女婿一年到头儿回来几次，还真不知道，他怎么就能这么忙啊！”

“哎呀，你们听说没，那有些个大户人家的少爷、老爷的，都爱在外面养些个姨娘小妾啥的，对于她们，也很是大方，银子，下人啥的都供得足足的，但就是长年的都不在她身边，我看蓝家的这个翠儿，也不好说啊！”

“是啊，你这么一说我也才想起来，那翠儿的女婿，好像连过年都不会过来的啊，今儿个你这么一说，好像还真是这么回事儿啊！”

“娘！还愣着干啥呢，还不快把她们都给我赶出去！”蓝翠儿的脸色越来越不好了，现在甚至有些后悔帮着余氏和她娘做这件事情，耳边响起周围人所说的话，让蓝翠儿更加是无地自容了。

“我让你们扯老婆舌，我让你们扯老婆舌，看我不打死你们！你们不就是看你们那女儿只配嫁乡下的那泥腿子吗（泥腿子，就是乡下人的意思），而我翠儿却是嫁到了那高门大户，不是我嘴损，要怪，就怪你们那些没用的儿女不争气！”蓝老太太就看不得自家女儿受委屈，眼见着那些老货们说得越来越过，蓝家老太太便操起了扫帚，打向了刚刚在一边议论她女儿的人！

“我呸，泥腿子怎么了？你不是泥腿子出身啊，嫁给泥腿子我们心里踏实啊，有钱咋的啊，自己的相公一年半载地见不上一面，就幸福了？我看你们啊，就是势利！”

“老刘大姐，她那叫啥？叫做恼羞成怒，算了，咱们也别和她一样的，有她哭的时候！”

“走吧，走吧，都散了吧！”

蓝家老宅终于安静了下来。

“娘，以后咱家的事儿，您就别和我说了，我一个出嫁了的姑娘，总管娘家的事情也不好，今儿个儿我就先走了！”说完，蓝翠儿便扭头儿就走，而她的丫头，也忙着先跑上前，去给蓝翠儿掀车帘。

蓝老太太闻言“噔噔”向后退了退便“扑通”一声跌坐在地上了，眼睛浑浊，嘴里还叨咕着：“她这是怪我了，她这是怪我了啊，我的翠儿，她这是怪我了！”

“娘，娘，你咋了，你起来……”

那天后，蓝老太太病了，听说病得很严重，于是余氏的苦难便开始了，据说余氏切菜把自个儿的手给切了，据说，蓝雨儿摔了饭碗说饭难吃，据说老太太虽然病着，但是每日蓝家都会传来漫骂的声音。

第七章

镇上变故

再说朵朵一家人，却没有被那件事影响了心情，记得那天回到三爷爷家的时候，刘氏还很是自责，若是自己早些强悍起来的话，自己的女儿也不会想出那抹黑自己的主意来，现在倒好了，全村儿上下，哪个不知道自家女儿得了怪病啊，这样下去，以后自己女儿的婚事要怎么办呢？

连续几天里，刘氏一直唉声叹气的，一直高兴不起来，可是朵朵那孩子却像是没事儿人似的，除了又想了一些古怪的法子赚钱外，还有便是时常鼓捣一些吃食，虽说挺浪费食材的，但是全家上下没有不爱吃的，特别是那两个小的，总是缠着朵朵给他们做那个什么拔丝地瓜的。

最后，万氏说了一句话后，刘氏才放下心来。

“朵朵这孩子啊，是个有福的，要我说，你也不必为她担心，就拿你们的日子来说吧，若是没有她，怎么会过得这么好？她现在还小，以后什么样还不知道呢，再说了，这事情已经发生了，你再上火也是没用的！”

听了万氏的话，她也觉得重要的还是向前看，而且她相信她的女儿一定会得到幸福的。

想通后的刘氏果然觉得好事是一件接着一件地又降临到她家，那便是买地的事情，由于村东头儿老张家，儿子在镇上做买卖发了，便把他和老伴给接到镇上去住，所以老张家急着把地脱手，可是现在刚刚秋收完，又快到冬天，现在买回地去也是放着，所以根本没人买。

老张家共有八亩地，每亩地卖四两银子，这样全部下来就是三十二两银子，对于马上要到年底的乡下人，现在让他们拿出一两银子也是困难的，更何况这一下子就是三十二两呢？那是多大一笔钱啊，根本没人买。

这事儿被三爷爷听说后，马上找到了老张家，同时还压了压价钱，最后三十两银子就买了这八亩地，这事一办完后，把朵朵乐得眼睛眯成了一条缝，她还记得当时签协议的时候，她是怎么歪歪扭扭地写下自己的名字的。

办完了这件事情后，他们娘儿三个的银子便也所剩无几了，而这天气一天天地转冷了，庄稼人如今是最闲的时候，忙了一年，累了一年，眼下这家家户户的都等着猫冬儿呢。

而朵朵却没有让自家人闲着，她把三奶奶、万氏、刘氏都聚集在一块，商议着她的计划，同时她还像那么回事儿地画了一些奇怪的图案。

“朵儿啊，你画的这是啥啊？咋还麻烦你三奶奶呐？我和你小婶子这两个劳动力还不够啊！”刘氏打趣道。

现在一家人吃在一块，住在一块，三爷爷三奶奶那简直就变成了刘氏的爹娘一样，很是照顾她们娘儿三个！所以现在刘氏同他们一点也不外道了，也把他们当成了自家人，所以说起话来也不像以前那样小心翼翼了。

“娘，这眼看着集市就要到了，我这不也是没办法吗？谁让我的针线活儿不行呢？”朵朵理所当然地说道。

“你们瞧瞧，你们瞧瞧，说得这样理所当然，平日里就让她多学学针线活儿，她就是不学，反而喜欢上了鼓捣土，种地，哪里有点女儿家的样子。”刘氏笑着说道。

“会些个针啊线啊的算什么能耐啊，看咱们朵朵才叫厉害呢，朵朵，你跟婶子说说，这叫什么啊？我怎么看着像只手呢？”万氏看着那草纸上的图案问道。

“小婶子，这就是一个手的形状，我让你们做的叫做手套，冬天把它戴在手上，很保暖的！”朵朵笑着说道。

“这玩意真的那么好吗？只是这工料也挺贵的啊，又是需要尺头又是需要棉花的，若是不赚钱怎么办啊？”乡下人一向是思想比较保守，更何况，他们又没见过这东西，万氏难免有些担心。

“婶子还记得我娘给你绣的帕子不？”朵朵眨了眨眼笑道。

“咋不记得啊，那料子是上好的锦缎啊，我这一辈子也没见过那么好的料子啊，还是朵朵你会买东西啊！”万氏想到了刘氏送她的帕子，那脸上的笑容就越发地灿烂了，其实那个帕子她也没舍得自个儿用，而是送给了她的妹妹，她的妹妹也快要成婚了，她也没啥值钱的东西，那块帕子便派上了用场，上好的锦缎，加上刘氏精美的绣工，简直是堪称完美了。

“像上次那样帕子的料头我买回了挺多呢，而且也用不了几文钱，我们可以把它裁一下，裁成一人的巴掌大，这样一来工料钱不就降低了吗？你们相信我，这个一定会赚钱的！”俗话说越少见的东西，便越会受欢迎啊。

“而那稍大一点的布头，我们可以把它做成枕面，而前段时间那些被挑选下来的不能入药的小野菊作为枕芯，这样一来，那枕头不但有菊花的清香，还可以起到清热明目、醒脑的作用，还有利于增强睡眠质量呢，我想快要过年了，那些大户人家一定会置办些年货送人的，而这菊花枕头无论是送人，还是自己用，那都是上好的选择啊。”

朵朵把自己的想法说了以后，三奶奶等人又一次沉默了。

“哎哟，我朵朵的脑袋瓜到底是咋长的啊，咋就这么聪明机灵呢？瞧瞧这叫什么手套的，老婆子我这一辈子也没见过啊，还有那菊花枕头，光想着，我老婆子头一个就想买，要我看，朵朵这想法肯定行！”

“嗯，我也觉得行！”

最后一致通过，几个人便忙活了起来。

“朵朵，你看，是这样的不？”直到刘氏按照朵朵所说的，做出第一只手套的时候，便开口问道。

“谦儿，你过来试一下，看看舒服不？”朵朵叫来蓝谦让他先试一下。

正与小天天一块玩的蓝谦乐呵呵走了过来，把那小手伸了进去后便说道：“好软好暖和，好舒服啊！”蓝谦原本那瘦得巴掌大的小脸，如今已经有了些肉了，皮肤也不似以前那样黑了。

“真的吗？这么说，朵儿，咱们成功了是吗？”刘氏很是高兴地说道。

“娘，这种小孩用的手套，你也做上几副，而且那手背上，还要绣上我给您画的那种图案，这种卡通图案小孩子最喜欢了，一定会受欢迎的！现在就让谦儿和小天天一人选上一个图案吧，这些日子他俩也挺乖的，干了不少活儿呢！”朵朵当然注意到了小天天那满是渴望又自怜的表情，所以故意说道。

果然小天天一听说还有他的，那大大的眼睛，便明亮起来：“还有我的吗？真的吗？”

小天天来到这家的这段时间，他知道，这家的生活条件不是很好的，并不如他在京都那样，山珍海味，锦衣玉食，但是这家人让他感觉到了从未有过的温暖，所以他很是懂事，明明很渴望要那件东西，却是拼命忍着，他知道，这家人是打算用它们换钱的，而他与人家无亲无故的，人家却是让他吃饱穿暖，就已经很是不容易了。

“有，当然有，婶子就给你和谦儿一人做一个！”刘氏第一个做出来的手套本来是极度不自信的，可是听见自己小儿子的赞美后，她哪能不开心啊，所以她很开心地对小天天说道。

直到刘氏做完了两个绣有米老鼠与蓝精灵图案的手套后，蓝谦与小天天那两个小家伙差点儿高兴得没把房盖给掀开，他们简直是太喜欢了，而随着他们的喜欢，刘氏的身上也充满了干劲儿，最后朵朵还让刘氏给他们在两只手套中间缝了条带子，这样预防手套的丢失，携带起来也方便。

而那边，万氏与三奶奶则是一个裁枕面绣枕面，另一个缝制大人的手套，这样一分工，三个人做得很认真，同时也很有效率。

直到要到镇上赶集的头一晚上，几个人做出了五副小孩的手套，八副成人的，还做了三对枕头，由于朵朵所画的图案很是复杂，所以时间都搭到绣工上，数量却是不多。

“朵儿啊，咱们做这些东西的价钱，你看怎么定啊？”三奶奶、万氏、刘氏都齐刷刷地看着朵朵。

在她们看来，这东西是朵朵发明的，也该由朵朵定价，最主要是通过上次那木耳与药菊的定价上，她们也相信朵朵的心中肯定是有她满意的定价的。

“嗯，料子虽说没花什么钱，但是那棉花，还有绣活，那都是需要钱的，所以就小孩的手套三十文一副，大人的五十文一副，大人的手套用的棉花要比孩子的多一些，你们看怎么样？而那菊花枕如今可是个稀罕物，就二两银子一对吧，若是单买就一两银子一个！”要知道，这些东西可是纯手工做成的，那绣工是没得说的，这也就是在一个乡村的小镇上，这若是在大城市里那价钱还会高上一些的。

“啥？这么贵，这一副手套要三五十文？这能卖出去吗？要我说再便宜一些吧！”刘氏心里有点不托底，便开口说道，那布料没有花多少钱，棉花一副手套也是用得不多，哪值那么多钱啊？

“娘，你平日里一个绣活要多少钱呐，还有我画的这图案，我相信咱们绝对是头一份儿，反正咱们做的这数量也不多，就听我的，按这个价钱卖吧。”朵朵劝说道。

“嫂子，朵朵说得有道理，就这么定吧！”

“对，光辉媳妇啊，就这么定吧！”

三奶奶与万氏也同意了朵朵的说法，最后一致通过了朵朵的定价。

而第二日上集的便是蓝光磊、三爷爷、万氏还有朵朵，经过上次的事情，这一次刘氏坚决不让蓝谦与小天天去，为此，蓝谦和小天天还很是不开心呢，要知道乡下这种地方，就这么巴掌大一块儿的地方，啥也没有，而他们唯一盼望的就是每次的赶集，那集上有许多好玩的好吃的，就是不买，他们看看也好啊，这倒好了，就怪那该死的拐子，不然他们用得着这么憋屈吗？

在蓝谦和小天天的嘟嘴下，朵朵一行四人坐上了马车，向镇上的集市出发。

如今的早晨已经下了白霜了，所以天气很寒冷，朵朵穿着刘氏新给她做的小袄，非常暖和，而由于这次时间紧、任务重，所以只有三爷爷戴了一副手套出来，其他的都是留着卖的，起初三爷爷也是不肯戴的，这一副手套要五十文，以前没有它不也一样赶集吗，庄稼人哪有那样金贵？最后朵朵说，让他给人家打样子，只有人家看他戴好了，才有人买啊。

结果这马车才刚刚到了镇上，朵朵就见到了已经消失了有一个月的徐思源，而且若不是徐思源叫她的话，她根本就没认出他来，他这是怎么了，那原本温润的脸，此时瘦得不行，脸上下巴上还满是胡子楂儿，衣服也皱皱的，朵朵心中暗道："他这是怎么了？难道被打劫了？"

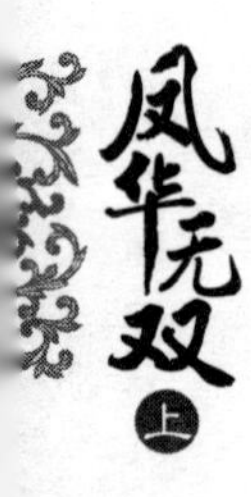

"思源哥，你这是怎么了？不是说你有事儿回京都了吗？你怎么变成了这副样子啊，发生什么事了吗？"朵朵不由得出声问道。

"是我朋友家里出事了，他的侄子丢了，找了好久也没有找到，他的家里都乱成一片了，我也寻了好多地方都不见踪影！"徐思源眼中流露着哀伤，可以看得出他对那丢失的孩子有多么的在意。

"徐小少爷你不知道啊，前一阵子，我们谦儿也差点被人拐走啊，若不是朵朵发现得早，跳到了车上，现在我们一家也会像你这样难过啊！"万氏一向是个嘴快的，所以听到徐思源的话后，也十分后怕地说道。

"什么？那谦儿现在有没有怎么样啊？他……他今个儿怎么没来赶集呢？"徐思源也教蓝谦识字有一阶段了，对于蓝谦的习性还是知道一些的，那小子不就是好热闹吗，而乡下这种地方，也只有赶集的时候才最热闹，而且今这蓝家的人里面竟没有蓝谦，徐思源便紧皱着眉头问道。

"思源哥，谦儿很好，没事儿的，只是经过上次一件事情，我到底心里还是有点后怕的，所以就把他和小天天留在家里了！"朵朵看出了徐思源的担心，所以马上说道。

"小……小天……天，小天天是谁啊？"此时徐思源的表情有些古怪，有着一丝的激动，有着一丝的小心，还有着……

"小天天也是被拐的小孩儿，据说他是在京都在被人拐出来的，之后我们也向他打听过他的家里，可是那孩子并不想回家，他说他爹娘死了，叔叔要娶妻了，奶奶不是他的亲奶奶，爷爷对他又不好，总之也是个命苦的，朵朵她娘心善便把他留了下来，朵朵还想让你帮着打听一下小天天的身世呢，就怕他的家里焦急，可是这也巧了，你竟是去了京都一直未回来，所以这事儿也就这样搁置了！”万氏见朵朵在一边也不知为何竟是发起了呆，从而她便又接上话茬儿说道。

“都是京都？嗯？对了思源哥，那你那位朋友丢的孩子几岁了，叫什么名字啊？”朵朵看到了徐思源的表情，又听万氏又叙说了一遍那收留小天天的经过，她越发地感觉到了事情有些巧合。

“很巧，我那位朋友的侄子叫做欧阳景天，我们常常唤他小天天，他再过了年就五岁了，那孩子长得很漂亮，大大的眼睛，粉嫩的小脸……”徐思源描述起了欧阳景天的样子。

“思源哥，我能确定，你要找的那个小天天就是我家里的那个小天天，而且，他到我们家的时候，虽说他以前的衣服都已经破烂不堪了，但仍能看得出，那都是好料子，而且那孩子长得很是漂亮，跟你描述的几乎是一样的！”朵朵眼睛明亮而清澈，嫣红的小嘴一张一合的，看得徐思源也愣住了神儿。

“思源哥！”朵朵的小手在徐思源的眼前一晃，叫了叫他道。

“嗯……我……我在想他们会不会是同一个人的事情，若真的是同一个人，那真是太好了，京都的欧阳府上都已经乱成一团了。”

“那思源哥，你就先回去上我家看看，确定一下是不是同一个人吧，我们还要卖些东西，卖完就回去！”朵朵说道。

“那好，我先回去了，你要小心一些啊，毕竟你也……”徐思源突然想到蓝谦被拐的事情，朵朵此时也是个孩子呢，所以有些不放心地说道。

“徐小少爷，你就放心吧，有我们在呐，一定好好照顾好朵朵的！”万氏笑着说道。

“玲儿，你还在那磨叽啥呢，这眼看着就要上人了！”此时与三爷爷一块已经把摊摆好的蓝光磊向着这边叫道。

“思源哥，你先回吧，我们也要过去了，有啥事儿晚上回去说吧！”朵朵和万氏与徐思源匆忙地道了别。

“嗯，好，那我先回去了！”徐思源含笑说道。

“刚刚你和朵朵在那边跟谁说话呢？我可和你说啊，你今天的责任可是把朵朵给我看住了啊，眼下快要过年了，估计有不少的游手好闲的人手上正缺钱用呢，别与那不认识的人搭话儿！”蓝光磊教训道。

他并没有看出刚刚那个人便是徐思源，而这也不能怪蓝光磊，就他现在的那个样子，怕是就连他爷爷都不会认出他的，那满身的邋遢，根本就不会让人想到他便是那个温润俊逸的徐思源。

“那人哪是什么不认识的人啊，那是徐家小少爷，源哥儿啊！”万氏走过去，边整理着摊位，边说着。

“啥？徐小少爷？那……那他怎么？”蓝光磊搔了搔头，有些不相信地结巴问道。

“他的好朋友家好像也丢了孩子……”万氏便把刚刚听到的事情与蓝光磊又说了一遍。

“还真是有这么巧儿的事啊！就是不知道那孩子肯不肯回去啊，这些天下来，我是发现了，那小子机灵着呢！”蓝光磊笑了笑说道，经过这么多天的接触，大家都有了一定的感情。

“呀，这是啥玩意啊？怎么是手的形状啊？还有这上面的图案，还真是漂亮呐，小姑娘，这个怎么卖啊？”这时只听到一个三十岁左右的少妇蹲下身来问道。

“这位婶婶，你可真是有眼光儿啊，这叫做手套，冬天，手放在这个手套里很是暖和，而且这上面有条带子连着，随身携带也方便，这一副手套是五十文钱，这里面可是棉花哦，暖和着哩！”朵朵说着，还把那手套给那妇人戴上。

“呀，真是舒服啊，这料子也是上好的锦缎吧，手放在里面还真是暖和啊，就是这价格上啊……”那妇人很是喜欢，戴上便不舍得往下摘，有些犹豫地说道。

“婶婶，您也说了这料子可是上好的啊，还有这棉花呐，啥啥都是花钱的啊，您再看看这绣工，也是一等一的啊，五十文不高了，这也是眼看着过年了，家里面紧，要不然也不会这么便宜卖的，再说了，您皮肤这么白，戴这种玫红色的，多漂亮啊，过年戴着也喜庆啊，您说是不？”朵朵看出了这妇人的喜欢，不光是这妇人，这周围也围了一圈的人了，个个都很是惊奇地看着这手套。

“咦？这还有小手掌哩，这是给小孩子戴的吧，哎哟，这上面绣的是什么图案啊，我怎么都没见过呐，真好看，这小手掌是多少钱啊？”那妇人也记不住这手套叫啥，也就大手掌小手掌地叫着。

“这图案叫做加菲猫，这个小手套是三十文钱，戴上这个小手套，也不怕小孩子成天地疯闹把手给冻了，方便得很哩！这还有颜色深一些的，适合男人戴，要不婶婶，您就买上三副，一家人一块戴，那样多温暖啊，您看我爷爷手上不就戴着一副吗？多方便啊，进了屋子里便可以把手套拿下来，就挂在脖子上，出了屋子再戴上，这样还能防止丢了掉了的！婶婶，别犹豫了，就买上三副吧！”朵朵劝说道。

若是平常人，朵朵绝对不会这样劝说人家一买就买三副的，可是她却是发现，这个妇人与那一般的妇人不一样，看她手上戴的那玉镯，成色那是极好的，还有那耳朵上戴的，那也是鎏金的金叶子，而且她一眼便认出了这手套的料子是锦缎做成的，可见，她也是个极有眼光的，而她那眼光里的渴望朵朵也是看在眼里的，所以她趁热打铁地劝说道。

“你这个小姑娘还真是能说啊！成了，就这样吧，这个玫红色的手套我要了，还有那个宝蓝色的我也要一副，给我相公戴，嗯，这个大红色，叫什么肥猫的我也要上一副，我那个臭小子一定会喜欢的！”说着那个妇人便从怀里掏出了一个钱袋，给了朵朵一串钱，外加上三十个铜板，很是干脆。

“好嘞，那婶子您也拿好啊！若是以后有需要的，您也可以上我们这来看看，我们以后还会有更多的新样子的！”朵朵笑着说道。

“好，那你们有新的样子，可要给我便宜些啊！”那妇人笑着说道，然后便要转身离去！

“一定！一定！您慢走啊！”朵朵叫道。

“三爷爷，您把钱放好了吧！”朵朵把铜钱交到三爷爷的手中。

“朵朵啊！快，快把我这个也放在那上面卖了吧，这玩意还真值这么多钱啊，这可是好东西啊，我老头子手上的皮厚，不怕冷的！”三爷爷从手套里把手拿出来接钱的同时，却是要把手套也一同还给朵朵，本来朵朵说要给他戴一副的时候三爷爷就是心疼的，现在一看能卖这么多钱，三爷爷哪里还舍得戴啊。

“三爷爷，您快戴着吧，啥钱不钱的啊，这手套可是我婶子特意给您做的啊！儿媳妇儿孝敬您的，您就好好地留着，咱们是时间紧，所以除了谦儿和小天天的，也就给您做了这么一副，等这次回去，让我娘和小婶婶给咱们一人做一副，总不能咱们卖这东西的，自家人却是没有吧，而且，这赚钱啊，也得分什么时候，什么事儿啊！”说着朵朵推开了三爷爷递过来的手套。

“是啊，玲儿给您做的，您老就戴着吧！”蓝光磊很是感激地向朵朵看去，同时那黝黑的脸上也出现了可疑的红晕，朵朵这是给他自个儿的媳妇脸上贴金，他哪能不高兴啊？

而那一向大咧咧的万氏竟也一副害羞的样子，朵朵不禁汗哒哒的了，这古人真的有这么纯情啊，原来像蓝雨儿那般的也就算是最强悍的了。

“欸！欸，我戴着，我戴着！”三爷爷也笑着说道。

“呀，这枕头绣得可真好看，这枕面也好，哎呀，这是什么味道，怎么一股子清香呢，这里面装的是啥？总不会是花吧？”一个身材胖胖的老太太笑着问道。

“这位奶奶，您还真猜对了，这里面放的就是花啊，这里面放的是菊花，您要知道这菊花可是能入药的，所以用它来做枕芯，不但有菊花的清香，还可以起到清热明目、醒脑的作用，还有利于增强睡眠质量呢，老年人用的时间长了，还可以起长寿的作用呢！”朵朵笑着介绍道。

“呀，是菊花枕啊，那这要多少钱一对儿啊？我那老伴最近睡得一直不好，这玩意真的管用吗？”老太太好似被朵朵说得有些活了心了，更何况在古代，如朵朵这般介绍产品的也不多见，所以很见成效。

“这位奶奶您也知道那药菊的价钱，这枕头里的虽称不上什么极品，但也不是孬的，而且这面料，您也应该看出来的吧，上好的蜀锦啊，所以要二两银子一对儿！”朵朵一样样地介绍道。

若是直接说这枕头要二两银子一对儿的话，或许都会把人给吓跑了，但是朵朵却是把这枕头的用料成本都说了一遍，很自然大家是能接受这个价钱的。

“那好吧，给我拿上一对儿吧！我们上了年纪的人，活着就图个身体好啊，喏，给你银子！”这位富态的老太太从怀里掏出了一块银子，足足有二两，交给了朵朵，高高兴兴抱着两个枕头走了。

此时摊位上的人已经很多了，大家都在那里试戴手套，去闻枕头，不过却是没有如刚刚那两个人那样痛快去买。

趁着闲下来的这工夫，万氏小声问道：“朵朵，为何你刚刚不向那位妇人介绍咱的枕头，不向那老太太介绍咱的手套呢？”要知道，好不容易有这么大的买主儿，不介绍不是有点太可惜了吗？”

“小婶子，那两样东西都摆在那，人家问哪样便是想要买那样，更何况咱们卖的这两样东西也都不便宜，若是不停地介绍，人家会产生审美疲劳，到时候这两个还不一定都不买呐，所以我才只介绍一样的，若是人家想要，自然会问的！”

在现代也一样，若是种类太过于繁多，挑得多了难免要花了眼，所以看准客人到底想要什么，从而去抓客人的心理这才是营销的秘诀。

“是啊，还真是这么回事儿！”万氏笑着说道。

而一旁的蓝光磊和三爷爷两人那脸上的表情，都不能光用激动一词所来形容了，这才刚来一小会儿，竟是卖了这么多的钱，他们哪能不高兴啊。

又过了一会儿，摊位上的那手套大人的又卖出了四副，小孩的却只卖出了一副，看来，一般的人家还是比较务实的，大人买上这副手套可以做活计时用，而小孩平日里也就知道玩，戴着它也没有多大的用处，只是锦上添花而已，所以小孩的手套卖得并不快。

三爷爷和蓝光磊两人收钱收得眉飞色舞，而万氏此时也得到了朵朵的真传，滔滔不绝地介绍着这手套和那枕头的优点！

朵朵眼看着也差不多了，便说道："小婶子，你和三爷爷在这里先看着，我看这卖得也差不多了，和我光磊叔再去布庄看看，有没有新进的布头儿，再买回来一些，回家咱们再研究着做些啥，这手套和枕头的样式也太单一了！"

那布头对于朵朵可是摇钱树啊，低成本，高收入，所以朵朵怎么能放弃这个赚钱的机会呢？

"好，这里有我呐，你们去吧，不过也早点回来，今儿个，咱们挣了钱，再买些吃的回去，你和谦儿还正长身子的时候，多吃些好的，再说了，咱家现在也不差那几个钱！"果然有了钱的人说话就不一样，此时万氏的腰板也直上了许多，一直以来万氏无子，吃那些药也花去了不少的银钱，为此她心里一直有着深深的自卑感，可是此时却是不同了，她跟着朵朵可是也赚了不少的银钱了，在乡下，有着几两银子那也算是富户了。

"好嘞，那一会儿咱们回来会合！"朵朵也开心地说道。

"朵朵啊，光磊叔真的很谢谢你！"两人离开了摊位，便向着属于布铺的那一条街走去，走了一会儿，朵朵身边的蓝光磊突然说道。

"光磊叔，啥谢不谢的，在我们一家人最困难的时候，是你们帮了我们，这是有因才有果的，更何况，比起小婶子是靠自己的手艺赚钱，那时候我们娘儿三个可是身无分文，只能靠你们的接济才能生活啊，所以光磊叔，你这么说话，咱们不就外道了吗？"朵朵认真地说道，这几日里，她早早地便是发觉了蓝光磊好似有什么心事儿似的，原来是为这个啊。

"朵朵你别这么说，咱们两家互相帮忙那还不是应该的，更何况我们也就帮助了你们五十文钱，可是你上次却是给你小婶子分了四两呢，我越想这件事情越不对劲儿，所以我和你婶子说好了，这次卖枕头的钱我们一文都不要，手套的分给我们些就行，要不然，我自己心里那关都过不去！"蓝光磊是个地道的乡下汉子，所以性子也极为厚道。

"光磊叔，你这么说我可不乐意了啊。那枕头可是我三奶奶做的，你可没权利不要，行了，咱们以后赚钱的地方多着哩，何必在意眼前的这些蝇头小利呢！"朵朵笑着说，便拉着蓝光磊的手快速前进了，而当时还觉得朵朵过于说大话的蓝光磊，以后却是终于相信，朵朵说这只是蝇头小利并不是说大话了。

到了那布庄，果然那个小伙计很热情地接待，这原本是掌柜都不想要了的布头，却是让他硬生生地卖了出去，掌柜还夸了他呐，今天一看那买主又来了，小伙计如何不高兴呢，所以随便朵朵挑选。

朵朵看了看便发现的确是有了新货呐，看着那白白的雪锻，上好的锦缎，还有一些个花色不错的粗布，朵朵真是开心极了，便冲伙计说道："这些我都要了，你看得要多钱？"

小二听闻，那眼睛笑得都眯成了一道缝，："小姑娘，真是有眼力，这些布头可是昨天新来的，这样吧，你也是老客人了，也不算你多了，就二十五文吧，你也知道，虽然是布头，但是这料子还是十分好的！"

"二十文就给我装上，若是不卖，我就走人！"朵朵又何尝没看出那伙计的心思，最后朵朵便真的以二十文就买了这一大包子布头回去了。

蓝光磊虽然背着这重重的一大包布头，但那满脸的喜悦却是丝毫不减，这可都是钱啊。

两人刚走到他们的摊位附近，便看到那里围着满满的人，二人满脸狐疑地挤上前去，便是看到了这样一幕，万氏与几个人撕扯着，而三爷爷更是护着一对枕头道："什么摊位费？我们早上明明都交过了，你们这些强盗！"

"看来你这老头儿敬酒不吃吃罚酒了，那就别怪我不客气！"接着一拳就朝三爷爷打了过来。

而朵朵也顾不得其他的，总不能眼看着三爷爷挨打吧，蓝光磊早就加入了万氏与那些人的战争里，朵朵冲上前去，朝着那人的腰便撞了过去，撞得那人根本来不及反应跌倒在地上。

"哪里来的臭丫头！还不赶紧给我收拾喽！"那个刚刚还要打三爷爷的人，坐在地上，愤怒地向他的同伙吼道。

"我看谁敢？"

"谁敢动我的恩'公'！"

就在朵朵又要咬人的时候，竟有两道声音传了过来。

听到这两道声音后，朵朵就感到眼前那个要冲向他的人如飞一般地就被甩了出去，之后，一个紫衣少年便走了出来道："恩'公'，你没事儿吧？"

朵朵看着眼前这位少年，明明年纪不是很大，但那眉眼中却透露着老成，紧皱着眉头对着朵朵说道，之后还伸出他那干净而修长的手，去扶朵朵。

"方忻！难道男女授受不亲你不懂吗？"这时，一个手掌过来打掉了这名紫衣少年的手，那嚣张的声音也随着传了过来。

这个嚣张少年，有着小麦的肤色，狭长的杏核眼，如今虽说年纪小还未长开，但那周身嚣张的气焰却是不容小瞧。

“不知何时知县家的公子也懂得礼数叫做什么了！”那紫衣少年脸上并无丝毫的波动，但那语气却是充满着淡淡的讽刺。

“小六子，去把这些在这里捣乱的人都给我送去衙门，青天白日的，竟是在这里耍横，真是岂有此理！”那嚣张的少年并没有理会那紫衣少年，而是吩咐手下把那些个捣乱的给收拾了。

“小的该死，小的该死啊，小的不知道是知县家的少爷，小的有眼无珠啊，不该乱收这个摊位的管理费啊，只不过……只不过小人也是收了人家的钱啊……”

“是啊，是啊，小的们也是替人办事儿啊，那人只是让我们砸了他们的摊，让他们以后无法摆摊就行啊，小少爷请明察啊，饶了我们吧！”

那几个刚刚还在嚣张跋扈的人，如今都跪倒在地上纷纷求饶。

而朵朵此时脑袋里还没有来得及消化这突如其来的画面呢，她咋就成了人家的恩“公”了呢？

“朵朵啊，你没事吧，你这孩子，三爷爷皮糙肉厚的，被打一下也没啥的，倒是你，你咋就冲上来了呐，这集上还真是不太平，上次出了谦儿的事情，这次又出了这事儿，嗨，下次你可不能再跟来了！”三爷爷被那人放开后，便把那枕头放在一边，走到朵朵的身边，把还在愣着的朵朵拉了起来说道。

“三爷爷，我没事儿的，倒是这两位小公子，我们认识吗？”朵朵还是没想起这两个小少年她到底是怎么认识的，难道是她的前身认识？

“朵朵啊，这便是那天与谦儿出事的那两个孩子啊，一位是县太爷家的小少爷，一位是方老爷家的小少爷，今儿还真是要谢谢两位小少爷了呢，若是没有你们，我们还真是没有任何的办法啊！”万氏上次是见过这两个少年的，所以一眼便认出了是他们，而她现在的感激也是发自内心的。

今天的事情真的把万氏给吓着了，而她如今也更加地清楚，这平民百姓若要是想赚些钱，还真是不容易的，这些个地头蛇，哪个上头没个人啊！平日里正常收个保护费他们倒也是能容忍的，毕竟这个规矩也是大家都认可的，可像如今这样的来收“保护费”他们就万万对付不了，也忍受不了了，他们这一天才卖几个钱啊，对方竟是要二两银子，怕是整个集上都没有二两银子这个价吧，所以他们并没有答应，对方才开始砸摊子抢东西的。

刚刚所发生的这一幕，就连平日里比较泼辣的万氏也是被吓坏了，她再泼辣也只是一介妇人，这样的场面她哪里见过啊，只是当时她与三爷爷只有一个心思，那便是他们的心血不能叫人毁了，这才发生了如今的这一幕。

“原来，你们就是那两个孩子啊，今儿个也谢谢你们啦！”朵朵被三爷爷拉着站起来后，一直站在这两个少年的中间，这时只听万氏说完他们的身份后，朵朵竟是哥俩好地拍了拍两人的肩膀道谢。

而这一动作下来，别说那紫衣少年的俊脸微红，就连刚刚那嚣张的少年此时那小麦肤色也显现出丝丝的红晕。

“没……没什么……”

“举……举手之劳……”

两人结结巴巴地回答道。

朵朵看着这两位小正太那脸红的模样，也不禁笑了起来，看来这古代人还真的是很纯情啊，她只是拍了拍他二人的肩膀好吗，连手都是没有碰上一下呢。

朵朵笑了笑，却也是很厚道地没有再去取笑他们，反而是向跪在地上的那几个收保护费的混混问道：“那你们到底是受了何人的指使来砸我们的摊儿呢？要知道，我们在这清水镇上并没有任何的仇家啊，你们可不要乱说啊！”

朵朵此时的脸色十分的阴沉，她一向是个有仇必报的人，特别是欺负了她的家人的人，她是不会放过的，虽然她的心里已经想到了一个人，但她却仍然想去证实一下她心里的所想。

“是，是一个丫头找的我们，给我们的钱，虽然她的主子一直坐在轿子里没出现，但是那轿子我却认识的，那是镇上刘家的轿子，他家的夫人是姓蓝的……”那个带头儿的男子说到最后越来越小声了，按理来说，说出雇主的身份，已经是很不对的了，可是现在人家有清水县县太爷家的少爷撑腰啊，他若是不说他的小命也算全交代了，他能不说吗？

“一定是那蓝翠儿，她一定是看上次给朵朵说亲的事情没成，这才想报复咱们的，她怎么那么阴损呢，她这是不想让咱们过得好啊！”万氏一听到是刘家的轿子时，便想到了蓝翠儿的夫家也是姓刘的，而她也是一直住在镇上，而当那人真的说出是蓝翠儿的时候，便是把万氏气得差点就要跑去蓝翠儿的家撕了她。

“翠儿那孩子，都是让你奶给惯的啊，小的时候就要尖儿！”三爷爷也满脸的无奈与气愤，那怎么说也是他四弟的子嗣啊，今天竟是对他也下了手。

“果然是她，你回去告诉她，若是她再学不乖，那么也别怪我们不客气了，想必她那相公还不知道李员外的儿子那件事情吧？她若是再管不住自己，那么我不介意给她那远在京都的相公捎上一句话，若是她不相信，那么大家就试试看吧！”朵朵阴沉着脸，很有气势地说道。

“朵朵，难道你想放过他们吗？”许宵不解地问道，要知道这些混混就该抓进大牢狠狠治他们一顿。

“放了他们吧，他们也只是受了人家的指使，而今日之后，我想，他们以后也不会再乱来了！”朵朵之所以放过他们，那是因为她知道，强龙难压地头蛇啊，这一次是恰巧被这两个人给遇上了，那下一次呢？所以朵朵才选择今日放了他们一马换个人情，更何况有了今日那嚣张少年的维护，想必他们以后再想动自己的摊位也会想一想呢。

只是朵朵的这个决定，除了方忻之外的所有人都纷纷地皱了眉头，很不同意，而直到最后发生的一系列事情，却是证明了朵朵的这一决定有多么的明智，当然这也是后话。

“谢谢小姑娘，谢谢小姑娘，我们以后一定不会再捣乱了，不仅如此，以后姑娘你的摊位，就由我们罩着了！”那带头的老大一直跪在地上冲着朵朵磕头道谢，而他的兄弟们也随着他一块磕头儿。

“哼，有本少爷在呢，还需要你们？若是以后让本少爷再发现你们干这种为非作歹的事情，看我怎么收拾你们，还不快滚！”那许宵狠狠地说道。

“小的知道了！小的知道了！小的马上就滚！”那几个混混又磕了头后，便马上纷纷地跑了。

朵朵却是含笑地看着许宵，与那回过头来的许宵的眼睛正好对上，许宵的脸“腾”的一下便红了起来。

“怎么了？朵朵，我有什么做得不对的吗？”许宵也是刚刚从万氏与三爷爷的口里得知的朵朵的名字，可是他叫起来却是很是顺口，一点也没有生硬的感觉。

“呵呵，没什么，我只是在想，你这样的人怎么会被那拐子拐到手呢？”朵朵这句你这样的人，当然是指许宵那嚣张的气焰，和那几个懂武的随从而说的。

“呵呵……”只见那不厚道的方忻竟也笑出了声来，他不是为别的而笑，他笑的是，从小到大他便与许宵是朋友，但却还未见过许宵如眼前这般的样子。

此时的许宵是满脸的挫败，嘴张了又张却是说不出任何解释的话，脸上的红晕也久久地散不开，那狭长的杏核眼却是因焦急而散发着雾气，怎么看怎么像快要哭了似的，这哪里是一向嚣张跋扈的许宵啊。

“你笑什么笑啊你，还不都是怪你这个死书呆子，若不是你瞎发善心送那老头儿去找他的女儿，咱们的家丁能跟丢了吗？本少爷是受你的连累了！”别扭的许宵低吼道。

那紫衣少年仍是好脾气地淡笑着，却也不反驳，其实只有他知道，这次的事件，真的是因他而起，要不是他救了一个摔断了腿的老头儿的话，他们也不至于会被骗到郊外，而让人家给迷晕绑了！

“呵呵，今天谢谢你们啊，我叫蓝朵朵，相信你们也已经知道我的名字了，你们也报上名来吧，以后希望咱们能成为朋友！”在朵朵眼里，这两人可是她的护身符啊，一个官二代，一个富二代啊，这两位以后那可都会成为她的靠山的啊。

所以朵朵很是自然地伸出了手，准备与他们握手，这时万氏却是一把扯过朵朵的手低声道：“朵朵啊，你一个姑娘家伸手做啥？女孩子就该有女孩子的样子！”之后万氏还用眼睛瞪了一眼朵朵，又向方忻那边抬了下头。

朵朵终于明白万氏的意思了，也想起了刚刚方忻不就是要伸手来拉她，却是被许宵的一句“男女授受不亲”给挡过去了吗，所以她只能无奈一笑。

“我叫方忻，家里就住在这个镇上的东面，若是有事情，可以来府上找我，我的娘亲还一直想见见你这位恩‘公’呢！”方忻很有礼貌地说道。

“人家什么忙能用你一个书呆子帮啊，只要你不给人添乱就不错了，朵朵，我叫许宵，有事情，你直接去衙门找人帮忙，到时候提你的名字就可以，不需要找那书呆子帮忙的，而且我爹爹也是认识你的，你找我爹爹也一样的！”许宵很是嚣张地说道。

而朵朵心中也暗叹，果真是官二代啊，人家也是有嚣张的资本啊，有事直接上衙门找人帮忙，亏他也能想得出来啊。

“嗯，那好了，今日多谢两位帮忙了，朵朵在这里不胜感谢！”朵朵这次很规矩地福了福身说道。

“若是两位不嫌弃，我这也有两份礼物送给二位！”朵朵笑着说道，同时也使了个眼色给万氏。

万氏赶忙地挑选了两副手套递了过来，其实她的心里还是有些不舍的，但是一想想刚刚多亏了眼前的这两位，他们的摊子才得以保存下来，谢谢人家也是应该的。

“这两副手套，是家母与婶婶一块缝制的，冬日里戴在手上极为暖和，你们也别嫌礼薄，这也是我们全家人的一份心意！”朵朵含笑递给了两人道。

“哈，还真的不错啊，真暖和，朵朵，谢谢你啊！”许宵很不客气地就接了过来，直接戴在了手上，又温暖又舒服，关键是他这么多年来还是头一次见到，所以哪能不开心啊。

“真的很温暖，谢谢你朵朵！”方忻谢得就颇为含蓄。

“不用客气，咱们都是朋友了呀，以后我家再有什么好的东西来卖，肯定会想着你们的！”朵朵俏皮地眨眼道。

“哦，对啦，许宵，上次多亏了许夫人的那瓶药，我这算不得美丽的小脸才得以保住，我娘一直都想亲自来感谢一下夫人的，只是她一介妇人贸然去府上，难免会招惹闲话，所以今日也是赶巧呢，正好碰到了你，这一对枕头替我带给夫人吧，谢谢她的药！”朵朵又拿了最后剩余的一对枕头过来笑着递了过去。

“朵朵，这是你亲自做的吗？这上面绣的花样还真漂亮，咦，这枕头怎么这么香啊，一股菊花的味道，这个没有我的份儿吗？”刚开始还兴致勃勃的许宵说到最后竟还是满脸的委屈，好似在说，这么好的东西怎么没我的份儿啊。

朵朵听闻许宵那厮这么赤裸裸地索要后，嘴角不由得抖了抖，暗道这厮还真是不一般的贪心啊。

“我说大少爷，人家朵朵家里是以这个卖钱来生活的，你以为人人都像你衣食无忧啊，朵朵赠与伯母，那是因为感谢伯母的赠药之情，送你？朵朵救了你，你怎么就没想过送朵朵什么呢？”那一直未说话的方忻在一旁说道，虽然他对于那对菊花枕也有深深的渴望，但他更体恤朵朵目前的境况。

“我……我也没说白要啊，朵朵，这枕头多少钱，我买还不成吗？”这次许宵竟是头一次没有与方忻去斗嘴，而是去向朵朵解释道，因为他这次深深地觉得方忻的这一番话说得很对，同时他也感到很是内疚。

“呵呵，没事啊，等下次的，下次上集上来，我再送你们一人一对儿，咱们是朋友嘛，什么钱不钱的，可是这次呢，只有这一对儿了，因为一共就带来的三对儿枕头，那两对儿全卖了！”朵朵很是遗憾地说道。

“啊，那……那好！呵呵！”许宵不好意思地搔了搔头道。

“那就先多谢朵朵了！”方忻依然是老样子说道。

客气之后，几人拜别，众人各自离去。

“光磊婶婶，是不是还心疼那一对儿枕头和两副手套呐？”朵朵慢慢凑近了万氏的身边，如偷了腥的猫一般奸诈地笑着。

“没……哪能啊！更何况你那么做也是对的，只是，我就是有点舍不得！”最终万氏还是选择了坦白，万氏不是那小气的人，但是这一下子要二两多的银子，她怎么着也要转过这个弯来吧。

“呵呵，那你不还是心疼吗？我和你说啊，咱们这枕头，手套送得不亏啊，你想想，通过这件事情，以后没人会找咱们麻烦了吧？”朵朵笑着说道。

果然只见万氏的脸上的表情终于缓和了一些道：“嗯嗯，那倒是啊！”

“你想想，方家和许家接触的那都是什么人？若是他们用了，咱们还愁没生意吗？无论是手套，还是枕头，这回去了，你和我娘就只管多多的做吧，不出意外，咱们会有大量的买主啊！”朵朵神秘地说道。

“朵朵啊，今天只带来了三对儿枕头，还剩一对儿呢，还有那手套，也是剩了几副，这要多做，能卖得出吗？”万氏依然没有听明白朵朵的暗示，依然不确定地问道。

“我的好婶子哟，你怎么还没缓过神儿来呐，我都说了，我送给许夫人那对儿枕头那能是白送的吗？人家能白收咱们的礼物吗？而且，她是谁啊，是咱们县太爷的夫人啊，只要她一句话的事儿，咱们的枕头还愁着卖吗？那些大户人家，巴结他们的，哪个不会买上一对儿啊，到时候，这不比咱们摆在集上卖强多了啊？还有那手套，那方家少爷和许家少爷戴在手上了，你还愁没人来买吗？所以咱们今日送那两副手套和那一对儿枕头是并不赔的，而且只能是赚！”

朵朵很有耐心地与万氏解释，其实就算是她不解释，万氏也不会怪她，只是她的心里会不舒服一段而已，而朵朵却是想，他们现在是合伙人的关系，所以她的一切决定是不会隐瞒着他们的，毕竟她只是动脑，若是没有万氏等人的帮忙，她这个小身板想做些事情，还是要费些功夫的！

“哎哟，我就知道我朵朵不会那么大方送人家的嘛！呵呵，你别怪婶子啊，婶子真的只是觉得那二两多的银子真的有点儿多，呵呵，朵朵啊，还是你想得长远啊！”万氏终于脸上放晴了，笑着说道。

三爷爷和蓝光磊则是纷纷地都摇了摇头，他们越来越发现，就连他们的思维也不如朵朵这样一个小孩子啊。

直到他们开开心心回到家，想告诉大家这个好消息的时候，却是发现，三爷爷家的院子里竟是围了许多的官兵，这把刚刚下了马车的几人吓得脸都白了，只听见那些围着的乡亲们在嘀咕着……

“这蓝老三家咋有这么多的官兵呢？出了啥事了？”

“俺们也是才来的啊，不太清楚，不过听说他的大儿子好像在镇上混得不是那么的好啊，前段不是还回家要了一次钱吗？”

“真是要了命了啊！”

“呀，蓝老三，你回来了啊，如今你都被那些官兵给围上了，俺们也凑不上前儿啊，你快回去看看吧！”

众人一见三爷爷、朵朵等人回来后，便都焦急地说道。

三爷爷的身子已经颤抖了起来，最近大儿子家是有些不对劲儿，可是若说是惹上了这么多的官兵，这是让他想象不到的啊。

“蓝老弟，我这也是刚刚听消息，你不用担心，咱们一块进去看看究竟是怎么回事儿！”村长徐老头儿也听到了这个消息，便也赶了过来，因为毕竟他还是一村之长，村里的大大小小的事情他还都必须要参与的。

“老哥哥，我这刚下集回来，这……”三爷爷已经有些语无伦次了。

而朵朵万氏，蓝光磊等人也是很是焦急了，朵朵更加担心的是她娘，谦儿，三奶奶，小天天他们啊，他们几个老的老，懦弱的懦弱，谦儿和小天天又是两个小孩子，想必现在应该很是害怕吧。

“村长爷爷，咱们赶快进去看看究竟怎么回事吧，在这里乱猜测也不是个办法啊！”朵朵紧皱眉头说道。

“各位官爷啊，我是本村的村长，这是这家的主人，这究竟是发生了什么事情啊？”村长也并没有耽误时间，走入人群，向其中的一位官兵礼貌地说道。

“哦？老人家就是这家主人吗？”那位被问道的官兵很是客气地看向三爷爷问道。

“老夫正是！不知道，我们家是犯了什么事儿吗？为何官爷们把这里围住？”三爷爷看到那官兵的态度并不是如他想象般的那样蛮横，反而是客客气气，反而是让他更加地小心翼翼了。

“哦，那老人家就请进去吧，我家王爷还在等着老人家呢！”那官兵让出了一条通道，让三爷爷朵朵等人进去。

“王……王爷……？”三爷爷与村长对视了一下，不由自主地叫了一声。

“三爷爷，咱们还是先进去后再说吧！”朵朵说完便首先进入了院子。

“姐，你可回来了！小天天的爷爷和叔叔来接他了，但他却不走，这不，小天天躲在屋子里面怎么叫也不出来啊！”蓝谦一见自家姐姐回来了，便扑了过来，低声说道。

“朵朵，你回来了，爷爷，三爷爷你们也回来了，天天是敬王爷的孙子，你们快来拜见王爷和世子！”一大家的人都随着两个锦衣男子站在院子里，此时朵朵他们这边的动静院子里的人也都听到了，徐思源赶忙向大家介绍道。

“草民参见王爷！参见世子！”

“草……草民参见王爷！参……参见世子！”

早在朵朵见到徐思源的那一刻时，便是猜出了一些眉头，看来思源哥说的朋友是大有来头的，果然，当徐思源说明来人身份时，正好印证了朵朵的这一想法。

所以此时三爷爷、蓝光磊等人虽然是一听闻这两个人的身份时，就扑通一声跪倒在地，但他们紧张得却是发不出声音来，还是朵朵先冷静地参拜后，他们才找到自己的声音。

“快请起！本王还要感谢你们能收留并且这样善待天天呢，快起来！”那敬王爷虽然声如洪钟，一听就是武将出身，但是他仍是很随和地虚扶了三爷爷一把。

三爷爷等人，这一辈子也没有见过这么大的官啊，这可是个王爷呢，而且他们这三里铺子离京都也不是很远，徐家人又有在京都做官的，所以他们对于皇室之中的事情也知道一些，这敬王爷不就是当今皇上唯一的亲弟弟吗？据说这个敬王爷在当时新帝登基时可是起了不小的作用呐！一想到这些，三爷爷的腿更加地软了，万氏与蓝光磊见状上前扶住了三爷爷，几个人却是没敢应声。

“区区小事不足王爷挂齿的，更何况小天天又那么的聪明乖巧，怕是换了别人，也不会伤害他的！”朵朵一看三爷爷他们那一副受惊了的样子，便马上上前一步，脆生生地说道。

对于三爷爷一家人的表现，敬王爷心中并没有任何的看不起与责怪，因为就算是在朝堂上，一些个文官见到他也是一样唯唯诺诺，别说是这些个平民百姓了。

不过倒是这个漂亮的小姑娘却是那样的从容，一点也没有怕他的迹象，回答得也十分的淡定，好似早就经历过此事一样。

“哦？我们家天天的安危只是区区小事儿吗？那……你拉我干什么？”此时的声音是刚刚徐思源介绍的那位世子传来的，朵朵闻声抬头一看，她的心跳猛然快了两拍，那是一张苍白的脸，可以看得出这几日他也一定很是焦急地找寻天天吧，不过脸色虽然不好，但却丝毫不影响他的美感，朵朵脑中只浮现了两个字，此人堪称“妖孽”，狭长的桃花眼，脸色虽然显得苍白，却仍能看出他的皮肤很好，好得连一个毛孔都看不见，嫣红的薄唇微抿，他看起来不过弱冠的年纪，身穿箭袖的月白长袍虽然如今已经不算整洁了，但是穿在他身上仍旧不减风度，只是这样的“妖孽”的一个人，偏偏朵朵却是觉得他的周身散发着清冷让人不容接近的感觉。

只是朵朵却没有想到，这样赏心悦目的一个人，竟是这样的讨厌，他刚刚的这一番话，明明是鸡蛋里挑骨头嘛，想着她又感激地向徐思源投以一眼，因为徐思源正拉着那个“妖孽”为自己解围。

“小天天的事情是不是区区小事儿，这件事情还真不该由民女来定论的，只不过民女口中的区区小事儿怕是与世子爷所想的不一样吧，想必世子爷是知道我们是怎么遇到小天天的吧，他是被拐子拐跑的呐，既然，‘你们家’小天天这样的重要，民女是想请教您，这小天天为什么会被拐走呢？想当初民女救下小天天的时候，哎哟哟，他被人打得那叫一个惨啊，民女的‘区区小事’说的是顺便救他一事，所以世子爷您，还请不要误会啊！”

众人无不被朵朵这一口一个“您”，一口一个“世子爷”地给绕晕了，只见她那嫣红的小嘴一张一合地说着，脸上的表情也是十分的严肃，说得也极为客气，无一丝不敬的意思，可是大家却是怎么听，都觉得朵朵这是在挖苦刚刚那位“鸡蛋里挑骨头”的世子爷呢。

“你很是牙尖嘴利嘛！好啊，那劝说天天回王府一事就交给你了，相信你也一定会有办法吧，毕竟他可是你‘顺便救的’不是吗？”那位世子听了朵朵的话后，先是嘴角抽搐了一下，紧接着又不怒反笑地说道。

“小丫头，想不到你年纪这么小胆子却是不小啊，你救天天的事情，本王听说了，却是没有想到你竟是这么小的年纪啊，不如……”敬王爷也是满脸含笑地看着朵朵说道。

“哼，就知道你们会耍阴招！”这时，突然间西屋的门开了，小天天阴着一张小脸走了出来，对敬王爷和那位世子说首。

随后，他又转过头去对着朵朵说道：“蠢女人，你不要被他夸得美得上了天去，自己明明是那么蠢，却还逞强，算了，看在我也救你一次的份儿上，你就再给我做一次拔丝地瓜吧，以后……以后怕是……”明明刚刚还一副神气活现的样子，此时小天天的眼圈竟是红了起来，声音也有点哽咽了。

“别扭的臭小孩，和你说过多少遍了，当时我是没有办法了，要是再晚一步，你们的马车可就跑远了，别管我蠢还是聪明，总之你，是我救下来的吧，真是的！”果然朵朵一听到小天天又叫她蠢女人，而且还当着那个刚刚看不起她的“妖孽”的面，朵朵便炸起毛儿来，噼里啪啦地又说了一通，她早早便跟小天天解释了一百八十次的原因。

“还有，那拔丝地瓜，你也不必想着以后吃不着，等明年我种了地瓜以后，肯定会给你送去一些的，到时候我把做法也同样给你捎去，这样，还怕你以后吃不着地瓜吗？瞧你那点儿出息，跟我们分开你不哭，这要吃不到好吃的了，你却是眼睛红得跟兔子一样，真是个小白眼狼！”朵朵又如以往欺负小天天那般，用她那如今已经养得嫩白的小手去蹂躏小天天的包子脸去了。

“朵儿……你……”刘氏等人在一旁看得心惊胆战的，早在知道小天天是敬王爷的孙子的时候，他们都吓得倒抽了一口气，很怕是这些日子来，他们有哪里怠慢了小天天。

可是眼见着朵朵在知道小天天是敬王爷的孙子后，竟还是这般对待人家，刘氏哪里能不害怕啊。

“婶子，没事的，蠢女人要是会装模作样，我也就不会说她蠢了！”聪明的小天天当然发现了当大家得知自己的身份后发生的巨大改变，同时他也很开心，这个蠢女人竟是对他没有一丝一毫的改变，所以此时他的心暖暖的。

“算你有良心，你等会儿啊，今天在集上遇到些事情，所以没来得及买你爱吃的猪下水，这样吧，一会儿我给你烙几张糖饼带在路上吃，而那拔丝地瓜趁热吃吧，凉了不好吃！”朵朵烙的糖饼里面除了放糖外，还放了点芝麻和花生末，吃起来十分的香甜，所以小天天和蓝谦都十分爱吃。

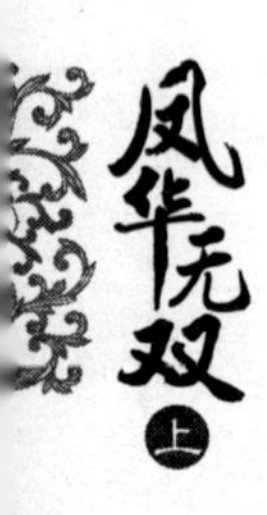

第八章
恶有恶报

而那猪下水，小天天也是深深地爱上了，起初刚刚买回来的时候，他不知道皱了多久的眉，捏了多久的鼻子呢，直到最后，吃得最多的也是他，他在蓝家住的这段时间，那原本消瘦的小脸，此时都被撑得挣挣的、肉肉的了，所以这也是朵朵为何那样喜欢捏的原因了。

拔丝地瓜、烙糖饼这些个名词敬王爷与那个“妖孽”世子是没听过的，没有往深了想，但是一听到猪下水他们却是知道的，只见他们都瞪大眼睛，不敢置信地看着朵朵和小天天，又看了看小天天那圆润的小脸，更是相视一眼，最后又互瞪了眼，别过头去。

而心里却是不禁暗道：“这个臭小子一向难伺候啊，这怎么猪下水都吃上了？看来，被拐的那几天里还真是遭了不少的罪呢！”两人心里都深深充满了后悔与怜惜。

“敬王爷，世子爷，你们还是屋里请吧，我这就去做，一会儿你们也尝尝！”朵朵有礼貌地说着，毕竟这拔丝地瓜也是以后推广地瓜的一道菜啊。

“村长爷爷，思源哥，你们也进去吧！”招呼完，朵朵就带着刘氏、万氏、三奶奶一块儿去厨房张罗饭菜去了。

那“妖孽”世子嘴角上挑，显现着他如今的心情特别的好，刚刚要去抱小天天，小天天却躲开了，小脸上还满是幽怨。

“天天这可是在怪叔叔呢？你可知道叔叔找了你多久啊？”对于他这个侄子，他有着深深的怜惜与疼爱，同时又充满着无力感，他毕竟不是他的亲生父母啊，一想到哥哥与嫂嫂的死，他的脸色又清冷了起来。

“你和祖父都是一样的，有了女人就不需要天天了，祖父竟然是听从那老妖婆的话，把我关在房间里，而你呢，竟还要娶那老妖婆的侄女儿，你忘了吗？那老妖婆以前是怎么欺负娘亲的？你难道忘了你当初是怎么答应我娘亲的了吗？”小天天再聪明也终究是个小孩子，此时见到了他最喜欢最崇拜的叔叔后，终于还是忍不住了，把他一肚子的疑问与委屈全都说了出来。

“你知道吗，我自个儿偷偷出来后，还偷偷回过王府，可是我看见的是，王府中向外抬出的一箱箱的聘礼，那时我就清楚了，就是我不见了，你也是要与那个女人成婚的，那么与其我在府里碍你们的事儿，还不如我就此离去呢，而且当日我就是在王府的门口，被拐子给带走的，你们又何曾注意了我呢！”说到最后，小天天已经哭得泣不成声了。

蓝家的男人，与老村长都很不自在地眼睛向别处瞟去，试图假装听不到这段尴尬，只是站在小天天身边的蓝谦却也是与小天天一般泪流满面了，一直抽泣着，好似被抛弃的是他一样。

“若不是怕给朵朵家惹麻烦，我是不会同你们回去的，我在这里过得很开心，自从爹娘去世后，我已经好久没有这样开心过了，若是你们真的都找到了各自的生活，不如，你们就把我留在朵朵家吧，我会干活养活我自己的，而朵朵也是个很能干聪明的人，不会让我受苦的！”

小天天奶声奶气地说的都是成年人的话，更是让大家都满是心酸，从而忽略了小天天如今一口一个朵朵地叫着，而那话中的对朵朵的那种依赖与信任之情，更是让敬王爷与那世子都很是自责。

“天天，叔叔怎么会不要你呢，只是娶那个女人叔叔是不得已啊，又有你皇伯伯的旨意，叔叔不能……可是叔叔依然会疼你的啊！相信叔叔，叔叔是绝对不会撇下你不管的！”敬王世子一把把小天天拥到了怀里认真地说道。

他万万没有想到一向依赖他崇拜他的小侄儿，现在竟是也有了其他依赖的人，而那个人还只是一个机灵的小丫头。

他无时不记得当年嫂嫂的托孤，想着，他便更加紧紧地抱住了小天天。

虽说敬王爷如今满心的都是自责，但他此时却仍然沉着一张脸，端坐在那里，只是若要仔细观察，便会发现他的眼中也是充满着雾气的。

“叔叔……”小天天此时终于呜呜地哭了起来，到底在心里还是在意他这个叔叔的。

“行了，睿，你也别惹天天哭了，一会儿让朵朵看到他，一定会笑话他的！”一旁的徐思源眼见着小天天的眼泪有些势不可挡了，所以便开口提醒道。

“谁……谁哭了……要知道，那个蠢女人被人打成那样，她可是一滴眼泪都没有掉啊，我才……我才没哭呢，对，我没哭！”果然小天天一听到朵朵二字，那眼泪就如水龙头关了阀一般，瞬间全无，只留下那红红的如兔子般的眼睛，是哭过的证据。

“什么？她还挨了打了？她怎么会挨了打了呢？”徐思源抢先一步问道，虽然敬王世子的脸色也阴沉了起来，也想听个究竟，却仍然被徐思源抢了先。

“要不然我怎么说她是蠢女人了呢，她发现不对劲儿后，竟是没有选择报官，也没有惊动她的家人，她一个人扑向了那个马车，光是这个动作就够惊险的了，她竟然还和车夫厮打到一块去了，最后她打不过人家，就咬着人家的胳膊，让那贼人停车，结果那贼人，非但不停，还一下一下……一下一下地狠狠地……打朵朵，可是朵朵还是没放开他，还咬掉了那人一块肉，最后，光磊叔叔赶了过来，清水镇的知县也带人赶了来，她才逃过了这一劫啊，朵朵虽然是个蠢丫头，但她真的很护着自己的家人！”小天天还回忆当天的惊心，他永远也忘不了，她满是红肿的脸进入马车的那一幕。

“真是混账，那贼人呢？”只见那徐思源与敬王世子也都紧握拳头，认真地听着小天天讲，而那敬王爷竟是“啪”的一声拍在了桌案上大吼道。

“那贼人被清水县的县令给带走了，想必他们也不会有什么好结果的，因为当日被绑的还有那县令之子！”小天天虽然看着自家爷爷还是别别扭扭的，但仍然回答道。

“想不到那丫头还有这样的韧力啊！”敬王爷闻言，却是没有继续纠结，反而很是赞赏朵朵道。

敬王爷的话并没有人去接下去，因为蓝家的人根本不知道与敬王爷如何交谈，而徐思源与那敬王世子此时却是深深地陷入了沉思当中。

所以一时之间敬王爷尴尬了，没有想到竟是没有人理他……

“敬王爷，世子爷，饭菜已经准备好了！”这时候朵朵走了进来脆生生地说道。

由于乡下人无论是自家吃饭，还是待客，都是在炕桌上吃的，而此时三爷爷家的主屋内，除了敬王爷与敬王世子是坐在炕上，其他人都是坐在地上的小木凳上的，而那唯一吃饭的炕桌此时却是在敬王爷的手下，所以朵朵才会进屋先通传一下，并没有直接把饭和菜端了进来。

“哦，那好，就摆桌上菜吧！”对于朵朵的心思，敬王爷父子谁都没有理解，反而停顿了一小会儿，敬王爷率先开口道。

敬王爷这一说完，便是发现了朵朵并没有按他的意思去行动，还是依然站在那里望着他，这竟是让敬王爷尴尬一愣。

敬王爷暗道，这丫头不还是挺机灵的吗？怎么他说的意思还不够明显吗？

“哼，你以为这是在你的敬王府啊，人家乡村人家，大多都是在这炕桌上吃饭的，就算来了客人也一样，你能上人家的炕上吃饭，这说明人家对你的看重和尊敬！”敬王世子冷嘲道，短短的几句话里，大家却都听了明白，这敬王世子和敬王爷关系并不是那么融洽！

“咳咳……还请敬王爷不要嫌弃，我们庄稼人，这一辈子也没想到会迎来王爷的，所以并没有……并没有准备！”此时是作为一家之主的三爷爷开口说道。

“无妨，是本王考虑不周了！”敬王爷客气地说道，同时还不忘红着脸瞪了自家儿子一眼。

而另一边朵朵开始张罗着上菜了。

一盘拔丝地瓜，一个黄豆芽炒肉，这黄豆芽可是朵朵近几日才鼓捣出来的，前世她只吃过，却并没有生过这黄豆芽，而今天再去看的时候，却是没想到她成功了，这正好也凑了一盘菜。

除了这两个菜，朵朵还特意用豆角，土豆，南瓜，小排骨做了一个一锅出，上面还贴了出来的饼子，因为朵朵发现，在三里铺子是还没有玉米面的，别说玉米面了，就是连玉米也是没有的。

如今的天气已经很冷了，吃上这热乎乎的一锅出，那是多么幸福的事儿啊，这最关键的便是小天天除了喜欢吃她的拔丝地瓜，还有猪下水外，这个一锅出也是他的最爱。

由于炖鸡很费时间，所以朵朵又烧了一个糖醋鱼，最后又来一个用大骨头和小白菜熬的汤，就这样四菜一汤，就摆在了桌子上，由于一会儿他们要赶路，所以朵朵并未准备酒，而敬王爷与敬王世子也都被这几道菜吸引住了，除了那鱼和汤外，那三道菜可是他们都没见过的。

“呀，朵朵，这就是你说的黄豆芽吧，怎么终于让你鼓捣得能吃了吗？我得先尝一尝！”如今的桌子上，只坐着敬王爷他们祖孙三人，而其他人都只是陪站着，并没有上前去。

朵朵看着小天天首先去夹了那黄豆芽放到了嘴里，便问道：“怎么样？好不好吃？”

“想不到那硬硬的小豆豆生出豆芽来竟是这么好吃啊，我好喜欢吃啊！”小天天尝过之后赞不绝口，只不过，这小小的豆芽用筷子夹很是不方便，而朵朵却是会意，用汤勺舀了放到了小天天的碗里，小天天便吃得很欢快。

“王爷，世子爷，你们也尝一尝咱们这庄稼院里的东西！”朵朵很是懂分寸，她并没有亲自为敬王爷和敬王世子去布菜，她前世在电视里看过，皇家的人规矩很多，所以她也不去找那不痛快。

而那敬王爷和敬王世子却是不敢相信地坐在那里，看着吃得很是欢快的小天天，若是刚刚开始他们还认为是小天天被拐子给虐待得才会连猪下水都吃的话，此时他们却是觉得，看来是他们错了，此时小天天竟也像是饿了几天没吃饭似的，吃得那叫一个欢快啊。

看到小天天吃的那个样子，敬王爷与敬王世子也不约而同地去尝了尝那叫做黄豆芽的东西。

“嗯嗯，这个确实不错，不过，这是什么菜啊？本王怎么都没有见过呢？”敬王爷尝了尝问道。

“回王爷，这是黄豆生出来的，叫做黄豆芽，与那地瓜都是山上野生野长的呢，不过我们家从明年开春后也要种这个哩！”朵朵简单地说道，她并没有说明这两种作物的用途，也没有说她是怎么认识这两种作物，在她看来，枪打出头鸟，等以后全三里铺子的人都能种上这两种作物后，这两种作物也不会再成稀罕物件了。

“叔叔，你尝尝这拔丝地瓜，我最爱吃它了！”朵朵那边回敬王爷的问题，而这边吃得欢快的小天天却是从盘子里夹了块拔丝地瓜，然后蘸了蘸一旁瓷碗里的清水，之后放到敬王世子的碗里。

敬王世子含笑夹起了那拔丝地瓜，放到了嘴里，他一向是不喜甜食的，可是这个味道却是让他不厌烦，反而自己又夹了一块品尝着。

随着他们的起筷，一旁站着的，人也便是松了口气，也不知道这些粗茶淡饭的人家会不会嫌弃啊，要知道人家可是皇亲国戚啊，所以直到看到他们吃得挺欢快时，大家才心里托底。

到最后，眼见着那盘子里的菜所剩无几时，大家就更放心了，除了那条糖醋鱼外，另外三道菜都很受欢迎，那敬王爷最为爱吃的便是那一锅出上面贴的饼子，几乎都让他一人吃了，敬王世子吃得最为优雅，但是也是添了两碗饭，那骨头汤每人也喝上了一碗。

“朵朵，我走了，你别忘记你答应我的事啊！我……”酒足饭饱后，上演的竟是这样一幕送别的桥段。

“要不，你同我一块回京都吧，就跟在我身边，谦儿哥哥与婶婶也一块去，这样你的家人都在你身边，你也不会想家的！”说到底，小天天还是舍不得离开朵朵。

听到小天天的要求，敬王爷与敬王世子并没有去阻止，反而也饶有兴趣地看着朵朵，看着她怎么回答，而他们的心里觉得，或许这个小丫头同他们回去也是好的，至少，这些个稀奇古怪的东西他们可是这么多年也没吃过的啊，而且，这小丫头落落大方的，一点也没有小家子气，敬王爷很是喜爱。

“小天天，我答应你的事情，是不会忘记的，可是我不能同你一块去京都，至少现在不能去，我有我的梦想，我还有许多的事情要去做，若是我同你去了京都，那么我的梦想又由谁来完成呢？而且，我现在不去，不等于将来不去，等我们家谦儿以后考上了状元，做了大官时，那时候我会去的！”朵朵那清澈的目光里，满满的全是对未来的向往。

“梦想……朵朵，我可以帮你完成梦想的啊！”小天天是真的不想与朵朵分开，朵朵的勇敢，机智，还有聪明，都是小天天所崇拜的，当然，他当面是不会对朵朵说的。

“小天天，或许你从一出生开始，便是想要什么便是有什么的，所以你并没有尝试过那种，用自己的努力与奋斗来实现自己的梦想的感觉，那种感觉很充实也很美好，所以我不会靠任何人来帮我实现！”朵朵像大人般地拍了拍小天天的小肩膀说道。

“我……哼！蠢女人，随便你！”说完小天天便率先离去，而站在他后面的朵朵却是发现他的小肩膀在一抖一抖的，朵朵知道他哭了。

“小天天，你放心，明年我答应你的事情，我一定会遵守承诺的，你也一定要开心幸福哦！”或许别人是认为这个孩子是幸福的，因为他生在了富贵家庭，可是只有朵朵了解，小天天心中的苦，父母的离世，高门大院的争斗，或许早早就波及到他的身上了，要不然这次也不会有离家出走的事件了。

“这是你说的！你要是骗我，我……我饶不了你！”果然听到朵朵的话，小天天停止了前进的脚步，鼻音很重地说道。

“一定！”朵朵认真地说道。

她并不想依附谁，并不是她有多么的清高，是因为她知道天下没有白吃的午餐，谁帮助了你都会有索取的，就算小天天的心里真的是单纯地不想与她离开，可是他的家人呢？她可不想把自己的娘亲和弟弟带进那让人纷扰的高门大院去，何况，她如今活得很快乐，有爱她的娘，护着她的弟弟，还有三爷爷，三奶奶一家都把他们当成了亲人，这种亲情可是她在现代所不曾拥有的呢。

“丫头，谢谢你的招待，若是到了京都有事，可以到敬王府来找本王！”敬王爷虽然心里也有一点点小小的失望，可是他却对朵朵所说的这番话很是赞赏，要知道在京都，就是有许多贵家小姐也是巴不得攀上他们王府的，可是这个小丫头却是能在利益面前，这样禁得住诱惑，实属不易啊。

“多谢王爷！”朵朵福身说道，而她这一福身，更是让敬王爷满意，没想到乡下这种地方的小姑娘行礼竟然还行得这么规范。

“那咱们就京都见喽，很期待啊！”最后便是敬王世子意有所指地说道。

朵朵这句话可没接上，啥叫“很期待”！这个“期待”是什么意思？这个人还真是……总之是不惹人喜爱，真是白瞎了他那张“妖孽”般的脸了。

“唉！”

朵朵竟是不由自主地叹了口气。

最后在小天天的依依不舍，朵朵和蓝谦等人的送别下，终于是送走了他们这一辈子都没有想过能见到的人啊。

“朵儿啊，这是那敬王世子身边的小厮给我的，我也没来得及看，那人就走了，你看看这是啥？”刘氏把一个精致的荷包交给了朵朵。

朵朵一看这荷包，便看出了这个荷包是属于男人的，可是这敬王世子又是啥意思呢？

朵朵接过荷包，打了开来，发现里面竟是有一块令牌，上面写着偌大个“敬”字，看来这是敬王府的令牌呢，看来这敬王世子是为敬王的承诺而给她准备的吧，想不到那个讨人厌的人，也算是有良心的。

“娘，这个我得好好收着，这可是敬王爷的一个承诺啊！”朵朵说道。

“啥？那可要好好收着啊，想不到这敬王爷还真是个好人啊！”刘氏对敬王爷一家人的印象都很是不错。

“朵朵，我先和爷爷回去了，你们一家也休息一下吧！”这时徐思源的眼里竟是透着丝丝的落寞对着朵朵说道。

“嗯，思源哥，今日可是把村长爷爷给吓坏了，回去了，也让他好好歇歇吧！”今日这个阵势，一般人都不会上前的，别看他们看热闹人挺多的，但真正能帮忙的却是没有的，而老村长却是实心实意地过来帮忙，朵朵一家人都十分感谢。

“好！”徐思源道了声好后，便扶着村长要离开，离去之前，徐思源的目光看了眼朵朵手中攥着的那枚荷包。

只有他知道，那个荷包是谁的……

“哎哟俺的娘哟，你们家这是发达了，竟是救了王爷的孙子，那王爷是谁啊？俺们这是一辈子也别妄想瞧见的啊，今天竟是来了你们家了，你们家还真是好福气啊！”

“是啊是啊，蓝三弟，怎么样，这下子你们可是发了吧？是不是给了你们老鼻子银子了?

"这下你们家可是熬出头儿了啊，人家一定亏待不了你们家啊！"

只见刚刚都还紧张兮兮的围观人群，此时却是"呼啦"一下围了上来，语气也酸不溜地问道。

"咱家可不是那么贪钱的人，救那孩子也是顺手，而且，这件事情就是放在任何一个人的身上，也不会置那孩子于不顾的，所以我们可没有要人家一文钱！若是要了钱，那我们成了什么人了？行了，行了，大家也别都围着了，我们这也忙活了一大下午了，就不招待你们了，大家都回吧！"三爷爷背个手，阴着脸就往屋子里走去。

"哼，有什么了不起的？这是攀了高枝儿了就想同我们这些穷乡亲翻脸啦！"

"我呸！神气儿什么啊？咱们走着瞧！"

三爷爷并没有理会那些人的漫骂与议论，人情冷暖，今日他算是都见到了，在他最无助的时候，能帮助他的又能有谁呢?

"哎呀，我的老天啊，今天真的把我吓死了！我怎么也没想到那孩子的身份竟然……"送走了小天天等人，三奶奶回到屋子里便感叹道。

"你不知道，你们没回来的时候，把我给吓得呢！"

"咋的了老头子？"三奶奶自顾地在那里说着，终于也发现了三爷爷的不对劲儿。

"没……没啥！"三爷爷闷闷地说道。

不错，他还为今日围观看热闹的人生气，明明他们什么都不知道，却是把他家传得那么难听，想他蓝老三，说不上是什么有名的人物，但是谁家有个啥事啥的，他哪次不是头一个到场啊，他一直秉承着都是乡里乡亲的，相互帮忙不是应该的吗，结果，今天轮到他家有事儿了……

"三爷爷，过去的事情您就不要放在心上了，吃一堑长一智，毕竟人是吃百家粮长大的，肯定不会都是一样的，那样的人，咱们以后多多记住就行了，为了他们而生气，不值得的！"朵朵很是乖巧地递给三爷爷一杯茶，又很狗腿地上前给三爷爷捶背道。

"到底出啥事儿了？"三奶奶担心地问道。

万氏便是附在她耳边说道。

"哼，都是些个白眼狼，老头子，朵朵说得对，咱们干吗为那些不长良心的人生气啊，不值得，咱们早早地认清他们，也是一件好事呐！"三奶奶也劝说道。

“朵朵啊，还是你最贴心啊，我要是有一个像你这么机灵乖巧的孙女儿就好了，你奶她啊……”三爷爷拍了拍朵朵的手，感叹道。

“三爷爷，我也是您的孙女儿啊，怎么，难道在你心里，我不是您的孙女儿吗？”朵朵装作生气地说道。

“哈哈哈，你个小淘气，你就是我孙女儿，你就是我孙女儿啊！”

就这样，一时紧张的气氛被朵朵就这样给轻易化解了。

“瞧你高兴的，对了，今天你们上镇上卖得如何啊？”三奶奶见自家老头子的脸上又重现了笑容也放了心问道。

“娘！今天我们卖了两对枕头，三副小孩的手套，六副成人的，足足卖了二两半多的银子啊！”万氏开心地说道，就是除去他们送人的，他们还是干挣啊，那布头才多少钱，棉花也没用多少，那野菊是他们自个儿摘的，况且，朵朵还说了以后的打算，她哪能不高兴啊。

“啥？真的卖那么多啊？我就说咱们朵朵是最厉害的！”三奶奶拍了一下手说道。

“弟妹，[illegible]了啊？真的能卖那么多钱啊？”刘氏也很是欢喜。

“那[illegible]这次咱们还要多做一些呐……”万氏便把朵朵在车上所说的计划[illegible]

“那镇[illegible]啊，老头子，你没伤到哪吧？”三奶奶首先伸过头去看三爷爷有没[illegible]

“没事儿，[illegible]好朵朵替我挡住了，若不是有那方小少爷，怕是那一拳就要挨到朵朵的身上了，这孩子啊……”讲着讲着，三爷爷的眼圈竟也红了。

“三爷爷，您都多大岁数了，哪还能挨得住人家那一拳，反倒是我，他一看我是个小孩，下手也不会那么狠的，更何况，我才不会让他打到我呢！”朵朵吐了吐舌头说道。

“哼，下次你要再敢自作主张，你以后就别再去镇上了，咱们宁可不挣那钱！”三爷爷认真地说道。

“知道啦，让你们看看，我今天买的这布头，这一大包，我才花了二十文啊，你们快来看看，这次的布头的料子可比上一次还好上许多啊！”朵朵打开了刚刚让蓝光磊拿上来的大包裹，里面的布头便全显现在大家的面前。

“哎哟，这么多真的才二十文吗？还真多啊！”三奶奶首先不敢相信地问道。

“二十文咋了，要不是我们朵朵聪明，懂得运用，就他那布头，就是二文钱也是卖不出去的！”万氏满眼也是冒着光地说道。

“朵儿啊，那咱们就今天就开始做吧！这种巧钱儿，太容易赚了，咱们使使劲儿，那便能赚上一大笔啊！”刘氏也浑身是劲儿地说道。

“娘，不急，我们到现在还没吃饭呢，这都快晚上了，咱们先吃饭，然后好好休息一晚，从明天开始咱们再做，我又有一些新的想法呐，到时候保准儿会更加地赚钱。”

“好！好，瞧娘，光顾高兴了，都忘了这茬儿了，娘这就去做饭！”刘氏笑着说道。

“嫂子，咱俩一块去！”万氏也笑眯眯跟着刘氏一同去了。

蓝光磊去打水，而朵朵和谦儿也去帮抱柴火了。

“真的是翠儿找人干的？”三奶奶瞪大眼睛不敢相信地问道。很显然三爷爷是提起了今天在集上发生的事情了。

“不是她还有谁……”三爷爷的话还没等说完，只听外面又是一阵哀号，从而打断了他们的谈话。

“王八犊子，一群白眼狼，你们的心咋就这么狠啊，连自家人都不放过，刘芳，你给我出来，你个小娼妇，黑心肝的，给我滚出来！”

这骂人的不是蓝老太太的声音又是谁的？如今的三爷爷一家人都在忙活着晚饭，所以院子里面根本没人，蓝老太太这样大声地怒骂着，把那些忙活的人都给引了出来。

直到三爷爷三奶奶出来的时候，朵朵，刘氏众人都已经出来了。

“李香草你个老货你又想作啥？你当这是你家院子呢！想撒泼就撒泼啊！”三奶奶满脸怒容地叉着腰说道。

“我呸，于小花，肯定是你，肯定是你给那小娼妇壮的胆吧，我们家来福怎么惹着你们了，你们竟是这么狠的心，勾搭那县令家的少爷冤枉他啊，蓝朵朵你真是跟你那娘一样不要脸！”蓝老太太唾沫星子乱飞地骂道。

众人这才发现，这蓝老太太不是一个人来的，除了一同来的余氏外，竟还跟着蓝翠儿也红肿着双眼怒视着朵朵!

“你们家来福怎么了，与我们家人有啥关系啊，真是笑话，我还没去找你，你倒来找我们了，你们还真是欺负人欺负到家了啊！”三奶奶看着蓝翠儿大叫道。

“我们家来福现在被清水镇的衙门给抓走了，我们使了银子，内部人说了，之所以把来福抓走，那是他们县太爷的公子下的令，而大家都是知道的，那个死丫崽子曾经救过他，所以这事，定是那死丫崽子使的坏，我告诉你们，你们谁让我外孙受苦，那就别怪我不客气了！”蓝老太太一边大骂，一边指了指刘氏、朵朵说道。

因为上次的大闹，刘氏那突如其来的强硬，完全是震住了蓝老太太，所以蓝老太太这些日子来消停得很，不再找朵朵一家人的麻烦了，当然，也因为她有些胆怯了，毕竟朵朵的事情她也是有错在先的。

可是对于朵朵一家人的亏欠与胆怯，却远远比不上她疼爱自己女儿的程度，在她内心的潜意识里，女儿便是她的影子，只有女儿过得好了，她才会开心起来，她才会幸福。

而就在刚刚，蓝翠儿哭得红肿着一双眼睛，一进屋就下跪求她救救自己的外孙，自从上次女儿生气离去，这也有好一阵子没有来看她了，而今日一来便给她下跪，蓝老太太又如何忍心呐，所以便赶快起身去扶自己的女儿。

“娘，你快救救来福吧，相公他现在人不在清水镇，他们竟这样地欺负我孤儿寡母啊，来福，来福他被衙门抓走了啊，女儿已经给衙门的人使了银钱，那人说，来福是那县令家的少爷给叫人抓走的，他是因为咱们欺负了朵朵，从而才报复到来福的身上了，娘，您快想办法救救来福吧！”蓝翠儿并不起身，她跪着抓住了蓝老太太的手激动地说道。

“啥？他替那死丫崽子出头？他凭啥啊？他凭啥帮她出头啊？”蓝老太太根本不会相信，在她心里样样不行，样样都比不上她大孙女儿的蓝朵朵竟是有这个魅力。

“娘，您忘了，那死丫头上次为了救蓝谦的时候，竟是顺便也救了县令的公子啊，那县令的公子一定是想报恩，这才迁怒到咱们来福的身上了，娘，您快想办法吧，来福他身子一向是弱的，哪吃过那样的苦啊！”蓝翠儿已经泪流满面了。

“啥？还反了她了呢，她竟敢这样地坏了下水，竟是这样地对她的表哥，死丫崽子，我这就去找她！”蓝老太太听闻蓝翠儿一说完，便怒火朝天地向三奶奶家奔来。

“呵呵！你不客气？那你就好好给我说说，你是怎么不客气法呢？真是笑话了，真是贼喊抓贼啊！你怎么不问问你的好女儿今日做了什么丧良心的事儿了呢？她惹出的祸还想往别人的身上扯，还真是可笑，我就不信，他县令爷的公子会无缘无故地把你的那宝贝外孙给抓了呢？你们自己作下的祸，你往谁的身上怪呢，我呸，还真是老不要脸了！”三奶奶早在听三爷爷说了今日的事儿后便很是愤怒了，如今这蓝老太太还这样地上门来找茬儿，她哪能就那样挺着？要知道她于小花可不是好欺负的人！

“啥？你啥意思？我翠儿，我翠儿咋了？我告诉你于小花，你不要扯开话题，我今日来找的是刘氏，你识相的就给我老实地待在一边去！”蓝老太太现在满心思都是她外孙的安危，就觉得是三奶奶在胡搅蛮缠。

“我呸，你个老不要脸的，我待在一边，我凭啥待在一边啊，我终于知道蓝翠儿是随了谁去了，小的时候还觉得她是不错的，想不到长大了竟是心思这样的恶毒，你知道不，今个儿老头子他们在镇上摆摊，不但让人家把摊给砸了，那些人还差点伤了老头子，若不是朵朵上前挡了去，那么……”三奶奶说着说着眼睛都红了，虽然知道自家老头子没什么大事儿，但是一想想当时的场面，她难免不后怕啊！

“什么？三哥，你有没有怎么样……我……”蓝老太太闻言赶快朝三爷爷看去，很是焦急，最后还是余氏轻哼了一声，蓝老太太才知道自己情不自禁了，老脸一红！

“那……那这又跟我翠儿有什么关系呢？不是我说你们，没事儿的又不差那几个钱儿，干吗要去摆摊，真是老财迷！”蓝老太太红着脸，结结巴巴地说道，但是眼里满是对三爷爷的担心。

“与她无关？与她无关与谁有关呐？要不要咱们去衙门去对质一下啊，看究竟是什么人买通那些人来闹的，这当时来闹的人可都是交代了呢，李香草，你要不要也去听听啊？”三奶奶阴沉着脸说道。

“是……是我又怎么样，谁让你们跟着去了，我要教训的是刘氏，又不是你们？一个妇道人家成什么体统，总是抛头露面的，哼！”蓝翠儿本来是理亏又心虚的，她也明白今日她儿子被抓一事，有可能就与今日她指使人干的事儿有关系。

因为来人回来带给她的话就是最好的证明，如今自己的儿子又被人抓走了，更加证明了她自己的猜想，所以她这才来向她娘求救。

她就不信，刘氏那娘儿几个别的不给她娘面子，这人命关天的事情还不给！

“啪！”的一声。

“啊！”伴随着蓝翠儿的一声惨叫，又把众人刚刚被蓝翠儿那一番话给激怒的心给拉了回来。

“看来你是学不好了是不？我怎么跟你说的？让你以后别再打我两个孩子的主意，你拿我的话当耳旁风了是不？好啊，我今天不撕了你，你是没有记性啊！”刘氏红了眼睛，疯了一般地就扑上来对着蓝翠儿一顿打。

“啊……啊！娘，快救救我，这个女人……这个女人她疯了啊！”蓝翠儿可是养尊处优惯了的，哪里是经常做惯了活计的刘氏的对手，不一会儿，那头发也散开了，脸上也挨了几巴掌红肿了起来，衣服也被抓破了。

“余氏，你还愣着干嘛，你没看你三妹被打啊？”蓝老太太一边拉架，一边朝那边已经呆傻了的余氏喊道。

随后又对着刘氏怒骂道：“刘氏，你个恶毒的女人，你还是不是我蓝家人啊，你还敢打翠儿，你干脆打死我这老太婆得了，你真是长能耐了！”

“大嫂，我劝你还是老实地站在那里吧，免得一会儿伤到你那就不好了！”

蓝老太太刚刚那一声怒吼，也把看得惊呆了的余氏给惊得回过了神儿！而就在余氏想要上前劝拉刘氏的时候，万氏却是在一边用身子挡在了余氏的面前笑着说道。

那万氏虽然在笑，但聪明的余氏怎么会看不透，那笑容中所带着的警告呢，所以这时的余氏也胆怯了，想到这些“粗俗”的人，有的是力气啊，她哪里是对手啊，而且看刘氏如今的样子，那完全是疯了啊，她可不敢上前儿啊。

这边万氏把余氏给按了下来，那边的蓝老太太却依然在叫嚣着。

“老太太，您不是早就不把我当儿媳妇儿了吗？您啥时候把我当过蓝家的人啊？要是你们把我们当蓝家的人，能那么恶毒地找人去给自家人捣乱吗？还差点儿伤了朵朵，你们还是人吗？你这个做长辈的可以不仁，但我不能不义，可是这蓝翠儿却不是我的长辈吧，今儿个，我就要教训她，看她还这样蛇蝎不了！”其实早在刚刚做饭的时候，一向藏不住话的万氏就把今日的事情与刘氏说了，本来刘氏的心里就憋着火的，如今这蓝翠儿竟自动送上门来，她哪里能放过她。

“啊……娘，娘，她疯了，她这是疯了啊！啊，救命啊娘！”眼看着蓝翠儿根本就招架不住，虽然有蓝老太太在前面挡着，但是她身高终究是不如刘氏的高，而且她本身也是个平日里不干活儿的，年纪又在那里摆着，她能有什么力气啊。

“哎呀老天爷啊，她这是要作啥啊？来人啊，要杀人了！她刘芳这是要杀人啊！”蓝老太太已经心急如焚了，可是她现在真是力不从心啊，她眼角向余氏的方向看去，只见余氏也让人盯死了，她这才又开始坐在了地上撒起泼来。

“你个毒妇，我有哪一点儿对不住你了，你哪次来，我那两个孩子不是跟前跟后地伺候你啊，你咋就那么狠心啊，竟是找外人来对自家人下毒手了，我今天就要打你，不过你放心，我不会打死你的，但是我一定要打清醒你，让你以后时时刻刻都记住，你也是个当娘的人！”刘氏在这边已经打红了眼，但口里仍然不忘教训蓝翠儿。

朵朵见自家娘那样地威武，差点没笑出声来，这打人打成这样的，她还真没见过啊，竟是直接告诉人家，“你放心，我不会打死你的，但是依然会打你”，朵朵的嘴角抖了抖想到了，她这个娘亲的身体里看来有无限的潜能啊。

三奶奶早在刚才见到蓝老太太上前阻挡刘氏的时候，便要冲上前儿去了，她不能眼看着刘氏这刚刚爆发出来的心性，就这么让蓝老太太给挡回去了，若不是多年来刘氏的软弱与忍让，朵朵和谦儿两人也不会受这么多的苦，如今刘氏好不容易强硬了起来，可是蓝太太毕竟是她的长辈她也是没法子动手的，所以三奶奶便撸起了袖子准备上前去迎战，却是让三爷爷给拉住了，摇了摇头。

三奶奶刚要一瞪眼，三爷爷却是给她使了个眼色，却是见到蓝老太太根本没在刘氏那里占到什么便宜，三奶奶便稳了稳身朝着坐在地上撒泼的蓝老太太骂道：“你个四六不上线儿的老货，你咋就那么糊涂呐，这事儿上从本质上就是翠儿做错了，人家朵朵一家都打算放过她了，她却是找上门来让人家收拾，这又怪了谁去呢？是不是啥时候出了人命了，你才能扛住点事儿，不闹腾了！那衙门的事情，那得是多大的事儿啊，你知道那来福是让人以什么名义带走的吗？你听信翠儿的一面之词，你又来闹腾，你是不是要把你最听话的儿媳妇、孙子、孙女儿的心都给折腾散了你才高兴呐！”

“我呸，你当我稀得他们呢，一家子丧门星，我就后悔啊，当初我就不该让这个女人进门啊，我……”蓝老太太此时坐在地上拍着大腿埋怨，直到一声尖叫又一次传来……

“啊……娘，你快别说了，你想害死我吗？你帮不上忙，能不能不添乱了啊！二嫂，我错了，我真的错了，是我的不对啊，不过来福是无辜的，我求求你了，你放过我吧，去救救来福，我以后再也不敢了，朵朵，谦儿，快劝劝你娘啊，快劝劝……”蓝翠儿终于发现了，她一切受苦的源头是来自自家那个娘亲的那张嘴。

因为随着蓝老太太的那一声声的漫骂与诋毁的声音，刘氏的巴掌却是越来越频繁，力道也是越来越重地挥到了她的身上，她现在只觉得头顶的头发好似都被刘氏给扯掉了一大把去，浑身也哪哪都疼的，她实在是受不了了，所以除了求饶她别无他求，此时的她十分地清醒，若是指着她娘来救她，那到时还不知道，她还有没有命在了，虽然刘氏说了不会要了她的命，但这疼痛的折磨她也受不了呀。

“我……”蓝老太太不敢置信地看了看正在求饶的女儿，她心里很不是滋味，但她却只是默默地低下了头，并未继续撒泼，却是没有站起来，实际上是她很想起来，但她现在手脚根本无力，心也在隐隐地作痛，而蓝翠儿的那番话便是她心痛的来源。

“你知道错了？你哪错了？”刘氏也不继续恋战了，听到人家求饶，她便也停住了手中的动作，喘着气问道，要知道打人也需要体力的。

“二嫂，我错了，我不该找朵朵的麻烦，我不该找人砸她摊子，二嫂，我求求你了，你饶了我，饶了来福吧，来福被抓走几个时辰了，若再不想办法把他救出来，那……那他得受多少苦啊？”此时的蓝翠儿，衣服被扯破了，头发也被扯散了，就连那脸上也是红肿着一片的。

“我看你现在还是改不了你糊涂的习惯，都这时候了，你还在那里异想天开？你根本也不知道你错在哪！”刘氏沉着脸说道。

“来福究竟是何事才被人抓走的？还有，我朵朵是救了那孩子一命，可是我就不信，人家是无事生非就能抓人，翠儿和妹夫在镇上也是有头有脸面的人，你觉得，一个小孩子就能成事儿吗？出了事情，你不去查明原因，却是回到家里来和自家人闹，真不知道该说你什么好啊！”刘氏很是痛心地说道。

别看她只是一个村妇，可是脑子她还是有的，她就不信，那县令的少爷，是为了朵朵这事儿才抓人的！而实际上，这次刘氏还真的想错了，人家还真是为了替朵朵报仇才策划的这一切，只不过人家做得可极为干净，完全一副公事儿公办的样子。

“我……我知道是为了什么……可是，可是朵朵不是救了他吗？我想朵朵说句话，一定会救回来福的，二嫂我求求你啊！”蓝翠儿泪流满面地说道。

“朵朵，以前都是老姑的不对，老姑给你赔罪了，你救救你表哥吧，他从小就没受过那个苦啊，老姑……老姑给你跪下了还不成吗？”作势，蓝翠儿就要下跪。

“啪”的一声，又是一个嘴巴，刘氏抽向蓝翠儿。

“我看你那坏心眼儿都快像筛子似的那么多了，你明知道是咋回事儿，你却挑拨娘来这里指责我们，骂我们，现在又想来折煞我朵朵是不？你给她跪，你以什么名目给她跪呐，我看你这是想毁了我朵朵啊！”刘氏作势又要开打。

其实不光是刘氏看出了门道来，就连院子里的其他人也是看得清清楚楚明明白白的，蓝翠儿这次回娘家本来就是想来求朵朵帮忙的，可是她又下不来这个脸，而今儿个在集上正好又发生了那件事情，她就更不敢来了，但是那县令家的少爷今日对朵朵的维护，想必那捣乱之人回去都和她说了，如今她的相公又不在家里，什么事情凭她，她又啥也不懂，所以她觉得想要救她的儿子，也只能回来求朵朵了。

可是上次刘氏打了她，她可是恨足了刘氏，若是她上门来求情，没准大家又怎么看她的笑话呢，所以这才去求了蓝老太太，请她来帮忙，她是想着，这虽然已经分了家，但是长辈的要求，他们哪敢不同意，况且，按照以往的例子，只要蓝老太太一出面，撒个泼，哪有事情不成的啊，她却是万万没有想到，刘氏能打她第一次便是能再打她第二次，刘氏变了，是真的变了。

而现在蓝翠儿眼见着自己娘出马也不行了，这才想靠着舆论力量来压朵朵，经过他们的吵闹，此时围观的人已经很多了，而蓝翠儿已经被打成了这样，本身就是弱者，而她如今又苦苦哀求，所以大部分的人一定是要同情她的，若是她这再给蓝朵朵一跪，那么，这风向势必会要倒向她这边的，所以她就要借助于这股东风来救她的儿子。

可是她却完全忘记了一点，刘氏变了，是完全的变了，怎会看不穿她这小小的心思呢，她不是歹毒吗？她不是想借势吗？那她也得先过了她的巴掌这一关！

“我……二嫂，二嫂，我错了，我真的错了！”蓝翠儿被刘氏吓的，如今除了说自己错了，其他的根本是说不来了。

“行了，你要是继续说自己错了，那么我也就知道了，我也接受了，你回去吧！”刘氏摆了摆手说道。

而朵朵看到这一幕，心中则是乐开了花儿，神呐，她的娘亲何时这么有“范儿”啦，瞧那纤纤玉指摆的，那叫个神气啊！

“不！二嫂，你得救救福儿啊，如今能救了福儿的也只有朵朵了！”蓝翠儿一听刘氏要赶她走，便上前一步拉着刘氏的手恳求道。

“那你说，那来福到底是因为啥事儿被抓的，若是你还扯上我朵儿的话儿，那我劝你还是别说了，要不然我也控制不住我这双手！”刘氏轻松地就把自己的手从蓝翠儿的那双手中拉了出来。

“我……我说……我说，听来福的同窗说，来福他……他……他在街上调戏了一个女孩子，正……正巧被那县令的少爷看到了，就把他抓起来了，可是二嫂，我不信，我真的不信啊，来福是什么人，二嫂，你也是最为清楚的啊，真的不会，真的不会的啊！”蓝翠儿结巴又慌乱地摇头道。

“啥？调戏人家小姑娘？我早就看那来福一身公子哥儿的习气了，你看看吧，这下出事儿了吧！”

“哎哟哟，你们快看这李氏这心偏的呢，刚刚是怎么骂朵朵一家人的？也亏她骂得出来啊！”

“人善被人欺啊……”

今日三爷爷家可是露足了脸了，先是有王爷亲临，这会儿又有蓝老太太与蓝翠儿的找茬儿，这两件事情可是让三里铺子本就枯燥无味儿的生活，变得有滋有味儿了起来，那村里的人肯定是不敢得罪朵朵一家了，更何况，那蓝家老太太平儿日里也不是个好相处的，所以就算是刘氏打了蓝翠儿，蓝老太太撒泼，但是却没人向着她们说话。

“不……你们胡说，我来福很懂事的，也很有礼貌，他不会做这种事情的，二嫂，我求求你，你让朵朵帮帮我吧！”底下人的纷纷议论，蓝翠儿当然是听得清清楚楚，而现在她怎么解释都是无用了，只能求刘氏同意让朵朵帮她了。

“翠儿……你，你不是说？……”蓝家老太太瞪着她那不敢置信的眼睛，盯着她自己那一向是引以为傲的女儿，结结巴巴地问道。

“娘！这都啥时候了，你还在这里问我？你快来帮我求求二嫂吧，只有二嫂同意了，朵朵才能帮我救来福啊，要不然，来福他……他不就完了吗？”蓝翠儿对着蓝家老太太大吼道。

“我……”蓝老太太的嘴角抖了抖，久久后除了说了一个我字，却是没有了声音。

“让开一下，让开一下，我们夫人在这里吗？夫人？你在吗？”一个中年妇人的声音传了过来。

“李妈妈？是李妈妈吗？怎么了，你……你怎么来了啊？”蓝翠儿突然感觉到好像是有什么事情要发生。

“夫人！夫人不好了，不好……哎，夫人，你这是怎么弄的啊，怎么成这样了啊！”李妈妈听到了蓝翠儿的声音，便挤了进来问道，因为她们夫人的秉性她还是知道的，通常只有她打别人的份儿，而如今这个样子分明是她被别人打了啊，所以她本来有很焦急的事情要说，可是一见到她家夫人的样子，便改了话去。

“李妈妈到底出什么事儿了？你先别管我了，你怎么跑到这来了？”蓝翠儿心里有不好的预感是一方面，觉得难堪也是一方面，她可是在娘家被人打了啊，还打成这个样子了，这若是传回她们府里去，那以后谁还服她管啊。

“啊，对了，夫人啊，不好了，老爷回来了，云儿那个贱人竟是把少爷被衙门抓的事情都和老爷说了，老爷正在家里发火呢，说……说让奴婢来把你找回去！”其实她们老爷是说让蓝翠儿快些滚回去，但这样的话，李妈妈却是不敢说的。

“啥？完了，这下可完了，云儿那个死贱人，我怎么就把她这茬儿给忘了呐，唉呀，这可怎么办啊！”蓝翠儿独自在那里叨叨道。

“翠儿，发生啥事儿了？那云儿是谁啊，刘姑爷回来了，咋没亲自来接你呐！”蓝老太太突然觉得自己好似对自家女儿的生活并不太了解。

“行了娘！您就别给我添乱了，不行，我得赶快回去了！”一边说着，一边便整理一下头发往外走，虽然脸上是红肿着，但那眼中的担心与焦虑却是让大家瞧见得清清楚楚的。

此时的蓝翠儿慌慌张张地便往出走，全然忘记了再去哀求刘氏的事，直到蓝翠儿走远了，蓝老太太依然颤抖着站在那里。

“哎哟，看来这嫁大户人家也不全都是好的啊，你看看蓝家的这翠儿，平日里可是同咱们连招呼都不打一下的，高傲得不行，结果，现在怎么样？对待人家还不是要伏低做小啊！”

“我枝儿虽然是嫁给了庄户人家，但是我那女婿一家可是很看重我枝儿的，连大声对枝儿说话都是没有的事儿！”

“是啊，是啊，咱乡下人就该找乡下人，找什么镇上的啊，到时候对咱们跟对那下人一样去指使，这算啥儿事儿啊！”

众人的议论声，鄙视的目光，无不刺激着蓝老太太与余氏，她俩现在已经完全没有思考能力了，也不知道该怎么办。

“余氏，还不把你婆婆扶回去？这天色也不早了，大家都回家做饭吧！”终于三爷爷沉声先是对余氏说道，紧接着又对围观着的人说道。

“得了，散吧！散吧！”三奶奶也挥手说道。

而余氏也可下有了思维，拉着蓝老太太就往家走，而此时蓝老太太已经完全地依附在余氏的身上，这才能行动，所以两人走得也不是那么的快。

直到大家散了后，三爷爷哀叹了一句道：“这又何苦来的呢！”

“她的心眼儿就是不好使，根本分不清好的赖的，不过，她也真是可怜啊！”三奶奶到底也是个善良的，纯朴的人，如今竟是替蓝老太太而感到可怜。

“娘，今儿个你就啥也别干了，今儿个这饭菜我来做，小婶子你也歇着去，谦儿，你帮姐烧火！”朵朵挽起袖子，开心地说道。

“还……还是娘来吧，今儿个你们在集上也受惊了，娘没啥的！”刘氏看到自家女儿的样子，竟有些不自然地说道。

也不怪刘氏不自在，是朵朵的样子有点太夸张了，那大大的眼睛已经笑得眯成了缝，而且那说起话来也是手舞足蹈的。

“行啦，光辉媳妇，朵朵这是要表扬你呢，不光朵朵，就是婶子我也为你高兴，这人啊，有时候腰板该挺直时就要挺直，你的这双儿女那就是你的骄傲，那就是你的主心骨啊！”三奶奶笑着说道。

“唉！打今儿个开始，我不会再让别人来伤害我的孩子了，不过，今儿个这顿饭还是我来吧，朵朵做的东西是好吃，但是那……那也太费油了，还是我来吧！”刘氏说完，就转身去厨房干活了。

众人又是恢复了往日的笑声。

再说敬王爷这一边，虽然京都离三里铺子并不太远，而今日一得知小天天的消息后，敬王爷与敬王世子可是带了一支精兵快马加鞭地赶来的，然而也是用了几个时辰呢，而在三里铺子又耽误了一段时间，又吃了饭，加上回去的路上又有小天天的存在，所以这行程便缓慢了起来。

这时天色已经黑了起来，所以他们便在路过的一个小镇上休息了一下，又让伙计给他们准备了些吃的，这种小镇上的吃食肯定是不那么精致，但是充饥还是可以的。

“小天天，你看，这饼你也一个人吃不完，匀给叔叔几个行不？叔叔这阵子为了你，可是清瘦了不少呢！”敬王世子可怜兮兮地对小天天说道。

不是他吃不下这家店的吃食，而是小天天手里那个叫糖饼的东西实在是让他好奇啊，不是糖饼吗，怎么会是那么香呢？对于甜食，敬王世子一向是不喜，可是今日吃了朵朵做的那个叫拔丝地瓜的东西，他便好像爱上了甜食这种味道。

“你不是一向不爱吃甜食的吗？这是朵朵特意给我拿的，也没剩下几个的！”小天天翻了个白眼说道。

想着今天吃朵朵做的拔丝地瓜的时候，小天天就把那塞得满满的小嘴嘟了起来很是不高兴，他叔叔不吃甜食是众所周知的，可是今天那整整的一盘地瓜，他才吃了几块儿啊，最后还不都进了他叔叔和他祖父的嘴里了？他祖父今儿个也不知道怎么竟也爱上了甜食。

在整个敬王府内，谁人不知，虽说敬王爷与世子他们父子俩的关系并不融洽，但是他二人倒是有一点很是相像，那便是都不喜甜食，不能吃辣的，可是今天这两个大人却是和他这个小孩子抢东西吃，这不是和他作对是什么呢？想着，小天天还瞪了眼敬王爷。

敬王爷也只是尴尬地轻咳了一下，显然他也是对朵朵给小天天烙的糖饼感到好奇。

“我怎么闻到了，这个饼也不只甜呐，小天天，叔叔平日里对你是怎样的？怎么连个饼都不舍得给我吗？那个蓝朵朵也是的，就烙这么几张够谁吃的啊？”敬王世子很是不开心地说道。

“什么？还这么几张？你知道平时我们吃的这种糖饼那是用什么面烙的？那可是用的糙米面啊！朵朵家里根本没有多少白面的，剩下的那些白面怕是都让朵朵给我烙了饼吧！你当所有的家里都如咱们王府一样呐！”小天天瞪了一眼自家的叔叔说道。

“哟，我们的天天竟也懂啥糙米面呐？果然这一趟的收获可是不小呐！知道得还真是多呢！”敬王世子笑着说道。

“那当然了，你们知道的我也知道，不知道的，我也知道，就咱们今天吃的那地瓜，朵朵说那是高产的东西，若是那地瓜培植成功了，那以后天下就再没有饿死的人了，还有那大豆，以后的用途更多，是可以榨油的呢！”小天天听到了敬王世子的话后，便又开始显摆起来道。

“什么？高产？你说咱们吃的那个什么拔丝地瓜的东西是可以高产的？还有啥是大豆？怎么榨油？这两种东西我见都没有见过呐，等等，咱们今天去的可是三里铺子？”敬王爷突然如想到什么似的问道。

“好了，天天，时辰不早了，你先回房休息吧，叔叔一会儿就去！”小天天与敬王世子是睡一间房的。

“嗯……好吧！”小天天看了敬王爷一眼，便回答道，实际上，他现在也很是不想与他的祖父说话，一想到他祖父为了那个老妖婆而把自己关了起来，他心里有就气。

“你什么意思？我的话还没问完呢，你插什么话？”敬王爷脸色阴沉地说道。

“你心里想什么我明白，但如今朝廷的局势想必你比我更清楚，难道你还想旧事重演？如今这个蓝朵朵我也观察有一段时间了，她以前是一个很是懦弱单纯的女孩，直到生了一场重病，说是梦见了一个白胡子老头儿，之后，她的一切动向便是奇怪了起来，别人不懂的，她懂，别人说有毒的，她却敢吃，那东西不但能吃，吃起来也很是美味的，她说那都是那个白胡子老头儿告诉她的，她形容了那个老头儿，很像当年那个人，当年那个人是怎么死的你应该很是清楚吧？所以，若是你想咱们大周不重蹈覆辙的话，那你今日所看到的，就当没看到吧？你也听到天天说了，那个蓝朵朵是想推广大家去种植的，所以如今我们不但不能把此事张扬，还要暗中保护她！”敬王世子很是严肃地说道。

“嗯，就按你说的办吧！”头一次一向不和的父子俩竟是出奇地合拍。

片刻后，父子两人便也各自回了房间。

回到房间后，敬王世子看着熟睡的小天天，表情又越发地柔和起来，他走上前去，给小天天盖了被子后，便伸手从小天天的头顶拿过一个小包袱，只见里面除了一副小手掌外，竟还是包了一条红色的络子，这个络子的样子他却从来没见过，想必又是那个丫头突发奇想的吧，想到今日吃的那个拔丝地瓜，敬王世子便又想到了自己给她的那枚令牌，希望她不会让他失望，可以继续走下去，想着，他的脸色又格外地严肃起来。

同时，也正要歇下了的朵朵竟是连续地打了几个喷嚏，吓得刘氏焦急地说要给朵朵熬一剂浓浓的姜汤来喝，感动得朵朵晚上睡觉的时候还做了一个美美的梦，梦中有疼她的娘亲，爱她的弟弟，一家人就这样幸福温暖地生活下去了。

而她却不知，在离她不远的村长家某一间房内的灯烛竟是很晚了也没有熄灭。

第二日一早，朵朵便早早起来了，帮着万氏一块喂猪，喂鸡鸭。

“朵朵啊，这地瓜秧子真是好东西啊，这猪还真是爱吃呐，这玩意还可以存放，这冬天里得省了多少东西喂它呢，等过年杀猪的时候，一定要分给你们一些肉去，你和谦儿，可没少帮忙呐！”万氏一边干着活儿，一边说道。

“呵呵，婶子，你到时就把那猪下水都给我吧，别的还是留着卖钱吧，毕竟咱们都不是啥富贵的人啊，有点肉吃就行呗！”朵朵笑着说道。

“那哪成？再怎么的也不能少了你们的啊！你们的三爷爷三奶奶也是有此意的，当初我们只是想拉扯你们一把，却是没想到，现在我们一家倒是靠你们的扶持啊，朵朵啊，婶子感谢你！”万氏感动地说道。

“感谢啥？咱们……”朵朵刚要说些什么。

却只听外面有人喊道：“请问这里是蓝朵朵的家吗？”

喊话的是一个男孩子的声音，声音很是陌生，并不是蓝谦或者徐思源的声音。

“是谁找蓝朵朵啊？”万氏习惯性地把朵朵拉到她的身后，然后自己冲在前面问道。

“婶子，您还记得我不了？我是方忻，昨天咱们在镇上见过的！”只见两个人走了进来。

而打头的那个青衣少年，这时朵朵与万氏才看清楚，此人不是方忻又是谁呢？

“哎呀，这不是方少爷吗？您怎么这么早就来了呢？”要知道，他们也才是刚刚吃完早饭啊，而这镇上离三里铺子，若是坐马车也是需要一个时辰呐，没想到方家少爷竟是来得这么早。

“是在下唐突了，婶子，朵朵，实在是在下无礼了！”方忻的脸上竟是出现了一丝的红晕，随后便万分抱歉地说道。

“啥礼不礼的，我不是那个意思，哎呀，你看我们乡下人也不会说个话儿，

那啥……方少爷您吃了没？没吃的话，我马上给您做些，只要您不嫌弃的话……”万氏一向是个大老粗，所以那方忻一对她客气，她倒是不好意思起来，所以说话也有些语无伦次起来。

“哎呀，婶子，还是先请方少爷进屋里说吧！”朵朵在一旁含笑提醒道。

“对……对，方少爷，您快请进！”万氏便把方忻给迎到了主屋去，而进了屋子，方忻也很是有礼貌地跟众人打招呼。

“方少爷，你今儿个来是不是有什么事儿啊？”最后还是朵朵直奔主题地问道。

这大清早儿，若是没事，这方忻怎么可能来到乡下这种地方。

“朵朵……大家也别叫我方少爷了，就叫我方忻吧，是这样的朵朵，昨儿个，我把这手套带回了家去，家父对此很感兴趣，所以，他想大量买，然后放到我们店里去卖，至于价钱我也同他说了，他说了，价钱上，就按你们集市上的价钱买，之后他会分至我们方家的各个店铺去卖的，不知你们现在手里有多少货？”方忻听到大家叫他方少爷，他很是不自在，特别是朵朵，所以他便特意让大家叫他的名字，特别是朵朵，之后他便把来意同大家说了一下。

“啥？我没听错吧？按原价收购？那你们还有钱挣吗？”虽然大家都这个疑问，但最后还是三奶奶出声问道。

“我爹爹说了，这样的手工，这样的稀罕物件，那个价钱根本就不贵的，而且，我们家的店铺在京都也是有几家的，在那里即便是抬高一点价钱，那也是不成问题的，所以这个事情，还请奶奶您不要担心！”方忻对这家人的纯朴善良很是欣赏，同时他回答起话来也十分地客气。

“那你要多少？”一直处在沉思当中的朵朵突然问道。

“成年人的手套，男女各要五百副，小孩的要一百副，家父说了，能为小孩子买的，也是那些大户人家，所以这一百副小孩的手套只专门在京都卖，从而是用不了太多的，一百副足够了！而这些也只是第一批，若是卖得好的话，陆续还会买的，当然，我们也会提前预定的！”方忻认真地说道。

朵朵闻言，暗道，这方家人不愧是世代经商啊，这么短的时间内，竟是这么快就发现了这小孩手套的弊端来。

“啥？各要五百副？这么多啊？那有没有时间的规定啊？”万氏也是个脑子灵活的，所以直接问道。

要说大家第一时间一听说要这么多副手套，他们便是除了震惊就是开心了，但是他们却也是想到了这个时间问题，毕竟手套这东西里面带有棉花，所以也只有冬天才能有用，可是这一千一百副手套做起来，可是需要一定的时间的啊！

“十天以后行吗？若是你们现在有存货，我可以先拿去应应急去！”方忻提议道，他也知道在这么短的时间内需要这么多的手套肯定是不容易的，可是眼下正值入冬，正是需要这个的时候啊，这十天都是他在他爹那里争取来的，要不然她爹本来要给他们七天时间的啊。

“十天？不成，就算娘、我、还有我嫂子不吃不喝、不睡，十天也交不出这么多的手套啊！不行啊，还有，我们现在手里根本没有什么存货的，我们这次做完，也只是先试试在镇上好不好卖，然后再准备做的啊！”万氏很是失望地说道，她现在终于相信朵朵昨天回来的时候说的话了，可是这未免来得也太快了吧，她现在真是后悔为啥当初没有多做些准备着啊，想着这么多的银子挣不到，心里别提多烦闷了。

“要不然少点……”万氏是想着能赚点算点啊，所以便想着讨价还价道。

“好吧，十天，十天后我们会如约交货的，只是希望你们先交些订金，因为，你是知道的，我们做这些手套也是需要成本的，而我们又是庄户人家，手里怕是拿不出这些钱来，所以……”朵朵在大家震惊的情况下，竟是答应了下来，然后还谈起了订金的问题。

“真的吗？朵朵，你十天内真的可以完成吗？那好的，我可以先付你三十两银子做为订金，然后我五天来取一次货，取货的同时，我就把余下的钱也算给你们，然后若是再要的话，也在那天同你们说，这样在周转上，也是给你余费些时间不是？”方忻很是开心地替朵朵着想地说道。

“嗯，那样做就更好了，那今儿个我也不多留你了，我回头也要准备一下，还有，下次你再来的时候，也拟一份契约，到时候咱们签一下，不是我不信任你们，而是若是那样做的话，你我也都省心不是？若是以后要的批量大了，也方便咱们交易！”虽然方忻是处处都为着他们着想，可是在商言商，还是有些保障为好，更何况方家本来就是商人之家！

“好，还是朵朵你想得周到，今天我来得急，还真是没有想到这些事情，那我下次来一块儿给你带来吧，今天就这样吧，那我先走了，记得一定要准时交货啊！”方忻也很是不忍心地又提醒了一遍，但是又有什么办法呢？若是想以后与朵朵经常见面的话，那便一定要遵守爹爹的嘱咐，为这，其实方忻也很是无奈的。

“你放心吧，五天后，你就来我这取货就好了！”朵朵很是自信地说道。

方忻笑着点了点头儿，留下了三十两银子，最后同大家道别，依依不舍地离开了三爷爷家。

直到许久，屋子里的大家还依然你看看我，我看看你，最后还是刘氏焦急地说："我说朵儿啊，你这孩子怎么回事儿啊，你怎么就同意了呢？咱家拿啥交那么多的手套啊？这……这银子你说收就收？你这孩子也太大胆了吧？"刘氏看着炕上放着那白花花的银子后，到底还是结巴了。

"朵朵，这十天，要说我们三人做上个一百副那还真的有可能，可是你说若是做上一千副，那是根本不可能的啊，要说这些银子啊，是婶子长这么大头一回儿见到这么多啊，可是咱也不能骗人啊，这万一交不出，那不是连累人家方家少爷了吗？况且，你还要立什么契约的，这……这可怎么办是好啊？"万氏说的长这么大头一次见到这么多的银子，也是实在话，一户庄稼人家，那得挣上多久才能挣上这些银子啊，就拿她来说吧，想当年嫁给蓝光磊的时候，那聘礼也是这三里铺子的头一份儿了，蓝家给了她六两银子呢，那时别提有多少人羡慕她了呢，所以今日见着这三十两银子，她的心里别提有多激动了，只是激动归激动，事实也摆在眼前啊。

"三爷爷、三奶奶、娘、小婶子，我知道你们心里想的是什么，可是我也是真的有办法的，那骗人的事情我也是不会做的！"朵朵淡然地说道。同时，她也为有这样善良的家人感到自豪，不是每个人在金钱的利益上能做得这样淡然的。

"那……那朵朵……你是真的有啥办法吗？"万氏此时的眼神中竟是冒出了亮晶晶的光来。

"是啊，刚刚婶婶不是说了吗，这一百副，三奶奶、我娘、小婶子你这十天是可以完成的，那若是再找上十几个人一块做呢？同时，这手套上的花式咱们也绣些简单的，不像咱们以前做的绣得那么复杂，是不是你们还可以多赶出些来呢？要是我们能多找些人来，那就更方便了，到时候，他们每做一副手套给她们五文钱，多做多得，按数量计算，这样一天下来，也能挣不少钱呢，眼下正好是冬闲的季节，再过两个月也快过年了，谁不想趁着这时候挣些钱，然后过个肥年啊！"朵朵便把心里的想法同大家讲了出来。

"呀，可不是吗，要是照朵朵这样说，若是那花样绣得简单一些的，我一天做上个十副也是没问题的，到时候就可以挣五十文钱啊，一天挣五十文，那十天我可就能挣半两银子啊，这样的好事儿，谁能不做啊？朵朵，你这主意好，你这主意好啊！"万氏开心地边算边说道。

"可是朵朵，你有没有想过，这样一来，别人就会知道这东西怎么做，若是大家都学会了，自个儿拿出去卖，不是更挣钱吗？到时候还会来给咱们做吗？"三奶奶的脸上依然是挂着不赞同，要知道这东西还真是好做的，只要做过一次的，那肯定就会记住的。

“三奶奶，您忘记了？我不是说过要同方家签署契约吗？在保证数量、他们按时付钱的情况下，我还要加上一条，那就是他们只能收咱们一家的货，别人的一律不准，若是他们收了，那就得赔偿咱们的，而且，就算是其他人学会了，自儿个做，去集市上卖，那也不一定有人买啊，要知道方家在咱们镇上也是属于大商户了，到时候他们那里一摆出来，其他人再摆，会挣着钱吗？更何况，我也想好了，以后，这裁尺寸的活儿，就由咱自家人做，这样呢，一来咱自家人不会浪费布料，二来呢，她们也不知道咱们这些布料都是买来的布头，这样一来就算是别人真的打了那自立门户的主意，咱也不怕，他们的成本一定是高于咱们的，到时候在价钱上，他们也不占优势的！”这所有的一切，早在方忻说要预定这些数量的手套时，朵朵都想好了，所以如今解释起来，也很是如鱼得水。

“我说什么来着？咱家朵朵福星啊，是咱家的小财神，这样刁钻细致的办法，她都能这么短的时间内想出来，真是好样的啊！”三爷爷笑着说道。

“是啊，咱们仨都捆在一块儿也想不出这样的好办法啊，对，对，咱们就这么做，我这就去张罗人去，相信，这样好的活计，一定会有很多人都想做的，不过，那偷懒耍滑，心眼不好的可绝对不能用！”三奶奶说着说着，竟是下地把鞋都穿了上，准备要出门。

“玲儿，你也去你娘家那村儿里找几个又能干，又本分儿的人来，咱们村儿里我觉得那活计和人品都行的，也就七八个左右，怕是不够，你未嫁过来时，不是有几个挺好的姐妹吗？就找她们吧，你上次不是同我说过，她们的日子过得不也是挺紧的吗，这样的活计对她们来说，还不是一看一个准儿啊，快过年了，手里有点余费钱，那也是好的！”三奶奶自儿个出门，还不忘安排自家儿媳妇。

第九章
生意兴隆

老话说得好，不是物以类聚吗，所以这万氏在娘家时的那些个小姐妹也都是能干着的，所以三奶奶首先想到的便是万氏的那几个要好的姐妹。

“哎娘，这别的我不敢说，我娘家那边的那几个姐妹儿啊，干活绝对可是个好手，那嘴也是严的，肯定是没问题的，娘，能算我娘家嫂子一个不，我嫂子的针线活做得也是极好了，而且她话也不多！”万氏一提到娘家的事情，那嘴便不停地说着，后来又想到她娘家的嫂子了，要知道这一副手套能挣个五文钱，很是赚钱着哩，眼下又是冬闲，能赚几个钱是几个啊。

“行，那就算你嫂子一个，这样一来，加上咱们村上能干的媳妇们，一共有七个，你那边有四个小姐妹，再加上你嫂子，一共十二个人，再加上咱们三个，这十天，咱们一准能完成的，真是太好了！”三奶奶一拍巴掌和众人说道。

“那得了，我这收拾收拾就去吧，反正这离着也不太远，今儿个就让她们过来开始干，娘，那我先去了啊！”万氏很是高兴地说道。

也不怪万氏着急，这赚钱是一方面，而另一方面，万氏也想在娘家人那边长长脸，这么多年来，同万氏那一批嫁人的，要说这日子过得好的还属她呢，可是这子嗣问题，她可就是与人差一大截儿呢，因为这个原因，万氏可是除了过年外甚少回家了，今儿个有这样的好事儿，正好也可以与那几个小姐妹一块聚聚了，她哪能不急啊。

“那成，你快去吧！朵朵，你看三奶奶这样安排，行不行？”三奶奶现在已经下了地，穿好了鞋，临出门前还问了问朵朵。

“行，这太好了，三奶奶，我说我这聪明劲儿是随了谁去了呢，原来是随了您了啊！”朵朵笑眯眯去拍三奶奶的马屁道。

“你这孩子，你这是在寒碜你三奶奶我呢吧，这只是我力所能及的活儿啊！”三奶奶用手指轻点了点朵朵的头道。

“行了，我们先走了，你看你还有没有别的想法了，也可以一块儿说了！”三奶奶又问道。

“也没啥了，就是一会儿我还要和光磊叔、三爷爷上一趟集市上，要是做那么多的手套，咱们昨天买回来的那些布头可不行，那还不够一半的呢，所以咱还得上镇上其他家布庄去买布头啊！只是，这一去，怕是搭不到车，所以也只能走着去，可是要辛苦三爷爷和光磊叔了！”朵朵说的是事实，昨天刚刚过了镇上赶集的日子，今天是很难搭到马车的，整个三里铺子有马车的也就那么两家，一个是村长徐家，徐家的马车是专门供徐思源兄妹俩使用的，而另一个便是以专门拉车角赚钱的李家，很显然，今儿个又不是啥日子，肯定是搭不到车的，所以朵朵要把这话说在前面。

“这有啥啊？走着去就走着去呗，别说背儿包布头了，就是背上一百斤的糙米，你三爷爷我也能背得动，没啥！看着你三奶奶那神气儿样，我也正愁我们爷俩儿没啥干的呢，这回正好，我们也能出份力！”三爷爷说着，还伸了伸胳膊，如年轻小伙子般地显现自己的力量。

无论是不是在乡下，应该说在这个古代中的男人就是都有着大男子主义的，眼见着三奶奶、万氏两人如今也开始能赚钱了，赚得还那么多，这三爷爷和蓝光磊两人其实早就坐不住了，这会儿，朵朵竟也给他们也安排了活计，他们高兴还来不及，怎么会嫌苦嫌累呢！而刚刚三爷爷那句他背一百斤糙米都是没问题的，其实也不是说大话的，三爷爷如今也就是五十出头儿的年纪，又是做惯了农活的，所以身体十分的好，也很是有力气的。

“你们瞧瞧，他恨不得他还是年轻小伙子呢，行了，咱们就各自做各自的事情吧，这时间可不等人呐！”三奶奶说完了，便笑着走了。

万氏也打了个招呼，向着她娘家的高古村儿走了。

“那……那我就在家里裁料子吧，这样一来，等他们来的时候就可以做了，嗯，就这么办！”刘氏似乎也被三奶奶等人的行动给感染了，而她更不想当那没用的人。

“好吧，那咱们也走吧！谦儿，你也留在家里帮娘的忙吧，今儿个也不是赶集的日子，镇上也不会太热闹的！”朵朵望着蓝谦那渴望的小眼神，却是狠下心来说道。

对于上次蓝谦被拐的事情，大家都记忆犹新，同时他们也知道，镇上大多数的时候，还是很太平的，更何况这次那几个拐子也被绳之于法了，应该没事了，只是大家短时间内还过不去那个坎而已。

“我……那好吧，姐，那你们早去早回吧！”小蓝谦的小脑袋耷拉下来，很是失落地说道。

“谦儿乖，你也知道，这次我们都要走着去镇上的，你年纪小，这样会很累的，等下一次赶集的时候，姐一定专门带去你逛逛，到时候咱们也有钱了，你想吃什么姐都给你买！”朵朵还是对眼前这个小可怜心有不忍。

“真的吗？姐，那你说话可要算话啊！”小蓝谦那刚刚还耷拉的小脑袋突然抬了起来开心说道。

“嗯嗯，一定一定，那我们先走了！”朵朵拍了拍蓝谦的小肩膀便同三爷爷、蓝光磊一块儿向镇上出发，或许有了上一次的基础，还有自己这几日也是做惯了活计的原因，朵朵这次却是没有觉得怎么累就到了镇上。

到了镇上，朵朵还是最先来到他们常来的那个布庄，那小伙计一见朵朵来，虽然有些不解，但却是格外的热情。

“这位小妹妹，今儿个又不是赶集的时间，你怎么来了？是不是需要什么啊？”小伙计笑着招呼着朵朵三人。

“小哥哥，我今日来还是要买布头儿的，不知道你这里还有没有了！”昨儿个朵朵可是包圆了的，所以今儿个她来也是碰碰运气的。

“什么？你还要买布头儿？小妹妹，你能告诉我那布头有什么用吗？要知道，昨儿个那些布头可不是少数的啊，这么快就用完了？”小伙计对于朵朵对这布头这样的钟情而感到不解，他从朵朵一家人的衣着上看，便知道这家人的生活也不是那么宽裕的，而这些布头虽然料子也是极好的，可是这乡下人家买回去做啥了？总不能都用来做帕子吧，庄稼妇人，有的人一辈子也只是用一条帕子啊，这若是拿到集市上卖也是卖不出去的，她究竟要这些个布头做什么呢？所以这让这个布庄里的小伙计很是好奇。

“小哥哥，我当然是自有用处了，你只需告诉我，你的布庄还有没有即可，你是知道的，这镇上可不只有你一家布庄啊，其实我大可以上别家去问的，但老话说得好，做生不如做熟，我怎的也要以你的布庄为主的！”朵朵四两拨千斤地就把那小伙计的话给挡了回去说道。

“哈哈哈，小姑娘，你先来找我也就对了，这镇上共有四家布庄，可是有那三家布庄都是我们老板开的，所以就算是你上那几家，肯定也没有我给你的那么便宜的，哈哈，至于剩下的那一家，你去了就知道了，门坎高得很，根本不卖布头，所以啊，小姑娘，你找我就找对了，你说吧，这次你要多少啊？”小伙计一听说朵朵第一个就来找他，他那小辫子就翘了起来，要知道，他们家老板为了表扬他的业绩，可是把那卖布头的钱都赏给了他啊，所以眼下的这个小姑娘可真的是他的财神爷啊，他哪里还会继续问那些布头怎么用，有家肯买就行啊，况且，他可是知道的，除了他所看的这个店布头卖得好，卖得快外，其他的店根本是不行的，这不，今儿个早晨他这边还真的又来了一批新的布头呢。

“有多少，我要多少，不过，这价钱上……”朵朵暗道，果然，她的直觉还是对的。

最初早在朵朵在选布庄的时候，朵朵便都大致地看了一下，要说她为何要选上这家布庄，那还是因为小伙计的态度与做生意的手段上，其他家一看到他们母子三人的穿着，那是连正眼都没有瞧他们一眼的，试问，这样卖东西，谁会去买呢，反之这个小伙计却是没有狗眼看人低，还向他们介绍一些适合他们的尺头，物美价廉不说，还非常适用，而这小伙计的脑子也极为地活泛，朵朵就喜欢与这样的人合作。

“价钱上你放心，以前多少，这次只能比以前少，不能比以前多的，我们店里今儿早还真来了一批布头，这次布头可是比上两次的好上许多啊，其实我也不怕告诉你，我们老板在京都上可是有成衣店了，这眼看着要过年了，所以那些大户人家的小姐夫人的，每人要做上几套的衣服呢，所以这料子却是要比以往都要好上许多！”小伙计边说，便叫人把那早上新来的布头给搬出来，因为现在又不是赶集的时间，所以这小伙计还没有来得及把那布头拿出来摆着呢。

朵朵三人一听，那心里就止不住地激动啊，果然片刻后，那几个小伙计果真拿出来了四大包的布头，由于冬日里的衣裙是以那锦缎等略为厚实的布料为主，所以朵朵也用不着仔细地去把那些蚕丝、绢纱啥的挑出来，而且，若是有一些那个在里面也是不错的，以后可以再留着做其他的东西用。

“怎么样，小姑娘，这次的料子是不是比前两次还要好上许多啊？这四大包够不够你用啊？若是不够，我还可以给你在其他的店里往这里调，只是需要些时间而已！”小伙计笑着说道。

“那你打算，算我多少文一包呐！”朵朵指着这个用超大的布袋装着的布头道。

“这一大包我也算给你二十文怎么样，你要知道，上次你那一堆可是没有这个袋子装得多啊！”小伙计想了想，然后说道。

“那好吧，就二十文，也得让你多少赚一些不是？那你就给我在其他家调货吧，我呢，先把你这四包布头先给结了，这一共是八十文，我们先不拿走，一会儿回来取，我们还要出去一趟，一会儿就回来取货，你也抓紧时间给我调货，回来后，咱们再按照那数量我给你付钱，咱们正好两不耽误，你看怎么样？”朵朵突然心里有了一个想法，所以先跟那小伙计说道。

“行行行，你这钱先不给我也行，我信得过你，一会儿你来了一块付就行，我这边也快些给你调货去！”小伙计很会做人地说道，他这样做会让对方觉得，你很信任他，这样他会给对方一个好印象，更何况，别看他年轻，可是他在布庄做伙计也有几年了，之前也跟着他家掌柜的走过了许多地方，这形形色色的人也看了许多，像朵朵一家人，他一看便知道没有那些个花花肠子，是个好相处的，所以他很会做人的，卖给了朵朵一分信任。

“那我就多谢小哥哥啦，你也要快些哦，我们还要尽快地赶回去呐！”朵朵笑着说道，显然她很满意于小伙计的表现。

“行，那咱们分头行动，你也快去快回，一准儿不会耽误你回家的时间的！”小伙计回道。

“朵朵，咱们不是出来买布头儿吗？这是要去哪啊？”一出门三爷爷和蓝光磊对视了一下问道。

“三爷爷，记得上次我来镇上的时候，却是发现了一个地方是可以租用马车的！”朵朵笑着说道。

“用不着，这用啥马车啊，根本……”三爷爷和蓝光磊两人连连摆手道。

“三爷爷，光磊叔，你们先别急着反对啊，你们听我说，这次咱们来，没想到这收获还颇为多呢，这么多的东西，且不说它有多沉，就是这数量，咱们三人也是拿不了的啊，况且，咱们花多少钱买的，你们也听到了吧，而方家又给了咱们多少钱，再除去请来的做活人的提成，咱们还有的赚的，所以租个马车回去怎么了，能花多少钱啊，况且，我还打算在镇上买些吃食回去呢，这些日子来，大家要在咱家做活，离得近的倒是行，可以回家吃，可是婶子娘家村的，可还远着呢，总不能让人家中午回家吃吧，若是她们在这吃了，那同村的人不让吃也不好，索性也是为咱家干活，所以咱们中午以后还得管顿饭，这样人家干活儿也是更卖力不是？”朵朵也是经过深思熟虑地说道。

“对，对，这话对，是得供顿饭啊，咱们做人也不能太仔细了，那好吧，就雇个马车吧！”果然三爷爷一听完朵朵的打算，便赞同道。

庄户人家最讲究的就是热心肠，都乡里乡亲的，怎么的也要一碗水端平，总不能管一部分人的饭，而那另一部分人的不管吧，所以三爷爷也是同意的。

“反正咱那土豆、白菜、酸菜啥的也有，到时候都能顶一个菜，朵朵啊，你还要买啥啊？”三爷爷很怕朵朵人小不会算计，要知道挣钱也是不容易的啊。

“三爷爷，哪能顿顿吃菜啊？怎么着也要有点肉腥，那猪下水，便宜，咱们多买上几副，现在天气也凉了，也可以多放，还有那猪大骨，到时候用它炖汤喝，也用不了多少钱，还让人家心里暖和，您说是不是这个理儿？”朵朵眨了眨眼睛说道。

“好，好，好啊，朵朵是个会过日子的，咱们就这么去办吧！”三爷爷越发地对朵朵另眼相看了，想不到朵朵这小小年纪竟是心里这么有成算啊。

就这样，三人便又去了那卖肉的地方，走了几个摊，买了五副猪下水，由于那东西现在依然没有人吃，所以还是一样的价钱买的，猪大骨也称上了几根，还有那后鞧的猪肉也称上了五斤，这是留给自家人吃的，除了这些，朵朵还专门地为三爷爷和蓝光磊买了一坛酒，把这两个人可是乐坏了。

等到三人雇了马车，到布庄的时候，竟发现那布庄的伙计早早地便等在那里了，除了之前他们买的那四大袋子，竟又收了十袋子之多的布头，朵朵都没顾上与那伙计闲聊，便是把手伸到了那袋子里面去检查一下布头的质量，却是发现，有两袋子的布头虽然是没有其他的料子那样好，但是却也是上等的料子，朵朵笑笑看着这一袋袋的布头笑眯眯地递给了小伙计三百文钱道：“余下的那二十文就当请小哥哥喝酒的了，为我们这事儿，你也没少操心，以后有布头，还要多多地给我留着啊！”对于这人情什么的，朵朵还是比较在行的。

“那我就谢谢小妹妹了，说实在的，这几天是没有了，你也不用再来了，等着下次赶集的时候，我给你收些，你也不必急着来，可以再等个十天半个月的，到时候我一并给你，那样你也省事儿不是，虽然我不知道你需要这些布头干啥，但这些也够你用一阵子的了！”果然是给了回扣的就是不一样，这小伙计眼下竟是为朵朵着想地说道。

“行，那好吧，小哥你就费心了，麻烦你找人帮我们把这布头抬到外面的车上去吧！”朵朵向伙计说道。

“你们几个，快去这几包布头帮这位小妹妹抬上车去！”布庄小伙计点了点头，便向那几个小工叫道。

一切就绪，朵朵爷三个便向三里铺子出发，回到三里铺子的时候也就午时刚过，马车到了家，把那几包布头搬到了余下的那几间空房去，几人才进了屋子，这才发现，三奶奶正带着请来的那些人正热火朝天地缝着呢，还好三奶奶家的地方够大，屋子够多。

而在自家所住的那间房里，刘氏和万氏正裁着布，蓝谦则负责运输，由于大家都不太陌生，所以干起活来也算和谐。

听说他们又收了那么多的布头，刘氏和万氏都很开心，所以打发了蓝光磊和三爷爷父子俩去蓝光磊那屋休息，朵朵便也同他们一块裁料子，这个她还是能做得来的。

“嫂子，你说，这次那蓝翠儿能不能咽下这口气呢？不过他那夫家也够狠啊，儿子女儿一个都不要，她这以后的日子可咋过啊！”若是一味地做活计，那也是很枯燥的，所以，刘氏和万氏两人是边聊着天，边做着的，左右这屋子里也没有外人，朵朵和蓝谦也是她们所不避讳的。

“小婶子？你说啥？我姑她回我奶家住了？”正在一边干着活的朵朵闻言问道。

“可不咋的？回来了，那来福和秋儿也跟着回来了，你奶为这事儿，都哭得背过气儿去了，你大伯母去请了宋先生去，才把你奶给弄醒了，醒来之后你奶还是一直哭，直说要去镇上去找你姑夫，可是你老姑一直拦着，说，人家早已经离开了，根本没地儿找人去！”万氏满是哀叹地说道。

“什么？人都走了？他往哪走啊？那来福可是他刘家的独苗儿啊，他刘家连儿子也不要了？”朵朵很是不敢相信，要知道，古代人那重男轻女的思想可是很严重的，所以若是那刘家不要蓝翠儿了，是有可能让她把秋儿给带回来，但是若是连着要把那来福给带回来，那是根本不可能的事儿啊，这究竟发生了什么事情，才导致刘家这样地待蓝翠儿呢？

“原来，那刘卓他……他也是一个入赘的，他那远在京都的老婆可是有钱有势的人啊，据说是那边发现了，刘卓这次回来就是想要给他们些补偿便离开的，哪里知道来福进了衙门，惊动了京都的那一位，从而刘卓迫于压力，只能把他们娘儿三个给赶回家来，听说房子也是不准他们住了，都收了回去，来了几个老妈子，又把蓝翠儿给打了一顿，人家京都的主母，也育有两子一女呢，那来福人家哪能稀罕啊？现在她们母女正抱在一块儿哭呢！”万氏哀伤地说道，如今她还是挺同情蓝翠儿的。

“所以啊，这人啊，是什么人就配什么人，总想着攀啥高枝儿的，那怎么能长久呢，再说了，那有钱人家，人家也拿咱不当回事儿啊！你说你们家的刘姑爷，成婚这么多年了，他无论是过年还是过节的，啥时候来过咱们村儿啊，这不是瞧不起你们家，那是啥啊？”万氏随后又说道。

“可不是咋的，现在啊，我就庆幸我们分出来了，要不然，这一家子又回来了，到时候我朵儿与谦儿还不知道要遭啥罪呐！”刘氏一想到那些年的日子，心里满满地都是对朵朵姐弟俩的愧疚。

“这还用说啊，多亏了你们搬出来了，要不然日子过得哪能如此舒心？还有朵朵，这要是一直在老宅一块儿住着，这挣了钱，哪里还有你们的份儿了，都得被人家把着啊！”万氏接过话儿道。

而朵朵却是一直在这里沉思着，看来，老宅的日子又要不平静了，那余氏本就是个眼窝子浅的，如今蓝翠儿又这样破落地被赶了出来，她能容得下她？还有蓝老太太，蓝翠儿可是她一向骄傲的资本啊，她的骄傲被人家欺负成这样就赶了回来，估计这口气她是咽不下的。

“朵儿，你说咱们用不用回去看看啊，那时候村长不也说过吗，若是老宅真的有事儿了，咱们也是不能不管的！所以……”现在的刘氏，有很多事情，都习惯要先问问朵朵，与她商量一下，这样她才觉得稳妥一些。

“娘，这会儿你去看她们，那不净等着挨骂吗？别忘了昨天的事情，而且，如今我姑的样子，她肯定是不希望别人瞧见的，我奶是啥人啊，到时候她再把所有的责任都推到咱们身上，赖上咱咋整？不能去，咱们绝对不能去，反正大夫也请了，我奶也醒了，咱们就当不知道吧！”她知道，她娘在骨子还是孝道重于一切的，而这些孝道的一切来源便是对她那个便宜爹爹的爱！可是即便是爱，要孝道，也不能愚孝，当然，这也得慢慢地帮她更正，不能一口吃个胖子。

“对对，朵朵说得对，你们娘儿几个这才过几天安静日子啊，还是别没事儿找事了，别去了，咱们现在也挺忙的，以后再说吧！”万氏也怕刘氏一时死心眼儿，马上劝道。

“唉！我去也干不了啥，还让老太太看着心烦，不去了！”刘氏叹了口气说道。

“娘，婶子，你们这边裁好多少了，那边都供不上了，那些婶子们做得都可快了呢，这会儿，五十多副都做出来了！”小蓝谦乐颠颠走了进来道。

“啥？这么快？那我可得去看看，咱们可不能图快啊，也要注重朵朵说的那叫啥质量的！”万氏很是焦急地就要下地去，要去主屋看看。

“婶子，有三奶奶在呢，做得好着哩，没事儿的！我还看了呢，跟你们之前做的一样，没问题的，你们还是赶快裁剪布料吧！”小蓝谦上前一步，扶住万氏的身子道。

“是呀，婶子，你还信不过三奶奶啊，您要是啥事儿都上前儿，那还不累死啊，行了，咱们再加把劲儿，争取早点完成任务，再接其他的任务，这样咱们就财源滚滚啦！”朵朵笑着说道。

“对对，那咱们也得加把劲儿啊，现在姐妹们干活的劲头儿可是足着呢，不过朵朵，婶子也有一句话不知当讲不当讲啊！”万氏有些难为情地说道。

“有什么事吗？”朵朵抬头问道。

“就是这工钱的问题，你那阵儿不是说要十天结算一次吗？可是我那几个姐妹的家里，起先是不想让她们来做这个活计的，毕竟这高古村儿与这三里铺子也有一段距离的，所以，能不能这个工钱每天一结啊，当天结算，每个人做多少，就当天给多少，这样大家也有积极性啊，朵朵你看这？……”

“就这事儿啊？不是事儿，你完全有支配的权力啊，而且，我也相信婶子你，就按你说的办吧，以后这样的事情你也不用问我的，你自个儿做主就行！”朵朵笑着说道。

“我……我懂啥啊，大主意还是你来出吧！”万氏不好意思地笑了笑。

不由自主地，大家都笑了起来。

三爷爷家是欢声笑语一片，而蓝家老宅却是愁云密布。

“这都啥时辰了，咋还不做饭呢，余氏，你在那干啥呢，是想饿死我怎么的？”蓝家老太太这一天里，先是哭得晕了过去，又被救了醒来，安慰了一下蓝翠儿，这样一系列下来，竟是忘记了吃饭的时间，所以此时天色又要晚了，她终于想到了吃饭。

“娘，这小姑不是回来了吗？咋还用我做啊，再说了，小姑家可是一家三口啊，我和我雨儿才两张嘴，这一碗水得端平吧！”余氏果然如朵朵想的那般势利，此时竟不像平日里那般亲热翠儿翠儿地叫着了，而是一口一个小姑地叫着。

“啥，你个懒婆娘，你是安的啥心啊，这翠儿才刚刚回来，又受了难，你咋就这么心狠啊！我就让你做，你要是不做，你就别在这个家待了，这些年来，我对你啥样，翠儿对你啥样，你知不知道啥叫知恩图报啊？咳咳……咳……”蓝老太太气得那满脸通红，胸口来回起伏地咳嗽了起来骂道。

“你这是在赶我走吗？就如赶走刘氏一样吗？你以为你这家我还乐意待吗？我那是为了雨儿才这样忍受着，要不然我早就回我娘家去住了，我爹养我还是富富有余的，这些年来，你就想着她对我的好了？那我对她的好呢？别忘了我爹是咋待来福的，怎么我做的一切，你记得咋不那么清楚呢，现在轮到小姑的事情，你却记得那么清楚，好，我这就走，我带我雨儿一块儿走，这种破日子你以为我爱过啊！”余氏说得很是激愤，但是她也是有她的小心眼儿，那便是她根本就不想离开蓝家，所以她刻意提到了她爹，又提到了来福，要知道来福现在可是在她爹爹的学堂里读书的，若是她走了，那来福这一辈子也就这样交代了。

“你……你这是想干啥？你这是在威胁我吗？你，你的心咋这么黑啊！好啊，你想走，你走啊，只要我有钱，还怕来福没地方读书吗？还有，我要把我所有的地都给刘氏，我还怕他们不养我吗？你还想威胁我，哼！滚，给我滚！”蓝老太太大吼说道。

“娘，你这是说啥呢？也就是做顿饭的事儿，今儿个就我去吧，大嫂在咱家这么多年也是不易的，是我不好，光顾着难过了，我现在就去做饭，娘你等等啊！”蓝翠儿此时也下地劝说道。

“翠儿你？你这哪成啊，你这还伤着呢，你别理她，她爱走就走她的吧！”蓝老太太拉住自己的女儿道。

昨儿个连续被刘氏打了几个嘴巴后，如今脸上还有红印儿呢，今儿个却又遭了那些个老婆子的打，她如今这胳膊还是青的呢，怎么能做饭呢？所以蓝老太太很是心疼地说道，同时她的心里也更加地恨余氏了，平日儿里她怎么没发现这个余氏这样的没人味儿呢，平日里那是受了自家女儿的多少好处呐，现在竟是这样地排挤蓝翠儿，所以她难免心里不痛快了，嘴上说出的话也就更加不留余地了。

“娘，我求求你，你别再说了行不，嫂子……嫂子她不能走，我这就做饭去！”说着她便用手抹了一把眼泪，然后转身就向被那余氏烧得破烂的厨房去做饭了。

此时她也是别无选择的，能怎么办呢？如今她就是虎落平阳被犬欺啊，她现在什么都没有了，只能靠她的儿子给她争一口气呢，到时候让那个狠心的男人尝尝后悔的滋味，而能帮助她儿子的人只有余氏的爹爹了，虽然她自己手里还是有些银钱的，但那也得有人引荐啊，若是有人引荐，以后的仕途会平坦许多的，她可知道余氏的爹爹曾教的学生，在京都做官的可是有几个人的，而她来福将来参加科举，也不可避免要麻烦人家的，若是现在撕破脸皮了，那她来福不也完了吗？

“我……我这是做了什么孽了，你们爱干啥就干啥吧，我也管不了那么多了！”老太太突然觉得自己好似做什么都是不对的，她现在只觉得自己是个多余的，所以她又脱了鞋上炕，把身子扭到了里面，不去看让她心烦的余氏。

“娘，咱们一家人过日子还不就是图一个和气吗？你是不知道啊，现在刘氏他们母子三人小日子过得有多红火啊，人家还雇了人去帮他们家做活儿呢，听说做一个是五文钱呢，咱们村儿里可是有好些人家都去了呢，还有那万氏娘家村里的人也去了几个，娘，你说这刘氏是咋想的，放着咱们这现成的自家人不用，却是花钱请人家，她那么有钱咋没寻思孝敬你一下呢，虽说家是分了，但你还是她娘不是吗？这每个月是不是也得多少给你表示一下啊！”余氏很满意蓝翠儿的识时务，同时蓝老太太刚刚的一番话又点醒了她。

是啊，若是她真的走了，那么便宜的不就是那个刘氏了吗？要知道刘氏现在的日子就是她也是很羡慕呢，听说做了什么叫手套的东西在镇上没少卖钱呢，听人说，就是连那县令家的少爷和首富方家的少爷都戴呢，那肯定是挣了老多钱了，眼下蓝老太太竟也萌生了这个想法，要分一半的家产给刘氏，除了蓝老太太手里那些暗的，那明的可不就是那十三亩地了吗，她现在也想去攀刘氏，她真是妄想，而刘氏，想过着平静的生活，那也得看她同不同意啊。

“怎么？你不是要回娘家吗，怎么不回了呐？还有人家刘氏挣钱是人家自己的事情，关你什么事儿呢？她孝敬不孝敬我也与你无关，我现在不想看到你，你给我滚蛋！”蓝老太太一向是个什么事情都拔尖儿的，即便是自己没理，她都能辩出几分道理来，更何况那余氏今儿个不但顶了自己，语言中更是伤害了自己的心尖儿蓝翠儿，她又哪能这样说算就算了呢，她不知道蓝翠儿心中所想，但她可是一心为蓝翠儿叫屈呢！她自个儿的女儿，她自个儿都没嫌弃，她余氏是个什么东西呐！

“娘，你看你，怎么还生上我的气了呢？你是知道我的，一向是个有口无心的，更何况我对那煮饭烧菜的一向就不在行，若是做个针线啥的还成，可惜人家也不用我啊，娘啊，如今啊咱家人口也多了，翠儿如今也不是什么有钱的太太了，来福参加科举，秋儿嫁人，还有雨儿嫁人，哪哪不都需要钱啊，所以，你能不能同刘氏说说啊，让我和翠儿也去她那里做活呗，难道她赚了钱不孝敬你，给我们口饭吃也不行吗，更何况咱们也是不白拿她的，咱们可是也要干活儿的！”余氏完全对蓝家老太太发飙没有当回事儿，还在那自顾想着自己心里的事情。

“对了，最好让雨儿与秋儿也一块儿去，听说朵朵那丫头就在那帮忙呐，咱雨儿和秋儿又差啥呐？”余氏又添上一句道。

要知道，朵朵那死丫头在镇上救人的事情大家都传开了，那县令的少爷和方家少爷，对朵朵那都是另眼相看啊，而且这个买卖又是和方家同做的，若是让她家雨儿多多地与他们任何一个见面的话，那都是机会啊，徐家的那个少爷好是好，但是却是心不在雨儿身上，这都多少天了，雨儿都把自己关在屋子里面，不肯出去，虽然自己问过几次雨儿都没有说是为啥，但她又何尝不知道，那是因为徐家的两兄妹再也不理她了，所以既然这一个不成了，可是那两个的任何一个，也是不输于徐家少爷的，从而余氏才想着去刘氏那里谋一个活计，至于带着蓝翠儿嘛，那纯属是因为有蓝翠儿相陪，那估计蓝老太太会给使劲儿的，若是凭她自己，那刘氏是不会收她的。

“哼！你会有那么好心？打死我也不会信的，行了，你爱干啥就干啥去，我没时间和你在这里闲扯淡，我还要帮翠儿去做饭，你爱去哪去哪！”蓝老太太此时心里有的只有她自个儿的女儿蓝翠儿，哪里还能想其他的，只不过在她的眼里，余氏可是无利不起早的人，她会有那样的想法，一定也是想图一个什么，不过她现在可没有那么多的心思去猜她的心理，她还是不放心她的宝贝儿女儿，从而又下了炕也向厨房走去。

“死老太婆，你以为没有你，我就办不成我想办的事儿吗？我呸！”余氏一见蓝老太太这样地软硬不吃，便骂了一句后，呸了声扭着腰走了。

而快到傍晚时候的三爷爷家，这一天下来，竟是做了有一百多副手套，而所有人在各自拿到自己的工钱时，那开心的，一个个都是眉开眼笑的，直叹三爷爷家厚道，朵朵母女仁义等，总之就是双方都是很满意的。

而自从她们当天都准时拿到了工钱后，这两个村子里的人便沸腾开来，不禁都在私底下纷纷议论。

“这蓝老三家是不是真的发财了啊，那天铁柱媳妇一天竟然挣了五十文钱啊，我的老天啊，五十文那可是多老多钱啊，那可是一天挣的呐！”

“是啊是啊，周四媳妇说是挣得没有铁柱媳妇多，可是也是赚了三十文钱……”

“你们听说了没有？这个活计最早是人家刘氏母女先发现的，最后竟是与蓝老三家平半儿分呐，要不然说咱村儿谁最有眼光，还是他蓝老三和于小花有眼光啊，若是那日他们不收留那母子三人，哪有……今天的一切啊！”

大家说的那几个媳妇儿，都是村里数一数二比较勤快又能干的小媳妇儿，她们挣到钱后，听说在家里那腰板也是直直的呢。

而大家的这些传言，也无不都传到了蓝家老太太的耳朵里，一听说什么五十文钱，三十文钱的，那也都是人家一天挣的，她那不算大的眼睛便又上挑了起来，在家坐在炕上也大骂上了几天。

直到五日后，方忻来取货时，竟是意外地吃惊起来，这短短的五日里，朵朵竟是上交了七百多副手套，大人的五百副，小孩的二百多副，这正好完成了他所要求的一半啊，真是他始料未及的。

而且那做工无不精细，那刺绣也是能拿得出手的，方忻很是满意，所以她正与朵朵万氏在这里谈下一批数量的时候，只听外面传来了一个熟悉的声音。

“朵儿啊，二弟妹，我和雨儿来看你们了，听说最近你们也挺忙的，有需要我们帮忙的不啊，我们家雨儿的针线活儿，那可是极好的！”

众人一听，刘氏和万氏都不由得皱了皱眉，这不是余氏的声音又是何人呢？只是余氏的为人，别人不知道，她们还能不知吗？找她帮忙？她家雨儿的针线活儿好？她还真敢说啊！她家雨儿十足的贵家小姐的样子，十指不沾阳春水，还会针线？这人今儿个是抽了哪门子的疯啊。

而方忻却是没有任何的不自然，他知道了朵朵家里雇佣人来做的事情，他觉得朵朵在经商的事情上，很是有经济头脑呢。

蓝朵朵却是心如明镜似的，看来这余氏好似又要有什么算计了，要不然怎么会舍掉她自己那张让人生厌的脸来到这里找不自在呢？

“大嫂，朵朵，哟，你们都在呢呀，我可把雨儿给你们领来了，有啥事儿需要我们娘儿俩的你们可要说话啊！”余氏掀开了门帘走了进来。

众人一看到那蓝雨儿的穿着，都瞪大了眼睛，这哪里是像要来干活儿的样子呢，若是朵朵按现代的话来说，那么她不禁要问，蓝雨儿这是要相亲去吗？穿得很是华丽嘛。

只见她一身藕荷色的袄裙，头戴一支鎏金镶红宝石的金簪，那水嫩的小脸上也化着精致的妆容，除去那金簪是个败笔显得老气外，不得不说那蓝雨儿还真是一个小美女呢。

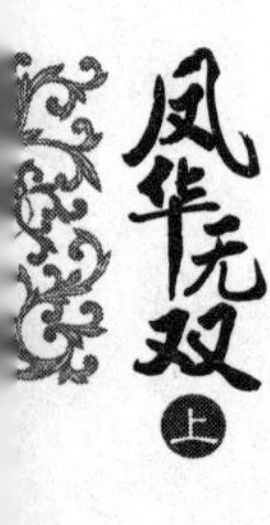

“雨儿，还不给方家少爷问好，你这孩子，在家里你不是说很是仰慕方家少爷的吗，这怎么来了就一句话都没了呢？”余氏很是不满意自家女儿的表现，呆呆的，低垂个头，偶尔抬头还是瞪着蓝朵朵，所以余氏边说着，边拧了蓝雨儿一下。

“哎呀，娘！你干吗拧我啊，你到底是不是我亲娘啊，你为何要这样低声下气儿地来他们家啊，我现在只求她离我远远的，女儿的心思你不明白啊，你别想什么让我攀上方家的什么大少爷，在我眼里，除了源哥哥，我谁都不喜欢，要在这里丢人，你自己留下吧！哼！”蓝雨儿愤怒地大吼道，而这时大家才清楚地看到，蓝雨儿的眼睛还是红肿着的，显然是哭过的。

“蓝朵朵，我恨死你了！我恨死你了！你现在开心了吧？不但源哥哥不理我，就是倩儿也是对我退避三舍了，我真不明白，我到底是哪里得罪你了，你这么的坏，现在又勾搭上了什么县令家的少爷，方家的少爷，那你能不能把我的源哥哥还给我啊！”蓝雨儿刚刚走到门口，却是突然又想到了什么，便又回头拉住了朵朵哭着说道。

这几日蓝雨儿一直把自己关在屋子里不出去了，自从上次的事情后，这都半个多月了，不但徐思源根本不理她，就连徐思倩见到她也是一副淡淡的表情，不像那样热情了，她很是受伤，但却还是坚持了几天，不停地去找他们兄妹俩，最后还是由老村长出面，以他们不在家的理由劝回了她，可是她心里却是明镜似的，她的源哥哥或许真的不在，但徐思倩一个女儿家，又能去哪儿呢，所以她很是伤心，便把自己关在屋子里一关就是几天。

今天一大早，在她还是独自伤心的时候，她娘却是说，要带她出来见什么镇上首富家的公子去，她本来很是反感的，只是她娘又说了什么还是朵朵精明之类的话，不但与这方家公子交好，就是与那县令家的公子也是关系不错，眼看着徐思源那边儿不行了，那不如赶快再找合适的之类的，而且，她蓝朵朵抢了你的心上人，你就不会抢她的啊，况且，经过这件事情，也可以试探一下徐思源的心思啊，若是他对你有意那必然会去拦下你的，若是无意，那么你就是怎么伤神儿，那也是白伤的。

经过自家娘亲的一番相劝，蓝雨儿便起了心思，她才不想着什么首富家的少爷，又县令家的公子的，她只要她的源哥哥，能嫁给源哥哥，是她毕生的梦想，所以她把自己尽量打扮得美美的，还故意在村儿里慢慢走了一圈，这才去了三爷爷家里，只是让她失望的便是，她预想的效果并未达成，直到她娘那样露骨地说明了来意后，她的源哥哥还是没有出现。

“蓝雨儿，我看你自己还是不在自己身上找原因，思源哥不理你，徐思倩也不待见你，你就全怪到我身上了？你怎么不说说你待朋友不真诚呢，你喜欢思源哥，怕是一厢情愿吧，你知道他喜欢不喜欢你啊？还有徐思倩，你是真心地想和她交朋友吗，你是想借着她而接近她哥哥吧，你以为别人都是傻的吗？任由你去哄骗？所以，还请你在自身找原因吧，不要再迁怒他人！”朵朵眯着眼很是不留情面地说道。

“还有大伯母，请你的思想端正些，我们家请的人也够用了，实在是用不了那么多，若是没什么事情，你们就回吧，不送了，我们也挺忙的，下次若是来的时候，还请提前打个招呼！”怪不得余氏今日这样地奇怪呢，原来是在这等着她呢，这钓金龟婿都钓到她这里来了，还真是过分呢。

“不是……朵朵你听我解释……雨儿那个死丫头她……”余氏在这屋子里闹了个大红脸，她没想她的女儿竟是扯她的后腿。

“我……我不是……我是真心和倩儿做朋友的，我也是真心喜欢源哥哥的，不是那样的，不是那样的……”说完蓝雨儿便跑了出去。

她知道她的反驳很是没有底气，可是她的内心里真的不是那么想的啊……

“朵朵……”余氏还要开口解释。

“大伯母，我劝你还是好好地伺候我奶吧，不要再想着有的没的事情，那样难堪的只能是你！”朵朵厉声说道。

“你这孩子，你怎么说话呐……你……”

“大嫂，你看我们这还有事情要谈，你若是没事，就先回吧！”万氏没有等到余氏说完，便把话接了过来道。

“你们……好，你们这是一家人了，欺负我这个外人是不，好，行！”余氏很是难堪地说道，然后甩袖离去。

“方少爷，实在是对不起，我们……我们也不知道她们会来，我们本来都不大来往了，谁知她们今儿个就……还有，你可千万不要听她们胡说啊！”万氏见余氏走后，第一反应就是向方忻解释，虽然她的私心里也希望朵朵以后能有个好归宿，但是现在她还小着呢，与方家更是有生意的往来，万一人家方家没有这想法，今日让余氏这么一闹，那不是要坏事儿吗？

“婶子，您不介意我这样叫吧，你们是什么样的人，我心里再清楚不过了，还有，以后就叫我方忻吧！”方忻看着万氏和刘氏那窘迫的样子，便劝说道。

“那哪成儿啊，我们……”这一次是刘氏和万氏一同摆手摇头道。

“有什么不成的？我和朵朵是朋友，现在又一块做生意，以后咱们要常接触呢，总是那么少爷少爷地叫着多生分啊，除非你们也是不拿我当自己人了！”方忻还故意装作满脸失落的表情。

“好！方少……方忻！那我们以后就这样叫你了，对对，咱们是自己人！”万氏很是不习惯地叫道。

“方忻，这批手套的质量你还满意吧，那么接下来的一批，你们还需要不了？”朵朵眼看着大家说着说着又要跑题，便接过话茬儿说道。

“要，当然要了，你们都不知道，我天天都被我爹给催得耳朵都要出茧子了，就是在镇上，现在订下来的都不下三百副了，那些只是一部分看到别人戴过的，来我家的杂货铺来问的，若是这批货拿回去，估计也挺不了五天的，所以……”方忻很是为难地说道。

实际上他这次来，还有一件事情难以启齿呢，就是他爹爹本来答应好的十天一千五百副手套的事情，眼见着势头这么好，他想改变主意，想再减少些时间，毕竟冬天也就这么几个月，而且离过年又越来越近，时间太长了，很是耽误他们赚钱的，可是他还真的不知怎么开口与朵朵说呢，这次朵朵他们赶出了这么多的手套，就是他没有想到的，所以此时他才敢透漏一下他爹爹的意思。

“方忻，是不是你爹那边有什么要求，或者是不需要太多了，没关系的，你不需要为难的！”朵朵看到方忻一副欲言又止的情形，便觉得这里面肯定是有状况，而方忻不好说而已。

“不是，不是不需要太多，而是……而是需要的太多了，而且，这一批本来说好的是十天交货，可是我爹是想能不能……能不能提前点儿，朵朵你看，要不要再招些人来做啊？这样会快一些。下一批，我爹……我爹他要一万副……

还……还都要成年人的！”最后方忻深呼吸一下，便一口气儿给说了出来。

“啥？一万副？真的要这么多？这批货提前，应该是没啥问题，这刚开始好多人都手生着呢，所以做起来一定会慢一些，但是这几天就越来越上手了，若是你能等到晚上再回镇上，估计还能完成一百多副呢，可是那一万副？我的妈呀，那得咋卖啊？”万氏倒是没有关心能不能做得出的问题，而是担心的是能不能卖得出去的问题。

“那这一千五百副，你们是打算提前几天啊？还有那一万副，什么时候需要？”朵朵并没有去担心人家能不能卖得出去的问题，她最担心的是时间问题，还有布料问题，若是都用布头去做的话，怕是那布庄会供应不了这么多的，而镇上的布庄也就那么几家啊，所以朵朵除去担心时间问题这个成本问题她也算计在内。

“这一千五百副，余下的七百多副，能不能在明晚之前就给我赶出来，我明晚来取，多晚都行，这七百多副是要运往京都的，而那一万副，也要赶在一个月之内完成，你是知道的，冬天就是这么几个月，如今又快要过年了，京都人早早地就开始置办衣服、年货啥的了，如今正是好机会啊，若是能完成的话，下一批手套，我爹爹愿意再一副给你们加上五十文！”方忻实际上自己说得也有些心虚的，要知道他爹爹可是一两银子一副的，这要是拿到京都去，没有二两银子也是下不来的，可是也就才给朵朵他们涨了五十文而已，所以他心里很是过意不去，况且，这一万副手套，竟是才给一个月的时间，这还真是难为人啊。

“一百文一副？”

“一百文一副？”刘氏和万氏同时惊呼出声道，要知道这样一算下来，一万副手套，那可是一千两银子啊。

一千两银子是多少她们是这辈子都没见过的，她们能不惊呼吗？不止惊呼，刘氏和万氏两人的身子都晃了晃，最后两人一块扶住了对方，这才稳住了，脸都涨红了起来，满眼止不住的喜悦。

“一百文？不行，得二百文，你也该知道，雇人也是需要花钱的，当初我们定五十文可是我们自己做的价钱，后来看在咱们是朋友的份儿上，所以那一千五百副，我没有多算钱，可是这次不同了，要一万副，我还要再找人，而且还要多找人，这样才能在一个月之内做好，所以，我要一副二百文，要不然，我就白费这功夫了！方忻你看？”朵朵认真地说道。

无商不奸，想必那方家老爷一定是挣足了钱，这才想给她涨五十文的，但是恐怕这也只能算上九牛一毛吧，既然他能要得这么急，想必一定是卖得很

好，虽说现在坐地起价有些不厚道，但是，商人就是如此啊，更何况，这次的契约也只签的是那一千五百副的，谁让他不多签些呢，所以朵朵也趁机提了价钱。

“朵朵！”

“朵儿！”

万氏与刘氏同呼出声道。

她们无不为朵朵捏了把汗，要是人家方家不同意可怎么办，这一千两银子都没了，要知道，他们的成本加上人工费，中午的伙食费也不能到一百两啊，一下子干赚九百两还想怎么的啊，这孩子怎么就这么的大胆呢。

“无妨的，婶子，朵朵说的也对，大家伙儿这么忙呢，而且确实雇人也是要花钱的，听说你们中午还要管一顿饭呢，嗯，行，这事儿我就做主了，就按朵朵说的，只要你们能按时完成这一万副，就按二百文一副算，咱们现在就把契约给签了，今儿个这些我先拿走，余下的银子，我也都给你们结了，下次的订金，我也会在明天晚上取货的时候付给你们的，朵朵你还有啥要求没？”方忻很是痛快地答应，对他来说，朵朵这样的要求，是很合理的，他爹爹精明，可人家也不傻啊，想要马儿跑，就得给马儿吃足了草啊。

而他一旁的管家身子不由得抖了一抖，他不光是为了方忻的大方而颤抖，他现在好想为他家老爷拍手叫好啊，他家老爷猜得咋就那么准呢？果然这个小姑娘是个做生意的料，而他家少爷只有妥协的份儿而已啊。

其实以往跟在方忻身边的都是两个会武的小厮而已，可今日是与朵朵家签订契约的日子，还有下一步的合作安排，所以方家老爷就把他身边最得力的管家借给了他儿子一天，临走时还特意把那老管家叫到书房里嘱咐道，他的底线就是二百文，若是对方要的超过二百文钱的话，那么就是方忻同意，管家也会阻止的，可是最神奇的是，这个小姑娘竟是一口就说到了老爷给的最底线，还真是让他吃惊啊，若不是这件事情只有他和老爷知道的话，他还真的怀疑有人给这小姑娘通风报信儿了，所以现在这个管家都不禁对朵朵刮目相看了。

“你还是回去与你爹爹商量一下吧，毕竟，这是涨了一倍的价钱啊！”朵朵又何尝没有注意方忻身边的那个管家的表情呢，平日里陪在方忻身边的可不是这位管家啊，想必那方家老爷，也知道自己的儿子不是个做生意的料，这才特意派来一个人吧。

而且朵朵还觉得，看来自己说的这个价钱，也是方家老爷心里认可的，要不然那管家见方忻要签契约，不会不阻止的，所以朵朵特意这样地一说，装作很是善解人意的样子说道。

“不用了，这事儿我就可以做主，就这么定了，朵朵你还有啥要求没？要是有的话，我都帮你争取一下！”方忻认真地说道，那副表情就如无论什么事，他都能搞定似的。

方忻身后的管家不禁要抚额，欲哭无泪的，他家少爷还真是个大善人啊，这要是让老爷知道了，还不知道什么表情呢。

“嗯，是有事情想要求你，你们在京都里应该有布庄吧？”朵朵试探地问道，镇上的那几家布庄，都不是方忻家的，但似乎听方忻说过，他家是做布匹生意的，想必那肯定是在京都吧，若是数量少，那这镇上的布庄还算是能供得上，但是现在要一万副啊，所以朵朵还得想其他的道道儿……

“是的，京都有，青云县上也有（青云县也是一个小县城，就跟清水镇相邻），怎么？你是需要布匹吗？对了，朵朵，我还想说呢，你做手套的这些布都是哪里买来的？一定不便宜吧？你若是有需要，我肯定会提供你最便宜的价格的！”方忻以为朵朵是想要在他这里买布料呢，所以认真地说道。

“我不是要买布料，我是要买布头儿，你是知道的，现在京都那些贵家小姐们，都开始做衣服了吧，我只需要他们不要的那些布，你们在京都，在县里都有布庄，估计也有成衣铺吧，你能不能想想办法给我多弄些布头儿来，这样可以降低些成本啊，你也知道，我们这是小本生意啊，本来每次都是在镇上买的，可是如今这数量太多了，怕是镇上供应不上了！所以便想着在你那想想办法！”笑着说道。

“布头儿？那还需要钱吗？朵朵你可真聪明，这你都能想到，没问题，这就包在我的身上了，我家有好几家布庄和成衣铺呢，我尽量都给你运来！你随便用，反正那东西也是要扔的！”方忻拍拍胸脯儿一副很是认真的模样。

他身后的管家对朵朵又一次刮目相看了，没想到，这个小姑娘还真的有点石成金的本事呢，那布头，虽然不完全如他家少爷所说的就直接扔了，但是大多数也是赏给下人的，跟扔了也没什么区别，可是他还真的没有想到，这东西还能这么地值钱，要知道一副手套，他家老爷在青云县和清水镇上可都是卖一两银子一副啊，这一万副是都要运到京都的，到时候最少还不得二两银子啊，真没想到啊，原来那些手套都是这布头儿做的啊！

“咱们一码是一码，我多少都要给你们些银钱的，虽说不值几个钱，你们留着赏人也好，若是一切没问题了，你们就再拟一份契约吧，咱们现在就签了！”朵朵觉得做生意一定不要贪图那一点点的小便宜，这样给人家留下好印象后，以后还怕没有生意找上门来吗。

朵朵想得很对，至少，今日跟随方忻来的这位方老爷身边的管家就完全被朵朵折服了，这小姑娘还真是一个会做生意的料啊，在大事儿上一点都不含糊，而那些小利小惠人家也不贪图，真是棵做生意的好苗子啊。

“好的，那咱们今天就把这契约给签了吧，我就暂且在这里再等等，等到晚上，看看能不能多拿回去些，所以，就劳烦你们了！”方忻看着朵朵说道，其实他内心里也想在朵朵的家里多多地待上一会儿。

“瞧方少……瞧你这孩子啊，什么麻烦不麻烦的啊，今儿个中午就在这用饭吧，朵朵做的好猪下水很是好吃的，正好你赶上了，也尝尝呗！”

一听说契约要签了，万氏和刘氏高兴得都手足无措了，也不知道该说什么好，不得不说到了这关键时刻，刘氏竟然还先平静下来，对方忻说道。

“猪下水？那……”方忻虽说也不是什么娇贵的公子哥儿，但是刘氏口中所说的猪下水他还真的没有吃过啊，更不知道那是什么东西。

“你放心，你绝对会想不到猪下水能这样的好吃，就连小天天那个小家伙儿都爱吃呢，小天天你知道吗，就是和你们一块儿被拐的那个小孩儿，没想到他是敬王爷的孙子啊！”万氏一说起小天天，那便打开了话匣子。

“那我就在这里讨扰了！”方忻含笑地说道。

直到吃完了饭后，那方家的管家依然不敢相信，这么好吃的东西竟然是那臭臭脏脏的猪下水，他也活了这么大把的年纪了，还真是头一次吃啊。

方忻也吃得饱饱的，直到晚上，大家完工，终于将小孩的那五百副都给补齐了，大人的也补齐了六百副，眼下就剩下四百副了，大家都很是开心。

直到送走了方忻，还有那些干活儿的人后，一家人也顾不上做饭了，便都坐在了一块儿，商量着今天的事情。

“啥？一万副，一副二百文？我没有听错吧，我的老天爷啊！”三奶奶竟是一激动晕了过去。

三爷爷也是满脸涨红地哆嗦着嘴唇，久久无法平静。

“娘！”

“三伯母！”

“三奶奶！”

“老……老婆子！”

“快！快掐人中！”

顿时三爷爷的家中乱成了一片，都为三奶奶的晕倒而焦急。

“嗯……是真的？是真的不？老头子，他们说的是真的？”慢慢醒过来的三奶奶依然是不敢相信刚刚知道的事情。

“娘，是真的，这契约都签了啊，您老人家没事儿吧？”蓝光磊很是担心地问道。

“傻老婆子，你怎么这么没出息啊，这两千两是多了一些，可是你，你咋就说晕就晕了呢！”三爷爷的脸色还是涨红没恢复过来，却是取笑三奶奶道。

“我的妈啊，这得是多老多银子啊，咱家几辈子也没见过那么多啊！”三奶奶嘴里反反复复地叨叨着。

“娘，咱们还是先商量接下来雇人的事儿吧，咱的人手现在这么一看，也是不够啊，这一万副手套，要在一个月内完成啊，年前正是好时候，越早赶出来卖得就越好啊，咱家也能过个肥年不是？”万氏提醒道，眼下最主要的便是人手问题。

“人手问题怕啥？咱们这一天一给工钱的，这么多天，有好几个人都上我这来讲情儿了，说想上咱这干活儿，因为咱家人手够用，我就没同意，眼下用人，就跟她们说一声就行啊，这几个人的人品也不错，就是为人小气了一些，很怕是咱们家拿不出钱，给她们发工钱，这才第一批没来的，一看咱们发钱痛快，她们乐不得的啊，人手问题没问题，明天那余下那四百副也没啥问题，明天就让她们来做，正好也试试她们的活计！”三奶奶利落地坐了起来，安排道。

“那真是太好了，小婶子也让你的那些好姐妹们也物色些人，再添上她几个，我看咱这屋子怕是也不够大了，明个儿把那空房子也收拾一下，把那炕也烧一下，热乎乎的，大家也有力气干活儿不是？”朵朵提议道。

“对对，朵朵说得对，朵朵，看你还有啥安排的没？三爷爷现在闲着也没啥事儿，你们都是挣大钱的人，我和你光磊叔，就给你们打打杂儿吧！”三爷爷笑呵呵说道。

“三爷爷，您和光磊叔没啥事的时候，还是要帮我打听一下地的事情，我还要买地，越多越好，最好是挨着的，这样无论是种的时候还是照看的时候都方便不是？”朵朵眨眼说道。

“朵朵啊，不是三爷爷泼你冷水，眼下你们挣的这些银子都够你们娘儿三个轻轻松松地活一辈子了，你还买地操那个心干啥啊？你们不是女人就是小孩的，买那么多地可怎么种啊？”三爷爷满脸不同意地说道。

“三爷爷，我自然有用处的，那地瓜，那大豆，我都要多种上它一些，到来年秋天，你们就等着丰收吧，人活着也不能光图个轻松啊，也是要有追求的，更何况以后谦儿可是要走仕途的，那也是要需要银子的，所以就请您帮帮忙吧！”朵朵知道三爷爷是为了他们好，但是她已经发现了地瓜和大豆，她又怎么能坐视不理呢，这可是造福大家的好事啊！

“姐！”小蓝谦听到朵朵在未来的计划中还有他的份儿时，心里除了激动外，还有些小伤感。

这些年来，大家都说他是天降灾星，对他避而远之的，只有他的姐姐和他的娘亲对他好，现在又有了三爷爷一家人好好待他，可是好归好，一般的庄稼院儿里的孩子，哪有那上学堂的福气啊，更何况，他还是一个命中给人带来灾难的人呢，以前自家姐姐也说过让他上学堂读书的事情，可是他那阵只当姐姐是在宽慰他而已，却是没想到，姐姐心里原来一直都装着他的事情啊。

“三爷爷，我也会多多地干活儿的，姐姐想干的事儿，肯定是能成的！”在蓝谦的眼里，他的姐姐是无所不能的，只要他姐姐想干的事儿，他都无条件支持，更何况这件事情，还是关系着他呢，他更不能拖姐姐的后腿。

“是啊，三叔，朵朵这孩子啊，心思活泛，就依她吧，更何况这银子也是她赚的，我这个当娘的也没啥能耐，但是有的是力气！”刘氏在内心深处还是比较宠着自家孩子的，因为她总是觉得若不是她的原因，两个孩子也不会受这么大的罪。

况且这银子的确都是朵朵挣的，她想怎么用，她是不会阻止的，最主要的是，她也是觉得买地虽然会累一些，但是却是一个不错的选择，庄户人家这本来就是离不开这块土地的，更何况，眼见着那土豆那样的高产，作为地地道道的庄稼人的刘氏，心里那是止不住地喜悦。

“老头子，我看你就按朵朵说的办吧，咱家地不多，到时候他们干不过来了，咱们也能帮衬不是？朵朵那孩子啊，看准的，可是也错不了！”三奶奶此时是完全地被朵朵给折服了，去了那做手套的成本在内，他们也能赚一千多两银子呢，这么多银子，她就是几辈子也没见过啊。

“是啊，爹，我和玲儿也不会看着嫂子他们不管的！”蓝光磊也接收到了万氏的目光，劝说三爷爷道。

“唉！那行吧，是我多虑了，那朵朵，你打算要买多少地啊？”三爷爷询问道。

“尽量多买，最好还挨着的，照五十亩先来买着！”朵朵想了想说道。

“我尽量给你们买离着近点儿的地，但是在一家买五十亩估计是有点儿难度，因为咱们村儿的状况你也知道，一家也就那几亩地，要是有十亩二十亩的都算是大户了，反正这也不是急的事儿，慢慢来吧，我四处走走，咱们周边的村儿，我也去看看！”三爷爷在一听到朵朵说要买五十亩地的时候，又想要说些什么，可是却是话到嘴边，又给咽了下去。

“嗯，那就谢谢三爷爷啦！”朵朵撒娇般地拉着三爷爷的胳膊道，她不是没有看出三爷爷那眼中的担忧，毕竟是要花那么多的银子，更何况家中劳动力也不多，三爷爷是为他们好。

“你这孩子啊，到时候累了，可别向我哭鼻子啊！”三爷爷家一向是人丁不兴旺的，蓝光磊那辈儿也只有蓝光荣和蓝光磊两兄弟俩，而到了蓝光荣和蓝光磊这一辈儿时，却是只有蓝光荣家里有个一子一女，还不同他们住一块儿，而蓝光磊同万氏却迟迟没有孩子，所以三爷爷和三奶奶待朵朵和蓝谦那可是真的打心眼儿里喜爱的。

一家人谈完了事情，又开始准备晚饭，由于中午方忻留在这里吃饭，所以他们便多做了一些，如今还有剩的，刚刚商量完事情，天色也不早了，所以大家也就是随便地热了一热对付了一口，大家都为接下来的那批订单而感到开心呐，所以吃多吃少，吃的什么，大家都没有在意，吃完饭，大家便都各自回屋去睡了，这一天也都累得够呛，所以一躺在炕上，便都进入了梦乡。

第十章 求助王府

京都，敬王府

“世子爷，蓝家与方家现在一块儿合作，正卖着如今京都贵族圈里都传开来的手套呢，只是人家方家拿大头儿，蓝朵朵只拿到一少部分，若不是方忻私自做主，怕是蓝朵朵能拿到手里的也只是九牛一毛吧！”黑衣人跪地禀报着。

“呵呵，那小丫头也不傻啊，我听天天说了，她那手套在镇上的集市上卖也就才卖五十文一副，现在她看着方家大批量买入，不也是坐地起价了吗？二百文，哈哈，不错，果然有经商的头脑，怕是方家那老狐狸又要骂他那不争气的儿子了吧！”敬王世子讽刺地说道。

而只有那个黑衣人却是发现，说到“不争气的儿子”时，敬王世子那语气怪怪的，好似还掺杂了些其他的因素在里面……那是酸溜溜的感觉呢，想到这里，那黑衣人却是又摇了摇头，心中直道不可能，世子爷的手段他可是最清楚的，女人对于他来说一向是麻烦的，就如刚刚娶回来的世子妃，他也是爱理不理的，搞得世子妃每天大吵大闹的，府里都没有个安静地方了。

而那蓝家小姑娘这才几岁啊，黄毛丫头一个，他家主子是不会有别的想法的。

“世子妃您不能进去，世子爷在与人谈话，不允许任何人进去！”只听外面的小厮阻止道。

“任何人也包括我？我是谁你不知道吗？”一个尖细女人的声音传了进来。

“世子妃……世子妃，您不能进去！”小厮焦急地喊道。

敬王世子朝着下面跪的人摆了摆手，那黑衣人便由后窗子飞身离去。

“睿，你看你的小厮，也真是没有规矩，我要进来，他也敢拦！”此人不是世子妃宋如月又是何人？只见宋如月，一身浅绿色的衣裙，外披着一个白色的大氅，那白皙的小脸上化着精致的妆容，头上插着一支翠绿的步摇，走起路来那步摇轻轻摇晃，煞是好看。

“谁准你进来的？小德子，把人给我赶出去，你也下去自领十个板子，爷安排你的事儿也做不好，留你有何用？”敬王世子沉声说道。

“睿……你……你怎么能这样地待我呢，你……”宋如月哭得那是梨花带雨，很是楚楚可怜，一点也没有刚刚在外面时的神气样！

“还愣着做什么，你还想再领板子吗？”敬王世子也是个硬心肠的，对待面前这么一位哭得楚楚可人的美人儿竟是一点也没有怜惜之情，反而是连正眼儿都没有瞧她一下。

“你……你太欺负人了，呜呜呜……”宋如月掩面哭着跑了出去。

那小厮一见那个惹祸的世子妃走了，便扑通一下跪倒在地苦着脸道：“世子爷，是小的不好，是小的错，可是您不会真的要小的去领板子吧？您还需要小的啊！”

“行了，就你小子精明，下次给我机灵点儿！”敬王世子挥了挥手说道。

“小的谢谢世子爷，小的谢谢世子爷！”小德子谢过之后就退了下去。

敬王世子在屋中便陷入了沉思。

“我欺负你？哼，既然你们宋家能把你送来，你就该作好这样的准备！”敬王世子自言自语地说道，面上的阴沉之色也越发地清晰。

第二日一大早，趁着大家还没上工的时候，三奶奶和万氏便又兵分两路的去另外几家请人，果然不出三奶奶所料，一听说还缺人手，那些个巧媳妇们都纷纷要来，而蓝光磊和三爷爷则是把另外的一间装着些杂货的屋子给收拾出来，把炕烧得热热的，大家就都坐在一块儿，热火朝天地干了起来，果然是人多力量大，等到下午方忻来的时候，那四百副手套也都全部做好了。

“果然是人多力量大啊，想不到这短短的大半天的时间，四百副手套都被你们给凑齐了，真是太好了！”想到昨天自家爹爹给自己的脸色看，那不快的心情，此时完全消散了，爹爹不是不相信今天朵朵能交货吗，这下回去可好了，他可以在他爹面前扬眉吐气了。

“朵朵，我给你拉来了两车的布头，估计够你用一段时间了，我回去后，再继续帮你攒着，多的时候再一块儿给你拉来！”方忻回到家里便向他爹说明了要布头儿的事情，惹得他爹一个劲儿地说朵朵是个小狐狸，就是十个自己也比不上一个朵朵，当然，方忻自然是不介意这些的，要知道朵朵若是不聪明，那当初也不会那么只身一人地去救人了。

“真的啊？那我得去看看，我还担心你弄不来呢，现在人手都已经足了，只差它了！”朵朵说的是事实，这交的四百多副手套做完，根本就没剩下多少布头了，镇上的布头，也陆陆续续地都被她买来了，若是方忻这边没有办法弄到的话，估计她只能去买那尺头回来裁了。

朵朵一行人出来，只见今儿个跟着方忻来的是三辆马车，第一辆马车坐人，而第二辆第三辆的车上都堆放着满满的袋子，朵朵看着这些袋子，眼睛便都闪出了亮光，这些布头可都是银子啊。

朵朵三步并两步地走上前去，拆开了几个袋子一看，顿时开心了，这布头的质量显然是比她在镇上买的要好得多呢，也大得多，果然京都的东西就是比镇上的好啊。

朵朵私下与万氏一商议，最后决定拿出三两银子给方忻，虽然人家不一定能看上这三两银子，但是朵朵可是按照市价加上车马费呢，之所以与万氏商议，那是因为，这个手套生意，她可是与三爷爷一家人平均分的啊，所以这金钱上，还是都算清楚好。

自然，方忻是肯定不会收这银子的，可是朵朵说，拿回去赏下人也是好的，一码是一码，要不然下次她也不敢再收他的布头儿了，这样方忻才俊脸微红地收下。

手套装上了马车，方忻交给了朵朵一包银子，和一袋铜板，一共是五百两，方忻很是细心，他知道无论是在乡下还是在镇上，百姓们都花的是铜钱或者是白银，很少用银票的，所以方忻特意地换了些零散的银钱交给了朵朵，朵朵很是感激地对方忻说谢谢，而万氏更是，她哪里见到过这么多的银子啊，这五百两其中包括四百两的银子，和一百两的铜钱，那铜钱整整是装了满满的一个小袋子啊，万氏止不住地就是乐。

方忻还要着急往京都送货，所以并没有多留，盯着朵朵依依不舍地走了。

之后方忻便是每五天取一次货，就付给朵朵一些银子，这次他却都是以银票的形式给她的，银子虽然方便，但是放太多在手里也是不安全的，所以方忻很是细心地又给朵朵准备了银票。

直到第三十天的时候，方忻把最后一批货也给拉走了，那二千两银子也都付清了，也快过年了，所以方忻这次来，还给朵朵一家带来了许多的吃食，有大米，白面，野猪肉，鸡，鸭，鱼肉。

“三奶奶，婶子们，你们为了赶活儿，肯定是耽误了你们办年货的时间，这些也是我爹和我娘的心意，一来呢是为了报答朵朵上次对我的救命之恩，二来呢也是感谢大家能在这么快的时间就完成了这一万副手套，所以大家千万不要与我客气！”方忻含笑说道，其实他有一句话说得很对，那便是这的确是他娘让他送来的，但他爹却是不同意的，其实他爹平时还是很好的，但是就是太偏商人化了，最后要不是他娘发了火，他爹还真就不肯让他来送这些个吃食呢。

“忻儿啊，你还真是客气啊，跟你三奶奶你还这么客气啊，今晚上留在这儿吃饭啊，三奶奶我亲自给你下厨！”经过这些日来的接触，三奶奶一家都十分地喜欢方忻，为此三奶奶一家人对方忻的称呼也亲切了许多，叫他为“忻儿”。

“那我就不客气了，我最喜欢吃三奶奶做的饭了！”方忻在蓝家人面前也再也不似以前那样板着脸，一副古板的模样了，现在的才是符合他的年纪的。

三奶奶、万氏、刘氏，加上朵朵为了庆祝今日完工，又特别地感谢方忻送来的这些好吃的，所以做了一桌子好吃的菜，那排骨炖豆角，拔丝地瓜，剁椒鱼头，黄豆芽，凉拌木耳，小鸡炖蘑菇，红烧肉，溜肥肠，最后还有一个大骨头汤，八菜一汤很是丰富，大家吃得格外地开心，方忻就坐在朵朵的旁边，朵朵时不时地还为他夹菜。

这把方忻开心得也不知道自个儿吃了多少，听说回到方家后，方忻愣是撑得半宿没睡，一直在外面遛弯，吓得方夫人还以为自己儿子有啥心事儿呢，当然这是后话。

吃饱喝足，在方忻要走的时候，朵朵和刘氏却是也拿出了几包东西。

刘氏一样一样地介绍道：“这两对枕头，一对送给方老爷和方夫人的，另外一对儿就送给你和方小姐（方忻的妹妹）吧，这虽然也不值啥钱，但也算是个稀罕物件！”

“这包木耳，虽然不多，快过年了，也是能当盘菜的，还有这地瓜，无论是煮着吃，还是烤着吃，或者做拔丝地瓜也都是极好的，你都带回去给方老爷方夫人还有方小姐尝尝吧！”

所谓礼尚往来，乡下人家最在意这个，人家给的若是不要不好，但是无论怎么样，自己也要回敬人家一份儿的，这样才不会失了礼不是？

“谢谢婶子，那我就收下了！”方忻看着那一对菊花枕格外的亲切，也很是激动，当初在朵朵送许宵那个臭小子时，他明明知道那是送给他父母的，但是他还是有一些小小的嫉妒的，如今没想到他也能有一对儿了，真是太好了！所以此时方忻那脸上更是洋溢着满满的笑容。

看得蓝家一众人都很是不解，没想到这方家的少爷还真是知足，真是个好人啊，这是怕他们下不来台吧，这才这样表现的，毕竟自家送的东西与人家比起来才是微不足道吧。

大家吃过晚饭，又聊了天，眼看着时间也不早了，方忻便与大家告别，向镇上出发。

直到方忻马车看不见了，众人才回到屋子里，朵朵拿着方忻给拿来的银票放在了炕上，还有上次拿来的碎银子、铜钱都分给了每天干活儿的人了，所以眼下只剩下了这么多，最后大家一商议，朵朵一家人得一千两，三奶奶一家人得九百两，刘氏肯定又要与万氏等人推让了起来。

“光辉媳妇，你我都知道，若是没有朵朵，我们能干啥挣这老多钱啊？人呀，得知足，其实你们就是按数量给我们算钱，我们也说不出啥的，可是你们都是那心肠好的人，我们占了这么大的便宜哪能还得寸进尺呢？所以啊，咱们也别谦让了，这个该是你拿的！”三奶奶把那银票塞到了刘氏的手中说道。

刘氏只得收下。

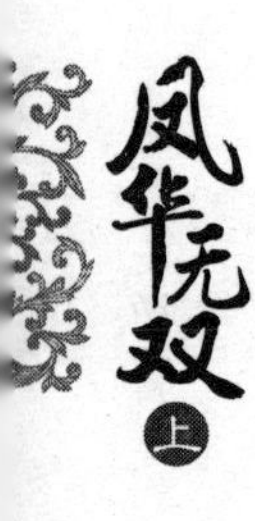

直到晚上回到娘三个儿的屋子时，小蓝谦才兴奋地说道：“娘，姐，明儿个，咱们去镇上逛逛呗，这次我一定紧跟着你们，眼看着就要过年了，咱们家也得办点儿年货是不是？姐，今年能给我买些鞭炮吗？”

蓝谦到底是小孩子，经过上次被拐一事后，又加上近些日子来家里又这么忙，所以他都有快两个月的时间没有去过镇上了，镇上那么热闹，如今又快要过年了，一定会更热闹，在乡下这种地方本来孩子们就没啥可玩的东西，孩子们大多数都惦记着每次的赶集，小蓝谦也心心念念地惦记着，蓝谦一直是个懂事的孩子，但是到底他也只是个小孩子，眼见着自家挣钱了，便想到了买些自己一直渴望的东西，男孩子又有几个不喜欢鞭炮的呢。

“朵儿，谦儿这些日子也定是闷坏了，咱家现在也是有几个钱了，要不……？”刘氏恨不得把她的所有都给孩子，更何况自家现在是有这个条件的。

“呵呵，娘，瞧你们俩那表情，好似我就是个恶毒的姐姐似的，好的，明天咱们三个就一块去镇里好好逛逛，一人做两身衣服，虽然吃的东西方忻都给送了，但是瓜子，糖块儿，点心啥的，咱也要准备一些，这些日子，大家可都是累坏了，咱们要自己犒劳自己！”朵朵一样样说着他们要买的。

“朵儿，这要过年了，你奶那边，咱们是不是也得买点啥啊？”刘氏此时的脸色又垮了下来。

不知道是不是落下病根儿了，虽然上次自己是在她们面前强硬了一回，但是一想到还要回到那边去，她心里还是直打怵的。

虽然她们现在是分了家，但是毕竟蓝太太是长辈，这眼看着要过年了，送些东西过去以表孝道也是很正常的。

“嗯，是得买，那咱就给她送去五斤大米，五斤白面，一条鱼，再买些糕点，这四样吧！”朵朵笑着说道，不是她不厚道，只是她娘亲一提到老宅的表情，还真是有趣啊。

“哼，用得着给她们那么多吗？送再多过去，也没人说咱们好的！”小蓝谦一听到自家姐姐说要给老宅送那么多的东西时，很是不乐意地说道。

别说是蓝谦了，就是刘氏也是有点不敢置信地看了看朵朵，毕竟，她心里认知的朵朵可是一个嫉恶如仇的人啊，今儿个怎么大方起来了？

朵朵一看到娘和弟弟的表情，脸上便也是一阵苦笑啊，不是她大方，而是她是知道这古代最讲的是孝道啊，更何况她所在的大周国皇上更是以孝治国的，虽说大家并不知道自家到底是赚了多少钱，但是到底大家还是看到了自己家的生意红火了，若是现下不向老宅表示一下，那么被有心人拿来做文章，到时候估计他们的损失会更大的，所以还不如大大方方地让大家都看看，他们娘儿几个是怎么以德报怨的。

“你以为咱们不给，人家就不来要吗？你们不要忘了，就是村长当初也是说，虽然分家，但过年过节的需要表示的，也是不能省的，更何况咱家现在挣了钱，虽然大家不知道有这么多，但是还是有眼红的，若是被有心人利用起来，到时候咱们孤儿寡母的便又会不消停了。”朵朵叹了口气说道。

“对，对，还是我朵儿想得周到，咱们好不容易才过上这安稳日子，可不能再出啥事儿了，我现在只希望谦儿快些长大，这样，咱们母女俩也有个依靠不是！”要知道无论是在乡下还是城镇，一个家里若是没有个男人挑大梁，那这人家一定要挨欺负的，刘氏很是慈爱地看着自己的小儿子说道。

“娘，你放心吧，以后谦儿一定会变得强大，好好保护你和姐姐的，谁也别想欺负你们！”小蓝谦攥个拳头说道。

由于娘儿几个明天说好了要去赶集，所以还是早早进入了睡眠。

第二日一早，娘儿三个起了床，很是小心地热了饭，近几日来的忙碌，今日要去赶集，刘氏并没有同三奶奶一家人说，她觉得，人家也该好好地歇歇了，哪里知道，等娘儿几个吃了早饭出门的时候，却是看到了三爷爷、三奶奶、万氏、蓝光磊都穿得整整齐齐的了，看样子也是要出门的。

两家人就这样面对面地站了一会儿，最后却是都止不住地哈哈大笑起来，原来大家都抱着不打扰对方的想法，但却是又不谋而合地想到了一块去。

原来三爷爷三奶奶一家人是去镇上他们的大儿子蓝光荣家，距上次蓝光荣回来拿钱也是有几个月了，至少在朵朵他们搬进来后，蓝光荣是没回来过的，上两次去镇上也是因为忙的原因，根本就没顾上去看他，如今快要过年了，老两口心里却是越发地不安起来，所以昨晚便商议今儿个要去镇上看看大儿子，而蓝光磊和万氏也是去镇上去“求子”继续抓药。

一行人浩浩荡荡向镇上走去，朵朵心里明白，庄稼人花钱可都是算着花的，别看他们现在有钱了，但是大家还是主张有钱要花在刀刃儿上，不能那么浪费了，这赶上集，去的时候手里又不拿啥，根本是不用坐马车的，有那银钱，不如买点正用的。

而朵朵如今的身子也越发地好了起来，也适应了这样的生活方式，所以一家人边走边说笑着，就觉得很快地便到了集市上。

到了集市上，大家也便分开了走，朵朵娘儿几个也是买着自家人需要的东西，只见片刻的功夫，母子三人竟是买了一大堆的东西。

“咦？朵儿，谦儿，你们看那个人不是你们的姑姑啊？”刘氏一边走着，一边无意中向那当铺的方向看去，竟是看见了蓝翠儿站在当铺的门口东张西望的，确定无人后，这才进了当铺。

朵朵和蓝谦一眼望去，两人都认出了那人就是蓝翠儿，所以两人相视看了眼，之后便也悄悄地走了过去，附在当铺门口的墙壁处只闻里面传来讨价还价的声音：“掌柜的，你可要看好了，这可是上好的玉镯啊，怎么可能只值五两银子啊，想当初买的时候，可是值一百两呢！”蓝翠儿那尖锐的声音响起。

“那你就去卖一百两好了，我这儿最多只有五两！”掌柜的语气也不是太好地说道。

“你……真是奸商！”蓝翠儿越发地觉得，自己最近是越来越不顺了。

“你怎么说话呢？我是奸商？你大可去别家问一问，你这个玉镯到底值多少钱，你这种玉镯是在京都买的吧，京都去年最流行这种玉镯，看着通透成色好，但是它却不是上好的玉制成的，所以这玉镯最多不超过八两银子，当然，我给你五两是不算多，但是我觉得也是比较公道的了，既然你不满意，那你便走吧，我还不收了呢，哼！”掌柜阴沉着脸说道。

这个妇人穿得还算是体面，没想到却是个无知的，定是家里的相公欺骗了他，说这玉镯如何如何的贵吧，想到这里，掌柜的看着蓝翠儿的眼神儿更加地鄙夷起来。

“看什么看啊？定是你胡说的，这怎么只能值五两，哼，姑奶奶我还不卖了呢，这镇上的当铺又不只有你一家！”实际上蓝翠儿也是被那掌柜的看得有些心虚了，因为这个玉镯的确是那刘卓在京都里给她买回来的，当时她只看成色极好，就很是喜欢，而那刘卓却是告诉她这玉镯要一百多两银子呢，当时还给她乐了好几天啊，这次被赶了出来，她也是费了好大的力气才把这东西给带走的，却是没有想到是这个结果。

蓝翠儿把玉镯收了起来，便往外走，而外面朵朵姐弟俩便快速地藏至那墙壁后面，直到蓝翠儿走远，刘氏才敢走过去对着姐弟俩道："你们俩真是淘气！"

"姐，你说咱姑是不是没钱了，这才来当东西的？"刚刚里面的谈话声，姐弟俩都听到了。

其实朵朵与蓝谦也不是真的只为淘气而来偷听的，正所谓知己知彼才能百战不殆啊，如今蓝家老宅又多加上了蓝翠儿一家，他们不得不防啊，好不容易的平静日子他们也很是珍惜的。

"管她有钱没钱，只要不关咱们的事情，啥都好，走吧，咱们去买鞭炮和糖果去！"朵朵掐了掐蓝谦的小脸蛋，如今的小蓝谦的脸蛋儿上已经长了些肉，所以掐起来很是有手感，朵朵也爱上了他的小脸蛋。

"好欸！"小蓝谦一听说要买他的最爱去了，一边拍手一边笑着道。

再说蓝翠儿又走了好几家当铺，可是给出来的答案是一样的，就是她这个镯子并不值钱，而最多也只能出同那个掌柜的一样的价钱，那就是五两银子，这可急坏了蓝翠儿，从刘家出来带出来的首饰是有数儿的，这段日子在娘家住，那个余氏没少在她这里得到好处，虽然她不想给，但是也无可奈何啊，毕竟儿子的仕途是最重要的，想着她一咬牙，便把这个玉镯当了五两银子，然后朝着布庄走去。

原来，这快要过年了，余氏就想着给蓝雨儿做上一套新衣裳，这不听说镇上又新来了许多新布料，余氏就话里话外地向蓝翠儿透露着，要知道她雨儿也许多年没有穿过新衣裳了，虽然平日里她雨儿穿的衣裳也是整个三里铺子里数一数二的，但是那到底是自个儿哥哥家的女儿穿剩下的啊，所以今年她一定要想办法给自己的女儿做上一身儿，正巧着，那天她上镇上回娘家，嫂嫂便同她说，现在镇上新来了好些个好料子，过年还会给她女儿做上几身儿，所以这以前她女儿穿过的也有七八成新的衣裳就都给了余氏了。

若放在平日里，那余氏得到这些衣裳那她肯定是要高兴的，但是如今她却在心里有点埋怨起自家嫂嫂，这一要给清儿（余氏哥哥家的女儿叫余清）做衣裳便是几件几件地做，可是她家雨儿只能捡清儿不要的，这让她心里怎么能舒服呢，所以这次她竟是婉拒了她嫂子的"好意"，而把主意打到了蓝翠儿的身上，她蓝翠儿虽然是被赶了出来，但瘦死的骆驼还比马大呢，这给她的雨儿做身儿衣裳还是小菜一碟吧，这才有了今日蓝翠儿上镇上当首饰这一事件，当然，这一切的一切都是蓝家老太太所不知道的。

再接着说刘氏母子三人，买了四包糖果，四包糕点，外加一些鞭炮，这可把小蓝谦给乐坏了，刘氏看见这东西也买得差不多了，便要张罗回去，可是朵朵哪里能同意啊，便又拉着她娘往首饰店走去。

“朵儿啊，咱们来这干啥？这里的东西都死贵死贵的，再说咱们也用不上！”虽说刘氏口上是这么说着，但她那眼里的渴望却是怎么也无法骗了朵朵的。

朵朵心里明白，女人家哪有不喜欢这金银首饰的啊，更何况朵朵自从穿越过来后，便没有见过刘氏有任何的首饰，她不会忘记刚刚她娘在看那蓝翠儿去当的玉镯时的眼神儿，那是满满的羡慕与渴望。

“娘，这要过年了，咱家又不是吃不上，喝不上的，买样首饰犒劳下自己咋了？娘，咱可不能当那守财奴，该挣时挣，该花时花啊！”说着朵朵便拉着依然在愣怔的刘氏走了进去。

一走进去，那掌柜的很是热情地招待着娘儿三个，因为现在娘儿三个穿得也算是体面、整洁，如今是无论是娘儿几个走到哪里，都没人给他们白眼了。

“这位夫人，这些是我们店里前几天刚来的货，您看看，我们这还有专门订制，但是会需要些时间的！”掌柜的把一托盘里的首饰都拿给刘氏娘儿几个看。

“唉！我……我们先看看！”刘氏一见到这么多的首饰，那眼睛都有了亮光，但却是仍迟迟地没有行动。

朵朵也仔细地选了选，最后她给刘氏选了一对儿赤金镶红宝石的金镯子，一支银簪，外加一对金叶子的耳环，自己则是挑选了两朵珠花，既简单又漂亮，朵朵是觉得，自己现在还是个小孩子，戴金的银的难免要显得俗气，而最后替蓝谦选的则是一枚玉佩，虽然不是什么珍品，但却也是成色不错的。

“朵朵，这对镯子我就不要了，这要多少钱啊，就买这银簪和那对儿耳环就行！”刘氏喜欢归喜欢，但是若是让她买这么贵的金镯子她可舍不得啊。

“干啥不要啊？掌柜的替我算一下总共是多少钱吧！”朵朵自顾地对掌柜的说道。

掌柜的眉开眼笑地应下了。

“朵儿……”刘氏直摆手向朵朵叫道。

“娘，你忘了我刚刚和你说过的了？咱不能当守财奴，只有会花钱才会挣钱，只想着攒钱，那得攒个啥头儿去啊？你想想你这两个月来的辛苦，要我说，买这几样都少了呢！”朵朵低声劝说道。

“是啊！娘，你就买了吧，这多好看啊，你看大伯母，我老姑，就连我奶的头上还有玉簪呢，可是你有啥？买下吧，你要是不买……那我……那我也不要那玉佩了！”小蓝谦很是纠结地说道，只有老天知道，他有多么地喜欢那枚玉佩啊。

“好，好，娘买，娘买！”刘氏看着自己这双懂事的儿女，那眼圈便红了起来。

最后算账一共是五十二两零二十五文，掌柜的很是会做生意，把那二十五文钱给抹了零，收了他们五十二两。

刘氏拿出银子很是心疼，但却是更加小心地把那买来的首饰给小心翼翼地收了起来。

娘儿几个向那三里铺子等人的马车处走去，到了那里，只见到三爷爷一家人都在那等着呐，只是全家人的脸上毫无喜色，更甚至三奶奶和万氏的眼圈还红着呢，而三爷爷和蓝光磊则都是满脸的阴沉，好似随时都有可能爆发一样。

正巧那布庄的小厮也在一旁等候朵朵母子三人多时，一见到他们来了，便很是客气地帮忙把尺头给装到了车上，上了车，刘氏才小心翼翼地向万氏问道："咋了？这是出啥事了？"

“嫂子……我……”一向说话直爽不拐弯抹角的万氏竟也有结巴巴的时候，这更加让人觉得，这中间肯定是有事儿的。

“出啥事儿了？你倒是说啊？这可真是急死人了！”看到这样结结巴巴的万氏，刘氏也越发地觉得这肯定是出事儿了。

“大哥他进大狱了，说是他开的杂货店里卖了掺了老鼠药的吃食，吃死了人，大嫂病倒了，一直不敢同家里人说，要不是今儿个爹娘去了，那还不知道这事儿呐！”万氏低声地说道，而三爷爷、三奶奶、蓝光磊等人都在一旁低垂着头，默不作声的。

“啥？进……大狱了，死……死人了？咋整得这么大发呐？”刘氏到底也只是个妇道人家，在乡下这种地方，那出人命下大狱，那可是天大的事儿了。

“那……那你们没去衙门去看看大哥，没想想办法？”刘氏突然问道。

“去了有啥用啊，没用啦，人都被带走了，说是押去城府了，没有办法了！”万氏摇着头说道。

“啥？押去城府？对方是啥人家啊，咋能闹到城府去呢？”哪怕是刘氏也是知道的，虽然是出了人命，但是事情在没有查清楚之前，不可能是交给城府去啊，这是一下越了好几级啊。

“死的那个是咱们府台的小舅子，人家说啥也要让大哥给他们偿命去，嫂子，这眼看着就要过年了，这个年可咋过啊！”万氏说着眼泪都流了下来。

刘氏听完后，也是久久无语，府台的小舅子，在他们乡下这种地方，那府台的小舅子就是皇亲国戚啊，就是想办法，又能想出什么办法呢？只有无声地哀叹，一路无话。

直到快要到三爷爷家的门口时，便看到一辆马车停在了旁边，而那马车上坐的人，大家也一眼便看出了，此人不是许宵是谁呢？

“朵朵，你可回来了，我都等好一阵了，你们这是赶集去了吧？”许宵满脸兴奋地说道。

“这是……”三奶奶毕竟是没有见过许宵的，所以低声问道。

“这是咱们县太爷家的少爷，许少爷！”三爷爷低声说道。

“啥？县太爷……县太爷家的少爷？那咱们荣儿的事情……”三奶奶自言自语道。

“这个你也先别做打算，毕竟那人也都押到府台去了，况且，咱们跟人家也只是两面之缘，不为朵朵救过他，人家认识咱们是谁啊，所以，还是别抱太大的希望了。”三爷爷低声说道。

“许宵，怎么是你？”朵朵对许宵还是比较热情的，不知道为什么初见方忻的时候朵朵还有些拘束，但是对于这个大男孩，朵朵却是拘束不起来，觉得在他面前很是舒服。

“我娘让我送回礼来了，上次你送他们的枕头，我爹娘很是喜欢呐，本来这回礼早就该送了，但是你们最近又一直没有去集上，所以一直找不到你们，这次我也是顺着你上次所说的路，一路打听来的，却是没想到，你们今儿个还去了集上，呵呵！”许宵说得很直接，并没有什么掖着藏着的。

“许夫人还真客气，还送啥回礼啊，我还要感谢她呢，若是没有她的那瓶药，那我的脸现在还不知道怎么样呢！”朵朵笑着说道。

“娘、三奶奶，这是许宵，是县令家的公子！”朵朵为三奶奶和刘氏介绍这个许宵，因为上次在镇上其他人是见过的。

“许少爷好！”

“许少爷好！”

“呵呵，三奶奶、婶子，你们别这样叫我，我会不好意思的，你们就叫我许宵吧！”许宵搔了搔头道。

“好！好，快请进屋！快请进屋！”三奶奶见许宵这样的没架子，便异常热情起来。

万氏和刘氏对望了一下，二人也在相互的眼中看到了一丝的曙光。

“小核桃，你把给朵朵家带的回礼搬进屋子去！”临进院子前，许宵还吩咐同他一块来的小书童道。

蓝光磊和三爷爷眼见着东西那么多，便也一同去帮忙。

“这让小的来就行了，二位爷，还请进屋休息吧！”这个小书童也是十五六岁的年纪，很是客气地说道。

“啥爷不爷的，这么多东西你也拿不了，我们也添把手！”蓝光磊很明显被人叫做爷很是不自然，便红着脸说道。

“朵朵，这几次去集市上都没有找到你，你最近忙啥呢？”许宵在每个赶集的日子都会特意地去集上找朵朵的。

“方忻没告诉你吗？我们俩一块儿做生意了呢，就是卖上次送你们的手套，这刚刚才完工，今天我和我娘还有我弟弟去集上逛了逛，没想到你这会儿就来了！”朵朵笑着递给许宵一杯水道。

“什么？你俩一块做生意了？这个该死的呆子，他根本就没告诉我，看着我找你，找得那么急，他都没有告诉……哼！”许宵自言自语地说道，直到他发觉到自己失态了，这才哼了一声。

“你不会就为了给你送回礼，才这么找我吧？”朵朵看到许宵直爽得可爱，便笑着打趣道。

“我……”许宵被朵朵说得红了脸，结巴起来。

“朵朵……不许淘气！许少爷，你别介意啊，这孩子她就是没个正经的！”刘氏解围道。

在说朵朵的时候，刘氏还对朵朵不经意地使了个眼色，那眼色是往三奶奶那边使的，朵朵一下便明白刘氏这是让她帮着打听一下蓝光荣下大狱的事情。

“许宵，你一直在镇上，你前段日子有没有听说过一件事儿啊？听说一个杂货店的老板被下了大狱，还被押到了城府去了，那具体是怎么回事儿，你知道吗？”朵朵小心地问道。

“啊，是有那么回事儿，其实要说那杂货铺的老板也是有点投机取巧了，他铺子里面卖的糕点，那都是有些寺庙里的上供，被他低价收回来的，而那有些寺庙里上供的点心，僧人们怕供着的点心被老鼠给偷吃了，所以在那碗碟中还放了些老鼠药，以防老鼠偷吃，到时候会卖不上好价钱，而那杂货店的老板也真是太粗心了，他在收点心的时候，竟没有仔细看一看就拿去卖，所以这就出了人命，死的那个是人家府台的小舅子，人家就要这杂货店的老板偿命，所以根本不放心地方上的官员去审理此案，这才有了这码子事儿！不过，朵朵，你问这个干嘛？你怎么知道这事儿的？”许宵很是不解地问道，朵朵不是说她一直没去镇上吗，那怎么知道这个件事情呢？

“老天爷啊，这个糊涂的东西，怎么就这么地没出息啊，这么丧良心的事情他都能做出来，他这定是亵渎神灵了，老天爷这是要惩罚他啊，我的老天爷啊，这可怎么办啊！”三奶奶竟是拍起了巴掌，边骂边哭了起来。

此时她终于知道，老大蓝光荣他究竟是犯了什么罪了，本身他收寺庙的点心来卖就是不对的了，如今还吃死了人，那他不……他不是必死无疑吗！

“朵朵……这……”许宵被三奶奶的这一哭声给吓了一跳，很是不明白地看向朵朵。

“许宵，实话告诉你吧，那个杂货店的老板是我大伯，也是三奶奶的大儿子，前段日子我们忙，这也是刚刚才得的消息，那照你这么说，事情就没个缓了？”朵朵一听到事情的严重性，便小心翼翼问道，因为她不敢想象，若是那蓝光荣真的出事了，三奶奶一家人要怎么办。

“这事儿可就难办了，要是在镇上县衙中，我还能帮帮忙，但是这府衙里，我可就使不上劲儿了，更何况，那府台是极为宠爱他那小妾的！”许宵也紧皱眉头地说道，说句心里话，这件事里面其实是还有猫腻儿的，但他爹可是千叮万嘱地不让他往外说的。

“你是说死了的，只是那个府台小妾的弟弟吗？”朵朵突然抓住了许宵这句话的重点道。

“是啊，这件事情错不了，府台的儿子也是我的同窗，他常常和我抱怨，他娘是恨足了那个小妾的！”许宵认真地说道。

“那许宵，你说咱们要不要在那府台的夫人身上下手呢？如今那边我们也搭不上线儿，就只有靠你了，你在那边只要先想办法稳住他们，先不要定我大伯的罪就行，我们在这边也走走其他的门路，你看怎么样？”朵朵满脸期待地问道。

“朵朵，我同你说实话吧，这里面其实还有一些猫腻儿呢，我同你们说，你们千万不要往外说啊！”许宵实在是不想欺骗朵朵，所以他还是没忍住。

“啥……啥事？”

这句话竟是屋中所有人一同问的，他们的小心脏实在是再也经受不起任何的打击了。

“实话和你们说吧，其实那个死去的小妾的弟弟是假的，真的并没有死，但是你大伯家收点心的事情却是真的，而那个小妾的弟弟早就盯上了你大伯家的杂货店，也同你大伯谈过很多次他要盘下那个店的事情，只是你大伯一直因为价格偏低而没有同意，从而在那个小妾的弟弟的搅和下，你大伯家的生意一度十分低迷，我想这也是他低价上寺庙里收那上供的糕点的原因吧，虽然这件事情很有可能是中了人家的圈套，但是官府来人彻查那些糕点时，在其他的糕点里也是真的发现老鼠药和香灰等东西了，所以你们想救你大伯出来，怕是难上加难啊，不过，我可以帮你暂时先保住他的性命，这不眼下快要过年了吗？而你大伯家的杂货店也被他们给封了，他们的目的也达到了，先保住他的性命应该是没问题！”方宵讲述完了经过，最后保证地说道。

“他们……他们咋能这么欺负人啊？那……那我们就没有办法吗？”三爷爷也红了眼眶地问道。

“证据确凿啊，人家那边掌握的证据对咱们都是不利的，而我同你们说的这个，是私下我爹娘聊天我听到的，当时我也不知道与你们有关系啊！”方宵摇了摇头道。

“你们知道吗，那府台身后的靠山可是敬王府啊，敬王爷那可是皇上的亲弟弟，咱们那是胳膊拧不过大腿的，而我能做的也只是让大伯在大牢里过得好一点，不受欺负，其他的，我真的帮不上啊！”许宵满是无奈地说道。

“啥？你是说是京都里的敬王府吗？”万氏瞪大眼睛问道。

“是啊，整个大周也就只有一个敬王爷啊！”许宵感叹道。

“朵朵，你说咱们……”万氏欣喜地向朵朵问道。

“嗯，可以一试，无论如何咱们也要去试一下再说的！”朵朵很是认真地点了头。

“许宵，那城府大牢的事情就拜托给你了，这里有五百两银子，你拿去先帮着打点着，若是不够你就先垫上，回头我们再给你，一定要把我大伯给照顾好！”朵朵早在去外面倒水的时候，便留了个心眼儿，让刘氏拿出了五张一百两的银票来，要知道无论是在从古至今，想要办什么事情，那势必是需要钱的。

“朵朵，你这是干啥？我自个儿有钱！”许宵赶忙摆手道。

“许宵，你拿着，你只有拿着了我们心里才有底，而且，城府的衙门又不比县衙，是啥啥都需要钱打点的，咱们朋友归朋友，这钱财上，我怎么能让你破费呢，你快拿着！”朵朵上前把手中的银票塞进了许宵的手中。

“那……那你放心吧朵朵，我一定会办好这事儿的，不过敬王府那边，你也要小心些啊，听说敬王爷是武将出身，脾气也十分不好，还有，敬王府那边你有能牵线儿的人吗？毕竟那王府可不是什么人都能进去的啊！”许宵很是担心地说道，对于敬王爷，他心里满满的都是崇拜，他的理想可是以后当将军的啊，但同时他也为朵朵而担心，他很明白，那敬王府的门坎儿可是很高的，不好进。

“这个，你放心，你还记不记得你们当初被拐中有一个四五岁的小孩子啊？”朵朵神秘地笑道。

“记得啊，最后那个孩子不还跟着你们回家了吗？他不是说他无父无母吗？怎么了，这跟那个小孩子有什么关系呐？”许宵被朵朵这跳跃性的问题给问迷糊了。

“那个小孩子不是别人，他就是敬王爷的孙子啊，他叫小天天，他的父母不在了，他是跟家里人赌气，这才从王府中偷偷跑出来的，这才遇到了拐子，后来就是敬王爷与敬王世子把他接走的！”朵朵含笑说道。

“什么？那个……那个倔强的小男孩竟是敬王府的人？还是敬王府的孙子？这……这怎么可能啊？怪不得，怪不得那孩子性子竟是那样的倔强，满身的傲气呢！”许宵回想起了当时在车上，无论那些人怎么威逼、恐吓他，那小男孩满脸的倔强毫不畏惧。

“是呀，没想到吧，所以这次的事情，一定会有转机的，你只要把人给我照看好了就行！”朵朵一副哥俩儿好般地踮起脚尖，拍了拍许宵的肩膀。

随着许宵那俊脸越发地红了，刘氏轻咳了一声，朵朵这才吐了吐舌头把手拿了下来，而许宵却是顿时心里某个地方空虚起来。

“你放心吧朵朵，那行吧，我这就先走了，眼看着要过年了，我想这事儿，我还是快些去办吧，要是有其他的消息，我会来通知你的！”许宵胡乱找了个借口，只想先让自己的心静下来，而且朵朵交代他的事情，他也一定要办好。

“那怎么成啊？一定要在这里吃了饭再走啊，许少爷，你吃过饭再走吧！”一听说许宵要走，三爷爷、三奶奶都下了地，纷纷挽留着，本来很是担心的老两口，一听说许宵给的消息，心里顿时晴朗了一片，所以自然想得也会周到了一些。

“是啊，得留下吃饭，吃了饭再走吧，也不差这一顿饭的工夫了！”万氏夫妇俩也劝说道。

“下次吧，这事儿我办完了，心里也安稳了，你们也知道，大伯他也被抓走了快有一个月了，这咱还不知道现在人怎么样呢，所以我还是抓紧去看看吧，这样咱们也都放心了！”别看许宵平日里一副公子哥的模样，但是到正经事儿上，想得也算是周到的。

“好了，那我就不留你了，但是我也有东西带给方大人和方夫人的，当然这其中也有给你的。”朵朵笑着说道。

依然给许宵准备了一对菊花枕头，一包木耳，一小袋子地瓜，还有那黄豆芽，都准备了一些给许宵装上了，同时也把吃法告诉了他，当然这对菊花枕头是朵朵送给他，和他妹妹的，很是巧合，方忻和许宵两人都各自有一个妹妹，所以朵朵就都顺便给她们也带上了。

“呵呵，就算你不给我，我也会厚着脸皮朝你要的，我那妹妹，看见我爹娘枕着舒服，便吵着要我给她也买一对儿，这不，这几天上集上，她也都跟着去来着，只是她运气不好而已啊！谢谢你啊朵朵！”许宵显然对这对儿枕头是最上心的。

“客气什么啊，我这是不知道你今天会来，若是知道的话，我还会多准备些东西回赠呢，这样吧，等着你下次来的时候，我一定再给令妹做些小玩意，保管她喜欢！”朵朵笑着说道，想着许宵的性格都这么好，那他的妹妹也差不到哪里去吧。

“真的吗？朵朵你说真的吗？那不知道到时候有没有我的份儿呢？”许宵满脸期待地问道。

“有啊，肯定有的，好了，时辰也不早了，你要是走，就快些走吧，路上也小心些，马车不要跑得太快！”朵朵看了一下外面的天色，想着从三里铺子到镇上就需要一个时辰，从镇上去城府，那还要几个时辰呢，本来她们从镇上回来，就已经午时了，加上刚刚又聊了会天，想必许宵这趟府城之行时间一定要紧张一些，所以朵朵担心地嘱咐道。

“朵朵你放心吧，我大舅舅家就住在府城的，要是天色太晚了，我就不回镇上了，你不用太担心的，若是有什么情况，我也会及时通知你的！”许宵很是开心朵朵能这样关心他。

就这样，在三奶奶一家人的挥别下，送走了许宵。

大家又回到了主屋，准备商议一下接下来的安排。

直到大家坐稳，三奶奶便拿出了五张一百两的银票递给刘氏道：“光辉媳妇，刚刚可多亏了朵朵机灵，要不然我们都不知道该咋办了，这五百两你们收起来，刚刚我们急的，根本啥也想不到了，人家为咱办事儿，又是办这么大的事儿，没个银子在身怎么成啊？要是许家少爷那边银子不够，你再朝我要！”

“三婶子，瞧你说的，这叫啥来着，旁观者清，当局者迷啊，你们是急坏了，听弟妹说了，你们今儿个去大哥那里也用了许多银两，若你们手里没有余费的了，这银子你们就先用着吧，反正五十亩地也买完了，我们还留一些余费的钱，留着明年起间房子也足够了，这银子还是你们留着应急吧！”刘氏一直认为，钱再重要，也重不过人命，眼下三奶奶家有难，他们娘儿几个也不能坐视不理的，钱只要够花就行，她不是那么的贪心，以前没有这么多钱，日子不也过来了吗，只要人没事儿，钱就可以再挣。

“不行，这钱你赶紧拿着，我们的钱还够的，今儿个去了光荣媳妇那只是为她付了些药费，她把孩子送到她娘家去了，一个人守着那个家，欠了些债，我们去了，又为她还了些债，唉，真是委屈她了也，光荣临走前告诉她一定不能告诉咱家，怕我和他爹担惊受怕，这傻孩子啊，我们手里还有不少呢，够用，这钱你拿回去，若是不够，我会和你开口的，你们娘儿三个有今天也是不易的啊！”三奶奶扯过刘氏的手，把那银票塞到了刘氏的手中。

“那好吧，三婶子，你要是有需要的一定要和我说，咱家这钱也是现成的，放着不也是放着吗，大哥的性命最重要，只要人没事儿了，还怕咱们挣不着钱吗？”刘氏也并没有和三奶奶继续推辞，但却是把话说到了前头儿，让三奶奶一家人的心里无比的温暖。

“眼下咱们要商议一下，去敬王府的事情，你们看看，咱们谁去啊？我现在担心的是，咱们能不能顺利地进敬王府呢？”三爷爷现在心急如焚了，一心想着把儿子赶快救出来，他儿子可都被抓了个把月了啊，不一定在大牢里吃了多少苦了呢，他又如何不急呢？

“三爷爷，你看这样行不，咱们先去找思源哥，最好是让他同咱们一块去，让他引荐一下，这样咱们办事儿也方便一些，虽然我手中有敬王府的令牌，但是到底人家的门儿坎高啊，我怕咱们不会那么顺利地便进去啊！”朵朵脑中第一个想到的就是徐思源，因为她并没有忘记当时小天天丢的时候，徐思源曾说过，他的朋友的侄子丢了，而他那脸上的焦急也不是装的，朵朵断定徐思源同敬王世子一定是好朋友，若是有敬王世子的帮忙，求敬王爷办事，想必会更稳妥些吧。

“那敢情好了，若是有徐小少爷帮忙，那更好了，只是这去京都，咱家让谁去呐？家里也要留人照应啊，万一许少爷来信儿了，咱家这边也不能没人啊？”三爷爷紧皱眉头地说道。

三爷爷说的也不是没道理的，放眼望去能外出办事的，算来算去也只有他和蓝光磊啊，妇道人家赶个集，买个东西还行，但若是办重要的事情，就如去京都，那是肯定不行的，这一路上，什么事都可能遇上，若是光妇道人家去，那他们肯定是不放心的啊，可是光蓝光磊一个人去的话，三爷爷又有些不放心，他自己的儿子什么样，他也是很清楚的，若是干点儿力气活啥的还行，这要是关于动脑筋的，那他一准儿不行。

三爷爷又看了看在座的人，最后把目光定格在朵朵的身上。

“三爷爷，就让光磊叔带着我去吧，我俩再加上思源哥，我们三个人一定会没问题的！”朵朵知道三爷爷的心里所想，所以她自告奋勇地说道。

“欸，朵朵啊，好孩子，你这次就受累了，你光磊叔，他性子太直，有些事情……”三爷爷叹了口气说道，虽说那京都不远，但是要办的事情，也要耽误他们几天啊，朵朵又才是一个十二岁的孩子，出门在外，难免家里人都不会放心的。

“光磊啊，你一定要好好地照顾朵朵，要是朵朵有什么事情，你也别回来了！”三爷爷认真地说道。

“爹，你放心吧，我一定会好好照顾朵朵的，更何况，有徐小少爷在呐，要是早晨出发，明天下午也就能到京都了！”上京都，他们又赶时间，所以一定要搭马车去的，所以当天一定会到京都的。

“对啦，三爷爷，三奶奶，那我现在得去思源哥家一趟，先和思源哥商量一下，看看什么时候动身最好！”一家人商量了半天，可是最主要的徐思源他们还没有通知呢，所以朵朵急忙说道。

“瞧咱们，完全都乱了，还不知道人家徐小少爷有没有空呐，可不得问问咋的？”三爷爷皱眉说道。

“那我现在就去找思源哥去，要是完全顺利的话，我们明天就出发！”朵朵对大家说道。

“好，好，那你快去吧！早点儿回来，还得给你准备拿些东西上京都呢，这一去还不知道几天呐！”刘氏催着朵朵说道。

“嗯，我知道了，我这就去！”朵朵回应了一声，就带着小蓝谦一块儿向村长家前进了。

村长家的院子正好在村子的西头儿，一个院子里也是有四间房，朵朵和蓝谦轻车熟路地就向徐思源的屋子走去，因为徐思源前一阵子教小蓝谦习字来着，所以对于这里，他们比较熟悉。

很是顺利，徐思源就答应了朵朵的请求，而他在朵朵走了之后，他一记口哨，便有一只小黑鹰飞到了他的屋檐前，这只小黑鹰是经过特殊训练的，只见徐思源将一个小纸条绑在了小黑鹰的爪子上，之后小黑鹰便往京都的方向飞去了。

徐思源心里明白，这次的事件说大就大说小就小，就看敬王爷怎么去处理了，还有那位世子爷怎么办啦，要知道那个府台大人是敬王妃的庶弟，敬王妃与睿的关系又……看来这件事情还真是有些麻烦啊。

而远在京都的世子，当晚便收到了徐思源的传信儿，陷入了沉思，时而微勾嘴角，时而皱眉，嘴里更是叨叨道：“果然是姐弟俩，都是让人那么讨厌！”

突然，他眼中一亮，脑中一计显现，看来，有些事情不用他出马，他只要动动嘴，这事便可能办成的，想着，他便向小天天的居所走去……

而三里铺子三爷爷的家里，如今却是灯火通明啊，朵朵正准备着给小天天带去的东西呢，一个兔毛的小耳包，那还是她特意给小蓝谦和自己做的呢，可是这临时要去京都，也不能空着手去，所以朵朵只能忍痛割爱了，地瓜那是必不可少的，还有木耳，这木耳也本来是自家留着过年吃的，可是谁让小天天也喜欢吃了，想着明年她要自己种植木耳，心中也就不那么心疼了，一切准备就绪后，大家才各自去歇息，可是朵朵知道，只要蓝光荣的案子没定下来，大家的心都不会安稳的。

第二日一大早，朵朵和蓝光磊，早早地便准备好了，这出门，赶早不赶晚的，更何况还是人家来接他们，所以他们早早地便吃了饭在屋子里等着了。

就才过了一宿，朵朵便发现三爷爷三奶奶两人好似老上了许多，两鬓上的白头发都多了许多，三奶奶眼睛也是红红的，一看昨晚就哭过了。

"朵朵，准备好了吗？准备好了咱们就出发吧，要是顺利的话，估计咱们今晚就能赶回来！"徐思源看到朵朵一行人走了出来，先是与大家问过好，随后向朵朵问道。

徐思源之所以这样说，是因为，他在昨天半夜的时候接到了某人的回信儿，通过上面的内容，徐思源的心里便有了些底儿，这才这样说。

"换洗的衣裳我也拿了，就算今天回不来，也没事儿的，我们都准备好了，咱们这就走吧！"朵朵倒是没有徐思源的那种信心，她也不了解内情，所以她很是怕徐思源是为了照顾她，这才说要晚上赶回来的，今早看到三爷爷奶奶的样子，朵朵便下定了决心，无论如何她也要想办法办成这件事情，心里想着，手中还不自觉地摸了摸她袖子里放着的那枚令牌。

说着，朵朵与蓝光磊上了车，与大家挥别。

"朵朵啊，你这次去一定要小心啊，三奶奶等着你回来啊！"三奶奶倒没有刻意地叮嘱蓝光磊，但还是有些担心朵朵，毕竟只是一个十二岁的小姑娘啊，这要是出了啥事儿，他们这一家人怎么对得起人家刘氏啊。

"三奶奶您放心吧，您就在家里等着我的好消息吧！"朵朵摆摆手道，顺便还给她娘一个坚定的目光。

"大家都放心吧，有我在呢，不会让朵朵有事的，时间不早了，我们先走了，你们就在家等着好消息吧！"徐思源含笑说道。

马车一路行驶，就朝着京都驶去。

敬王府餐厅内

"天天给祖父请安！"小天天奶声奶气地请安道。

"好……好，天天快到祖父这儿来，你……你终于肯出来了？你不怪祖父了？”敬王爷的声音都有些颤抖了。

“天天啊，你以后可不能那么调皮了，怎么说我也是你的祖母，你怎么能那么没礼貌！”只见说话的人也就是个四五十岁左右的贵妇，想必不用介绍，大家也知道她就是敬王妃宋氏了。

“祖父，那你以后还罚天天不了？难道您没听过一个巴掌拍不响吗？很多事情都是相互的，您为何不查明原因，就把我给禁了足，您知道我有多伤心吗？”小天天根本没有理去会敬王妃，反而是对敬王爷说道。

这句“一个巴掌拍不响，很多事情都是相互的”他还是同朵朵学的呢，他与蓝谦一调皮，做错事情的时候，两人总把错误怪到别人的身上，朵朵便常说这一件事情，最后朵朵的处理结果就是“各打五十大板”，就是一个也不放过地惩罚。

一想到昨天叔叔同他说，朵朵今天会来，他心里就十分地开心，他终于能见到她了，不知道她这次来能给他带来什么好吃的呐？小天天一想那拔丝地瓜，那大大的眼睛便眯成了一条缝。

而想到朵朵的大伯遇到的麻烦，小天天的脸子便又沉了下来，甚至还瞪了一眼那敬王妃宋氏，还真是上梁不正下梁歪啊，那姓宋的全家从老至少，从上到下，就没有一个好东西。

“哈哈哈，我孙儿这句‘一个巴掌拍不响’还真的有趣啊，可是不管咋样，王妃都是你的长辈啊，你再怎么的也不能……”敬王爷看见自个儿孙子那小眼神儿正往王妃宋氏的身上瞟呢，敬王爷便劝慰道。

“祖父，那您的意思就是，只要是长辈，那无论他对，他错，我都要听他的吗？那咱们的管家王伯，他都六十多岁了，他在咱们王府年纪最大的，难道我们王府上下，都要听他的吗？祖父，一切事情都逃不过一个‘理’字，您说是不是？”小天天眼珠一转，便又想到平日里朵朵最喜欢说的话。

“这……我……”敬王爷竟是被小天天给反问得无语了。

“他一个做奴才的算什么长辈啊？天天啊，你年纪虽小，但却也是一个小主子，一个主子怎么能听奴才的话啊？”那王妃宋氏，听到小天天的话，眼睛都要气歪了，从而硬挤出一丝笑容说道。

“那王伯是奴才，不算长辈，可老祖宗（皇太后）总是你的长辈吧？当年她不同意你进门，你怎么还那么恬不知耻地做出那样的事来呢？”小天天尖着嗓子，稚嫩地说道。

“你……王爷？你看他……你看他……”王妃宋氏终于破功了，那得体的笑容终于不复存在了，浑身气得发抖地说道。

谁不知道当年太后是极力反对敬王爷娶她的，后来若不是她肚子里有了轩儿，这才使皇太后迫不得已地同意的，之后每年的宫中的家宴，自己都不得参加，直到如今她嫁给敬王爷都十八年了，可是皇太后那个老妖婆竟还是不承认她，这可是她一生的污点，一生的痛啊，今日却是被小天天给揭了出来，她又如何不气愤呢？

“天天……你……？”敬王爷老脸上也满是尴尬，当年做的那点丑事如今被自个儿的孙子给揭了出来，他这张老脸往哪放啊！

“祖父，我有时候真的想赶快地长大！”小天天很是苦恼地皱着眉头叹了口气对敬王爷说道。

“怎么……”现在的敬王爷竟是有些头疼了，他越发地发现他有些跟不上他这个小孙子的思路了，这都哪儿跟哪儿啊？

“是你们告诉我什么叫做尊敬长辈的，我有不明白的问问也不行吗？还有，是您教我一定要诚实的，不能说假话，可是我说了真话，你们又这样的生气，祖父，为什么当小孩子这么的难啊？”小天天很是困惑地问道。

敬王爷终于明白小天天的意思了，原来他这说来说去，还是不肯承认宋氏啊，心里不禁哀叹了一声，都是自己作的孽啊！

“天天，以后祖父不会再惩罚你了，你是个好孩子，以后你还要做个诚实的好孩子，但是你祖母的事情，你可不准再提了，她毕竟是你的祖母！可以答应爷爷吗？”他知道他是亏欠他这个孙子的，所以他也不忍心再责难他了，经过上次他被拐一事后，敬王爷很是自责和后悔。

“祖父，那您也要答应我，无论是他是谁，谁的错谁就要认，您也是，还请您但凡遇到什么事儿，一定要仔细查清再做定论，不然冤枉了什么人，可就不好啦，我是您孙子，是无所谓的，但是外人要顶着我敬王府的名头去做那丧良心的事儿，那不就是抹黑咱们敬王府吗？您说是这个理儿吧？”小天天皱着小脸，很是认真地说道。

“天天，你放心，以后无论什么事情，祖父都会仔细查清楚的，不会冤枉任何人的，好了，这饭都要凉了，陪祖父一块用餐吧！”敬王爷一听小天天说出这样的话来，便满心以为他还为上次的事情而感到冤枉呢，所以很是痛快地便同意了。

“我看还是算了吧，您和王妃用吧，我在这里也是多余的，就不打扰你们了！”小天天用眼睛瞄了一下宋氏说道。

“你祖母她一会儿还要去看看你姑姑去呐，你姑姑她最近有些着了凉，什么也吃不下，她这就要走了，你就安心地留下来陪祖父吃饭吧！”敬王爷说着，还给宋氏使了个眼色，示意她快走。

自从回到王府，小天天对他一直都是不理不睬的，一句话也不肯同他说，他也知道上次的事情，他是有些欠考虑，伤了小天天的心，但是皇命难违，木已成舟了，就是他再闹也是无用的了，好容易小天天今日主动地来找他，他又怎么能让宋氏在这里碍了他那宝贝孙子的眼呢，作为给宋氏上次事情的惩罚，敬王爷便找了个借口让她先出去。

“哼！”宋氏甩袖站起身来，扭着腰便气冲冲地出去了，临走时，还特意地瞪了小天天一眼。

看着宋氏那气呼呼的样子，小天天朝着她的背影做了一个鬼脸后，心中做出个胜利的姿势，他今日一定要缠住他的祖父，不让他有机会被那个宋氏钻空子，这也是他的叔叔帮他出的主意，果然他就知道叔叔是最聪明的。

看到王妃宋氏气呼呼地出来，而躲在暗处的世子嘴角不由自主地向上微挑暗道：“那小子还挺有本事的嘛，这还不到一刻钟呢，那个女人就这样败下来了！不错！”

“祖父，您吃这个，这个是天天最爱吃的，可好吃了……”

“这个也行，朵朵说过，早餐要吃得丰富一些，也要吃好点，这样一天才有精神……”

只听屋子里面，小天天那个小马屁精不停地给敬王爷夹着菜，口中还不停地解说着，而屋外的世子却也情不自禁地都听了进去。

“早餐要吃得丰富些吗……？”

就在整个王府乃至敬王爷都在世子的计划当中时，这时却来了一位不速之客。

“太后驾到！”一个尖细的声音传来，之后便是一位六旬的老人气冲冲地走了进来，绛红色的衣裙，慈祥的面容因此时的生气而阴沉着脸，头戴一支鎏金呈流苏状的步摇。

“哀家的小天天呢，寻儿，你越发地大胆了，这样的事情都敢瞒我？那个女人呢？叫那个女人出来，摔碎她一个破玉镯怎么了？今天哀家来不但要摔她的玉镯，还要一把火烧了她那玉秋院！”太后因为很是愤怒，所以连带着她说起话来那步摇都叮当乱颤着。

众人一听到太后说完这一番话后，无不嘴角抽动！烧了玉秋院，这太后还真是威武霸道啊！

“母后，这……这事情已经过去了，小天天……小天天他也没事儿了！”敬王爷胆战心惊地说道。

要说敬王爷这一辈子最怕的就是皇太后，光说怕也是不对的，因为敬王爷之所以对太后惧怕，那也是因为太过于尊敬的原因，想当年太后还是一个先皇的宠妃的时候，各宫嫔妃乃至皇后无不想把手伸到他与皇兄的身上，可是他的母后却是因为他们两个人的安危频频地把他父皇往外推，自己是所有皇子中最小的，平日里除了他皇兄，其他的人总是欺负他，有一次他在御花园里被其他皇子欺负，他母后及时赶了去，覆在了他的身上，自个儿却是承受着那些小太监的“无意”殴打，从那时开始，他就发誓，以后一定要出人头地，一定要保护他的母后，所以他十六岁便是请命去边疆历练，他还记得他走的那一天，他母后哭得肝肠寸断的，他母后只是对他说，她不要什么出人头地，只求他平平安安。

可是那时在他的心里，却是深深地埋下了要护他母后一生一世的决心，直到他凯旋归来的那一刻，他却是发现他的母后美丽依旧，但却苍老了许多，他明白，那是为他担心所致，之后他便拥了兵权，最后一举助他的皇兄夺得了皇位，他的母后笑了，别人的儿子兄弟俩都为了那个位置争得你死我活的，而她的儿子却是懂得相互扶持，她感到很是欣慰，很开心，那一次他觉得他做什么都是值得的了。

这么多年来，他也只是在当年续娶继王妃宋氏的时候忤逆过她，娶宋氏……唉。

第十一章

巧戏醋妃

“事情已经过去了？说得好轻巧啊，她宋氏算个什么东西，你竟是为她那样对待哀家的小宝贝儿！”太后此时已经坐在了敬王府中厅的罗汉榻上，只听她“啪”的一声便把手拍到了那旁边的桌子上了。

“皇祖母，是谁把你惹生气了啊？快和睿儿说说！”这时只见敬王世子欧阳睿白衣翩翩走了进来，含笑问道。

“睿儿啊，皇祖母也对不起你，哀家老了，那两个儿子没一个听话的了，哀家没用啊！”老太后看见自个儿的宝贝儿孙子后，那眼圈竟是红了起来，对着欧阳睿招了招手说道。

对于欧阳睿与宋如月的婚事，太后心里很是清楚，欧阳睿是不同意的，但是他的那两个儿子……他知道，都是他们的主意，虽然太后有众多的孙子，但是对于欧阳睿她才是最疼惜最怜爱的，之所以有这样的情感那是因为他的母亲，可是她最疼爱的侄女儿啊，想到自己侄女儿的红颜薄命，太后更是眼泪都流了出来。

“皇祖母，他们不听话，孙儿听话就行呗，您快把你那金豆子收一收，一会儿小天天来了，没准又要同你一块儿哭了，那个臭小子这次回来后懂事多了！”对于他皇祖母的心思，他是最清楚不过的，所以欧阳睿赶忙扯开话茬儿道。

而这欧阳睿一扯开话茬儿，敬王爷也是明显地松了口气儿啊。

“听说他是被一个小姑娘给救了？那你们有没有好好地感谢人家啊？想不到那小姑娘竟有这样的勇气，听说差点儿被毁容了呐！”太后很是清楚这里面的内幕。

“皇祖母，您可真厉害啊，竟是这样地了解这事情的经过！”欧阳睿似笑非笑说道。

“臭小子，你也别怪王伯，是我逼他说的，要不是他嘴严，我能这么久了才知道天天的事情吗？这小天天呢？哀家都来这么久了，怎么还没见到他呢？”老太后终于想起，她的宝贝儿小曾孙还不见踪影呢，要说这太后啊，孙子虽然众多，可是曾孙却是只有小天天一个，所以可想而知，她对于小天天的疼爱，那是什么程度了。

“那孩子今儿个也不知道怎么了，陪我用完早饭后，便一会儿进一会儿出的，好似在等什么人似的，刚刚我还看他往大门口跑啊，怎么，母后没有看到他吗？我还以为他知道母后来，才往外跑的呢！”敬王爷只觉得小天天对大门口比较感兴趣。

太后与敬王爷都是一副不解的表情，只有欧阳睿眼中充满了笑容，想不到那个小家伙儿还真的不淡定啊。

“老祖宗，老祖宗您来啦！”只见这时小天天蹦蹦跶跶走了进来。

“老祖宗，天天可是想死您老人家了，您有没有想我啊？”小天天一下扑到老太后的怀里撒娇道。

“哎哟，我的小宝贝儿啊，你可慢着点儿，这要是摔了可怎么办啊，快让老祖宗看看，瘦了没有？唉哟，这小脸儿圆的，看来那户农家没有亏待我的小宝贝儿啊！”太后一得知小天天被拐子拐了之后，便很是焦急，她这个宝贝曾孙定是受了许多的委屈，最后听说被一户农家的小姑娘给救了，她松了口气的同时，又很是担心，她不担心别的，只担心她那宝贝儿曾孙儿饿着，小天天的挑嘴，那可是出了名儿的啊，无论是在王府内还是皇宫里，好些东西他都是不吃的，想想看，皇宫中那么多的东西，他都挑三拣四的，别说在一户农家了，结果她今儿个这么一看，完全不是那么回事儿啊，看着自个儿宝贝儿曾孙脸上肉肉的，红光满面的，老太后这才乐呵了。

“那当然啦，朵朵她做的东西很好吃的，而且好多东西就连祖母您恐怕都是没有吃过的，朵朵的家人都很和善，团结，朵朵……”小天天一提到朵朵的家里，那话便多了起来。

“何为木耳？何为地瓜？猪下水也能吃？天天啊，你是不是被那拐子给虐待了啊，我可怜的宝贝，那猪下水怎么能吃啊？那东西多臭啊，他们怎么能让你吃那东西呢？”老太后眼中有些责怪，就算那家再穷也不能让小天天吃那个吧。

“老祖宗，您是没吃过朵朵做的那猪下水，若吃过一回，保准儿你想下一回呢！”小天天拍着小胸脯说道。

“给母后请安，母后万安！”

“蝶儿给皇祖母请安！”

“轩儿给皇祖母请安！”

正说着，王妃宋氏竟带着她一双儿女来给太后请安。

“哼！谁让你来的？哪个同意你来见我，给我滚下去，我不想看到你！”老太后“啪”的一声把手中的茶碗就向宋氏扔了过去，宋氏一躲，那茶碗便直接掉到了地上。

“母后！”

“皇祖母！”

“皇祖母！”

母子三人“扑通”一声齐齐地跪到了地上。

“轩儿，蝶儿，你们俩先起来！”对于欧阳轩和欧阳蝶，老太后虽然都不太喜欢，但他们毕竟都是他儿子的骨血啊，更何况，欧阳轩的容貌同敬王爷也是有几分相像的。

“皇祖母，您不能这样待我母妃，我母妃这么多年来做的还不够吗？那个女人都死了那么久了，您怎么还能这样的偏心啊？现在同我父王一块儿生活的可是我母妃啊！”欧阳蝶哭得泣不成声地说道。

欧阳蝶为自己的母妃而感到委屈，更为她自己感到委屈，她虽然是大周朝唯一个亲王的女儿，但却是因为她的母妃不被太后认可，为此她可没少受人冷眼与背后议论啊，她实在是想不通，为什么皇祖母这么多年了，还不肯接受母妃呢？只为了那个女人吗？就因为那女人是她侄女儿吗？

“啪！”的一声，只见老太后竟是动作迅速地起身，甩了欧阳蝶一个巴掌。

“混账，哀家也是你可以质问的！什么那个女人？那个女人是你的谁？我告诉你，就算是若水她不在了，她也是这敬王府的女主人，而你那不知廉耻的娘，只配做继室，哼！”老太后怒瞪着欧阳蝶大声骂道，同时若是大家细心观察她的话，就会发现，她的身子现在正颤抖着。

是的，此时的太后想起了往日之事，若不是这个女人当年做了那样的丑事，而不得不进门后，她的若水也不会在生睿的时候坐下了病根儿，之后便身子一直不好，直到睿五岁的时候，她撒手人寰了，所以她恨啊，她真的很恨啊，只为齐国公那身后的财富吗，皇儿竟是这样不顾她的意见，下旨让寻儿娶了这个女人做平妻，之后若水去了三年后，又晋了她正妃的位份，只是这位份虽然升了，但太后还是依然不肯让步，每年的家人宫宴上，太后都拒绝这个女人来。

太后看着依然跪在地上的那个女人，想着自己也有很多年没有见过她了吧，自从若水去世后，她们俩就再也没见过吧，这次若不是因为小天天的事情，她也不会踏进敬王府这个门坎儿的。

“皇祖母，您怎么能那么说？我娘她也是您的儿媳啊！你为什么这样对她啊？为什么？”欧阳蝶的小脸一片惨白，本来就是着了凉正在病着，此时又情绪激动地哭闹，所以她此时状态很是不好。

“为什么？你问问你那个娘为什么！好人家的女儿谁会先未成婚，肚子竟是大了起来？好人家的女儿又岂会明明知道人家有了妻子，她仍然恬不知耻地去勾搭人家，为什么？这回你知道为什么了吧？我可以告诉你，她就不是我的女儿，她要是我的女儿，我非打死她不可，还有你，没事儿也给我安分些，别总往国公府跑，你别以为我不知道你的心思，纵使你有那心思，也要有父母之命媒妁之言，你若是也走你娘的老路，就别怪我对你不客气！”太后阴着脸说道。

“我……我……我与表哥，那是舅舅，舅母都同意的，而且表哥也没有成婚，我怎么……我怎么能跟娘一样呢？我……”欧阳蝶到底只是个女孩子，一听到老太后提到自个儿的心上人，便脸红了起来，说起话来也语无伦次起来，从而还拐带了敬王妃，所以此时的敬王妃的脸色别提有多难看了。

“母妃我……我不是故意的……”欧阳蝶意识到自己说错了话，便直摇头地对敬王妃说道。

“光你舅舅，舅母同意有什么用？你那表哥好似心里没有你吧！到时候别再出了什么笑话，我告诉你，你现在可是敬王府的人，丢了敬王府的脸，我可饶不了你，好了，你们都下去吧，我要同天天说会儿话，有你们在，我不自在！”太后挥了挥手，赶他们道，她看到他们这母子几个，心情就十分不好。

敬王妃咬着牙，紧攥拳头带着她的一双儿女退下，这么多年了，这么多年，这个老妖婆就是不放过她啊，好啊，真是好啊，这所有的错误全都怪到她一个人的头上了，要知道她一个人能生出孩子吗？为什么她却把过错都归到她的身上呢，还连带着她的这一双儿女都不被她待见，她真是恨啊，好恨啊。

不同于敬王妃的不甘心与怨恨，相对于她，她的一双子女却也是表情各异，欧阳轩面色温润淡然，一直恭恭敬敬的，好似对老太后所说的一切没有任何的不满。

而欧阳蝶则满脑子的都是太后的那句，“你那表哥好似心里没有你吧！”她心里又何尝不知道，表哥对于她还真是不太喜欢，更准确的是，根本就不爱理她啊，可是那又有什么关系呢，只要舅舅、舅母，还有外祖母的心向着她，她还怕表哥喜欢别的女子吗，所以她皇祖母所说的事情根本是危言耸听啊。

“母后……”敬王爷一看他们母子三人都下去了，他的心情对着宋氏满满的都是怜惜，所以叹了口气，想要劝慰一下。

“你给我住口吧，哀家看见你也是心烦，要不是你，那种女人她怎么会进门呐？”老太后瞪了眼，根本不给敬王爷开口的机会说道。

“母后……”敬王爷刚要开口。

“给太后，王爷，世子爷请安！”这时管事王伯走了进来给大家请安道。

“世子爷，徐公子来了，还带来了两个人，说是世子爷您和天天小少爷的朋友，不知道……”若是平日里大门口来传话儿，肯定不会是一个管事的，可是今日可是太后亲自驾到啊，他作为敬王府的管事，那一定是要加紧防范的，所以他如今是亲自盯在那块儿看着的。

“什么？一定是朵朵来了，皇祖母一定是朵朵来了，哈哈……是朵朵来了！”只见小天天一眨眼的工夫就没影儿了。

“这孩子啊，朵朵是不是就是那个救了他的那个农家的女孩儿啊？她怎么来了？”姜到底还是老的辣，一搭话儿便知道，朵朵这次来意不简单啊。

“祖母，怎么回事儿，孙儿也不太清楚，要不然孙儿也前去一看？这不他们是跟着思源来的，怎么说，孙儿也要去问问的！”敬王世子欧阳睿说道。

“是徐大人家的那个孩子吧？那倒是一个好孩子，那你快去看看吧，记得让他们到这来，哀家倒要看看，让我曾孙这样惦记的人是什么样的！”俗话说老小孩，小小孩的，此时皇太后的口中竟是有着些许吃醋的味道。

“孙儿知道了！”欧阳睿笑着说道，之后脚步也往外移。

“你瞧瞧，这一个两个的都这么迫不及待地去见人家了！”老太后这回竟然被气得笑了。

“母后，收留天天那家人家是个很好的人家，天天并没有受着苦，而救他的那个小姑娘，更是做了一手的好菜呢，不光小天天爱吃，就是儿子也非常喜欢呢，只是那猪下水，儿子还真没吃过呢！”敬王爷笑着说道。

“哦，真的有这么好吃？那一会儿哀家定是也要尝尝……”太后含笑说道。

敬王府大门口外。

“朵朵，光磊叔叔你们来啦？婶子和谦儿哥哥怎么没来呢？”小天天兴奋地跑了出来，一见到朵朵和蓝光磊两人便急忙问道。

朵朵听到他的称呼都有些无奈了，这个臭小孩，不知道为什么，对任何人的称呼都很尊敬，却是唯独对自己这个救过他的人却是一口一个“蠢女人”一口一个“朵朵”地叫着。

“谦儿他被留在家里了，他让我转告你，他很想你呢！”朵朵含笑地说道。

“思源你们来了！快请进府里再说！”这时敬王世子欧阳睿走了出来，开口说道。

“给世子爷请安！”

“给世子爷请安！”

朵朵与蓝光磊，规规矩矩地给欧阳睿行了个礼。

“不必多礼，咱们进去再说，今日皇太后正巧在府中，一会儿怕是还要见见你们呐！”欧阳睿说完后，还特意地仔细观察了一下他们的反应，只见蓝光磊果然身子哆嗦了一下，而朵朵却十分镇定地回以一礼，表示，她知道了。

对于朵朵这种无论什么事情上，都能这样淡定沉稳，这让欧阳睿很是欣赏，同时他有时候也在想，会有什么事情才能让这个只有十二岁的小姑娘担心呢?

“朵朵，你大伯的事情我听说了，你放心吧，这事包在我身上了，今儿个正好老祖宗也在，我一准儿给你个说法！”小天天拍个小胸脯儿说道，好似他才是那个能办事儿的一样。

“你怎么知道我今天来这的原因呢?”朵朵疑惑地问道，据她所知，这件事情也是他们昨天才定下来啊，今儿个一早就来了，刚刚也并没有提这件事情，而这小天天是怎么知道的呢?

“是叔……”小天天刚要说道。

“好了，赶快进去吧，你老祖宗还等着见见你的救命恩人呢，一会儿怕是要等急了！”欧阳睿赶紧插话道，很是怕小天天那个小祖宗把他给卖了。

朵朵同徐思源相视一眼，徐思源却是对着她神秘一笑，同时两人在一同向王府内走的时候，徐思源低声说道：“把握机会，太后一向和敬王妃不和，更何况你这次又救了小天天，这件事情一定会有眉目的！”

朵朵听到徐思源的话后，对他投以感激一笑，从而心中对一会儿的表现有了计较，倒是蓝光磊，此时两条腿如灌了铅般地举步维艰。

“朵朵你给我带来好吃的了吗?”

“朵朵你一会再给我做顿猪下水呗，让老祖宗也尝尝……”

一进入王府大门，小天天便带着朵朵与蓝光磊上了敬王府的小马车，那小马车装饰得非常豪华，马车车身用红木做的。外面雕画刻木，织金珍珠流苏锦香囊挂马车边沿，五彩琉璃珠绣秀带，大红色锦缎迎枕和绣了竹子青松的葱绿色抱枕。红绿交错，金光闪耀，确实是富贵。

而徐思源则随着敬王世子欧阳睿一同，朵朵也不知道他们是以什么方式进府，总之她是没有看到还有另外的马车，可是朵朵现在一心想着一会儿见到太后要怎么做，所以也并未深想其他的事情。

想了一会儿朵朵还是觉得首先要淡定，所以她想着先平静一下心情，便从车上向外面看去，只见地上铺着大理石头，光滑得能照出人影。周围放了灯柱，这样的奢华，朵朵也只在电视中皇宫看到过，而她也明白这些都是皇家的人才能用的，听说要烧松油，在古代松油是很贵的，简单来说，那都是烧钱的玩意。

不一会儿，马车就到了敬王府的正中央。看着那屹立的一块硕大的太湖石，却是有两层楼那么高。不是用石头叠成的，而是一整块的。上面还写着福寿安康。朵朵暗道，不愧是皇上的亲弟弟啊，要是平常的王公贵族这么奢华的话，那还不被冠上造反的罪名啊。

“朵朵，一会……一会儿咱们可是要见太后吗？”蓝光磊此时的脸涨得通红，他自个儿在一边想了半天，却是仍想不明白一会儿见到太后可是要怎么办，如今只有他与朵朵两个人来，而朵朵看似很淡然，所以蓝光磊结结巴巴地提醒朵朵道。

“光磊叔，咱们一会儿是要见太后，可是你也不用紧张，只要注意礼仪就可以了，咱们都是农家出来的，太后她老人家想必也不会对咱们太过于苛责的，更何况不是还有小天天吗？只要有小天天在，咱们也不会有什么的！”朵朵暗示蓝光磊道。

果然在朵朵的小眼神儿的漂移以及这话里有话的提示下，蓝光磊终于想起来，他们对于小天天可是有救命之恩的啊，太后再怎么着，也不会为难他们吧？这下子蓝光磊的心里才有了一些底气。

“对啊，光磊叔，老祖宗对我最好了，你们就放心吧，本来老祖宗若是不来的话，我这事儿成功的机率也只有八成，可是今日老祖宗一来，我觉得我这成功的机率就有十成了，所以你们放心吧，老祖宗为人很和气不会为难任何一个人的，而且有我在呢，你们就瞧好吧！”小天天拍拍小胸脯儿说道。

笑话，他现在可是收了人家的礼了，不光有地瓜木耳，还有此时他耳朵上戴着这个软软的、白白又暖和的东西呢，对了朵朵说这个叫做耳包吧，还真是贴切呢，这样可不就是把耳朵包起来了吗，他很是喜欢，所谓拿人家的手短，吃人家的嘴短，他现在可是全占了呢，所以这件事情，他对自己说，只准成功不准失败啊。

“若是真的能成了，那就太好了，小天天，你知道吗，那个府台的后台可是你的祖父啊，据说你的祖父很是宠爱你祖母的呢，我来之前还真怕你与世子爷都搞不定这事儿啊！”朵朵认真地说道。

“她算我哪门子的祖母，我祖母早死了，她只是一个不知羞耻的婆娘而已，我和我老祖宗最讨厌的就是她了，哼！”小天天尖酸地说道。

朵朵回忆道，好似小天天还真的没有对谁这样尖酸过呢，看来他是真的讨厌如今的敬王妃吧。

“小主子，前厅到了，可以下车了！”只听这时外面有人提醒道。

“知道了！”小天天很有当主子的范儿，回应道。

此时中厅外面好些身着靛蓝色褙子的丫鬟见着小天天，都立即敛声恭敬地行礼。小天天别看人小，但那礼节上却是表现得十分优雅。

朵朵蓝光磊二人跟着小天天一进门，就看见地上铺的都是光滑如镜如金砖般的东西，导致整个屋子都显得金光闪闪、富丽堂皇的，承尘上绘着鲜艳的彩色绘饰。屋子里放着各种各样的古董瓷瓶，正中央放着一尊白玉观世音菩萨的像。下面的长案上放了一只赤金三足香炉，此时正散发出香味，闻着特别地舒服，朵朵感觉那应该是百合香料。屋子里的富贵，晃得人眼睛都花了。

这会儿不止蓝光磊不自在了，就是见惯了奢华的朵朵被眼前的奢华也给惊呆了，这样的中厅，是她在前世的电视上也没看过的啊，这敬王府也太有钱了吧。

而小天天的脚步突然停止了，很是规矩地对上面的出声行礼，同时也把在呆愣中的蓝光磊与朵朵拉过神儿来。

“民女蓝朵朵，参见太后娘娘，太后娘娘千千岁，参见敬王爷，王爷万福金安！”朵朵跪地行礼道。

“草民……蓝……蓝光磊参见……太后娘娘，太后娘娘千岁，千千岁，参见……敬王爷，王爷万安！”蓝光磊学着朵朵也跪地行礼道。

“哦？你就是蓝朵朵？把头抬起来！”太后严肃地说道。

总体来说她对朵朵的印象有些超乎想象了，没想到一个农村的小姑娘，竟是见到自己这样的淡然，就连跟她一同来的那个大人都紧张得结结巴巴，她却能淡然应对，实属难得啊，怪不得就连皇儿都夸她呢。

“是！”朵朵应声，缓缓地抬起头来。

太后打量她的同时，她也在打量着太后，朵朵不禁感叹这太后保养得还真好，算算这敬王爷的年纪，这太后今年也有六旬了吧，可是眼见的这位老妇人却像只有五十出头儿的样子，长得也很是慈善。

而太后看见朵朵那清澈的目光，更加喜欢起这个孩子来，在她的目光里读到的全是对自己的仰慕与欣赏。

“你就是蓝朵朵？听说小天天是你救的，当时的情况那么危险，你怎么就能那么勇敢呢？”要知道女为悦己者容，这丫头竟然冒着被毁容的危险咬住那恶人不放，这是哪来的勇气啊？

“回太后娘娘的话，实话说，当日民女并不是冲着小天天去的，是民女的弟弟被那恶人抓走了，民女从小便同民女的娘和弟弟一块儿生活，弟弟是民女和娘的唯一希望啊，所以民女不能没有弟弟的，所以当时民女抱着势必要把弟弟救出来的信念，就那样做了！”朵朵觉得在太后面前，没必要藏着掖着的，有什么就说什么，在座的都是人精儿，她若是说得太好听的话，反而让人家觉得自己太过于浮夸，从而对自己的印象也大大地下降了，那样就更不好了。

“呵呵，是个诚实的孩子，你说了这么久，怎么没听你说你爹爹啊？你的爹爹？”太后提出心中的疑问。

“回太后，民女的爹爹在十年前进京赶考，遇到了不测没能回来，所以民女从小便与民女的奶奶还有大伯娘一块儿住，但是民女的娘性子软弱总是受欺负，民女为了照顾堂姐而染上了时疫，却是被奶奶与大伯母给扔到了猪圈里，民女死里逃生后，娘亲便提出了分家，最后我们娘儿三个净身出户，所幸被村里的好心人给收留了，所以现在只有我们母子三人相依为命！”索性太后也要一直地问下去，而自己也确实还有事情要求人家，所以朵朵很是坦白地说道。

“什么？天下还有这样狠心的祖母，竟是把你扔到了猪圈？她怎么能？那一直听小天天提的什么三爷爷，三奶奶又是什么人？她们不是你的爷爷奶奶吗？”太后继续问道。

朵朵突然脑中一亮，暗道，问了这么半天，她终于觉得太后这一句问得太好了，同时也不由自主地朝小天天投以一个赞赏的眼光。

想罢，朵朵又恭敬地回答着，当初他们被赶出来的种种，最后又是三爷爷一家怎样对他们施与的援手。

“还真是个好心的人呢，小天天能遇到你们这样的好心人，还真是他的福气呢，这眼看着就要过年了，你们来敬王府是有什么事情吗？别怪哀家问得直，小天天是哀家的唯一曾孙，哀家不希望他受到任何的伤害，哀家可以看出来，小天天依赖你，崇拜你，你可千万不要做出让他失望的事情！”太后很明显，不想让朵朵等人做出利用小天天的事情。

“老祖宗您说什么呐？我什么时候说崇拜那个蠢女人啦，我才没有呢！”小天天十分窘迫地向太后撒娇道。

“天天，老祖宗正和朵朵说话呢，你可不要捣乱哦！”太后看穿了小天天的小把戏，点了点他的小鼻尖说道。

“回太后，实不相瞒，此次进京的确是有事情的，但是我们不是来求助于小天天的，而是求助于敬王爷的，所以民女想，这件事情是绝对不会伤害到了小天天的。”朵朵淡然说道。

“哦？你有事求助于皇儿？”太后眉毛微挑，明显眼中闪现了丝丝的失望。

“你有什么事情要求本王，不妨一说！”敬王爷眼中也露出了不屑，果然这些人都是一样的，见到利，就都往前冲了。

“回太后，敬王爷，是这样的，三爷爷，三奶奶有一个大儿子也就是奴婢的大伯，是在镇上开杂货店的，生意本来还过得去，但是在前段日子，他的那个铺子却是被青石镇府台大人小妾的弟弟给看上了……”朵朵停顿了一下看了看敬王爷和老太后，便是把那件事情从头到尾地讲述了一遍。

讲完了这事情的经过后，朵朵的小脸儿也是气得通红了一片，之后她调整了一下呼吸继续道：“其实这对于王爷来说或许只是一件小事儿，而民女呢其实也觉得这事儿不该来麻烦您的，只是这府台大人的嫡姐，可是您的王妃，您说，民女要是这样贸然地横冲直撞地去告状也不是那么回事儿啊，而且这证据若是用心地去找，也不难找的，只是您是小天天的祖父，又同民女也有过一面之缘，民女便觉得怎么说也要通知您一声！”

朵朵眼见着老太后的脸子阴沉下来，敬王爷的脸子也好不到哪里去，她便又接着说道：“虽然俗话说，民不与官斗，但是民女的性子想必大家也有所了解了，为了保护我的亲人，我是可以豁出一切的，包括我的命，当初若是没有三爷爷，三奶奶一家的收留，没准我们母子三人早就不存在这个世界了，所以无论如何我也要找个说理的地方，民女却是心中一直认一个‘理’字，民女就不信，这泱泱大周国，就没个说理的地方，所以民女这次来，只求敬王爷，要不然您就不要插手此事，若是插手了，就请您公平对待，我大伯犯下的错，我们家认罚，但同时，也请还我大伯一个公道！”朵朵说完就冲着敬王爷与老太后“砰砰”地嗑起头来。

“你这孩子，有话好好说，快快别磕了，别再磕了，你这孩子怎么这么实在啊，这要是把额头给磕坏了可怎么是好呢！”老太后赶忙给身边的嬷嬷使眼色，示意那个嬷嬷把朵朵拉起来。

此时朵朵不只把老太后给磕傻了，就连敬王爷在内的所有人都给磕傻了，特别是蓝光磊，他完全是脑子一片空白，他们来之前不是明明说过来求敬王爷说服那府台的吗，怎么如今朵朵却是让敬王爷不要管这件事情呢？朵朵这是唱的哪一出啊，现在她又在那里磕起了头，他此时完全不知自己该怎么办，直到一个老嬷嬷制止了朵朵那疯狂的举动。

“祖父您早上是怎么答应我的？您说过，以后无论遇到什么事情，你都要查个清楚，绝不委屈任何一个人的？您忘了当初天天是怎么受的委屈，从而被拐子拐跑的了？祖父，您可不能食言哦！”小天天看到朵朵额头上的红肿，那小拳头又暗自攥到了一块，暗骂王妃宋氏的弟弟。

“嗯，你放心吧，祖父会查个明白的，若是朵朵说的是真的，本王也绝不会偏袒任何一方的！”不得不说敬王爷是一个正直的人，虽然他看出了朵朵的这招以退为进的小心思，但是他却真的不想冤枉一个好人。

想到朵朵的小心思，敬王爷不得不再一次地对朵朵刮目相看，这个农村小姑娘在母后和他的面前，仍可以这样的从容不迫，思路清晰地摆自己一道，她真的是很聪明，先是说来求他的，结果，人家求他的事情却不是让他帮着她的大伯脱罪，而是求自己要公平对待这件事情，虽然她的话中也有着一丝的威胁在内，但这一番话说得却是极其的漂亮，让人挑不出一点儿错的理来。

“哼，宋家的人果真没一个好东西，一个小小的府台就这样左一个小妾，右一个小舅子的，还真是让哀家开了眼界了，这事情要查，而且还要现在就去查，哀家就在这里等着，看看皇儿你到底是怎么公平对待的，还有你那个王妃的庶弟，若是他真的参与了这件事情，那他那府台也就做到头了，若是你处事不公，那么我就带着这丫头去找皇上，丫头有一句话说得好，‘这泱泱大周朝，难道还没有一个说理儿的地方吗？’”老太后此时的脸子又阴沉了下来，本来早上就为那宋氏来请安的事情，欧阳蝶的那一闹，就把她弄得心情已经很是不好了，如今又出了这么一档子事儿，让她心里如何能舒坦呢。

只见中厅里的人都各有各的心思地安静下来，而厅外墙角处的世子却也是陷入了自己的思考中，而他思考的却是朵朵的那一句话“为了保护我的亲人，我是可以豁出一切的，包括我的命”这是多么温暖的一句话啊，若是能当她的亲人该是多好啊。

所以此时世子渴望做朵朵的亲人同时，又十分欣赏朵朵的聪慧，三言两语便能把他家老头儿给说动了，而且还是心甘情愿地帮忙，她还真的不是只有一般的功力啊。

“对对，老祖宗，您就在这里盯着，但这也不能就这样干盯着，朵朵给我带来了地瓜和木耳，再让她给咱们烙个糖饼，让小厮出去买些猪下水回来，就让她给咱们做点好吃的，好不好老祖宗！”在众人都在各自想各自心里的事情时，小天天这个吃货却是欢天喜地地提议道。

“胡闹，你老祖宗是什么身份？怎么可以在外逗留这么长时间？天天，你可不能太任性啊！”敬王爷却是反对地说道。

虽然他是会给朵朵讨一个公道的，但是王妃宋氏的脸面他还想给她留上几分，他母后这些年的心思，他又何尝不知啊，若是逮住了这么一个机会，那母后是肯定不会放过宋氏的，所以敬王爷才会那样地说。

“怎么？你这敬王府的守卫都是酒囊饭袋？连我一个老婆子都护不了？还是怕你那继王妃生气，而容不下我？何时我想陪我的小曾孙吃顿饭都要看你们的脸色了？”老太后的脸色“腾”的又沉了下来说道。

“母后！我……不是……”敬王爷的老脸涨红，说不出个所以然来。

“睿儿，朵朵这件事情，我就交给你去查了，免得又被某人去偏袒，你要给我好好查查，上次为了她，竟是把我的宝贝曾孙都给丢了，这次脸更是丢大发了，竟然丢到了清水镇去了，敢情这丢的不是她宋家的面子了，对外竟然说他的后台是咱们敬王府，哼，真是岂有此理，皇家人就容得他们这样利用吗？”老太后一边对欧阳睿说着，一边还频频地向敬王爷投以埋怨的眼色。

“母后，这……这就不用了吧，儿子去办这事儿就成了！”敬王爷心中不禁暗吐不好啊，这个儿子与宋氏的关系可谓是水火不容的，无论那宋氏怎么待他，怕是都焐不热他那冰冷的心吧，就连对宋如月（世子妃）也是一样的，别以为他不知道，他们成亲数月却是依然没有圆房，一想到这事，他就忍不住叹气了。

“这原本也不是什么太大的事儿，况且，这里面又涉及到你的继王妃，所以为了给蓝家人一个公平，这件事情，你就暂且回避吧，就这么定了，睿儿，你觉得怎么样？”太后语气强硬地说。

“母后……”敬王爷还想拼命挽回，却不曾想……

“孙儿领命，这就去处理，不过……孙儿今天一定要同祖母用饭，所以，祖母，你们可不能不等孙儿就先吃了啊！”这敬王世子明明是对着太后说的这句话，但那目光却是似有似无地瞄着朵朵。

害得朵朵小心脏“怦怦”地乱跳，而心里也一直在想，难道这敬王府里的厨子手艺都不好吗？怎么一个两个的都是饿死鬼托生啊？而导致她心脏“怦怦”乱跳的原因是，她发现了那敬王世子好似长了一双看透一切的眼睛，好像自己刚刚所耍的小聪明都被他给看透了。

“等你是自然的，只要你把这件事情给我办好了，奖励你的是少不了的，好了，快去办吧，人家小姑娘心里还焦急着她大伯呢！”太后的眉毛轻挑，好似从她的孙子的言行动作上发现了什么似的。

“是吗？你现在心里很焦急吗？”敬王世子欧阳睿似笑非笑地凑近朵朵突然问道。

“回世子爷，民女很焦急，十分焦急，民女的家人还等着民女今天就赶回去呐！”对于突然凑近的敬王世子，朵朵只觉得脸上发热，在她还没想明白怎么回事儿的时候，她却随着她的内心想法说了出来。

而她的这一句话说完，只听“噗”的一声，敬王爷和老太后那刚刚喝了一半的茶水竟是从嘴里喷了出来，而徐思源与欧阳睿则虽然极力强忍着，却也是仍然抖了抖嘴角。

“呵呵呵，这丫头的性子，我喜欢！行啊，睿儿，你也听到人家说着急了吧，你还不快去办这事儿去啊！”老太后看到自个儿那孙子极力强忍着的表情，心里便是一阵畅快，自从若水走了之后，这睿儿有多久没有过这样的表情了？

“好的，我这就去，不过，我还有一个条件！”欧阳睿很是欠揍地又要提出条件。

朵朵已经被这厮气得小拳头紧攥了，越发地觉得这欧阳睿这时候出来是不是专门同她作对的啊，若是刚刚依敬王爷所说，他去调查，虽然不能怎么严惩那府台，但是也会给他一个教训的，本来朵朵的目的便是救蓝光荣，并没想过要与谁结怨，却是没想到太后竟是想要利用自己的这个事情要给那敬王妃一个教训，可是，教训就教训呗，她也没啥损失，而现在她面前的这个世子爷，却是十分的不靠谱儿，这让他办件事情，他就在这里磨磨唧唧的，这是干啥呢？从而朵朵那好看的小眉毛也紧皱到一块儿了。

“咳咳……你还有什么条件啊？”就连太后也觉得这欧阳睿越发地不靠谱儿了。

“蓝朵朵，你要记得那糖饼你多烙出一些，别像上次似的，只烙了那么几张，而天天那臭小子又是个抠门儿的，就差没晚上睡觉也搂着它了，害得爷饿了一路！”看着朵朵那焦急的样子，欧阳睿就越发地觉得有趣，便忍不住去逗朵朵。

“好……民女知道了，民女这次一定‘多’烙一些，等着世子爷您回来吃个‘够’！”朵朵那小脸上虽然充满了笑意，但是却是笑不达眼底，而说的这一句中，朵朵却是把那“多”和“够”字说得重中之重。

朵朵在适应着调节着自己的呼吸，试图让自己冷静下来，这个敬王世子果然是个不靠谱儿的，按他的话说的好像是这一路上，除了她那烙饼便没有其他的东西吃似的，要知道，从三里铺子到京都这一路上可是繁华得很，哪里会没有吃饭的地方啊。

“那孙儿就先去办事儿了！”欧阳睿笑着同太后告辞道，同时把徐思源也给拉走了。

“母后，儿臣也去处理一些事情，您就先随意吧！”敬王爷眉头深锁，心中很是不安地说道。

“怎么？你是厌烦陪我这个老太婆了吗？我来你的府上，你却是把我一个人扔下来，你安的是什么心啊？”老太后怎会不明白他这是要给那个女人“报信儿”去吗，只是今日她来到了敬王府，她就要出一出这些年来她心中的恶气。

“天天，你带着你的朋友在咱们王府内转转吧，想必你们这么久没见面，一定有很多话要聊！”很显然，太后这是想把小天天、朵朵给支出去，有话对敬王爷说。

“那天天就先告退了！”小天天笑得大大的眼睛已经眯成了一条缝了，说道。

“民女告退！”朵朵也行礼退下。

“草……草民也退下了！”一直被大家遗忘的蓝光磊此时也终于找到了自己的音调说道。

“朵朵，我带你去我的小厨房，我那里可是什么都有的，……”小天天这个吃货一出门后就小嘴不停地说着。

“睿，你这次是打算要掀他的底吗？会不会打草惊蛇了？”徐思源一出敬王府的大门便低声地问道。

要知道，这条线索他们也已经盯了好久了，这个敬王妃宋氏的庶弟最多说也只是条小鱼罢了，若是这次就把他的老底都掀了，难免会打草惊蛇了啊，那么以后再想查其他的证据一定有难度的。

“哼，看来老头子对于这件事情上，还是有所保留的，想必通过这件事情，就算咱们不掀他的底，老头子也不会放任他在那个位置上了，而那个女人则更是精明，一定会弃掉这颗棋子的，与其给她机会让她再去插放别的人，还不如咱们先她一步！”欧阳睿低沉着说道，而他那唇角的笑容又是何其的残忍呢。

“这个办法不错，起先朵朵与我谈这件事情的时候，我还有些犹豫呢，但是，我怕若是我不同意，她也会自个儿找上门来的，若是那样的话，我想不如由我带着她来呢！”徐思源解释道。

“呵呵，你以为没有你的引荐她就没办法了？她啊，精着呢，你没看到，她竟是把老头子和皇祖母都要得团团转，而他们也明明知道这个小丫头在故意刺激他们，但他们却是仍然地选择上当，有时候我真的觉得这个丫头到底是不是只有十二岁，为什么她无论面对什么人都能做到淡然应对，这对于一个农家小姑娘已经实属难得了，更何况她的心思还这样的缜密呢。”回忆着刚刚朵朵在中厅里的所作所为，欧阳睿的嘴角泛起了真心的笑容。

“睿……你？……唉！”徐思源嘴张了又张的，最后还是没有说出口。

欧阳睿对朵朵的好感，其实是让他越发地不安起来，但同时，他也真的没有立场去问什么，况且，就算是有好感，他知道他们也是不可能的，就如同他自己和朵朵不可能一样，因为身份和地位之间的差距在那里摆着呢，自己又何必庸人自扰呢！现在这样不是更好，又多了一个人疼爱朵朵。

“怎么？你想说什么吗？”欧阳睿见到这样纠结着的徐思源便开口问道。

“没事了，咱们赶快走吧，晚上我们好赶回去，要不然估计朵朵这一整晚都会睡不好的！”徐思源顺着欧阳睿说道。

“呵呵，那我要非留她住一晚呢？思源，如今也不早了，即便是咱们手中有证据，但也不能太快地呈上去吧，那样一定会引起老头子的怀疑的，所以，咱们一定要押一押再回去，估计你们今晚要留在这里一夜的，左右咱们把这事儿给她办成了，她高兴还来不及呢，怎么会一整晚都睡不好呢？”欧阳睿并不赞同徐思源的说法，而且他从内心里并不希望朵朵今天就走。

“那……那好吧，那我就打发我的小厮回去告诉人家一声吧，让朵朵的家人好放心啊，要不然即便是朵朵不急了，她也会担心家里的人着急啊！”徐思源觉得欧阳睿说得也对，所以也并未怀疑什么。

“寻儿，我知道你的心里现在在怪母后，但是你要记得，你与若水的儿子已经失去了一个了，难道这最后的一个，你也要失去吗？这么多年了，你难道就不想缓和你与他之间的关系吗？你就非要让那个女人挡在你们父子俩中间吗？”太后见朵朵与小天天等人都出去了，也摆了摆手挥退了婆子丫头们对自己的儿子说道。

“而且，那个女人现在不是如愿以偿了吗？你做人不能这么偏啊！若水留下的亲人，也就只有睿儿与天天了，难道连他们两个人，你们也容不下吗？母后现在年岁也大了，我不希望我百年后，下去见到若水的时候，无颜面对啊！”老太后说着，那眼眶便红了起来！

“今日这件事情，很是明显，就算你想放了那人一马，但是睿儿却是不会这样轻易放过的，何必为了一个外人而伤了你们父子俩的感情呢？更何况那个还只是那个女人的庶弟而已，你又何必那么执着呢，难道那个女人就对你真的那么重要吗？”老太后说话的时候，是一直盯着敬王爷看的，好似想看穿什么似的。

“母后！其实……其实有些事情，并不是如你想象的那般……儿子……儿子……唉！”敬王爷哀声道。

“我不管是哪般，总之今天那个女人的庶弟，我就要动上一动！”老太后眯着眼睛，决定道。

“欸！一切听从母后的吩咐！”敬王爷闻言，只能老实坐在那里，陪着老太后聊天。

此时敬王妃宋氏的屋中已经是一片狼藉，继王妃宋氏回到玉秋院后，便开始疯狂地砸东西，好似这东西是皇太后一样，只有狠狠地砸了才能解气。

这么多年来，她为什么就是不肯承认她，她该做的也都做了，该放下身段儿的也放下了，但为何她就是斗不过一个死去的人啊？

“王妃，刘管事有要事禀告！”敬王妃这边还在胡乱地砸东西，这时便听到她的大丫头在外面禀告着。

“让他进来！”宋氏说道。

片刻后，一个矮个子的男人走了进来。

“主子，宋府台那边有麻烦了，他私自挪用了皇上下拨下去的纹银十万两，如今那证据已经在世子爷的手中了！”那矮个子男人低沉地说道。

“什么？他竟是这么大胆，他不要命了吗？果然庶出的就是眼窝子浅！”敬王妃“啪！”的一声便把杯子甩了出去，骂道。

而那个矮个子的男人的身子却是在听到敬王妃的话时不由自主地抖了抖。

“欧阳睿怎么把他给盯上了啊？毕竟一个府台之职也不是什么重要的位置啊！难道……？”敬王妃突然就想到了一个原因。

“回主子，事情没你想的那么糟糕，这次的事情纯属是一个意外，这事情的起因是在那宋府台的一个小妾的弟弟身上！”那个矮个子男人突然打断了宋氏的话，好似他经常这样做一样。

“什么？他小妾的弟弟怎么跟欧阳睿扯上关系的？你且给我仔细说一说！”敬王妃挑了挑眉道。

“……”矮个子男人便把这些事情的前因后果给说了。

“世上怎么会有那么巧的事情？那户人家竟是收留那个小野种的人家，你确定这里面没有其他的事情吗？”宋氏很是不相信这事情会这么的巧，因为这么多年来，里里外外的，欧阳睿可没少给她使绊子，而今日她刚刚知道的这件事情虽然看似平常，但她却是不相信有这么巧合的事情。

“回主子，此事属下查得很清楚，果真是碰上的，而且，那户人家的人此时也正在敬王府呢，听说还见了太后，这事儿主子您？……”矮个子男人似不经意地问道。

很明显，他发现了王妃宋氏好似真的不知道那户人家有人来京的事情，从而那个矮个子男人停顿了一下。

“那个老妖婆对我还是老样子，又怎么能让我近她的身边呢，有她在府上，我只能待在我的这个玉秋院中，我怎么会知道中厅发生的事呢？不过，这么一点儿小事儿，那个老妖婆竟是这样的上心，看来她这是冲着我来的啊！”王妃宋氏的脸上全然是担心。

“要说那么一户农家人，怎又能夺得太后的注意呢？属下可是听说了，那户农家的女孩可是十分的聪明的，最后可是敬王爷亲自说要严惩的，最后太后不知怎的，竟是派了世子爷去了，最后太后还把所有人都给遣了出去，此时正与王爷两人一同不知聊着什么呢！”矮个子男人说此话时，还透着一丝的小心翼翼。

“来的是一个女孩子？她多大的年纪？”一听说是女孩子，王妃宋氏便警觉起来，她可是知道的，欧阳睿一向是个不爱管闲事的，就算是有太后的命令，他大可以不必亲自去的，而且，他们二人在暗中的较量也在如火如荼地进行中，他眼下这么做，根本就是打草惊蛇嘛。

“那个女孩也就十一二岁的年纪，但却十分的精明，听说当日也是她拼死去救自个儿的弟弟，这才顺便救下了欧阳景天的！”矮个子男人回应道。

“哦，才十一二岁，你竟是对她的评价这么的高！看来……”宋氏一听说朵朵的年纪，她这心才算放了下来。不过她对矮个子男人的话，却是并不太相信。

“属下说的句句属实，属下的眼线亲眼看到的……”矮个子男人便把刚刚在中厅内发生的事情全部都说了一遍。

“好啊，这个死丫头她这是在给王爷下套啊，好得很，好得很啊，早早便知道了宋府台背后的大树是谁，她这是要连我一块儿拔起吗？哼！竟是登堂入室来向我来挑衅！”王妃宋氏眯着眼，拍桌说道。

“你说，她现在正和那个小野种在一块呢是吗？她不是会做吃的吗？那你就去帮她一把，给她加些料，那个小野种和老妖婆，不是喜欢吃吗，那我就让他们吃个够！”宋氏脸上竟露出了一丝丝的狰狞的笑容。

“主子，这件事情您可要想好了啊，若是一旦事发，那咱们这么多年来的努力可就全完了啊，毕竟若是太后在王府出了事情，那可不单单是王爷的事了，上面还有皇上呢！”矮个子男人知道自家主子一定是受到了刺激，从而才要冒着风险也要那么做去。

“这个不行，那个不行，那究竟要怎么做，人家都欺负到我头上来了，我难道还要装死吗？哼，反正那个老妖婆看我不顺眼也不是一天半天了，与其我一直翻不了身，莫不如这次我赌上一把，反正那些吃食是那个臭丫头做的不是吗？”王妃宋氏面露阴险地说道。

“主子，你要知道，一同吃饭的可不只有太后和欧阳景天，还有王爷呐，难道连王爷的生死你也不顾了吗？主子，您要三思啊！”矮个子男人面露焦急地说道，若是真的那么做了，估计国公府也就全完了。

“哼，那你说怎么办，那个小野种成天地找我麻烦，那个老的又一直不待见我，现在连一个泥腿子都公然地挑衅我，难道我就要这样一直地被人欺负下去吗？”王妃宋氏实在是咽不下这口气。

“主子，对付欧阳景天和太后，现在还不是时候，但是若说对付一个乡下来的小丫头，那还用您亲自出面吗？借着别人的手，给她些教训，您看了舒心不就得了！”矮个子男人知道，若是不让王妃出了这口气，她无论如何也淡定不下来的，但是上面可是发话了，现在要按兵不动，所以这个时候，他必须得把继王妃宋氏给稳住。

“哦？这么说，你是有主意了吗？说来听听！”宋氏越发地觉得她这个庶弟已经完全不是当初那个跪在她面前，只求为宋家出一丝薄力的那个十八岁的少年了。

不错，这个矮个子男人也是她的一个庶弟，是一个最见不得光的庶弟，他的娘只是宋府上一个洗脚丫头，而那个洗脚丫头还奇丑无比，知道自己有了身孕后，竟还逃出了宋府，这样一跑就是十八年，直到她要死的时候，才让这个少年去认祖归宗。

可想而知，这个少年来找自家爹爹来认祖宗时的情景，她的爹爹根本就不承认，眼前这个丑陋又矮小的少年是他的儿子。

原来这个少年在年幼的时候得了一场怪病，病好了后，个子便长得极为地缓慢，而脸上也出现了深深浅浅的大小坑，这让她那个英俊的爹如何能相信呢，最后就差没把他给赶出去了，直到那个少年拿出了当年他娘在国公府丢出的一枚玉佩，她爹这才相信这个少年的话。

但即便是相信，她爹也不愿意想起当年的耻辱来，所以也不肯收留这个少年，而这个少年的身上却是有一股子韧劲儿，还有王公贵族里面最缺少的忍劲儿，所以那时候还待字闺中的她，便是做主将他给留了下来，并且让他依然跟随母姓，姓刘，以一个管事的身份跟着她。

这么一想，他如今在她身边也有二十年了，大大小小地也为她处理了很多事情，有时候她在想，当初若是没有她做主留下这个人，那么这个人的未来会是什么样，只有王妃宋氏知道，这个人的脑子十分聪明，办事也十分利落。

“若是把那个乡下丫头的事情告诉世子妃会是什么样？毕竟世子爷为她去办事情，可是勤快得很呢，老太后虽然不待见您，对大小姐可是还不错的，毕竟她还要给宋家留一点颜面的，您说对吗？”矮个子男人看到自己眼前这个陷入沉思中的嫡姐兼主子，似笑非笑地说道。

“哦？你这是在让我给我的侄女儿下套吗？你不要忘了，她也是宋家人，若是按辈分算，你也可是她的叔叔呢！”王妃宋氏很是优雅地重新为自己倒了杯茶，细细地品着说道。

的确，说起来她也觉得很是奇怪，老太后并非对宋家所有人都厌恶，就如她自个儿的这个侄女儿，老太后虽然说不上有多么地喜欢她，但至少不排斥她，所以，这的确是一个最好的办法。

“属下姓刘，没有什么姓宋的侄女儿，若是真有姓宋的亲戚，那么属下也只有一个姐姐而已！而主子也并不是在给什么人下套，是大小姐她先动情的，怪不了别人的，就算是您此时不利用，估计以后国公府的人也是饶不了她的！”矮个子男人脸上并没有太大的表情，好似说的与他完全没有关系似的。

“很好，也不枉费我这么多年来对你的栽培，你的确很忠心，那么这事儿你就着手去办吧！你要记得加些猛料，你要知道，吃醋的女人才是最可怕的，哪怕对方只是一个十一二岁的小孩子，她都会歇斯底里疯狂的！”王妃宋氏说得好像是与她无关紧要的人一般，很是自然。

“是！属下领命，那属下这就先下去了！”矮个子男人便要退下。

“等等……宋府台……也不能留了，你明白吗？”宋氏眯着眼危险地说道。

“是！”矮个子男人竟然连思考的时间都没有给自己，便答应道。

小天天的院子内，此时却是热闹非凡，朵朵到了小天天的院子内，小天天便如献宝般地把他所认为珍贵的东西都拿给了朵朵去看，朵朵也是含笑配合着，无非就是一些弹弓类的小玩意，朵朵心中不禁暗道，看来这王府内的小孩儿的童年还真是单调啊。

“朵朵，这个你擦到额头上，估计一会儿就会不红了，说你是蠢女人吧，你还真的蠢，你怎么磕得那么使劲儿啊，不就是救大伯吗？我不都说包在我身上了吗？你看看你……算了，还是我来帮你擦吧！”小天天如小大人般地嘟囔道，之后就用他那肉肉的小手，小心翼翼地为朵朵涂他手里拿着的瓷瓶中的药。

朵朵只感觉到一阵的清凉，很是舒服，同时心里也温暖了起来，她还以为小天天除了让她给做吃的，别的什么都不放在心上呢，这个臭小子还真的算有良心啊。

之后，小天天便是把朵朵给带到了他的小厨房，从而，朵朵的厨娘生涯便又是开始了。

小天天虽然啥也干不了，但是却在一旁陪着朵朵，时不时地问问这个，问问那个，这里面还有几个小丫头给着朵朵打着零活儿，所以此时厨房里的气氛十分的活跃，哪知……

“咳咳……天天，你怎么会在厨房里呢，哪个没长眼的把你带到这里来的？”只见身着一件鱼肚白底领口绣红色梅花的长褙子，下着白色棉绫裙儿的女人走了进来，她蛾眉轻扫，面目清冷，甚至都没有拿眼去看朵朵，而是直接对小天天说道。

此人正是敬王世子妃宋如月，而这个敬王世子妃实际上是进来有一会儿了，甚至她都已经暗自观察了一会儿朵朵了，可是她怎么看也觉得这是个还没长开的小姑娘罢了，确实有几分姿色，可是那年纪摆在那啊，她越发觉得她是大惊小怪了，但是她却发现，那个小姑娘的眼睛很是特别，十分的清澈，笑得也十分的欢快，这却让她十分的不舒服，这种清澈的眼神，还有那欢快的笑容是她多少年都没有过的了？所以宋如月也十分地不愿意让任何人出现这样的表情。

所以在她进来好一会儿时，看两人还继续选择无视她，这才轻咳了两声，似是很关心地对小天天说道。

而朵朵却是对她说的那句“哪个没长眼的”很是不舒服，又仔细瞧了瞧宋如月的表情，朵朵可以断定，此人是冲着她来的，而且怕是来者不善吧。

“给世子妃请安！”厨房里的人都纷纷地向宋如月行礼请安，而朵朵由于手中还正在收拾着猪下水，所以没反应过来呢。

“哪里来的泥腿子，见到世子妃了竟是不行礼，来人啊……”只见宋如月身边的一个小丫头竟是神气地站到了前面指着朵朵说道。

朵朵又是眼光一闪，嘴角微挑，看来这个敬王世子妃的消息很是灵通嘛，自己的来路她竟是这么快便知道了，只是她却不知道，她究竟是哪里得罪她了呢。

“你算个什么东西？在我的院子里耀武扬威的，给我滚！”小天天阴沉着脸，似是对着那小丫头骂道。

可是实际上，在场的人，只要是长眼睛的，便都会发现，他们家的小主子是对着世子妃去骂的。

敬王世子妃又何尝不知道小天天是在骂她，但是也知道敬王世子对他这个宝贝侄子的在乎，所以既然想要得到他的心，她首先就要焐热他所在意人的心。

“天天，婶婶也是关心你，这厨房本就不是男人进来的地方，更何况你又是王府的小主子呢，云儿呢，她是有点儿冲动，但是她口中说的也是咱们王府中的规矩吧！”宋如月的言外之意，就是那个小丫头让她行礼也并没有什么错误啊。

“朵朵是我请来的客人，她算哪根葱啊？再说了，这是我的院子，谁请你们来了？不爱待，好啊，那就都给我滚！”小天天气嘟嘟地说道。

小天天对宋如月与她身边的婢女十分不客气，同时口气也十分不好。

而他这语气却是让一心想得到他的好感的宋如月彻底怨恨上了朵朵，同时她又联想到了小天天在欧阳睿心中的重要性，宋如月的醋意便是大发起来。

“我走也可以，但是这个丫头简直太没有礼貌了，这里是王府，不是乡下，我进来也这么久了，她却依然在那里呆呆地站着，这是拿咱们敬王府不当回事儿吗？还有天天，你是王府的小主子，你整天围着一个小丫头转是怎么回事儿呢！”宋如月挺直腰板说道，这个王府里的女主人，那除了她姑姑便是她了，如今一个乡下的小丫头竟是对她不敬，她又怎么能咽下这口气呢？

“我爱和谁在一块儿是我的事儿，不过我倒是可以确定一点，那就是我叔叔不想同你在一块儿，那你怎么没有自知之明啊？哼！”小天天根本就忘了，叔叔是怎么为了娶她而不理自己的，想到王妃宋氏，小天天只觉得姓宋的女人没有一个好东西的，当初他的祖父为了姓宋的女人而惩罚他，叔叔为了姓宋的女人不理自己，在天天看来，姓宋的女人都是狐狸精。

“你……你叔叔他是爱我的，若是不爱我他又怎么会喜欢我，你还小，你不懂事，一定是有人在你面前乱嚼舌根了是不是？是不是这个臭丫头？”宋如月此时目已猩红，若说所有人都有弱点的话，那么宋如月的弱点便是欧阳睿，此时一听到小天天说欧阳睿讨厌自己，她就异常激动。虽然她自己内心深处也知道欧阳睿对自己的不待见，但她却不想此时在那个乡下来的丫头面前丢了面子。

“云儿，把这个爱乱嚼舌根的乡下丫头给绑起来，我要亲自教训她，看她以后还乱不乱嚼舌根！”此时的宋如月早已经没有了理智，也全然不顾刚刚要讨好小天天的想法了，只想把自个儿心里所有的怒气都发在朵朵的身上。

“你们没有听到吗？还不把这个乡下来的泥腿子给我绑起来！”一看她们就是有备而来的，要不然为何只是府内串个门儿，竟是带来了这么多的家丁呢，眼看着这些家丁就向着朵朵走了过来。

小天天却是焦急了，伸着已经被宋如月主仆气得颤抖的小手道："……你们敢，你们竟然敢……"小天天现在已经被气得不行了，若是放在平日里，他知道自己怎么折腾，这宋如月都是不敢对他怎么样的，可是今日不同，今日有朵朵在这，朵朵是谁，是他所在意的人，若真要硬碰硬的话，那么他们也只有吃亏的份儿了，所以小天天很是焦急。

"啊，不要抓俺，不要抓俺啊！俺一个乡下来的，不知道'柿'子妃是个啥玩意，俺只知道那'柿'子是挺好吃的东西，不要抓俺啊，不要抓俺……"就在小天天急得快要哭的时候，朵朵却是在一边异常地抓狂起来，口中更是说着足以让宋如月气得发疯的话。

什么叫做"世"子妃是个什么东西？还什么"柿"子是个挺好吃的东西，这都是哪儿跟哪儿啊，还有，她那手上挥动的是什么东西啊，好似软软的，还有一些东西飞了出来，咦，她怎么觉得这厨房有股异味儿啊。

可是此时宋如月也顾不上其他的了，她犹如又抓到了朵朵的错处般地提着嗓子喊道："大胆，你竟敢侮辱'世'子？什么叫做'世'子是个挺好吃的东西啊，你把'世'子当做什么？还东西？我看你真是大胆了！"宋如月那语言中竟是还有丝丝雀跃，这下不愁怎么跟欧阳睿交代了，要不然今日闹得这样大发，她还真是有些担心欧阳睿回来了会跟她急呢。

"俺哪知道你说的'柿'子它不是一个东西啊，俺没有说'柿'子不是东西啊，是你说的啊，是你说的，你可不能诬赖俺啊！"朵朵边说着，还便挥动着她手中的猪大肠，而众人只觉正有什么东西朝着他们迎面飞来。

"啊！世子妃你快离远点儿，这个泥腿子手中拿的是猪大肠，臭得很啊，那里面有猪的粪便的！"还是一个小厮眼尖认出了朵朵手中拿的东西，从而提醒道。

"什……什么，这上面有猪的粪便？你……你……你个乡下来的脏丫头，你拿那个东西干什么？"宋如月尖叫道，此时她根本拿不出任何可以形容朵朵的语言。

"你这个人可真奇怪，刚刚还说'柿'子它不是个东西，此时却是说猪大肠是个东西，真是没见过你这样的，你要是这么喜欢猪大肠，那我给你好了，反正我这里多的是，喏，给你吧！"朵朵眨着她那双大眼睛，十分无辜地说道，同时还竟是走上前去，真的要把那猪大肠朝宋如月递出去。

"啊！你不要过来，你不要过来，你个野丫头，你不要把那脏臭的东西给我拿过来，云儿，你给我把她拦住！拦住！"宋如月此时闭着眼睛退了一步大喊大叫道，她很是怕若是她说得小声了些，朵朵会听不到，从而把猪大肠给她递过来。

“你给我站住！你个乡下来的泥腿子，你还有没有点儿教养，竟敢在‘世’子妃面前没规没矩的，你看看你到底在说些什么？还不给‘世’子妃跪下磕头赔罪！”此时云儿一只手捂着鼻子，一只手指着朵朵说道。

“可是这位姐姐，俺真的只知道‘柿’子是个挺好吃的东西，但却没见过‘柿’子妃是个什么样的东西，你让俺怎么去磕头啊，要不然你教教俺，俺照做还不行吗？还有，这个猪大肠真的很好吃呢，那位姐姐真的不想尝尝吗？”朵朵在与那个云儿讨论‘柿’子和‘柿’子妃是不是个东西的时候，还不忘推销她的猪大肠道。

“我说你……你这个泥腿子，我最后说一遍，‘世’子和‘世’子妃，他们根本就不是一个东西！”云儿被朵朵气得大声吼道。

“哦？那爷倒要问问你这个小婢女，爷怎么不是东西了？”那云儿的声音刚刚一落下，便听到了欧阳睿那低沉的声音传了过来。

“叔叔，这个女人带着她的婢女来到我这来耀武扬威来了，她们说要把朵朵绑了，叔叔你是知道的，朵朵可是我的救命恩人啊，她们也实在太过分了吧！叔叔，你可要为我做主啊，呜呜呜……”只见小天天朝着刚刚走进门来的欧阳睿扑了过去，之后就在他的怀里“呜呜”地哭着。

“夫君……”

“世子爷……奴婢……奴婢……”只见那刚刚还在神气的婢女此时却是“扑通”一声跪到了地上。

“怎么？刚刚不还伶牙俐齿的吗？现在怎么不会说话了？你好大的胆子啊，竟敢骂爷不是个东西，是谁给你勇气啊？来人啊，把这个婢女给我拉下去，掌嘴二十！”欧阳睿冷着脸说道，不过他在看向朵朵的时候，那嘴角却是上挑了一下。

“夫……世子爷，这不关云儿的事啊，是那个乡下来的丫头说的，云儿不是那个意思啊！”宋如月很是焦急地说道，云儿是她的陪嫁丫鬟，也是她身边的大丫鬟，而她今日所做这一切也都是为了自己，也可以说是自己暗中授意的，如今这欧阳睿竟是要掌云儿的嘴，那不相当于就是掌自个儿的嘴吗？

“她不是那个意思，那你来告诉我她是什么意思，这就是你调教的好奴才，这都欺负到我头上了，你还和我说不是那个意思？看来这敬王府马上就要改姓宋了，我连一个奴婢都教训不了了是吗？”欧阳睿把小天天抱了起来，小天天依然趴在他的肩上，不肯把脸露出来，只不过那小肩膀一抖一抖的很是可怜。

“不……我不是那个意思，不是，睿……你不能……你不能……”宋如月脸色苍白，不停地向后退，同时还直摇着头却是说不出一句完整的话来。

“还愣着什么？还不把这贱婢拉下去掌嘴，以后小少爷这里，没有我的命令，任何外人不得进入，若是哪个再欺负了小少爷去，那你们就等着被杖毙吧！”欧阳睿根本就没有理会宋如月那个话茬儿，直接吩咐道。

“你怎么能这样对我？你怎么能？欧阳睿难道你一点心都没有长吗？”宋如月此时的脸已经白得越发地透明，眼睛却是如兔子一样的红，泪水也止不住地流了下来。

“在你嫁我那天，你就该知道了！”欧阳睿眯着眼说道。

“啪！啪……”只听外面掌嘴的声音响起，要说这个云儿也真是一个人物啊，整个掌嘴期间，她愣是没有哭叫一声，至于求饶的声也是没有的，只是当她被拉出去的时候，她那恶毒、怨恨的眼神儿却是直瞪向朵朵。

“呜呜……”只见宋月如哭着跑了出去。

厨房内陷入了一片寂静，就连小天天的小肩膀也不再抖动了。

“行了，气我也给你出了，你也别再装了！”欧阳睿拍了拍小天天的小屁股说道。

“哼，还不怪你娶回来的那个女人，竟是来我的地盘欺负朵朵！”小天天则是从欧阳睿的怀里跳了下来。

“你刚刚玩得很开心？”欧阳睿把小天天放到地上，之后便挑了挑眉向朵朵问道。

第十二章 渣爹上门

"世子爷说什么，民女不清楚！"朵朵低垂着头，让人看不见她的表情。

"那你那句'世'子是个好吃的东西是什么意思？"欧阳睿看到朵朵正在装傻，便充满求知欲望地问道。

"回世子爷，民女刚才说的此'柿'子非彼'世'子，还请世子爷不要混淆，而民女所说的'柿'子，是水果的一种，并不是指的您！"朵朵依然低着头，但是嘴角却是止不住地往上挑，一想到自己刚刚在那个世子妃面前的装疯卖傻，以及自个儿手中还拿着的猪大肠，朵朵就憋不住地笑，这也是她为何不抬头的原因。

敬王世子欧阳睿只是笑着，并不作声。

"世子爷，我大伯的事情怎么样了？你这么快就回来了？那思源哥呢？思源哥他怎么没回来啊？"朵朵果然才发现了自己的后知后觉，这么大的事情竟然是让她给忘了。

"你和徐思源很熟吗？难道你看不到他，会少块儿肉吗？女孩子还是矜持一点，瞧你一口一个思源哥的，成何体统啊？"欧阳睿看到朵朵那样焦急地找徐思源，他的心里却是无来由地不舒服起来，最后他只能找一个蹩脚的借口斥责朵朵道。

"回世子爷，思源哥是民女的哥哥，您说我们是熟还是不熟呢？见不到他倒是不至于少上一块儿肉，但是我担心却是真的，我们俩是一块出来的，思源哥又是为了我们家的事才回京都的，难道我随口地问问他也不行吗？而且，民女一个乡下女子，哪里懂什么叫做矜持呢？"朵朵咬着牙含笑对欧阳睿说道，朵朵觉得欧阳睿对她的印象应该是极其不好吧，要不然为何他每次都想借机地为难她呢，要知道她现在这个小身板儿也就只有十二岁吧，哪里有他所说的那些稀奇古怪的想法呢。

“哼，又不是亲哥哥，叫的还真是亲热，你的思源哥现在回他的家了，去看他妹妹去了，顺便派人护送你叔叔回三里铺子了，你大伯的事情解决了，明天就可以回家了，至于你嘛，就多陪陪小天天吧，你的源哥哥若是想起你，自然就会来看你的，你就不必操心了！”欧阳睿阴着脸说完了这一番话，便转身离开了。

朵朵却是诧异了，她答应小天天留下来不也是刚刚发生的事吗？他们怎么会知道，又什么时候让光磊叔叔回去的呢？还有思源哥，怎么可能不同她报个平安就直接回家了呢？这些事情让朵朵有些不知所措起来，还有这个抽风的世子，这是怎么了，干吗突然脸色那样的难看啊？

接下来朵朵根本无心再去想那个抽风的世子了，因为她的身边还有一个小魔头正在那不停地催着她做吃的呢。

没了人来打搅，朵朵做得便十分的顺手。

王妃宋氏的玉秋院

“主子，大小姐她败下阵来了！”矮个子男人跪在下首回禀道。

“什么？失败了？怎么会呢？她是亲自出面的吗？她一个世子妃竟是对付不了一个乡下来的丫头？到底是怎么回事儿？”王妃宋氏拍案怒吼道。

“回主子，那个丫头很是难缠，最后是世子爷回来了，还掌了大小姐身边的婢女云儿的嘴，大小姐哭着跑回她的院子了！”矮个子男人如实回答道。

“什么？欧阳睿这么快就回来了，宋府台那边怎么样？”如今对于她那个庶弟，王妃宋氏早已把他弃之了，只是他那里毕竟还有些东西是她不允许他同别人说出去的。

“主子请放心，宋府台刚刚被他的小妾一刀刺死了，那个小妾也当场自杀，世子爷也只是拿到了宋府台他贪没银子的证据，其他的一切照旧！”矮个子男人意有所指地说道。

果然王妃宋氏脸上露出了一抹阴险的笑容来。

“哼，真是越活越回去了，堂堂一个国公府的大姐，竟是连一个村姑都不如，真是没用啊！”紧接着王妃宋氏满脸鄙夷说道。

“不过云儿那个婢女却是恨足了那个村姑，正私底下在使小动作呢，听说那个小村姑要在王府上住三天，直到欧阳景天过了生辰后离开，而太后也是这么决定的，所以接下来的三天里，太后也都会在敬王府！”矮个子男人把他打听到的全都同宋氏说了。

“什么？那个老妖婆竟要在王府内待上三天？那我岂不是这三天里除了待在我的院子，就哪都去了不了？那该死的老太婆，我看她是存心给我找不自在啊，不行，我绝对不能再忍下去了，那个老妖婆的！”宋氏一听说太后竟也是要在这里住上三天，她哪里还能坐得住。

“主子！”矮个子男人看到自家主子的脸上竟然显现了杀机，所以他还是想劝说一下。

“行了，我心里有数儿，不会动你安进来的眼线的，我自有办法，你先下去吧！”王妃宋氏挥了挥手，示意矮个子男人出去，显然她是不会听取他的意见的。

“是！”矮个子男人顿了顿最后还是皱着眉头离开了。

“死老太婆，若是你不死，那我怕是就永远翻不了身了，哼，你不是想念你的侄女儿吗，那你们就快快去相聚吧！”王妃宋氏阴沉着脸，喃喃地说道。

王府中厅中

“哦？竟是有这么巧合的事？这刚刚出了这件事情，他那边就被人杀了，看来你们王府的下人们真得看紧了啊！”太后对于这样的结果似乎也是在她意料之中。

“若水去了多少年了？这整个王府看来是她宋家的天下了！寻儿啊，你现在正值当年呢，身子骨儿也不错，也该再添个人了，如今这整个王府里，除了她外也就只有一个侧妃，一个姨娘，而那两个还都是没有子嗣的，再这样下去，你这一脉……母后肯定是不放心的啊！”太后痛心疾首地说道。

“母后，我这都多大岁数了？还子嗣，小天天过了年都要五岁了，儿子怎么？儿子怎么能呢？”敬王爷的一张老脸通红，语无伦次地说道，他的母后还真敢想啊。

“小天天五岁怎么了？你看看你皇兄，后宫的那个李才人不是才又刚刚给他添一个小公主吗？怎么？你就不行了？”太后并没有因他反驳而打消了念头，反而还拿出了她的大儿子也就是当今的皇帝来给他作比较。

今日那个府台之死的事情也是给太后提了个醒儿，那个宋氏并未参与他们在中厅内商量的事情，而睿儿去查惩那府台的事情也是她临时决定的，怎么就那么巧合地就出了这事儿呢，人竟然是死了，还是早不死，晚不死的现在才死，这未免也太巧合了吧，聪明如太后，一想便想到了这里面的因果。

看来，这整个敬王府都被人家给控制住了呢，这怎么能行，若是这样的话，那睿儿和天天不就有危险了吗？她绝对不允许这样的事情发生，所以，若是想控制住这事儿，那自己就要从根源下手，就如这宋氏，不就是在敬王府太顺风顺水的吗，这才导致她那么嚣张，若是不想让她那么嚣张，那便是这敬王府内再添人，只有让她觉得有对手了，那样她才不会再打睿儿与小天天的主意，只不过这样的主意也只是能解一时的燃眉之急，却不是长久之计，可是现在还真的没有别的办法啊。

“母后，什么行不行的？您……您当着睿儿的面，您说什么呢？”一看那敬王爷的表现，明眼人一看便知，别管多大年纪的男人，也不管对方是谁，只要说他不行，那就是对他们的侮辱，此时的敬王爷不也就是个例子吗？

“再说了，皇兄是皇上，儿臣怎么能与他比呢，母后，您还是别打趣我了！”此时敬王爷的头上已经冒出了冷汗。

看来这两个女人的战争，终究是波及到他了，敬王爷也不傻，他又哪里会想不透他母后的心思呢，这次终究是宋氏做得过分了，看来，适当地，他也该敲打敲打她了。

“咳咳……行了，就这么定了，这次选秀，母皇就会同你皇兄说，你也不必不好意思了，你要是证明你行，就再给我生个大胖孙子！”太后看到自个儿儿子的窘态，不禁掩口而笑。

就连一直站在一边的欧阳睿也是嘴角上扬，证明他现在的心情十分的好。

“母后！”此时气得敬王爷竟是红着脸地吼了一声。

“启禀王爷，小少爷差人来请太后去用餐！”正在这时，管事王伯恭敬地弯着腰走了进来道。

“好啊，那哀家可是先去用餐了啊，儿子，这事就这么定了啊！睿儿啊，扶着你祖母我去用餐吧，我倒是要尝尝那个小丫头的手艺有多好啊！”太后满脸戏谑地说道。

“你……唉，母后……真是的！”眼见着如孩童般的母后就这样走了，敬王爷很是窝火地背着手跟了上去。

直到来到小天天的院子后，小天天、朵朵众人早已经在院子里恭候多时了。

“老祖宗，您可来了，就等您了，快快进屋吧，饭菜都已经准备好了！”小天天一见太后来了，便撒娇地拉着太后就往屋子里走。

“哟哟，瞧这小泼猴急的，这就开始等不及了吗？还真是个小馋猫儿呢！”太后取笑道。

下人们先行一步，上前为太后掀开门帘，一阵香气扑鼻而来：“真的好香啊，怪不得我宝贝曾孙馋得跟什么似的！”

敬王爷，欧阳睿紧跟其后，朵朵则是走在最后面。

“哟，这菜色也是极佳啊，这是什么啊？怎么这么香啊？”老太后坐到了主位上后，便指了其中的一道菜问道。

“回太后的话，这是猪大肠！”朵朵一见太后指的正是猪大肠。

“什么？这真是那脏臭的东西吗？哎哟，怪不得一向嘴刁的小天天都喜欢你做的吃食，看来这还真不是替你吹捧啊！行了，你也累了好一会儿了，一块儿坐下来吃吧，你是我宝贝曾孙的救命恩人，理应好好款待的！”太后此时对朵朵的印象却是好了起来。

看来还是穷人的孩子早当家啊，想她还是这么大年纪的时候，怎么可能做出这么一桌子吃食来呢？

“回太后的话，还有一个菜还在厨房里，民女这就拿来，之后就可以用餐了，您稍等一下！”朵朵微笑地福了福身然后转身又向厨房走去。

“老祖宗，您尝尝这猪肺汤，很是好喝的，而且您一到冬天就有咳嗽的症状，多喝些猪肺汤，有止咳的疗效呢，朵朵常说，与其吃那些又苦又难吃的药，不如平日里多多在食物上进补了，对啦，她说那叫食补，来，老祖宗，天天给您盛！”小天天很是懂事地为老太后盛了一碗猪肺汤。

“老祖宗，您再尝尝这个……”

“你再尝尝那个……”

最后大家都吃得饱饱的，而敬王爷也很自然地安排了老太后与朵朵的住处，虽然这个任务应该是敬王妃来安排的，但老太后却是不待见她，所以只能是敬王爷亲自出马了。

最后太后是住到了前王妃周若水的院子，而朵朵则是住在了小天天的院子了，当然这也是小天天极力要求的，他的理由就是，朵朵本来就是为了小天天才留下的，所以陪着他是理所应当的！

而就在朵朵和小天天正在聊着天的时候，欧阳睿却是差人找朵朵去一趟，而朵朵心里是不太愿意去的，却是没有想到，她这次一去，收获还真不小呢，也不知道欧阳睿在哪里得到的玉米种子，最后还全数给了她，让她去种植，这可把朵朵乐坏了。

收好了种子，朵朵欢天喜地地往回走，路过太后的住所时，却是听到院子里面传来小天天的哭叫声：“老祖宗！救命啊，快来人啊……”

这时候朵朵还未从小天天的叫喊中回过头，只见他身边那个要护送他回去的人转身就往欧阳睿的院子奔去，而回过神儿来的朵朵却是想都没来得及想，人便朝着太后所住的院子冲了出去，估计由于侍卫们也都听到了惊叫，所以朵朵这一路上并没有任何的阻拦。

“老祖宗！快来人啊，你们快下去救老祖宗啊，还愣着干什么？”小天天在那里叫喊着，朵朵虽然没见到小天天人呢，但却仍听出了他的嗓子都是嘶哑着。

“小天天，出什么事情了？太后她……”朵朵加快速度跑到了小天天的身边，便看到小天天在一个湖边上，这片湖不小，而且下游好似是与什么地方相通似的，所以朵朵并没有看到边际，而此时的小天天正被人架着呢，他不停地想下湖去，无奈他的小身板，终究还只是个孩子，被两个人又架又抱的，肯定是不能如愿的，朵朵这才发现，湖中正有一个人在扑腾呢，仔细一看不是太后又是谁。

只见太后在湖中不停地扑腾而现在好似越发地没有体力，已经有下沉的趋势了，而那些侍卫们也都扔竹竿，扔绳子地试图把太后拉上来，但是此时的太后已经完全顾不上其他的了，只不顾一切地不让自己沉下水去。

只见那岸边上的小宫女和太监们也都吓得直在地上磕头，求太后平安无事，自个儿却是谁都不肯跳下湖去救太后，倒不是他们胆小怕事儿，而是他们实在是不会水啊，大周的京都隶属于北方，所以会水的人应该是少之又少，大家伙儿心里都明白，就算此时不去救太后，太后若要是真有个好歹的了，他们也得跟着陪葬的，所以他们现在除了跪地磕头祈祷太后无事，也真的不知道该做什么了。

“朵朵，你快帮我拉开他们，快帮帮我啊，我要下去救老祖宗，老祖宗不能死啊，我不允许老宗祖死啊，你们都别拉着我，再拉着我我杀了你们，你们放开我！”小天天那嘶哑的声音传来，小脸上的那无助、那绝望，竟是深深地触动了朵朵。

朵朵眼神一暗，便开始解开她的小袄，如今正值隆冬时节，身上穿的衣服也很是厚重，所以朵朵得先卸下了她这身衣裳，脱完了小袄，便脱棉裤，而朵朵此时的动作，却是把这湖边上的一众人都给吓得惊呆了。

因为在古代，虽然朵朵也只有十二岁，但是那也已经是个小姑娘了，姑娘家家地还未出阁，怎么会做出这么伤风败俗的事呢？有的甚至还怀疑估计朵朵也是被太后这事儿给吓傻了，从而才做出这一系列不合时宜的举动。

只见朵朵脱完了衣裳和裤子，只着里衣和里裤，又做了几个奇怪的姿势，便“扑通”一声地跳进了湖里。

眼见着太后的脑袋已经没入了水里，而朵朵也跳进了湖里，小天天彻底的精神崩溃了。

“朵……朵朵……朵朵，你快回来啊，呜呜呜……你们不能死啊，娘亲……娘亲，是你在召唤她们吗？娘亲，天天求求您，您不要带走她们啊！”小天天突然浑身瘫软在了两个侍卫的怀里，嘴里仍然哭诉着。

“小少爷……小……小少爷，您看？”这时，刚刚还拼命抓紧他的那两个侍卫此时却是放开了小天天，而指向湖边让小天天看。

小天天这才泪眼漪漪地抬起来头，直直地向湖里看去，他的小嘴不禁大张，而那刚刚已经无神的眼睛也闪闪发亮地瞪大了：“朵朵……快，你们快把竹竿和绳子扔过去，快啊，你们没看到朵朵她快没力气了吗？”

此时众人也才看到了这惊人的一幕，只见朵朵正一只手托起太后的后脑，尽量让太后的脸朝上，一只手正在吃力划着水返回岸边呢，此时他们才明白朵朵刚才那一动作是为了什么，冬日里的衣裳穿得太厚，下了水后都会成为阻力，而把那厚的衣服脱了，就会轻巧很多，看现在朵朵吃力的样子，他们便是明白，那是因为太后的衣袍太过沉重的原因，所以那个小姑娘很是吃力。

直到那些在岸上的人被小天天的声音喊得回过神后，他们便要把那绳子竹竿再次抛入湖面的时候，只见一道白影儿竟是飞入湖面，脚尖轻点了一下水面，很是利落地便抱起了湖中的那两个女人，确切地应该说，一老一小两个女人。众人又一次被这一幕惊呆了。

“给世……世子爷请安！”湖边的那些刚刚还在跪地磕头的宫女太监们此时才真正地找回声音，太好了，他们的世子爷来了，太后这回想必是没事了吧。

欧阳睿此时却是心情复杂地抱着两个浑身冰冷的女人，眉头紧皱着：“赶快宣太医，再把太后的房间整理一下！”

“等……等等……先把太后放在地上，赶……赶快！”朵朵此时上牙打下牙地颤抖着说道。

“……”欧阳睿并没有回话，脚步也没有停下，只是直直地盯着他怀中的朵朵。

“快……快啊！你再走下去，太后……太后会没命的！”朵朵此时竟是焦急地大吼了起来。

眼见着太后的脸色已经成了青紫色，而那气息也已经是若有若无，欧阳睿的目光很是幽暗，内心也极为挣扎。

想起他的大嫂死时的样子与情景，欧阳睿却是更加地抱紧了朵朵与太后，对，他虽然不希望他的祖母死，但他更加地不希望朵朵因对太后的救治不力，而被上面降罪，况且，这种事情应该直接让太医解决啊，不该让她一个心地善良的小姑娘来解决不是吗？

“叔叔，你不要怪朵朵，刚刚若不是朵朵，老祖宗……老祖宗就会如娘亲……娘亲一般……”小天天此时很是怕他的叔叔会怪罪朵朵，所以他十分焦急地替朵朵解释道。

“快……快放下我们啊！太后的命你不想要了啊？你没看她现在都已经快没了气息了吗？”朵朵眼看着欧阳睿这样的磨蹭，最后仍是再也沉不住气了，所以一边挣扎一边歇斯底里地大吼道，她这一吼便是把全院子的人都给震惊了，他们甚至都不敢抬头看他们一贯清冷，说一不二的世子爷。

所以也就在欧阳睿被这一声歇斯底里的吼叫声给震住了的时候，朵朵却使尽了全力挣脱了他怀抱，然后小心翼翼地把太后也给扶了下来，把她平放在地上，然后她便将左手放在太后的胸口，右手按在左手上，轻轻地往下按压，然后放开手，对欧阳睿道：“你来照这样我刚刚的样子，这样地做，我的手实在是僵硬得不听使唤了。”这大冷的冬天，朵朵又脱了棉衣下去救人，所以此时她只觉得浑身冰冷僵硬，根本毫无别的知觉。

小天天这时却是很有眼力见儿的，把朵朵的小袄给拿了过来，披到她的肩上，而朵朵却是没有顾得过来去对小天天说谢谢，她对欧阳睿说完后，见到欧阳睿照着她的样子做得很好，她便也没有闲下来，而是，一手捏住太后的鼻子，一手捏开她的下颌，深吸一口气，对着太后的嘴里吹去，反复进行！

众人无不被朵朵的这一系列抢救措施给吓得惊呆了，这嘴对嘴……这真的能有效果吗，而他们如今除了震惊外更多的还有担心，眼见着太后的气息已经全无了，脸色也是青紫色的，想想也是，除去太后不会水的因素外，还有就是此时那湖中的水是极为冰冷的啊，一个强壮的男人下去了，也会受不住的，更何况是一向养尊处优的太后呢。

所以如今那些小宫女和太监，已经满脸的绝望了，完了，他们的这些小命儿也就这么交代了啊，还有小天天见到他的叔叔和朵朵都这样地努力地做着，但他的老祖宗却还依然没有一丝的好转，此时他便又想到了他娘当时的样子，小天天跌坐在地上，无声地哭了起来。

欧阳睿也只是反反复复地按照朵朵所教的那样做，除了担心太后生死的同时他的心里还想着，到时候要怎样才能帮助朵朵脱困呢？要知道这个王府内……并不太平啊，若是有对朵朵此次救人的不利传言传出去，那她……

朵朵此时的心里也越来越没底了，眼见着太后现在还依然没有一丝的转醒的意思，朵朵也越发地担心了，她终究还是冲动了……

直到太后轻咳一声，嘴边流下一摊水渍时，在场所有一直看着太后的人，无不欢呼起来……

“老……老祖宗醒过来了，呜呜呜，老祖宗醒过来了！”小天天的哭叫声，把大家也给唤醒了过来。

“太后千岁千千岁……太后千岁千千岁……”片刻后，此起彼伏的请安声响了起来。

“快，快把太后抱回屋子里去，这会儿可以让太医看看了……”朵朵上牙打下牙地说道，随后她便把自个儿后面披着的衣服穿了起来，但是身子还是止不住地发抖。

“好！你……你也随我来，一会儿叫人给你换身衣服，让太医也给你瞧瞧吧！”现在的欧阳睿的声音也喑哑着，天知道他刚刚看到祖母那个样子的心情，又一次经历这种亲眼看着亲人的离去，却是无能为力，他只恨自己来得太晚。

“我……我喝碗姜汤……就可以，我……我……我先回去了！”朵朵现在只觉得小腹如刀绞的疼痛，全身也开始发直地冰冷，她有一种不好的预感。

“行了，这个时候就不要任性了，小天天，快扶你朵朵姐姐先进客房，然后给她准备一盆热水先泡个澡，一会儿也让太医给她瞧一瞧！”欧阳睿也没有再与朵朵继续纠缠下去，用自己的斗篷包裹起太后身子，便飞身朝太后的住处走去。

“小天天，快……快送我回你的院子，然后让她们给我煮碗姜汤，烧桶热水就可以，快……”朵朵如今是脸色惨白，但她现在却是不能看太医，她有预感，若是看了太医了，那么一定会出大笑话的。

“不行，朵朵，你一定要听叔叔的，这个时候可不能再出事儿了，你若是出事儿了，那么我这一辈子还活不活了！”小天天如今的眼睛已经哭得很是红肿，而那小脸也皱到了一块，惊魂未定地说道。

“你们还愣着干什么？没见到朵朵现身上还湿着呢吗？还不快准备一间房，烧桶热水去？若是老祖宗与朵朵真的出了什么事情，那么你们也都别活了！”小天天用他那胖胖的小手指挥道。

“是！奴婢就说去办！”

“朵朵小姐，您随奴婢来！”

“朵朵小姐，快，先把这棉被给捂上！”

刚刚有些个聪明的人，早就回房去取了棉被，此时听到天天小少爷又一次发怒了，大家便赶快上前服侍朵朵，要知道，他们一方面是碍于小天天的淫威，另一方面他们也是把朵朵当成了他们的大恩人了，所以服侍起来，那是又细心，又周到的。

“小天天，我这边没什么了，你快去看看太后娘娘吧，她现在比较严重！”朵朵能看到小天天此时是十分焦急的，但却碍于自己现在也是狼狈不堪的，从而才左右为难地焦虑不安。

“朵朵，你怎么样，我看你现在的脸色很是不好……没……没事的，刚刚若是没有你，我……我真不知道该怎么办，我……我还是守着你吧，老祖宗那里……那里有叔叔呢！”小天天边说着，小脖子还是使劲儿地往太后住的方向伸去！

“行了，你就别担心我了，我没什么好陪的，我自个儿的身体我知道，最多也只是着凉而已，一会儿我泡个热水澡，再喝碗姜汤睡会儿就好了，你陪着我，我反而不方便，太后那边你也帮我听着些消息，若是她没事儿了，你也通知我一下，乖啊，你快去吧！”朵朵强拉出个笑容来，对着小天天说道。

“呜呜呜……朵朵，那你一定要好起来啊，我真的好怕，真的好怕啊，那我去看老祖宗去了，但愿老祖宗没有什么事儿啊！”小天天是边走边哭，边嘟囔着，一看小家伙就是吓坏了。

朵朵并没有忘记刚刚发生这一幕时小天天的恐惧，还有他从骨子里面散发出的绝望，让朵朵感到十分地不解。

但是朵朵现在也真的是没有其他的想法了，只想快一些泡个热水澡，就是在现代，她也是没有练过冬泳啊，真是冻死她了。

再说小天天，当他一路小跑地来到太后的住所时，敬王爷和敬王妃宋氏都已经到场了。

而欧阳睿，宋如月，欧阳蝶，欧阳轩全部都在，一个个的脸上也全是焦急，但是只有欧阳睿此时的脸色是愤怒的。

“坏女人，你个坏老太婆，一定是你，一定是你对不对？就像你害死我娘亲一样，你想害死我老祖宗，我要杀了你，我一定要杀了你！”小天天一进门，便直直地冲向敬王妃宋氏。

小天天人小，没劲的，但他此时却是有一股子蛮劲儿，一头就撞在了敬王妃宋氏的肚子上。

“哎哟，你放肆！哎哟，王爷，您看……哎哟，疼死我了！”敬王妃宋氏捂着肚子大喊疼痛地叫道。

“我杀了你……我要杀了你……”小天天还想继续冲向宋氏。

“天天，你住手，你这是干什么，你别忘了，她是你的祖母！”敬王爷抱住了挣扎的小天天说道。

“我祖母早死了，这个坏女人她是害我娘亲，害老祖宗的凶手，是她，一定是她！”小天天此时小脸涨红，眼睛也是通红的，如疯了般地吼叫道，完全失去了控制。

“混账，你休要胡说！这是什么地方？你竟是信口开河！”敬王爷此时脸色也十分不好地说道。

太后今晚出现了这样的意外也是他没有想到，同时，他现在还不知道究竟是怎么回事儿，因为太医还没有出来呢，可是现在宫内的宫人，侍卫可是全都到齐了，里面还有太医，此时他家的小祖宗竟是说出了这样惊人的话来，这不是把敬王府往火坑里推吗？

一个王妃谋害太后，那可是要诛九族的啊，虽说他的九族也是包括皇上和太后的，但是这罪名若是要成立的话，那么敬王府的人就算不死，也得扒层皮啊，所以他不得不斥责小天天道。

“我要杀了她，我要杀了她，是她，是她推我娘亲下湖的，是她，是她啊，这次也一定是她害我老祖宗的，是她！”小天天完全不管不顾地大哭大叫，而那小小的身子也在敬王爷的怀里挣扎着。

“天天！天天乖啊，叔叔在这里，叔叔在这里啊，你老祖宗没事的，一定没事，小天天乖啊，都会没事的，没事的！”欧阳睿一见小天天的不对劲儿，马上从敬王爷的怀里把小天天给抱了过来，抱过来后，一边轻轻地拍他的小肩膀，而他的声音也是柔柔的，好似讲故事一般。

“娘亲死的时候好惨啊，她喊救命，不停地在水里挣扎，但是那个女人就在湖边上，她却不去救娘亲，也不让其他人去救，娘亲最后停止了挣扎，停止了挣扎，呜呜呜，叔叔，若是朵朵在的话，娘亲一定不会死的，一定不会死的，叔叔，你替我杀了那个老妖婆，是她……是她啊！”小天天在欧阳睿的怀里，感受到了他最亲近的人的气息，渐渐平静下来，但是却是嘴里还不停说着他的记忆，最后还是不忘让欧阳睿替他杀了宋氏。

“好，叔叔一定会替你娘亲报仇的，你放心，你祖母、你爹爹、你娘亲的仇，叔叔都记着呢，总有一天，叔叔会让他们付出血的代价的！”欧阳睿的语气很是平静，声音也极为的温和，但是他那眼中的坚定，和周身散发出来的气势却是让某些人为之心中一颤。

“睿儿，当年，当年我也是没有办法啊，小天天那么小，我怎么能让他下去救人呢？若是我不抱住他，那他……王爷，我真是没想到，一年都过去了，他……他心里还想着这事儿，王爷……睿儿，我真的冤枉啊，真的好冤枉啊！”王妃宋氏现在也哭得浑身乱抖的，那白皙的脸颊也哭得通红，此时那眼光还欲拒还迎地看着敬王爷，很是楚楚动人。

“我最后再说一次，睿儿不是你叫的，希望以后你不要再记错了，不然的话，我会控制不住自己去管教你那张嘴！”欧阳睿阴冷地说道，此时他的语气已经不复刚刚哄小天天时的轻柔了。

“逆子，她是你的长辈，你怎么说话呢？小天天不懂事，你也要跟着一块儿不懂事吗？”敬王爷看到宋氏那越掉越多的泪水，以及那委屈的模样，最终还是忍不住地斥责了欧阳睿。

“不要把你的一厢情愿强加到别人的身上，所谓无风不起浪，我不觉得小天天这么做是不懂事的表现！”欧阳睿沉着脸，冷然说道。

“你……唉……”面对儿子这犀利的眼神，敬王爷确实是不知所措。

因为这个眼神他记得太清楚了，若水死的时候，他的大儿媳死的时候，他的儿子都出现过了这样的眼神，他叹息了一口气，从而眼神扫到了小天天，小天天此时的眼睛猩红，小脸也涨得红红的，但是那犀利的眼神儿，却是狠狠地直盯着宋氏。

敬王爷的眼神也黯然了。

最后，太医也亲自来给太后诊了脉，说明无事之后，敬王爷等人才放心。

“清风！”突然间，欧阳睿开口叫了一声。

只见一个黑影竟是从天而降，“世子爷！”清风是黑衣黑裤，连脸上都蒙个黑面罩，根本让人看不清他到底长成什么样。

“一会儿我不在的这段时间，就由你守在我祖母的房前，若是有那不相干的人，和不识相的人乱闯的话，你不用客气，直接给我丢出去，出了事情我担着！想必就是祖母醒来，也不会怪罪咱们的！”欧阳睿面无表情地说道。

“睿……你……我，我是好心啊！你怎么能这样地对我呢？当年的事情，小天天还小不懂事，怎么连你也是怪我的啊，那件事情，我真的没有别的办法啊，我已经很自责了，我……”王妃宋氏身子微颤，不停地晃着头，哭泣着说道。

“咱们走吧！”欧阳睿连个眼神儿都没有再给宋氏一个，抱着小天天直接转身离去。

“王爷……我……”宋氏见欧阳睿只肯给她一个背影，便很是委屈地同敬王爷说道。

“你且先回去吧，这里现在不需要你，今晚的事情，我一定会查清楚的，纵使是不是我亲自彻查，想必皇兄也不会置之不理的！”敬王爷阴沉着脸，冷声说道，之后便是甩袖离去。

“他……他这是也怪我啊……他这是也怪我……”宋氏不停地摇着头，不停地向后退，直至退到椅子前，这才跌坐在椅子上，嘴里却还是不停地嘟囔道。

而朵朵这边则是洗了一个热水澡，喝了浓浓的一剂姜汤后，才是进入了梦乡。

后来她才知道小天天的娘亲，就是在那个湖里落水去世的，原来，他的娘亲生前也是住在前王妃的那个院子的，而且，那个湖是敬王爷按着前王妃周若水的喜好特意挖的，直到继王妃宋氏嫁入敬王府后，她的一只宠物猫不知怎的掉入了这湖中，宋氏就十分讨厌那个湖，其实她更讨厌的是那个湖的女主人，那时候的她还不是王妃，只是一个侧妃。

而那时，她便不止一次地在心里想着要填平那个湖的，但只是碍于周若水的身份，以及敬王爷对她的亏欠，所以她一直未行动，直到周若水死了，她扶正后，她便又起了那个心思，也正是因为那件事情，她与欧阳睿才闹得这样的不愉快，最后那个湖到底还是保住了，但是却是换了主人，换成了欧阳睿的大哥，欧阳澈与他的妻子儿子一块儿居住着。

直到欧阳澈随着敬王爷出征战死在了沙场上后，他的妻子一度受了打击一连病了好几个月，之后就是好起来了，也是依然有时候精神恍惚的，所以就在那日，继王妃宋氏却是来到了她这里，邀她游湖，而也就是那一天，小天天的娘亲失足掉到了湖里，但是那时候有些贪玩的小天天却是在暗中看到了，他明明看到有一个人在她娘亲的后面推了一下，所以小天天哭着跑了出去说要救她娘亲，却是被继王妃宋氏给拉住了，紧紧地拉住了他，他也是在岸边眼睁睁地看着她的娘亲如她老祖宗般在水里扑腾，直到慢慢地不再动了，沉入了湖底，那时小天天四岁……

而那个推他娘亲下水的小丫头也当场自尽，据说是因为刘氏无故罚了她，她才怀恨在心的，她是当着敬王爷，欧阳睿等好多人的面前招的，招完她就咬舌了，从头至尾好像有人安排好了一样。

只是熟知刘氏的人，大家却是都不信这个说辞的，因为刘氏的性子软，又很是善良，敬王府所有的下人谁不愿意到她的院子内当差呢，下人们一般犯了一点儿的小错，她都是含笑地给遮了过去，而那个女子，说是刘氏罚了她的那个女子，根本是在说谎，但无奈于死无对证，也只有那样就了事了。

只是小天天却是恨足了王妃宋氏，他觉得这一切都是她在搞鬼，要不然她娘亲明明身子还虚着呢，精神上也恍惚，为何她偏要找他娘亲游湖呢，更何况平日里，无论是娘对她还是她对娘都是一直淡淡的，根本毫无交情的啊，最主要的一点便是，这个继王妃宋氏是一直想填平了那前王妃周氏的湖，所以这一点却是让小天天更加地怀疑，从而这么长时间来虽然没有证据，但是两人的梁子却已经结上了。

而听说自那夜后，太后就称病回宫，特招敬王妃宋氏去宫里侍疾，据说就连过年她都没有回过敬王府。

三日后小天天的生日，朵朵送他了一个她自个儿亲手做的史努比狗，小天天很是开心，而朵朵也坐踏上了归乡的马车上。

朵朵勇救太后，皇上亲自赐了朵朵黄金百两，马车一匹，当然这马车可是朵朵特意求来的，为此欧阳睿又免不了一阵取笑她，没想到这么好个机会，皇帝亲自封赏，这个丫头却是只想要一辆马车，说是她与她的家人上镇上赶集每次都很是不方便，有了马车他们便会方便了许多，所以欧阳睿亲自为朵朵挑选了一辆马车，还附赠了她一个车夫。

同时，小天天还给朵朵指派了两个人去服侍，一个十三四岁的小姑娘，和一个清冷如月的少年，不得不说，小天天估计是知道她的喜好吧，这两个人指派的，女孩长得漂亮，男孩长得俊逸，朵朵这一路上可是笑着回家的。

一年以后

朵朵当年回到了三里铺子后，便是受到了大家的迎接，也不知道她当年被赏的事情是什么人给传了出去的，总之蓝家老宅便是打起了那些金子的主意，好在有徐思源的帮忙，求了他的爷爷为了她买了一百亩的良田，虽然蓝家老宅的人得知了以后，也是大闹了一场，可是最终，朵朵还是拿到了那张地契。

这一年来发生了许多事，先是余氏跑回了娘家，而娘家遭了难后，她又是回来了，而蓝老太太由于余氏带着蓝雨儿回娘家一事，也是一病不起，这其中还好有刘氏多多照应，蓝老太太的病才好了许多。

而朵朵这边也是雇了一些人把那一百多亩的地都给种了，另外，朵朵他们娘儿仨，也是从三爷爷家里搬了出来，因为三爷爷的大儿子回来了，又多加了司洋、司影、韩叔三人，所以他们根本不够住的，所以他们又买了一处宅子。

这一年来，朵朵还与方忻和许宵开了酒楼，总之是生意满满，只不过，今年将还有一件大事到来，那就是，朵朵所培植的玉米，土豆，还有大豆将要成熟了。

只是，让朵朵万万没有想到的是，今年竟然还发生了一件更大的事情。

“朵朵……朵朵，天大的喜事儿啊，你娘呐？你娘在哪里啊？她终于熬出了头了，真是天大的喜事啊！”朵朵她的家里，刚刚走去外间要泡茶的时候，万氏却是风风火火地跑了进来，说是用跑一点儿都不为过，因为从大门，到中厅的外间，万氏是一眨眼就来到朵朵的面前。

“婶子，有什么喜事儿啊？我娘在后院的作坊里跟着她们干活儿呢，我这就去给你叫去！”虽然说现在的那手套，枕头作坊也已经步入正轨了，而人手也是足足的，完全不需要刘氏再亲自地操劳了，只是对于有些事情，刘氏还是喜欢亲力亲为的，这一年来，朵朵并没有丢掉这一活计。

“行了，我和你一块儿去吧，这个天大的好消息，保管你娘听见了能高兴死，这么多年，她也算是熬出头了！”万氏一边走着，一边说道，而那脚下的步子却是极快的。

“小婶子，我娘她有什么喜事儿啊，我怎么不知道啊，难道……”朵朵向万氏眨了眨眼不正经地问道。

刘氏一直单身，拉把着她和她弟弟两人，很是辛苦，所以朵朵早就劝过她娘改嫁，十年了，这十年来刘氏可是受了多少的苦啊，当年最终刘氏没有见到蓝光辉的尸体，所以刘氏一直抱着他并未死的想法，可是这一下就是过了十年啊，小蓝谦现在虚岁也是十一岁了，刘氏的梦也该醒了吧，所以朵朵不止一次地劝说过刘氏去改嫁，去寻找她自己的幸福。

只是刘氏对于朵朵这一提议很是排斥，早还在三奶奶家住的时候，刘氏便因朵朵的这个提议而斥责了朵朵，这件事情三奶奶一家也是知道的，所以朵朵便以为万氏这是有了合适的人给她娘介绍了呢。

“呸，你这孩子咋就这么不正经呢，以前呢，咱们是以为你爹爹他不在了，这才想着给你娘留意别人的，可是如今可是天大好事儿了，你爹爹不但还活着，如今更是在京都里做了官儿的，咱们怎么能想那些个以前研究的事儿啊！”万氏见朵朵又提及以前的事情，连忙制止住朵朵的话道。

“什么？你是说我爹爹他没死？现在他还做了官？这……这是真的吗？”朵朵突然停下了脚步，很是不敢相信地瞪大眼睛问道。

“啪！”的一声。

“光磊媳妇，你说啥？你……你再说一遍？”这时，正在作坊里面走出来的刘氏，一时吃惊，竟是把手中刚刚喝完水的杯子给掉到了地上去，不过她并没有理会，而是上前一步向万氏问道。

“恭喜嫂子，贺喜嫂子啊，这可是天大的喜事儿，天大的好事儿啊，傍晌午的时候，在我们家门前便是过去了几个官差，我就寻思着，估计又是方家少爷来了，所以我也没太去在意，谁知，等着我去地里的时候，竟是发现那几位官差是朝你们老宅去了，而只听你们老太太惊天动地似的哭声啊！”

“起先，我还是以为要出什么事情呢，便是先上地里叫上了你三爷爷和你光磊叔，不然我一个人去了也是吃亏的，哪里曾想到，我们一进入老宅，竟是看到，无论是你们老太太，还是余氏，虽然她们的眼睛是哭过的，但是那脸上灿烂的笑容是让人无法忽视的啊，你们家老太太这时候也不像以前那样的不好接近了，是见人就说，‘我儿子有出息了，这是派人回来接我了，我儿子在京都是做了大官啊，以前他是受了伤，失去了记忆，如今他一想起来，就马上来接我了，不得不说，我那个儿子啊，他一向是个最孝顺的！’那时，我们这才明白了，原来是你家光辉哥他没死，他没死啊，嫂子，这可不就是你要熬出头了吗？”万氏把刚刚在老宅里所听、所看都同刘氏仔细地说了一遍。

“他……他没死？他没死……我就知道，他不会死的，我就知道啊，朵儿啊，快……快去叫上谦儿，咱们去看你爹去，你爹他回来了啊！”刘氏止不住地狂喜，一时间也不知道干什么了，只是拉着朵朵狂奔向前院去找小蓝谦。

幕雪 著

风华无双（下）

重庆出版集团 重庆出版社

目录

第十三章
此行目的

“谦儿，你爹他回来了，你爹他没死啊，他回来了，你快……快点儿收拾一下，娘这就带你见你爹去！”刘氏如今那激动的表情是难以言喻的，总之根本无法用任何的词汇去形容。

“娘？您说的是真的吗？我爹他真的没死吗？姐？这是真的吗？”小蓝谦竟是眼眶微红，眼中的泪水也止不住地流了出来，这么多年了，除去他对爹爹的思念外，他的身上还一直有着一个包袱，那便是他一出生就被烙上了天降灾星的烙印，众人都说是他的出生克死了他爹爹，如今竟听说他爹爹并没有死，他如何能不震惊呢。

“二嫂在家吗？二嫂，天大的好事儿啊，你在吗？”就在小蓝谦也在激动地询问刘氏和朵朵时，外面蓝翠儿的声音便响了起来。

“是翠儿来了？我听说你哥回来了，我这正要去老宅呐，你怎么？……这是？”刘氏一听到蓝翠儿的声音，便马上欢喜地走了出来，怕是蓝翠儿是来告诉她蓝光辉的事情吧，只是，眼见的这个中年管事打扮的又是谁呢？

最近这一年来，刘氏没少接济蓝家，余氏那个手不能提，肩不能扛的人，若是没有刘氏的接济，她们怕是早就被饿死了，所以这一来二去，蓝翠儿对刘氏，心里也是满满的感激，同时，这姑嫂两人也是感情好了一些。

“二嫂，这个后生就是二哥派过来接咱们的，二哥他先是生病失去了记忆，这现下刚好起来，就来寻咱们了，二嫂，咱们终于熬出头儿了。”

看蓝翠儿说话这架势好像是她的相公回来了一样，而且，从她说话的那字里行间，便可以看出，她也是要跟着蓝老太太一块儿去京都的。

“夫人，是老爷让我来接您和老夫人的，老爷特意让我转告您，他在京都等着您！”那位中年管事打扮的人很是恭敬地说道。

“啥？相公他……他没回来啊……啊，那他现在身子还好吗？他怎么会失了忆呢？没留下什么病根儿吧？”虽然刘氏很是失望蓝光辉没有亲自回来，但是最终还是关心占了上风，很是关心地问道。

“老爷他现身体已经调养得很好了，对了，敬王世子殿下在夫人这里吧？小的可否进去请个安呢？”那位中年管事随便敷衍了一下刘氏，然后便岔开话题道。

由于再过一段儿时间，就到秋收的季节了，所以欧阳睿亲自带人来守着那大豆、地瓜，还有欧阳睿所寻来的玉米地，说到这玉米，当朵朵见到这玉米的那一刻时，眼睛立即更加地明亮了起来，这玉米的重要性，她当然知道得清清楚楚啊，所以，为了保准起见，在秋收的这段期间，欧阳睿又怕重蹈多年前的旧事，特意亲自带人来看守，所以，他自然也是住在了朵朵的家里，还好家里除去朵朵母女两个外，蓝谦，还有再一次来到三里铺子的小天天，加上司洋、司影，所以，欧阳睿住在这里，也就并不显得那样突兀。

可是让朵朵没有想到的是，她那个未曾谋面的爹爹还真是神通广大，恢复记忆恢复得及时啊，竟然在这个时候“清醒”了过来了，这还真的很值得沉思呢。

“世子是在这里，只不过他现在是谢绝见客的，所以这位管事大叔，您还是去忙您的事儿吧！”没等刘氏回话，朵朵先开口说道。

很明显这个中年管事来接他们母女去京都是假的，来看欧阳睿才是真的，刚刚这个中年管事对刘氏虽然极为尊重，但他那眼中却是充满了不屑与敷衍。

也对啊，她这个便宜爹爹这么多年都没信儿了，就算是失忆了，他怎么早想不起来，晚想不起来，却是在这个时候想起来了呢？而且，什么老爷，夫人的，这十年来，朵朵可是不相信她那便宜爹爹能同她娘一样为其守身不变。

“这……这是小姐吧，你叫我张管事就行，您看，您是不是先进去通禀一下呢？毕竟……”那个中年管事说得极为隐晦，但是那字里行间的意思，都是想见欧阳睿。

“张管事，你今儿个来，是为何事啊？”朵朵并没有去接他的话茬儿，而反问道。

“奴才当然是奉老爷的命来接老夫人和夫人回京啊？”对于朵朵问话，那张管事回答得极为恭敬，并未有丝毫的怠慢。

早在京都他就听说了与这个小丫头有关的事情，当然在来这之前，他心里却是有一丝不屑的，一个乡下小丫头能有多厉害？还不是歪打正着地救了太后，最后又是因为命好，被托了好梦，这才能有现在的一番作为的，所以就在刚刚见到朵朵那一眼开始，他也是觉得，这个小丫头除了长得比那乡下丫头水灵儿一点儿，也没有别的让他觉得可取的地方呢。

而就在刚刚，就在这个小丫头提出疑惑的时候，张管事才发现自个儿还真的大意了，所以如今回起朵朵的话来是格外小心。

“既然你的本分在此，就不要再操心别的事情了，还有，若是没有其他的事情，你就先请回去等信儿吧，你也看到了，我们家里还有许多要处理的事情呢，所以就不多留了！”朵朵淡然微笑地说道。

“那奴才……奴才会在镇上等消息，老夫人那块儿也要准备的，那奴才就先行回镇上去了！”对于朵朵这严厉的言辞，那个张管事颇有一丝不悦，但是他可记得这个丫头手里现在有什么，况且，敬王世子也在这里呢，虽然一直没露面，却也不能小瞧的，反正一定要回京都的，到时候……

“朵朵？二嫂？你们，那……那我先回去了，娘还等着我回信儿呢！”蓝翠儿很聪明，她很会审时度势，以前的她是有骄傲的资本，所以才会鼻孔向上地对着人，而如今她落魄了，而且落魄得很彻底，这种日子如今竟快要有改善了，而这个改善的人还不是别人，是她自己的哥哥。

虽然老宅上下都极为高兴，但是她却还是看出了一些门道来，这个张管事到了老宅后，多次提及刘氏，多次提及朵朵小姐，到最后，他还要亲自来通知，这说明什么？这说明他哥哥看重这个刘氏啊，所以哪怕她现在看出了朵朵对这个张管事的不喜，她也只能看着，而不会自讨没趣地去说些什么。

眼见着蓝翠儿走了，万氏也欢喜地走了，万氏很是体贴，她是觉得此时娘儿几个应该是喜极而泣，抱头痛哭的时刻，所以她待在这里也很是不适合。

“朵儿啊，你……你爹回来你咋不高兴？还有谦儿？你们是在怪你爹爹没有亲自回来接咱们吗？他……他肯定是太忙了啊，你们该理解的！”刘氏看见自己的一双子女见到这个中年管事来了之后，好似并没有刚刚的兴奋劲儿了，而朵朵更是，她甚至是对那个管事还存有敌意的。

“娘，您就没发现不对劲儿吗？为什么他知道敬王世子在咱家，又为什么他给咱们的感觉是，他是知道咱们存在了好久了？可是若是知道了好久了，为何这个时候找上门来了呐？娘，怕是连您自己也是觉得不舒服了吧，只是因为爹那未死的消息，支撑着你的喜悦而已！”朵朵一针见血地说道。

“娘，您好好想想吧，我也再想想，去京都的事情，咱们还要再考虑一下，至少现在不行！”朵朵该说的也说了，眼见着刘氏自个儿消化还是要一段时间的，所以她便先进了屋子。

她娘被喜悦冲昏了头脑，但她却是保持清醒的头脑，大宅门儿里的明争暗斗哪里适合她善良的娘呢。

“怎么这泡个茶，你泡了半个时辰？看来你还真是不情愿地侍候我啊！”欧阳睿见到她一进门，便紧皱着眉头，绷着个小脸儿！对于刚刚发生的事情，他也是听了个一清二楚的，而欧阳睿自打住到了朵朵家后，就变得如小天天般地，越来越无赖了，所以刚刚他原本是让朵朵去给他泡茶的，却没想到，她一去竟这么久。

“你知道我爹在京都是什么官职吗？有几房女人了，又有几个孩子呢？我知道这些你定然是全知道的，所以你不用瞒着我了！”朵朵走到几案上为欧阳睿重新倒了杯茶，然后递到他手上问道。

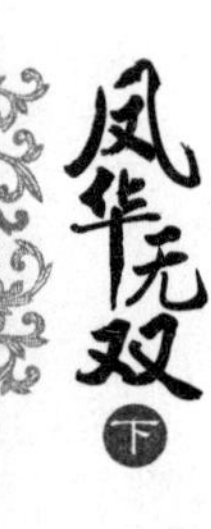

“你爹爹蓝光辉，是当年考生中的探花，如今在翰林院是正五品编修，当年据说他先是遭到了客栈的大火，而他碰巧逃了出去，却又遭过劫匪的追杀，正巧是被商王的女儿商小姐出行时遇到，从而被商小姐的家丁给救了下来，这一场美女救才子的场面便在日后成就了一场佳话，同时也是当年大家津津乐道的笑料。

“那个商小姐在你爹爹之前是有夫君的，只是她的夫君在她二人成婚三年的时候战死在了沙场，同时还留下了一双儿女，而你爹爹他不仅是娶了人家的娘，同时还接收了人家的一双儿女，这简直是买大送小的好事儿啊，最最主要的，商家是什么人家啊，是京都的四大家族之首啊，商王爷不但是皇上亲封的异姓王爷，而且，商家有着富可敌国的财富啊，所以你爹爹只需要出个人之外，那一场婚礼便举行得很隆重，只因商家，对于他们的女儿十分重视。

“所以你爹爹就连进翰林院担任编修一职也是商王爷去求来的，若不然，一个新科探花，哪能一下子就留到京都了呢，现在你爹爹除了早先商氏的一对儿女外，又生了两个女儿，那两个女儿的年纪一个是与谦儿同年，一个则是小谦儿两岁，他的家中还有两个姨娘，不过却是没有庶子女了。”欧阳睿极为平淡地大概地向朵朵讲述了蓝光辉的事情。

“我只想知道，他当年到底有没有真的失忆？他这次认亲的目的是否也是因为这一批地里作物的关系，当然这里面也不缺乏试图讨好你的关系！我猜得对吗？”朵朵对于欧阳睿的描述，竟一点吃惊的表情都没有，这根本就是陈世美与秦香莲的再现版啊，她有什么好吃惊的呢。

“这几年来，宋家一直虎视眈眈地盯着商家在四大家族中首位的位置，所以你的这两片地便是他们商家翻身的机会！你爹爹当年的确遭了劫持，但是并没有受到什么大的伤害，所以，他所说的失忆一事，并不是真的！”欧阳睿知道就是他不说，这个聪明的丫头也是会猜到的。

“接下来，你又有什么打算呢？你娘的心情你也要顾及的，若是你娘知道了，免不了又是一阵伤心，而你和你弟弟若是随他们回到翰林府，估计在身份上……”欧阳睿一边说着，一边小心翼翼地看着朵朵的反应。

“现在一切还真不好说，就像你说的，我要顾及我娘的心情，无论如何，我也不能只按照我的意愿去做的，只是，想让我认他，那他还真得拿出点诚意来，至于那身份，说实在的，我还真看不上眼呢，没有他的这些年，我们什么苦都吃了，那年，我连命都差不多搭进去啊，他现在回来，还带着目的回来，你说我能有什么打算，无论如何也要等这批粮食收完了再说。”朵朵苦笑地说道。

对于她的那个便宜爹爹，她是根本没有感情的，可是她却明白，她娘对她爹的感情有多深，这么多年来，在老宅里受了多少的苦啊，她娘是凭着什么坚持这么久呢，还不是凭着对她那便宜爹爹的爱吗？眼下，若是让她娘知道了，自己的男人竟娶了别的女人为妻，不仅如此，而她这个原配还要沦为小妾，她真的不知道若是让刘氏知道的话，她整个人会不会垮掉。

“无论如何，是宋家的人也好，商家的人也好，他们也休想从我这里得到什么，因为我已经决定了，这批作物下来后，一部分我要拿出来做种，然后首先在三里铺子推广，若是成功后，到时候就会有更多的村子来种这几种作物，等到大家都种了，我想，他们也不会再打我的主意了，而他们在皇上面前再也不会如以前那么重要了吧？”朵朵说出了自己的想法。

对于朵朵的想法，欧阳睿很是欣赏：“我以为，你不会将种植这些作物的方法说出去呢，毕竟这么多年，在粮食上大周一向缺乏，宋家（宋如月的母家）也就是看到这一块儿肥肉的，你难道不想多挣钱吗？你把作物推广出去，卖种子地能赚多少你心里应该很清楚的！”欧阳睿知道朵朵那贪财的性子，所以故意问道。

“有的钱可以赚，有的钱却是不能赚的，这种缺德的钱，我是不会赚的，更何况，那些作物的加工方法我不会转让的，这样一来，大家种作物，最后我来收作物，我不正好也能节省一些时间吗？”朵朵挑了挑眉说道，她还不会那么缺德拿粮食来敛财。

“好……很好，我果然没有看错人！若是有用得着我的地方，你也直说！”欧阳睿认真地说道。

“我会直说的，就如这次的事情，若是没有你在，怕是我的这批作物不会这么平安地长成熟的，而相对地，若是没有你在，我那个没良心的爹爹也不会这么快找上门来的，所以今天的这一切，你要负一半的责任呢！好了，咱们先不讨论这个问题了，我还要去劝劝谦儿，他这么多年来，所受的苦楚才是最大的一个！”对于刚刚发生的一切，蓝谦的表现，还有从头至尾地默不作声，朵朵觉得蓝谦才是最为敏感的一个，这么多年的天降灾星，深深地烙在了他的心里。

朵朵一心焦急想去看看她娘和小蓝谦，所以就走出了屋子。

而朵朵却没有发现，她刚刚走了出去，司洋便从另一处出来走进了欧阳睿的屋子。

“说吧，这次都谁来了？”欧阳睿一见司洋走了进来，便开口问道。

早在那张管事从京都出发的时候欧阳睿便得到了消息，想不到商家也想来分一杯羹啊，他偷偷地挡掉了宋家对朵朵的暗杀，想不到这商家更是要以亲情下手，四大世家中两家都蠢蠢欲动了，想必京都的那几位也是快要坐不住了吧。

“宋瑞熙也到了清水县了，今儿个还去了朵朵小姐的酒楼里吃了一顿饭，之后他便又回京都了，并未作下一步的打算，而京都的那几位皇子都听说世子爷您遇袭也纷纷地要来看您，最后是被王爷给压下了，所以现在京都里看似平静，实际上某些人已经按捺不住了。”

司洋把自己打听来的消息同欧阳睿说道。

“哦？宋瑞熙也来了？没想到啊，看来这次经咱们的一折腾，竟然能把他给折腾来了，宋瑞熙果然做事同别人不一样！呵呵！”欧阳睿对于司洋后面说的根本没有搭话儿，反而是对宋瑞熙来清水县比较感兴趣。

“京都的那些人按捺不住那是在我心里头儿有数儿的，想不到这次老头子还算是办了件人事儿啊，或许他是怕旧事重演吧，司洋啊，你主子我看来要在这里多待一阵子了，你说等到秋收结束如何呢？”欧阳睿对于敬王爷的这次插手也颇为满意，同时更加地让他下了另一个决心。

“那敢情好啊，若是有主子您的支持，朵朵小姐这次的秋收一定会稳上加稳的！”司洋也是发自内心地开心说道。

要知道，他虽然是杀手盟的顶尖杀手，若是光扫除一些人，那么他还是有把握的，可是如今四大世家中的两大世家都已经插了进来，另外两家虽然按兵不动，却也是蠢蠢欲动了，所以他还真是没有把握顾周全啊，眼下自家主子亲自上阵，那他可是松了口气儿啊。

“宋瑞熙那边你要多多盯着，我不相信他就只为吃上一顿饭才来的清水镇。”最后欧阳睿提醒司洋道。

“是！若是无事属下先告退了，今天地里的最后一批地瓜要运走，朵朵小姐说，尽快地把那块地收拾出来，过了立秋后，那块儿地上要种白菜，所以这时间也没有几天了！”有时候司洋也不得不去佩服他们的朵朵小姐，她的小脑袋瓜里估计想的都是怎么去挣钱吧！

“嗯，下去吧！”这件事情欧阳睿也是知道的，所以并未吃惊。

中厅内，小天天和蓝谦就那么面对面地坐着，小天天能感觉到他的谦儿哥哥此时有心事儿，而且好像心情也挺不好的，所以他也没有像以往叽叽喳喳地不停，而是也有些苦恼地盯着他的谦儿哥哥。

“天天，你先去看看你叔叔好不好？我有事情想和谦儿谈一谈！”朵朵一进中厅看到的就是这幅情景，随后她对着也很苦恼的小天天说道。

“好的，那我去叔叔那里了，你们慢慢谈，谦儿哥哥，无论如何你可是有刘婶子，有朵朵啊，想想我，你就会觉得你很幸福的，我走了！”小天天可是在大宅门儿生活的孩子啊，所以他那敏感的心感觉到了某些事情，从而劝说道。

“谦儿，跟姐姐说，你在想什么呢？”朵朵坐在了小蓝谦的身边，开口问道。

“姐，我不是灾星了，我不是天降灾星了，爹爹他没死，他没死啊！”小蓝谦闷闷不乐地说道。

“谦儿，你知道爹爹没死，你不高兴吗？还是？”朵朵说了一半留了一半道。

“不……不是的，我不是不高兴，但是……但是……姐，你有没有觉得那个管事怪怪的啊？还有爹爹他已经恢复了记忆，那为什么不能亲自来接咱们呢？而且，那个管事为什么知道世子在咱们家呢？姐，你真的没察觉出来什么吗？”小蓝谦终于问出了他心中一直想着的事情。

“谦儿，你真的长大了，对于你能有这么仔细的观察力，姐很高兴，但姐要告诉你一句话，那便是永远不要因为别人说什么，而影响了自己的心情，只要人问心无愧就好，不要给自己太大的压力，若总是在意别人的眼光与想法生活，是永远得不到快乐的！”

“你说得很对，那个管事，他是带着目的来的，谦儿，若是咱们的爹爹在‘失忆’的这些年里，又有了家室和子女，你会伤心吗？你会失落吗？”朵朵开口问道。

“姐，对于爹爹失忆一事儿，你真的相信吗？事情怎么就会这么巧啊，况且，那个管事字里行间的，好似是很了解咱们的一切似的，谦儿不相信，爹爹是‘刚刚’想起咱们的，而对于这个我一直未见过，又因为他的死‘毁’了我这么多年的爹爹，我还真的没法去为他伤心，为他失落，我只是在这里担心娘！”

“姐，你说若是你刚刚说的，我心里想的是真的的话，那娘咋办？咱们又咋办呢？我的同窗里面就有一些是庶出的，他们无论付出再大的努力，也是不比嫡出的啊，而且他们娘亲，他们也不能叫娘亲了，要叫姨娘，姐，咱们现在的日子也过得挺好，我真的不希望让别人进入咱们的生活，没有爹爹，我也一样可以保护你们的，童生试也马上就要开始了，姐，这次我一定会考个童生回来让你和娘都高兴高兴的，姐，咱们……”小蓝谦说着说着，眼眶又是红了起来。

小小年纪的他本来就是比同龄人早熟一些，再加上现在上了学堂后，他便学到了更多的东西，此时的他早已是可以分清好坏的界限了。

“谦儿你？谦儿放心，姐一定不会让你受伤害的，只是这件事情，先不要让娘知道，咱们要给娘一点儿缓冲的时间，以免娘会承受不住……”

“你们……你们……都是我这个娘没用，都到了这个时候，你们却还是一直为我着想，朵朵……谦儿，是娘太傻，是娘太傻啊，你们都能看明白的事情，娘却还在自欺欺人啊，是娘的错啊，你们放心，咱们不走了，咱们哪也不走了，就留在这里，你们爹爹他现在也有了自己的生活，咱们就各过各的生活吧，我是不会让我的儿女们叫别的女人为母亲的，我还没死呐！”就在朵朵还没有嘱咐完小蓝谦的时候，刘氏突然从门口进来。

女人的心思本就是敏感的，或许她也发现了有些不对劲儿，但是她的心里更多的是对于蓝光辉未死的喜悦，所以她一个人回到屋子里，收拾了一会儿，发现自己的那一双儿女好似并不太高兴，她这才想起了找他们来聊聊，或许他们只是一时没回过来神吧！

哪里知道，在她走中厅的时候竟是听到了这些，朵朵和蓝谦的这一番话真是如一盆冷水彻底地把她给浇醒了过来，相对于这一双儿女的懂事，她觉得自己真的是太没用了，所以刘氏这才出声回应道，而且越说到最后，越是义愤填膺。

“娘……”

“娘你……”

朵朵和蓝谦对于刘氏的出现，以及刘氏的决定很是吃惊，直到好一会儿，两人才冲到了刘氏的怀里，娘儿三个抱在一块儿，痛哭起来，不过这应该不是伤心的哭泣，而是喜极而泣。

三日后，张管事又来了，同行的还有蓝家老太太，蓝翠儿，以及余氏和蓝雨儿等，总之老宅的所有人都穿得极为体面，马车上更是大包小包地装得满满的，看来他们是已经完全准备好，现在就要出发了。

“刘氏，你这是怎么回事儿？你这是穿的啥？你们的行李呢？你们的东西呢？这都三天了，你别告诉我，你们还没准备好吧？这么大的一件事情，你们都不放在心上，你这是想干啥？”蓝老太太本来还念着刘氏在她最落魄的时候待她的好，这才亲自下来迎接他们，哪知，却是看到这样一幅场面。

“无碍的，老夫人，夫人可以什么都不用带的，到了京都再去置办也是一样的，毕竟现在这么大的一个家业，也不是说收拾就能收拾得完的！”张管事上前一步接过蓝老太太的话笑着说道，那态度很是谦卑。

“不用了，我们娘儿几个就不去京都了，这么多年了，我一直生活在三里铺子，啥啥都习惯了，而京都的生活，我是过不惯的，更何况，你们老爷现在有他的生活，他的子女，我们娘儿三个就不去给他添麻烦了！”刘氏淡然地对蓝老太太说道，而她身后的蓝谦与朵朵也是很支持地站在她的后面。

“啥？”

“啥？”

“你……你再说……再说一遍？”蓝翠儿与余氏都不可置信地看着刘氏问了句“啥”，蓝老太太更是结巴地让刘氏再说一遍。

蓝雨儿，秋儿，来福，无一不满是惊讶地盯着朵朵娘儿几个，蓝翠儿与余氏更是还不敢置信地摇着头，对于一家人能搬到京都去住，那是多大的荣耀啊，刘氏竟然说不去，而她身后的一双儿女却还满是同意的样子。

“娘，我说我们不去京都了！”刘氏无视他们的惊讶，又重复了一遍说道。

“你这又是抽哪门子的风？辉儿这样看重你，你竟然还敢给我推三阻四？你要知道，以辉儿现在的身份、地位，他还能这样对你，那便是你的福分，要我说，也不是非你不可，刘氏，我最后再问你一次，你到底跟不跟我们走？”蓝老太太那眼睛瞪得如铜铃般大，那唾沫星子更是喷出去了很远，连她的脸都涨红了起来。

“娘，我还是那句话，我们不会去的！”刘氏回敬这句话时，显得有些苦涩了。

或许，很多人都会觉得她这是在拿一把吧，又或许很多人都觉得她这是在不惜福，可是又有谁知道，这一切风光的背后也是有代价的，而那个代价恰巧也是她所负不起的。

“光辉嫂子，这是出啥事儿了？”这时只见将要为他们送行的三爷爷一家人手中拿着包袱走了进来，这些包袱中里的东西，是他们准备送给朵朵他们母女的。

“是啊，光辉媳妇，你这是咋了，咋不想去了呢？这可是多大的好事儿啊？”三奶奶也是不敢置信地问道。

“三奶奶，小婶子，我爹在京都又有了家室，人家又是四大世家商家的千金，我娘现在带着我们回去，那到底是以啥身份呐？总不能给我爹做小吧？我娘也是为了我跟谦儿，你们想必也知道，那大家族里，对于嫡庶之分是相当地讲究的，所以我娘是不忍心看着我和我弟以后受苦，从而，我们娘儿三个一致决定我们不去京都了，爹爹现在也有他的生活，我们母女三人是不会去打扰他的生活的！”朵朵按了按刘氏的手，然后向大家解释道。

“什……什么？你……你听谁说的？辉儿他又娶了妻子？他现在又有了儿女？而且……而且对方还是个千金小姐？这是真的吗？”所有的人都敛住了刚刚还满满的笑容，无疑又一次被惊住了。

特别是蓝雨儿，她全心全意地认为，她爹爹现在也是大官了，那以后她便是离她的源哥哥又近了一步啊，同是世家子女，想想蓝雨儿都是止不住地笑，这三天里，她哪天不是算着日子快些过去啊，哪天不是想着，以后她也是千金小姐了，可是现在是什么状况？

蓝朵朵刚刚说的是什么？什么嫡女庶女？爹爹在京都还有子女？谁能告诉她这是怎么回事，这是不可能的吧？这绝对是不可能的啊。

就连余氏的心里也是哆嗦了一下，本想着刚刚刘氏说不同他们去京都的时候，她虽然有些不解，但也只是一小会儿的功夫，之后的她便是欣喜若狂了起来，刘氏若是不同他们一块儿去京都，那蓝光辉的身边岂不就只有自己一个女人吗？这难道不是天大的好事儿吗？只是现在蓝朵朵所说的是真的吗？蓝光辉又娶妻生子了吗？若真是那样的话，那自己又怎么办呢？就连刘氏，蓝光辉正经八百的妻子都要做小，那更何况是她这个名不正言不顺的女人呢？

“刘氏，你说，这到底是不是真的？”老太太满脸止不住的兴奋，却是又有一点不敢相信，所以她又开口向刘氏问道。

要知道，他们老蓝家几代平民，也就她的儿子有了出息，如今在京都做了官，她以为这也就算是天大的好事儿了，可是现在是什么状况，她的儿子不但做了官，还娶了千金小姐为妻？难道他们老蓝家的主坟冒青烟了吗？

“奶，其实你想知道这件事情是真是假的话很简单啊，你问你身边的张管事不得了吗？”朵朵含着笑，很是讽刺地说道。

“张管事？……”蓝老太太止不住地欣喜，转身看向张管事问道。

"回……回老夫人，老爷他……他在失忆的那几年，的确是……是娶了妻的，只不过，老爷他那时候可是失了忆的，夫人，那时候老爷脑子里是谁都不记得的，又是现在的夫人救了他，所以……夫人，您要体谅老爷啊！"张管事现在急得已经是满头大汗了。

眼看着这事情就要脱离了他来的预期，他能不急吗？他家老爷为啥现在才恢复记忆啊？还不是为了蓝朵朵那个小姑奶奶吗？天知道京都的翰林府都闹成了什么样子，最后要不是商王爷亲自出面，那么他们家夫人还不闹翻了天去啊？可是眼下看这个情况，怕是那些无关紧要的人都要前往京都，而这最为主要的却是不去了，这样他回去要怎么同老爷交代，怎么同商王爷交待呢？

"是吗？张管事，那你说说，你们老爷现在的孩子都是多大了？"朵朵讽刺地笑问道。

"别人都忘了，但他可是记得'以身相许'去报恩，他们亲生的那一双女儿大的同谦儿是同龄的，同龄是什么概念，我想大家都会知道吧！"到现在还不死心妄想替她那个便宜爹爹说好话，真是好笑啊。

"这……这……"张管事结结巴巴得"这"不出来了。

"行了，你也别在这里这呀那呀的了，我娘已经作了决定不去了，所以，你们也别在这里耽误时间了，赶快上路吧，虽然我们的日子过得不如他们，但是我们却是开心的，那样的大宅门，不适合我娘，也不适合我们，所以张管家就把我们的话带给爹爹吧！"朵朵直接打断了张管事的结巴，说道。

"刘氏啊，我最后说一句，不管你听还是不听，但我还是要说，虽然这些年来，我是一直看不上你的，但是在我们这边受了苦你来帮忙的时候，我才发现，你的心善啊，这要是放在以前，我巴不得你别去拖辉儿的后腿儿呢，可是现在我还是要劝劝你，就拿这件事情来说吧，什么嫡庶啊的，都是自己的孩子，哪能有什么嫡庶之分啊，更何况，不是还有我呐吗？你怕啥啊？听我的一句劝，跟我们一块儿走吧，你们的日子虽然现在也是过起来了，但是终究你们几个除了女人就是小孩，能成什么事儿啊，而且你干吗要那么辛苦呢，好日子正等着你呐！"蓝家老太太苦口婆心地劝说道。

"娘，真没想到，你现在心里还能想着我的好，不过，这次的事情怕是要让您老失望了，我已经作了决定了，我就不同你们走了，这样的话，若是哪天你想来乡下散散心也可以来这里不是？"刘氏虽然很是感激蓝家老太太的心里终于也可以容得下她了，可是她却丝毫没有任何迟疑就回绝了老太太。

在刘氏心里，苦日子，累日子她都可以过，甚至就凭着自己的信念，便是这样一等就是十年，这也不算啥，只因她心中有爱，可是到头来怎么样呢？到头来她满腔的爱却都化为乌有，所以她也没有什么可坚持的了，不如就这样放手吧，想想自己的这一双儿女，刘氏此时又是浑身是劲儿，她现在也不是一无所有，至少，她还有这么优秀的一双儿女啊。

“唉！你好自为之吧，我能做的也只有这些了！张管事，咱们赶快赶路吧，想必辉儿在京都里也是等急了！”蓝家老太太也不去为难刘氏，在她认为，刘氏这是不知好赖，所以她也没必要再继续相劝了。

“老夫人……老夫人这样不好吧……老爷还等着与你们一家人团聚啊，咱们……咱们就这样回去了，不太好吧？”张管事这结巴的毛病算是改不了了，此时他竟又是结巴起来。

“你是什么意思？难道你的意思是，他们几个不去京都了，那我们便也是去不了了吗？难道你们老爷是这么告诉你的吗？”蓝家老太太此时很是不悦地说道。

“这……这样吧，咱们今天就先不回京都了，我给老爷捎个信儿吧，让他做决定，奴才来的时候老爷可是吩咐好了的，眼下夫人却是不去了，奴才实在没法儿交代了，所以……所以……”张管事看到蓝老太太那张虎着的老脸，竟是有点儿不敢往下继续说了。

“什么？不走了？你这是在折腾我们玩儿吗？难道你的眼里就只有你们的夫人，而没有我这个老婆子吗？等我见到辉儿，一定要好好地问问他，他到底是怎么教育的奴才！”老太太很是气愤，而整张老脸现在也已经气成了猪肝色，一转身，便拄个拐杖走了。

今天她本以为是她风光的一天，没想到却是丢了这么大的人，全村儿老少谁不知道她生了个好儿子，这是要接她去享福了，所以现在只怕是整个村子的人都来送他们了，哪里想到，现在人家竟然告诉她，刘氏不去，他们便也是去不了的，这简直是莫名其妙啊，她是想问个清楚的，但是她却是还想要她这张脸啊，所以她只能怒气离去。

“娘……二嫂……唉！”蓝翠儿喊了喊蓝老太太，又叫了下刘氏，最终却是仍旧什么都没说出来，最后先是上了马车，把她那个重要的小包袱给拿了下来，至于其他的，那就怎么拉过来，再怎么给她拉回去吧，她也是无心去管了。

见蓝老太太和蓝翠儿母女二人领着孩子都走了，余氏和蓝雨儿却还是站着不愿离去，她们多希望这个管家最后改变主意啊，可是直到最后，那个管家依旧没说话。

“唉……雨儿，咱们也走吧！”若是以前的余氏，定会是要讲究刘氏几句的，可是如今却是不同往日了，由这个管事就可以看得出来，那蓝光辉在意的也只有人家刘氏而已，若是以后真的回到京都，没准儿还要看人家的脸色过活呢，所以现在她哪能得罪了人家，在余氏的心里，终究大家还是会回京都的。

“蓝朵朵你这个害人精，泥腿子的命，你怎么不去死呢！”蓝雨儿如今觉得是蓝朵朵他们母女挡了她当千金小姐的路，所以她跺了跺脚地向朵朵骂道。

“雨儿，你给我住口，越发地不懂事了，朵朵啊，你不要同她见识啊，她是太想她的……你的爹爹了，你别放在心上啊，你别放在心上……”说完之后，余氏便是拉着蓝雨儿走了。

“得了！张管事，这人都走了，你也没必要杵在这儿了，还不快去向你家老爷回话儿去？不过我劝你也不要费事儿了！”朵朵笑着说完，便是扶着三奶奶往屋子里走了。

“奴才这就向老爷去回禀，夫人，小姐，小少爷，那奴才告辞了！”张管事并没有因为朵朵的嘲讽而有任何的不悦表示出来，反而很是恭敬地说道。

“光辉媳妇啊，真是没想到竟还有这么一回事儿啊，光辉他……唉，兴许他那时真的是不记得的，你就再好好想想吧！”三奶奶坐在椅子上，叹了口气说道，此时她觉得她说什么也都是无用的。

“伯母，无论他是记得还是不记得，她现在有了妻子是事实，我也不怪她，我也不恨他，我现在只想好好地过我的日子，希望他也不要来打扰我们了！”刘氏现在的脸上还是极为平静的。

三奶奶一家又是劝说了一会儿也告辞离去了，因为这事情，他们确实也是不好劝说的。

“娘，这回你看清楚了吧，爹爹他根本就是冲着咱们来的，你看看那管家的脸色，一听说咱们不随他走了，马上就要回去回禀，回禀啥啊，我看他是去搬救兵了，娘，若是我爹他亲自来，你会不会心软啊？”看到那个张管事不想放弃的架势，估计十有八九是去请她那便宜爹爹去了。

“朵儿，娘知道你心里想的是啥，不过，娘如今已是看得清清楚楚的，你的爹爹已经不是以前的那个爹爹了，无论如何，我是不会给人家做小的，娘也不会让你们也跟着吃亏的，你放心吧朵朵，娘心里面有数儿！”刘氏回应道。

而朵朵虽然并未再说什么了，但是她的眼光却是很复杂地看了看刘氏。

其实她觉得她的担心或许并不是没必要，只因她娘，根本就是深爱着她的爹爹啊，现在她之所以这样地恨他，那也是因为爱得越深，恨得才越深啊，口中说着不在意，怕是在她心里仍有不甘心，不相信吧，要不然她为什么要一直提，她绝对不会给人家做小之类的话呢，潜意识里，她也是在等她那个便宜爹爹的解释吧！

京都翰林编修府中

“什么？她不肯回来？她还想要名分？她是做梦，是做梦！夫君，你不是说你以前的那个妻子很是没主见，也很好说话吗？现在这样要怎么办？”商氏一听到张管事晚上回来的回禀，那火气便大了起来。

要知道她才是这编修府的女主人啊，她刘氏算个什么东西啊，肯让她回京都，那都是几辈子才修来的福气，眼前竟然还跟她矫情了起来，还真是可笑啊。

这商氏是一个娇小玲珑的女子，年纪三十六七岁，由于保养好的关系，再加上身材娇小，所以此时一看，也就如三十出头儿一样，只见她皮肤白皙，一双杏核眼，此时正紧紧皱着她那弯弯柳叶眉。

“夫人，也许她真的不想打扰咱们的生活吧，而且刘氏那人一般是没有那些个弯弯绕绕的，不如……”蓝光辉在一边叹了口气说道。

虽然他仍然记得刘氏的温柔，刘氏的美丽，可是这一晃都过去十年了，谁知道她现在变成什么样子了，而且，她一个乡下村妇，如今当然是配不上他这个翰林院编修了，若不是他岳父的请求，他本打算一辈子也不会再回到三里铺子那个贫穷的地方了。

如今，他身份地位，什么都有了，还有一双懂事的女儿，除了他到现在还没有一个儿子外，他已经是终生无悔了，而他多年前娶的妻子，家中还有生他的老母，都已经被抛在脑后了，他娘对他大哥一般的偏爱，以及还让他做出了那样的丢人的事情，简直是他一生的痛啊。

“不如什么？我又何尝想让他们来啊，只不过，爹爹那边……你也知道，京都的四大世家中以我们商家为首，但是眼见着宋家倚着土地多，懂种植，这些年来，不知道在粮食这方面捞到多少好处去呢，如今就连皇上也是对宋家越发地忌惮起来了，所以爹爹对你女儿手中的那块地，还有地里的作物是势在必得的，相公，你要知道，对于他们，我是最不想提及的，更何况是以后要生活在同一屋檐下呢！”商氏也是满脸的无奈啊。

“不过，你不是说过，那个刘氏好相处得很吗？自身也是个没主意的，可是这次怎么会这样，你娘你妹妹她们都欢天喜地地来，她却是不为所动，她这是什么意思，她是不是想要个名分啊，还有你那个女儿，果然是个厉害的角色，怪不得竟然攀上了敬王府啊，你说接下来咱们要怎么办啊？若是办不成这事儿，爹爹一定会生气的！我最担心的还有一件事呐，那便是你那个女儿她可是曾经救过太后，若是她在太后的面前说了咱们的事情，怕是会影响你以后在皇上面前的印象啊，那刘氏毕竟也是你明媒正娶的啊！若是往大了说，若是他们告上了太后那里去，那咱们一家的脸可就别要了！”商氏秀眉紧锁。

当年这蓝光辉可是曾在她的面前发了誓的啊，一辈子不会再与以前的人或事情有任何的联系的，这次，若不是应她爹爹的要求，或许他们一家人会过得很好的。

虽然当年这商氏也是蓝光辉明媒正娶的妻子，可是比起刘氏来，还是要差上一大截儿啊，所以说，这商氏所担心的也不是没道理的。

“现在说这些也什么都晚了，既然答应了岳父，那我无论如何也要想办法做到啊，眼下，是他们母女三人不想来啊，我真是没想到，当年我走了后，刘氏肚子里竟是又有了一个，如今他们又拿这件事情来说事儿，很是明显他们是不相信我失忆的事情啊，看来，这次需要我亲自去一趟了，若是我不去，估计这件事情定是要办不成的！”蓝光辉最后坚定地说道。

“相公……你……我不让你去！”那商氏一听说蓝光辉要亲自去三里铺子去会他的老情人，那心里肯定不是滋味儿的，可是这件事情却也是为她娘家而办，所以她如今很是纠结。

想当年，她在慌乱中只看了蓝光辉一眼的时候，便是深深地喜欢上了他，后来知道他是新科探花，那商氏的心里更是雀跃着，自她前一个相公死后，她便是对什么都打不起精神来，直到遇到蓝光辉，她那死去的心才复活了起来。

蓝光辉不但才华横溢，那长得也是一表人才，最主要的是，他对她这个救命恩人，除去心怀感恩外，还十分地体贴，这一点让已经三年都失去夫君疼爱的商氏如久旱逢甘霖般的感觉。

最后在蓝光辉养伤阶段，商氏的频频示好，终于打动了蓝光辉，同时蓝光辉也以实告之，商氏知道后，并未有任何的吃惊，以蓝光辉的年纪，有了妻女也很是正常的啊，这些都不算什么事儿，因为这商氏在心里早早地就为他做了一个打算了。

而她对于蓝光辉的坦诚更加地满意起来，同时她也同蓝光辉讲述了她的过去，蓝光辉所表现出来的并不是嫌恶或是瞧不起什么的，那时的蓝光辉的眼里，满满的都是怜惜与心疼，就在那一夜，二人便发生了关系，之后，两人一拍即合地统一了口径，就说蓝光辉在遭遇劫匪的过程中脑子受了伤，以前的事与人都不记得了。

这些年来，夫妻两人过得很是和谐，不要说拌嘴了，就是连脸都没有红过一次，前夫的那对子女虽然是极为不待见蓝光辉，但是蓝光辉却是将那两个孩子视如己出，从不与其计较，这一晃儿十年过去了，她真是没想到这件事情竟是这么地要被揭开，还是由他爹爹的请求去揭开。

“婉儿，你别怕，也别伤心，为夫的心是在你的身上的，无论如何，任凭她是任何人，也取代不了你在为夫心目中的地位！”蓝光辉看出了自个儿爱妻心中的担忧，便是拉她入怀地轻拍她的后背。

“这么多年来，岳父大人帮了咱们多少了，而他如今也只是要求咱们为他做这么一件事情，于情于理也要尽力为之的，不过你放心，你心中想的那些都不会发生的，那些年是我失忆了，是你救了我，我脑子受了重创，那是有大夫可以做证的，就算是他们告上太后那里又能怎么样？难道太后还能让我休了你去迎回她？还是让你这一个商家的千金做小，她做大？这些都是不可能的，婉儿，为今之计，那便是你一定要找到那个当年为我诊治的大夫，找到了他，那我们就真的什么都不怕了！”

“至于刘氏那面，我顶多给她一个平妻的位置，当然，这也是最后最坏的打算，就算是平妻，她也是要矮你一截儿的，在名分上，始终她是小，你是大，以后这个家里还不是由你来说了算！”蓝光辉给予商氏最后的定心丸儿吃。

“平妻？真的要这样吗？让一个乡下的泥腿子给你做平妻？相公，那我的脸还要不要了啊，雪儿几个还不被人笑掉大牙去？不行，我不同意，我绝对不同意！”商氏退开蓝光辉的怀抱，很不悦地说道。

“你丢什么脸，雪儿她们又怎么丢脸呢？虽为平妻，可是你这个正室夫人还在呢，在这个编修府里，你还是大，她是小，而朵朵虽然是平妻所生，但同雪儿她们几个比起来，她也只能是庶女，你还担心什么呢？你以为我想搞成这个样子吗，咱们一切还不是为了你爹爹吗？或者，你可以说服你爹爹改变主意，我也乐得其成呢，毕竟你我夫妻这么多年，我你还是了解的，我对你可是一心一意的，这么多年来，我可有与那边联系过？婉儿，你好好想想吧！”蓝光辉叹了口气说道。

他表面上说的一切都是为了商氏，可是他心中却是也有小小的私心的，刘氏这么多年了，或许他们的感情都已经淡化了，而且，乡下的妇女也不会保养，不会收拾的，有什么值得他留恋的呢？让他最在意的是，刘氏为他生的那个儿子，这些年来，他刻意地不去调查他们的消息，所以并不知道当年他进京的时候，刘氏却是有了身子的，若不是因为这次的事件，那他还不知道，他竟然还有一个儿子呢。

十年了，他与商婉结婚也已经有十年了，夫妻和睦小妾温柔，仕途上又平平稳稳，他如今的生活是美满得再不能美满了，可是这么多年来，他一直都有一块儿心病的，那便是他一直都没有儿子，对于小妾迟迟没有身孕的问题，蓝光辉早就知道是商氏的手段，只是这些年来，商家给予他众多的支持，而商氏更是待他温柔百倍，言听计从，相对于子嗣问题，蓝光辉还是选择睁一只眼闭一只眼地不去理会。

况且，大宅门儿里的规矩可是多得很呢，就如那些小妾生的庶子庶女们，即便是努力百倍那也只能是庶子庶女，怎么也超不过嫡子嫡女去，所以相对于小妾们生的，他更加地看重商氏所生的，无奈于这么多年了，他也并没有专宠谁，偏爱谁，一个月中，有半个月也是待在商氏屋子，可除了她先后为自己生了两个女儿外，却是连半点儿动静都没有了，这也一直是蓝光辉心中的痛。

而这次张管事回来后，竟然告诉了一件让他很是意外的事情，那便是他竟然还有一个儿子，今年已经十一岁了，他的儿子不但长得极好，还十分聪明，据说今年就可以参加童生试了，所以他心中的希望之火，便又是重新燃烧了起来。

从而他此时便是很积极地为他唯一的儿子筹谋起来，商氏正妻的位子是不能肖想的，那么平妻呢？要知道，在大周的律法条款中，这平妻所出的子女可也算是嫡子嫡女啊，虽然是比正室所出的还是差那么一层，那也比那些小妾生的要好上许多啊，所以，这次蓝光辉看似在为商家做打算而勉为其难地去同意，实际上他的内心里却是十分激动的，他对于儿子的渴望，是任何人都无法理解的。

“相公，你真的对那个女人一点儿思念都没有吗？要知道，当年你若是不喜欢她的话，怕是也不会娶吧，你不说你娘很是不喜欢她吗，那样你都把她娶了回来，相公，这些年我对你是什么样，你应该最清楚的，我是……我是怕……”商氏把她心中的担心说了出来。

“婉儿，你何时变得这样的没有自信了？她一个乡下村妇，再好又能怎样？怎能与你相比呢？你是我心中的宝贝，又何必那样自己和自己过不去呢？”蓝光辉，轻轻握了握商氏的手，说道。

边说着，还边将她拉至自己的怀里，夫妻二人过了这么多年，商氏又如何不明白自家夫君的意思呢，只见她很是娇羞地倚进了蓝光辉的怀里，用自个儿那丰满的胸部有意无意地摩擦着蓝光辉的胸部，那嫩白青葱似的小手，更是垂到了蓝光辉的胯下，蓝光辉一个闷哼之后就用一只手，使劲儿地揉捏了一下商氏那丰满的胸部，只见商氏立即深吸了口气，还没等呼出的时候，她那嫣红的小嘴便是被蓝光辉给堵住了，之后蓝光辉便是把商氏给打横抱了起来向内室走去了，只是片刻的功夫，屋里面就传来令人脸红心跳的声音……

第二日一大早，蓝光辉神清气爽地踏上了荣归故里的征途，而那商氏更是哭红了双眼地掩面送至大门口直至不见蓝光辉的身影，她才回府。

三里铺子，蓝家老宅

“娘，您也先别生气，或许是那个管事是个不会办事的，这才出了这样的事情，二哥他待您什么样您还不知道吗？您是他娘，他是您儿子，你们不近谁近呐！”蓝翠儿坐在炕上，正给来福纳着鞋底子道。

从刘氏的新院子回来之后，蓝老太太竟沉默不语起来，若是要像以往蓝老太太那拔尖儿不让人的性子的话，现在的老宅是绝对不可能这样清静的，可是那蓝老太太越是这样的清静，则越是让人感到这像是暴风雨的前奏呐，所以如今的老宅，不光是余氏一个人小心翼翼地夹起尾巴做人，就连蓝翠儿说起话来那也是小心翼翼的。

“娘，以前咱家那样穷，可您还是坚持着让大哥二哥去上学，就是这份儿恩情，二哥他也是铭记在心的，您还担心啥呢？”蓝翠儿是蓝老太太的女儿，这当女儿的又哪有不了解娘的呢，蓝老太太要强拔尖儿了一辈子，而除了对自己这个唯一的女儿不错外，对待她大哥和二哥两人却也是有极大的差别的。

由于大哥蓝光伟是她娘第一个儿子，所以她娘对于她大哥是极为重视，也十分地偏爱，而她二哥之下，却是还有蓝翠儿这么一个唯一的小女儿，所以蓝老太太便是忽视了对蓝光辉的疼爱，所以怕是她现在的心里是想着这些事情而愧疚吧。

“王八犊子，他这是在怪我啊，他这是在打我的脸啊，可是能咋地啊，我是少了他吃了还是少了他穿了啊？光伟上学堂，他想着也去，我不还是一狠心一跺脚地卖了一头猪去让他上学堂吗？平日里我待他是没有你和你大哥那样的关心，可是我哪里也没做对不起他的事儿啊，他怎么……他怎么就这样的心狠啊？今天，他这是在下我的脸啊，王八犊子，从我的肚子里爬出去的，我养了他这么多年，就是这么一个白眼儿狼啊！”蓝老太太终于发出了声音，大声地骂道，边哭着还边从她怀里掏出了一个已经是看不出是什么颜色的帕子，狠狠地在鼻子处擦了下鼻涕后，继续哭着。

“娘，不会的，二哥不会那么想的，一定是这个管事不太会变通着做事儿，所以才出了这样的状况呢，二哥以前可是最孝顺您的啊，怎么会记您的仇呢？再说了当初咱家是啥条件，他能不知道吗？娘，您就把心放宽了吧，您这福啊，就等着去享吧，且不说二哥他会不会念您的好，就说咱们大周朝的皇帝那可是以孝治国啊，就凭着这一点，二哥他也不会放任着您不管的，好了，您赶快别哭了，没准儿今儿个他便很快就来接您一块去享福呢！”蓝翠儿一见到她娘肯说话，又肯哭了，那定就是没事了，所以便接着又劝说道。

“他这是怪我啊，当年也是我不好，竟是想到了那样的馊主意，什么一肩担两房啊，我真是没想到他如今能有这样的大出息啊，我当初就寻思着，他能给我考个举人回来就行了，到时候咱家的地啥的也就都免赋税了，到时候还能给你大哥家留下一个血脉，等着咱家的还不都是好日子了吗？我哪里想到他这么的有出息，竟是考上了探花呐，若是我早知道是这样子，那我哪能逼他做那样的事情啊，我知道，像他这样的官儿，最忌讳的就是这种事情啊，翠儿啊，其实娘也是后悔，自责啊，若是让你二哥现在的媳妇儿知道了咱家这样的丑事儿，那不是要天下大乱吗，我当时怎么就那么糊涂啊，竟觉得那个女人是个好的啊！哪里知道，她这样扶不上墙的啊！”

蓝老太太越说越激动，越说声音越大，导致院子里面正在做活计的余氏听得一清二楚，不止她一人，还有对面屋同秋儿一同玩耍的蓝雨儿也是听得一清二楚的，蓝雨儿眼眶泛红，眼圈中的泪水也直打转。

她奶刚刚那话是什么意思啊？难道她只是她爹与她娘之间错误的产物吗？为什么事情会变成这样呢？正如她奶所说，现在她爹爹可不是只有蓝朵朵她娘一个媳妇啊，还有一个什么王爷的女儿，而那蓝朵朵好说了，人家再怎么说也是他爹爹的女儿，而她呢，她只能是见不得光的啊，哪怕是当庶女，或许都是不够格的啊，事情怎么会变成这样呢？她蓝雨儿一直是比那蓝朵朵强百倍的啊，现在怎么变成了这个样子了呢？

而在院子里面正在打水的余氏当然也是心里不好受的，只因那年，她嚣张地欺负了蓝翠儿，这蓝老太太便是记恨上了她，后来，她爹爹那边出了事情，所以，如今在这个家里，蓝老太太最不待见的就是她了，不仅如此，她还变着法子地折磨她。

当张管事来的那一天，说要带她们去京都生活的时候，第二日蓝家老太太便做主把她们家的那一头猪，还有几只鸡全部给卖了出去，所以此时的余氏也不用再去剁猪食了，可是蓝老太太并未因此而停止对她的折磨，如今更是想出了一个法子，那便是准备了一个大缸，天天让余氏从井里打回来水，然后再往缸里倒，据蓝老太太的话说，她年纪大了，而那井里的水太过于凉，不利于她的身体，所以余氏只能这样地来回打水。

她是蓝光辉的污点是吗？当初也不知道是谁想的这个办法，这个老太婆平日儿里总是说这个是心狠的，那个是心狠的，按她看来，整个老蓝家就属她是最自私的，当初不是她做好了打算，让自己给蓝光伟留一个后吗，现在蓝光辉做官了，竟又开始嫌弃起她来了。

真是虎落平阳被犬欺啊，若是她爹爹那边没有出事，这个死老太婆哪里敢对她这样地过分啊，想着余氏不禁双手握拳，眼神也狠厉起来。

“娘，这件事情还不好办吗？您只要让大嫂和雨儿两个人都小心啦，不要把这件事情说出去不就完了，只要她们母女俩封了口，那还怕啥啊，到时候咱们也不会委屈雨儿啊，您想啊，雨儿她可是名义上大哥留下的唯一女儿，这私下里又是二哥的亲生女儿，二哥能不疼她吗？娘，您想这些都是多余的，当年的事情，大家都明白，您也是想为大哥留下一个血脉，没人会怪你的！”蓝翠儿低声地对着自家娘亲说道。

蓝翠儿对于这件事情是格外地上心，也格外地用心，只因她现在把全部的希望都压在了她二哥的身上了，她的相公不是抛弃了她选择了富家千金了吗，不是在京都都是名门望族吗？要知道，她的二嫂还是王爷的女儿呢，只要她蓝翠儿到时候抱到她二嫂的大腿，那还怕报复不了那负心汉，和那个狠心的婆娘吗？她永远忘不了她被打着赶出来的那一天，她永远不会忘记，所以她眼下最重要的事情，便是要拾起她娘亲的信心，不能让她娘亲就此消极下去，昨天一事儿，她也是看得清清楚楚的，她二哥确实是为她二嫂一家而来的，而接她们去京都，也全部都是看在她娘的面子上，她敢说，若是她娘说不走了，留在这里，她二哥连劝说都不会劝说一下的。

“这……这到底是委屈雨儿了啊……唉……”蓝老太太叹了口气说道，但不得不说，她女儿的主意也确实是最好的。

屋子里面两母女还在小声地嘀咕着，而只听外面“咣当……”一声传来。

“辉……辉郎……哦不……她二叔，你回来了？”

被这“咣当”一声巨响吓到了的蓝家老太太，敛起神色，挺起腰板，刚要大声开骂，接下来，却是听到正在外面干活儿的余氏竟是紧接着又来了这么一句话。

余氏那颤抖的声音一响，蓝老太太和蓝翠儿相互一看，不由自主地都从对方的脸上看出了惊喜与雀跃，两人都极为迅速地穿鞋下地，蓝翠儿则扶着蓝老太太向外走去。

“是……是大嫂啊，咳咳……多年不见了，你还好吧，娘呐？娘也还好吧？”蓝光辉没想到一进入蓝家老宅，第一个见到的竟是他的“大嫂”余氏。

虽然两人早已有了肌肤之亲，也育有蓝雨儿这一女儿，但是多年未见到她的蓝光辉，竟还是有一丝的尴尬，特别是她二人的关系，蓝光辉的内心是深深地感到不耻的。

“我……”余氏此时眼眶红红的，樱红的小嘴也是微抿着，这些日子来由于她成天地干活儿，所以她的皮肤是不再白皙了，身段也不如以前那样的丰满，但是眼下的余氏却是有着一股楚楚可怜的模样。

“辉儿……我的辉儿，娘还以来再也见不到你了呐，娘的好儿子啊，你可是想死娘了，你不知道，当年娘听到你的同窗传来你的死讯时，娘差点儿就随你去了啊，我的好儿啊，终究还是吉人天相啊，好啊，好啊！”只见还未等余氏在那里撒完娇，装完柔弱呢，那蓝翠儿扶着哭天摸泪儿的蓝老太太，咧咧巴巴地走了出来，走到近处，蓝老太太把她那手中的拐杖一扔，直扑到她儿子的怀里去了。

“娘……娘啊，儿子可想死娘了，当年虽然儿子侥幸存活下来，但却是失去了记忆啊，这些年让娘您受苦了，这次回来，儿子就是要接娘去京都享福的，娘，快让儿子看看，您身子可是还硬朗？”蓝老太太此时哭得是鼻涕一把泪一把的，让蓝光辉忍不住地厌恶，不过一想到他来的主要目的，也只能强忍着轻轻拥了下蓝老太太，更何况大周是以孝治国的，现在既然他已经恢复了“记忆”，那么他便要把这戏做得十足，以免落人口舌，可是即便如此，蓝光辉还是以看看蓝老太太是否安好的理由，而把她从自个儿的怀里拉开。

“爹……爹爹，雨儿好想您，您还记得雨儿吗？呜呜……”这边蓝光辉刚刚拉开蓝家老太太松了口气儿，而另一边的蓝雨儿直接飞奔到他的怀里，弄得蓝光辉彻底地石化了。

谁来告诉他，这到底是个什么状况啊，今日他回到三里铺子，虽然未穿官服，但是为了让自己脸上有光，今日他穿的可是京都里总共也就只有那么几件的织锦缎子的外衫啊，果然这乡下人就是粗野，想念归想念，用得着这样地把鼻涕眼泪的都往他身上抹吗？如今这个样子，一会儿要怎样去见刘氏那母女三人去啊，想着想着，蓝光辉便是把眉头紧皱……

第十四章 如意算盘

刘氏母女被赶出蓝家老宅一事，蓝光辉早早地便在张管事那里听到了，只是此次荣归故里，他若是不先回老宅，却怎么也说不过去，哪里想到这一进院子，还没进屋子，竟然迎接他的是这样的眼泪攻势。

“爹爹，您不认识雨儿了吗？也是啊，您离家的时候雨儿才两岁啊，爹爹，这些年来您过得可好啊？”蓝雨儿哭红了双眼，脸上也是楚楚可怜的模样。

只是她内心中，却不是这样一副楚楚可怜的景象，她此时的心中早就便是充满了怨恨，凭什么她蓝雨儿的出生，就是人家后悔，见不得人的产物啊，按理来说，她才是她爹爹的长女，哪怕就是她爹爹现在又娶妻了，那她蓝雨儿也是她爹爹的第一个孩子啊。

可是现在是什么情况？想要她隐藏身份，委曲求全？要知道，这侄女儿怎么跟亲生女儿比呢，这以后她嫁给源哥哥也是需要母家的支持啊，而且，这三里铺子里的人谁不知道，她是爹爹的女儿啊，若是以后爹爹真的不去认她，那她以后还有什么脸去见人啊，所以蓝雨儿此时便先声夺人，她要一举在她爹爹的管家面前定下自己的身份来，哪里知道，接下来却是……

“这……娘……这是雨儿侄女儿吧，这孩子也是个可怜的，都怪我大哥去得早，这孩子一定是想大哥了，也难怪啊，我和大哥竟是长得又这么的相似，也难怪雨儿会认错啊，雨儿，我是你二叔啊，不是你爹，你爹爹走得早，怕是你现在也都认不清谁是谁了！”蓝光辉干笑了一声，然后先是笑容中带着怜悯地看了下蓝雨儿，对老太太说道，后来又见蓝雨儿还是抱着自己，却又拉开蓝雨儿，解释道。

轰的一下，蓝雨儿只觉得她的脑中一片空白，现在这是什么状况，为什么事情不是按着她所想的去进行呢？她爹爹这是也要舍弃她吗？为什么？为什么啊？

“啊……二哥，雨儿这孩子啊，可能是太想念她爹了，这才将你认错的，雨儿也是个可怜的孩子啊，娘，您说是不？”在众人的无声中，却是蓝翠儿首先反应了过来，解释道，最后竟还提醒了蓝老太太一声道。

而当刚刚蓝雨儿飞扑到蓝光辉的怀中时，蓝老太太的心里别提有多窝心啊，出于对她大儿子的爱，而雨儿又是属于大房之后，老太太对于蓝雨儿便很是喜爱，所以她并不希望蓝雨儿受到什么伤害，早在蓝翠儿提议隐瞒蓝雨儿身份的时候，她便是不太同意的，而此时却是想不到，一向懂事的雨儿竟是对她爹爹有着这样深的思念之情，她深感欣慰。

但却是没有想到她的儿子却是摆明了不想承认雨儿是他女儿的事情，就在蓝家老太太还不知道怎么去做的时候，是蓝翠儿及时地叫醒了她。

“是啊，辉儿，雨儿是思念你哥哥伟儿的缘故，这才一时失言叫错了的，你也莫要责怪她，我的儿啊，快快让为娘的瞧瞧你，有没有瘦了啊！”蓝家老太太在自家女儿的提示下，终于又恢复了对儿子的想念之情，此时却是不忘给那余氏一记警告的眼神儿，那意思是让她把蓝雨儿给拉开。

“不……你是我……”蓝雨儿此时的大脑是一片空白，心脏也如被什么掏空了一样，却只想抓住眼前的这根救命稻草。

“雨儿，快……快别缠着你……你二叔了，你二叔好容易回来一趟，怎么的也要与你奶好好地聊聊天，快过来，可不准再任性了！”余氏迫不得已地将自个儿的女儿给拉了过来。

在蓝家，她现在不敢得罪任何人，任何人都可以踩上她一脚的，如今又是她们转变命运的关键时期，她真的不容再出任何的差错了，她们娘儿俩能不能再有一次出人头地的机会，也就看这次了。

“娘……我……”蓝雨儿还是不死心，想要再说什么，却是被余氏捂住了嘴，然后红着眼眶，又深深地看了蓝光辉一眼而把蓝雨儿拉到了屋子里面。

“娘，你这是干吗？你干吗要拦着我啊？他是我爹爹，我是他女儿，这不对吗？爹爹他为什么不认我？难道只因为我名义上不是他的女儿吗，但我确实是他亲生的啊，不行，我一定要问清楚，我一定要问清楚啊，娘，我不要被蓝朵朵比下去，若是我真的忍了下来，你要知道，我以后就是个没爹庇佑的孩子啊，而她蓝朵朵就可以踩在我的头上了啊，我不允许这样的事情发生，我不想这样的事情发生啊，娘，你别拦着我，让我出去，你别拦着我啊……”蓝雨儿如疯了般地去挣脱余氏的手，在她的心里，她很是恐惧，很是害怕啊。

“啪！”的一声。

“你闹够了没有？你以为我不想让你去认你爹吗？你以为我不想让你去过好日子吗？可是眼下是什么场合，难道你一点儿都看不清楚吗？现在是你爹他们不想认咱们啊，你这样哭哭闹闹的有什么用，你这样只会让他们对咱们母女更加地反感，雨儿，现在咱们除了忍根本没有其他的办法了，至于蓝朵朵，怕是她的日子也是不好过的，我就不相信，你爹可以为了他们而休了王爷的女儿，所以，没准儿，你现在不去认他，还会是你一个保命的机会呢，要知道大宅门儿里的争斗，并不是咱们这些小门小户里的女人所能掌握的！”余氏甩了蓝雨儿一个巴掌后，然后特意压低声音说道。

终于蓝雨儿冷静了下来，虽然并没有去回应余氏的话，但她如今的小脸儿却满是镇定，但在她那颤抖的小身子上可以看出，她现在心中是充满了怨恨，她恨所有的人，也包括她的娘亲，余氏。

“辉儿啊，你能回来看看娘，娘已经很高兴了，至于你所说的接娘去京都，我看就免了吧！”蓝老太太此时已经把蓝光辉让进了屋子，老太太依然是坐在了她的老位置，盘着腿儿，眼皮和挑，有意无意地向那张管事看了一眼。

“你媳妇儿那边你去了吧，我知道你的心里还是看重他们娘几个的，所以，娘就不跟去京都拖累你们了，你们就好好地过你们的日子吧！”老太太虽然表面上是平淡无波的，可是天知道，她此时的内心是多么地紧张，她很怕她的儿子会一口就答应下来。

不仅是蓝老太太，就连那坐在一边的蓝翠儿也是吓出了一身的冷汗来，她娘这又是作啥妖儿呢，现在可不是耍脾气的时候啊。

“娘，这次张管事做得的确是欠缺了火候，这件事情，他昨天一回到家里，儿子就斥责了他，张管事，你瞧你给老夫人气成什么样了？还不自动请罪！”俗话说，知母莫若子，虽说母子也早已经分开了这么多年，但是蓝老太太有一些习惯，蓝光辉还是十分清楚，更何况他在朝廷中也是做了这么久的官了，一些事情他还是心里面十分有数儿的。

“请老夫人责罚，一切都是奴才的错，是奴才不懂得变通，是奴才脑子太笨！”只见这个张管事很是诚惶诚恐地跪在地上，砰砰地使劲儿磕着头，以此来表达自个儿心中的愧疚。

“哟，这是干啥呢？儿啊，你快让他起来，他做下人的也不容易，好啦，娘也没有生气，娘只是不想给你添麻烦罢了！”蓝老太太平日里再心狠，再拔尖儿，但却也是没见过一个年过中旬的男人对着自己就这样下跪磕头的，而且这来得也太过突然，吓得蓝老太太也有点儿不知所措了，赶忙开口说道。

“行了，要说，还是老夫人心善，这要是换了旁人，非扒了你的皮不可，还不快谢谢老夫人！”蓝光辉这戏做得十分的逼真。

“娘，啥麻烦不麻烦的，您是我娘，我是您儿子，这娘还有说麻烦儿子的，你这不是打我骂我一样吗？我这次来，头一个是先到咱们家的，刘氏母女几人那里我还没去呢，要不娘就同我一同瞧瞧去？”蓝光辉早就打了这个心眼儿的，他知道，这件事情，若是由他娘儿一同去，那成功的几率就会多上一些。

刘氏一向对她娘是敬畏的，而且，这么多年未见了，他还真是不知道要用什么心情去见刘氏。

“辉儿，你可是在怪娘把他们母女三人给赶出去了？其实，娘对于这件事情也是有愧疚的，那年谦儿出生，正巧知道了你出事的消息，而更巧的是，竟有一位神尼路过咱们家门口，给谦儿批了一卦，说他是天降灾星，克父克母，克家宅，可是纵使是这样，这么多年来我也是好生待他们母女三人的，哪里成想，朵朵那个丫头竟是那样的生事儿，最后刘氏竟也是惯着那丫头，就这么的，他们娘三儿就出去单过了，为娘对这事儿也一直是愧疚着的！”蓝老太太一边同蓝光辉解释着，一边还时不时地看着蓝光辉的神色。

蓝光辉早早便是打听过了刘氏母女三人被赶出去的原因，他心中对于他娘这样的做法，很是不悦，那可是净身出户啊，若是他们娘三儿有个三长两短的这可怎么办？他全然已经忘了，他的心要比蓝老太太狠上许多呢。

可是蓝光辉后来一想，若是没有这一次的出走，或许也没有后来的事情了，若是没有后来的事情，那么他便永远不会知道他还有一个儿子存在这个世界上，所以说来说去，他还是要感谢蓝老太太的狠厉呢。

“娘，您看您说的，刘氏是什么性子你还不了解吗？纵使是她现在出去单过了，但却也不敢不孝敬您的，更何况如今儿子已经回来了，有儿子呐，没人会责怪你的！”蓝光辉劝慰道，老太太的心思他明白，无非就是想现在在他面前坦诚一下过去，解释一下不怪她而已。

而现在蓝光辉最在意的事情，便是让刘氏与他回京，那样一来，他不但有儿子了，还有那一百多亩的土地，与那土地里的作物，一旦这件事情成功了，那他在他岳父面前可就是功臣了，若是皇上论功行赏，估计他也是头一份儿吧。

想不到他的女儿竟是个厉害的，先是救亲王的小孙子，随后又救了太后一命，现在竟是又鼓捣出了大周朝最紧缺的粮食，他的心中不禁有些得意起来。

“儿啊，你是不知道啊，现在的刘氏和以前可是不一样了，就拿这次你派人来接我们的事情来说吧，她竟是一口一个不同意，还有朵朵那死丫头竟把你在京都的一切摸了个清清楚楚，听说现在敬王世子还在她家里呐，怕是你的事情也是那世子说的吧，娘陪你去倒是可以，但是能不能帮上忙，娘可是也说不好的，你的管事回去应该同你说了，当时我是咋劝她的吧，可是她就是不听啊！”蓝老太太现在也是明白她儿子的意思，想着让她当说客，一同劝说刘氏，她就不明白了，这刘氏不去京都给他添乱难道不好吗？

“娘，这里面怕是有什么误会吧，儿子这次来，一来是亲自接娘您，二来呢也是同刘氏把误会解除，这么多年了，他为我生儿育女的，儿子再怎么说也不能对她太过于薄情。”说到这里蓝光辉竟很是认真地对老太太说道。

“得了，儿啊，娘我听明白了，走吧，咱们这就去吧，娘我为了你，就豁出我这张老脸去了！”他儿子这话中的意思她可是明白了，辉儿这样的紧张刘氏是否会去，也是因为谦儿的缘故吧，想到这里，蓝老太太的心里才舒服了许多。

要知道，她生的儿子，心思不向着她，却一直在意他的媳妇儿，这算是怎么回事儿啊。

所以这蓝光辉等人又是向朵朵家里走去，而这次随行的，只有蓝老太太，蓝翠儿母女，并没有让余氏一同去，如今余氏的身份极为尴尬，实在不宜再去刺激刘氏。

“二嫂，朵朵，谦儿，你们在家吗？快出来瞧瞧，看谁来了？”蓝翠儿现在的内心是欢乐无比啊，眼见着她的亲哥哥并没有打算抛下她，她又哪里能不开心呢，所以如今她替蓝光辉办起事儿来，那也是极为上心。

朵朵此时正在屋子里面服侍着欧阳睿那个大爷，而小蓝谦正同小天天玩着，小天天来的这些日子，小蓝谦没有再去镇上的学堂，而是欧阳睿特意找来一位先生，每天单独教小天天和蓝谦两人，别看小天天要比蓝谦小上个几岁，但是小天天身为皇家子弟，所以启蒙要比蓝谦早上许多，从而两人也能学到一块儿去，刘氏依然在后院儿的作坊里帮忙，他们娘儿三个没有一个被昨天的事情所影响。

“笨丫头，你猜猜，你那个负心的爹爹今天会不会来呢？”欧阳睿早已经得到消息，那蓝光辉已经在来的路上了！同时，那平妻之位的事情，他也都知晓了，想不到这蓝光辉竟然还有这样的野心呢，若是让商家知道，他们这么多年来养了一条狼又怎么说呢。

“无论是来与不来，我想一切都要看我娘的，不过我是不怕他们的，只要他们别伤害我娘和我弟弟便好，若是他们敢动这个手，那么我也不是什么省油儿的灯，算了不说这些了，让我好奇的是，你是打算在这里住上多久啊？京都里都没有什么事情可做吗？”朵朵直奔主题道，这些日子来这个家伙赖在这里也是太久了吧？虽然这里是需要他的帮忙，但是，也不用他亲自在这里吧。

“怎么？你这是在赶我吗？没良心的丫头，我这是为了谁啊……”欧阳睿又要讲述起当年那样凶险的事情，他在这里完全是为了保护朵朵云云的。

“停！我知道你要说啥，好了，不是和你说笑的，我是有件事情请你帮个忙！”朵朵早已经快能背下来欧阳睿接下来要说的，所以她也不想再同他继续哈拉了，直奔主题地说道。

“哦？什么事情，你不妨说说？”欧阳睿轻挑了下他好看的眉毛问道。

“如今我的酒楼生意十分好，想必你也是了解的，左右我的便宜爹爹也找上门来，无论我内心深处想不想去京都，或许我都得去，因为我娘，做为一个女人来说，她是不撞南墙心不死，所以京都我也要有我自己的产业，这里是两千两银子，你能不能在京都也帮我寻一处房产，我打算在京都也开一个酒楼，到时候无论最后我娘她要做什么选择，我们娘三儿也好有个退路啊！”当然先开个酒楼是朵朵的第一步打算，因为在京都做生意不同在三里铺子，她可以同方忻许宵两人合伙儿，从而在银子上她也用不着许多，虽然她还有其他的想法，但是她手上的资金有限，也只能一步步地来了，等到秋季她的地都收完后，她还想再开个加工厂呢，当然这些都需要钱的，所以朵朵只能先开个酒楼敛些财，之后再做打算。

“你若是有什么困难也可以同我说，毕竟你和方家，许家合作也是合作，同我也是合作，要知道，在京都他们就未必能庇护你了！”欧阳睿又岂会没看出朵朵那眼中的担心来。

“怎么，世子爷，您对我这种小打小闹也上心了吗？”朵朵装作很不懂事地笑着回应。

“蓝朵朵，你别光和我装傻，你要知道那粮食的种子是谁给你的，怎么地，你要搞那什么的加工，你觉得你自个儿有那个能力吗？还有，你要知道，现在有多少人在盯着你那两块儿地了，所以，你不觉得同我合作是你最好的打算吗？”不管蓝朵朵内心到底是出自什么想法，总之有事情便把他排除在外就是不对的，所以此时欧阳睿是十分不悦地说道。

“世子爷当然是最佳的人选了，但我怎么知道，我同你合作，你不会把我带进另一个漩涡里去呢，说句实在话，我只想发我的财，只想让全国上下老百姓不再挨饿，可是我对那些权力的争夺，或者是站在哪一边，我根本是没兴趣的，所以，我只求你若是与我合作，那便动机单纯一些！”朵朵很清楚，那些人都想争夺她地里的那些作物的目的，同时她虽然对欧阳睿一直帮助她的动机摸得不太准，但欧阳睿身后的敬王府那肯定是要参与权力的争夺的，据说现在的皇上有五位皇子呢，而这五位皇子也早已成年了，一个个怕都不是个省油儿的灯呢，欧阳睿他身居要位，又是皇家子弟，即便是他站错了队，怕是到最后，也可以保住一条命的，而她是谁啊，小小草民一个，她并不觉得她也有那么好的运气。

对于朵朵的敏感程度，欧阳睿不是没有领教过，这个小丫头真的很是聪明。

“你放心，你觉得我一直待在这里而不走是什么原因，还有，把韩叔等三人指派给你的原因是什么？你们三里铺子从前所发生的事情，想必你也是知道的，若是我真的想把你拉入哪一边，你会没有察觉吗？所以，你有防备的心思是好的，但是……却不要用在我的身上，你要记住，我是一辈子不会害你的，还有，你觉得京都同你们清水县一样吗？两千两银子就想开酒楼，我可以告诉你，你得再有五个两千两吧！”欧阳睿很是不给面子地说道。

朵朵闻言后，那已经被养得白皙又水嫩的小脸儿却是涨红了一片了，靠，这厮是不是太不给她面子了，还真是毒舌啊，她不就是小小地怀疑了一下他的动机吗，他至于这样报复她吗。

而就在朵朵不知怎么接茬儿的工夫，蓝翠儿的声音传了进来，要知道朵朵如今开了两个铺子是赚了一些钱，但是她的成本也需要钱，而且，若是到了京都，她可没打算让她娘，她弟弟去同她那爹爹一块儿住的，所以，到时候还需要再买一个宅子呢，这样一来，她手里的银子怕就不够了，如今一听说，在京都开酒楼就需要那么多的银子，朵朵突然有些望而却步了。

这时正好蓝翠儿的声音，化解了她的尴尬，可是同时，朵朵却在蓝翠儿这欢快的声音中听到了一丝其他的味道来。

突然，她同欧阳睿相视看了一下，之后欧阳睿便露出了一副高深莫测的笑容来。

朵朵朝他点了点头，然后便向屋门外走去，而小天天正和蓝谦在中厅玩儿自然也听到了，朵朵出来的时候也看到了他们。

“天天，你去后院儿把我娘叫来吧，怕是我那个爹爹来了，我先和谦儿出去看看去！”朵朵笑着对小天天说道，因为她在见蓝光辉前，还是有些事情要同蓝谦达成一致一下。

小天天却是坏坏一笑，便小腿紧倒腾着向后院跑去！

“谦儿，姐有些话，还是要必须同你说一下！”朵朵很是认真地说道。

“姐，你……你想说啥？”蓝谦的小脑袋瓜一直都向外面伸去，好似很想赶快去看看自己的父亲。

男孩子对于父亲的渴望与崇拜，要远远地超过女孩子的，再加上蓝光辉在三里铺子也属于有才华的人，要知道，除去村长的儿子，也便只有他做上了朝廷的命官啊，所以蓝谦哪能不渴望呢。

“谦儿，无论娘最后做什么决定，咱们都要站在她那一面，只是，若真是最后到了非要认亲，非要去京都的时候，那么我希望谦儿答应我，无论如何，你们都不能住进编修府去，你能答应姐姐吗？”朵朵很是认真地说道。

“姐？你是说咱们可以认爹爹吗？可是，可是若是咱们成了庶子庶女的话，就不能管娘叫娘了呀，姐……”很显然，对于能认蓝光辉一事儿，小蓝谦还是既是渴望又是怕的，渴望的便是他终于有爹爹了，没人知道，小蓝谦从小背负着克死父亲一说，而受了多大的痛苦，如今爹爹完好地回来了，他哪能不高兴呢，只是他心中却也是害怕的，因为他从他的同窗那里打听过，做为庶子女的委曲求全的悲哀。

“谦儿，你只要记住姐的话就好，其他的事情让娘亲来决定吧，毕竟，这些年来娘是最苦的！至于谦儿所担心的事情，姐姐一定会护你周全的，只要谦儿用功读书，为姐姐争气就好！”朵朵轻抚了一下蓝谦的小脑袋，对于小小年纪的他，终究还是太敏感了。

“芳儿……芳儿，我回来了！”

正在这时，只听外面一个中年男人的声音传来，口中一口叫着一个“芳儿”的，很是激动，朵朵与蓝谦心里都有了盘算，这是他们的娘进入了院子了吧，他那便宜爹爹这才会那么激动的。

两姐弟觉得这也是他们该出现的时候了，所以两人便相继走了出去，却是见到了这样一幅感人的场景。

只见他们的娘，泪眼漪漪看着院中与他们奶奶与姑姑站在一块儿的那个男子，而那个男子也早已经是泪流满面，哭红了双眼，朵朵这样一看，只觉得他这个便宜爹爹的样貌还真是不错的，怪不得不管蓝雨儿还是自己，直到蓝谦，长得还真是不错呢。

“辉哥……你……你这是又何必呢？知道你无事，我便已经很安心了，你如今也重新拥有了自己的生活，干吗还要打破现在的平静呢？”刘氏最终还是强控制住了自己那颗悸动的心，冷静地说道。

而蓝光辉此时却是颇为尴尬地停止了哭泣，他刚刚还特意地上前一步，等着刘氏扑进他的怀里而抱头痛哭呢，哪里想到，她竟是在那里泪眼漪漪地说出了这一番话来。

更让他想不到的是，这么多年过去了，一直做惯了粗活儿的刘氏竟依然这样的年轻，这样的动人，纤细的身段，白皙的皮肤，还有这一身得体的穿着，怎么看着怎么如大家闺秀，哪有一点能看出她只是个村妇呢。

他哪里知道，以前的刘氏除了身体单薄外，皮肤也是黑黄，头发如枯草般的，直到他们单出来过后，在饮食上朵朵很是注意，这才把他们娘儿三个的身子给慢慢地调养过来，还好，他们娘儿三个的底子还算不错，所以这样大半年过去了，娘儿几个早已不是以前的样子了。

“芳儿，你可是怪我？当年我先是逃出火灾，然后又路遇劫匪，失忆了，商氏她是我的救命恩人，当年待我又百般地照顾，所以我们便成了婚，可是芳儿，你要知道，我是爱你的啊，你想想当年我们有多难啊，我们不都排除万难地过来了吗？现在日子好了，芳儿，你真的忍心离开我吗？”蓝光辉此时上前一步，当着众人的面拉住了刘氏的手，再一次泪流满面地说道。

本来，他这次来的主要目的是认回儿子，顺便给予刘氏一个名分就算了，这样一来，那两块儿地的问题自然就解决了，只是等他见到了刘氏后，他便改变了他的初衷，到底是初恋啊，也是他第一个女人，对于变得越发有味道的刘氏，他又怎么能无视呢？

“辉哥，芳儿这一生当中，最幸福的便是你我成婚的那两年，虽然苦一些，累一些，但是你的心是全心全意地为芳儿，而现在，我……我却不能那样的自私，我不能让我的子女们去叫她人娘亲，我也不能让我的子女们日后出去了让人说着他们是小妾生的，不……辉哥，我不能，你不知道这些年来这两个孩子跟着我受了多少的苦，而我，也并不想为难辉哥，无论啥时候，朵儿和谦儿他们都是你的儿女，只是，我们不会同你回去的！”刘氏的手被蓝光辉那温暖的大手给包住了，这样的温暖是刘氏渴望了多年的了，只是现在她却是不能留恋他的温暖，不能。

“芳儿，我又怎会让你做妾室呢，你可是我最先娶进门的，按理来说，你也应该做大的！”蓝光辉很是义正词严地说道。

而不仅是朵朵和小蓝谦两人竖起了耳朵，就连与蓝光辉一同来的蓝家老太太和蓝翠儿也是一同不由自主不敢置信地瞪大了眼睛。

她们实在不敢相信，这刘氏怎么就命这么好呢，蓝光辉如今都做了这么大的官了，却还是对她不离不弃的，这刘氏是哪辈子修来的福气啊。

“不过……”蓝光辉又来了这么一句。

果然，小蓝谦的小身子抖上了几抖，朵朵却是轻握了一下自家弟弟的小手，给予安抚。

而听完蓝光辉前半句话的刘氏的心里也是欣喜万分的，而且她更是深情款款地盯着蓝光辉，很是期待着他下面的话，只是听到不过二字时，她放在蓝光辉大手里的小手，也不由自主地抖了抖。

蓝老太太也是不由自主地松了一口气儿，那可是王爷的女儿啊，她家是啥人家啊，她那傻儿子若是真要为了刘氏而惹火了商王爷，那他们家还有好果子吃吗？

“不过，这么多年来，商氏毕竟也没做过什么对不起我的事儿，还为我生儿育女的，所以对于她正妻的位置我也是没有理由去动，可是芳儿，还有平妻的位置啊，那平妻的位置为夫可以许给你，这样一来，朵朵与谦儿一样是嫡子嫡女的，芳儿，你说这样可好？”蓝谦一直握着刘氏的手，并未放开，而满眼的炙热等待着刘氏的回复。

“刘氏，你还有啥不满意的啊，辉儿的心里可是一直有你啊，平妻啊，她是可以与正氏相比邻的，你最担心的朵朵和谦儿会成为庶子庶女的这回也完全都解决了，你就同我们一块儿回京都吧，辉儿这次可是专程来接你的啊！”蓝老太太看到自个儿的儿子已经说到了这个份儿上了，刘氏却还是端着，心中便有了些不悦。

“平妻？那我若是平妻，我谦儿和朵儿还是叫我娘吗？不会是记在别人的名下吧？辉哥，芳儿还是那句话，这么多年来，两个孩子跟着我可谓是吃足了苦啊，如今我却不能再让他们受苦了，所以，两个孩子的未来才是我最在意的！”刘氏的眼中明显地有一丝的软化。

“二嫂，这你就不知道了吧，这所谓正妻和平妻虽然不能说平起平坐，但是平妻的子女也是嫡子嫡女的啊，你也有权抚养你自个儿的孩子，二嫂，你这可以完全放心啊！”蓝翠儿也觉得刘氏一直端着，让她很是焦急，所以便开口帮衬着说道。

“朵朵，谦儿，这是你们的爹啊，你们想必是不认识了吧？快啊，快叫爹啊？”蓝翠儿那脑子定是要比别人灵活儿一些。

她们是来干啥的，还不是给她二哥当说客的吗？而眼下，很明显，刘氏是顾及着两个孩子的想法的，所以蓝翠儿便试图在朵朵和谦儿身上下手。

两个孩子依然站立在一边，并未说话，可是小蓝谦却是早已经湿了眼眶，内心十分激动地看着蓝光辉，那表情上有着千言万语，却又不敢上前。

“你们是朵朵，谦儿？我那时离去的时候，朵朵还很小啊，那时候没有谦儿呢，我的孩子们，我是你们的爹啊！”蓝光辉，接收到了妹子投来的目光，便又嚎啕大哭地松开刘氏，去抱两个孩子。

“爹……爹，爹爹……”小蓝谦终于颤抖着叫了蓝光辉一声。

“爹！”朵朵很是简洁地也叫了一声。

“好孩子，好孩子啊，你们的娘把你们教育得很好啊，孩子们，随爹爹去京都可好？那里很大，很热闹，你们去了一定会喜欢的！”蓝光辉知道小孩子是最喜欢热闹的，而朵朵则是去过京都了，所以把那期待的目光都放在了蓝谦的身上。

“爹爹，听说你现在除了我们，还有其他的孩子，他们的娘亲是正妻，我们的娘亲是平妻，从这身份来看，我们是不是还要低上人家一截儿啊？”朵朵眼见着自家弟弟和自家娘亲果然是用一种期待的目光看着她，好像在等她做决定一样，朵朵心里面早已经有了算计，可是她却还是不想这样轻松地放过蓝光辉。

“朵儿，你们都是爹爹的孩子，而那正妻，平妻的一说也是给外人看的，咱们自家人哪有谁高谁矮的一说儿啊？你那母亲也是个极为好相处的人，不会为难你们的，今天爹来，你母亲还千叮咛万嘱咐地让我一定把你们带回去呢！”蓝光辉这才正眼去瞧了朵朵，在这母女三人当中，最难缠的怕是这个丫头吧。

“而且，朵儿，谦儿如今已经上了学堂，他势必要走上科考那条路的，而我这个爹爹还活着，他却不相认，你知不知道会很影响他的仕途啊！”张管事早就把他在三里铺子所查到的一切同自己说了，他这个女儿虽然难缠，但却十分在意她的娘亲和弟弟，所以蓝光辉便朝着这方面下手了。

朵朵并没有去接蓝光辉的话，但那大大的眼睛却是很是讽刺地盯着蓝光辉，好似看透蓝光辉的想法一样，弄得蓝光辉很是尴尬。

“朵儿……要不？”其实刘氏早在蓝光辉来的那一刻心理防线便崩溃了，这个男人也是她爱了很多年的啊，她哪能真的能说忘就忘了啊，直到他说许她平妻一位，更是让刘氏心里完全卸下了底线，只是她最终还是在意着两个孩子的想法。

“娘，我没说不随爹爹回去啊，只是眼下却是走不开的，秋收眼看着就要到了，敬王府到时候会来收粮食的，咱家总得留人吧？还有，咱家的那个百货，还有酒楼，（这一年来，朵朵自己开了百货卖手套，菊花枕头等东西，也是与方忻他们合开了酒楼）也不能说扔就扔吧，这样吧，要不然您就和弟弟先行一步吧，朵儿一个人处理好这边的事情，就去京都寻你们！”她知道，她的这句话屋子里面的欧阳睿一定是听得清清楚楚的，同时，她无论如何也是要站在他那一边了。

于情于理，朵朵也认为抱住欧阳睿那棵大树是有好处的，而她所种植的这几样作物已经注定了她被卷进漩涡里去了，那莫不如寻求一个她认为值得信赖的人来当靠山，而蓝光辉心里所打的小算盘，她也是清清楚楚的，所以朵朵便故意说道。

“什么？敬王府来收粮食，那两块儿地不是你的吗？地里的作物不也是你种的吗？你怎么？”蓝光辉一听到这里，脑子竟是“轰”一下变得空白起来，要知道他千里迢迢地来到这三里铺子是为了啥啊，昨夜与商氏商议的一切又是为了啥啊？岳父大人不是明明说道，那片地是归朵朵所有的吗？这怎么又扯出了敬王府啊？

“那地是女儿的，但是那作物的种子却是属于敬王府的，而且敬王府也是给了女儿银子，所以他们是有土地租赁权的！”朵朵淡笑说道。

“朵朵，你不是在骗爹爹的吧，你是不是还是不肯原谅爹爹，一定是这样的，所以你在和爹爹开玩笑呢，是不是？”蓝光辉就这样盯着朵朵，好似朵朵如果要是说一句不是的话，他便能背过气去。

“那本世王来亲自对你说呢，蓝大人是否会信呢？”欧阳睿很是懒散地从屋子里走了出来，既然那丫头也已经表明态度了，那他也要帮她这个忙啊。

“为……为臣参见世子殿下！”只见蓝光辉哆哆嗦嗦给欧阳睿行了礼，而他那张脸却也是连肌肉都抖动起来，他怎么就忘了这位爷还在这儿呢，其实张管事在回去的时候也已经向他禀报了，只是他不是听说，敬王世子不见任何来客吗？今儿个这是怎么了，怎么他自动出来了呢？

“本世子与蓝朵朵有契约在先，怎么蓝大人还有什么疑问吗？若是有的话，不妨都问出来，这样本世子这个当事人也好为你解答不是？”欧阳睿表情未变，一样是一副无害温润的样子。

“没……老臣没有什么疑问，只是头一次见到妻女，有些关心过头了！”蓝光辉的额头上都冒出了细汗来。

“若是没有什么疑问了，那剩下的就是蓝大人的家事了，本世子也就不打扰了！”欧阳睿说完，还特意地飞了个眼神给朵朵，好似在邀功一样，朵朵接收到他的眼神后，嘴角不自觉地抖上了几抖。

“芳儿，那既然朵朵还有事处理，眼下不能离开这里，那么你就一同陪着她吧，等到秋收后，我再派人来接你们母女回去，而谦儿呢，这次就先随我回去吧，毕竟他的秋试就要到了，京都的名师也处处皆是，肯定要比在这里强上许多，所以……”蓝光辉一听这作物没戏了，便以陪朵朵为由，让刘氏先留下来，这样他回去也可以与他的岳父商议一下啊，看看接下来怎么办啊，要知道他大费周章地来到三里铺子可是为了那两片地里的东西啊。

“我……我不去，我要等娘跟姐，一块儿去，我现在……我现在挺好的！”小蓝谦虽然小，但是思想上却也是慢慢地成熟了起来，他爹爹这可是要扔下他姐和他娘，要带着自己走吗？想到姐姐刚刚同他说的，小蓝谦便对蓝光辉回应道。

“谦儿，你听话，你随着你奶你老姑同爹爹先回去，等秋收之后，你娘她们也就回去了，京都有好多好吃好玩的，最主要的是，为父还可以请一位名师教你读书，谦儿……”这个儿子，他势在必得，也许在没见他之前，他想要的只是他的这个性别，可是直到见到蓝谦本人后，蓝光辉却是喜欢得不得了，他的小儿子可不就是儿时的自己吗？

“蓝大人的意思是老夫不配给令公子当夫子是吗？”

一道不悦的声音传了出来，而蓝光辉，怎么听，怎么觉得这声音很是熟悉，但他却又一时叫不出此人的名字，直到那人走近了，蓝光辉却是赶忙抱拳行礼，此人正是前翰林院大学士，同时也担当起草诏书的职责，当今圣上十分地欣赏他，只不过他在前两年以年岁太大身体不好而请辞了，而当今圣上并未准他辞官，而是保留了他原有的官职，却是不用再日日上早朝了，所以一年中，也只有在有重大事件的时候，这黄大学士才会出现的，只是他现在，怎么会在这里呢，而且，他怎么会成了蓝谦的夫子呢？

“黄……黄大学士，您……您怎么在此啊？”蓝光辉很是恭敬，同时又满是不敢置信地问道。

“这个你无须知道，老夫只想知道，不知老夫是否有资格教令公子呢？”黄大学士一副很拽的样子说道。

“有……太有了……下官……”要知道这黄大学士的官职是二品大员啊，他一个小小的五品官儿，哪有资格评论人家呢？

“好了，那剩下的就是你的家事了，老夫也不便参与，就先告辞了！蓝谦，记得把今天给你讲的，好好温习一遍，明天我来检查！”说完，那黄大学士便是大步走了。

“芳儿……这，这黄大学士怎么成了谦儿的夫子了啊？”要知道京都里有好多官宦子弟都想拜到这黄大学士的门下的，奈何这黄大学士却是清高得很，无论再多的真金白银，这黄大学士都不为所动，所以此时的蓝光辉很是吃惊外加不解。

“这是敬王府小少爷的夫子，小少爷一向与谦儿交好，所以他便同敬王世子一块儿来的，这些日子谦儿就不去镇上的学堂了，就随着敬王府小少爷同这位黄夫子学学问。”刘氏对于蓝光辉能这样关心蓝谦心里面很开心，所以她的脑子里现在根本想的就全是蓝光辉的好，完全没有注意刚刚的蓝光辉只想带着蓝谦一人的事情。

“可是黄大学士毕竟是大学士啊，他不能教谦儿太久的，所以，为夫觉得，谦儿还是现在同为夫回京都的好！”蓝光辉心里虽然惊讶许多，但最初的想法却是没有改变，他觉得经过黄大学士的调教后的小蓝谦更加地让他志在必得。

“爹爹，世子爷和小天天会一直住到秋收后的，到时候谦儿再随我娘我姐一块儿去京都，所以这次谦儿就不同爹爹一同去了！”小蓝谦认真地说道。

“这……谦儿啊，你不想早点儿同爹爹在一块儿吗？芳儿？你的意见呢？”这蓝光辉之所以刚刚和刘氏说，而不是同朵朵姐弟说，就是因为刘氏比较好说话，却是没想到，他的宝贝儿子竟也不想同他一块儿走，所以他便又向刘氏施压道。

“爹爹，你若是想我们，你可以先在这里住上几天啊，反正三里铺子同京都也没有多远的，你想我们，你随时可以来，可是谦儿一向没离开过我们，到了陌生的地方，他会不习惯的！”朵朵眼看着她娘现在那眼睛里满满的都是爱，一定是做不出什么正确的决定了，所以她便接过话茬儿说道。

“这……为父朝中还有事情，不能停留太久的……”蓝光辉一听他这女儿怕是想要留下他住几天，顿时极力找借口反对道。

笑话，他这边别说住上几天了，就是住上一天商氏那边也怕是要炸锅吧，所以他哪里敢住下来啊。

“芳儿这样吧，那为夫就先回去了，等到秋收后，为夫派人再来接你们吧！”蓝光辉此时竟同意了刚刚蓝谦的提议，也同意蓝谦同刘氏他们一块儿进京。

朵朵看到这样急迫要离开的蓝光辉，不禁嘲讽一笑，果然，经她刚刚的一挽留，蓝光辉便要焦急离去了，此时的朵朵不禁心里很是替刘氏不值，这样无耻的男人真的能是良人吗？为何这陷入爱情中的女子要这样的傻呢。

“辉哥……你……路上小心！”刘氏又是红了眼眶，他的男人，他深爱的男人，如今见上一面她便更加地舍不得了，所以此时见蓝光辉要走了，她很是不舍。

就这样，在刘氏的依依不舍下，蓝光辉带着老太太一行人踏上了归京的路。

“今天谢谢你的解围了！”蓝光辉走后，刘氏又独自黯然流泪去了，朵朵并没有跟上去，有些事情是别人劝也劝不好的。所以，她又进入了欧阳睿的房间。

“谢就不用了，只要你别老是怀疑我的用心就行了，还有你打算在京都里开酒楼的事情算我一股，我出钱，你出力，到时候赚的钱，咱们俩五五分成怎么样？”欧阳睿直接提出条件说道。

“真的？你不觉得你亏本吗？就如你说的，在京都开酒楼光选个店面就要上万两啊，还要加上店面装修，怕是需要不少银子吧，你一个人真的可以吗？”朵朵听到这个消息自然是很高兴，她若是不用出银子的话，那么以后去京都她还可以多些活泛钱，要知道，京都那种地方是处处都需要银子的啊，可是若都让欧阳睿一个人出这笔钱，她心里多少还有些不好意思。

“你不必有什么心理负担，我记得你说过，这酒楼的食材可是你自个儿负责的，所以，以后这酒楼的食材也由你负责，你看可好？”欧阳睿心中不免更加欣赏朵朵，爱财却是取之有道，不贪图小便宜，这样的女子又怎能不吸引他呢。

“那好吧，成交，还有，你能不能在离京都比较近的郊区再给我买一块儿地，最好是大一点儿的地，到时候咱们就在那里建一个加工厂，那工具的图纸有空我也会仔细画下来，然后咱们就着手准备粮食加工一事了，既然我同你合作了，那我也要求你在这件事上一定要秘密进行，而且在事情未成前，不要到处宣扬，无论是对谁，因为有些细节我还要好好想想，可以吗？”朵朵知道，一旦这件事情真的成功了，那么在大周朝绝对也是一件盛举的，到时候肯定要引来一些有其他想法的人，所以她不希望现在就走漏了风声，麻烦不断。

“好的，你放心，你既然选择与我合作了，我定会护你周全的，直到秋收，我会一直待在这里，你的要求，我也会尽快去办的，只不过，我还要提醒你一下，那商家怕是不会就此罢休的，你娘那边……”欧阳睿可以说将刚刚发生的那一幕看得很清楚，所以他提醒道。

“你放心，你只要处理好你那边的事情就行，我这边的我会保证万无一失的，不过，你好像刚刚娶妻吧，你这样把她一人扔在王府中，是不是……”朵朵很是不解，这离秋收可是还有一个月呢，他这样在外面瞎晃，他那个醋坛子世子妃不会生气吗？

“我刚刚娶妻怎么了？是不是什么？”欧阳睿故意坏笑地问道。

“我是说，新婚夫妇，不是……不是都该待在一块儿吗？那个……”朵朵说着说着小脸涨红的，她总不能说，他一走就这么久，若是那方面有需要怎么办，要知道，这欧阳睿正是血气方刚的年纪啊。

“哪个？”欧阳睿痞痞一笑道。

“你……唉，算了，算我多事了……”朵朵一跺脚便要转身离去。

“主子……不好，王府出事了！”就是朵朵刚要出门的时候，韩叔却是面带慌乱走了进来。

欧阳睿听到后紧皱眉头，他有些不悦韩叔没了分寸，还好现在朵朵已经与他达成同盟了，若不然韩叔这样，不就是暴露目标吗。

同时韩叔的为人他也是很清楚的，若是没事，他不会这样慌乱的，他这样慌乱一定是出了大事的征兆。

“发生什么事儿了？值得你这样慌乱！”欧阳睿沉声问道。

“是……是欢姨娘，欢姨娘企图毒害王爷，现在已经被关进刑部大牢了，主子，您看？”韩叔把他刚刚在影卫那里得来的消息告诉了欧阳睿。

而刚要出去的朵朵，此时耳朵竟是竖了起来，“欢姨娘？”难道这“欢姨娘”是欧阳睿的新宠吗，看着韩叔很是着急的样子，一定是没错的。

朵朵的小嘴不禁撇了撇，哼，这就是三妻四妾的代价吧，她都不用去细想，就觉得那个什么的欢姨娘一定是中了人家的诡计了，不用说，一定是欧阳睿的后院起火了，好吧，好吧，这回有欧阳睿受的了，自己的姨娘去毒害自己的亲爹，这得是多大个事儿啊？

“你还有事吗？”欧阳睿看到站在门边的小丫头表情变化多端的，满脸看热闹的表情，不禁挑了挑他那好看的眉问道。

“啊？啊！没有……没有了！”朵朵不争气的小脸“腾”的一下就红了起来，大有一眼被抓包的感觉。

“呵呵……”看着朵朵落荒而逃的样子，欧阳睿竟是低沉地笑了起来。

而此时正在回禀着的韩叔却是不禁嘴角抖上了几抖，现在这是什么情况？司欢出了事情，他家世子不问他老子有没有怎么样，不问问司欢怎么样，不去问问这事情是由谁而起，这会儿竟然是笑了起来，他还真是难以理解啊。

“咳咳……主子？”韩叔见欧阳睿并没有要停下来的意思，便是轻咳了一声提醒道。

“老头子死了吗？”欧阳睿回过神儿来，开口便是问上这么一句。

“没……没有，是王妃的猫打翻了那燕窝盅，从而才发现了那里面有毒！”韩叔顶着压力，只觉着后背有种凉凉的感觉。

“没死，你急什么急？若是司欢连这一点的事情都处理不好，那么她就趁早离开吧！”欧阳睿说此话的时候，眼睛眯了起来，显然很是不悦的表情。

“可是……可是主子，这次的事件怕不是这么简单，因为太后也插手了此事，属下也得到消息，这里面好似有宋瑞熙的影子，所以……”韩叔当然知道司欢的手段与能力了，只是若只限于宅门儿暗斗的话，或许他并不急，可是眼下这事情可是牵扯到了太后那一边啊，若是太后要查办此事，而宋家人再去做手脚，那怕司欢是凶多吉少了。

司欢是他们杀手盟的人，混入敬王府的后院儿，只为打听消息和稳住那边的人，不然，这欧阳睿一走就是数月，敬王府的后院儿又怎么不闹呢，却没有想到，这次司欢也是栽了。

“宋瑞熙？哦？果然，他这是要出手了吗？宋家的人还真是见缝就插针啊！”欧阳睿似笑非笑地说道。

“主子……那？”韩叔又一次小心地问道。

“通知五皇子，让他去处理这事儿，告诉他，确保司欢无事的同时，也要顺带着警告一下宋瑞熙！”欧阳睿很是淡然地说道。

“是！属下这就去办！”韩叔不得不佩服他家主子的定力，都如此火烧眉毛了，他却还依然这样的冷静，还有，他利用起五皇子是这样的坦然啊。

韩叔走了出去，而欧阳睿却目光盯向远方，口中还喃喃自语道：“宋瑞熙，你这是想调虎离山吗？我就知道你来清水镇不会是白来的！呵呵，咱们走着瞧吧！”

当夜，京都的编修府中

“娘，我怎么看这个嫂子今儿个一整晚好似都不太高兴似的，莫不是不欢迎咱们？”蓝翠儿心中很是不安地问道。

今天在傍晚的时候，蓝光辉便带着他们一行人回到了编修府，而商氏自然是带着商府的一众下人去迎接了，只是当蓝家的人都下了马车后，商氏的脸色便有些不好起来，同时，她除了对老太太还算颇为热情外，对于其他人，她竟连一个笑脸儿都没有。

她哪里知道，今日商氏穿得极为华丽，迎接的阵势也相当的大，那可都是为了震慑刘氏而准备的啊，却没想到刘氏并未在这些人当中，那她对于这些乡下的泥腿子们还需要客气啥，而那蓝老太太却不同，她可是蓝光辉的娘亲，这大周朝向来是以孝治国的，她不能让外人传她对婆婆不敬的传言。

从而商氏对于蓝老太太还是照顾得很周到，把蓝老太太哄得那可是心花怒放的，当然她这么做的目的还有一个，那便是她要拉拢蓝老太太以后好去对付刘氏。

只是这对于一向心思缜密的蓝翠儿，却心里有些不舒服了。

“你别多想，我看你这个嫂子可是不错的，对我啊，那也是没个挑的，我看就比那刘氏强上百倍呐，我都同她说了，在京都若是要有那合适的官员啥的，也让她帮你留意一下了，她说一定会帮你这个忙呐，翠儿啊，你这个嫂子啊，你可定是要同她处好关系啊，那王爷的女儿就是和旁人不一样啊！”一看蓝老太太就很喜欢那商氏，当然她还有一件事情没同蓝翠儿说，那便是刚刚商氏私底下还送了几套首饰给她呢，那翠绿的玉镯，还有那鎏金的步摇头饰，样样都是精品，价值连城，这哪能不乐坏了那蓝老太太呢。

自己的这个儿媳妇儿真不愧是大家出身，出手还真是大方呢，所以此时在她蓝翠儿的面前肯定是要夸那商氏的好啦。

“娘，可是我怎么觉得新嫂子对我好像并不待见呐，不光是我，她对余氏好似也并不待见，娘，你说她不会发现什么了吧？”蓝翠儿说的当然是余氏同蓝光辉有一腿的事情。

“呸，呸，呸，翠儿啊，这隔墙有耳啊，你可不要胡说啊，你嫂子估计是刚见到你们还不太熟悉的缘故，放心吧，只要有娘在，那么你哥和你嫂子就要照顾着你！”蓝老太太权当蓝翠儿是怕商氏不喜欢她而无法在这编修府住下去，这才扯东扯西的。

“娘……”蓝翠儿刚要再说些什么。

“老夫人，洗澡水打来了，奴婢们服侍老夫人沐浴吧，今儿个赶了一天的路，想必老夫人也累了！”这时，只见进来了两个丫头，一个管事嬷嬷，那管事嬷嬷笑着说道。

“娘，那女儿就先下去了，您先洗澡吧！”蓝翠儿到底是个人精儿，看到管事嬷嬷进来，便含笑说道，那表情就好似刚刚她二人好似在话家常一样。

“姑奶奶，您的洗澡水也准备好了，丫头们想必在房中等着您呐，这都累了一天了，泡个澡解解乏，早点休息吧！”只见这个管事嬷嬷很会说话，体贴地对蓝翠儿说道。

“那就多谢嬷嬷了！”蓝翠儿也深知自个儿的身份，大宅门儿里，这打狗也要看主人的，更何况这位管事嬷嬷是商氏所派来的呢，所以蓝翠儿很是有礼地说道。

“姑奶奶客气了！”

就这样，蓝翠儿略微心安地向外走去，她觉得管事嬷嬷能这样礼遇她，定是那商氏嘱咐，所以她此时心中略微地舒服了一些。

除去她，那余氏和蓝雨儿的心情也不是太好的，但她母女二人却极为有主意的，所以，她们母女二人的野心极大，是不会被这一丁点儿的小事儿给打倒的。

“啥？那地里的作物是敬王府的？敬王世子亲口说的？”商氏很不自觉地提高了声音道。

“是啊，这也是为啥我没带刘氏他们母女三人回来的原因，本来要接回他们，就是为了那地里的东西，眼下……所以我现在就要去趟商王府，向岳父大人说明一下，看接下来要怎么办！”蓝光辉状似很是伤神地说道。

“相公，你也不要太忧心，一会儿我就同你去一趟商王府，也就两片百十几亩的地，能有多大的收成呢，相公你不必担心，一切有我呐！”商氏一听蓝光辉见那块地里的作物没戏后，竟没把刘氏那母女三人给带回来，那心里别提有多开心啦。

所以她此时见蓝光辉那满脸的忧愁是为了怕她爹爹责怪呢，从而自告奋勇地说道，只要那母女三人不来，那她心情哪能不好啊。

“那好吧，娘子就随为夫一块儿去一趟商王府吧，估计岳父大人定是等得焦急了吧！”蓝光辉看到商氏那由怒转喜的脸色，同时也算是松了口气，很显然商氏相信了他的说词。

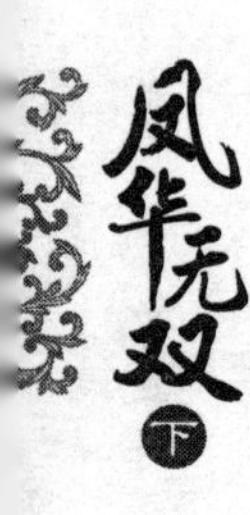

京都一处皇家别院中

“什么？表哥竟把这破烂事儿都扔到我这儿来了？他……他还真是信得过我呐！呵呵！”那声音带着一种诱人的磁力，极为好听，轻笑中，还有着一种让人极为舒服的轻柔，虽说他此时说的话语极为地讽刺，但让人听着却依然舒服。

“五皇子，此时欢姨娘已经被押往太后的慈宁宫了，您看……”别人不了解五皇子，但是韩叔却十分地了解，这个看似温润，很好说话的皇子，实际上就是一个小恶魔。

“本皇子知道了，不过，本皇子很是好奇，那个小丫头是何方神圣呢？竟让表哥那样的紧张啊，宋瑞熙竟然还插上一脚，真是有趣啊，看来本皇子也要想法子去一趟那三里铺子了，要不是敬王叔不知道与父皇说了些什么，本皇子早就追随着表哥而去了，真是伤心啊，估计这件事儿也是表哥搞的鬼吧？哼，不过本皇子也没那么好对付的！走着瞧！”那五皇子温润好听的声音又一次响了起来。

“……”韩叔身子抖了抖，合着，这全世界就他一个人关心司欢毒害王爷一事吧，眼看着这两个主子越发地不靠谱，韩叔终于凌乱了。

商王府中

“这人，你还是要接回来的，虽然这批作物是被敬王府捷足先登，但是那种子种植的方法你那女儿怕是都记在脑子里的，无论如何，这人一定要拉到咱们这边来！”商王爷听到蓝光辉所说的之后，深皱了一下眉头，仔细想了一下说道。

“爹爹，这是为什么啊？既然被敬王府抢了先，那咱们还有必要那样地争取吗？四大世家中，咱们商家可是位于首位啊，如今您只要知道这东西没被宋家人抢走，您还担心什么呢？为什么还非要那刘氏他们来呢，爹爹，女儿心里会不舒服的！”商氏心里很是不舒服，因为以前她的要求她的爹爹从没有不同意过，却是没想到这次，竟然是她的爹爹揭开了她最不想面对的那个现实。

成亲之前，蓝光辉便同她说过他有妻女一事，那时候蓝光辉却还不知他有儿子一事，所以在她自己的要求和他们的山盟海誓之下，蓝光辉才同意与过去再见，永远不再见他的妻女们，更甚是，连他的娘亲，他都可以舍去，只为与她在一块儿，十年过来了，他们两个人连红脸都没有过，她与前夫的那对子女心里有隔膜，对他很是不礼貌，可是蓝光辉却是说他不会和小孩子一样的，爱她就要接受她的全部啊，当时她有多么地感动啊，感动得扑进了蓝光辉的怀里，痛快地大哭了一场。

没有想到这么多年的往事，最后竟是自己的父亲所提起，商氏心里除了伤心外，更多的是害怕，要知道现在刘氏的身下可是还有一个儿子呢，这儿子的重要，别人不说，这商氏却是心里很是清楚，这么多年来，他们不是没有努力过，可是无论怎么去努力，她除去生了这么一对女儿外，却是连个男孩子的影子都没见到，这可一直是商氏的心结啊，虽然蓝光辉没有说，但商氏却是能感觉到，毕竟两人同床共枕了这些年啊。

“傻女儿，你的正妻之位是无人能撼动的，你又何苦这么执着呢，男人的后院有几个女人那还不正常吗？可是无论如何，你也是当家主母啊，她到时都要听你的，你又何必这样担心呢？这次宋家虽然没有得逞，但不代表他们不继续打着地里的东西的主意啊，今年没有，那还有明年呢，女儿啊，咱们有这么多方的人脉，为何不去利用呢？傻女儿，听爹爹的，这件事情就按爹爹说的办吧！”商王爷语重心长地说道。

“爹爹……”商氏最后还是含泪地叫了声，然后就没动静了。

“小婿谨记岳父大人的吩咐！”蓝光辉表面深重认真，实际上心里却是乐开了花儿，要不然他还真的没有任何理由接蓝谦过来呢，只要蓝谦一来，那刘氏和朵朵便一定要来的，到时，他总不能因为他们母女同商氏闹翻了吧，如今有这商王爷的一句话，蓝光辉终于心安了。

可是他却不知，真正的定时炸弹却还隐藏在他的府上。

敬王府内

“什么？那个女人竟安然无恙地回来？怎么回事儿，怎么会这样啊，太后不是一向最疼王爷吗，太后怎么就能放了这个贱人呢？你收到的消息没错吧？”宋如月瞪大了眼睛，满脸的不可思议的样子。

“回世子妃，奴婢是亲自到那欢姨娘的院子去看的，那欢姨娘是被宫人给送回来的，那宫人走的时候，欢姨娘还遣人使了银子呢，不会有错的！”

回话的是宋如月身边的大丫鬟慧儿，也是陪嫁丫鬟，她的老子娘也是宋府的家生子，所以从小便服侍宋如月的，从而宋如月从来没有怀疑过她所说的话，今天却是一反常态，令慧儿倒是十分地惊恐。

“啪！”的一声，宋如月不顾手掌的疼痛拍在了案几上。

“这么严重都没让她死，这到底是怎么回事儿啊？姑姑知道吗？通知过姑姑没？还有二弟那边？这究竟是怎么回事儿啊，那可是毒害王爷啊，她怎么说回就回来了呢？”满脸的不敢置信，身子也被这突如其来的消息给气得直发抖。

宋如月心里是七上八下的，要知道，这欢姨娘回来了，是不是代表着太后王爷发现了她们的设计了，若真是那样的话，她以后在敬王府还能再待下去吗，可是按理来说由瑞熙和姑姑出手，这事儿应该没有差错啊。

原来，就在欧阳睿离开敬王府的第二天，这宋如月便盯上了欢姨娘，谁让欧阳睿对这个欢姨娘那样的上心了？所以，她狠下心肠地动用她身边的暗卫去除去那欢姨娘，最后却被他的弟弟宋瑞熙给制止了，同时还想了一个主意，那便是让她的姑姑敬王妃，以她的名义去做这件事情，完全不用她自己操一点心。

这个弟弟从小便是待她极好的，人家家里都是年长的照顾年幼的，可是这个小她两岁的弟弟却不然，事事都护她周全，从小便是老练沉稳，所以这件事情由弟弟出面那当然也是好的。

所以最后姑姑便以身体不适的借口让欧阳睿的妻妾们轮流侍疾，儿媳妇给婆婆侍疾，这让谁去说，也是能说得过去的，所以事情很顺利地便进行下去了。

就这样轮到欢姨娘侍疾的时候，前两日他们并没有动手，因为他们发现，那欢姨娘并不是什么空有美貌的草包，相反，她很是小心谨慎，就连在为姑姑熬补品的时候都小心翼翼地盯着，若是她有事情出去了，也是让她的婢女小心翼翼地守着，若是没有她弟弟出面，或许这件事情还办不成呢。

那天，敬王爷下朝回来，按着每天的规矩，一回府，便来到了玉秋院，连日来姑姑病着，敬王爷也很担心，所以气色很不好，所以敬王妃便让欢姨娘去给敬王爷炖盅燕窝来，敬王爷连连摆手，他的身体他知道，只是这几天没有休息好而已，如今他的王妃的气色这样的不好，应该是比他更需要喝，而且，偌大的王府内，这燕窝还不是多的是啊，他没必要急着这一小会儿啊，所以他就推让了一下，说是一会儿再让下人给他炖，她姑姑作为妻子的当然是不依了，结果两人就这样推来推去的，那碗燕窝就掉到了地上，这时敬王妃宋氏养的猫却跑过来去舔地上的燕窝，敬王爷和她姑姑还都失笑起来，没想到最后竟是便宜了这只猫。

夫妻两人都不约而同地笑了，结果，哪里想到，就在他们笑的过程中，那小猫便是很是痛苦地“喵喵”叫了起来，直到最后僵硬地倒在了地上，这可吓坏了敬王爷和她姑姑，姑姑按照预先说好的计划，硬是让人把这整个玉秋院给包围了起来，那欢姨娘也给押了上来，也包括她的婢女，同时厨房内所有的人也都被带来了上来，进行询问。

最后厨房里的人都一致指向，那盅燕窝并没有经过别人的手，只有那欢姨娘和她的婢女动过，而她的婢女却也是只帮她打下手，烧火之类的，并没有亲自煮燕窝，从而，这全部的不利都指向了欢姨娘，而这欢姨娘当然是一直否认着，但她百口莫辩，敬王爷却是眯着眼，不作声，就在这时，外面竟是有人来报，说是太后来了，这可是吓坏了敬王府的一众人等。

要知道，这太后对敬王爷可是一直很是疼爱的，眼下竟是出了毒害王爷的事情，他们很怕会被牵连啊。

要说这太后为何这时候来，宋如月便是冷笑起来，没想到她的弟弟还真是有本事啊，就连太后的身边都有他的人呢，太后之所以能来得这么快，还都多亏了她弟弟的功劳。

不过她事后也想过，其实，用不着费这么大的劲儿的，就算不用惊动太后，这欢姨娘在这王府中的下场那不也是她们姑侄俩说了算吗，又何必这样大费周折呢。

可是她弟弟却说，对于敌人，若是要下手，那便让她永无翻身之日，仔细想想，她也是觉得这样不错，所以就同意了。

可想而知，这太后遇到了这样的情景是什么表现，肯定是大发雷霆，把那欢姨娘给带走了亲自审问，一切的走向都朝着瑞熙所想的去发展了，可是眼下这是怎么了，那个女人怎么竟还被宫人给送回来了呢，为什么啊。

“小姐，周嬷嬷来了，说是王妃娘娘有话传给您！”这时许嬷嬷从外面走了进来对宋如月说道。

“快请进来！”宋如月知道，这定是姑姑有话要带给她吧，想必姑姑也一定知道那个贱人欢姨娘安然无恙地回来了吧。

“给世子妃请安，王妃有事让我来通知世子妃一下！”周嬷嬷是一个身材均匀的中年妇女，不难看出她在年轻的时候还是颇有一些姿色的。

“嬷嬷快请起，姑姑那边是不是有什么消息了，欢姨娘那个贱人怎么说回来就回来呢？太后怎么能这么轻易地饶过她呢？嬷嬷你是不是知道这件事情啊？”宋如月现在哪里还能淡定下来了，一见这周嬷嬷进来，便是噼里啪啦地问道。

“回世子妃，王妃只是让老奴给世子妃传一句话，那便是莫要轻举妄动！”周嬷嬷很是淡然地说道，只不过若是要细看的话，便会发现在她眼中出现了丝丝的失望的神色，只是现在天色已晚，灯光也不是很亮，所以大家都没有发现她的这个表现。

“什么？这……这是为何啊？那个贱人？”宋如月一听完周嬷嬷的话后，身子不由自主地抖了抖。

“回世子妃，王妃只让奴婢来传这一句话，她说，如今宫里发生什么事情咱们什么都不知道，现在能做的便是再观望！”周嬷嬷不卑不亢地回答道。

直到周嬷嬷走了之后，这宋如月依然回不过这个弯儿来，依然是愣愣地坐在罗汉榻上，久久不能平静，而许嬷嬷和慧儿两个也并没有再言语，有些事情，还是要她自个儿想清楚的。

齐国公府

“少爷，那欢姨娘已经从宫里回来了，最后因为有五皇子的介入，太后并没有治那欢姨娘的罪，而敬王世子欧阳睿那边也并没有任何举动，他依然安安稳稳地待在那个农家！”黑衣人半跪在地上回禀着。

“那商家的人现在有什么举动？”宋瑞熙听闻黑衣人的禀报，虽然脸上平淡无波，但那微眯的眼睛，也已经显示出了这件事情的棘手，同时那商家的事情他又不能不去处理。

“商家的女婿当然也用了亲情去打动那个小姑娘，可是那个小姑娘还真不是一般的厉害，她竟是同欧阳睿联手，让蓝编修无功而返了，如今他也正去了商王府，去找商王研究这件事呢吧！”黑衣又垂首说道。

“终究是棋差一步啊，若是姑姑和姐姐不处处刁难那丫头，又怎么会把蓝朵朵给逼向欧阳睿呢？这下竟是让欧阳睿捡了一个大便宜，哼！不过这胜负还未定呢，最后的赢家还不一定是谁呢！”他就是怕蓝朵朵同那欧阳睿联盟，这才用了计想把欧阳睿给骗回来，哪里想到，这欧阳睿竟是这样的狡猾。

“欧阳睿这次还真是下了大本钱啊，竟不惜让五皇子也掺和了进来，要知道，现在朝廷中的风声可是很紧的，夺嫡也越发地激烈，五皇子一向是胸无大志，玩世不恭，想必那也都是假象吧！呵呵，好，很好，既然都想来玩儿，那咱们就玩儿些有意思的！”宋瑞熙微挑嘴角，脸上露出了一丝痞痞的笑容来。

三里铺子

“今天我会同你去地里看看，这还有一个月就要到了秋收的季节，我来这里这么久了，却还没有亲自去看看那些作物呢，今儿个，我就同你去看看吧！”早晨起来的欧阳睿，在朵朵的服侍下也洗漱好了，吃过早饭后，他说道。

而朵朵现在却还想着昨天关于欢姨娘的事情呢，所以，她从刚刚吃饭时，便是不停地小心打量着欧阳睿，此时一听欧阳睿所说的话，那更是十分吃惊，他难道不回去处理吗？所以朵朵时不时地偷偷看着他。

“怎么了？蠢丫头？我脸上有什么吗？还是你有什么不明白的？干吗盯着我流口水啊？”欧阳睿眼中充满笑意地问道。

“谁……谁流口水啦？你……你可不要胡说！”朵朵一时没有反应过来，所以用手去擦嘴的同时，还结巴了起来，只是当她看到欧阳睿那满眼带笑的时候，她便知道，她这是被人耍了，她心中不禁恶寒起来，两世加一块儿，她也三十几岁的人了，今天竟是被一个古人给调戏了，她还真是无语啊。

“哈哈哈……”欧阳睿放声大笑起来，心情十分愉快。

第十五章
戏耍皇子

“怎么了？是不是有什么话问我啊？”欧阳睿见朵朵的小脸憋得通红，最后还是良心发现了，不去逗她了，问道。

“哼，你的心情还真是不错啊，还有心笑呢，你后院儿可是都起火了啊，你爹现在生死未卜，你竟然还有闲心在这里笑？还有，那个欢姨娘不是你的新欢吗？你确定不用回京都处理去吗？”朵朵小脸儿气得鼓鼓的，一口气儿竟是把她的心思都说了出来，昨天她离去的时候，韩叔并没有说敬王爷最后有事无事，所以朵朵并不知道，只是她没发现，她在说这句话的时候，怎么感觉那醋味儿真的是很大呢。

“怎么？你很了解我吗，你怎么知道这欢姨娘是我的新欢啊？还有，我怎么闻到了一股奇怪的味道呢？你们有没有闻到啊？”欧阳睿说着竟问向小蓝谦和小天天，刘氏吃完早饭，便又去作坊里去帮忙了，近几日，朵朵为了秋收特意又发明了一种那叫做五指手套的东西，据说戴上那个，是防止在秋收过程中弄伤了手，所以，这眼看着还有一个月就要秋收了，所以刘氏正全力以赴地赶工。

所以整个中厅里，就剩下他们四人加上司影了。

“哈哈哈哈，我们什么也不知道，我们还有文章要写，先走了！”小天天和小蓝谦终于忍不住大笑起来。

早在欧阳睿在逗朵朵的时候，两个孩子便想笑，可是碍于朵朵的面子，他们忍住了，此时欧阳睿竟来问他们，他们便实在忍不住了，便大笑起来，两人又不想蹚这浑水，便借故离去。

“奴婢，奴婢厨房里还烧着水，奴婢去看看！”司影也满眼笑意，这样的生活真好。

司影原本就是欧阳睿的暗卫，杀手盟的人，所以早在欧阳睿借着小天天的手把司洋和司影还有韩叔给朵朵的时候，就是为了护住朵朵的安全，而这一年来，司影完全融入到了朵朵这温暖的家，她都有些不愿意去想起以前的腥风血雨了。

如今在小姐的家里，天天都是欢声笑语，这样的生活，让她十分地开心，同时，她跟随世子这么多年了，竟是从来没有发现，原来世子也是会笑的，而且笑起来还是这样的开心，她知道，这一切都是小姐的功劳。

“什……什么味儿？你别在那里故弄玄虚的，我只是听昨天韩叔的回禀，才问你的！”朵朵一见这几个人都下去了，就更加局促不安起来。

“这么大的酸味儿，你就没有闻到？不会吧？我还以为是谁把那醋坛子都给打翻了呢！”欧阳睿哈哈大笑地说道。

“你才醋坛子呢，你爱回不回，少在那里自作多情，好了，你不是想要去地里吗？那现在就去吧，今天我还要去镇里一趟呢！”朵朵很是尴尬地说道，朵朵和方忻和许宵两人在镇上开了酒楼，由于这边的事情，她都没去酒楼看过呢，就连开业那天她都没去，倒不是她不放心许宵和方忻两人，实在是一直听说那儿的生意不错，所以她很想去看一看。

“你还要去镇上？我还想今天带你去看看我在京郊看的那块儿地呢，既然你都不急那就算了，反正这离秋收还有一个月呐，秋收之后，再说呗！”欧阳睿一副很好说话的样子说道。

“什么？你这么快便找到了地皮？真的假的啊？若是真的话，那咱们还等什么啊？一定要去看看啊，要知道，这时间就是金钱啊，哪儿能浪费呢？”朵朵的小脸因为兴奋红扑扑的，她原本还以为，要等到秋收后欧阳睿才会找到地皮呢，却没想到，这家伙的办事效率还真快呢，可是他天天待在这里，哪里来的时间呢？

“你不是还要去镇上吗？会不会耽误你的时间呢？没关系，咱们这边不急的，就是那块儿地，好像好几家都看好了那呢！”欧阳睿虽然满脸认真说道，可是他那嘴角眼却是带着笑意。

他就知道，用这一招儿，就是好用的，想着镇上的那两个，无时无刻地不想钻空子来这里找朵朵，要不是他叫人去给那酒楼小小地搞了些麻烦，这些日子他哪有清静的日子啊，所以，他才不会让朵朵那个蠢丫头自动送上门去的，只是他并没有说谎的便是，那块儿地的确是抢手的，已经有几家盯上了，想到这里欧阳睿便是脸色微敛，他到现在却是猜不透，那几家到底是冲着那块儿地去的，还是冲他去的，若是冲着那块儿地去的，那是不是太巧了啊，他们昨天才临时起意要买地的，这么快便有人打上了那地的主意？而若是冲他来的，那么，他身边的人就需要好好想想了，到底是谁泄露的消息。

“不耽误，不耽误，酒楼那边早已经走上了正轨，更何况，若是这个加工厂真的做了起来，那利润哪里是那小酒楼可以比拟的？行了，咱们就闲话少说，我先带你去地里看看！”朵朵现在整个小心脏都要沸腾起来了，想着在大周建第一个加工厂，那以后还不发达了，所以她很积极地说道。

“那好吧，咱们这就走吧，对了，还有你那图纸什么的也要快些准备好，咱们也要着手准备了，你不是说过吗？这粮食晒上它几个月就可以加工了，咱们最好赶在年前去做，这样，这个冬天就会有少一点人饿死了！”欧阳睿感叹道。

大周的土地少，人口多，战事又多，所以一年到头儿，那些军饷都凑不够，更别谈全国百姓能不能吃得饱了，夏天还好，挖些野菜也是能充饥的，可是一到冬天，冰天雪地的，却什么吃的都没有，所以每年冬季会有不少的百姓饿死，而那一家人，肯定要伤心得连年都过不好了。

“好……好，那我快些进行！”朵朵眼下竟对欧阳睿有些刮目相看了，真是没有想到，他一个含着金汤匙出生的大少爷，竟也这样的体恤民情啊。

两人一块儿先去西面的那块儿一百亩的良田，由于这是属于高产，又是示范田，所以欧阳睿这次做得很谨慎，他从镇府衙上，抽了好多的官兵来围守了，所以那些本村里有着好奇心态，又想打着这两片地的主意的村民们现在却是也望而却步了。

“这个大豆，都捻吧了，你怎么还没收啊，我就看着它煮着吃不错啊，这样应该是老了吧，煮着吃也不好了吧？”首先映入欧阳睿眼前的便是那已经有些表皮发黄的大豆。

“呵呵，若是这大豆都煮着吃了，那才是浪费了呢，这大豆可是宝贝啊，它可以做豆腐，榨油，还可以用它来做酱呢，总之它的用处很多，但是都要等着它成熟以后再收哦，你还记不记得去年你在我家吃的那个黄豆芽啊？也是这东西发出来的，所以这大豆可是好东西，你就瞧好吧！”朵朵忍不住笑了起来。

她知道，欧阳睿是爱极了那煮好的毛豆的，夏日的晚上，煮上一锅毛豆，再喝上一杯，那是多么幸福的事情啊，所以欧阳睿才特别关注这大豆。

“它真的能榨油？那真是太好了，不过，这东西是不是种得少了些啊？早知道，前段日子那煮好了的大豆我少吃一些啊，都留着榨油！”欧阳睿很是后悔地说道。

要知道在大周，炒菜放油那可是富人家的权利，贫穷人家是用不起的，因为那些菜油很是珍贵，每年也只能出上仅够一部分人吃的，所以那价钱上就十分地贵。

“你放心吧，就咱们这片地里，至少也能打上万斤的大豆呢，今年我会留一部分先在三里铺子村儿推广培植，等到明年秋收，再从三里铺子推广出去，我想，用不上几年，全国百姓就不会再受到吃不上油的困扰了！”朵朵笑着说道，这样的欧阳睿，让朵朵也很是欣赏。

“真的吗？那真是太好了？不过，它要怎么去榨油呢？这个东西，你也会吗？”欧阳睿很是关心这一点，见到这样圆圆的、硬硬的小豆子真的可能榨出油来吗？

“我也得尝试着去做，不过我觉得大概是什么样的，我还是知道的，应该是不成问题，以后咱们只管全国上下的高价去收购这个，然后经过咱们一加工，再卖出去，定是能卖出个好价钱，这个不光能在咱们本国推，其他的国家也是可以的！”朵朵现在就可以想象到时候的盛举。

“呵呵，你的野心倒是不小啊，还是先把眼前的事情给做好吧，若是你可以让大周的村民不再挨饿富起来的话，我想皇上一定也会重赏你的。”欧阳睿有一些想知道到时候这个蠢丫头会要什么。

“我一个小女子也不求什么，我只求我的弟弟以后能在仕途上有所发展，这样我和我娘也会有个依靠不是？”朵朵这话说的是真心话。

“哦？你想要依靠，你那个编修爹爹不是你现成的依靠吗？若是你想，你现在都已经在是京都里编修府的小姐了吧？”欧阳睿说的也是实话，的确如此，因为只有他们知道，这两片土地的收成到底是谁的。

“他？呵呵，他现在有他的生活了，而且，他为了富贵荣华竟连他亲娘都可以舍弃十年，你觉得我在他眼里只是一个赔钱货的女儿，又能依靠他什么呢？我可不是我娘，竟然还能相信他的话，实话和你说，我们最后就算真的回到京都，也不会同他们住在一块儿的，我弟弟还在读书阶段，我娘又那样的善良软弱，我不会把他们送到那群白眼狼和野狐狸的嘴里的！”朵朵冷笑说道，说着的时候，她的小拳头还是攥着的。

这些话是朵朵内心深处所想，就连蓝谦她都没有说过，不为别的，只想不让蓝谦小小年纪便心里有负担，但是对于她有着特殊情感的欧阳睿，通过这么多天来的相处，她却十分地相信他，所以在他面前，朵朵并无任何的保留。

白眼儿狼儿，野狐狸，呵呵，果然这丫头的嘴还不是一般的毒啊，不过这形容得还真是形象呢，而对于她能看破这一切，欧阳睿很是佩服。

“你再看看这地瓜，今年光这地瓜，就能有十几万斤的产量啊，前段日子那还是捡了当时最大的去给你送呢，你现在再瞧瞧，是不是比上次又大了许多啊？”说着，朵朵便是用她手中的小铲子挖出了一个大地瓜让欧阳睿去看。

“这个东西真的那么高的产量吗？这个东西好，这个东西好啊！”欧阳睿也不顾这地瓜上还带有着泥土，却是接了过来，这个地瓜的个头儿还真是不小，他的一只大手却是刚刚能拿得住，而朵朵只能双手递上去让他看的。

“当然了，你不记得了，去年那块儿地可还不到一亩啊，只有几分的地，收了多少地瓜呢？这东西冬天放到糙米里煮粥吃，也能顶饿呢！”朵朵笑眯眯地说道。

欧阳睿连连称奇，朵朵又在那棵地瓜秧下，又是挖出了两个大地瓜，放在她随身带来的小篮子里，打算晚上给蓝谦和小天天做拔丝地瓜去，晚上好好改善一下他们的伙食。

两人看完了这块儿地，又去了另一片五十多亩的地，那里是由韩叔和司洋轮着看守的，因为这块儿地在村口儿，所以欧阳睿又留了一个心眼儿，让他俩亲自看守，这样有人来，也能及时地给他报信儿啊。

对于那些人的惦记，欧阳睿可是时时刻刻都在提防着呢。

两人又去了那块儿地里看了看玉米的长势，眼见着那一棒棒的成熟玉米，两人的心情都非常地好。

最后欧阳睿把那装有地瓜的篮子递给司洋，转身对朵朵说道：“想骑马吗？去京郊的路程还有一段，今天天气这样好，很是凉爽，咱们骑马去怎么样？”

欧阳睿觉得今天的天气很清爽，不像前段那样热，太阳也不太那么足，正是骑马的好天气。

“骑马？”朵朵那一双大大的眼睛满是笑意，也充满了期待，病好了这么久，一直想着怎么生活，怎么赚钱了，她还真想好好地放松一下呢。

而且这时候的马车实在是不怎么样，颠簸得要命就如上一次她去一趟京都，那可是差不点儿没把她给颠散架了呢，而此时若是能骑着马去，那可是再好不过了。

“好……啊……”只见朵朵那个“好”字说得极为响亮，那“啊”字却是越来越小，若是不是耳朵好的，是根本听不到的。

“可……可是我不会骑马啊，怎么骑啊？”朵朵说道，同时看到司洋已经牵过来一匹白色的马很是神气，朵朵喜欢得不得了，那小脸上的表情也是十分地丰富，似是懊恼，又似是嫉妒，又似是埋怨的。

“不会骑，不是有我呢吗？咱们俩骑一匹马，等有空了，我还能教你骑马呢！”欧阳睿见到朵朵那纠结的样子，心中就是一阵窃喜，果然小丫头心动了。

“真的吗？你真的可以教我骑马吗？咱们大周朝的女子可以学骑马吗？”朵朵的小脸满是开心地问道。

之所以这么问，她只是不想太过于出格，不然就她娘亲也会不同意她学骑马的，所以朵朵不确定地问道。

“大周的女子会骑马的也很多的，京都里好多千金小姐就都学骑术这一项的，大周的始祖是以马上打天下的，所以大周的女子大多数都会骑术的！”欧阳睿一边牵过马，一边说道。

“哇，真的啊？那真是太好了，我一定要学，我要学！”朵朵拍手高兴地说道。

“今天怕是不行了，今天咱们还要在天黑前赶回来呢，所以，过两天好不好？”欧阳睿语气很是宠溺地说道。

而他的语气就连一旁的司洋都很惊讶，他家主子啥时候这样温柔过呢？这简直是跌破了司洋的眼镜了。

“嗯，那行，咱们先办正事儿吧！”朵朵也很爽快，痛快地说道。

而欧阳睿则是更加地麻利，就在朵朵还在担心怎么上马的时候，他便抱起朵朵飞身上了马，直到朵朵回过神儿的时候，她已经坐在马上了，马儿飞快地跑了起来，耳边的风声呼啸，坐在马背上使她的心情很好，她一点都不怕，也不担心会摔下去，因为她身后正有一双臂膀紧紧拥着她，她感觉到十分有安全感，所以她很不矫情地放松了自己，尽情地享受着。

而坐在朵朵身后的欧阳睿当然感受到了朵朵的放松和信任，所以他心里很开心，只是紧紧地拥住朵朵，好似在保护什么宝贝一样。

两人就这样和谐地坐在马背上奔驰着，直到一群骑着马的黑衣人堵在了他们的面前，欧阳睿这才危险地眯起他的双眼，勒住了缰绳。

“你们是谁派来的？”对于这伙黑衣人，欧阳睿并没有一丝的紧张，只是有些气他们打破了这个温馨的时刻。

对于京都那几个，估计着是个个心里都憋着一股火儿呢，他们碍着皇上的命令，不能亲自去三里铺子，但是不等于他们不派人盯着那边，而今儿个他们直奔京都而来，这眼看着都要到了，却是被拦了下来，想想都知道是哪些人干的。

而只见那些黑衣人并不去回应欧阳睿的话，直奔着他二人就挥刀砍了上来。

朵朵不禁开始感叹自个儿最近怎么就这么倒霉啊，天天在三里铺子里待着，好容易出了一趟门，却在这个时候遇上劫杀，不知道这一次的劫杀到底是冲着谁来的。

眼见着那些黑衣人骑马奔了过来。

“欧阳睿，要不，你走吧，看现在这个情况，或许你一个人走还有一线希望的，所以，你别管我了！”黑衣人来势汹汹，朵朵只觉得这欧阳睿就算是再厉害，那他也只是一个人啊，怎么能够抵挡得住那些人的攻击呢，最主要的是，眼下还有自己这么一个小拖油瓶，若是想赢对方就是难上加难了。

“你那满脑子都想什么呢？若是咱们俩掉过来，你会抛下我而离去吗？”欧阳睿因为朵朵的不信任，而语气颇为不好地狠狠地低声说道。

“额……我……我是为了你好，好不好……你”朵朵只觉得欧阳睿那坚如铁的臂膀更加牢固地圈住了她。

“行了，你闭嘴！”只听欧阳睿咬着牙说了这么一句后，便向着那群黑衣人挥去了一掌。

而朵朵，这边还委屈地想要与他反驳的时候，却只听见“砰”的一声，那群刚刚还气势汹汹的黑衣人竟都齐齐地后退了几步，他们所骑的马竟仰脖长鸣，不再向前。

朵朵完全被这一幕给吓傻了，没想到人真的可以练就这样有气势的武功啊，朵朵眼中出现了无限的红心，她简直是太崇拜欧阳睿了，而她崇拜的同时，身体也不复刚刚那么紧张了，突然间放松了下来。

“哈哈哈，表哥的功夫并没有退步啊，表弟实在佩服佩服！”随着一个温润好听的声音传来，只见一个阳光少年一袭白衣，还骑着一匹黑马。

只见他挥了一个手势，那些骑马的黑衣人便迅速消失了。

朵朵终于想起一句话来：“骑白马的不一定是王子，可是骑黑马的就一定是他妈的混蛋！”很明显，这个骑黑马的阳光少年，刚刚叫欧阳睿为表哥，那想必他们定是认识的，而刚刚的这一切一定是他弄出来的恶作剧了，这个人还真是无聊啊，竟然拿人的性命开玩笑，所以朵朵很不悦地看着对面的那个白衣少年。

而朵朵却没有想到，她如今生起气来的气场那是相当的大的，就连坐在她身后的欧阳睿都感觉到了朵朵的怒气，他不禁上挑嘴角，这丫头的气性还真是大啊。

“晨，你是不是嫌日子太空闲了，想找些事情做啊？用不用我回去向皇伯伯建议一下，又或者我修书一封让我家老头子去向皇伯伯提提意见，给你一份差事去做？”欧阳睿眯着眼睛，冷笑着说道。

“别……别……表哥，你可不能那么害我啊，我这不也是和你开个玩笑吗？你让我救的那个欢姨娘我可是都帮你去救了，看在你那亲姨娘的分儿上，你就饶过我这一次吧！”五皇子欧阳晨，连连摆手说道，同时还不停地挤眉弄眼向欧阳睿买好。

坏心的欧阳晨同时也发现了坐在表哥马背上的小美女在听见“欢姨娘”的时候，那神色也是闪了一闪，有趣，真是很有趣啊。

欧阳睿当然也感受到了怀中的小人儿的异样，所以他便又一次拥紧了朵朵。

而朵朵现在的心情也是说不出的复杂，她并没有什么立场去管人家的事情，但是当她听到说欧阳睿让人已经把欢姨娘救出来的时候，她的心里还是有一点小小的酸楚，感受到欧阳睿的拥紧，朵朵调整了一下心态，又放松下来。

“看来，你也很同意我的提议，不知道皇伯伯会给你派到哪里去呢？我有些期待！驾！”欧阳睿的脸越发地深沉，说完这一句话后，便又驾马向前驶去。

“哎！哎！表哥，你等等我啊，你可不能这么无情啊，我知道你忙，一直在三里铺子，但父皇又不准我们去看你，所以今天一知道你会回京都，我可是立马在这里等你了，表哥……你等等我啊！”五皇子欧阳晨一见他的亲表哥真的生气了，便开始急了起来，挥马便开始追了起来，同时他那特有的真诚的声音又贯穿而来，若是朵朵刚刚没有见识到他的幼稚的话，或许朵朵都会同情起这个少年吧。

欧阳睿并没有因为他的叫喊而停下，反而挥起马鞭更加快地向前行，而五皇子欧阳晨也紧随其后。

直到京郊的一片空地后，欧阳睿的马匹才停了下来，他自己先跳下马后，把朵朵也给抱下马来，虽然朵朵觉得这坐在马背上的感觉很好，但是到底是初次骑马，所以如今朵朵的两腿加上她那小屁股好像都不是她的了一样，完全是麻木了。

可是紧接着朵朵还是被眼前的这一景色给吸引了，只见这片空地足足有几千米，最主要的还不是这块地的面积而是这一片地完全是被四周的树林给围在中间的，朵朵觉得这块儿适合做他们的加工场了。

“这块儿地不错，只是这么一块地皮一定不便宜吧？”朵朵一下来，左看，右看，前看后看，最后问道。

“当然不错了！现在可是不光你们看中了这块儿地啊，据说，宋家，商家，孙家，邓家都看中了这块儿地呢，不知道这块儿地最后是花落谁家啊！”朵朵问完，只见欧阳睿还没来得及回答呢，那欧阳晨便很自来熟似地自顾回答着。

“哦，这位小美女是？”欧阳晨露出了一副迷死人不要钱的笑容来，温柔款款地问道。

“我是谁，跟你有关系吗？还有，你的家人没有教过你吗？别人在说话的时候，不要去接别人的话，这是很没有礼貌的表现！”朵朵板着一张小脸，眼睛也是瞪得圆圆地说道。

其实早在欧阳睿与这白衣少年对话的时候，朵朵便猜到这个白衣少年的身份了，能叫欧阳睿表哥的也只有当今皇上的妃子如妃娘娘的儿子五皇子了，可是他是皇子又能怎么样呢？无论是欧阳睿还是他自个儿，可都是没有报上身份，所以她犯不上去对着他小心翼翼的，最主要的是她心里坚信，就算是她真的惹怒了这个五皇子，欧阳睿也是有办法帮她处理的，所以她此时不去报刚刚受惊吓的仇，什么时候去报呢？

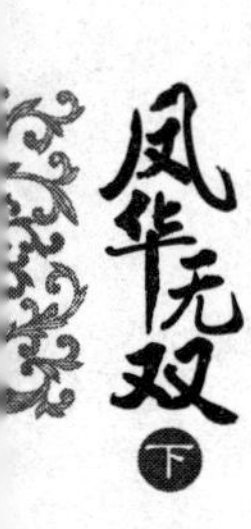

“我……我没礼貌……？”欧阳晨那一向温润无波的阳光形象，此时被朵朵这一番话给打击得终于有了变化。

欧阳晨实在不敢相信，这世界上竟是有人能对他的这一张脸有免疫力的，不对，一定是他今天的穿着欠佳了，要不然就是自己的魅力下降了，如若不然，那丫头怎么可能那样说自己？

看着自家表弟那吃瘪的样子，和那变化多端的表情，欧阳睿终于变得心情好了起来。

“哈哈哈……晨，听到没有，做人应该懂礼貌的，哈哈哈……”欧阳睿幸灾乐祸哈哈大笑道。

“睿何事这样开心，说出来也让咱们乐上一乐！”这时只听一声低沉的声音传来。

朵朵放眼望去，只见又是有两枚帅哥出现，一个冰冰冷冷的，一个却是面带微笑的，两人虽然都属于帅哥一族，但是朵朵却是很是不喜欢那个此时说话的，虽然他的脸上带着笑容，但朵朵却是深深地感觉到了算计与阴谋，与其相比，那个冰冰冷冷的帅哥却是让人舒服上许多，最起码他给人的印象不是很假。

可是这很假的帅哥她怎么越看，越觉得这样的熟悉呢，突然她的脑子一闪，又转过身看了看欧阳睿和那个欠收拾叫晨的白衣少年，这才明白那个熟悉感是从何而来的，原来这三位长得竟是有几分相像的，只是比起欧阳睿的清冷，白衣少年的阳光，那个虚伪的男子却是让朵朵感觉不出一丝的好感来。

“哦，原来是三皇子殿下啊，想不到三皇子殿下竟是这样有心情，怎么跑到这京郊来了呢？”欧阳睿开玩笑地说道，只是那声音里却是也有一丝的讽刺。

“我与晨都惦记着睿呢，三里铺子那边可是凶险万分的，所以听说睿今日会来这里，便是赶来一看，我很担心睿啊！”三皇子满脸担心地说道。

“托三皇子殿下的福，有皇伯伯的人马在，别人还是奈何不了我的！”欧阳睿并没有因为三皇子的假模假式而客气。

“瑞熙给五皇子，敬王世子请安！”不错，那个冰冰冷冷的帅哥便是宋瑞熙，宋瑞熙虽然是国公府的大少爷，但是他自身是任何官衔都没有的，只是一普通商人，所以按常理来说，是要给欧阳睿与欧阳晨请安的。

“宋公子，也是来看本世子在三里铺子死没死吗？”欧阳睿点头一笑问道。

“见世子安好是一方面，另一方面呢是来看这块儿地的，我爹爹看好了这一块儿地，特派我来与卖主谈谈的！”宋瑞熙淡然说道。

“什么？你也要买这块儿地？”朵朵一闻言，便是忍不住开口问道。

“睿，晨，这是哪家小姐啊？今日怎么也在此呢？只不过，这位小姐，我怎么看着这么眼生呢？我没见过吗？”三皇子终于把目光定格在了朵朵的身上。

而朵朵终于也发现了自个儿的失态而懊恼，同时她也是明白，眼前的这位笑面虎，在提醒着自个儿的身份吧，无奈皇权是重于一切的，没有什么办法，只能给人家行礼了，只不过，朵朵并不想就这么便宜了这两个讨厌的家伙，所以她的眼珠子一转，计上心头。

“民女蓝朵朵给两位皇子请安了，俺长这么大也是没见过皇子啊，回去俺一定要向俺娘和俺弟说上一说，俺给两位皇子鞠躬了！”朵朵竟是很虔诚地对着三皇子和五皇子鞠了三躬。

而在另外几人的目瞪口呆下，朵朵很麻利地鞠完躬就抬起头来，憨憨地笑着。

“蓝朵朵，你这是在拜死人吗？本皇子还没死呢？你要不要这样啊？”最后还是五皇子欧阳晨最先反应过来咬着牙，露出他那一副迷死人不偿命的笑容问道。

而五皇子欧阳晨的话一说完，三皇子脸上那虚伪的笑容也越发淡了，他刚刚就觉得那个丫头的夸张有些不对劲儿，可是纵使是他觉得不对劲儿，却是又说不上来是哪块儿的毛病，听到他五弟这么一说，他终于是发现问题了。

相对于那两个当事人外，另外两个人却也是不淡定的，特别是宋瑞熙，或者朵朵的古灵精怪和不吃亏的性子欧阳睿会了解一些，但宋睿熙对于朵朵的性子可是一点也不知晓的，直到朵朵这样大张旗鼓冲着三皇子和五皇子鞠躬的时候，宋瑞熙那万年不变冷峻的脸，竟是柔和了许多，嘴角也情不自禁地上挑起来，这个丫头真是有趣，他又抬头看了看同样也是满脸笑容的欧阳睿，他的眼光又一次幽暗了。

"啥？俺娘教俺，这鞠躬可是对人的尊重啊，什么死人活人的，你可不要想得太多啊，我这纯属是对你们的尊敬啊！"朵朵笑呵呵地说道，而那小脸儿上的表情却是十分认真。

"蓝朵朵你给我好好说话！"欧阳晨眯起眼睛，咬着牙说道。

这丫头刚刚说话并不是这个口气的，转眼间就变成了这种无知的小村姑，这摆明了就是耍他啊，所以很是生气地说道。

"那俺该咋说，五皇子要不您教教俺吧！"朵朵很是虚心好学地问道。

"你……"

"好了，这地我们也看过了，我们要赶回三里铺子了，就此告辞了！"欧阳睿强忍住笑，开口说道。

能一下让两位皇子都破功，看来这丫头还真是不吃亏啊。

"睿何必这样急着回去呢，这都到了京都，难道你不回敬王府看看王叔吗？听说你的一个姨娘竟然毒害王叔呢，最后还好是一场虚惊！"三皇子欧阳卓又换上他那副自认为完美的笑容说道。

"老头子又不是女人，用得着我去安抚慰问吗？三皇子莫要想多了！"欧阳睿笑着说道，而那话中的意思却是更值得大家深思。

看到这里，朵朵却是明白了，看来这欧阳睿是不太待见那三皇子的，而很明显，那三皇子也不是个好东西。

三皇子当然听出了欧阳睿的暗指，他这是在讽刺自己如女人一样胆小多事吗？欧阳睿，果然是拿他不当回事儿的，三皇子在袖中的拳头紧握，却仍然笑着说道："既然睿没打算回王府看王叔，那今儿个咱们相请不如偶遇了，不如我做东去万华楼坐坐怎么样？"

事情还没有办完，是他说走就能走的？三皇子欧阳卓暗道。

"今儿个我看就算了吧，天色不早了，太晚回去怕也不安全！"欧阳睿并未给欧阳卓任何面子地说道。

"听刚刚这位小姐的意思，怕是敬王世子也是想买这块儿地吧？可是听说这位卖主出去办事还未回来？所以若是敬王世子真的心系于这块儿地的话，莫不如……"宋瑞熙见欧阳睿并不打算给三皇子欧阳卓面子，所以想了这个借口挽留道。

"呵呵，我对这块儿地当然是势在必得，不过，如今我已经是这块儿地的买主了，所以其他的也就无所谓了，睿在此告辞了，晨，回去代我给姨母问好啊！”欧阳睿一说完，便抱着朵朵飞身上了马，挥鞭飞奔起来，留下那几位满脸的不敢置信与惊讶。

欧阳睿刚刚说了什么？什么他已经是这块地的买主了？收到消息后，他们便一直盯着这块儿地的啊，他是什么时候买到手的啊？可是看到欧阳睿那副表情，也不像是在说谎啊，这一切到底是怎么回事儿呢？

“五弟，睿是何时买下这块地的啊？”欧阳卓就差没怄得吐出血来了，这欧阳睿现在竟有这么大的本事了？竟可以瞒过他的表弟宋瑞熙，瞧着他表弟的样子，一定是不知道这究竟是怎么回事儿的。

“这我哪儿知道啊？要知道表哥做事情一向是这样干脆的，哦对了，三哥，我得先走了，你没听见刚刚睿要我回去代他向我母妃问好吗？他那人小心眼儿你可是知道的，到时候若是让他知道我没马上办，没准儿又要大发雷霆啊，这个表哥，我可是受不了啊！”欧阳晨紧张兮兮地说道。

其实若是从敬王爷那边论，他们的关系是堂兄弟的关系，可是欧阳晨却是习惯叫欧阳睿为表哥了，一时间还真改不了口，所以皇上便也懒得去管了。

欧阳晨说时迟那时快，竟也飞身上马，挥鞭朝着另一方向驶去了，看他那样的急迫，就好似他真的有把欧阳睿的话放在心上一样，实际上只有他自个儿知道，这欧阳睿这样说，也是同样给他传输了一个信号儿，而那个暗语也只有他们两人知道，而当欧阳晨知道这块地已经被搞定了后，自然也不用在这里同他所讨厌的人哈拉了。

“瑞熙，你说欧阳睿他说的话到底是真的还是假的，刚刚那个小厮明明说他们的老爷外出了，并不在家，那欧阳睿到底是何时签下这块儿地的呢？”此时的欧阳卓也不是刚刚那副表情了，早就已经换上了认真和一副急躁的表情。

“呵呵，果然我们还真是小看了欧阳睿了，看来，我对他使用了一次调虎离山，他便也是对我使了这么一次调虎离山，不用说了，他一定是趁刚刚在同我们说话儿的工夫让人去做的，而那个刚刚招待我们的小厮，怕也是他的人吧，欧阳睿果然够精明！”宋瑞熙虽然是呵呵一笑，但那笑不达意，加上紧攥的拳头，却是无不表现着他此时的愤怒。

“什么？你说刚刚的那个小厮？怎么可能？”三皇子欧阳卓满脸不敢相信。

同时又开始回忆刚刚的事情，其实他们也是一早听说欧阳睿看上了这块儿地，所以便来插上一脚，想用这块儿地来向欧阳睿提条件，所以他们二人可是一大清早就来到了这个地方，找那户人家来买地，卖地的是一个员外，这是他祖上留下来的，得到消息后，二人便寻上门去，可是一到那里，却见整个院子里冷冷清清的，好像没有人一般，两人正在不解的时候，来了一个小厮模样的人招待了他们，同时告诉他们那个员外外出了，并不在府上，若是找他买地，怕是要等上两天了，两人一听，便紧赶着来同欧阳睿会合来了。

说是会合，不如说是他们想看看那个懂得种田又会做生意的小丫头长成什么样，哪里知道这竟然是欧阳睿所使的调虎离山计呢？

这么前后一想，欧阳卓也终于感觉到，他不但被那个丫头耍了一通，他更是被欧阳睿给骗了，欧阳卓气得脑上的青筋暴起，双拳紧握，太过分了，一个亲王世子而已，他还是个皇子呢，若是以后他成了事儿，那第一个便是除掉那个欧阳睿。

“欧阳睿的势力比我们想象的还要大，所以现在我们只能静观其变，以免像今天这样，打草惊蛇！”宋瑞熙总结道。

“那难道我就让他骑在我脖子上拉屎吗？我咽不下这口气！”欧阳卓愤恨地说道。

“咽不下也要咽，谁让我们现在没有摸清楚那欧阳睿的底呢？莫说是你了，就是姑姑在敬王府那么多年了，对欧阳睿的心思也是摸不清的，还有欧阳晨，一直以来他的表现都是玩世不恭的样子，但是这次欢姨娘的事情，他却没费吹灰之力就平息了，你是不是该好好想想了？”宋瑞熙谨慎说道。

他这个表哥的表现有时候宋瑞熙真的不敢苟同，不能容忍哪里能成大事？虽然现在皇上还是比较偏爱他，但那也不见得是什么好事啊，眼下他便觉得他这个表哥身上还是缺乏了一种叫做隐忍的东西。

宋瑞熙的话说完，欧阳卓好像真的听了进去，沉思起来，没有去回应宋瑞熙。

再说朵朵与欧阳睿这边，回去的路程欧阳睿很是顾及朵朵的身体，并没有如来时一般跑得那样快，相反地，两人以匀速前行。

“欧阳睿，你刚刚说的话到底是真的还是假的？那块地你真的买下来了？”朵朵还在为刚刚的事情不解呢，所以此时已经远离了那些讨厌的人后，朵朵便开口问道。

“我有对你说过假话吗？”欧阳睿小心翼翼地一边环着朵朵，一边驱马，脸上痞痞一笑说道。

“可是？是在什么时候啊，今天你一直同我在一块啊？你何时去签了那契约的？还有，刚刚来的那几个人，是不是也是打着那地的主意？”朵朵把心中的疑问给问了出来。

“有些事情不需要我自个儿亲自动手的，你以为我会像那几个蠢货一样？

呵呵，估计他们现在应该想明白了，我这叫以其人之道还治其人之身。”欧阳睿的这一番言语说得极为轻快。

“你这……？”朵朵很是不明白欧阳睿口中所说。

“你不清楚吧？欢姨娘的事件就是他们做的，他们无非是想我回京都之后朝你下手，却没有想到我让晨去处理了这件事情，他们的如意算盘也只能落空了，而今天来之前，我也早已经派人先去找那买家签下契约了，咱们出现在那个地方也是为了引他们而来的，果然他们没让我失望啊！”欧阳睿觉得是时候向朵朵说明事实了，省得这个蠢丫头总是瞎想。

“原来是这样啊，看来这次他们一定很窝火啦！”果然朵朵听闻这则消息后，心情大好起来。

不知为何，当她听到欧阳睿所做这一切都是为了她以后，朵朵的心情就格外好了起来。

“哈哈哈……”欧阳睿感受到朵朵的快乐后，也大笑起来，挥马前行了。

而等到他们回到三里铺子的时候，太阳刚刚下山，天色渐暗了起来，二人一进院子，便感觉到了有些事情好像不对劲儿，这院子里怎么多了一辆马车呢，而这马车竟这样面熟，好像是……

“朵儿回来了！”

“老臣给敬王世子请安！”只见蓝光辉红光满面地从屋子里走了出来，身边跟随着亦是娇羞无限的刘氏。

终于朵朵知道了她所发现的不正常来源了。

“编修大人不必多礼，这又不是在朝堂上！”说完，欧阳睿便连多看一眼他都没有，转身就往他所居住的屋子走去。

“额……”蓝光辉颇为尴尬地看了看刘氏，又看了看朵朵，最后他平复了一下自己的心情。

“朵儿，你回来了，为父特意向皇上告了假，打算多陪你们母女三人一段儿，等秋收之后咱们一家四口儿一块儿回京可好？”蓝光辉小心翼翼地看向朵朵问道。

昨晚岳父可是同他们夜谈了好久啊，就连今儿个他特意委身来这乡下陪他们娘儿几个，也是他岳父的主意，要不然他的宝贝爱妻哪能就这样平静地让他来了啊。

而无论是岳父给他的信息，还是昨儿个亲自所见，他这个女儿蓝朵朵绝对是他们这娘儿三个儿里面心眼最多，也最说了算的一个，最主要的是，那一百五十多亩地的契约上写的还是她蓝朵朵的名字，这才是所有一切的关键，所以此时蓝光辉很小心地问朵朵意见。

朵朵一看这蓝光辉满脸讨好的样子，那还有什么不明白的？不过，她可不会放过眼下为她娘出口气的机会。

“真的吗？爹爹？若是那样的话还真的太好了呢，你知道，我们家，就是男丁少，所以有些活计，还要特意花钱雇人去干，现在我们有了爹爹真是太好了，每日担水啊，砍柴啊，对啦，还有秋收时，我们家又可以有了一个壮劳力了呢，娘，你说是不是啊？”朵朵满脸的灿烂笑容，好似十分兴奋地说道。

刘氏刚刚在看朵朵回来的时候心里还是有些担心朵朵会有别的想法，不高兴蓝光辉来这里呢，无论刘氏有多么地思念，多么地爱蓝光辉，但是还保留了一丝理智的她还是发现了朵朵对于他这个爹爹多少是有敌意的，所以当蓝光辉同她说，要在这里陪她一个月的时候，那刘氏的心里是又甜蜜，又担忧的，而现在眼见着自个儿女儿竟这样地欢迎她的爹爹，刘氏也兴奋了起来，从而并没有仔细听到朵朵所说的话，她只是看到朵朵这满面的笑容，深深地感染了她。

“那是当然的了，你爹爹那可是最疼你们的，朵儿，娘现在真的很高兴！”刘氏上前去拍了拍朵朵的小手感动地说道。

母女两人显然是很高兴，脸上都洋溢着幸福的笑容，可是蓝光辉此时的脸色却十分不好起来。

他心里暗道：“挑水，砍柴，还秋收？”这娘俩儿到底把他当什么了，壮劳力？本来蓝光辉还想着，作为夫妻的刘氏，一定会帮着他说话的，毕竟他当了这么多年的官儿，都有十年没有干农活儿了，就是以前在三里铺子的时候，他做的活计也是有数儿的，那时候家里一家的活计都是刘氏干的，所以他哪儿是干活儿的料啊，哪知，刘氏根本没有理会他这茬儿，所以他心里很是憋屈，脸色当然也好不到哪儿去。

“爹爹，难道您不同意吗？怎么看起来您不太高兴啊？”朵朵心里都要乐翻了，心里骂道，你个陈世美，我看你还能装到何时，若是你现在知难而退，还算你聪明，不然接下来几天，有你好受的！

“没……没……爹爹哪里能不高兴啊，爹爹是太高兴了……太高兴了……”蓝光辉干笑了两声，尽量做出很高兴的样子，可是只有他自己知道，他的心里快要滴出血来了。

“那就好，您是不知道，我和谦儿从小没有爹爹，不知道被别人欺负了多少回，这回让他们好好看看，我们是有爹爹的，而且我们的爹爹还很能干呢。”朵朵那漂亮的小脸儿上满是骄傲的自豪。

“娘，今儿个我来做饭吧，今儿个我让司影买的猪下水买回来了吧？今儿个我就要爹爹陪着我去小河边儿去收拾，让张二狗，李三妮都看看，我是有爹爹的孩子！”朵朵小脸儿满是认真地说道。

“唉！买回来了，买回来了，娘这就给你去拿啊，你这孩子，你同他们一般计较干啥啊？不过娘知道你也是想借着这事儿和你爹亲近亲近吧……”刘氏一听朵朵还想单独地同她的相公一块儿待会儿，刘氏哪有不高兴的啊，她觉得，他们父女俩儿，只有好好地交流一下，才能更加地亲近，说完刘氏就开心地离开了。

“爹爹，你都不知道那张二狗和李三妮他们有多讨厌，整天地欺负我和谦儿，说我们是没爹的孩子，还说他们的爹爹一次能担上四桶水，一次能背五捆柴火，很是骄傲呢，爹爹，您可一定要给女儿争回这个面子来！”朵朵见刘氏走了，便是凑到了蓝光辉的身边，继续“告状”。

“什么？四桶水？五捆柴火？莫不是他们的爹爹是个大力士？朵儿，你要记得，咱们不要同那些粗人比，咱们是靠脑子吃饭的，靠体力吃饭的那是最低等的人，爹爹同他们根本就不是同一个层次的人！”笑话，别说四桶水了，五捆柴了，现在就是让他光提一桶水都费劲儿啊。

“爹爹，娘从小就教我们，凭自己的劳动去换取一切是最幸福的事啊？您怎么说劳动者是最低等的人啊？您的意思是说娘，还有我们都是最低等的人吗？爹爹您是这个意思吗？”朵朵瞪着大眼睛，就那样直直地盯着蓝光辉的反应，好似他若是要说了是的话，朵朵大有给他哭的架势。

朵朵在这里演得爽呢，而一旁的蓝光辉则是满头大汗了，谁来告诉他，他的这个女儿为何这样的难缠啊？这都什么跟什么啊，他什么时候说他们是最低等的人了？虽然这是个事实，但他却没有亲自去说啊。

“朵儿，爹不是那个意思……爹是说……”蓝光辉停顿一下，平复下来，便要开口解释。

“朵儿，猪下水来了，还有面粉，还缺啥不？不过今儿个司影买的这副猪下水可是真大啊，还是让爹爹拿吧，省着你拿不动！”就待蓝光辉刚要解释的时候，刘氏端着一个大木盆走了出来。

只见那大木盆里还装着新鲜的猪下水，未收拾的猪下水可想而知是什么样的了……

“芳……芳儿……你手里拿的是啥？快……快倒掉，那东西怎么能吃？快……快拿一边儿去！”蓝光辉一见刘氏端来了一盆子脏脏臭臭的东西，便飞快闪到了一边去结巴地说道。

“辉哥，这是猪下水啊！你是不知道，朵儿做得可好吃了，就连世子爷和小天天都爱吃呐，今儿个这可是世子点名要吃的啊！”刘氏很理解蓝光辉的这种表情，当初朵朵买这猪下水的时候，她不也是这样的表情，那时候家里的日子还很是不好过呢，她都有些嫌弃，别说现在的蓝光辉早已经享惯了福的。

再反观蓝光辉，那脸吓得都绿油油的一片了，暗道，这都什么跟什么啊，敬王世子会喜欢这臭臭脏脏的东西？简直是开玩笑呢，可是如今的他刚好是有求于人的时候，不敢得罪她们母女，只能连连摆手。

“娘，算了，爹爹毕竟是做官的，他一定是嫌弃咱们了，女儿还是自个儿去河边清理猪下水吧！”朵朵刚刚还笑得灿烂的小脸，如今耷拉下来，那眼中更是说不出的失望，朵朵作势要接过那大木盆。

“不……不是，朵儿……爹……爹来帮你拿，爹来帮你拿，爹爹还不是怕你们过得太苦吗？傻丫头！”蓝光辉拉住了朵朵，脸上尽量装作很慈爱地说道。

说完之后，他便如上战场一般地走向刘氏去接那木盆！而朵朵却在后面轻眨了下眼睛，突然冲了过去：“爹爹，还是让我来吧，呀！……”

只见朵朵的脚下似乎被什么绊住了一样，竟是打了个趔趄直奔蓝光辉倒去，而正走在前面的蓝光辉哪里有所防备啊，就那样直直地撞向了刘氏，而刘氏看到蓝光辉向自个儿走来，当然是把木盆给他递了过来，也没有想到他能冲过来，所以见到这样的情景，她也是一愣，而蓝光辉就这么直直地朝着那装猪下水的木盆撞去……

“砰噔”一声响，只见蓝光辉正好把那木盆给撞翻了去，而那木盆里的猪下水则是全都洒在了蓝光辉的衣服上，还有地上，那腥臭的味道无处不侵蚀着蓝光辉的感官。

“呀！辉哥，你有没有怎么样？”刘氏首先反应过来，赶忙上前来扶起蓝光辉，那大木盆毕竟也是挺重的啊，更何况蓝光辉平日里还没有做惯活计，所以刘氏还真是怕他哪里伤着。

“爹爹，你没事儿吧？都怪我不好，要不是我差点儿摔着，您也不至于这样……我……快快，娘，让爹爹赶快进屋子去换洗一下吧，女儿先去洗这猪下水了，晚上爹爹一定要尝尝，尝过后，你就会爱上这滋味儿的。”朵朵说着，拿起了一根猪大肠在蓝光辉的面前晃了晃。

“唔！”蓝光辉终于还是挺不下去了，捂着嘴，便是躲到一边去吐了。

“朵儿啊，你先去自个儿洗吧，你爹爹怕是不能陪你去了，唉……”刘氏看到自家相公都吐成了那样，最终还是心疼地朝着朵朵说道。

“好的，娘，那我走了！”朵朵便手捧着木盆便要向外走。

哪里知道，她就觉得一个人影儿闪过，便是接过了她手中的木盆。

朵朵一见来人，眼睛便很不可思议地睁大了起来，来人不是欧阳睿又是谁呢？不过，让她吃惊的是，这欧阳睿莫不是吃错药了吗？这盆是什么？这盆可是猪下水啊，这东西就连她那个渣爹闻到都要呕吐不止的东西啊，可是现在这欧阳睿是什么情况啊？

“你？你……”朵朵结结巴巴地你个不停，却是不知道怎么说。

“蠢丫头，怎么了？本世子亲自为你服务，你还不欢迎吗？这么大个木盆，你一个人怎么端啊，还是让我来吧，你带路吧！”欧阳睿含笑地说道。

其实刚刚发生的一切，欧阳睿早早便看得清清楚楚的了，看来这个丫头要人还真是有一套的，先前在京郊戏耍了欧阳晨和欧阳卓，眼下这又是戏耍了她爹，这丫头还真是古灵精怪啊，直到他看到朵朵要接过刘氏手中的那个大木盆时，欧阳睿的眼睛眯了一下，所以便自告奋勇走了出来接过了朵朵的盆子。

“好，好，当然好了，只不过，这东西，你确定你受得了吗？”有人为自己服务，朵朵当然不会傻傻地拒绝，但是同时她也是有些不敢置信。

“这猪下水都在我手上了，你还有什么怀疑的吗？”欧阳睿笑道。

直到两人走远后，刘氏扶着满是不敢置信的蓝光辉就那样呆呆地站在院子里，这还是他所熟悉的敬王世子吗？京都里人人都传敬王世子为人桀骜不驯，为人性情冷然，除了对太后与他的侄子外，其他人更是没见到过他的笑容，谁能告诉他，这些流言到底是哪些瞎了眼的人传的呢？眼下的敬王世子和那传说中的根本就不一样嘛。

可是，据他所见到的敬王世子也不该是这样温润有礼的啊？所以他心中便是有了答案，突然蓝光辉顾不得刚刚被朵朵撞翻那猪下水之事了，反倒是有些窃喜地问道：“芳儿啊，是不是敬王世子喜欢咱们朵儿啊？据我所了解的世子爷，可不是这种会怜香惜玉的人啊，更何况那猪大肠还是……”又臭又脏蓝光辉终究还是没有说出来。

“辉哥，这咱们可不能想啊，那世子爷是啥人物啊？咱家又是啥家庭，门不当户不对啊！”刘氏很是慌张焦急地看了又看，很怕被别人听去了笑掉了大牙。

“而且，咱朵儿才多大啊，我还想多留她两年呐，前些年，她跟着我也受了不少的苦，眼下，家里面刚刚好起来，我可是舍不得她，况且，世子爷他对谁都挺和善的，他不会有那种心思的！”刘氏在潜意识里并不太想朵朵嫁得太高，在刘氏的思想里，只有门当户对了，那才会有幸福啊，就像她，若是当年，她不执意嫁给蓝光辉，怕也不会遭受蓝老太太的这番折磨，所以刘氏从内心想着，她不太同意朵朵同欧阳睿，更何况，刘氏觉得一定是蓝光辉想得太多了，朵朵才十三岁啊，就算长得是挺漂亮可爱的，可那世子爷什么样的女人没见过啊，不会的，一定不会的……

“芳儿……芳儿，对不起，这些年来让你们娘儿几个受委屈了，我真没想到娘会这样的，不过现在她年纪也大了，看在我的面子上，你就别同她计较了，行吗？”蓝光辉以为是刘氏又想起了当年自家娘亲处处刁难她的事情来呢，所以马上劝慰道。

“辉哥，我并没有怪娘，都怪我当年太自不量力，我家是啥家庭，而你家又是啥家庭，是我高攀了啊，娘亲那么对我，也是有她的道理的，所以辉哥，我自知深受其害，我是不会让我女儿也嫁入那高门大户的，这辈子我只希望她能开开心心幸福地生活！”刘氏说道。

“芳儿，你怎么能这样说？什么门不当户不对的，只要世子爷喜欢咱们朵朵就行呗，再说了，我这个编修可也是四品官啊，虽说不大，但也过得去吧，你又是我的平妻，朵朵也算得上是我编修府的嫡女啊，嫁给世子为侧妃还是可以的！”蓝光辉并不想放弃这个机会，要知道敬王爷可是亲王啊，那是当今皇上唯一的弟弟啊，而那欧阳睿是皇上的侄儿，就照目前看来，他以一个男人的目光去看，那敬王世子一定是喜欢他女儿的，虽说现在他有一个商王府罩着，但若是再加上一个敬王府，那他蓝光辉还愁不升官儿发财吗？所以他很积极地劝慰刘氏，完全顾不上他此时的衣服上还残留着猪下水的味道呢。

“啥？侧妃？你是说让我的朵儿给他做妾？不行，那肯定是不行的，我的朵儿一定不会给人家做妾的！”刘氏闻言，脸色十分苍白，很坚定地摇着头说道。

那妾是什么身份，他们乡下人也是有所耳闻的，给人家做小哪是容易做的，首先不说上有正室的欺压，下有下人们的不屑，一个做妾的，还有什么脸面在啊，再说了，凭什么他朵儿就要给人家做妾啊，刘氏很是愤怒地看着蓝光辉，有些不敢相信那话是从蓝光辉的嘴里说出来的。

“芳儿，你别激动啊，你可知道，敬王府的侧妃能跟一般人家的小妾相比吗？别说一般人家的小妾了，就是比那些官宦人家的正妻都强的，敬王爷那可是亲王啊，当今皇上可就敬王爷这么一个弟弟啊，你觉得皇上会亏待了敬王府吗？眼下世子爷又那样喜欢咱们朵朵，他又怎么会让朵朵吃亏呢！”

第十六章 朵朵算计

虽然蓝光辉口中的话是和声细语的，但是他眼中已经有些不耐了起来，他心里暗道，这刘氏还真是鼠目寸光，小家小户出来的，想着就连商氏与她前夫的那个女儿徐菲儿都一直倾慕着敬王世子，即使是那敬王世子娶的是齐国公的孙女儿做了正妻，那徐菲儿也并没有放弃，依然奔着那敬王世子的侧妃一位使劲儿呢。

人家徐菲儿是什么身份，那不比她刘氏的女儿强上许多啊，没想到刘氏竟然还拿起了架子，当然这话他也就在心里说说，并没有说出来。

“你什么都不要说了，朵朵是我女儿，我说不行，就是不行！”说完刘氏不再理会蓝光辉而甩袖奔后院走了。

留下蓝光辉一人狼狈地站在院中脸色黑了起来。

蓝光辉愤恨地唤来了他带来的小厮，找了一间屋子换了件干净的衣服，由于他今天才来，刚刚又气走了刘氏，所以他现在还没有地方住，想到要在这里待上近一个月的时间，那蓝光辉的脸上竟浮现出了淫荡的笑容。

要知道刘氏的身段保持得还真好啊，看来那农活也不是白干的呢，还有那皮肤也越发地白皙了，那不算光滑的小手儿，没准抚在他身上也是另有一番滋味儿啊，他可是清清楚楚地记得他同刘氏成婚的那晚，刘氏的身体可是让他很疯狂着迷啊，这么多年来，没想到刘氏竟然还是那个样子，一点儿都没有变啊。

他哪里知道刘氏现在的皮肤变得这样好，都是朵朵的功劳，自从改善了伙食，又减轻了活计，加上刘氏的底子本身就好，这才养成了她如今这样白白嫩

嫩的皮肤。

蓝光辉陷入了自己的遐想中，最后他的身体某处竟起了反应……

他满心地想着，晚上好好地“惩罚”一下刘氏，让她不知好歹，想着他竟红光满面地向中厅走去，想等着一会儿与敬王世子聊聊天，可是他却忘了，刘氏的性子虽然软弱，但却带着一丝的倔强。

所以直到晚上吃晚饭的时候，刘氏都没有同蓝光辉说话，当然也没有给他好脸色看，所以整个晚饭的过程中，气氛很是诡异，就连小天天和蓝谦都感受到了，所以他二人再也不如以往的那样调皮，只顾着往嘴里扒饭吃，更何况，朵朵的菜做得这样的好吃，他们很怕晚下手，马上就都被某个人给抢了。

当然，他们指的那某个人肯定不是蓝光辉，因为蓝光辉从头到尾，吃得很“矜持”，好似当朵朵做的这猪下水是毒药一样，根本不去动一口，而其他的菜也只是浅尝一下，并没有如欧阳睿那样吃得痛快，就欧阳睿那吃法，把小天天和蓝谦吓得，根本不敢多说一句话，怕晚一点就被他全吃光一样。

而最让蓝光辉郁闷的是，他本来想好好地同欧阳睿聊聊朵朵一事的，奈何人家欧阳睿根本就不理他，而且大有一副跟屁虫的样子，朵朵去哪儿，他去哪儿，他根本没有机会上前同他说些什么。

最后，他本来想哄一下刘氏，不然他晚上又怎么会有那个“福利”呢，哪里知道，那刘氏倔强得不行，根本不理他，更甚的是，朵朵那个臭丫头竟真的支使他去抱柴火，担水，大有一副他不去干这些活儿那便是嫌弃她们母女的样子，最后蓝光辉无奈，只能认命地干活儿，而他所带来的那个小厮，也早就让朵朵给打发出去做别的了，根本是无人能帮助蓝光辉干活儿。

这让一向养尊处优的蓝光辉，只能硬着头皮去干活儿了，因为就连人家敬王世子爷都在一旁帮忙，他也总不能什么都不干吧。

一想着晚上的软香温玉，他也就忍下了，把朵朵支使的所有活儿都给干完了，就是到现在，他的手还在发抖呢。

而现在蓝光辉根本是吃什么都不香了，什么都吃不下了，只想着快快回房休息。

终于吃完了晚饭，各人要回各人的房间，朵朵却笑着说道：“爹爹今儿个突然来，我们也没什么准备，所以今儿个您就先委屈一夜吧，一会儿让司影姐姐她们把那间杂物房给你们收拾出来，你们就在那儿先住上一宿吧，等明儿个，抽空去把老宅的门打开，你们就可以先住那儿了，毕竟我们这边屋子还真是不多，总不能让你们天天住杂物房吧？”

蓝光辉这一整顿饭上，都在偷偷地瞄刘氏，朵朵又不是眼瞎，虽然她才十三岁，但已经到了懂男女之情的年纪了，所以蓝光辉那火热的眼神儿，怎么能够逃出朵朵的眼神儿呢，呵呵，真是老色鬼一枚啊，只不过，他遇到了自己，就算是他倒霉，今夜注定他无法如愿了，哦不对，不止是今夜哦……

“啊？什……什么？让我住杂物房？芳……芳儿这？”蓝光辉气得差点儿没破口大骂起来，最后还有一丝理智的他终于还是忍了下来。

“辉哥，你今晚就先委屈一晚吧，今儿你来了，我光顾着高兴了，竟忘了你晚上住哪儿的问题，真是对不起啊！”此时的刘氏是满脸抱歉的样子，所有先前的不快，也被这件事情给一扫而光了。

“可……可是……”现在的蓝光辉足以用吐血二字来表达自己此时的心情。

“爹爹，不然，您同娘一块儿住在我们的房间里吧！”朵朵见到蓝光辉此时那纠结的脸，便又起了捉弄他的心思道。

“还是我朵儿心疼我！”蓝光辉却没有想到他一向认为难缠的女儿竟为他而说话，直到现在为止，他还有些感觉他女儿是有意要他呢，只是当他听到他女儿这样贴心的一句话后，他彻底改变了想法。

“朵儿，那你住哪啊？”刘氏也颇为意外，虽然让蓝光辉住在杂物房，她心里多少是有些不安的，只是她却更担心她女儿。

“娘，我去住杂物房吧，爹爹一向锦衣玉食惯了，怕是受不了这个苦，而且我作为他的女儿，为他做些事情也是应该的，我去吧！”朵朵的小脸儿满是认真地说道。

“那怎么行啊？你一个女孩子家，还没嫁人呢，若是落下什么病怎么是好？现在虽然不是数九寒冬，可那夜晚也是很凉的啊，不行，娘不同意！”刘氏一闻言，马上摇头道。

“辉哥，你就先忍一宿吧，明儿个，我就回老宅给你收拾一下，把炕也给你烧上，老太太他们走，把那炕席都给锁了起来，有些东西必须要白天找，所以，今儿个，你能不能……”刘氏满脸歉意地说道。

不错，那蓝老太太除去拔尖儿要强外，其实她的心思也是极为敏感的，她之所以把炕席子，还有一些东西都锁了起来，她是怕有一天，儿子那里住不下去了，她还是要回到这个地方来的，毕竟那素未谋面的儿媳妇她是没见过的，也不知道人家的性子如何啊，所以她便特意地留下一手儿。

她虽然不忍蓝光辉去杂物房，但是他毕竟是个男人，而朵朵却还是一个小孩子，自从上次染上了时疫后，刘氏只觉得，怎么给她补，她都长不胖的，不像自个儿的小儿子，眼下肉乎乎的十分可爱。

所以她对朵朵现在满心都是愧疚，秋天的天气本就是早晚凉，而中午热，所以刘氏很怕朵朵再着了凉，只能去和蓝光辉商量。

“当……当然是我去了，我怎么舍得朵儿去那住呢？我看啊，明天你也别去老宅折腾了，我就在那住吧，以前什么苦没吃过，眼下好容易我们一家人团聚了，我怎么还会嫌这嫌那的呢？芳儿，就这么定了吧！”蓝光辉最终硬着头皮咬着牙说道。

想要成就大事，就要有所牺牲，蓝光辉暗自想道。

“辉哥……你……谢谢你……”刘氏含泪说道，最后她便没有等司影回来，先帮蓝光辉去收拾屋子了。

朵朵看到这幅场景却有些惊讶了，没想到蓝光辉竟有着这样的忍耐力，不过这样也好，她倒是要看看，他能坚持多久，而当她看到她娘这全然被感动的样子，心里便是很无语啊，没有别的办法，她娘就是这么好骗啊，看来以后她要看住她这个小红帽般的娘亲啊。

这边的蓝光辉有苦说不出，一连数日，天天都要担水，拾柴火，乡下的饭菜，他又适应不了，几天的功夫，他便瘦了一圈，每天都用一种哀怨的目光去勾搭刘氏，只是在朵朵的化解下，每次蓝光辉都没有得逞。

而另一边的编修府中，自打蓝光辉去了三里铺子后，商氏便茶不思饭不想的，结果，就在蓝光辉走的第四日，商氏华丽丽地病倒了。

她同蓝光辉成婚有十年了，这十年来，蓝光辉还没有离开过她这么久呢，商氏一想到此时自个儿的相公，跟他的前妻在一块儿，她心里就如针扎般地难受，他会不会也如同自己那么温柔地待她呢，还有那个刘氏到底长成什么样呢，这一切的一切都在商氏的脑子里挥散不去。

终于，商氏思念过重，倒了下来，而这编修府的主母一倒，就必须要有一个人主持事务啊，这人选选来选去，最后竟落到了商氏的大女儿徐菲儿的头上，为此那蓝老太太还不高兴了许久。

“娘，咱们刚来，啥管不管家的，等二哥回来，再说呗，现在二嫂病着，你要再这么闹下去，咱们大家都没有好过的啊，左右不过一个月的时间，秋收一过，二哥就回来了，到时候刘氏也会跟着回来，有刘氏在，那商氏还不是得同你搞好关系啊，眼下，那个徐菲儿也必不会短了咱们吃喝的，娘，你听我的，再忍忍，等二哥回来，还能让你受了这个委屈吗？”蓝翠儿劝慰蓝老太太道。

这些日子来，蓝老太太也很憋屈，因为她万万没想到，这个商氏原来竟是一个寡妇，她的男人在战争中死了，不光如此，她身下竟还有两个孩子，而且听下人们说，那两个孩子对她的辉儿很是不敬，没少下绊子，这哪里不把蓝老太太给气坏了。

任凭她是什么王府的千金，还是什么名门之后啊，再怎么说，她也就是一只别人穿过的破鞋啊，那她还给她摆什么高傲啊？最可恨的是，这明明是她儿子的府邸，竟让一个十五六岁的黄毛丫头当家做主，这不明显打她的脸吗？所以蓝老太太越想越生气，越生气就越找茬儿，岂知，明地暗地也没少败在徐菲儿的手下，毕竟人家在这个府里生活了近十年啊，蓝老太太任凭她再厉害也仅限于蓝家老宅那一小块儿吧。

纵使她再要尖儿，再泼辣，却是在这个编修府里什么也使不出来，只能干窝火。

可是这些都被蓝翠儿看在眼里，记在了心上，只能多多地劝说她娘，毕竟若是想在这个家里立住脚跟儿，那就不能同商氏有所矛盾的。

“不好了，不好了老夫人，雨儿小姐被菲儿小姐罚打二十大板，这可如何是好啊，这二十大板打下去，那还不得出人命啊？”一个小丫头脸颊红肿，眼带泪花儿地跑了进来，慌张地禀报道。

“啥？她还敢打雨儿，她凭啥打人？这到底出了啥事？”本来刚刚被蓝翠儿已经劝说平息了怒火的蓝老太太一听说一个小野种要打她的亲孙女儿，那还了得了。

最主要的是，前来报信儿的这个小丫头她是知道的，这个不就是刚刚派到雨儿身边的贴身丫头凤儿吗，凤儿本来是挺水灵的一个小丫头，此时只见她的双颊都红肿了起来，这很明显就是被人打的啊，她都成了这样，那她的雨儿……

“回老夫人，只因雨儿小姐在花园里摘了一朵花，被菲儿小姐碰巧看到，不容分说便给了雨儿小姐一个嘴巴，奴婢当然要护着雨儿小姐了，结果，菲儿小姐就让她身边的嬷嬷教训了奴婢，这还不算完，她说那种花可是她爹爹生前最喜欢的花，无论是谁，都是不能摘的！

“之后雨儿小姐便向她认了错，说她不是有意的，可是菲儿小姐却不依不饶，就要命人打雨儿小姐二十大板，奴婢见这个情况，雨儿小姐定是要吃亏的，这才乘人不备偷偷跑来通传的，老夫人，您快想想办法救救雨儿小姐吧，雨儿小姐可还只是个未出阁的小姐啊，那菲儿小姐没让嬷嬷动手，却是让两个小厮去行刑，这可如何是好啊？”小丫头的嘴皮子很是利落，而那眼中也满是焦急的神色。

“反了天了啊？她爹是哪个啊？这里是编修府，没想到这个丫头的心思竟这样的歹毒阴损啊，王八犊子，这是看我们蓝家没人啊！你给我带路，她不是要打雨儿吗，那就连我一块打吧……”蓝老太太来到编修府也有一段日子了，本来那些三里铺子的土语她也是改了不少的，可是如今日这般，那徐菲儿竟那样过分，她哪里还想着要怎么去说话了呢，开口那三里铺子的土语便骂了起来。

“娘……”蓝翠儿一看蓝老太太这信誓旦旦的样子，便心里头不安了起来，便想继续劝说。

“翠儿，你还要叫我忍吗？你放心，娘不会连累你的，你不用跟我去了，大不了娘就再回三里铺子呗，万不能让徐家的那个小娼妇给欺负了去！”蓝老太太生气归生气，但是她却也没忘了她女儿的苦衷。

毕竟蓝翠儿若是想要翻身，那必须要靠她这个二哥了，而这整个编修府内却也不是那么好过的，她的女儿又是一个被休的女人，哪里能那么容易啊，所以蓝老太太很理解地说道。

就在蓝翠儿愣神儿的功夫，蓝老太太便随着凤儿走了出去。

“唉，这可真是要出事了！”蓝翠儿回过神儿后，便是跺了跺脚叨咕了一句，朝着商氏所居住的院子奔去。

这事儿若是闹大了，老太太真回三里铺子了，那她还有好吗？她以什么名义住在这编修府啊，所以蓝翠儿现在只能快些通知商氏，免得这事情大了，她可是知道，那雨儿可是她娘的命根子啊，这要是一会儿老太太发起火儿，蓝翠儿自个儿想想都有些害怕。

后花园内

“徐菲儿，你有什么资格打我，你又是爹……你又是我二叔的什么人？这个编修府是我二叔的，是姓蓝的，你有什么资格打我？”蓝雨儿此时很是狼狈地被两个人给架着按在地上，差点儿没有说漏嘴了。

“姓蓝的？呵呵，你的二叔，不过是一个吃软饭的罢了，就连你们现在住的这个宅子，那也是我外祖父家出的钱买下的，你们蓝家的？你们蓝家也不过是一群土包子而已，你以为你们蓝家人是什么东西？”徐菲儿凑近蓝雨儿的面前，用手轻捏着蓝雨儿的下巴，说到最后，狠狠一甩，满脸的轻蔑。

“你胡说，我二叔他是个大官，怎么会……怎么会？你一定是胡说的！”蓝雨儿满脸的不敢相信，她不信，她不信这徐菲儿所说的话。

从进这编修府的第一天起，她娘就告诉她让她学会忍，让她学会同商氏的那几个儿女相处好，只是让她很不解的是，无论她怎样努力，怎样讨好，那商氏的几个儿女却是没有一个同她交好的，更甚的是，这徐菲儿尤其是看不上她，经常找她的麻烦。

就如今天，她摘的明明是后花园里的一朵兰花，这种兰花在编修府是随处可见的，前几天，她还亲眼看到商氏与蓝光辉的小女儿蓝婷婷就不知摘过多少次，这次她之所以要摘这种花，也是想去送给蓝婷婷的，因为她心里明白，小孩子或许好哄一些，所以她便把主意打到了蓝婷婷的身上，哪里想到，会发生这样的事情啊？

“大官？你以为一个小小的翰林院编修是几品官啊，这京都内，就如他这般的小官儿，你看看有几个能住这么气派的府邸呢？他倒好，这样的不安分，他一个人吃软饭就算了，竟把你们这些土包子都接了过来，你当我们家是什么地方了？是什么随便的阿猫阿狗都能来的地方吗？”徐非儿冷然说道。

徐非儿同商氏长得并不相像，也就是皮肤的白皙还算是一样的，商氏小巧玲珑，而徐非儿却是高挑丰润，同其他同龄十五六岁的女孩子相比，徐非儿无疑是最有资本的，要什么有什么，所以她一向是高傲惯了的。

在整个编修府里，所有的人无不顺着她，让着她，包括她那同父异母的妹妹，对她也很是依赖，她漂亮，她聪明，她能干，所有人都这样对她说。

直到她那个继父的那些土包子家人来了之后，她就听着那些下人们嘀嘀咕咕地说着，她那个继父的侄女儿长得有多漂亮，有多懂事听话，很有大家风范。

听到这些话后的徐非儿当时就把那几个碎嘴的下人给打了几板子，从那以后，徐非儿就越发地去关注蓝雨儿了，就连蓝雨儿与她的几次示好都被她给忽视过去了，几次之后，那蓝雨儿也不再来找她了，但就是这两天让她发现，她那两个同父异母的妹妹竟喜欢上了蓝雨儿，这让徐非儿感觉到了前所未有的压力，从而她今儿个才想敲打一下她，给她一个下马威的。

“你又是哪个有爹养没爹教育的东西？我儿子是吃软饭的？我呸，你个黑心肝的货，我儿子若是吃软饭的，早就把你们两个拖油瓶儿给赶出去了，我们是土包子？你又是个什么东西，呸，野种一个！”正在赶来的蓝老太太一看是两个小厮正架着蓝雨儿跪在地上，她的火就已经“腾”地一下就冒了上来。

哪里想到，让她冒火的却还不止这一件事情，徐非儿那些所有的恶毒话却是被蓝老太太听了个正着儿去，本来她就觉得她儿子娶了一个寡妇为妻就是一件挺窝囊的事情了，如今商氏身下的那个野种还这样嚣张，她哪里还能再忍下去呢？

“你……你个老太婆，你说谁是野种？你说谁是拖油瓶？我爹爹怎么了？我爹爹是个英雄，哪像你儿子，自个儿有家有业的，还骗我娘同他成婚，更甚的是，就连你这位老娘他都能不要，他这不是吃软饭是什么呢？老太婆我劝你还是擦亮你的眼睛吧，看清楚你的儿子到底是真的失忆，还是装失忆，你活了这么大把年岁了，不会连看人都不会看吧？”徐菲儿再厉害，再强悍她也只是一个未出闺阁的女孩子，面对蓝老太太的出口成“脏”她的确是先愣了一下神儿，可是随后她便也冷静了下来，所谓蛇打七寸，那她便是挑蓝老太太的软肋去攻击。

你不是心疼你儿子吗？你不是看重你儿子吗？那她就要把这个让她难以接受的事实说给她听，让她好好看清她儿子是什么样的。

“菲儿！你给我住口，休要胡说！”这时候只见商氏脸色苍白地被人架了过来。

才十几天的功夫，商氏便是足足瘦了一大圈，如今她的眼眶深陷，眼圈周围还发青，脸色苍白毫无血色，走了这么段路，她的额头上竟已经有了些细细的汗水。

“娘，我说的不是事实吗？你敢说蓝光辉当时是失了忆的吗？他不是贪图外祖父的家境和钱财吗？娘？你现在还要为他们说话吗？好吧，娘既然你不承认他当时没有失忆，那你敢不敢对天发誓，就拿我和哥哥的命来发誓，发誓他当时是失忆的，若是说谎，我和哥哥就不得好死，娘，您敢吗？”徐菲儿红着眼眶，对着商氏逼迫道。

这么多年来，她娘是没有撇下她们不管，但是她却把他们的爱分给了那蓝光辉好多，她就不明白了，虽然爹爹没了，但不还有她和哥哥吗，为什么她娘就这样不甘寂寞，要去嫁给那个一无是处的蓝光辉呢？所以这么多年来，她无论是对她娘还是蓝光辉，都是冷冰冰的，不想去理会。

可是今天，她却忍不下去了，那个老太婆骂她什么？野种！她竟骂她是野种，骂她有爹养没爹教的，这对于她来说是多么的耻辱啊，最关键的时刻她娘竟也是帮着她说话，这叫她情何以堪啊，所以徐菲儿愤怒了，歇斯底里了起来。

“商氏，你说，你给我说说，是不是我这把老骨头老了，给你们添麻烦啦？这辉儿刚走，你们就不待见我们了是吗？这雨儿是辉儿他大哥唯一的孩子，虽然我们是在乡下一直住着，条件上也没有你们这宅门儿里好，但是我们却没有动过这孩子一根手指头。”

“当年他大哥是怎么对辉儿的，眼下他大哥不在了，他的女儿就要受你们欺负吗？你们都给我放开，雨儿，奶的好宝贝，咱们回三里铺子去，咱们就是穷死饿死也不待在这个鬼地方了！”蓝老太太并没有理会徐菲儿让商氏发的毒誓，因为她从心眼儿里也是觉得这件事情她是没把握的，与其挑明了丢大家的脸面，莫不如她为自己留有一丝的尊严。

对于蓝光辉到底是否是真失忆一事儿，老太太不是没有怀疑过，甚至这次蓝光辉亲自接她们来京，她也心里明镜儿似的，为的根本就不是她，而是刘氏娘儿三个，只是碍于对条件的向往，还有连带一下她的女儿蓝翠儿，这样蓝老太太才睁一只眼闭一只眼留了下来，可是眼下这个徐菲儿却是想把这块儿遮羞布给揭了开来，那她还有什么老脸待在这里呢。

此时的蓝老太太一看自己说话竟没有人听，那些人的眼神儿都向商氏这边看了过来，并没有去放蓝雨儿，这可是气坏了她，狠狠地举起拐杖就朝着那两个小厮打了过去。

“你们这些个王八犊子，黑心肝冒坏水儿的东西，你们放开我雨儿，你们凭啥这样对她，一个个的小猖妇，不要脸的野种，也不撒泡尿去照照镜子是个什么德性，还敢跟我耀武扬威的，我呸，看我不打死你们小贱种！”蓝家老太太虽然是拐杖挥到了那两个小厮的身上，但那口中所骂出来的话却就不是那么回事儿了，在场的人无不知道她在指桑骂槐呢。

那徐菲儿的脸色越发地不好，但是蓝老太太并没有指着她说，她又不能去心虚地自招，若是她反驳了蓝老太太的话，那不就坐实了她骂的那些话了吗？所以徐菲儿现在很是愤怒。

商氏的脸色也好不到哪去，她的身体本来就虚，眼前又被这么一气，她哪里还有好儿啊，先是听到自己女儿的逼迫，如今又看到蓝老太太的恶毒叫骂，商氏只觉得天旋地转地恨不得就此昏过去，但是就眼前这个架势，她还是强忍着不让自个儿就此晕倒。

“娘，您先别着急啊，二嫂这不是来了吗？有二嫂在一定会为你做主的，您现在先冷静一下，不要激动，您的身子一向不太好，现在可不能再过于发火儿啊！”蓝翠儿想调节一下两方的气氛，但同时她说的也是真话，蓝老太太自打上次余氏与蓝雨儿出走一事儿，身子就大不如从前了。

如今蓝老太太可就是她的指望，就是她的靠山啊，而且，眼见着现在这样的尴尬时分，她怎么也要调节一下气氛啊。

“娘，您老人家别同小孩子一般见识，菲儿是打小儿被我宠坏了，才发生今天这件事情的，今天的事情定是有什么误会的，这样吧，雨儿这孩子一定也是受了惊吓，先把她送回大嫂那，再找一个大夫给她瞧瞧，这女孩子家家的可不能落下什么病根儿啊！”商氏便顺着蓝翠儿的话劝说道。

不得不说，她对她这个明白事理的小姑，还真是挺喜欢的，今日一事儿，若不是她去通知自己消息，怕是自己还不知道这边的事情呢，那么这事儿怕是要变大发啊。

“她是小孩？她是小孩子吗？小孩子能有这种恶毒的心思？不光如此，你不是说过她为人端庄，稳重，足以替你管家吗？怎么了，现在出了事情就变成小孩子了？我就不明白了，这个编修府是姓蓝吧？她徐菲儿算哪头蒜啊，竟是骑在了我蓝家的脖梗儿上拉屎，我活这么大岁数儿，我可真是白活儿了，行了，我也不想再与你们继续说啥了，我们走，我们走还不行吗？”蓝老太太终于把她心里一直憋着的那商氏让徐菲儿管家一事呢，反正她也是真正地打算回三里铺子了，所以此时她完全是不管不顾地说了出来，哪怕是蓝翠儿在一边一直拉扯着她的胳膊呢，却也是没有挡住蓝老太太的反驳。

“老太婆，你说谁恶毒呢？娘？您还没有看到吗？您这是打算让她们继续欺负女儿吗？难道他蓝光辉在你眼里就这么重要吗？”徐菲儿到底是没有蓝老太太强悍，此时她气得红了眼眶，实在是蓝老太太骂人骂得太过于难听。

“你个小娼妇，你没大没小的，注定你以后与你那个娘一样，只配当寡妇！”

“娘，您说啥呢？”

“你……娘？你怎么？”

“老太婆，你说什么？”

“呀！夫人，夫人，您这是怎么了？您这是怎么了呀？”

只听蓝老太太一个激动，便是把她的心里话给说了出来，结果可想而知，一旁先是反应过来的蓝翠儿连忙去阻止，紧接着是商氏的不敢置信的声音，再紧接着是徐菲儿那愤怒的声音，最后是商氏那身边的丫头的叫喊声。

因为商氏此时已晕了过去，最终她还是没有挺住，不为别的，只因蓝家老太太那“寡妇”二字给气的。

“娘，您说的是什么话啊，这下……这下可怎么办啊？”蓝翠儿在一旁使劲儿地跺了跺脚，有些担心地看了看已经被众人抬下去的商氏。

“这下什么这下，你就没看出来吗？这个府上终究不是咱们蓝家说了算，你二哥他窝囊啊，算了，什么都别说了，我也不为难你了，今儿个我就要带着雨儿和余氏回三里铺子去，这份儿富贵我享受不起，我老太婆也想好了，这人啊一辈子什么命就做什么事儿吧，乡下有啥不好，我有田有房的，一辈子我也饿不死，雨儿，你同不同奶走？”蓝老太太颇为嘴硬地说道。

她知道她今天说出了这一番话，无论如何都是无法再在这里待下去了，不管她同不同意刚刚徐菲儿的说法，她不得不说，那徐菲儿说的无一不是她心里一直想的，从装失忆，到吃软饭，让蓝老太太这颗自认为脆弱的心再也承受不住了。

蓝老太太一生要尖儿要强的，还真的没被谁整这么窝囊过，不过最后她还是想问一问她的孙女儿，肯不肯跟她走，虽然她现在也是不确定，她明白，蓝家老宅的人，包括余氏在内，都觉得来京都是他们的一次机会，蓝家老太太突然觉得，或许有些事情真的是她所把持不住的了。

“奶，我跟着你走，我也不要再待在这里了，他们根本就不拿咱家人当人看的，与其在这里看人家脸色，我更想跟着奶一块儿生活，以前是雨儿不懂事，伤了奶的心，以后雨儿一定好好听奶的话！”蓝雨儿此时已经哭红了双眼，那白皙的小脸儿上还有一个巴掌印，就在她最无助，最茫然的时候，最终心疼她的人还是她的奶奶，此时的她完全想明白了，若说这世上有谁是真待她好，不会利用她，那便只有她奶了，想到她娘的话，蓝雨儿的眼中竟出现了丝丝的恨意。

“雨儿，奶的好孙女儿，你终于能体谅奶的心思了，翠儿，你不同娘走，娘不怪你，只不过你这以后的日子……唉，罢！罢！罢！娘先走了！”蓝老太太轻轻抚了几下蓝雨儿那被打肿的小脸儿，很是心疼地说道，最后，又很依依不舍地与蓝翠儿道别，之后蓝老太太就在蓝雨儿和那凤儿的搀扶下走了，回去准备东西去。

蓝翠儿望着那渐行渐远的蓝老太太，眼中全是挣扎与不甘……

直到临上马车时，蓝翠儿才出现，不仅是她自己，还有她的一双儿女，蓝老太太抬眼看了看，最终也没有再说些什么。

外面赶车的是凤儿那个丫头在外面给雇来的，当然这钱最后也是由老太太出的，毕竟来这里以后，也只有蓝老太太一人手中有些银钱，还有那商氏私下里给的首饰什么的，那个小丫头见到雨儿走，还依依不舍地哭了起来，只是最终她的卖身契还在商氏的手里，所以只能留了下来。

不得不说，蓝雨儿自从到了编修府后真的是改变了许多，所以她不光讨好商氏的那几个孩子，就是对这编修府的下人们也是十分有礼客气的，所以在编修府的一众下人眼中，她才是个真正的大家闺秀，世家小姐呢。

所以这蓝雨儿要离开了，这小丫头凤儿还真是不舍。

马车渐行渐远，而车棚里虽然有些拥挤，却是没有一人先开口说话，大与十几天前她们来时的气氛不一样。

蓝雨儿是紧坐在蓝老太太身边，连看都不看余氏一眼，余氏的眼神中也有着丝丝的伤感与不甘心。

蓝翠儿更甚，她直到上车后，心里头还很是不舒服，她何尝不想留下来呢，可是，就在自己娘亲骂人家王爷的女儿“寡妇”的时候，想必她就已经失去了在这编修府继续待下去的资格了吧，她接下来又看了看她自己的一双儿女，最终还是满是伤感地摇了摇头。

他们就这样安静地走了，而编修府中却是乱成一片了。

“娘，娘，您有没有怎么样啊，您不要吓菲儿啊，菲儿错了，一切都是菲儿的错啊，娘，您快醒来啊！”徐菲儿就坐在商氏的床边伤心地哭着。

“小姐，大夫请来了，您先让大夫瞧一瞧夫人到底是怎么了，小姐，您先别哭了！”就在徐菲儿哭得很是伤心的时候，一个管事嬷嬷带着一位大夫走了进来。

“许大夫，您快帮我娘看看，我娘这到底是怎么了？怎么说晕就晕过去了呢，她现在的手也很凉，许大夫……呜呜……”徐菲儿的话还没有说完，便是哭个没完。

她之所以能在外人面前暴露自己的真性情，那是因为这个许大夫是商王府的专用大夫，也是早些年在宫里告老还乡的御医，后来被商家又用重金给重新请了回来，所以这么多年来了，这位许大夫就一直为商家人看病。

“大小姐，你不用着急，老夫这就为夫人请脉！”许大夫先是宽慰了一下徐菲儿，然后他把药箱给放在了一边，认真地给商氏把起了脉。

片刻后，只听这许大夫道：“夫人这是思念成疾，休息得不太好，今儿个怕是又因为什么事儿而急火攻心一时晕倒了，大小姐不用焦急，待老夫为她灸上几针就会醒来的，醒来之后再服几服老夫所开的方子，想必要不了几日，夫人的病就会好的，不过，要切记，不能再让夫人伤神儿了！”

“那许大夫就快为我娘施针吧！”徐菲儿一听说她娘没事后，十分开心。

片刻后，那个许大夫就开始为商氏施了几针，直到最后一针的时候，商氏方才慢慢地睁开了眼睛，许大夫收了针，然后下去开方子去了。

“娘，您终于醒了，太好了，娘，你可是吓死菲儿了！”徐菲儿一见到商氏真的醒了过来，开心地便扑到了商氏的床边。

“菲儿，你怎么能如此地任性，如此说你爹爹，这样一来，你知不知道，你这样做不仅是让娘难做，让你外祖父也很失望啊，你不知道这里面的利害关系，菲儿，你答应娘，以后你万万不可像今天这般地任性了！”商氏醒来后，看到了哭红双眼的女儿，终究还是说不出任何的斥责的话来。

她这个女儿一向是懂事乖巧的，今儿个或许也真是被气急了，这才打了那蓝雨儿，还有那蓝家老太太的话说得也实在是恶毒，就连她都被气得倒下了，更何况是一个孩子呢，所以此时的商氏并没有说太重的话，只是劝慰着说道。

“娘，你不知道那个老太婆说得有多难听，对了，她后来骂我的那些话你是听到了吧？娘，这样低俗的人，我们为何要让着她啊，她儿子在咱们家是什么位置，还用得着我说吗？”徐菲儿一见到自家娘亲一醒来第一句竟是训斥自己，虽然语气不重，但她的心里还是很不舒服。

“不过，以后我再也不会了，因为我讨厌的人都已经全走了，娘，以后我一定会好好听你话的！”随后，徐菲儿好似又想到了什么似的，心情很好地对商氏说道。

“什么？走了？真是胡闹，刘嬷嬷，快快去给我备车，我要亲自去一趟三里铺子！”

商氏一闻蓝老太太一家人都走了，心便惊了起来，要知道他和蓝光辉所做的一切马上就要成功了，包括她对蓝老太太的讨好，蓝光辉在三里铺子，若是现在蓝老太太回了三里铺子说了什么，那刘氏同她的子女万一要是有所察觉，反悔那该怎么办啊？

刚刚蓝老太太的那番话她不是不气，这么多年来，任凭是谁也没有人嫌弃过她啊，今天蓝老太太的语气，那很明显就是嫌弃她嫁过一次人啊，所以当时她怒火攻心，这才一下子晕了过去的。

但是对于眼下的事情，或许蓝老太太不算是重要的，却也是主要的啊，他们夫妻二人都做了这么大的“贡献”可不能现在再出事情啊。

“娘，您疯了，您现在是什么身子，刚刚许大夫可是说了，你万般地不能操劳了，这三里铺子之行，您是根本不需要去的！她们是心虚才走的，关我们什么事儿啊！”徐菲儿一听自家娘亲竟然要亲自去追那个老妖婆，她哪里能同意啊，她可是好不容易才送走那尊大佛的啊。

不得不说蓝雨儿那个小贱蹄子长得还真是娇媚，现在才十三四岁，就已经够吸引人的了，若是等了及笄的时候那还了得？

眼下她已经到了及笄的年纪，可是她却是对任何人的提亲都不放在心上，因为她唯一想嫁的人已经成了婚，不过，她也不会放弃的，娶了正妻又怎么样，还有侧妃一位在等着她呢，她觉得爱一个人，管她什么正妻小妻呢，最主要的是，她已经得到消息，敬王世子可是很不待见她的世子妃呢，所以这正是她最有利的条件啊。

而凡是挡她徐菲儿路的，她势必都要除去的，无论用什么方法，所以眼下她最讨厌的人走了，她哪能再让她的娘亲给找回来呢，这是她绝对不同意的。

“菲儿，你知道什么啊？咱们大周皇帝一向以孝道治国的，眼下敬王世子就在三里铺子，若是看到蓝老太太他们回去，那不光你继父会受到影响，就是娘和你外祖父也要受到影响啊！”

“菲儿，你与婷儿、巧儿，都是娘的宝贝女儿，你们若是受到了什么委屈娘也会心疼的，可是眼下即便是忍，也要给我忍下来，你想想这么多年你外祖父对你们的好，这次你就当帮帮他，行吗？”对于女儿的阻拦商氏其实也是很无奈的，这个女儿，她总觉得是亏欠了她，所以打不得，骂不得的，今日又遭到了蓝家老太太的辱骂，所以眼下自个儿女儿生气也是理所当然的，所以她便对着女儿打起了亲情牌。

“什么？娘，您刚刚说了什么？敬王世子也在三里铺子？那怎么可能呢？一个乡下而已？娘，您说的是真的吗？”徐菲儿直接把商氏其他的解释都给屏蔽得一干二净了，因为她的耳朵里只听到了一个消息，那便是关于敬王世子欧阳睿的消息。

“是真的，你继父现在就是同他在一块儿呢，要不然娘能这么担心吗？你要知道，若是那老太婆儿回去告咱们一状，那咱们即便有理，也变成无理了，你要知道，口可是长在她的身上了，而敬王世子又是咱们大周唯一的亲王世子，他的话在皇上面前可是极为有分量的！”

“菲儿啊，你以为娘很喜欢外人住在咱们家吗？娘这样地忍气吞声，那全都是为了你外祖父啊，你外祖父对你继父前妻的那两块儿地里的作物是势在必得啊，也是咱们商家是否能站稳四大世家之首的重要条件啊！”

商氏并不知道她女儿的心思，但是她却是看得出来，她女儿的面部表情已经软化下来，不再如刚刚那般犀利了。

“娘，这么说，这次您同意那些土包子住咱们府，全是因为她们手中的那两块儿地里的东西？您说的可是真的？”徐菲儿早在听到敬王世子就在三里铺子的时候，眼睛便变得亮晶晶的了，直到最后，她听到了她娘亲之所以那样友善地待她们也是有原因的，徐菲儿的心里还算舒服了一些。

“那菲儿以为呢，你觉得娘是那种眼睛里能揉沙子的人吗？这么多年来，我同你继父一直安安稳稳地过日子，这时候我却同意接他的家人来，又这样地盛情款待，你以为我是个傻子吗？傻丫头，等到你祖父那边得手了，看我怎么收拾这些个土包子们，不过菲儿，你要记住，对于那个老太婆，你却必须要恭恭敬敬的，咱们编修府可不能让那些言官拿这件事情去弹劾咱们编修府！”商氏拍了拍徐菲儿的手说道。

“娘，那您怎么不早些跟女儿说啊，您要是同女儿说了，女儿哪能给你惹出这么大的祸啊？娘，要不这样吧，就算是做秀，女儿也同你一块儿去把她们给请回吧，这次女儿一定亲自去给那个老太婆道歉，这样我也可以表表咱们编修府的姿态不是？这样继父的脸上也有面子啊！”徐菲儿一双大眼睛满是期待地等着商氏的回话儿。

她心里面很紧张，既怕商氏发现她的小心思，又怕商氏不同意她同往，所以她使劲儿地搅她手中的帕子等待着她娘的回复。

“菲儿，娘的好菲儿，娘是不会让你受苦的，虽然这件事情，是按你说的做会好一些，但是娘已经付出了太多了，娘不想再让娘的菲儿跟着去受辱，菲儿，你就好好在家里等着，娘自有办法的！”果然商氏没有看出自个儿女儿的小心思，只认为自个儿的女儿是懂事，这才委曲求全的。

“娘，这些年来就如您说的，外祖父是怎么待我和哥哥的，又是怎么不让我们受一丁点儿委屈的？外祖父为我们做了这些，今天这件事情又是我惹出来的，我又怎么能躲在娘亲的后面呢？娘，您就让我同您一块儿去吧，我保证把那个老太婆给劝回来！”一听说她娘果然不想让她去，徐菲儿便焦急起来，便又从商王爷与蓝老太太这方面开始找突破口。

“娘您放心，女儿已经大了，也该为这个家做些什么了，今天的事情的确是女儿考虑不周，可是若是娘你早些与女儿通了气儿，也不会发生这样的事情的，所以就让咱们母女一同努力把那个土包子给带回来！”徐菲儿看出了商氏颇为动心了，便紧握住了商氏的手，坚定地说道。

“娘的好菲儿，娘的好菲儿啊，那这样吧，咱们娘俩儿就一块儿去吧，不过菲儿，你要记得，今日这份儿屈辱娘是一定会替你讨回来的！”看到自个儿的女儿这样贴心，商氏的心都要被融化了，同时她便更加觉得对不起女儿，这毕竟是她跟她前夫爱的结晶啊。

“娘，女儿相信您，娘，那我去换身衣服去，今儿个光顾着同那蓝雨儿生气了，穿这身去见继父，着实不太礼貌，娘，您稍等一下啊！”一说完，徐菲儿竟如小燕子般地一转眼就出了商氏的屋子。

商氏先是吃惊于女儿的表现，不过随后，她却突然也像是想到了什么似的叫道：“李嬷嬷，把那件流光织锦给我找来，再为我梳洗打扮，我一会儿要去三里铺子接老夫人回府！”

不错，她不能让外人看笑话，尤其是刘氏那女人，这些日子她定是被滋润得春风得意吧，想到这些，商氏的心里便如针扎般难受，所以她今日去三里铺子还有另一个目的，那便是她倒要看看，那个女人究竟长得如何，配不配让她放在心上。

所以这样一来，刚刚徐菲儿的话，便提醒了她，她可不能就这样病病快快地让人家看笑话，她一定要做那光芒万丈的人，让那些乡下的土包子好好看看，什么叫做正妻的风采。

要知道那件流光织锦的衣裙可是整个大周朝只有三件的，一件是在太后那，一件是在她的嫡亲姐姐慧妃那里，而最后这一件爹爹给了她，这三件衣裙那可是花费了爹爹三十万两银子呐，就相当于十万两银子一件，这样的天价锦衣，自然也是光芒万丈的，所以这次商氏可谓是下了血本去同刘氏拼。

这编修府两母女各有各的心思，正在梳洗打扮为前去三里铺子吸引某些人而兴奋着呢，而蓝老太太的马车上，却从头到尾都没有任何人开口说话，直到下午的时候，她们到了三里铺子，没有直接回老宅，而是奔着刘氏的新宅去了。

由于去的时候，蓝光辉就说过，不用带太多的东西去，有什么缺了少了的，可以到那里再买，所以她们也没有拿太多的行李，便打发走了马车，直接进了院子。

而这时朵朵一家人正在吃午饭呢，本来一般乡下人，像这样的季节，农活儿不忙的时候，一般都是两顿饭的，可是朵朵天天嚷嚷着，一日三餐都不可少，眼下她们也是有了条件，所以刘氏也不阻止女儿的想法，一想到女儿常说的，早吃饱，午吃好，晚吃少，刘氏便不禁笑了笑，也不知道她这个女儿都哪儿来的这些古灵精怪的说法，不过这样的三餐吃习惯了，刘氏觉得也是很不错的。

再看如今的蓝光辉，还哪有刚来时候那样挑食，如今他正是吃得很香呢，他越发觉得刘氏母女二人的手艺还真是好呢。

而且，他也是越发明白了一个道理，那便是吃不饱，他真的干不动活啊！先前他还想着，估计是刘氏母女对他的考验，估计也就几天，她们便会舍不得他再继续干下去的，毕竟，家里的小厮，丫头都有，不需要他一个老爷做这种事吧，可是哪成想，他这么一干，就是干了十几天了，听朵朵那丫头说，过几天的秋收，也是要让他参与的，所以他此时哪能不好好补一下自己的体力啊，人家敬王世子没事也是跟在朵朵身边干活儿的，他干点儿活儿又算得了什么呢？所以他如今可真的不敢找借口，只能认命地干活儿，从而他现在每顿饭吃得都十分多。

“奶？姑？你们咋回来了呐？”屋里面的人正吃着，只听吃过饭在外面同小天天玩着的小蓝谦那话脆生生地传了进来。

而正在屋子里面吃饭的众人却表情不一，只不过除了蓝光辉外，大家都很是有默契地向他看去，眼中还都有着疑问与不解的表情。

蓝光辉感受到众人的目光后，很迅速地把那手中的碗筷放到了桌子上，急忙站起身来朝外面走去，他依然不想去相信刚刚蓝谦所叫出的声音。

结果，一到中厅门口，他看到了院中站的那几个人，他脑子“轰”的一下变成了空白，这究竟是出啥事儿了？

这些日子来，他可没少受罪啊，这眼下离秋收也就有十几天的时间，他的亲娘，怎么这时候回来了，这不是添乱呐吗？

“娘？翠儿？你们这是？”蓝光辉很不解地问道。

“二哥……”被点到了名字的蓝翠儿便要上前一步去解释。

“辉儿啊，你那个家，娘是无福住下去了，好好的一个蓝府都快要变成徐家的了，不仅如此，人家还要欺负到咱们的头上来啊，辉儿啊，娘老了，就不给你添麻烦啦，住在这里，我们心里踏实啊！”蓝家老太太“嗷”的一声哭喊起来了。

那样子别提有多委屈了，不仅如此，她的声音还完全盖过了蓝翠儿的，整个院中全都是老太太的哭喊声。

“娘，这到底出了啥事儿了？是婉儿……是商氏给你们脸色看了？”蓝光辉一焦急，差点儿把他与商婉两人之间的亲昵称呼给叫了出来，还好他及时地改正过来。

“脸色？若是只给脸色看还好了呐，她们竟对雨儿下了手，雨儿只不过是在后花园里摘了一朵花，那个徐菲儿，便说那花是她爹生前最喜欢的啥的，辉儿啊，你咋就那么窝囊呢，让一个小野种骂你是吃软饭的，就是她商家再有钱，再有势，你好歹也是个四品官员啊，你就甘心替别人养孩子？”蓝老太太瞪着她那此时已经哭得浑浊的眼睛，狠声质问道。

“娘……这，菲儿她有什么权力打雨儿啊，商氏就放任着让她打？”蓝光辉一听蓝老太太的告状真是一个头两个大了，真是不明白，蓝老太太怎么知道了这么多的事情。

蓝光辉是知道那徐菲儿一向不太喜欢出她的院子的，而她的哥哥徐宏波也在外游历，所以早在接蓝老太太们去编修府的时候，他便没有提及此事儿，一来呢，他觉得没有必要，二来呢，他也是觉得，若是有必要的话，他以后还会同蓝老太太说的，毕竟他都同商氏过了这么多年了，怎么样也不能为了这事儿而让两人分离吧。

而且早在他离开的时候，商氏也同他保证一定会让他娘喜欢她的，毕竟这是要以后一同生活在一块儿的了，可是眼下，自家娘亲哭成了这样，竟是为了那徐菲儿，谁能告诉他，这中间到底出了什么事情啊？

“哼，你是不知道吧，商氏那个婆娘自你走后，就称自己不舒服，天天谢绝见任何人，所以她病了后，府中的一些事情也就没有人管了，谁成想商氏那个婆娘竟让那徐菲儿一个小杂种去管理府中之事，娘就寻思着，虽说这是蓝府，但是娘怎么的也比不上人家就是了，一个乡下的老太太罢了，纵使是一个小野种，那也是比不上的，娘就这样忍下来了，就由着她们去胡闹，可是就在今早儿，雨儿听说婷婷很喜欢那后花园的兰花儿，今儿个特意早起，去那里摘花，想着给婷婷送去，就在这时也不知道那徐菲儿是从哪里冒出来的，朝着雨儿便是一巴掌，雨儿的丫头凤儿就替雨儿求情，雨儿自个儿也道歉了，可是那徐菲儿非但不开面，竟连雨儿的丫头也一块儿给打了！”

“最后更过分的是，她竟要让人打雨儿二十大板，还是让府中的小厮去行刑，若不是凤儿那丫头机灵来通知我的话，那雨儿真的被打了板子，她以后的日子可怎么过啊？怎么去嫁人啊？辉儿啊娘只想问一下，咱们蓝家真的就没人了吗？要受这样的侮辱？就这样，娘就带着他们回来了，娘这时候来也不是找你告状的，只是说明事实而已，辉儿啊，你好自为之吧！”

蓝老太太说完，便带着哀伤的神色要离开。

而蓝光辉的脸此时已经被蓝老太太斥责得由红变黑，又由黑变白的，总之是变化多端啊，他此时巴不得蓝老太太快些离开，回老宅去呐，因为若是被屋子里面的刘氏听到这样的事情，她还会愿意同自己回去吗，所以蓝光辉并没有去挽留蓝老太太。

“奶，你们咋回来了呐？这个时辰怕是还没有吃饭吧？赶快进屋，我们正在吃饭呢，你们也用上一点儿吧，要不然回去也是现收拾，还不一定收拾成啥样呢，老姑，快些带着秋儿和来福哥进屋吧！”就在蓝光辉眼见着蓝老太太他们要走的时候，朵朵的声音传了过来。

只见朵朵不知道什么时候从屋子里走了出来，此时正站在蓝光辉的身后呢。

“不……不用啦，我们回去吃就行了！”蓝老太太一听到朵朵的声音传来，忙回道。虽然嘴里那么说，但表情很是尴尬。因为今儿个一大清早，她就光顾着生气，然后就往三里铺子赶，这一天根本就没吃什么，现在她的确是感到肚子有些咕咕叫呢。只是碍于面子，不好承认而已。

“奶，你外道啥啊？在哪吃不是吃呢，快，进屋吧，吃完后，让我大伯娘和我老姑先回去收拾，收拾完了您再回去，这都累了大半天了，先进屋子吃饭吧！”朵朵瞧出了蓝老太太的尴尬，亲自走向前去，要拉着蓝老太太进屋。

“娘，您就在这吃吧，锅里还有饭呐，回去了你们现做还不一定要几点吃呢，快，快进屋吧！”朵朵去扶蓝老太太的同时，刘氏也走了出来热情地说道。

而当蓝光辉听到刘氏的声音时，那身子不由自主地抖了抖，她终究还是听到了。

朵朵在扶着蓝老太太的同时也在偷偷地用眼角儿去瞄蓝光辉，想要遮羞，也要看她同不同意，她还真的没有想到啊，自己的这个极品奶奶去了京都这才几天啊，竟这么快就同那边发生了矛盾，虽然朵朵对于这样的结果也是早就料想到了，只不过没想到事情发生得这么快。

自己的这个极品奶奶是个事事都拔尖儿要强的人，知道自己的儿子娶的是一个死了丈夫的寡妇，她心里哪能舒服啊，只是让朵朵没有想到的是，那商氏的一双儿女看来也不是啥省油儿的灯啊。

而今天这样的事情，朵朵觉得这正是对刘氏的一个很好的反面教育，她要让她娘知道，就连她的极品奶奶都能败下阵来，更别说是她了。

“呀，雨儿姐，你这脸是咋回事儿啊？怎么肿了这么高啊？”蓝雨儿一直是跟在蓝老太太旁边的，而前来要搀扶蓝老太太的蓝朵朵这时候便发现蓝雨儿的脸肿得老高。

蓝雨儿听到了蓝朵朵的问话，破天荒地没有去反驳啥，而是径自很难堪地垂下了头，不去回答。

“哼，还不是商氏身下的那个和别人生的小杂种干的好事儿？小小年纪竟那样的狠毒，对你雨儿姐姐下了那样毒手，朵朵啊，还好你们娘儿几个没去啊，若是你们也一同前去，那咱们蓝家人还不一定要被人家欺负成啥样呢！”

蓝老太太现在也学会了顺着台阶儿往下顺，一见到朵朵和刘氏都亲自出来迎接了，而朵朵还特意过来扶她，她又怎么能非要逆了别人的意呢？所以蓝老太太把手搭在朵朵手里的同时，叹了口气好似很庆幸地说道。

“啥？奶，您是说那个女人是有孩子的？那，她是被人休了，还是？”朵朵一听完老太太的回答后，尖叫了一声，之后又很惊讶地问道。

“她那男人听说是死了，给她留下了一双儿女，那个儿子我没见着，不过她那个贱种女儿，我是半拉眼睛都没看上啊，什么东西啊，小小的年纪就长着一副狐媚模样！”蓝老太太那是一提起徐菲儿，嘴就停不下来了，恨不得把她在府里面所有听过的都向朵朵说呢。

“咳咳……娘，想必这中间一定是有什么误会的，娘您先消消气儿，儿子肯定会为你出气的，先……先进屋子吃饭吧！”蓝光辉一见自个儿娘的嘴，竟这样毫无把门儿地一直不停地说着，十分焦急，最后他又不经意地瞧见了刘氏那已经十分不好看的脸色，终于找了借口打断了他娘的话。

可是他没有想到，有人就是不想让他如愿，他越想让老太太闭嘴，某人便越没完没了地问。

“啥？那您的意思，那个女人嫁给爹的时候，已经不是什么黄花大闺女了？只是一个寡妇？而且……而且她和她前夫的一双儿女也是住在编修府，天啊，这事情也太惊世骇俗了吧，我爹他的心也是够大的！”朵朵可是没有理会蓝光辉的打断，反而又继续问道。

“朵儿啊，你可是不知道那个小贱种都说啥了，她说你爹爹是吃软饭的，还说那个编修府都是商家人给置办的，说我们是乡下的土包子啊！”蓝老太太从来都没有这么喜欢朵朵过，她此时觉得朵朵竟如此地贴心啊，她正愁着这一肚子苦水都没地方倒呢。

“啥？那她也太没有教养了啊，那爹爹现在的媳妇儿就不去管吗？竟就这样让奶回来了？”如今蓝光辉的脸都已经绿了，可是朵朵和蓝老太太祖孙俩，却聊得十分尽兴，别人根本插不上嘴。

“她……哼，我看她也是个心儿狠的，总之啊，朵朵，当初奶就该同你们一样，不去京都享不属于咱们的福啊，眼下我这样地回来，估计人家还不一定怎么高兴呐！”蓝老太太很是伤感地说道。

“娘！事情……事情并不是你想的那样……我……商氏她……”蓝光辉依然试图帮商氏去解释，却不知道从何说起。

“辉哥，无论你的商氏是什么样的，现在也得先让娘吃了饭啊！若是你实在不放心，那你便回京都去问问你那个被误会了的商氏吧！”就在蓝光辉左右为难的时候，刘氏阴着脸口气很冲地说道。

蓝光辉一听到刘氏这样的口气，顿时心一惊，同时，他很是懊恼地暗道，这下子完了，他这么多天来的努力算是全都白费了，全都被他娘给毁了，很明显，刘氏把蓝老太太的话全都听进去了，所以他如今除了有些埋怨他娘外，更加地怨恨商氏，他做这一切都是为了啥啊，都是为了谁啊，还不都是为了他们商家吗，她竟如此地不懂事，连这点儿小事都做不好。

要知道蓝老太太就这样一回来，是会给他带来麻烦的，京都上已经有很多官员都知道他找回了他的母亲，而这才几天的功夫，他母亲便伤心回家，这要是传到那些言官的耳朵里，那定是会引发出一些不必要的弹劾啊，所以他如今很是焦急，不知道这事情到底是坏在哪里了。

而另一边的老太太等人，在刘氏，司影，朵朵的服侍下，也饱饱地吃上了一餐，就在老太太想要告辞离去的时候，听到了外面响起了一声：“这里是刘妹妹家吗？”

刘氏一听到这个声音，便与朵朵相视一望，她实在是想不起，她何时认识这样一个绵软声音的人。

虽然这声音刘氏母女并不是很熟悉，但蓝光辉等人却是熟悉得很。

此声音的主人不是商氏又是谁呢？商氏不光人长得小巧玲珑的，就是声音也极为绵软，那声音娇娇媚媚的。

“哼，那个女人不是说快要病死了吗？怎么还能来这里？”蓝老太太听到这个声音，头一个板着脸很不高兴地说道。

“娘？您是说她……是她来了？”刘氏也有些不敢相信地问道。

“哼！怎么地，她这是追过来告状来了？你不用搭理她，我看她这是要干啥？”蓝老太太在刘氏的面前，潜意识里，她还是说上句的，而她觉得刘氏也是能给她这个面子的。

“奶，咱们若是这样不理她，没准她还以为咱们是怕了她了呐，这事儿明明是她的错，咱们干啥要躲着她啊，走，咱们一块儿出去看看，看看她这次来究竟是想干啥！”朵朵接过蓝家老太太的话说道。

“对，娘，人家都找上门来了，咱们也不能这么让人欺负不是？”刘氏接收到了朵朵的拉扯，便也敛下了脸色，对蓝家老太太说道。

她现在越发地庆幸当初自个儿所做的决定了，本来蓝光辉这些日子的表现都让她有所心软了，她觉得蓝光辉这是在极力地挽回他们之间的关系，所以她本想着，等秋收后，她就答应蓝光辉的要求，同他一块去京都，哪里想到，今日竟出了这样的事。

蓝雨儿，那是一个多么泼辣的女孩啊，连她都吃了这么大的亏，更何况是她的朵儿和谦儿呢，她婆婆是个多么护短儿的人她也是知道的，特别是对于蓝雨儿，而京都里的那一位竟能在蓝老太太的眼皮子底下做出这样的事来，可见那手段是极为厉害啊，所以她现在的心里更加坚定了她最初的想法。

“刘妹妹，相公？你们在吗？”就在屋子里面众人都各有心思的时候，那商氏娇媚声音又响了起来。

“唉！来了！来了！”眼见着商氏第二道声音响起了之后，刘氏的脸色变得更加地不好后，蓝光辉终于出声道。

同时他心里便更加地埋怨商氏了，这都什么时候了，怎么还来添乱啊，她这时候来是要做什么啊？

随着蓝光辉向外走去，朵朵扶着刘氏也跟随着走了出去，这样一来，屋子里面的蓝翠儿也不能再待在屋子里了，她本来就是赌最后商氏会服软，她们还能有机会再回去，所以此时商氏来了，她怎么能不出去看看她到底是为何而来呢？

“娘，咱们也出去看看吧！”蓝翠儿拉着蓝老太太的手轻声说道。

“我……”蓝老太太此时很尴尬地把头扭到了一边，不说去，也不说不去。

“相公，我可找到你了，婉儿在这里给你赔罪了，娘是不是回来了啊，你快让我见见她老人家，我定要给娘她老人家磕头赔罪的。”商氏的声音又从外头传了进来。

蓝老太太的身子不由自主地动了动，而那脸上的表情更加拽了起来，看来，这个商氏还是在意她儿子的，王爷的女儿怎么样？千金小姐又怎么样？还不是要给她这个老婆子道歉吗？

“娘，您看，二嫂这不是来同你道歉了吗？怎么地咱们也得出去瞧瞧是吧？”蓝翠儿一看自家娘的脸色，便知道蓝老太太此时已经有些松动了。

“婉……商氏，你可知道你犯了什么错？为夫不在的这段时间是怎么同你说的，你怎么可以辜负为夫对你的信任呢？今日娘亲是安然无恙地回来了，若是在路上出了什么事情，你可是让为夫怎么活呢？”蓝光辉紧皱着眉头斥责道。

一出来，蓝光辉便见到了风华万千的商婉，这些日子来，他差不多都快忘了商婉的模样了，来到三里铺子这么多日来，他无时无刻不在想着刘氏，这可能就是所谓的得不到才是最好的吧。

所以今日商婉这样盛装出席，蓝光辉丝毫没有觉得任何的惊艳，不但如此，蓝光辉反而觉得商氏今日的打扮有些过于俗气。

一袭天蓝色的流光织锦衣，腰间是条白色的锦带束腰，显得那商氏的小腰很是纤细，脸部由于这几日生病的原因，有些苍白，所以商氏便在脸上化了一个很精致的妆容，让这几日看惯了刘氏那干净素颜的蓝光辉更加不喜起来。

“蓝叔，不怪娘亲，都是菲儿的错，是菲儿太不懂事，竟将祖母给气到了，菲儿特地来给祖母请罪的！”

只见徐菲儿从商氏的身后走了出来，若是听她的语气，便觉得她是真的知道错了，是来诚恳道歉的，殊不知她的心里都要怄出血来了，呸，呸，还祖母呢，那个老太婆她也配，只不过，这一切的不满都藏在了心中，没有表现出来，她没有忘记她此次前来的目的，所以她表现得很是端庄与乖巧。

“菲儿，你……你怎么也来了？”蓝光辉听到徐菲儿的声音后，有些激动起来。

他有些好奇，商氏是怎么说服徐菲儿来的，要知道商氏的那一双儿女，一向是不待见自己的，就像这次的事件，蓝光辉也深深地知道，定是与这个徐菲儿有关的，可是眼下这个徐菲儿竟这样诚恳地来这个鸟不拉屎的乡下给他娘道歉，这还真是让他受宠若惊了。

“呀，这就是刘妹妹吧？刘妹妹果然长得标致，相公还真是有福气呢！”看到自个儿的女儿这样给她面子，商氏的心情别提有多好了。

而本来她生病也是因为思念蓝光辉过度，眼下已经见到了蓝光辉，所以她的病就好了一大半儿了，这样一来，她便很快发现了紧跟着蓝光辉身后出来的那对母女。

只见刘氏虽然是素面朝天的，身上也只是穿着粗布衣裳，但是不得不说，那还真是别有一番风情的，这让盛装而来的商氏心里打起了警惕，从而先发制人地打起招呼来。

“咦？娘亲，你什么时候有姐姐啦？您的家里不是只有你一个人吗？还有，她怎么叫爹爹为相公啊，这在伦理上好像怎么也说不过去吧？她叫您妹妹，那不应该叫爹爹为妹夫吗？莫不是我这个姨母，她是个傻的？”朵朵很是不解地问道。

就在商氏热络地叫着姐姐妹妹的时候，朵朵便发现了她娘的身体有些发抖，她知道她娘的心里定是十分不舒服的，但是朵朵却觉得这商氏这次来得刚刚好，要不然这些日子来，在她那便宜爹爹的“真情”打动下，她娘都有些妥协了，经过这次商氏一折腾，怕是她娘会另作打算吧。

就在她娘一时不知道该怎么接的时候，朵朵却仗着她年幼无知，装作很懵懂地说道。

就在朵朵的这一句话问完，只见这院子里站的人无一不是嘴角抽动，外加尴尬无声，众人无一不是心里嘀咕，真的是不明白，到底是谁傻啊，看着这个小姑娘长得这样漂亮和灵动，怎么却是个蠢的啊，这么明显的关系她都看不出来吗？

“朵儿……这个……这个她就是你在京都的母亲商婉！”就在商氏的脸色变化多端，精彩万分时，蓝光辉适时地出声替商氏解围道。

“呀，这个就是朵朵啊，长得可真漂亮，朵朵，以后我就是你的母亲了，有什么需要，你可别同我客气，尽管和我说啊！”商氏很快便收敛了自个儿的情绪，很和蔼地对朵朵说道。

只见蓝光辉这话刚说完，朵朵马上转身走进了屋子，就在众人都在惊讶她这是干什么去的时候，朵朵从屋子里端出了一盆水来，就在大家都不明白她要做什么的时候，只见朵朵把那一整盆水都泼向了那商氏，连带着商氏身边正在幻想着敬王世子出现的徐菲儿也遭了殃。

“啊！这是怎么回事儿？哪里来的疯丫头？我的衣服啊？”就在商氏被这一盆水泼得愣了神儿的功夫，清醒过来的徐菲儿尖叫起来，她精心选的衣服啊，还有她脸上那精致的妆容，无一不被这盆水给泼了个彻底，谁能告诉她，这究竟是怎么了，那个蠢丫头到底在发什么疯。

第十七章
劝其和离

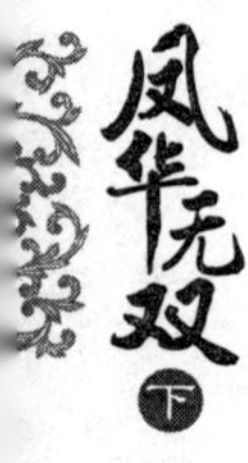

徐菲儿的一声尖叫，彻底唤醒了惊呆了的众人，而蓝光辉看到很是狼狈的娘俩儿，尤其是身穿着流光织锦衣裙的商氏，那流光织锦衣一向是以轻薄著称，可想而知，那衣裙的料子是什么样的，所以此时经过水的洗礼的织锦衣裙，已经完全地，服服帖帖地贴在了她的身上，她那娇小玲珑的曲线让大家看得个清清楚楚。

“朵儿，你这是干什么？你怎么这样顽皮呢？”最后还是蓝光辉回过神儿来，虽然这院子里只有他一个男人，可是商氏还带来两个小厮呢，如今竟让人家看了个清清楚楚的，蓝光辉的这张老脸往哪儿放啊。

再说那商氏除去气得嘴唇发抖，脸色惨白外，已经完全说不出什么话来了。

蓝光辉见状忙解开自己的外衫，披在了商氏的身上。

“你们就是欺负我奶和我雨儿姐的黑寡妇和小贱种吧，你们心眼儿还真是不好使呢，我奶让你们气成啥样了？”朵朵完全不理会蓝光辉的斥责，而是把那木盆子递给了她身边的司影，转身便用一只手指向商氏和徐菲儿。

而一边的司影，见到自家小姐竟这样强悍，嘴角不自觉地抖上了几抖。

如今的俩人还哪有先前的风采了，不仅衣裙全湿了，就连脸上所化的妆也花了，眼圈黑黑的，脸上五颜六色，十分狼狈。

“朵儿……你……你怎么？”蓝光辉一听朵朵竟把蓝家老太太回来说的气话原封不动骂向了商氏和徐菲儿，便很气愤地说道。

“奶，您快出来啊，朵儿替您出气了，难道在咱们三里铺子还怕她们那两个狐狸精不成？奶，您听到没啊，您刚刚说的那个黑寡妇和那个小贱种来了！”朵朵彻底地无视了蓝光辉的斥责，直接在院子中间朝着屋子里大喊道。

而屋子里面本要搀扶着蓝老太太出去的蓝翠儿身子一抖，脚步停了下来，而同样，她所搀扶的蓝老太太也好不到哪去，脸部的肌肉抽动了起来，不知该如何是好。

蓝翠儿心中大叫不好，看来今日这个台阶儿是不好下了，而蓝老太太的心情也好不到哪去，说句心里话，她平日里是最看不上朵朵的，但是不得不承认，朵朵却是最像她的一个（自己认为的），她现在这么做，的确是在为她出气，可是人家毕竟上门儿来道歉了，她骂的是不是有些狠啊，与此同时，蓝老太太内心的一个声音在告诉她，朵朵并没有错，那商氏和徐菲儿本来就不是什么好东西，所以现在蓝老太太的心思很是纠结。

“蓝朵朵，你够了，你这是想干什么？怎么说她以后也是你的母亲，你奶奶同你母亲只是有所误会而已，你休要胡闹，若是你再这样下去，休怪……”蓝光辉终于被蓝朵朵所激怒了，纵使他心里再怎么怨恨商氏没有留住蓝老太太，但是商氏能做到如此的姿态，他也很感动了，再加上商氏竟能说服徐菲儿同来，这可是做了多少牺牲呢。

“蓝光辉，你有什么资格说朵儿？怎么了？你的亲娘被人家欺负到了头上，你不敢言语，难道朵儿这个做孙女儿的也不能说些什么吗？我知道朵儿刚刚在言语上和行为上做得有些过激，但是做为儿媳妇的，有没有把婆婆给赶出来的？婆婆心里不舒服，骂上她两句又怎么了？你要怪什么？你想要做什么？呵呵，枉我还相信你，会好好地保护好我们母女俩，现在看来，谁都是不可靠的，最后还是要靠自己！行了，你也别在这里给我表现你们夫妻恩爱了，我不想见到你们！”刘氏这时站到了朵朵的面前指着蓝光辉与商氏等人说道。

早在那商氏进门一口一个“相公”“妹妹”地叫着的时候，她的心里便十分不好受了，她明明是蓝光辉先娶的妻子，此时让人家叫得如做小的一样，她又怎么会舒服啊，而接下来朵朵所做的一切，是让她很吃惊，但是让她很生气的是蓝光辉的态度，竟全然一副护着那商氏的样子，如今这还是在自己的家呢，当着这么多人的面，他就敢这样，若是去了她商氏的地盘，那她们娘儿几个还有好吗？

“芳儿，你这是？你这是干什么啊？朵儿犯了错，我这个做父亲的还说不得吗？你这样会把她宠坏的，一个未出阁的姑娘，竟能骂出那么难听的话来，这让别人听到了，是什么事儿啊？”蓝光辉紧皱眉头地说道。

对于刘氏的发火，说实在的蓝光辉在面子上很难堪，同时也更加地觉得此时的刘氏很是让人厌烦，可是他却是不能同刘氏就这样撕破脸皮，若是真撕破脸皮的话，那估计他这一切所做都白费了。

“她说什么难听的话了？那我要问问你了，她远在乡下怎么知道说那样的话的？若是某些人行得正坐得端，朵朵能在哪里听到这样的称呼呢？”死了心的女人说起话来那便无所顾忌了，索性闹成这样了，那还不如就说个清清楚楚呢，反正若是让她给人家做小去，她是万万不会接受的，什么平妻啊，根本就是个幌子啊，所以刘氏也很讽刺地说道，就差没说，好像那个什么“黑寡妇”“小贱种”都是你亲娘自个儿说的吧。

刘氏这番话一说完，只见蓝光辉的那张脸是更加难看了，同时他嘴角抖了几抖，最终没有说出任何话。

“你个村妇说话还真是无礼啊，你那没教养的女儿骂了人，你非但不出口阻止，反倒还向着她说话，都说乡下人无知，野粗，今日一看果然如此！”

商氏有蓝光辉相护，为她披了件衣裳，可是徐菲儿却是没有这么好的待遇了，虽然她淋得不如商氏那样严重，但两人却也相差无几的，而她这次来也并没有准备什么，所以只能抱个手臂在这里怒视着朵朵母女二人道。

“我粗野？我无知？但我好歹还懂什么叫做礼仪孝道，不像某些人欺负了人家，还追上门来找茬儿，你真当我们家是好惹的啊！”朵朵一见那徐菲儿插话进来，便马上反驳道。

而朵朵现在的内心里都已经笑开了花儿，不错，她那个极品奶奶和蓝雨儿的事情她才懒得管呢，她之所以迎面给她们一个下马威，其实并不是在给她们找面子，她真正的打算就是让蓝光辉露出本来的面目，再一个，朵朵也是真的瞧不上商氏那副狐媚子样，穿成这样，给谁看呢？向谁示威呢？这下多好，一盆水她都搞定了。

徐菲儿同蓝光辉被朵朵和刘氏的话给堵得哑口无言，商氏眼见着目前的形式要坏事儿了，所以她狠下心一咬牙“扑通”一声跪了下来。

“相公，你别怪妹妹和朵朵那孩子了，都是我不好，都是我不好啊，娘，我知道您老在屋子里呢，儿媳真的知道错了，请娘能原谅我！”只见商氏竟挣脱了蓝光辉的怀抱，独自跪在了地上，向屋子里叫道。

可是她的心却是在滴血，刘芳，蓝朵朵，这样的屈辱她定会千倍、万倍地还给她们的，还有那个老太婆，不是“黑寡妇”吗，“小贱种”吗，看来自个儿做什么都不会焐热她那颗恶毒的心。

于是这商氏对自己也下了狠心，她一定要把这些人都放到眼皮子底下去，到时便要想办法让她们求生不得，求死不能，所以商氏在垂下头的时候，眼中流露出一丝杀机。

“娘，您这是干什么啊，纵使是咱们有错，咱们不都已经道歉了吗，您干吗要作贱自己呢？”徐菲儿此时心中别提有多后悔了，来了三里铺子从头走到尾，连敬王世子的影子都没有见到不说，竟还是被人泼了一身的水，她现在真想上前去撕破那个叫什么朵朵的脸。

“菲儿，你住口，是咱们有错在先，你祖母若是不原谅咱们，那娘就这么一直跪下去！”商氏在挥去徐菲儿手的同时，还轻轻地捏了一下，以作提醒。

徐菲儿会意，便是安静地站在了一边，让她跪那是不可能的，这些人让她娘亲和她这样受辱，她定是不会放过他们的，只是这敬王世子不是在这里吗，他到底在哪儿呢？

“婉儿……”蓝光辉见到自个儿的爱妻竟是能做到这种程度，眼眶竟是红了起来。

“嫂子，你快起来，今天的一切或许只是误会，娘只是觉得编修府上不太适合她生活这才回来的，嫂子，你快起来吧！娘，您说是吗？”就在蓝光辉焦急不堪的时候，蓝翠儿那犹如天籁般的声音传了过来。

“翠儿妹子，今儿个一切都是二嫂的错，都怪我太过于宠着菲儿了，娘气我是应该的，只是我不该让娘大老远地回来，这路上若是出了什么事情，我可怎么活啊，娘，儿媳错了！”商氏见到蓝翠儿扶着面无表情的蓝老太太，便更加卖力地演着。

“行了，你有那个心就成了，我不怪你就是了，以后你同辉儿好好过吧，我老太婆就在乡下过我的日子了，你们回去吧！”蓝老太太在内心里得到了满足，而且又有女儿在一边哀求，所以还是给了那商氏一个台阶儿下。

“嫂子，你看，娘都原谅你了，快快起来吧！”蓝翠儿这次是亲自把那商氏扶起。

“祖母，是菲儿的错，菲儿不该打雨儿妹妹，请祖母原谅，以后菲儿再也不敢了！”接收到自家娘亲眼神的徐菲儿，也硬着头皮上前来请求原谅。

“哼，你哪来的错，错的是我们，我们都是乡下的土包子，你是高贵的大小姐，我老太婆可不敢让你这个大小姐道歉！”给商氏了台阶儿下，却是不见得对这徐菲儿也给好脸色。

“娘，您看，婉儿和菲儿都特意向您来道歉了，您就原谅她们吧，而且，您的年岁已大，儿子怎么放心您在这里养老呢？今天的事情只是个误会，儿子保证，以后再也不会有这样的事情发生了，婉儿你说呢？”通过刚刚商氏所做的努力后，蓝光辉再也不商氏商氏地叫了，而是亲昵地称她为婉儿。

“算了，就如你说，我老太婆也年岁大了，在哪儿都是讨人嫌的，就老老实实地待在我的热炕头儿上，哪也不去了！”蓝老太太依然板着脸说道。

“娘，您这可是还在生儿媳妇的气？儿媳妇真的错了，以后咱们编修府都由娘说了算好不好？这次儿媳生病，是怕娘太操劳，这才让菲儿那孩子多加上心的，都是儿媳妇不好，以后全听娘的吩咐！”那商氏还颇有撒娇的意味说道，只有她自己心里明白，府中的一切都尽在她的手中，给她个虚名又何妨呢。

“可是当真？”蓝老太太欢喜地问道。

“当……”

“众位，想必你们自家的内部矛盾都已经解决了，那可否离开我的家呢？毕竟我们没空去应付一些无聊的人呢！”朵朵见状，这戏演得也差不多了，所以并不想再同她们演下去了。

“朵儿，爹刚刚的语气是不太好，但是你毕竟是爹的女儿，就是你娘不承认，那你也是我的女儿！就算是告到皇上那里，为父也是有理的那一方！”蓝光辉如今也想好了，她刘氏不是敬酒不吃吃罚酒吗，那么他现在就是要儿女不要她了，她又能怎么样呢，去告他吗？毕竟是她自个儿不想回去的啊。

“是哪个在吠啊，真是吵死人了，竟打搅了爷的午睡！”正当朵朵沉下脸色的时候，只听欧阳睿低沉的声音传了过来。

这时，欧阳睿的声音中透着丝丝的慵懒与不悦。

而蓝光辉一听到欧阳睿声音的时候马上清醒过来，同时心里面也有着一些胆怯，他怎么把这位爷给忘了呢？他对朵朵那个丫头可是好得不得了啊，都怪他刚刚实在是太惊讶于商氏的到来了，以至于他竟把欧阳睿在这里给忘了。

“惊扰了敬王世子的休息，是卑职的错，还请敬王世子原谅！”蓝光辉行礼道歉道，但是他的心里却对刚刚欧阳睿所说的什么谁在“吠”而有些不高兴，这明显在骂人啊。

“臣女徐菲儿恭祝敬王世子万安！”徐菲儿一听到这个声音，那可是差点儿没有沸腾起来呢，千盼万盼，终于让她盼到了。

而徐菲儿这般突兀的表现，却让每一个人都看在了眼里，就连商氏都不例外，也终于明白她这个女儿的心思了，只是她不禁有些皱眉了，那敬王世子已经有了正妃了吧？她商婉的女儿又怎么能给人家做侧妃呢？更何况对方的嫡妻还是宋家的人。

“蓝大人，这是怎么了？刚刚本世子看那缸里的水都见底儿了，屋子里的柴火也没了，怎么？今儿个你是不打算去担水拾柴了吗？”欧阳睿连看都没看徐非儿一眼，直接很不给面子厉声问道。

“嘶……”

商氏闻言后情不自禁地倒吸了口气，不敢置信地看着蓝光辉，就连同商氏一同来的家奴们也无不露出了怀疑的神色。

商氏不是没看出来她的相公瘦下许多，她还以为是因为这乡下的日子太清苦了才这样呢，原来是干了这么多的活计啊，一想到这些商氏的心里便很难受，她的相公这可全都是为了她的娘家啊，有这样的夫君，她还求什么呢？

“这……这……”蓝光辉面色如猪肝，很是尴尬地“这”不出来了。

“怎么着？就这么两天半的时间就坚持不下来了吗？还是你觉得有其他的主意了，不用出卖你的色相了？本世子还要劝你一句，你与刘氏才是结发夫妻！”欧阳睿眯着眼说道。

欧阳睿是鬼使神差就走出来的，本来这有商家人在此，他是不想参与此事的，又是人家的家事，加上最初的时候，他觉得那个丫头对付这些小丑们是绰绰有余的，并不需要他出手，直到蓝光辉刚刚说了那番话，竟有了那么卑鄙的心思，他知道若是他再不出来的话，接下来的事情或许会让那丫头动气的。

很明显，蓝光辉是打着保小弃大的做法了，蓝谦是他的唯一儿子，他得要，蓝朵朵手中握有这两块儿地的所有权，他也不能弃，而对刘氏本来他或许还留有一丝情意的，可是刚刚因为那个蠢丫头的故意为之让刘氏彻底对蓝光辉死了心，蓝光辉这才想出釜底抽薪这么一招儿。

“臣妇给世子爷请安！没想到敬王世子竟在这里，只是眼下这好像是人家的家务事吧，您说这样的话是不是有些不合适啊！”商氏见着欧阳睿这样地挤对蓝光辉，便是很不悦地说道，别人怕他欧阳睿，但是她商婉却是不怕的，怎么说，她商家也是四大世家之首啊。

“哦？这是家事？那打扰了本世子的午睡，也算你们的家事吗？”欧阳睿淡然笑道。

“这……”商氏一时语顿。

“刘氏，为夫该说的也说了，希望你能好好想想，即便是你不想原谅为夫，为夫也不会勉强你的，只是朵儿和谦儿都是为夫的孩子，你不让他们认祖归宗也是不妥的，还是那句话，即便是你告到皇上那去，为夫这边也是占理的，你好自为之吧！”蓝光辉深深地觉得这敬王世子在为难他们，而人家的身份在那里，他又不能做什么，只能尽量避开了。

“敬王世子殿下，那么为臣就不打扰世子的清修了，告辞了！”蓝光辉冲着欧阳睿行礼道。

“娘，咱们先回老宅再说行吗？”蓝光辉上前拉住蓝家老太太的手，轻轻地按了按。

“那……那就先回家吧，走……走吧！”蓝家老太太不自觉地向朵朵看了一眼，其实她从心里来说，总觉得好像欠朵朵什么似的，但为了以后的荣华富贵，蓝家老太太只能低着头，随着蓝光辉向外走。

直到蓝光辉搀扶着老太太走出了大门，商氏紧随其后，蓝雨儿，蓝翠儿等也都走了出去，商氏一回头却发现她自个儿的傻女儿竟呆呆地站在那里，好似并没有发现他们出来似的。

“菲儿，你还愣在那里干什么？还不随为娘先去你祖母家？”商氏那“祖母”二字说得极为大声，同时还悄悄地投以挑衅的目光。

刚刚或许她还不想同刘氏撕破脸皮，可是刚刚从蓝光辉的语气中，她可是听出来了，就算这刘氏不同他们回京都，但是她的那对儿女却一定要随着他们走的，只要那对小杂种在她的手里，她还愁着今日这被羞辱的仇报不了吗，刘氏，到时候我要你亲眼看到你的那双儿女的下场。

再看徐菲儿，就如没有听到她娘的话似的，依然呆愣着，为什么敬王世子连看都没看自己一眼，难道自己不漂亮吗，不优秀吗？为什么她对自己不理不睬的啊，一定是怪那个蓝朵朵，一定怪她，若不是她泼自己一身水怎么会这样啊，她现在真是恨死她了。

“菲儿，你还愣着干吗呢？快随娘走！”商氏见到自个儿的女儿一直盯着人家敬王世子瞧着，却不理自己，只好返回到院子中间，拉了徐菲儿，朝外走去。

“世子殿下……”徐菲儿直到最后，依然依依不舍地看了欧阳睿一眼，今日她可是为了他而来啊，难道就只能这样见上一面就结束吗？

再反观欧阳睿，就如没有听到她的叫唤一样，同朵朵一同去搀扶脸色苍白，满脸泪水的刘氏往屋子里走。

殊不知，欧阳睿的这一动作竟深深刺痛了徐菲儿的心，原来是这样啊，原来是这样，一个乡下的泥腿子而已啊，为什么他要那样维护呢？

“菲儿，先同娘回去，娘会给你想办法的，乖！”商氏见自家女儿的眼眶都红了起来，哪里能不心疼啊，只是眼下这个地点，这个情形，并不是个说话的好地方。

朵朵与欧阳睿把刘氏搀扶到屋子里后，便把小天天和蓝谦都打发了出去，小蓝谦如今也成熟了许多，他知道这时候，他除了听姐姐的话，做其他的是没用的。

“娘，您为这种人伤心，到底值不值啊？你有我，有谦儿啊！”朵朵见欧阳睿并没有要出去的意思，所以她也并不拿他当外人了，直接劝慰刘氏道。

“朵儿，娘不是为了他伤心啊，娘是怕他把你和谦儿给抢走了啊，你们可是娘的命啊，娘不能没有你们啊！”终于刘氏嚎啕大哭起来。

再辛苦，再被蓝老太太刁难，最后就是他们被赶出了家门，她都没有哭过，今日一听到蓝光辉要抢走她这一对儿女，刘氏却再也挺不住了，她真是没有想到蓝光辉竟做得这样狠，他竟是要拆散他们母女三人，他怎么可以这样啊。

“娘，您的心眼儿怎么就这么实诚啊？他说抢就抢了？他说不让您见我们，就不见了？娘，您也太不相信您的女儿了吧？快别哭了，您听女儿跟你说！”朵朵很心疼地替她擦干了眼泪道。

“本来呢，我还想着，他过他的独木桥，咱们走咱们的阳关道呢，如今既然他这么想不开，那女儿又何苦为别人着想呢？所谓不入虎穴焉得虎子，娘你放心，女儿心里已经有了万全之策了，这回我要让他知道什么叫做引狼入室！想打我们的心思，也要看他有没有那个能力。”随后朵朵满是嘲讽地说道。

“啥独木桥，阳关道的，朵儿，你想要干啥？女儿，你这时候可不能胡闹啊，娘不能没有你啊，你和谦儿是娘的命啊！”刘氏听着朵朵所说的，她心中却是害怕起来，难道她的女儿要……

一旁的欧阳睿却也是眼睛微眯，直盯着朵朵，越发地沉思起来，他有时候也是拿不准这个丫头究竟想干什么，不过听她的语气，莫非……

“娘，您看女儿像是那种胡闹的人吗？他们不是想让我与谦儿认祖归宗吗？那好啊，我就如他所愿啊！”朵朵冷然说道。

“朵儿？你这是要离开娘吗？你也不要娘了吗？”刘氏手捂着左胸处，很是绝望，又有些激动地问道。

本来她对蓝光辉还存在着感情的，朵朵无论在正面还是侧面都提醒过她，但是她在见到蓝光辉的那一刻，哪里能一点儿感觉没有啊，可是就在刘氏的心慢慢松动的时候，今日却让她看到了这样的一幕，蓝光辉的薄情已经让她伤透了心，同时她更担心蓝光辉最后会把朵朵和蓝谦带走，若是那样的话，她也只能妥协了，可是刘氏也心里明白，他们若是进了那个编修府，他们的日子会很难过，且不说那商氏会怎么样，就是那个徐菲儿也不是个善茬儿，朵朵今儿个泼了她们一身的水，她们哪里能不记恨呢，所以她万万不能让她的孩子们去京都。

可是眼下听朵朵的意思，她分明地是要同蓝光辉走啊，她的意思是抛下自己吗？刘氏心中有着无限的恐慌。

“娘，您说到哪里去了？我怎么会不要您呢？我不但要您，我还会让谦儿一直陪着您，他的心思我是知道的，我知道他想要什么，他想让我认祖归宗也好，但是我也会向他提出要求的，谦儿还小，当然是同您住在一块儿，至于我，就同他认祖归宗去，就是不知道到时候他是选择我还是选择谦儿呢？”朵朵说到最后嘴角竟是勾起一抹笑容。

“你一个人去？那怎么行啊，你雨儿姐那是多么强悍的人啊，都被人打了，你一个人进入那火坑娘怎么放心啊，京都离咱这三里铺子还远，你有什么事情娘也不知道啊，不行，绝对不行，要不然，娘就同你们一块儿回去，哪怕是死，娘也要拼命地保护你们。”刘氏说到此时眼中竟满是决然。

“娘，谁说要让你与谦儿留在三里铺子啦，你同谦儿当然也要一块儿去京都，只不过你们不住在编修府里，而是住在咱们自个儿的家里，女儿早就想好了，要在京都再置一处房产，到时候，秋收后，咱们就一块儿去京都，这样一来，你与谦儿就有落脚之处了，而且那童生试也快要开始了，咱们一家住在京都不是方便多了吗？”朵朵笑着说道。

早在蓝光辉想要打他们娘儿几个的主意时，朵朵便有了这样的打算的，但是当初她是想着那房子是他们娘儿三个一块住的，谁知道她那便宜爹爹给脸不要脸，放着好日子不过，非要来招惹她，那她定要好好送他一份大礼的。

“咱们……咱们一家真的都一块儿去吗？可是娘还是不放心你一个人啊，听说那些个大宅门儿里的规矩很多的，若是那商氏再有意为难你，那可要怎么办呢？”刘氏一听说一家人都去京都，心里便稍稍地松了口气儿，只是对于朵朵一个人去面对那些豺狼虎豹，她实在不放心啊。

“刘婶子，还有我呢，我一定护她平安的，婶子请放心！”就在刘氏纠结的时候，欧阳睿认真地说道。

“世……世子爷……”刘氏这才发现，原来这个中厅里除了自己的女儿外，竟还有外人在的，一想到刚刚自己的嚎啕大哭，刘氏突然结巴起来，最主要的是她真的想不到敬王世子竟做这样的保证。

“难道婶子也不相信我吗？”欧阳睿的脸色竟有丝丝的受伤。

“不……不是的，我……我只是觉得若是那样的话，真是太好了！只是，还真是委屈了朵朵那孩子了！”此时的刘氏却是在心里狠狠地发了誓，今日之后，她定要坚强起来，为了她的女儿，为了她的儿子，她一定要使自个儿变得强大，至于蓝光辉那个负心汉若是他要敢伤害朵朵的话，定是饶不过他。

或许刘氏到最后都没有想到，自个儿的心肠，竟然也可以那样的硬啊。

“您放心，朵朵她不会在那里待太久的！”欧阳睿似是在发誓一样对刘氏说道。

“娘，您担心什么呐？你女儿也不是什么人都可以欺负的，您就把心放到肚子里去吧，想必我那便宜爹爹或许还会不死心的，娘您只要记得，他来一次你赶他一次就行了，剩下的就由我来办就好，左右他们也不要脸了，您也就不必给他留脸面了，这世上三条腿的蛤蟆不好找，两条腿的人还不好找吗？到时候，您再给我找一个英俊潇洒、俊逸不凡的爹好好地过日子，那才是真格的！”朵朵见刘氏渐渐地松动，一高兴，竟把心里的话都说了出来。

“你……你这孩子说啥话呢？你……你也不怕让人听了笑话？总是这样没正经的，行了，我还要去作坊看看，就不在这里同你扯了！”刘氏到底还是一个保守的古人，听到了自个儿的女儿这样打趣自己，竟红霞满面地找借口掩面离去。

“娘亲还真是脸皮子薄儿啊，我那便宜爹爹那样的渣，莫不是她还要为他误终身吗？那样也太不值了！”朵朵见她娘那样羞怯地走了，便撇了撇嘴说道。

“你是真心同意你娘亲再嫁吗？”欧阳睿听到朵朵的话后，那嘴角也是抽上了几抽，好像夫妻关系在那个丫头的眼里很微不足道似的。

“我为什么不同意呢？合则聚，不合则散啊，难道男人都已经不忠了，我们还要为他守身如玉吗？真是天大的笑话！”朵朵在欧阳睿面前说话是越发地随意了，反正她所有的秘密都已经被那个狡猾的男人知道了，那么她还需要隐瞒什么呢？

“合则聚，不合则散这也是你心里所想吗？还有，那三条腿的蛤蟆不好找，两条腿的人却到处都是又是什么意思？”欧阳睿皱着眉头问道。

“你的问题怎么那么多？就是字面的意思呗……”朵朵很是无语地回答道。

最后两人你一言，我一语地，竟把刚刚那些不快统统给忘记了。

蓝家老宅

“娘，您还是随儿媳回去吧，您老人家一辈子很辛苦，到老了怎么也要好好享福啊，乡下这种地方怎么说也比不上京都的，所以娘，您就别同儿媳生气了，随儿媳回去吧！”商氏一进入老宅，那眉头就不自觉地皱了起来，这房子老得都有一些发霉的味道了，怎么是人住的地方呢，又想想刚刚在刘氏的院子时，看着她那边的房子还算是可以，但是乡下究竟是乡下，估计里面也好不到哪去，一想到自个儿的夫君在那样的生活环境下待了这么久，商氏很是心疼。

“行了，你快先换件衣裳吧，别再着了凉，这秋季天气正凉，你穿得又那么的……翠儿，你快拉着你二嫂去换件衣裳吧！”蓝家老太太依旧是皱着眉头，可是她说起话来却是缓和了许多。

其实她刚刚想说的是，商氏那身上穿的衣裳实在是太薄了，可是一想，好容易有了眼下这种气氛，她还是不要激化矛盾了。

“唉，儿媳这就去换，那就麻烦翠儿妹子了！”商氏一见到蓝家老太太的软化，这心里哪里能不开心，所以很是上道儿地就随着蓝翠儿走了。

“娘，您看菲儿姑娘的衣裳也湿了，不如让她去雨儿的房间也去换一件吧，不然别再病了！”一直没有说话的余氏，这时候小心翼翼地插话进来。

老太太闻言，竟狠狠地瞪了一眼余氏，责备她胡乱说话。

“娘……”蓝光辉也颇为哀求地叫了声。

“祖母，今天的事情是菲儿错了，还求祖母能原谅菲儿，菲儿以后改，真的会改的！”徐菲儿哀求道。

不得不说如今的徐菲儿很是反常，特别是从朵朵家回来后，整个人一直低着头也不知道在想什么，直到余氏提到蓝雨儿，她的眼中才有一丝的光亮。

“雨儿，你也带着她去换件衣服吧！”蓝老太太最终还是妥协了。

既然那个贱丫头也真心地道歉了，那她要是再拿扭下去也不是那么回事儿了。

“雨儿妹妹，今天是姐姐不好，要打要骂，姐姐都不会说什么的，只求雨儿妹妹能原谅姐姐！”徐菲儿得到老太太的特赦后，竟很热情地去拉住蓝雨儿的手，满是自责地说道。

蓝雨儿依旧是板着小脸儿道：“随我来吧！”

一向高傲的蓝雨儿今日所受的羞辱她是不会忘记的，所以早在余氏提议让她去带着徐菲儿换衣裳时，她对余氏的敌意便越发地强烈起来。

她现在不禁有些羡慕起蓝朵朵来，她的娘亲为了她可以和任何人拼命，与任何人为敌，而自己的娘亲呢？口口声声地说为自己好，可是今日她挨了打，回去收拾东西，说要离开时，她娘亲却又给了她一个嘴巴，说她不懂事，不懂得忍耐。

要知道，这一巴掌远比那徐菲儿打得还要疼，最主要她是疼在心中啊，为什么她在外面受到了羞辱，挨了打，回来她娘不是哄她，疼她，而是打她呢？她知道，她娘打了她后，那神色也是十分后悔的，可是那又怎么样，打都打了，所以她在那一刻才明白，原来这个家里最疼她的人还是她奶奶，这也就是为何刚刚回来的一路上蓝雨儿都不待见余氏的原因，也是为什么蓝雨儿的小脸儿经过了这么长时间后，竟还是红肿的了，因为那余氏打的也是徐菲儿打过的地方，所以哪能不红肿呢，哪能那么轻易地下去呢？

而如今余氏，她的亲娘竟然又想让她去讨好打了她女儿的人，所以蓝雨儿此时无比地恨余氏。

徐菲儿见蓝雨儿这样不给面子，眼中迅速出现一道儿不愉快，只不过随后就被她给很好地隐藏过去了，暗中想着，若不是还有用得着你的地方，看本小姐怎么收拾你。

直到到了蓝雨儿的屋子，虽然蓝雨儿的屋子是蓝家老宅最干净也是最好的一间房了，但一直被宠上了天的徐菲儿一进来后，还是满眼止不住的鄙夷。

蓝雨儿从带回来的包袱里，找了一件黄色的衣裳给徐菲儿扔了过去，便要转身离开。

“雨儿妹妹，你难道还在生姐姐的气吗？姐姐真的后悔自己那一时的冲动啊，所以雨儿妹妹……”徐菲儿一见蓝雨儿竟要出去，便是又开口说道。

“这屋子里就咱们俩，你还要继续演吗？徐菲儿，你到底想要耍什么把戏？”蓝雨儿转过身来，她不觉得徐菲儿是真心地想与她道歉的，所以很是不耐地说道。

“你很聪明，那么咱们俩也就明人不说暗话了，我知道你想得到什么，名利？地位？我都能满足你，以后无论在编修府，还是在外面，我都会好好地照顾你，还把我的好朋友们引荐给你，让你能真正地过上京都贵女的生活！”徐菲儿开门儿见山地说道。

经过这些天的观察，徐菲儿便早早地就发现了蓝雨儿的用心，不但向自己示好，还对她的那两个妹妹一直进行讨好，还不是想在这个府里过得更好一些吗？还不是想在这个府上得到更多的东西吗？所以她觉得她眼下给蓝雨儿开出的条件很是诱人。

“那你这么做又有什么目的呢？”果然蓝雨儿转过身来，不敢置信地问道。

像徐菲儿这样自私又骄傲的人，哪怕是求人也是眼高于顶的，所以她觉得她之所以这样低声下气地同她讲条件，必是要有事情求她的，而蓝雨儿却是不明白这前后不到一天的时间，她能有事情求到她的身上。

“我想要知道蓝朵朵的事情，她所有的一切，还有，以后她若是住进了编修府，我希望你也是同我站到同一条战线上，毕竟，有她的存在也是很影响你的身份啊，你娘亲同我那个继父的那点儿事情，不需要我再提醒你了吧？”徐菲儿在提及此事的时候，眼中满是轻蔑的神色。

她真不知道她娘亲看上她那继父什么了，要什么没什么的，还竟做这些龌龊的事情，竟然同自己的嫡亲嫂子育有一女，真是恶心得不行。

而这件事情，她都能查出来，更何况是她娘亲呢，她真的不理解她娘亲所想。

“你？你怎么知道？还有，我比那蓝朵朵先出生的，若是被人耻笑那也轮不到我啊？你……你到底想干什么？”蓝雨儿闻言后，脸色惨白起来。

对于蓝光辉是他爹的事情，既是她的骄傲也是她的耻辱啊，所以这也是她从小讨厌蓝朵朵的原因，为什么蓝朵朵竟能光明正大地做人家的女儿，而她却是被记在大房呢，而如今蓝光辉竟然还当了大官儿，还不打算认她，她就更加觉得心痛，同时更加疯狂地嫉妒朵朵了。

“我怎么知道的，你不必关心，只是若是你识时务的话，便是应下我的要求，那么以后，我无论什么事情都会提携你的，可是若是你不识时务的话，那就休怪我不客气了，你也是知道我的手段的，哪怕是那个老太婆儿保着你也不行，你别忘了就连动物都有打盹儿的时候，别说是人了，你能保证她时时刻刻都盯着你吗？”说到最后徐菲儿竟露出一丝残忍的笑容，威胁起来蓝雨儿。

“你……我怎么知道你说的是不是真的？若是我帮了你后，你再同蓝朵朵一块儿收拾我的话，那我不就成傻瓜了吗？还有，你不是一向不喜欢我吗？”蓝雨儿对于徐菲儿这种狠毒的人，心里还是一点儿的底都没有的。

“呵呵，若是真要对付你的话，我用得着同她联手吗？你不要忘了编修府的女主人到底是谁，就算是那个老太婆接手了编修府又能怎么样，她能为你在京都铺路子吗？你想挤进贵族小姐的圈子，你觉得你能指望那个老太婆吗？”徐菲儿一针见血地说道。

不得不说徐菲儿很能抓住事情的关键，话又说回来，在大宅门儿长大的孩子又有哪一个是白给的呢？

“那你可要说到就做到哦，不然的话，我对你也是不会客气的，我知道，你是看上那敬王世子了，而那敬王世子好像是有嫡妻的吧？”蓝雨儿也是轻皱了眉头，咬了咬嘴唇，似乎是下了什么决定一样。

对于徐菲儿，其实蓝雨儿并不想去相信她，但是她所提出的要求太过于诱人了，让蓝雨儿不得不心动，从而她也把她所看到的徐菲儿钟情于敬王世子的事情给摆上了台面。

“成交！对于敬王世子我势在必得，无论他有没有嫡妻我都不在乎，我知道咱们俩是同一类人，我不会看错的，但愿咱们能够得偿所愿！”徐菲儿对于蓝雨儿的威胁丝毫没有放在心上。

早在皇家宴会的时候，她随着她的外公出席，看到敬王世子的第一眼起，她的心里便满满地都是敬王世子欧阳睿的身影，那一年她才十三岁，三年过去了，她现在已经十六岁了，三年的时间，她丝毫没有减少对欧阳睿的期待，而今日再次见到欧阳睿，便是更加地确定了她内心的想法。

“那个蓝朵朵是怎么勾搭上敬王世子的？就凭她，一个乡下村姑而已，竟然也有这等的狐媚功夫？真是不要脸！”两人达成共识后，徐菲儿首先便是问询朵朵的事情，因为她实在是想不通，那样高贵俊逸的男子，怎么会同那样一个还没长开的小村姑扯上关系的，看到俩人的样子，好像还是很熟悉的样子。

“她救过敬王府的小少爷，具体的我也是不太清楚，但是好像敬王世子还救过她的命吧，从那之后敬王世子便在她的家里养病，一直至今。”蓝雨儿便是把她知道的说了出来。

“什么？住在她的家里？哼，真是不安分，你同她的关系怎么样，据我了解，你们的关系不太好吧，但这次她却是能为你出头，不知……”徐菲儿心里有了一个打算，但是这个打算的前提得有蓝雨儿的帮助。

“她那是假装的，哼，别以为我不知道她的心思，她是最喜欢出风头的人，而我也不怕告诉你，你想同她斗，却也要小心谨慎，她的鬼主意多的是呢！”这么久以来，从蓝雨儿同蓝朵朵的交手次次落败的经验来看，蓝雨儿觉得这徐菲儿也不可大意的。

“怎么办，用不着你来操心，你只要记得把她的一些喜好都告诉我就行，不出意外，她和她那个娘还有弟弟定是要回编修府的，到时候，看我怎么收拾他们！至于我答应你的，你放心，我说话算话，以后咱们就是同一条线上的蚂蚱了！”徐菲儿听蓝雨儿的语气，便知道她对蓝朵朵定是很了解的。

两人突然相视一笑，而那笑意都是不达眼底的。

另一边蓝翠儿的房中，蓝翠儿把商氏带进房间后，便给商氏找了件她所有衣裙中最好的一件道：“二嫂，您就先委屈一下穿着，等我赶紧地把你那件衣裳给洗一下去，干净了你就可以穿了！”

“妹子，什么委屈不委屈的，穿妹子的衣裳哪里有什么委屈啊，而且，我哪能让妹子帮我洗衣裳啊，妹子对嫂子的好，嫂子会永远记得的！”商氏一边拍了拍蓝翠儿的手，一边从自个儿的手腕上撸下一个玉镯直接戴到了蓝翠儿的手腕上。

“二嫂您这是干什么啊？这个我可不能要啊！”蓝翠儿说着便是急忙地要把那镯子给摘下来还给商氏。

“妹子万万不可以摘下来，这是嫂子我送你的，莫不是你瞧不上嫂子送的这个礼物吗？”说着商氏还故意板起脸来。

“嫂子这是说的哪里话，只是这礼物太贵重了，我实在不能收的！”蓝翠儿解释道。

“啥贵重不贵重的，若是这物件儿不贵重，我还不能送妹子呐，若是没把嫂子当外人了，你就给我收起来！”最后商氏竟然是有一些命令地说道。

“你嫂子给你的你就拿着，这些年来娘那边也多亏了有你替哥哥我尽孝，这玉镯就当哥哥和嫂子给你的奖赏！”不知道什么时候，蓝光辉竟把蓝翠儿商氏的话都听了去，所以他及时插话儿道。

两人一听到蓝光辉的声音后，便回过头来，蓝翠儿是满脸欣喜，而那商氏则是满脸的娇羞，要知道她现在的衣裳还没有换下去呢，所以那若隐若现的娇躯还被蓝光辉的那件衣裳给遮盖着，所以她满面红霞，而那眼中却有无限邀请。

蓝翠儿一看到自家哥哥和嫂子那火热的眼神，她一个过来人又如何不晓得两人的心思呢。

“那翠儿在这里就谢过二哥二嫂了，我去看看娘那边有没有什么事情，就先告退了！”蓝翠儿说完后便是一转身离开了。

直到蓝翠儿出去了好一会儿，两人就那么久久对视，似是有千言万语，万语千言的，突然，蓝光辉几个大步过去，便把商氏抱上了炕，不知道蓝翠儿是不是有意的，早在商氏进来前，蓝翠儿竟在炕上铺了一床铺盖，或许是怕商氏换衣裳时坐在了炕席上脏吧，所以此时那铺盖竟成了两人欢爱的道具了。

蓝光辉这几日来在刘氏那里没得到的激情，如今却全都发泄在了商氏的身上，而她那件整个大周才有三件的流光织锦，却被那疯狂的蓝光辉给撕了个粉碎，不知道激情过后的商氏会是什么表情。

俗话说小别胜新婚，所以两人在欢好的过程中，是无比的投入，无比的畅快。

“婉儿，让你受委屈了，不过你所做的这一切，为夫会记得一辈子的，婉儿，我的好婉儿！”事后，蓝光辉把商婉搂在他的怀中，很是温情地说道。

“相公，咱们夫妻二人还用说感谢二字吗？况且你所做的这一切不也是为了我们的未来吗？今早惹娘生气回来的事情，婉儿真的不是故意的，婉儿由于思念相公成疾，所以病了，而娘亲刚刚到了编修府，难免有些事情她弄不清楚，而且她的年纪也是大了，婉儿怎么舍得让她老人家操心呐，后来不知道那菲儿同雨儿两个小孩子怎么发生了矛盾，娘很生气，无论婉儿怎么解释，怎么保证，娘都不肯去听，她还不停地骂婉儿和菲儿，婉儿一个急火攻心便晕了过去，直到大夫来过后，我醒来，才得知娘亲和妹妹她们一同回来了，我得知后，便训斥了菲儿，拉上菲儿便奔着这里赶来，我们本来是先到了老宅的，见到没人后，我们这才顺着一个老乡的告之找到刘妹妹那里去的，哪里想到……”说到这里商婉那大大的眼睛里，竟盈满了泪水。

“相公，怎么办，今天你为了婉儿同刘妹妹离了心，那么接下来……”商氏随后便有些苦恼地说道。

“哼！她这是给脸不要脸，咱们也用不着去理会她，我就不信她连她的一双儿女都不要了，别看他们有敬王世子欧阳睿撑腰，可是这毕竟是咱们的家事，外人他想管也要看看能不能管不是？只要你回去把那个大夫的口给封住，就是皇上亲自处理此事为夫也是不怕的，婉儿，今日她们对于你的羞辱，为夫一定不会忘记的，为夫一定会为你报仇的！”蓝光辉紧紧地把商氏搂在了怀里。

而商婉更是激动，把头深深地埋在了蓝光辉的怀里后，嘴角不自觉地上扬起来，暗道，刘氏，只要你进了编修府，那你便作好被我虐的准备吧！

待那蓝光辉与商氏温存过后，便回到了主屋。

“今日天色也不早了，娘，就让婉儿和菲儿在这里住一宿，咱们明天一块儿出发去京都吧！”蓝光辉现在索性也不想再演戏下去了，这个该死的地方他是一分钟也不想再待了。

“怎么，辉儿你这次也要随着我们回去吗？那这边……”蓝老太太心里面竟然有一丝不放心刘氏母女三人了，虽然这商氏一再地同她道歉，也向她保证以后编修府的事务由她来处理了，可是她总觉得心里不太托底，若说是稳妥，蓝老太太觉得蓝朵朵母女三人才是最稳妥的，所以蓝老太太惊讶地问道。

“儿子对于朵朵和谦儿势在必得，我就不信她能扔下一双儿女！”蓝光辉回应道。

“这点上你有数儿就好，她毕竟也是为你生了一双儿女的，而谦儿又是你唯一的儿子，断不可做得太过火了。”蓝老太太说道。

殊不知当她说唯一儿子的时候，商氏的眼中竟出现了一丝的狠厉，只是一瞬间，就被她给掩饰了去。

“娘亲放心，儿子心里有数！”蓝光辉虽然眼中有一丝的不耐，却是没有表现出来。

就这样，商氏等人就这样在老宅住了一宿，第二日一大早吃过早饭后便往京都赶去，只不过他们在回京都的前夕，先是到了朵朵的家里，这次蓝老太太，蓝翠儿都没有下车，想必在她们心里面也是没有脸再见朵朵母女了吧！

蓝光辉、商氏还有徐菲儿，在一群家奴的跟随下，来到了朵朵家的门口儿。

很明显，那徐菲儿之所以下了马车，是盼望着再见欧阳睿一眼，而蓝光辉此次来便是同刘氏下最后的通牒的。

“刘氏，我今日就要回京都，这回去之前，我还要问你一句，你想得怎么样了？你到底同不同意孩子们认祖归宗？若是同意的话，那平妻一位还是你的，孩子们也都养在你的身下，日子呢，也只能比这好，不能比这差，所以……”蓝光辉顿了一下，向刘氏看去。

而院中的刘氏和朵朵站在前面，司影紧随其后，刘氏听到蓝光辉的话后，身子还是不由自主地抖上了几抖，只是朵朵的小手向她握了过来，给予她温暖。

“你的意思是说，若是娘亲不让我们认你，你就要与娘亲和离是吗？”蓝朵朵安抚了刘氏后，便向蓝光辉问道。

“和……和离？朵朵，这个怕是不能和离吧，按照咱们大周朝的规矩，若是你娘亲阻止你和谦儿认祖归宗的话，那你爹爹便可以休了你娘的，所以，朵朵，你还是劝劝你娘亲万万不要意气用事啊，母亲这个人是很好相处的！”一听朵朵说完，蓝光辉还没有说什么，那商氏却接话说道。

“不错，你母亲说得对，你要知道，女子一旦被夫家所休弃，那么无论是她的儿女，还是她自己，便是没有什么未来可谈了！”蓝光辉也特意证实道。

他之所以特意又证实一下，那是因为他觉得刚刚商氏说得太过含蓄，他需要补充一下，要知道在大周朝妇德是多么的重要啊，一个女人若是被夫家给休弃，除去她所被人鄙视外，就是她的儿女也会被连累的，无论在仕途还是在婚姻上，那都是会被人所看轻的，他就不相信那刘氏还要一意孤行。

他看着刘氏那越发苍白的脸，他心中越是兴奋，只要刘氏肯妥协，他们娘儿几个便会去京都，到了编修府中，那不就都是他说了算吗？什么种植技术，什么高产作物，就包括那一百多亩的地，不还全是他的吗？包括刘氏的身子，刘氏的人。

“什么娘亲母亲的，我只有一个娘，而你最好也别往脸上贴金，乱认女儿，我不想同你们讲大周朝的什么规矩什么条例的，这么说吧，虽然我不屑于跟你回去认什么祖归什么宗，因为你心里所想的，你最明白不过了，可是，为了我娘亲和我弟弟的自由，我可以答应你的条件，同你回京都，只不过，我有两个条件，只要你答应我，那么我便保证你会得到你所想要的！”朵朵的嘴角闪现出丝丝的讽刺的笑容来。

而这一番话说完，商氏的脸色不好看起来，心中更是恶狠狠地暗道：“小贱蹄子，我让你嚣张去，等你落到我的手里，我会让你生不如死的！”

“什……什么条件？朵朵，咱们是父女俩，有什么解不开的结儿呢？为父可以答应你，以后一定会对你和谦儿好的，无论是以后谦儿的仕途路，还是你以后嫁人，为父一定会替你们好好把关的，所以，你千万不要去听别人的挑拨，你我是父女，又有什么解不开的误会呢？”蓝光辉动之以情晓之以理地说道。

只有他心里最明白，他不知道怎么回事儿，竟有一些怕他这个女儿，他总觉得他这个女儿的思想他这个当爹的是完全跟不上的，最主要的是，那敬王世子对于她的心思，他这个当爹的可都是看在眼里的，所以对于蓝朵朵，蓝光辉还是有些小心翼翼的，昨天的发火，也是因为她做得太过分了，可是事后一想，他越发地觉得自个儿似乎做得有些过头了。

“有心人？你是指娘亲吗？你说得也对，咱们俩能有什么解不开的结和误会呢？咱们俩根本就是没有结和误会的，所以根本不需要解，我的条件就是你同意和我娘亲和离，放弃谦儿的抚养，你若是答应，秋收一过，我就会去京都入你们编修府，若是你不同意，我会让你什么都得不到，包括你心里一直所期待的！”朵朵嫣红的小嘴，一张一合的，说出了很残忍的事实来。

“什么？和……和离？还要我放弃谦儿的抚养权？你……你休想，你个不孝女，咱们整个大周朝也找不出来一个你这么样的，你竟敢……竟敢提出这个要求？你……你……”蓝光辉的火气腾的一下便是冒了起来。

“朵朵，你这孩子，你这是说啥呢？你怎么能劝你爹和你娘和离呢，你知道和离后的生活会多难吗？快，刘妹妹，你劝劝朵朵，有些事情可不能只听孩子的啊，刘妹妹，你放心，姐姐我一向是个和气的，咱们两人一块儿服侍相公，一定会和和美美的！”商氏一听朵朵的提议，便也是焦急起来，虽然打从内心里她并不想让他们进府，但是只要有蓝谦的存在，她相公必定是要时刻想着刘氏这边，与其山高皇帝远，莫不如把他们放在自己的眼皮子底下，这样才好收拾他们啊。

“停！现在我希望你们两个人搞清楚，我现在不是同你们商量，而是通知你们，若是你们不同意，那咱们就走着瞧吧！不知道若是我现在就嫁人的话，还用不用先认祖归宗然后再说呢？而我相信，凭我身下的产业，想嫁一个家庭殷实一点的家庭，怕也是绰绰有余的，所以，若是你不同意，那么我会想尽一切办法，让你得不到你心中所想的，为了达到我的目的，我付出一切也是在所不惜的！”朵朵冷然说道，那气场无不震慑着众人。

“朵儿你……”刘氏眼中含泪不停地摇着头，心中满是愧疚，为什么这一切要由她这个宝贝女儿承担呢？她想开口反驳。

“娘，女儿说过的话您都忘了吗？我们要幸福，我们一定要比任何人都幸福！”朵朵意有所指地对刘氏说道。

刘氏虽然不再说什么，但那满面的泪水和不停摇晃的头，无不说明她此时的心情十分的糟糕。

“逆女，你个逆女啊，你怎么可以这样……对！对！就算你要成婚，那也要有父母之命，媒妁之言，没有为父的同意，我看哪个敢娶你，你个逆女……”蓝光辉被朵朵气得说话已经完全不在状态了，不仅如此，他此时只觉得喉咙处有一股腥甜正往上涌，被他强压了下去。

他真的没有想到，他的女儿竟可以走这步棋，其实他最在意的是他的儿子蓝谦，至于与刘氏和离一事，他根本是不放在心上的，刘氏那样的女子，他当然也不会舍不得，他府上什么样的女人没有，而商氏也是个不拈酸吃醋的，他犯不上因为刘氏而动怒，蓝朵朵那个臭丫头，他躲还躲不过来呢，又怎么真心地想让她认祖归宗呢，但他万万没有想到的是，那个臭丫头竟是提出了这样的条件。

“若是本世子敢娶呢？不知道蓝大人要怎么对付本世子呢！”就在蓝光辉扔出去那一句威胁的话后，便纠结起来后，欧阳睿那阴魂不散的声音却传了出来。

“不！”欧阳睿的话刚刚一说完，就在蓝光辉快要气得晕倒的时候，那徐菲儿便尖叫出声，把蓝光辉给叫得清醒过来。

“怎么？徐小姐，你有什么异议吗？难道本世子娶妻，你有什么看法吗？”欧阳睿眯起双眼很是不悦地问道。

“敬王世子殿下，她只是一个村姑，村姑啊，她怎么能配得上您那高贵的身份呢？再说了，她现在是几岁啊，虽然是有几分姿色，可是她毕竟只是没长开的臭丫头罢了，世子殿下，您一定要三思啊！”徐菲儿强忍着壮着胆子说道。

欧阳睿的不悦她不是没有看到，但是对于她想得到的，她也顾不得别的了，本来，她随着蓝光辉和商氏走下马车也只是想见欧阳睿一眼而已，哪里知道，他们在这里磨叽了半天，最后也没有见到欧阳睿的身影，就在她很是不耐烦的时候，欧阳睿出现了，没想到他的出现竟是说出了这样让她伤心的话，所以她这才忍不住尖叫出声的。

而朵朵早在欧阳睿出声的时候，嘴角便不自觉地抖上了几抖，她刚刚那番话只是为了吓唬蓝光辉而已，她根本就没有想这么早早地就嫁出去好吗？你说他待在屋子里好好的，出来添什么乱啊？真是让她无语啊，直到听到徐菲儿那样的评价后，朵朵小脸便绷了起来，上前一步道：

“徐小姐，我是臭丫头，那你是什么啊，你说我没长开，我哪里没长开啊？

难道就如你那样，胸大屁股大无大脑的女人就叫做长开了吗？还是那一身肥肉的算是长开啊？啧！啧！啧！这人又不是母猪，用得着长成那样吗，若是真要这样的话，本姑娘还真的要祈祷永远不要长开啊！”朵朵一边说着，还一边不停地很猥琐地上下前后地那样看着徐菲儿，就如她眼前的徐菲儿好似根本没有穿衣服一样。

而朵朵这一番话说完，不仅是徐菲儿的脸红得都能滴出血来，就连那商氏都不停地看着朵朵，抖了抖嘴角，想说些什么，都没有说出口，而蓝光辉作为长辈，那老脸更是黑红黑红的，他现在恨不得自己就地钻到地缝儿里去。

纵使是欧阳睿那俊脸竟也是有一丝的微红，嘴角也抽动了几下，暗道，这丫头还真是，“胸大无大脑，一身肥肉”？亏她说得出口，而且她竟说得那样的坦然，好似她说的是多么正常的话一样。

要知道时人极为地保守，在她们的嘴里很难会听到蓝朵朵刚刚说的那两句话的，更何况还是当着这么多人去说的，最主要的是被说的人已经羞愧到要死了，而说话的人却是自然得不能再自然了，这样欧阳睿不得不佩服朵朵的某些功力了。

只不过听那丫头一说完，他回过头儿再去看徐菲儿，似乎觉得好似同朵朵说的真的是一样的啊。

而他刚刚不看还好，就是这么一眼，竟是将徐菲儿看得眼圈都红了起来，那个小贱蹄子真是太过分了，还有，敬王世子那是什么眼神儿呢？自己这样的身材，要胸有胸，要屁股有屁股的，而且身段儿也叫丰满好不好，为什么到了那个小贱蹄子的嘴里，自己就成了母猪了呢？如今的徐菲儿十分地想死，十分恨朵朵。

若是在平日里，那欧阳睿若能正眼瞧一眼徐菲儿的话，那徐菲儿非要开心死不可，可是今日她却是觉得欧阳睿的目光如芒在背，让她根本抬不起头来，想了想，她便是觉得这一切都是蓝朵朵造成的。

“你……你怎么这样粗俗，你……你真是无耻，你还是女孩子吗？你读过女则女戒吗？你……你真是下流！”徐菲儿那眼眶中盈满了泪水，结结巴巴，集合了她脑子中所有最恶心的词语，却依然觉得不够形容蓝朵朵那不堪的话语。

“我无耻？我下流？笑话啊，这个话题明明是你先引起的好吗？现在竟是赖在了我的头上，那徐大小姐，请问您，您那句‘没长开’是啥意思呢？您别告诉我，是形容一个人可爱，漂亮的词语哦！”朵朵很是无辜地说道。

“你……你？”徐菲儿被那欧阳睿一直那样地盯着，仿佛他也在听自己解释一样，一时气急，竟是掩面而哭。

“好了，你个逆女，你还知不知道什么叫礼义廉耻啊？刘氏，这就是你教出的来好女儿啊！蓝朵朵，你到底还要不要脸了？”蓝光辉实在气急，却又不知道该从哪方面发火，所以便有些语无伦次起来。

而他的话一说完，他便觉得一道厉光向他射来，那目光如刀子般地正在一刀刀地刺向自己，蓝光辉抬眼望去，此人不是敬王世子欧阳睿又是谁呢，顿时他的身子便吓得抖上了几抖。

他有注意到，自己的那番话一说完，就连刘氏都用一种他从未见过的目光瞪向他，那目光中全然没有爱意，没有思念，是全然的陌生，全然的怨恨，全然的悔恨。

“我亲爱的爹爹，您难道不知道，这上梁不正下梁歪吗？要知道，这不要脸可也是会遗传的，就您那无敌下流不要脸的人，还指望能有什么样的儿女啊？所以，你我之间彼此彼此好吗？”相对于其他人的愤怒，朵朵却很是淡然平静，对于这样的渣爹，她若是真的生气的话，那她还要不要继续活下去了。

“噗！”的一声。

“相公！相公你怎么样啊？”商氏焦急地尖叫起来。

因为此时的蓝光辉终于被朵朵气吐了血，在原地不停地抽搐着。

“蓝朵朵，你怎么就这样狠心，这样对自己的父亲，他毕竟是你的父亲啊，你这么做有什么好处啊？”商氏现在终于再也不假模假式地软言软语了，而是厉声问道。

“怎么，心疼你的相公了？不知道你死去的那个相公看到你如今这样的风骚样会做何感想呢？会不会在下面也气吐血啊，看你今日这春风满面的，想必昨儿个，我这不要脸的爹爹一定把你侍候得很好吧？所以别在我这里讲那些狠不狠心，有没有廉耻的话，你要知道，我同你们比简直是小巫见大巫了，行了，你们也别在我这同我大眼儿瞪小眼儿了，这条件我也已经给你们开出去了，你们回去仔细想想吧，不送了！”朵朵只是挑了挑眉毛，温和地说道，好似她根本不是在赶人，而是同人聊天一样。

朵朵的一番话一说完，那商氏同刚刚吐过血的蓝光辉脸上一样已经红得能滴出血来，而且，他现在不仅是身上正发着抖，就连脸部的肌肉也抽动了起来，但两人只觉得大脑一片空白，根本不知道接下来该怎么办，两人只是瞪着眼睛，怒视着朵朵。

“你个小贱蹄子，你凭什么扯上我爹爹，你这个不要脸的女人，你就同你那个爹爹一样不要脸，专门勾引人家所爱的人，我打死你我！”终于在朵朵扯上了徐菲儿的爹爹时，徐菲儿突然疯了一般地向朵朵甩手就要一巴掌。

只听“啪”的一声，这个院子又是安静了下来。

“噗！”的一声。

“夫人，夫人，你……你怎么了？你可别吓奴婢啊！”只见商氏身边的嬷嬷也慌乱地叫了起来。

“菲儿……你们都是死人吗？没看到小姐被人家打了吗？你们给我教训那个臭丫头去！”只见嘴角还有丝丝血迹的商氏使尽了她全身的力气向着她所带来的小厮和丫头道。

她的宝贝儿女儿被打了，把她那最后的一丝理智也给打没了，她现在完全疯了，相公气得吐血，女儿被羞辱过后，又遭了一巴掌，又有什么比现在的刺激还大呢？

本来刚刚在她的女儿徐菲儿要动手那一刻，商氏的心里还是畅快无比的，哪里知道，她女儿才刚刚伸出手，蓝朵朵那个贱丫头竟先甩了自个儿女儿一巴掌，那速度很是迅速，让她根本来不及反应，真能眼看着自个儿女儿挨打，自己也只有被气吐血的份儿。

眼见着自家女儿的小脸迅速红肿了起来，商氏的理智没了，最主要的是，她的前夫也是她心中的痛啊，那是她的第一个男人，当初两人郎才女貌很是般配的，奈何天妒英才，在他们成婚三年的时候她的前夫竟然死了，要知道一个女人带着两个孩子生活是十分艰难的，直到她遇到了蓝光辉后，蓝光辉的体贴、温柔、才华无一不吸引她，这样两人才成了婚，虽然两人成了婚，但是她却在心里的某一处，还是深深地记着她前夫吧，今日朵朵却把自己同蓝光辉的关系说得那样不堪，中间还透着对她前夫的亵渎，这样的蓝朵朵又怎么能不让她痛恨呢。

“啊？你们给我打死她，打死她啊，她竟敢打我，她竟敢打我，蓝朵朵你这个小贱人，你不得好死！”徐菲儿终于在自己被打的现实中醒过来，大声嚷嚷朝着那些冲着朵朵冲上来的小厮丫头们大声吩咐道，不仅如此，她还边吩咐着，边朝向朵朵骂道。

“啪啪！”又是两个巴掌声响起。

只见司影只是刹那间的功夫便解决了那些个商氏带来的家奴们，不仅如此，她还顺便地又赏了徐菲儿两个嘴巴。

“你若是嘴巴再不干净，也休怪我不客气，我们家小姐脾气好，不代表我们做奴婢的脾气也好，请徐小姐好自为之啊！”司影打完了人后，竟然还不忘去教训徐菲儿。

躲在暗处准备出手的司洋不禁也是抽动嘴角，看来果然是近朱者赤近墨者黑啊，这一向冷然心眼儿实在的司影竟也是变得这么腹黑起来。

“你们……你敢打我？……”徐菲儿从小到大都没被别人打过，不仅如此，就是连重话都没有听过一次的她，今日竟是被两个乡下的村姑给打了，她此时都要气得吐血了。

“行了，菲儿！咱们走！”突然间，接到蓝光辉暗示的商氏突然很是冷静地出声道。

此时她不是不想报仇，只因经过蓝光辉的提醒，她也是明白的，看来今日她们是占不到便宜了，这么久了，他们都挨了欺负，可是她平日里身边的那些影卫们却一个也没有出来，这代表了什么？这代表他爹爹如今还是不想同蓝朵朵那个小贱人把关系弄僵了。

这样一来，就凭着她的这些家奴想占到那个小贱蹄子的便宜是不可能了，更何况敬王世子欧阳睿可是也在一边守候多时了，他们无论如何也是接近不了蓝朵朵的，所以这个亏他们只能就这样吞下去了。

“娘！你怎么？一个乡下的泥腿子竟敢打女儿，您竟然？”徐菲儿很是不解地哭着看向刘氏说道。

“今日有高人在场，我们占不到什么便宜的，不如回京都找你外祖父去商议一下再说！娘还是那句话，你是娘的女儿，娘何时让你受过委屈呢！”商氏上前一步，走到徐菲儿的面前，轻拉一下她的手，低声说道。

“哼！蓝朵朵，还有你这个贱婢，你们给我等着，我是不会就此罢休的！”说完她还是不忘哀怨地最后看了欧阳睿一眼，一跺脚向外面跑去。

“哼！”徐菲儿向外跑了出去后，蓝光辉也在商氏的搀扶下，最后瞪了刘氏与朵朵一眼，转身离去了。

对于朵朵提出来的要求，他是绝对不能答应的，可是那丫头有敬王世子做靠山，他还真的无可奈何，所以他只能回京都再作打算了。

“哈哈哈……朵朵，你真的太厉害了，你竟然三言两语地把那一对儿狗男女给气吐血了，你也教教我呗，回去我定要把那姓宋的狐狸精给气吐血了！”这时候只见小天天和小蓝谦两人满眼全是对朵朵的崇拜地走了出来，小天天更是，竟是让朵朵教他怎么去骂人，回王府去气那王妃宋氏。

“咳咳……你们两个臭小鬼，竟然偷听我们说话，我还没罚你们呢，你们还想在我这里讨好处？我看你们的皮子是紧了吧？”只见刚刚还很彪悍的朵朵，此时却是十分尴尬地说道。

经过这么久的相处下来，朵朵对于小天天也是十分随意起来，不如以前那样的小心了，所以此时她对着小天天和蓝谦是一视同仁的。

“娘啊，女儿刚刚吵得太开心，浪费了许多的体力，您能给我做些吃的去吗？”其实朵朵早晨还没有吃完饭，便叫她的渣爹给叫了出来，所以他们刚刚一离开，朵朵便觉得肚子有些饿了（由于蓝光辉他们要赶回京都，所以便起得特别早，早饭自然也是比朵朵吃得早）。

“唉，娘这就去给你做！”一直愣在一边的刘氏，突然听到了朵朵的话，便挽起衣袖向厨房走去。

“你们两个也该上哪就上哪去吧，不然的话，你们休想再吃我做的菜！”朵朵装着很凶狠地说道。

只见她的话一说完，那两个小的便毫无踪影了。

司影也随着刘氏走了，院中就只剩下欧阳睿与朵朵，朵朵便使了个眼色，同欧阳睿一同进了屋子。

“咱们那些机器也不知道做得怎么样了，秋收马上就开始了，加工厂如今也好了，等到秋收后，咱们就把玉米拿到那边去晾晒，到年底的时候，咱们就可以进行加工了，所以，接下来咱们要做的不光是盘下一个酒楼，还要盘下一个铺子当做粮号，咱们自己加工的自己卖，这样一来，利润也是可观一些，最主要的是，我知道在京都有两大粮号背后的主人便是那商家和宋家，相信我，咱们的粮号只需一年的时间，就可以把他们给吞并！”朵朵阴沉着小脸儿说道。

“到时候我定要他们尝尝被人所控制的滋味儿，他们不是什么都想插一脚吗？这回我就要让他们看看，被别人插上一脚是什么滋味。”

“哦？你这么有信心？你要知道，宋家与商家的粮号可是大周的百年老号啊，全国各地都有分号，你有把握仅在一年的时间，一家店，就可以吞并人家几十家粮号？”欧阳睿的语气中虽然是充满着疑问，但是他的神情却是十分地确信了，他从心里便相信这个丫头所说的一切。

“拭目以待呗！”朵朵对于欧阳睿的疑问，只给予了五个字的回答。

京都皇宫太后的宫中

“皇弟，你刚刚说的可是真的？那个丫头竟然有如此把握？怎……怎么可能呢？母后，您相信吗？”这个低沉的声音，威严中却又带着丝丝的惊喜问道。

“回皇兄，影卫是这么回禀的，而睿儿可是深信不疑的，皇兄，那丫头种植的那些作物，您可是也亲口尝过的，而皇帝也亲眼看到了那叫做地瓜的高产，又据影卫来回禀，那丫头正同睿儿在搞什么加工厂，据说那些作物收割之后，会进行一系列的加工，到时候便会有更大的价值啊，那丫头的确是个精明的啊！”想到了朵朵当时在敬王府设下的小圈套让自己心甘情愿地去钻，敬王爷不得不夸赞朵朵道。

“是啊，皇儿，那丫头很是聪明，懂的东西也很多，当日母后可是都要没气儿了，愣是让她给鼓捣好了，母后是服了她了！我想对于宋家和商家一次次的逼迫，定是把那丫头给逼烦了！”太后想到朵朵那机灵的小样子，以及锱铢必较的性子，一向对宋家厌恶的太后，竟是破天荒地心情好了起来。

“哦？没想到就连母后都对那丫头的评价那么高啊！皇后和皇弟应该都知道，这么多年来，那商家和宋家太过于好大喜功，不安分，若是这丫头真的能把那两家给搅和了，那是再好不过的事情了，只是朕只怕……”大周帝说到此处时，竟有些伤感起来。

“皇兄请放心，必定不会再发生那当年的事情，皇兄英明神武，断不会让那些不安分的人钻空子的，而且，睿儿如今可是很上心这件事情，有他在，皇兄还不放心吗？”敬王爷劝慰道，对于当年的事情，看来皇兄还是一直忘不了的。

“睿儿的能力，朕当然是知道的，只怕朕的那些不孝子们不安分，到时候睿儿定是又要费心神了，所以朕想过了，与其一直这样地压制着他们让他们存在着许多的幻想，莫不如朕带着他们一块儿去开开眼界，并且清楚地告诉他们，有些东西最好是不要妄想！”

第十八章 很是巧合

大周皇帝阴沉地说道，大周帝十六岁登基，如今四十五岁，正是壮年之时，他的那几个儿子却在他的眼皮子底下这样地蠢蠢欲动，他又怎么能允许呢?

他侄儿的能力，他很是清清楚楚，只是那几个不肖子也不是省油的灯，与其让他们产生着某些幻想，再出当年的乱子，莫不如他直接把那丫头纳入他的保护伞下了呢，若是真如皇弟前来禀告的那样，那个丫头可就是大周的救星啊，所以，当年的事情，他无论如何也是不允许发生的。

“皇兄，万万不可！”

“皇儿，不行，母后不同意！”

敬王爷同老太后同时开口惊呼道。

“皇兄，除了几位皇子蠢蠢欲动外，那四大世家也是不安分的，所以你万万不可离京，一切有皇弟呢！”敬王爷很是担心地说道。

他皇兄是大周朝的皇帝啊，眼下各国蠢蠢欲动，若是他现在贸然离宫出了什么事情，那大周必定是要乱的。

“是啊，皇儿，母后也不同意你此次前往三里铺子，你本就树大招风的，又带着那几位皇子，不行，我是绝对不能同意的，寻儿说得对，他去会比你合适得多！”老太后也极力反对。

倒不是说她只疼她的大儿子不疼她的小儿子，实在是她大儿子的身份在那里摆着啊，而小儿子又是赫赫有名的战神，别人想动他，那可也要好好想想啊。

“母后，皇弟去，的确是一个很合适的人选，可是您也知道皇弟同睿儿的关系，都怪朕啊，都怪朕，朕为了大周的基业愧对皇弟，愧对睿儿啊，母后，你们都不用再劝了，朕已经决定了！”大周帝很是愧疚地说道。

为了欧阳家基业，他的确是做过太多对不起皇弟一家的事了，导致睿儿到如今还是无法原谅皇弟。

一提到欧阳睿，太后和敬王爷都安静了，没有再继续说下去了，因为他们都知道，大周帝说得很对，若是真的只有敬王爷去的话，搞不好两父子都能打起来呢。

“行了，就这么定了，到时候我会让襄王随朕一块儿去的，有襄王在，母后和皇弟还不放心吗？而朕走的这几日，朝堂上皇弟就多多上心些吧！”大周帝安排道。

而直到太后与敬王爷听到襄王也一块儿去的时候，两人这才放心下来，襄王爷是太后的义子，也是名门之后，由于父兄上阵杀敌都牺牲了，所以他从小便被当时还是妃子的太后抚养长大，新皇登基他可也是出了不少力的啊，他可是有一身的好本领，在带兵打仗上，他根本不次于敬王爷，只因他那个人对权术毫无兴趣，所以大周帝无奈，封他为异性王，赐他一生荣华，而这位襄王爷如今三十有八了，府中却连一个通房丫头都没有，妻子儿女什么的当然也是没有的，这也是太后一直以来的心病。

若是有襄王同皇上一块儿去，那太后与敬王爷便都放下了心。

商王府中

“辉儿啊，虽然这话我这个当岳父的说不太好，但是我不得不说，答应你女儿的要求吧，而对于你的损失，为父会弥补你的，只要我商家保住了四大世家之首的位置，那么对于辉儿你也是有极大的好处的！”商王爷语重心长地说道。

“婉儿，你也不要太过于任性，那丫头不过是一个孩子，你回去多劝劝菲儿，那孩子啊都是被你给宠的！”劝慰完蓝光辉后，便又对他的女儿商氏说道。

“爹爹，您是不知道那丫头有多恶毒，说话有多粗俗，女儿，女儿实在是咽不下这口气！”商氏一副小女儿撒娇的样子对着商王爷说道。

对于今儿个那些影卫没出来帮他们一事，商氏打心里就很是不舒服，眼下她爹又在说她的不是，所以她难免有些心里更不是滋味儿了。

“今日在刘氏家里发生的事情，我都知道了，总之，那丫头势必要回京都，去你们府的，所以，你们都给我把你们的小心思收起来，她或许是咱们商家唯一能指望的了，你们听明白没有？”商王爷沉着脸对商氏说道，同时更是替蓝光辉下了决定，那就是弃蓝谦，选蓝朵朵。

“爹，您既然知道，那你也一定知道那丫头有多狂妄吧，她竟然打了菲儿，不仅如此，平日里那些在我身边和菲儿身边的那些个影卫也不知都死到哪里去了，竟就放任着那个贱丫头把我和相公气吐了血，菲儿也挨了好几巴掌！”终于商氏还是把她心里的不悦给说了出来。

“蠢货，你知不知道，欧阳睿的人就在你们附近，我敢说，给你们配的那几个影卫还不够给人家练手的呢，是我让他们不要轻易现身的！”商王爷此时心里十分地急躁，眼下能指望的也只有那个他一向看不上的女婿了。

“我……”商氏被商王爷训斥得十分委屈，长这么大，她爹除了在她嫁给蓝光辉时骂过她外，这是第二次，所以商氏的心里十分生气。

“岳父大人，小婿会按您说的去做的，您也不要动气了，婉儿今儿个也是受了很大委屈的，都怪小婿不好，那个逆女我……”蓝光辉经过这么一会儿的思考，便痛下心来舍弃了他儿子的抚养权。

“辉儿，好啊，为父就知道你是干大事的人，更何况，即便是你同刘氏和离了，放弃了蓝谦的抚养权，可是你要记得，无论如何，那蓝谦身上也是流着你的血的，是任何人都抹煞不了的，好了，既然你已经有了决定，就着手让人去办吧！等到秋收后，为父就同你一块儿去迎接我那未见过面的外孙女儿啊！”商王爷拍了拍蓝光辉的肩膀大声叫好，同时竟然还说要同蓝光辉一同去接朵朵回来。

商氏闻言后，面色愤然，那双手还不停地绞着手中的帕子，很不甘心。

“岳父大人，那个逆女怎么值得您这样费心神呢，小婿一人前去就好！”蓝光辉颇为受宠若惊地说道。

“为父心里有数，那和离和抚养权问题辉儿你也要尽快处理，你要知道，虽然这第一批作物咱们是没份儿了，接下来的，四大世家无一不在打那作物的脑筋啊，咱们这是托你的福，运气好，可以近水楼台！希望你不要让为父失望啊！”商王爷提醒道。

“小婿明白！”蓝光辉俯身抱拳道。

而站在一边的商氏，那脸色现在十分不好，表情也十分僵硬，心中暗道：“小贱人，你只要敢进编修府，那么我会让你尝尝什么叫做生不如死！”

两夫妻很晚了才回编修府，而第二日一大早，蓝光辉便差人把那一纸和离书给刘氏送了去，那和离书上当然还注明着，以后蓝谦由刘氏独自一人抚养，他不再过问。

午时的时候，刘氏收到这一张和离书的时候，眼中的泪水还是流了出来，这次她的表情上已经不全是伤心地落泪了，更多的是激动、庆幸，看来，这事情的发展真的是朝朵朵所想的方向去发展了，这个她爱过、想过、盼过的男人，最终还是露出了真正的面目啊。

“娘，你不该哭啊，你该高兴，而且，以后谦儿也要改姓，不再姓蓝，儿子是你生的，这么多年也是你养大的，凭什么要姓蓝，凭什么要让他捡便宜呢？就这么说定了！”朵朵兴奋地提议道。

“姐，我不姓蓝那我姓啥了？”小蓝谦苦恼了，听到他爹爹真的放弃了自己，他的心里说不上来的难过，毕竟男孩子对父亲的向往要大于女孩子啊。

“以后你就姓刘，叫刘谦，对，就叫刘……谦！”朵朵这一说完才想起来，哈，真的好巧啊，就这样一改姓，刘谦就诞生了？朵朵想着，便掩嘴儿笑了起来。

“朵……朵儿，这倒是不用吧！”刘氏听了朵朵说完了后，虽然眼中也流露出来丝丝的动心，但是毕竟这在大周朝可是没有过的事儿啊，所以刘氏还是有一些担心道。

“凭啥不用啊？别以为我不知道他那些小心思，他定是这边先稳住我，之后他再想办法去打扰谦儿的生活，他想得美，这次既然他可以为了那些身外物放弃你们，那你们定要断了他一切的心思。”朵朵脸上露出了一丝嘲讽的笑容来，她做任何事情，都是一针见血，从不拖泥带水的。

“对！娘，我同意我姐说的，以后我就姓刘了，等着赶明儿个我去找许宵哥哥帮忙，在县衙那里也备个案，那么以后谁也别想再说我是蓝光辉的儿子了！”小谦儿绷个小脸儿，眯着眼睛说道。

蓝谦对于蓝光辉现在是完全没有遐想的，就如他姐所说，既然他都能为了那些身外物放弃了自己，那他何必还要去钻那牛角尖儿呢？最主要的是，他娘为他付出了这么多，他就是他娘一个人的孩子啊。

“上了学堂就是不一样了，还知道去官府备案，嗯嗯，谦儿真是厉害呢，那就这样定了，娘以后谦儿就是你一个人的儿子，他可以为您的母家传宗接代了！”朵朵对着谦儿夸奖了一番。

“唉！好……好……我的好孩子们，娘有你们，真的是娘的福分啊，是娘的福分啊！”刘氏眼中的眼泪是越发地多了起来。

娘儿三个最后抱在了一块儿，共同感受着他们心中的喜悦，就不知道若是蓝光辉知道此事的时候会是什么样子。

“主子，京都传来了消息，秋收开始，皇上会亲自来三里铺子，而且，不仅是皇上，皇上还要带着所有的皇子前来！”韩叔半跪在地上说道。

“哦？看来皇上这是要警告某些人了呢，那他除去带上那几个皇子，还有谁伴驾啊？是老头子吗？若是他们都出来，那京都有什么事情怎么办？”欧阳睿轻皱了一下眉头说道。

“回主子，此次前来的还有襄王爷，他会随着皇上的圣驾一块儿来的，王爷他留在京都监国！”韩叔说道。

“呵呵，估计王叔这趟来一定不会寂寞了，皇上此次前来可谓是凶险万分，王叔有的是机会活动筋骨了！”说到襄王的时候，欧阳睿脸上竟满是笑容，而眼中那敬重的神色也是越来越浓，能看得出来，他对襄王是十分尊敬的。

“你传令下去，杀手盟的人也要沿途保护皇上的安全，但是不到万不得已的情况下，不要轻举妄动，本世子可不能影响襄王叔的心情！”欧阳睿随后说道。

“是！”韩叔领命道。

“皇上真的是一个好皇上，我想他这次这样冒险前来，也是为了避免不再发生当年的事件，他这是想把那丫头收在自己的保护下啊，所以我们一定要全力以赴，不能让他受到任何的伤害！”欧阳睿又提醒了一遍说道。

“是！属下一定会小心谨慎，拼死保护好皇上！”

欧阳睿挥了挥手，挥退了韩叔。

京都如妃宫中

“晨儿，这次前去三里铺子，你定要小心啊，眼下你表哥守在那里，多少人眼红咱们母子啊，所以此次前去，你要加倍地小心！”如妃虽然是轻风细雨地说道，但是那语气中的担心，却是不容人忽视的。

如妃的眉眼清幽深远，如同碧清的两泓泉水，顾盼神飞，风采不凡，肤色白皙之中透着晶莹，如同最上等的羊脂玉，她的容貌很是精致，哪怕是她现在的年岁也已经不小了，但是她的风采却是依旧。

“母妃，您放心吧，表哥那边也是有接应的，况且，这次襄王叔也会去，有襄王在，必能保儿子一路平安的，最主要的是，你儿子也不是个草包，所以母妃，您就把心放到肚子里去吧！”欧阳晨很是认真地说道。

“你要记得，在你父皇面前，万万不要太过于表现，到时候不但惹来其他人的嫉恨，还会处处树敌，晨儿啊，你要知道，母妃不求你高高在上，母妃只求你一世平安。”如妃满脸的哀愁。

“母妃，身在皇家有许多的不得已，有些事情，不是儿子想不争，就能真的能过上安稳的日子的！不过母妃，儿子答应你，儿子定会好好地保全自己的！”欧阳晨怕是也只有在如妃的面前，才会展现他最真实的一面吧。

“对了，听说你表哥对那个种田的小丫头动心了？晨儿，你见过那丫头没？她人怎么样啊？”是女人就逃不过八卦的性格，就连如妃也是一样的。

“哼，就那个臭丫头，母妃，你别提了，那丫头狡猾得很，上次我和三皇兄就都进了她的圈套，不过看表哥的表现，怕是有那么回事儿呢！”欧阳晨虽然一口一个臭丫头，一口一个狡猾的，但那脸上洋溢出来的宠溺的微笑，却是让人不容忽视的。

“哦？竟是把你三皇兄也给设计了去，那丫头还真的够机灵的，你表哥他心里苦啊，母妃希望他能寻找一个懂他的知心人啊，若是那丫头真的哪哪都好，那么母妃……”如妃叹了口气说道。

“母妃，那臭丫头才十三岁，还没有及笄呢，什么知不知心的啊，母妃，您干吗要多管闲事啊？”欧阳晨一听到自个儿的母妃竟要替他表哥娶那个丫头，不知为何，竟是马上就阻止道。

“母妃寻思着那丫头还真是难得的，你皇祖母也在母妃面前提过，不过，她的年纪是小了些啊，过两年再看看吧，若是到时候睿儿……”如妃一听到朵朵才十三岁，便暂时打消了念头。

“母妃，您就别瞎操心了，您有那时间不如关心关心儿子，儿子可是马上就随父皇出宫了，到时候估计要三五天才能回来了，母妃就一点儿都不想儿子吗？”欧阳晨突然撒起娇来，欧阳晨不想听她母妃说什么时候的话，所以马上岔开话题道。

“哟，这是我的晨儿想媳妇了啊，是不是你看上哪家小姐了啊？若真看上哪家小姐，你就随母妃说，母妃定会向你父皇求个恩典给你赐婚的！”如妃一听欧阳晨说完，心里便有了算计，马上对欧阳晨说道。

要知道今年欧阳晨可也有十六了，可不是到了可以成婚的年纪了？她这个母妃做得还真是不称职啊，竟是把儿子的婚事给忽略了，所以经过欧阳晨的提醒，如妃便是关心道。

“母妃，儿子才多大啊，什么成不成婚的，若是没有什么事情，儿子就先告退了，儿子去看看皇祖母去，问问她老人家有什么话要带给表哥和小天天的。”欧阳晨一听到他母妃竟把主意又打到了他的身上，马上便坐不住了，找了个借口就迅速地离开了。

直到如妃回过神儿来的时候，她那宝贝皇儿欧阳晨早已经没有了踪影。

如妃摇了摇头，无奈地笑了笑，之后又陷入了回忆中。

“妹妹，日子过得好快，连晨儿都想要媳妇了，睿儿的婚事我很是自责自个儿不能做主，皇家欠你，欠睿儿实在太多太多了，姐姐只希望睿儿以后能够幸福，只要他幸福，姐姐心中的结儿才能解开！”

咱们再说说如今的编修府中的状况

一连数日商氏都在“养病”中，与其说是养病，还不如说是她现在正在自我怄气呢，就在他们从商王府回来的当晚，徐菲儿便找她大闹了一场，徐菲儿挨了打，竟这样简单地揭了过去，而一向疼她的外祖父不但没有什么回应给她，还要亲自去接那个小贱人，徐菲儿怎么能受得了呢?

所以当夜徐菲儿便把商氏与蓝光辉的屋子给狠狠地砸了一遍，而蓝光辉除了被气得不停地发抖外，根本什么也做不了。

最后商氏终于把徐菲儿给哄得差不多了，蓝光辉却从那一日开始便夜夜都睡在那两个姨娘的屋子里，哪怕是她一直“病着”，那蓝光辉也再没有回来看她一眼。

之后家里的管事也偷偷地向她禀报，说老太太很是霸道，家里的一切她都要过问，她都要掺和，更甚的是，蓝老太太竟吩咐管家要多送些补品去那两个姨娘院，说那两个姨娘服侍她儿子很辛苦，而那两个姨娘的年纪也不是很大，在生养方面也定是没问题的，既然放弃了他们蓝家唯一的孙子，那他们就要再还给她一个孙子。

所以各种的不顺心，各种的不如意，商氏终于是真的病倒了！直到大夫来请了脉后，编修府上才又沸腾了起来。

终于，就在商氏觉得快要绝望的时候，上天竟送给她一个天大惊喜，她有了身子，她怀孕了，这对于自从生了两个女儿后的商氏简直都要激动得哭起来。

“商氏，你这一胎可一定要小心了，你的年纪也不小了，特别是这头三个月，你可一定要小心呐！”蓝老太太得知这个消息后，第一时间地在蓝翠儿和余氏等众人的簇拥下来到商氏的院子，激动地握住了商氏的手，掏心掏肝地说道，大有一副好婆婆的架势。

蓝老太太足足在商氏的院子坐了一下午，快要到晚饭的时候，蓝老太太这才离开。

而蓝老太太走了之后，那听到商氏怀孕，从回来后便一直没有出现的蓝光辉竟是破天荒地出现在商氏的院子。

“婉儿！”一进入商氏的屋子里，便见到在与他赌气的商氏用被子把脑袋蒙了起来，根本不去看蓝光辉。

“婉儿，为夫来看你来了，快快出来，可别闷着自个儿，也憋坏了咱们的儿子啊！”一见商婉在与自个儿使性子，蓝光辉上前走了几步，很温柔地把商氏头上的被子给拉开了。

“你还来干什么？你去找她们啊，还来找我干什么？”商氏那大大的眼睛里此时盈满了泪水，再加上这几日来她心情又十分的不好显现出的病态，所以此时商氏的样子楚楚可怜的。

“婉儿，都是为夫的错，都是为夫不好，为夫在这里向你赔礼了，可是婉儿，你也要理解我，你知道吗？刘氏那个贱妇竟然去衙门备了案，她竟然……她竟然把我的儿子蓝谦的名字给改成了刘谦，她竟然敢这样，她竟然敢啊，婉儿，那天我心情本就很不好，再加上菲儿的无理取闹，所以这几日我才想让自己冷静下来才找你的，婉儿，让你受苦了，让你受苦了啊！”蓝光辉趴在了商氏的床边，很是痛苦地说道。

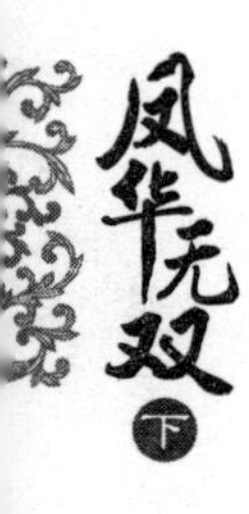

“什么？她……她刘芳竟然能干出这样有损妇德的事情？她怎么能这么狠啊，相公，这事儿可是真的？”商氏此时才惊讶地坐了起来，同时握住蓝光辉的手说道。

说她是惊讶，她也确实不是装出来的，因为，这些日子来，她一直都沉浸在自个儿的嫉妒、烦心中，所以根本就没有时间打听别的事情，所以此时她听到蓝光辉说的这件事情后，格外地吃惊。

“那个贱妇，不对，她就是个毒妇，她竟差人把带有官印的文书都拿来给我看了，还有什么是假的啊？所以婉儿，我现在什么都没有了，什么都没有了啊，只有你，只有你啊！”蓝光辉说着，眼中竟泛出了丝丝的泪花儿。

“她刘芳还真是狠心啊，相公，我知道你今日所做的一切都是为了我，为了我们商家，可是你现在也不止有我了啊，还有他……还有婷婷和巧巧啊，我们都是你的家人啊！”商氏又岂是不知道那蓝谦对于蓝光辉的意义是什么吗，那可是唯一的希望啊，可是现在却是不同了，或许以前他会是他唯一的希望，可是她现在肚子里的这一个才是他们最期待的呢。

“对！对！为夫还有你，还有我们未出生的儿子，所以婉儿，这一胎你要加倍仔细了啊，以后不要为任何事情去伤神儿，有什么事情，你可以向为夫说，千万不要自个儿在心里憋着，为夫会为你解决，不会再让你受到一丝伤害的！”蓝光辉很是认真地说道。

本来在男人最脆弱的时候，哪个女人能给他带来温暖，他便是从内心里去感激她，更何况这商氏现在肚子里还有他的希望呢，所以此时蓝光辉对商氏所说的一切，真是从内心深处而散发出来的。

“相公，别人我都不怕，可是你要知道，你的那个女儿……她……她实在太厉害了，到时候我还真的怕她会搞出什么事端来啊！”商氏小心翼翼地看着蓝光辉说道。

“哼，别跟我提那个逆女，去官府备案一事，定是那个逆女想出来的，不过此时为夫也只能在心里恨她啊，你知道吗？皇上要带着几位皇子去亲自观看她们的秋收啊，听说皇上对她可是极为欣赏啊，所以岳父也把我叫了去，好像我们去迎接那个逆女也提前了，也要赶在秋收前去三里铺子，这样到时候也会同二皇子有个照应！”蓝光辉此时恨朵朵恨得都牙根直痒痒，但是让他无奈的是，他的那个恶毒的女儿他又偏偏碰不得，不仅如此，再次见面他还要笑脸相迎，他又怎么不恼火呢。

“什么？那你们要什么时候出发啊，又什么时候能回来呢？”商氏很是不舍地问道。

虽然刘氏目前的态度很是决绝，但是一想到他们要单独见面，她还是有些不放心，再加上他的那个女儿有那么多的鬼主意，万一他们是想以退为进呢。

“婉儿，你放心，我这次是同岳父一块儿去的，刘氏那边已经做了这样的狠绝，为夫若不是因为岳父的请求，那是希望一辈子也不要见这个毒妇的，我们这次去估计得有七八天吧！”蓝光辉哪里不知道商氏心中的担心呢，但是其实他对于刘氏除了厌恶外，根本是没有其他的想法了，更何况如今商氏的肚子里还有了他的儿子呢。

“相公，人家舍不得你走嘛，前几天你不理人家，一直待在那两个姨娘的屋子，我不管，今儿个你一定要陪着我！”商氏见蓝光辉确实对刘氏不会有什么想法，即使是有想法那也有她爹爹在的，想必蓝光辉也不会那么大胆，所以她便又撒起娇来了。

“好！好！为夫临行前都会陪你的，所以婉儿，你也一定为为夫生一个儿子啊！”蓝光辉把商氏拥在了怀中，眼下怕是商氏让他做什么，他都会做的。

“雨儿，你到现在还在怪娘吗？娘做这些不都是为了你好吗？你想想，娘现在除了能够指望你，还能指望哪个啊？”余氏在晚饭后，来到蓝雨儿的屋子，而蓝雨儿并没有理会她的打算，从而余氏红了眼眶有些委屈地说道。

蓝雨儿绷着小脸儿，还是不去理会余氏。

“娘那天打了你，娘也是着急啊，难道你没有过够那乡下的生活吗？有些事情，在咱们没有能力反抗的情况下，咱们必须要忍受啊，不吃得苦中苦，哪能成为人上人啊？娘这一生也就完了，如今你爹爹是舍弃咱们，而保全他现有的生活，所以现在所有的一切，我们只能靠自己啊，雨儿，娘所做的这一切都是为了你啊，娘那天是一时急了才打了你啊，雨儿，你要理解娘啊！”余氏最后泣不成声地哭了起来。

“娘，你知道吗，我生气的不是别的，我生气的是在我受委屈的时候，你竟然还打我，咱们两人的处境我能不知道吗，可是你知道我所做的努力吗？我按你说的，竭尽一切地去讨好人家，可是你知道吗，人家根本就是知道我身份的，所以，你觉得她们能怎样对我呢？”蓝雨儿也流出了眼泪，把她这么多天肚子里的委屈全都说了出来。

到底是母女，蓝雨儿对余氏到底还是不能那样地狠心，所以便一股脑儿把徐菲儿同她说的事情告诉了她。

“是真的吗？她们竟知道了？雨儿，你是听谁说的啊？”余氏一闻言，那眼泪便如自来水一般，说停便停了下来。

“徐菲儿同我说的，她说不光她知道，那商氏也是知道的，她们只是不想捅破这层纸而已，所以娘，咱们还是不要再作践自己了，该怎么样就怎么样吧！只要咱们不做得太过格，我相信，爹爹也会因为对我们有愧疚而善待我们，现在是我奶管家，咱们的日子会好起来的！”蓝雨儿说话的语气也缓和了许多道。

“那徐菲儿可是一向同你不和的，怎么会和你说这些，还有，娘也注意到，自从回到京都后，徐菲儿竟是频频地带着你出去熟悉她们圈子里的人，就为这，你老姑都有些担心了，不止一次在你奶面前说了，想让你也把那秋儿带着，雨儿，你能同娘说这是怎么回事吗？”余氏那眼中满满的是关心地问道。

余氏早早地就注意到了这些，但她总是以为蓝雨儿同她耍脾气也是一时的，不会坚持太久的，哪里想到，蓝雨儿这么多天都过去了，就连正眼瞧她一眼都没有，余氏这才稳不住了，要知道在这整个编修府中，也是只有她们母女两人相依为命啊。

“她看上敬王世子了，她在我这里想得到蓝朵朵的一些事情，还有，蓝朵朵终究是要回这编修府的，所以她想同我一块儿联合，对付她，我同意了，所以她也就履行她的诺言了！”蓝雨儿对余氏实话实说道。

“原来是这样啊，我说这徐菲儿怎么这么奇怪呢，不过雨儿，你一定要留个心眼儿，她带你进入了那个圈子，你一定要抓住几个要好的，那样的话，即使是以后徐菲儿改变主意了，那你也不会损失太大。”余氏提醒道。

“娘，我知道了！”蓝雨儿也温顺地回答道。

“我的好雨儿，娘以后再也不会逼你了，你原谅娘好吗？”看到蓝雨儿软了下来，余氏便是上前去抱住了蓝雨儿，那自来水般的眼泪又一次流了出来。

“娘……”蓝雨儿也是依进了余氏的怀里，也流出了眼泪。

京都如今是暗流涌动中，却丝毫没有影响朵朵一家人的心情，这几日欧阳睿也不是天天都待在家里不出去了，正在如火如荼地找人做朵朵所要的东西呢，京都那么大的动静儿，完全可以证明皇帝对于这件事情有多么地重视，所以欧阳睿，这几日也是早出晚归地亲自去办这件事情。

而朵朵这边也是有了时间去酒楼那里去看看了，而她的脑子中还闪现了一些点子，到了镇上，她便是同许宵和方忻说了起来。

“朵朵，这个就是你说的那个辣白菜吗？这个看起来好像很好吃的样子，会不会很辣啊？”许宵也是一个吃货，一直对于美食都是来者不拒的，所以他很是感兴趣地说道。

“你尝尝不就知道了？”朵朵笑了笑说道。

朵朵早早便是又新研制了一些菜式，而这个辣白菜也是她研制的小菜一种。

“那这道菜，也要限量做吗？朵朵我和你说，你那个酸菜鱼，还有剁椒鱼头，每天的份量根本不够卖啊，不如咱们多做一些吧！”许宵边尝着辣白菜，边出主意道。

朵朵的酒楼每天都有一道限量的菜式，那些菜式既精致，又十分的可口，所以很多人都慕名而来，品尝这道菜式，可是数量上有些少，好些人根本就吃不到的，这样一来，怨言也就多了起来，所以许宵想提议，若是多做一些，那不是更好吗。

“这个菜是限量！”朵朵开口道。

“啊？”

“这个辣白菜是每日限量赠送50份，先到先得，超过50份，就要收费的，你们看怎么样？”就在许宵和方忻很是惊讶的时候，朵朵大喘气地把后话给说了出来。

“这个主意极好，朵朵，看来你在这经商的事情上，很有天分！这样一来，咱们酒楼的生意想不好都不成啊！”方忻赞同地说道。

“可是朵朵，这道辣白菜，若是每天都赠送50份儿，那我们多赔啊？这个东西真的很好吃啊！”许宵到底不是做生意的料，所以此时他的脑子并没有转过弯儿来。

“你放心吧，不会赔的，一来呢，我们可以用精致一些的盘子装这道菜，二来呢，这道菜式咱们可以提高价钱，越贵越好，只有越贵，大家才会越觉得珍贵！”朵朵笑着说道。

“而且，那几道限量的菜式，也不要提高数量，还是按以前的那个数量来办，越是得不到的，才越好，太多了，反而不值钱了！”随后，朵朵又继续说道。

“那真是可惜了，好多人都在咱们店一开门儿，便来点那几道菜呢！”许宵依然没转过弯来，不过对于朵朵的要求，他也从来不违背。

“嘭！”的一声从外面传来。

“我们爷，今儿个就想吃你们那道限量的菜，让你们做就赶快去做，废什么话啊？让你们去，就赶紧去，要不然别说我把你们这酒楼给砸了！”

随着一声巨响后，一阵谩骂声就响了起来。

“客官，小店今天限量的菜式已经卖完，那菜牌上已经注明，所以，今天不会再做这道菜了，请见谅！”小二很是从容地说道。

“睁开你们那狗眼，也不看看我们爷是什么人……”

说话的人，尖细着嗓音，很是高傲地说道。

而在包间内的朵朵三人都不自觉地皱了皱眉头。

“实在是对不起了，这是我们掌柜的交代下来的，我们也没办法，而且，小店自开业那天起，都是这个规矩的，所以请这位爷多多海涵！”小二的额头上都有细细的汗了。

开业这么久以来，虽然也不乏来找事闹事的，只为争那一道限量的菜，但是要知道他们的幕后老板之一那可是县令之子啊，从而那些人也就是偶尔发发牢骚而已，却从没有像眼前这位爷这么强势的啊。

只见眼前的人，精瘦的身材，白皙的皮肤，说起话来还用兰花指，虽然有点儿娘娘腔，但不得不说，这位爷说起话来还真的挺强势的，让小二真心地有压力呢。

“我管你个什么的规矩呢，总之……”那个尖声的男子又要发飙道。

“这位客官，来我们酒楼吃饭，却不管我们的规矩，还真的好生无礼啊！不知道客官有没有听过一句话，无规矩不成方圆啊？大至国家，小至自个儿的家庭，都是有自己的规矩的，看到客官您这样喜爱我们的菜式，我们很感谢，但是限量的菜式，今儿个是不会再有了！所以……”眼见着那个小二已经招架不住的时候，朵朵却是优雅地从另一间雅间走了出来，淡然说道。

“你……你竟敢？”那个尖细声音的人，手指抖啊抖啊地指着朵朵叫道。

“我当然敢，我怎么不敢啊？我是杀人了，还是犯法了，我好像什么也没做吧？我只是按照我们店里的规矩办事儿，我碍着谁了呀？”朵朵竟然笑了起来，反问道。

“臭丫头，你怎么不用那天说话的语气了？这家酒楼是你开的？”就在这时，只见欧阳晨走了出来，似笑非笑地对朵朵说道。

“民女给……”朵朵一见到欧阳晨，顿时便知道了刚刚这个尖细嗓音的人是谁了，而她的眼睛也是一转，便又要鞠躬请安。

“停！停！停！小爷我可受不起你的礼！”欧阳晨见到朵朵行礼，便连忙阻止道，他可是见到了朵朵的整人一面的。

“想必你也知道小爷的身份了，那么，今儿个爷几个，就想吃你那道彩椒茄丁盅，看着样子不错，大家也说挺不错的，可是怎么就轮到爷这里就没有了啊？”到底欧阳晨也是皇家的人，所以整个一副命令人的样子。

朵朵一听，原来今日这道菜式是彩椒茄丁盅啊，估计是，他们是被那盛菜的器皿给吸引了吧，那盛菜的器皿其实就是一个大红辣椒，里面装的是茄丁，肉馅儿，还有些彩椒丁，放上适量的佐料炒制的，而这道菜，无论是从色相上到味相上，那都是极好的，所以卖得很是火热。

只是看欧阳晨这样的一副命令的口吻，加上神气的样子，朵朵就觉得气不打一处来。

“你真的很想吃吗？”朵朵有些困惑地挑了挑眉毛道。

欧阳晨，与那个刚刚尖细音的男人听到朵朵的话，好似都松了一口气。

“是的，你多给爷做上几份送来，我们人多一些！”欧阳晨竟是很不客气地说道。

“呵呵，我想你误会了吧，我想说的是，若是你真的很想吃的话，那么你就明天再来吧，因为今天不会再有这道菜的，我想我刚刚同这位客官说的话，你也听到了吧，所以还请谅解！”朵朵含笑说道，虽然语气上有着丝丝歉意，只是在外面的人看到朵朵的表情，那表情怎么看，怎么是在挑衅，哪里有半点儿歉意。

欧阳晨那在外人面前自认为魅力无穷的那一张俊脸又阴沉了下来，眼也是一动不动地看着朵朵。

而朵朵也回以挑衅一笑，并不作声。

就在这气氛尴尬到不行的时候，只听见雅间里面传了一道低沉又颇有威严的声音：“晨儿，你的朋友既然很是为难，那你就不要勉强她了，既然你们认识，不妨带这丫头进来，给……给为父介绍一下啊！”

里面的这道声音传完，便只见刚刚那个还很神气的尖细嗓音，竟很是恭敬地垂下了头，好似是他多年的习惯一样。

“是！”欧阳晨也是恭敬回应道。

“请吧！”欧阳晨抬手做了一个请的手势。

朵朵便作势进去，可是陪在她身边，刚刚一直没有作声的方忻和许宵便也要跟进去，只是那个尖细嗓音的男子却给他们拦了下来道：“我们爷指名要见的是这位小姑娘！”

很明显，他在告诉许宵和方忻两人，除了她自己，别人不可以进去的。

可是方忻和许宵哪里能放心朵朵一人进去呢，因为他们能感觉到，这些人的身份定是不平常的，虽然朵朵好似认识这个少年，但是他们两人还是不放心。

“你们先回去等我，放心，我不会有事儿的，一会你们抽空把我装好的那一桶辣白菜，送到百货那里去卖吧！”朵朵当然知道里面是什么人了，所以她也知道，无非是她刚刚的那番话引起那人的兴趣来了，因此她并不担心地说道。

“那好吧，有事，你就大叫一声就行！”两人点点头，最后许宵还是不放心地说道。

朵朵对他投以笑容，点头笑了笑给予他们安心。

这可是一个千载难逢的好机会啊，要知道在如今的大周朝，屋子里面的那个人才是真正的大树啊，若是能抱住他的大腿，那她就万事不愁了，虽然这个过程也是极为惊险的，但是老话怎么说的？若是想要得到你从未得到的，那便要付出从未付出过的。

她现在可谓是树敌颇多啊，除了商王府，宋家的人，估计等到她去了京都后，还会陆续有的，若是光有欧阳睿一人，怕也会很吃力的，更何况，一旦他们的加工厂建造起来，估计会有很多人眼红，到时候，若是有了里面的那棵大树，她还怕啥。

所以朵朵竟在临进屋前，还很狗腿地整理了一下衣裙和头发，又露出了她自认为最完美的笑容，挺着小胸脯儿走了进去。

结果，她这一系列的动作，彻底地把后面跟着的那两个人给弄凌乱了，合着这丫头是知道里面的人是谁啊？可是她刚刚唱的又是哪出儿啊？只有欧阳晨的眼中竟闪过一丝的欣赏，的确这丫头是极为聪明的。

“民女叩见皇上，皇上万岁万岁万万岁！”朵朵用了她自认为很是甜美的声音，一进入屋子便跪倒在地行礼。

“呵呵，起身吧！你既然知道是朕，为何刚刚还要为难晨儿啊？难道你不怕朕生气吗？”大周帝眼中含笑地让朵朵起身，随后又故意沉下脸来问道。

“回皇上，民女并没有觉得自个儿做错，也没有惹皇上生气，又怎会怕皇上生气呢？”朵朵不慌不忙地说。

“哈哈哈，皇上，这丫头很是有胆量，也很有趣啊！”坐在大周帝旁边那个温润俊逸的襄王说道。

朵朵闻言，却也是望向了襄王，对于这个异姓王爷，欧阳睿当然是同她说过的，所以一看，被大家称为战神的人竟长得这样的温文尔雅，实在让她吓了一跳。

“晨儿，你从哪认识了这样的一个活宝儿啊？”大周帝闻言也淡笑问道。

“回父皇，这位姑娘，不仅五弟认识，就连儿臣也是认识的，此人便是咱们此次前来要找的主人，蓝朵朵，前段日子她同睿一块出现在京都的郊区选地，正巧儿臣和五弟也在那儿，所以，我们见过一面！”欧阳卓却是抢在了欧阳晨的前面回应了大周帝的话。

而欧阳晨闻言后，眼中却有着一丝不悦，只是片刻后，他便恢复了过来，笑着说道：“要说三哥同表哥二人还真是眼光一致啊，竟然看上了同一块地，不过最后却让表哥买了去，为此表哥还心里有些愧疚，怕三哥会生他的气呢，三哥你生气了吗？”欧阳晨又露出一副很是率真，毫无心机的表情，小心翼翼地问道。

“五弟说笑了，多大点儿事儿啊，不就是一块儿地吗？三哥要是知道那是睿中意的，三哥绝对不会去夺其所好的！”三皇子欧阳卓此时恨不得去撕破欧阳晨那一副讨人厌的笑脸。

他知道，这些皇子中，他的五弟是隐藏最深的一个，虽然他的母家并不在四大世家之中，但是那敬王府中的欧阳睿却是他的表哥，近几年来，欧阳睿的势力还真是不容小瞧啊，而他的姨母在敬王府中却什么作用都起不了，所以他能靠的也只能是齐国公府了。

而这次父皇带他们来的目的还不就是想警告他们一下，手不要伸得太长了？欧阳睿买地的事情，想必他父皇也一定知道的，而今日欧阳晨竟是这样地说，这不就是想让他父皇对他起疑心吗？所以尽管欧阳卓很生气，但是表面上依然是笑容满面，一副好兄弟的样子。

“哦？你就是那个会种地的小姑娘吗？这个酒楼也是你开的？”大周帝果然听到欧阳晨与欧阳卓的话后，微眯了一下眼睛，之后向朵朵问道。

“回皇上的话，这个酒楼就是民女和朋友一块儿合开的，而会种地也谈不上，只是运气好罢了！”朵朵很是谦虚地说道。

而朵朵越是恭顺，越是巧妙地回答大周帝的话，一旁的欧阳卓便是越生气，眼前的朵朵哪里还有那天在京郊的那副土里土气的样子啊，想着她给自己和欧阳晨鞠躬，欧阳卓的心情就越发地不好。

“哦？你一个小姑娘，竟是还有经商的天分？实属难得啊，听说现在是秋收的季节，朕怎么看着你挺清闲的呢？”大周帝看朵朵见到他，竟还能这样坦然自若，一点都不害怕，很欣赏的同时，便也兴起了一丝的逗弄。

“回皇上，民女这样子也是给逼出来的，民女的爹爹一走就是十年，只有我们孤儿寡女地独自生活，娘亲性子善良绵软，若是民女再不自强一些，那么我们娘儿三个早就吊死了！”朵朵很聪明地在此埋下了伏笔，想着她那渣爹若是知道的话，会不会气疯了呢，可是这些可不是她能管的事儿了。

“眼下是到了秋收的季节，可是民女的家里除了女人就是小孩儿，根本干不了什么重活儿，所以民女这才来镇上送来些自个儿做的小菜，卖上些钱，这样也好找些短工来帮忙啊！”朵朵皱着小脸儿，就跟真事儿似的。

而包括欧阳晨在内的其他几位皇子，无不嘴角抽动了起来，虽然他们都没见过朵朵，但是对于这三里铺子出了这样的一位能人，他们谁没派人查过啊，包括这个酒楼，还有那叫什么奇异百货的，可都是这个丫头的产业啊，她会为了雇几个短工而为难成这样。

而以欧阳晨多年来装天真，装无辜的心得来看，这丫头估计又有什么坏主意了，他突然无缘无故地打了个冷战。

“没想到你小小年纪竟有这样的担当，臣都自愧不如啊！”襄王爷听完朵朵的阐述后，竟是感慨道。

想当年他年少无知，做下多少错事，惹得他爹娘生气，直到他父兄都战死沙场，他娘自刎时，他才真正学会长大，可是眼下这个如花一般的明媚少女，十二三岁的年纪，竟有这样的心思，怎么能让他不感慨呢?

“回襄王爷，民间有一句俗话，那句话是这样说的：‘穷人的孩子早当家。’民女命苦，没托生在有钱人的家里，所以，民女也只能自强了，不过还好，虽然民女家清苦，但是民女却有一个很温柔的娘亲，还有一个很可爱的弟弟呢！所以民女做什么，都是开心的！”朵朵继续给皇上下套道。

“你看看一个小姑娘，都比你们强百倍，你们一个个的，要是有朵朵的一分孝心，那朕就是死也能闭眼了！”最后朵朵说完，那大周帝竟然是开始训斥起那几个心思各异的皇子来。

“儿臣知错！”看到自个儿的爹这样地生气，五位皇子都齐齐地跪在地上，认错。

“看来朕就是给你们创造了太优越的条件了，这才让你们一个个地天天想着那些不属于你们的东西，简直是混账！”说到最后，大周帝好像真气急了，竟然是把手中的杯子就挥了出去，正好砸到了三皇子欧阳卓的身上。

“父皇息怒！父皇息怒！儿臣知错！”

以三皇子欧阳卓最为大声地，求皇上原谅。

而朵朵看到这一幕后，便挑了一下嘴角，但也是瞬间的事情，之后，她又是紧皱个小脸儿，好像是有什么不妥似的。

大周帝正在气头儿上，并没有发现朵朵的这一变化，但是一直坐在一边旁观的襄王却是捕捉到了朵朵的这一系列的表情，襄王却没有揭穿，并且故意问向朵朵道：“怎么？小姑娘，看你的表情，好似你有什么想说的是吗？”

朵朵也在暗自怪自己真是不小心啊，竟这样大意，光顾着开心地看热闹了，却是忘记还有一个人在一边看着呢。

看到襄王爷那满眼的笑意，朵朵知道，人家这是愿意配合她做戏呢。

“丫头，怎么？你有话要说吗？若是有什么，你就说，朕不会怪你的！”听到襄王爷的声音，大周皇帝便也把头转了过去，看向朵朵问道。

“民女的娘说过，教育子女要以德服人，现在皇上您这样地生气，对于您身子不好不说，想必这几位皇子即便是面上知错，而心里却是不服的，莫不如，您同他们多多讲道理，这样……”朵朵一副欲言又止，又是小心翼翼的样子。

“以德服人？那你说说，平日里你娘都是怎么教育你们的呢？”大周帝若是此时还不明白朵朵的意思的话，那他便不配做皇帝了。

果然如太后、皇弟说的那般，这个小丫头极为地不简单啊，她这是在报仇的吧，四大世家明着暗着地没少给她阻拦，商家宋家，更为过分，一个痛下杀机，一个则是以亲情要挟，看来，他们是激怒了这丫头了。

他很欣赏这个丫头，看来早在刚刚他手下的那个宫人在外面吵嚷的时候，她便心里做了决定了吧，她竟然能当着他的面，设计了他五个儿子，这是在向他证明，她不会选择任何一方，而效忠自己吧，没想到这个丫头竟有这番见识，真是不错啊。

既然人家这样地诚实，那么他也要送人家一份儿大礼不是？

“回皇上，民女娘告诫过民女与民女的弟弟，天下没有免费的午餐，也不会白白地掉馅儿饼，所以一切想要得到的东西，那便是付出辛苦地去创造，而不是去偷！去抢！耍阴谋！”朵朵说到最后这三个词语的时候，竟格外地清晰。

“就拿民女种这两块儿地的例子来说吧，民女就如民女的娘所说的，想要得到，就要付出辛苦，所以民女对于这两块儿地，可谓是付出了许多，结果，眼见着收成喜人之际，却是有那些心怀不轨，想坐享其成的人，屡屡搞破坏，什么偷啊，抢啊，派人暗杀民女，简直无所不用，可是民女就不明白了，他们与其在这里有时间设计民女一个小姑娘，他们为什么不能也如民女这样，自己去付出辛苦，去所得呢？何必做这些下三滥的事情呢？您说这样的孩子们，能说他的爹娘没教过吗？一定是教过的，但是他们却还会依然犯错，那就表明了，他们是从内心中，并没有真正地信服他们的父母，是在敷衍着他们啊！所以民女还是想劝说皇上，还是教育方式重要啊！要让他们知道他们所想要妄想的东西是多么地来之不易，这样他们才会有记性！”朵朵把那妄想与记性二字说得极为的重。

朵朵把话说完，只觉得几道厉光朝她射来，这样的结果，她早就预想到了，但是与其整日被他们这样明里暗里地折磨，她莫不如敲打一下他们，这样也是向大周帝表一下忠心的好时机，所以朵朵是经过深思熟虑才这样一箭双雕的。

大周帝也沉默了，不过眼中对朵朵的欣赏更为地浓厚了，这个小姑娘做事果断不拖泥带水，最主要的是，她还有一种敢拼的精神，实在是让他刮目相看啊。

“你说得不错，朕也是该好好地以‘实际行动’来好好地教育一下这些不肖子们了，光是这样地斥责，想必也是不够的，这样吧，你这次来镇上不是也要找秋收的短工吗？不如这样，朕派给你五个，工钱就不用了，就供个一日三餐就好！”

只听大周帝的话一说完，那五个皇子们，齐刷刷地抬头不敢置信地看向大周帝。

而就连襄王爷闻言也是差点儿没把他口中的水吐了出来，让五位皇子去当短工，也亏得皇上能想出来啊。

“你们看朕干什么？难道你们有什么意见吗？”大周帝挑了挑眉毛道。

“儿臣不敢！”而他们在回话的过程中，狠狠地盯着朵朵。

“丫头，你看朕这样安排可好？”大周帝在教训这些个天天盼他死的儿子们的同时，还不忘拉朵朵一块儿下水道。

“回皇上，民女惶恐啊！”朵朵又一次跪了下来，虽说她口里一直说着惶恐，但是她那沉静儿的小脸儿上，哪有任何惶恐意思。

“皇子们个个都是人中之龙，怕是干不来这些个活计的，况且……况且……”朵朵支支吾吾还很是胆怯地向跪着的那几个皇子看去。

“哈哈哈，皇上，这丫头怕是在要你给予的权力吧，毕竟皇子们的身份在那，她定是怕皇子们的身份太尊贵，不好使用吧！”襄王爷那是由内心中所散发出来的笑意，越发地觉得这个丫头可爱。

朵朵听到襄王爷的话后，便如默认般地低下了头。

“有朕在一旁看着，我看哪个敢挑刺！”大周帝很是有威严地说道。

“儿臣不敢！”

众位皇子们齐声说道。

“嗯，这也是朕对你们的磨炼，希望你们能知道朕的苦心，好了你们都起来吧！”大周帝恩威并施说道。

“丫头，你也起来！”大周帝同时让同朵朵也起身。

“谢父皇！”

“谢皇上！”

众人谢恩道。

“丫头，你刚刚只说了你的爹爹一走就是十年，那现在你们想必也应该团聚了，为何这支撑家的事情还要落在你的身上呢？”襄王爷对于朵朵并不了解，所以问道。

“回王爷，民女的爹爹便是翰林院的编修，蓝光辉！”朵朵并未做其他的说明，只是把蓝光辉的名字报了上去。

只听朵朵刚刚一说出蓝光辉的名字，襄王爷很是自然地朝二皇子欧阳宏看去。

而欧阳宏却丝毫的意外都没有，可见他是早就知道朵朵同蓝光辉的关系的，朵朵顺着襄王爷的眼光看去，看到了他，只见欧阳宏细长温和的双眼，秀挺的鼻梁，白皙的皮肤，竟是同那娇小的商氏有着相似之处，朵朵不难猜出了他是谁。

“据本王知道，那蓝编修如今可是有妻子的，不知……”襄王爷竟是丝毫没有顾及到欧阳宏的尴尬，继续问道。

“回王爷，民女的爹爹十年前进京都赶考，而路遇劫匪，同去赶考的人回来向民女的家里报信儿，说是民女的爹爹死在赶考的路上了，所以这十年来，民女的家里人，并不知道民女的爹爹还活着，就前一段儿，爹爹的手下竟找上门来，说爹爹当年路遇劫匪失去了记忆，这才同家里人失去了联系，最近一段时间这才想起了往事，想起了民女的娘亲，这才来接我们回去！只是……”朵朵此时那眼眶竟是微红起来。

为了自个儿能顺利地哭出来，朵朵在别人不注意的时候，使劲儿地拧了自己的腰部一下，这样她才能有如今的效果，哭红了眼眶。

只是或许皇上与襄王爷听朵朵的讲述听得很是认真，又是离朵朵有一段距离，所以并没有发现朵朵的不妥，可是同样是站在一边的那几个皇子中，却是有见到朵朵这个小动作的，而那人不是别人，正是欧阳晨。

只见欧阳晨这回身子都抖上了几抖啊，他突然发现，宁可得罪小人，也别得罪女人啊，这个臭丫头，竟然是对自己也这么狠啊。

“只是什么？”这回问话的是大周帝，因为前面朵朵所说的，是大周帝全部都知道的，他还知道蓝光辉也是在这丫头的家里，做了一段苦力呢，按蓝光辉的表现来说，这丫头不该有这样的表情啊。

“只是，终究是民女的娘福薄啊，他们两人……他们两人此时和离了，弟弟随着娘亲，而民女，则是秋收后，进编修府！”朵朵说到此处，竟有些哽咽了。

“什么？蓝光辉同你娘亲和离了？怎么，他这是连平妻的位置都不愿给你娘亲了吗？”大周帝沉下脸子问道。

商家的小心思，一直是被大周帝所掌握的，同时就连蓝光辉许刘氏平妻一位时，他都是知道的，可是眼下是什么情况，看来那些个暗卫是越发地没用了，这样的情报他都不知道。

“既然情已经不在了，还要那个虚位干什么呢？况且，民女的娘亲眼见到了编修夫人的长女徐菲儿，是怎么把我雨儿姐姐给打了，又是怎么把我奶奶给赶回三里铺子来的，那样的大宅门儿，是民女的娘亲所害怕的，她怕她保护不了民女与民女的弟弟，从而娘亲便提出了和离！”朵朵那一直在眼圈儿转的泪珠儿终于是滴落了下来。

“想不到你娘亲还有这份勇气！”襄王爷眼中满是赞赏，能够不顾世俗的眼光，打破世俗的观念，这样的女子是他从未见过的。

“朵朵姑娘，虽然表妹的性子是有些刁钻，处事也有些野蛮，但是她的心性不坏的，况且，本皇子也是知道的，在蓝家老太太回三里铺子后，姨母可是特意地带着菲儿表妹去给你们道歉的，反倒是朵朵姑娘，好像是泼了姨母和表妹一身水吧，其实都是一家人，真是没有必要闹得这样不愉快的！”就在襄王爷频频称赞，而大周帝脸色越来越不好看的时候，欧阳宏竟淡笑地说道。

他的笑容很是淡然，而语气也极为地平和，好似在阐述一件极为正常的事情一样。

“二皇子消息还真是灵通啊，就连在民女家院子中发生的事情您也知道得这样清楚！”朵朵毫不意外于欧阳宏的反击，那商氏与蓝光辉所做的一切事情，可都是为了他呢。

“哦，还不是我那个任性的表妹受了委屈，便向我来诉苦的，我这个表妹啊，就是长不大呢！”欧阳宏对于朵朵的反问也是淡然应对。

“不错，民女是泼了她们母女一身水，可是她们打了民女的姐姐，气坏了民女的奶奶，又穿得花枝招展地一口一个叫着民女的娘亲为妹妹，民女就不清楚了，纵使是按长幼顺序，也是民女的娘亲为大，商氏为小，难道就因为她的爹爹是商王爷，而娘亲没有母家给撑腰，就要委曲求全吗？”朵朵眼中含泪，委屈地向欧阳宏问道。

“这……”一直能言善辩的欧阳宏竟词穷起来，而再反观朵朵那满是指控又充满委屈的小脸儿，竟让欧阳宏心中微微揪痛了一下。

“所以，民女不觉得往她们身上泼水有什么不妥，相反地，是她们上赶着找泼的！”朵朵的小脸儿上满是坚定，十分认真地说道。

顿时欧阳宏的白皙的俊脸上竟是出现了两道红晕。

一时这气氛又僵了下来，无人插话，他们总不能附和朵朵的话去说，那商氏和徐菲儿该泼吧，总不能说她泼得好吧，不看僧面看佛面啊，毕竟商氏的后面是商王爷啊。

“好了，丫头，这也聊了这么久了，你是不是也给我们上些吃的啊，你那个限量的菜，朕是无缘吃了，可是其他的特色菜总是不限量吧，挑些好的，给我们上一些来吧！”这时，大周帝便把这尴尬的话题给转移了去。

毕竟现在还不是动商氏的时候，更何况，这也只是蓝家的家事，就算他是皇上，做得也不能太过分，所以，他只能把这个话题给揭了过去。

“民女这就下去给大家准备！”朵朵福身行礼，便是向外走去。

而一直守在外面的许宵和方忻看到朵朵后，便松了口气，朵朵也并未做过多的解释，只是在他们的耳边说了些什么，二人满身都是震惊，同时也向后厨走去。

“蠢丫头，你这是一出来就不知道早些回家，本世子要好好想想了，以后是否该把你锁在家里呢？”一句很暧昧的话，从朵朵的对面传来，朵朵定睛一看，不是欧阳睿又是哪个呢？

“朵朵，这么巧啊，为父竟然在这里遇上了你，你是在这里吃饭吗？”就在朵朵还没有回应欧阳睿的时候，她的渣爹竟也是在这个节骨眼儿上出现了。

第十九章 四成干股

直到朵朵看到同蓝光辉走在一块儿的老者后，才明白蓝光辉的来意，看来，她这个渣爹还真是无孔不入啊。

“蓝大人，那和离书你难道没有收到吗？这次你前来又是为什么？”欧阳睿皱了皱眉头，对于蓝光辉的出现很是不悦，打断了他的话，所以出言讽刺道。

“微臣参见敬王世子殿下！”蓝光辉头上的细汗渐渐地往外冒，这个瘟神怎么就这么阴魂不散啊。

“敬王世子！”商王爷见到欧阳睿的身影后，也很有礼地点头打招呼。

“商王爷！”欧阳睿同样是点头回应。

“不知商王爷来此可是有什么事儿吗？”欧阳睿含笑问道。

“本王得知，光辉在失忆前是有妻儿的，为了本王爱女，做了很多情不自禁，迫不得已的事情，所以本王特意来向他们道歉的，同时，接我那将要认祖归宗的外孙女儿回家！”那商王爷说得很是真诚，言语间还有着深深的歉意，若是不知内幕的人听了，或许都会说他识大体吧。

“这位就是本王的外孙女儿朵朵吧？快来让外祖父瞧瞧，长得真是可爱呢！”随后，那商王爷便很慈爱地向朵朵招手道。

朵朵见这商王爷竟然真能舍下去脸啊，和她玩这招，不过他既然想玩，那么自个儿也要陪他玩玩。

“咦？商王爷，莫不是认错亲戚了吧，我姥爷，那可是多年前就去世了的，你怎么会是我的姥爷呢？而且我姥爷可是一个地地道道的乡下人呐，看这位老人家穿得极为体面，又被称作王爷，那就更不可能了，不可能！”朵朵的小手不停地摆着，而眼神也好像是看白痴一样地看商王爷。

“朵朵，休得无礼，这是你母亲的爹爹，也算是你的外公，你外公他老人家，可是特意来接你回京都的！”蓝光辉可谓是咬着牙说道。

别人不知道，可是蓝光辉却知道，他这个女儿可是个人来疯啊，她这一装傻准是没好事儿的，所以蓝光辉不得不防啊，只见他小心翼翼地挡在了商王爷的前面，那神色极为紧张。

“哦？原来是我后娘的父亲啊，不过爹爹，你似乎忘了吧，娶我那后娘可是你自个儿一个人的事儿，而我的娘亲是谁，你也该清楚的，我娘还活得好好的，我怎么能叫别人母亲呢？所以还请爹爹下次说话前三思！这亲戚还真不能乱认啊！”朵朵最后一句话说完，便意味深长地看着被挡在蓝光辉身后的商王爷。

蓝光辉脸色黑得都能滴出墨水来了，却无言反驳朵朵的话。

“哈哈哈……这孩子的脾气我喜欢，直来直往的多好，一时之间怕是这孩子还难以接受，光辉，这叫什么的事情，就以后再说吧，现在不急！不急！”就在蓝光辉尴尬到不行的时候，商王爷开口说道，虽然他的表面很是和善，满脸笑意，但是他在袖中的手，却是紧握成拳。

“朵朵姑娘，我们爷问你，这是要废话废到什么时候，我们爷现在的肚子可是饿着呢！”大周帝身边的宫人，此时突然走出了雅间儿问道。

“已经吩咐下去了，片刻就会好的，望大人帮忙回禀一下！”朵朵此时对待这位宫人很是谦卑有礼地说道。

那位宫人见到朵朵对自个儿很尊重，心里也是极为开心的，要知道，他们在外面说的话，屋子里面可是都能听到的，这个小姑娘竟对商王爷都是冷嘲热讽，夹枪带棒的，对自己却是这样谦卑有礼，实属难得。

“李公……李爷，麻烦您向里面的爷通禀一下，就说老臣……”商王爷一见大周帝身边的李公公在此，顿时心里一跳，估计刚刚他们所说的话皇上也听到了吧？为了避免不遭受到皇上的怀疑，商王爷决定进去替自己解释一下。

“商王爷，我们爷说今儿个是他微服出行，都是内眷，所以今日就不召见王爷了，王爷您请随便吧！”那位李公公弯腰垂着头回禀道。

“啊！好！那老臣便不打扰了，老臣也只是陪着老臣的女婿回乡接女儿顺便感受一下乡土气息而已，爷要是忙，那就改天再说！”商王爷很有余地地说道。

朵朵与欧阳睿相视一笑，看来，这商王爷估计要打算长住在这里了，只不过，不知道的是，他会住在哪儿？是三里铺子，还是镇上呢。

“世子爷，我们爷说了，您这臭小子，是不是不打算去见见他这个大伯了，让您赶快滚进去！”李公公的脸上带着笑意地说道。

“是！”欧阳睿很自然地牵起朵朵的手，就往里面走，而朵朵对于欧阳睿这样的表现也是十分自然地接受，所以并未觉得有任何的不妥，两人这一段也是经历了那么多，在朵朵心里面，也是觉得欧阳睿是一个特别的人，而且，在生死面前，他都没抛下她，这一点是让朵朵很是记忆犹新的。

“爹爹，商王爷，你们请便！”朵朵笑盈盈地便随着欧阳睿进入那个雅间儿。

商王爷笑着点头回应，蓝光辉则是十分尴尬地脸红起来，前前后后，那个李公公完全把他当作隐形人啦。

直到朵朵他们又重新进了雅间儿后，商王爷的脸色才逐渐地阴沉起来，一个阉人竟然敢打断他的话，还真是不得了了呢，而且，看来皇上是起疑心了，看来，他需要好好谋划一下了，谁能知道，今日在这里能碰上皇上啊，他只是听说暗卫回话，说蓝朵朵今日会来酒楼的，他这才赶来的。

直到进入雅间儿后，欧阳睿依然牵着朵朵的手，直到来到大周帝的下手，欧阳睿给大周帝和襄王爷行礼时，这才放下了朵朵的手。

而这一幕却被整个包间里的人看个清清楚楚的，除去襄王爷与大周帝的脸上带有调侃与欣慰的笑容外，其他那几位皇子的脸色都不太好看，就连一向与欧阳睿交好的欧阳晨也是怔了好一会儿呢！

“你个臭小子，听说你这次来这边也是极为凶险，朕还为你担心着呢，可是瞧你现在红光满面，春风得意的，哪里有一点点的警惕性儿啊！”大周帝大有调侃睿的意思。

“皇伯伯，警惕性儿也不能时刻挂在脸上不是，而且在这边，有这个蠢丫头的照顾当然好起来了！”欧阳睿对于大周帝的调侃丝毫没有脸红，心跳。

“人家朵朵丫头明明就是个机灵的小姑娘，你怎么能叫人蠢丫头啊，不准欺负人家啊！”襄王爷看到当欧阳睿叫朵朵蠢丫头时，那丫头的小脸儿紧绷着，大大的眼睛眯成了一条线，嘴角还不由自主地抽动了一下，襄王爷不禁哈哈大笑地说道。

“朵朵小姐，菜已经做好了，现在可以上吗？”就在襄王爷为朵朵出头时，外面的小伙计这时候从外面喊道。

朵朵先是朝大周帝看了一眼，只见大周帝点了点头，朵朵回应了句：“进来吧！”

这时只见进来了两个小伙计，手拿托盘，把碗筷还有菜摆在了桌子上，一共是二十道菜，小伙计们是分批摆上来的。

直到一切就绪，大周帝便让朵朵也坐了下来一同与他们进餐，朵朵也很大方地便坐了下来，丝毫没有因为刚刚他那渣爹与商王爷来的事情而受影响。

“这是什么？很嫩滑，很好吃，这个配虾仁儿真是香浓啊！”大周帝在李公公的服侍下，用汤匙舀了一匙放在他身前的菜式吃了一口说道。

“回皇上，这道菜叫豆花虾仁儿，是小店里新研究出来的菜式，您可是第一个品尝的客人哦！”朵朵笑着说道，果然这道豆花虾仁儿引得了大周帝的注意。

“这豆花儿是什么东西，朕怎么从未见过？”大周帝很是不解地问道，要说在整个大周朝，他可是一国之君啊，又有什么好东西是他没见过的呢？可是对于这个叫豆花的东西，他还真的是没见过呢。

“回皇上，这豆花儿，便是大豆榨取出来的，那大豆不仅可以榨出油来，还可以做出许多吃食呢！”朵朵笑着回应道。

这几天欧阳睿早出晚归就是办这件事情去了，大豆已经成熟了，所以朵朵就很急着看到成果，便把前世记忆又回想了一下，怎样做豆腐，怎样做豆浆，怎样做豆花儿，朵朵心里有了成算，便用那石墨给画了下来，让欧阳睿去处理了，也就是这几天，终于研制好了，所以朵朵这几日频频出现在这酒楼，也是为这事儿。

“大豆？”大周帝心里又有些怪暗卫没有用了，怎么连这大豆的事情都没同他说啊。

“皇伯伯，那大豆，便是您吃过的毛豆，那毛豆便是这大豆未熟透的前身！”欧阳睿看大周帝一副茫然的状态，便开口解释道。

“那小小的豆子竟能变成这样的美味啊，真是让朕开眼了，你们也尝尝这道菜！”大周帝说道。

几位皇子也都很优雅地舀了一匙，放在口中，大家都止不住地惊叹，的确是嫩滑香浓。

“那这一道菜又是什么呢！”大周帝又指了一道菜问道。

就这样，一共二十道菜，大周帝连问了八道他从未见过的菜，所以这一顿他吃得很开心，吃得也很多，这可高兴坏了襄王爷和李公公。

边疆告急，江南又有了灾害，如今大周上下国库空虚，粮食不足，没有吃的就连那马都跑得不快了，所以大周帝近日来一直愁眉不展，寝食难安的。

大家酒足饭饱，朵朵眼见着外面天色也不早了，估计刘氏定会焦急的，所以便向皇上道：“皇上，这天色也不早了，若是无事，民女就先回三里铺子了，如今这边一直不太平，所以民女若是回去太晚，民女的娘会担心的！”

“也罢，那你就先回去吧，秋收定在哪一天了？”大周帝很是体谅刘氏的心思，便是同意了朵朵先走。

“众位皇子赶了一天的路想必也是极为疲劳的，这秋收就改成后天吧，大家休息一天，然后就准备秋收吧！”朵朵极为体贴地说道。

“不用休息，这么点儿路途哪里用什么休息，朕迫不及待地想看着秋收的盛举呢，就明天开始吧！”大周帝严肃地说道。

“那好，民女这就回去通知我娘一声，也把该准备的准备了，明天在家迎接圣驾！”既然人家的爹爹都不心疼，那她又何必担心呢。

“好！你且先回吧！”大周帝挥手道。

“皇伯伯，襄王叔，睿也先告辞了，睿还有一些事情要同朵朵商量一下，所以咱们也明天见吧！”

“父王，儿子与表哥也是好久未见了，十分想念，如今见到了，儿子想与表哥好好聊聊！”欧阳晨的表情极为认真，再配有他那招牌般的笑容，很难让人拒绝。

“五皇子你还是老实待在皇伯伯身边吧，乡下那种地方，你适应不来的，更何况，朵朵的家里也没有可以让你住的地方，总不能让你睡猪圈吧，就这样吧，那睿就同皇伯伯和襄王叔告辞了，各位皇子，告辞！”

就在朵朵也要以为皇上也拒绝不了五皇子欧阳晨的请求时，欧阳睿却直接给他反驳了去。

“好，那你们就先回去吧，路上一定要小心！”大周帝点头道。

“丫头，明天可是也要给本王准备一些吃食，要本王说，今儿个那个叫花鸡就不错！”襄王爷很不客气地点起了吃食来。

“父皇我……”欧阳晨见大家都开始道别了，他表哥竟把他给遗弃了，那表情别说有多幽怨了，就如一个怨妇一样。

“那睿就先行一步了！”欧阳睿说完，但是扯着朵朵的小手离去，而朵朵也是福了福身随着欧阳睿离开了，所以无论欧阳晨怎么哀怨，那都换不回欧阳睿的停留了。

“……表哥你……”欧阳晨看到欧阳睿那匆忙的身影，便是委屈地叫了一声，只是欧阳睿连个背影都没有给他，直接出了雅间儿的门。

“想不到那商家老头儿也来凑热闹啊，你猜猜他们会住在哪儿？”朵朵随着欧阳睿上了马车后，便笑着问道。

“无论他们住哪儿，他们的目的也是为你而来的，看来商王爷对你，还真是下了大本钱！对了，秋收一事与那几位皇子有什么关系吗？刚刚……”欧阳睿疑惑地问道。

“呵呵……”朵朵便把刚刚发生的事情说了一遍。

“你也太大胆了吧，连他们你都敢算计，你还真是……”欧阳睿对于朵朵的大胆，又一次领教了。

“无论我再怎么恭敬他们，或者是怕他们，不也是没用吗？我自问没有招惹过他们，也没有得罪过他们，可是呢？他们不还是想尽了办法找我的麻烦吗？与其苦恼该站在哪一队，莫不如谁都不选了，皇上正值壮年，我们与谁走得太近都是不好的！”朵朵解释道。

其实她的脾气已经收敛得差不多了，就如这次，其实她更多地也不是追究那几个皇子对她产生的伤害，更多地是，她是想让皇上看到她的忠心。

而欧阳睿一听到朵朵说到“我们”那心情便格外好了起来，轻声说道：“你说得极是！”

回到三里铺子的时候，天色已经完全黑了，果然同朵朵所担心的一样，刘氏一直站在门口，向村口看呢。

“朵儿，你咋回来这么晚呐？啊！世子爷也一块儿回来了啊？”刘氏一看从马车中下来的欧阳睿，那心就放下了许多，她总是觉得，只要有这个敬王世子在，那她的女儿就会安全了许多呢。

“娘，咱们进屋再说吧，我还有大事儿要和你商量一下！”朵朵下了马车，挽住了刘氏的手，朝屋子走去，欧阳睿则还依然嘴角上挑，回忆着朵朵刚刚说的“我们”。

“啥？朵儿，你没骗娘吧？你是说，皇上他亲自来了？还要让皇子帮着咱家收地？这……这怎么可能啊？”刘氏的身子晃了晃很是不敢相信。

“娘，您听得没有错，不光皇上和几位皇子，还有咱们大周的另一位战神，襄王爷也一同来的，他们是特意来看咱家秋收的，所以明天，娘你记得，咱们家在饮食上，一定要保证细致一些，明儿个，若是您忙不过来，就找光磊婶子和光荣婶子来帮忙吧，至于其他人，能免则免，毕竟别人出于什么心思，咱们也不清楚，若是皇上在咱家有什么闪失，就是咱们这娘儿三个加在一块儿，那也赔不起的！”朵朵很是认真地说道。

不说别人，就是商王爷和蓝光辉可是也来到了这三里铺子，若是他们存了什么他心，利用这次机会，那么后果将不堪设想。

“唉，娘知道了，娘一定会谨慎小心的，那，咱家如今乱成这样子，得拾饬拾饬啊！”正说着，刘氏坐起身来，拿起那扫炕的笤帚麻利地扫起炕来。

“娘，您现在别乱了心神啊，咱家还是很干净整洁的，更何况，咱们本就是乡下人家，要保持住这乡村原有的气息才好啊，前两天咱家作坊做的那桌布，您明天挑出一条来，还有那凳子上的坐垫也都给放上，颜色上选着与那桌布相同的就好了。

这桌布也是这几天刚刚想到的，本来是要把它们放到酒楼里去做示范点儿，只是这几日有些忙，还没来得及弄呢，正好大周帝他们这时候赶来了，刚好能用上。

“唉，好，娘知道了，还有啥要注意的没？朵朵你是知道的，娘这脑子肯定没有你好使，所以，有啥事儿，你一定要提醒娘啊！”刘氏有些颇为苦恼地说道。

“娘，您放心吧，我会盯着的！”朵朵示意刘氏放宽心。

这一夜朵朵是一夜无梦，睡得十分香甜。

可是一大早，当她看到刘氏那两个生动的黑眼圈时，朵朵便知道，这刘氏怕是这一晚都没有睡好吧！

吃过早饭后一家人准备了铁镐、大箩筐，还有一杆大秤，都用小牛车拉到了地瓜地的地头。之前，朵朵便把这收地瓜的工具给准备得很齐全，所以今日只要拿上就好，除去司洋，韩叔外，欧阳睿昨晚不知道从哪，又弄来了四个人，那四个人不苟言笑的，但面相长得都如司洋一般，很是不凡，朵朵暗道，这是看到大周帝来了，怕有什么闪失吧，又找来了四个人以做苦力的借口保护大周帝吧。

本来，朵朵还想再找些短工来着，但是大周帝却说包在他的身上，也就是说，除了那五位皇子外，大周帝还会派其他人的，这样一来，朵朵却是乐得高兴了，因为，要知道，若是她找来的短工发生什么事情的话，她可是会被牵连的。

就这样，一大家人浩浩荡荡地来到了地瓜地前，因为黄豆和玉米，过了秋收也是一样的，而地瓜现在却是熟熟的了，所以先来收地瓜。

大约一刻钟的工夫，大周帝车队就从村口儿浩浩荡荡地行驶进来，所到之处的乡亲们自然也很是好奇，在他们这鸟不生蛋的穷乡僻壤的地方，怎么会有这么多好像身份不一般的人来呢，直到他们看到这些贵人们，都朝着朵朵家的地里去了，那些乡亲们一下子便沸腾了起来，而朵朵还特意请了村长和三爷爷一同来接待大周帝。

一向被全村人家都拥护的村长和三爷爷也都激动得红了脸，他们这三里铺子有多少年没有兴旺了，有多少年了啊，两位老人的眼中竟含着泪花儿笑了起来。

这次，大周帝并没有下车，而是让五位皇子带着十个短工一块儿过来找朵朵，而朵朵全然无视于那五位皇子不善的目光和他们今日的粗布衣，一行人就往地里来。

直到大周帝与襄王爷，还有府台，知县等纷纷在地头下车、下马，朵朵那边已经准备好了，就等着大周帝下令，就可以开始秋收了。

大周帝站在地头，先是指着大片的玉米地，让跟随前来的众官员都看看，“这便是那极为高产的玉米吧，想不到它成熟后是这个样子啊，朕吃过那嫩玉米，味道极好啊，若这玉米果真高产，则我大周将再无饥民……”

一番话说完，众官员都点头附和，并跪在地上称：“万岁！”

大周帝又招了欧阳睿上前问话，所以朵朵便也跟了过去。

大周帝见他们过来，作势要拜，就摆了摆手：“这在外面，一切礼仪从简。”

朵朵是巴不得的，这个年代，人动不动就要跪拜，她还是有些不习惯。以前见欧阳睿，还有其他皇子，她是能免则免，不能免装傻。今天的场合不同，这么多官员在此，她不规矩也是不行的。

“皇上，今日您来看看我们收地瓜。这地瓜能吃，还顶饿，产量比玉米还要高。”朵朵笑着道。说话的同时，朵朵还观察了这次随行的官员，朵朵看到徐思源，竟也随行在其中，而他身边所站的那个中年人，估计是他的爹爹吧，因为两人十分地相似呢。

接下来便是知县，府台，而方忻和许宵也随行在其中，朵朵暗道，果然是皇上出行啊，这阵势就是不一样啊。

跟随在大周帝身边的众官员，除了那知县还有徐思源的爹爹知道朵朵的聪慧外，其他的现在都注目在朵朵身上，他们心中都很惊奇。

这开口说话的是个农家小姑娘，一身普通的半旧袄裙，不过十来岁的年纪，样貌却已经是清丽无双，说话声音清脆，丝毫不拖泥带水。虽然面对着他们这些人，别人见了他们都畏畏缩缩的，偏这小姑娘不卑不亢地，一点怯意都没有，实在是让人稀罕。

襄王爷是早就见过朵朵的聪慧的，此时的嘴角也微微翘起，随即又恢复如常，眼角似有似无地向右边的一个角落方向的蓝光辉望去，这就叫做丢了西瓜捡芝麻。

紧接着，朵朵便教了几个短工怎样刨地，当然，蓝光磊还亲自示范了去，毕竟蓝光磊去年是刨过地瓜的，今年他自己家虽然也种了，但因为他们没有事先育苗，所以那地瓜的长势没有朵朵家好，要再等几天再收，所以今日蓝光磊亲自来帮朵朵家收地，只见他带着几个短工，几个人翻开地瓜秧，开始刨地瓜。

而那五位一贯养尊处优惯了的皇子们，则抬了箩筐，跟在后面往箩筐里捡地瓜，由于他们根本没有干过活，所以朵朵并没有让他们去刨地，要知道，要是把地瓜皮刨坏了，那就存放不了多久了。

一会儿工夫，地瓜地刨完了大约三分之一，四五个大箩筐里都装满了地瓜。司洋，韩叔等人就将箩筐一只只地抬出来，就在地头，当着大周帝和众人的面过秤。

刘谦和小天天端了个算盘站在旁边，等朵朵报出数字，他们就拨动算盘珠，一笔一笔地加起来。

“总共是八千七百斤。”小天天用还略有些奶味的声音，高声地报出最后的数字。

大周帝微微眯了眯眼，跟随他的官员中，却有好几人惊叹出声，站在稍远处观望的村里人，更是一下子轰动起来，就连商王爷的眼里都满满的是惊叹啊。

“这块地有几亩？”商王爷情不自禁地问道。

“刚刨开的这一块，大概有八亩多地。”司洋接这话道，因为刚刚他也是参与其中的，所以他最了解。他们已经刨开了差不多三分之一，这整片的地瓜地，大约是二十亩。

“就八亩地？”商王爷似乎很是不信，又追问了一句。

“不错！”司洋说道。

“你们几个，去丈量一下。”大周帝便对身边的几个随从道。

想不到那随从竟然真的随身带了尺，真的就进了地瓜地，开始丈量起来。

“回皇上，那刚刚刨好的瓜地是七亩六分，而那整个瓜地则是二十亩三分。”那随从丈量完了之后，回到地头，躬身向大周帝汇报。

立刻，地头上的惊叹声响成了一片。刚才站得略远的那些村民这时也不怕官了，都往前面拥挤了过来，多亏有随从和护卫挡着，要不然肯定就要“冲撞”了前面的官员们。

不到八亩地，就能收八千多斤的地瓜，那二十亩地的产量，岂不是要超过二万斤吗？二万多斤，这是什么概念。在整个大周朝，最有经验的庄稼把式，一年辛苦的劳作，一亩地能收上三百斤的高粱或者糜子，那就是丰收了。而现在这一亩地就一千多斤，就相当于三亩多地的产量，这让人怎么能不激动！

"能把这片地都挖开吗？"商王爷有些颤巍巍地问道，似乎是亲眼看到刚才那些还不够，还要亲眼看到这二十多亩地的整个收成，他才能相信这高产的事实，而且他现在内心中对朵朵的渴望越加浓厚，这样一个聚宝盆，他是绝对不会拱手让给别人的。

地瓜的生长期是一百天到一百二十天的样子，而朵朵家的地瓜已经长了一百一十多天了，现在收获，也不算早。而且，他们本也打算就在今天，将全部的地瓜收了，所以商王爷的这个要求，朵朵还是能承受的。

众人亲眼所见，不用他们去说，肯定这地瓜就能推广开来。当然，这个村里向她家买地瓜做种的人也会更多。

得到大周帝的允许，司洋便就又带着人，进了地瓜地里开始刨地瓜，等将所有的地瓜都刨了出来，上秤称重，二十亩地，就这样大半天的时间全部就都给刨完了，果然是人多力量大啊，要知道，这可是二十亩地啊。

最后地瓜的总产量是三万零六百斤，当众人听到这个数量时，无不惊叹，震惊。

"天佑我大周啊，天佑我大周啊，丫头，真是没有想到，这区区二十亩地，竟有这样的收成，朕甚感欣慰啊！"大周帝那颇有威严的声音很是激动。

"皇上万岁，万万岁！皇上万岁，万万岁！"无论是官员还是百姓们，无不齐声喊道。

直到多年后，大周帝想到这一天时，都有无限的怀念。

不光大周帝，就连一向对这些农活儿很是白痴的皇子们也都被这一产量给惊呆了，他们真是没有想到，这么一片地里，竟能种出这么多的东西来，他们最后捡地瓜捡得都激动得忘记了疲劳。

"朵朵丫头，若是朕再给你一些土地，你有没有信心，再给朕带来一些盛举？"大周帝对于这样的收成很是欢喜也很是激动，所以对朵朵说道。

"皇上，您并不需要给予我太多的土地，因为若单单只有我一个人种植这种作物的话，您就是给我再多的土地，那也是解决不了根本问题，可是我若是把这种植地瓜的技术和种子推广出去的话，那便不一样，皇上您可以想想，一个人种能得到多少收益，一个村子种能得到多少收益，最后，若是一个国家种，又能得到多少收益呢？"朵朵含笑说道，她想大周帝一定会算清楚这个账的。

果然，只见大周帝满目惊喜，大笑道："没想到朵朵丫头竟有这样的胸襟啊，好啊，实在是好啊，若是当年他也如你一般，那也……"大周帝说说便停止了下来。

若是当年，那个人也肯有这样的胸襟，或许，他便不会最后落得那样的下场了吧，再看眼前的朵朵，他深感欣慰，这样有分寸，有头脑的女子若是能嫁给他的儿子其中一个该有多好，突然，他又看到站在朵朵身边那个强势又优秀的侄子，大周帝颇有一些失望。

“朵朵丫头，把你的想法和朕说说，你要怎么个推广法？”大周帝收敛了自己的心情，向朵朵问道。

“回皇上，民女是想打算今年先在三里铺子进行推广，这样明年春天整个三里铺子的乡亲们就都可以家家种上地瓜了，之后，继续留种，卖给朝廷，到时候分配到各地的官员手上，这样一来，全国上下各地人民都可以种植这地瓜了，至少，我们大周朝再也不会有饿死的人了！”朵朵把她心里的话说了出来。

“朵朵啊，这你可想好了啊，这种植地瓜的技术，定是你蓝家祖传的吧？你……你怎么能私下地就这样传扬出去呢？其实皇上都已经答应给你一批土地了，你为何不？”其实商王爷早在朵朵推脱不要皇上给的土地的时候，便忍不住想要插口了，直到朵朵说要把这种植技术给传播出去，那可是吓坏了商王爷，这个傻孩子怎么就这样的傻啊，这样一来，他们得要损失多少银子啊，所以，他很焦急地上前阻止，同时还不忘提醒朵朵，若说这是蓝家祖传的技术的话，皇上便一定不会有任何惩罚的。

“商王爷此言差矣，别说这技术不是蓝家祖传的了，就算这技术是蓝家祖上传下来的，那民女相信爹爹对于这件事情，会与民女是一样的想法的，若是没有国，哪来我们的家啊，所以我们大周国的强盛，才是我们作为子民的幸事啊！”朵朵挺个小胸脯，说得很是大义凛然。

商王爷被朵朵的这一番话给弄得满面潮红，哑口无言的。

“好！说得好！没有国，哪来的家！说得好啊！”大周帝激动得无以言表了，若是他大周朝的子民都如朵朵这样的心胸，那么还愁他们大周朝会不昌盛吗？

就在大周帝最为激动的时候，司影却出现在了人群中，还向朵朵使了一个眼色，朵朵明白定是刘氏在家把饭都准备好了。

“皇上，已经午时了，不如先吃饭吧，吃完了饭再来看也不迟，更何况，下午民女家要收小麦，这种作物是在大周朝随处可见的，所以皇上与众位大臣们也不必观看了，不如就此歇息一下吧，至于那大豆与玉米，也要等到中秋后才能收割呐！”朵朵含笑说道。

“好！那就先吃饭吧！”大周帝点头示意道，因为他也觉得肚子有些饿了，自打来到三里铺子后，大周帝就觉得他神清气爽的，用饭也多上了许多，不禁对这乡下也产生了深深的好感。

“你们就回去吧，不用在这伺候着了，想必丫头家也是装不下这么多人的！”那些个府台，知县都纷纷低头跪地行礼，然后打道回府。

而剩下徐思源的爹爹工部侍郎，还有商王爷，蓝光辉等则没有离去，打算要同大周帝一同去朵朵家吃饭去。

“皇爷爷，皇爷爷，您可不可以不让他进刘婶子家的院子啊？”就在这时，刚刚一直在打着算盘的小天天竟开口说道。

大周帝无论是出于真心疼爱，还是愧疚的原因，总之他很是喜欢小天天，眼见着自个儿弟弟家的孙子如今长得这样健康，他也算是欣慰了，以前的小天天可并没有这样的健康、开朗呢！

大周帝顺着小天天小手儿的方向，竟看到了蓝光辉，大周帝便阴沉了脸色，却温和地向小天天问道：“天天，你这么做是为何呢？”

“因为他惹刘婶子不高兴了，刘婶子为了谦儿哥哥和朵朵姐姐不被那编修府的狐狸精迫害，都与他和离了，可是他还很是不要脸，竟然非要抢朵朵姐姐，刘婶子为这事儿，都哭了几场了，皇爷爷，刘婶子待我那是极好的，所以，我不同意他进刘婶子家的门儿！”小天天说到最后激动的时候，那小手儿竟是抖啊抖地不停，以表示他的激动。

“皇上……”蓝光辉眼见着大周帝的面色阴沉了下来，便想开口解释道。

“这是你的家事，你不必多言，不过，既然这其中有这样的原因，那你便不要跟上来了，本来这次的随行你也并未在内，就这样吧！”大周帝挥了挥手说道。

蓝光辉面如死灰地向商王爷看去，哪知就连商王爷也是对他摇了摇头，他只能恶狠狠地望了朵朵家方向一眼，最后垂着头领旨告退了。

朵朵便悄悄地对着小天天竖了竖大拇指，以示表扬，而小天天则如小狐狸一般地挺了挺小胸脯儿。

“咳咳……朵朵丫头，今儿个可是有那‘叫花儿鸡’啊？”正在朵朵与小天天在互动的时候，襄王爷却轻咳了一声，打断了他二人的互动，同时还轻挑了一下眉毛道。

朵朵闻言向襄王爷望去，顿时有一种被抓包的感觉，小脸不由自主地红了起来。

“不光有王爷爱吃的‘叫花儿鸡’，还有那梅菜扣肉呢，我特意让我娘做得香香的，王爷您就瞧好吧！”朵朵很是狗腿地走在了襄王爷的身边，弯着小腰，往前带路。

而欧阳睿同那几个皇子看到这样的朵朵无不嘴角上挑，满是疑惑，这样的女子到底是什么样的？到底是可爱的？精明的？还是迷糊的呢？众人想了又想都无法做出选择，而欧阳睿却是加快了脚步，走到了朵朵身边，轻握着朵朵的手，插在了襄王爷的中间道：“襄王叔的口味真是多年未变啊，依然喜欢肉食！”

看到欧阳睿插在了他和朵朵两人中间，摆出那副臭脸时，襄王爷低声笑说道：“臭小子，你那黏人的脾气也是多年未变啊！哈哈哈……”

“襄王爷，你与睿儿说什么呢？怎笑得这样开心啊？不妨与朕也说说？”大周帝眼见着襄王爷笑得那样开心，便是情不自禁地问道。

“皇上，臣……”襄王爷刚要大声说。

“襄王叔，听说皇祖母要在这次的秀女中给你选妻呢，不知道襄王叔会喜欢什么样的呢？”欧阳睿很淡然地轻轻吐出了一句这话。

“没……没什么，只是听……听朵朵丫头说，有臣爱吃的‘叫花儿鸡’还有梅菜扣肉，臣太过于开心了！”襄王爷狠狠地瞪了欧阳睿一眼后，结结巴巴地编了一个很蹩脚的理由说道，反正他爱食肉，谁都知道的。

“哈哈哈！”大周帝听后，哈哈大笑。

其他的人则是想笑不敢笑地都低下了头。

“臭小子，算你狠！丫头，你可是想好了，这臭小子一点儿亏可都不吃的，又极为小心眼儿，你若是嫁给他，那你以后的日子可就有得受了！”襄王爷先是狠狠瞪了一眼欧阳睿，然后又很痛心又怜惜地对朵朵劝道。

“我……谁说要嫁给他了啊？”朵朵一直认为自个儿才十三岁，也就是个小豆丁的年纪，所以便没有与欧阳睿拉开距离，可是就是他们身边的人，也没有用异样的眼光看他们啊，为何会这样，朵朵很是娇羞地先往家里跑了。

她哪里知道，他们身边的人都是欧阳睿的人，哪里会敢有什么异样的眼光呢？

“哈哈哈，看来这丫头的精明也是分地方的，看来，你还有很长的一段路要走呢！”襄王爷看到朵朵跑掉之后欧阳睿那越发阴沉的脸，心情好了起来，从而调侃道。

“皇叔还是管好自己吧，免得皇主母下次寻人的时候，你又要想办法东躲西藏了！”欧阳睿冷然说完，也快速地离开了，而他的心里却久久回荡着朵朵刚刚说的那句“谁要嫁给他了啊？”，脸色越发阴沉了起来，“哼，不嫁吗？”

“娘，婶子，您都准备好了吧，皇上他们马上就过来了！”朵朵先行跑回来开口说道。

“准备好了，都准备好了，那酒，也是按你说的，准备的是你自个儿鼓捣的那葡萄酒，朵儿啊，听说咱家那二十亩地竟收了三万多斤的地瓜啊，是真的吗？”刘氏是最典型的庄稼人，所以一听说有这样好的收成，那可是比赚银子还让她高兴啊。

“当然是真的啦？我不是早就说过吗？怎么？您还一直不相信啊？”朵朵看到刘氏这样容易开心，更加地觉得刘氏是个多么纯朴的好人啊。

“朵朵啊，照你这么说，我们家那几亩地也能收获几千斤的地瓜呐？”万氏在一边也很是开心地问道。

“那是当然啦，今年就咱们两家人种，明年开始，咱们三里铺子都要种，这样一来，以后咱们村儿想不富都不行啊！”朵朵开心地说道。

“姐，娘，婶子，皇上马要就到咱家门儿口了，咱们赶紧接驾啊！”就在朵朵万氏她们还沉浸在丰收的喜悦的时候，小天天与刘谦跑了进来，刘谦气喘吁吁地说道，很明显，他很是焦急地传话儿。

“啥？接……接驾？朵……朵儿，咱们该咋接驾呢？”刘氏一时间有些不知所措了，而且当她看向万氏和冯氏时，那两人也给了她一副不知道该怎么办的表情，所以万氏只能求助于朵朵了。

“娘，你们不用怕，皇上，王爷，几位皇子们是和蔼的，咱们就大大方方地跪地迎接就行啦！”朵朵握住刘氏的手，给予她安心，之后几人便走出去跪了下来，迎接着大周帝，襄王爷，各位皇子的到来。

“民女……”

“民妇……”

“参见皇上，皇上万岁，万万岁！”随着脚步声越来越近，刘氏，朵朵等人磕头行礼道。

“出门在外，一切礼都免了，是朕打扰了你们，都起来吧！”大周帝那颇具威严又不缺和善的声音传来道。

“谢皇上！”

众人谢过礼后，便起身，由小天天领着路，其他的人跟在后面，往中厅走去。

一进入中厅，映入众人眼帘的便是一张摆了酒菜的桌子，那桌子还用了紫红色绣着清秀淡雅蓝光的桌布，很是漂亮，而那凳子上，也放了同那桌布同样颜色的小坐垫，很是整洁，漂亮！

众人的眼中无不是惊叹赞赏的。

“这块铺在桌子上的布还真是淡雅呢，这可是出自你的手吗？朵朵丫头？”朵朵身上，大周帝可谓是看到了太多的特别，太多的不一样了，所以这样的布置，大周帝很自然便想到的是朵朵。

“回皇上的话，这叫做桌布，是民女的娘剪裁绣的，同这凳子上的坐垫儿是一套的，昨儿个晚上，民女回来同民女的娘说了今儿个皇上、王爷，与众位皇子要来，所以娘亲便急忙做了这桌布，要不然免得寒舍过于简陋，恐惊了圣驾！”朵朵回应道，其实她也不算是说假话，虽说这桌布的点子是她想出来的，可是从裁剪到刺绣她可就都没有参与了，所以说这一切都出自于她娘的手，也不是撒谎的。

“果然是有其母必有其女啊，刘夫人果然是蕙质兰心啊！”大周帝很是称赞道。

刘氏对于大周帝的赞赏很是不知所措，只有商王爷的脸色越发地不自然了起来。

“娘，您还不赶紧谢恩呐？皇上叫您是刘夫人啊！这样一来，你便可以到衙门自立门户啦，以后谦儿的仕途也不会有影响啦！”朵朵一见自个儿娘亲傻了的状态，马上小声提醒道。

本来对于刘氏与蓝光辉和离一事，虽然字面上和衙门都已经备了案，没有了瓜葛，可是这后面的事还是很多的，例如说刘氏立门户的问题，一般是不允许女人立门户的，这也就是为什么人们这样重男轻女的原因。

而就算不单立门户，刘氏只要与蓝光辉和离了，那日子也是可以过下去的，但刘谦却不成，他还要参加科举，他虽然已经改了姓刘，但是刘氏却是没有立下门户的，所以他们即便改了名字，刘谦在以后的仕途中也是要有麻烦的，本来朵朵想着以后到了京都再想办法，却没想到今天竟有了这个机遇。

“民妇叩谢皇上，谢皇上！”刘氏听到朵朵的提醒后，很是激动，也很是兴奋，连忙跪地谢道。

“你应得的，你一介妇人竟教育出了这样一双好儿女，理应自立门户！”大周帝很是直接地说道。

“好了，起来吧，不要一直谢朕了，朕还要谢谢你，生了这么好的女儿，为我大周造福啊！”大周帝感谢道。

“谢皇上！”这时候刘氏的腿已经全然不是自己的了，所以她在起身的时候，腿一软，马上就要摔在地上了。

朵朵看到想要冲过去也来不及了，远水解不了近渴啊，因为刘氏谢恩是去了中厅的正前方，而朵朵如今正站在中厅的左侧，所以根本够不着，就在朵朵担心以为刘氏要摔倒的时候，戏剧化的一幕竟然发生了。

“以后要小心了！”只听到襄王爷那温柔得不能再温柔的声音响了起来。

“谢……谢王爷！”刘氏由于昨夜并未睡好，所以脸色有些白，此时她被人抱在怀里，那苍白的小脸上竟布满了红潮，忙从襄王爷的怀中挣脱了出来，被上前的朵朵扶了过来。

襄王爷眼看着佳人自他怀中离开，心中有一丝的失落和空虚，这么多年来了，他什么样的女人没见过，温柔的，刁蛮的，假模假式的，他统统都是见过的，只是如刘氏这般独立的，外表柔弱而内心坚强的，他却从来没有见过！

为了自己的子女不被迫害，她勇于和离，甘愿担当着被世人嘲笑，讽刺的罪名，这样一个奇女子，深深地勾起了他的兴趣……

“不如咱们先用餐吧！下午皇伯伯，您也可以早些回行馆休息啊！”欧阳睿上前一步打破了这短暂的尴尬。

“咳咳……好！好！咱们先吃饭吧！”大周帝好似也发现了襄王爷的不正常，轻咳了两声说道。

“皇爷爷，您快过来看，这是朵朵自己酿的酒，很好喝，连我都能喝一点呢，皇爷爷您快来尝一尝，襄王爷爷，您不是最喜爱美酒，对任何美酒都熟悉吗？那您来看看，这种酒您认不认识？”最后，在朵朵的小眼神儿示意下，小天天又充当小福星地开始两面介绍起来。

“哦？小天天也能饮酒了？让皇爷爷看看，是什么样的美酒，让小天天这样喜爱啊？”大周帝很是慈爱地摸了摸小天天的脑袋说道。

“怎么会有本王不认识的酒啊？小天天你可不要故弄玄虚哦！”最后襄王爷深深地看了一眼那垂着头，露出的脖子都红了的刘氏后，朝小天天说道。

“那襄王爷爷，您看看，这是什么酒吧？”小天天把手中倒满酒的杯子递给襄王爷。

“嗯……这是什么酒？怎么有一种甘醇的味道，虽然不是烈酒，但却十分地有味道，这是什么酒，本王还真是不知道呢！”襄王爷很是爽朗地说道，知道就是知道，不知道就是不知道，没什么可丢人的。

“哦？连襄王都不知道这是什么酒吗？那你们几个也过来品尝一下！”大周帝随手指向了欧阳晨等人。

欧阳晨率先走了上来，早在刚刚小天天卖关子时，他就对这酒产生了浓厚的兴趣了，奈何，他父皇没有发话，他也不能太过于乱来吧，好容易他父皇发话了，他又岂能放弃这个机会呢。

而同他有一样心思的其他皇子也是跃跃欲试地上前来，去拿桌上放着的杯子，品尝……

“这个哪里算做酒，就这东西，爷能当水喝，这也叫酒？”大皇子欧阳剑颇为憨直的声音传了过来。

大皇子欧阳剑，身材很是壮实，那脸盘，也是微圆的，大大的眼睛，薄薄的嘴唇，长得很有福气，再加上他长了一个娃娃脸，又有着皇家的血统，所以欧阳剑的五官也是长得极为细致。因为是德妃所出，德妃是孙家的女儿，而孙家便是以酒楼起家的，从而这大皇子，对于吃食，还有美酒上颇为了解，看他的身形就不难看出他是一个吃货。

“这种酒，好似有一种浓浓的葡萄甘甜，这难道就是那西域所传来的葡萄酒吗？”四皇子欧阳磊说道。

四皇子欧阳磊是云妃的儿子，而云妃正是出自于以酒业发家的邓家，所以他能说出来这种酒的名字并不奇怪。

“磊叔叔果然聪明，这种酒真就叫葡萄酒，这是朵朵自个儿酿的，我平日里也会喝上一些的，不过我喝的是朵朵特意为我酿的，我喝的那种没有你们这种浓烈，朵朵说，我喝的那种可以称之为果汁！”小天天眯着小眼睛，炫耀般地向大家介绍道。

朵朵一边扶着脸红得都能滴出血来的刘氏，一边不禁要用另一只手去抚额了，小天天这爱现的性子还真是不会变啊，就这么一会儿的工夫，竟是把她这么点儿的秘密都说出去了。

“妙！妙！果然妙！朵朵姑娘，不知这种酒你酿了多少，可否赠与我一坛，或者是卖我一坛也行，我的外公他尝遍天下美酒，但唯独这葡萄酒他没尝过，他经常说过，这是他一生中最大的遗憾了，所以……”欧阳磊很是有礼地恳请道。

“什么卖不卖的，这种酒也是民女闲暇时鼓捣出来的，不过第一次酿，怕酿不好，所以也只是酿了几坛而已，若是一坛的话，那么还是可以的！”朵朵含笑说道。

“那就多谢朵朵姑娘了！”这欧阳磊极为温润俊逸，脸上的笑容也极为地温暖，让人看着十分舒服，因为在他的脸上，看不出什么算计，眼睛也是十分清澈。

“大哥，你没听朵朵说吗，这酒也就只有几坛，你这都喝了多少了？行了，行了，反正你也不爱喝，快少喝些吧！”欧阳晨见到朵朵同欧阳磊说话极为温和，心中十分不悦，便拿他身边的欧阳剑出气。

“谁说我不爱喝了，我只是说这不像酒，就是听到她说没有多少了，又这么珍贵，我能不多喝些吗？”那欧阳剑说得极为理所当然。

那欧阳剑的话竟把朵朵差点儿给逗笑了，这位爷还真是实在呢。

整个席中，大家吃得热火朝天，而襄王爷自然盯上了那“叫花儿鸡”还有“梅菜扣肉”，吃得不亦乐乎，但是那眼神，却还有意无意地向一直上菜上酒的刘氏看去，刘氏被他那“炙热”的眼神盯得频频出错，最后还是朵朵借故把她给支了出去。

朵朵对那襄王爷的眼神极为关注，关于襄王爷的一些传言她可是知道的啊，今儿个那襄王爷是啥意思呢？难道是那一抱就把她娘给抱到了心里去了吗？可怎么说她娘也是一个和离的人，这襄王爷难道不在意？

算了，走一步算一步吧，或许今天只是一个巧合而已吧。

这顿饭吃得极为热闹，大家吃得也很多，或许是这几位皇子干了农活儿太累的原因吧。

“朵朵丫头，你的那个玉米在嫩着吃的时候，还很好吃，可是今日朕看到了，那些玉米如今都变老了，不知道那个有什么用处呢？”大周帝在席上问道，由于桌子不够大，而且人又多，所以今日朵朵并没有在桌上吃饭，反而刘谦作为刘家的唯一男人，挨着小天天坐着用餐，而朵朵则站在大周帝身后服侍着。

“回皇上，这玉米的用处可是大了啊，经过加工后，它有很多种吃法呢，这玉米也是产量极高的，还方便保存，比糙米可是好吃多了！”朵朵回道。

“哦？加工？何为加工，又怎样加工？”大周帝不解地问道。

“加工，就是把这些玉米，变成玉米饭和玉米面啊？民女与敬王世子在京郊处买了一块儿地，准备在那里建一个加工厂，就是专门儿加工这些作物的，如大豆，玉米，还有地瓜，其实地瓜也有一种能存放长久一点儿的办法呢，总之，若是咱们大周全国上下，以后都种植了这些作物，那必定是再无吃不饱的人了！”朵朵在大周帝的面前当然不能提饿死之人，而这个加工厂，即使她不说，人家也能查得到，从而朵朵并没有隐瞒地说道。

“原来这些作物竟有这么多的用处啊，如此甚好，那你与睿儿可要好好合作，不要让朕失望啊！”大周帝很是严肃地说道。

说实话，他此时是不太高兴的，因为，他很明白这加工厂以后的利润会有多大，全国上下收上来的作物，由他们处理加工后卖掉，那必定是利润丰厚啊，怕是以后他们二人会很快地取代那商家的四大世家首位吧，从而这大周帝怎么想，怎么觉得不舒服。

若是这样一来，大周朝的国库还是要指望着他人，现在大周帝那唯一的心愿便是自给自足，而不是靠他人来生存，欧阳睿虽然是皇家人，但是到底不是他的儿子，只是侄子，所以有些事情，他宁愿掌握在自己手中。

“皇伯伯，这建加工厂是一件利国利民的好事儿，也是一件大事，所以睿与朵朵也是商量过，既然是好事，也是大事，那我们两人又怎能贪功呢，所以我们两个人已经商量好了，把这个加工厂每年的利润分成三份，您占四成，而我与朵朵一人三成，这样一来，打着皇伯伯与朝廷的名号，想必是整个大周朝上下的百姓们都会感受到皇恩浩荡的！”接收到朵朵的眼色示意，欧阳睿很是淡然地对大周帝说道。

而众人一听到欧阳睿所说的话后，都被惊呆了，特别是商王爷加上那几位皇子，人人都是一副很是不敢相信的样子，要知道，这四成是什么概念啊，这四成的干股，每年的利润可不是几万两几十万两银子啊，照着他们这个预期，怕是几百万两，几千万两都是有的啊，这欧阳睿和蓝朵朵是不是傻的啊？这么好个机会，他们不抓紧，还要往外推，真是病得不轻啊。

而那商王爷听到欧阳睿的话后，便频频地向朵朵使眼色，他很想让朵朵去反驳欧阳睿的话，这样的好事儿，她不找自己当合伙人也就算了，可是他竟没想到，四成干股，他竟然说送就送出去了？这让他怎么也是想不通的。

“睿儿，你说的可是真的？朵朵丫头也是同意的？”大周帝闻言后，欣喜异常，同时又有些不确信地问道。

他不高兴归不高兴，但是他却不能公然摆在脸面上，比起商家的过分与跋扈，大周帝还是希望他欧阳家能有人出头，眼下虽然欧阳睿不是自己的儿子，但是他毕竟也是欧阳家的人，所以他如今只能同意，没有别的办法，可现在这是什么情况？没想到这两个孩子竟然有这样的打算。

大周帝望向了朵朵，他从朵朵的眼中看出了赞同，心里不禁对朵朵又一次刮目相看了，此女真是世间少有的玲珑人儿啊，谁人见了银子而不动心呢，而这一切，明明都是她想出来的，如今，她却甘愿让出四成干股，这一点真是让他觉得，刚刚他所想的那些在朵朵丫头的面前，汗颜啊！

“回皇上，这的确是民女同敬王世子一同商量好的，民女也是这个意思，这本就是利国利民的好事儿，若是有皇上给我们坐镇，我想，我们的底气便更加的足！”朵朵笑着说道。

钱她是想赚，但她真的没有想过成为什么天下第一富商，富可敌国什么的，她一个女子，要那么多的钱也是没用，她之所以现在这样努力地赚钱，那是想要让她的娘亲和弟弟过上好日子，而如今他们一家人都过上好日子了，并不缺钱，缺少的是靠山，在这个拼权的年代里，若是想要平平安安地生活下去，那势必是要抱住权力的大腿。

其实就单单欧阳睿来说，或许也是可以作为她的靠山的，可是朵朵却知道，就算加工厂哪一天真的建了起来，那也不会排除被模仿、被偷技的可能，因为，那些技术和机器毕竟不是什么太复杂的东西，更何况还有那么多虎视眈眈的皇子与其身后的人，以他们那微薄的力量是肯定不行的。

而对于他们这加工厂，大周帝肯定也是心里有想法，所以他们两个人一商量，分大周帝四成干股来安抚他，同时，他们这个加工厂便会是全国唯一的加工厂啦，这样的利润也是非常可观的。

“嘭！”的一声，商王爷手中的酒杯掉了下来。

他费尽心思地做这些，无非是想保住四大世家之首的位置，可是眼下这么一闹，怕是容不得他的想法了，想想女儿的委屈，外孙女儿的委屈，商王爷如今再看朵朵可不是以往那样和蔼慈祥的神色，而是那种愤怒、阴狠的表情。

最后还是二皇子欧阳宏轻轻地在桌子底下拉他一下，他才回过神儿来，他才看到大周帝在问话。

“怎么了商王？你有何见解吗？”大周帝可是明明白白地知道商王爷的那点心思，怕是快要憋出内伤来了吧。

“没……没什么，微臣只是一时手打滑儿，没拿好这杯子！”商王爷敛过心神，结巴地说道。

“那就好……”大周帝似是无意地说道。

“丫头，这还有五日就要过中秋，中秋前朕要赶回宫中去的，所以，你看，这剩余的作物，能不能在这几天也收了呢？”大周帝说道。

中秋家宴，举国同庆啊，他是必须要回京都的，同时朵朵送了他这么一份儿大礼，所以大周帝便想着要把这剩余的作物收割情况看完再回去，若是他刚开始来的目的是想警告一下他那几个不安分的儿子的话，可是今天当他看完朵朵家的秋收后，他的心态可就一样了，这样的盛举让他忘记了一切的烦恼，所以只有他全程看完朵朵家的秋收，他才能安心。

“当然可以了，现在收也是一样，反正只差几天而已，民女只是怕几位皇子太过于劳累，所以这才想让他们休息几天再说！”朵朵笑着说道。

实际上三里铺子这个地方，说是像北方吧，但却还比北方的天气会热一些，阳光也足一些，所以这几批作物也是可以收割了，朵朵只想着虽然这次她摆了那几位皇子一道，但是却不能太过分，收收地瓜也就好了，等他们走后，再收其他的作物，哪里想到现在大周帝竟提出了这个要求呢。

“那好吧，那明天一早，继续秋收，争取两日内完成，朵朵丫头之后你也是要去京都吧，朕看见商王爷可是对你很是看中呢，亲自来接你去京都，所以这秋收一过，咱们就一块儿启程吧。”大周帝笑着说道。

“商王爷，你说朕说得可对？”大周帝很是不厚道地问道。

那商王爷一直变幻的脸色，他岂能没有看到呢？可是这又怎么样，只要妄想挑战他权力的人，他都不会姑息的。

“啊！皇上所言甚是，这次微臣来，就是为朵朵而来的，所以接她……接她回去，那也是必然的！”商王爷尴尬地笑了几声说道。

现在的朵朵，对于商王爷来说，那可是烫手山芋了，怎么着都不是，可是话都已经说出，怎么样他也不能不认账吧！更何况，她即便是进了编修府，那也是在他女儿的眼皮子底下，他又有什么好怕的呢。

“皇上，今日天色已晚，明天还要去抢收，若是咱们回镇上，这样一来一回也挺浪费时间的，所以……不如今晚，咱们就在这三里铺子休息了吧，毕竟徐大人的家不也在这儿吗，想必这儿，应该挺安全的，总比赶夜路好得多！”一直未说话的襄王爷开口道。

“儿臣也觉得襄王叔说得是，如今天色不早了，通往镇上的路也本来就有些偏僻，不如咱们今日就休息在这里吧，想着表哥一住就是这么久，环境也是差不到哪儿去的！”五皇子欧阳晨也赞同道。

“那会不会有不便呢？”大周帝向朵朵看去，问道。

大周帝考虑得是多一些，现在人这么多，他怕这里住不下是一方面，还有朵朵母女又是女流之辈，他们这些人这样一住，又怕他们会有什么想法，从而大周帝便问向朵朵。

“若是皇上、王爷、众位皇子不嫌弃民女家简陋的话，那便在这里休息吧，我娘、我弟，还有我，我们可以去邻居家借宿，至于剩下的人，村长家，还有我奶家那都是可以住的，所以，谁住哪里，还请皇上与大家自行商议分配。”

虽然朵朵打心眼儿里是不希望他们住下来的，但却没有法子，而对于襄王爷的这一提议，朵朵还是抓住了一点有 JQ 的味道，若刚刚她只是猜疑的话，那么现在，她便好像是捉住了什么。

对于她娘能有一个好的归宿，她当然是乐意，而对于襄王爷，她虽然不是很了解，但是在别人那里听来的一些传言，也都是极为地好，从而朵朵并不阻拦，也并不反对他二人正常地接触。

“若是这样的话，那朕今日就在这里打扰你们了！”大周帝还极为客气地说道。

“几位皇子不嫌弃，可以随微臣去微臣爹爹的家里！”那徐思源的爹爹徐大人也起身邀请道，听那大周帝的意思，定是要住在朵朵家里了，所以徐大人便向另外的几位皇子邀请道。

“本皇子今晚就随表哥一块儿睡了，至于其他人我就不管了！”五皇子欧阳晨颇有一些无赖地说道。

而欧阳睿斜眼看了他一眼，并未做声。

最后一商议，商王爷把大皇子，二皇子给带去了蓝家老宅，因为所有皇子中，他俩关系最好。三皇子四皇子加上欧阳晨，自然就要留在朵朵家，所以母女三人的房间正好就给腾了出来。

吃过饭后，万氏等人要收拾残局，自然是忙忙碌碌的，朵朵则是借着这个工夫儿，带着司影，还有大周帝带来服侍的宫人一块儿去收拾屋子，把床铺给他们铺好。

大周帝与襄王爷同住一间，所以，自然要住朵朵同她娘亲的屋子，朵朵特意换成了床上四件套，一样的花色，套在了被褥上。

边收拾着，她心里还是边乐开了花儿，她可没有忘记那商王爷最后离去的时候，是什么样的脸色，估计他回去同他那便宜爹爹一说，她那便宜爹爹也会气疯了的，所有的一切，全是为了这点儿作物，与那加工技术，如今，她竟然这样大方地送给了大周帝四成干股，要知道那四成，那是多少银子啊。

估计他那便宜爹爹要恨死了自己了吧，不知道，他还会不会那么愿意让她认祖归宗呢。

“朵朵小姐，这枕套怎么少了一个呢？还有被罩，还是需要再罩一个，奴婢去作坊再取一个！”套着套着，突然司影发现这四件套中的枕套少了一个，而大周帝同商王爷自然也要一人一个被子，所以自然这被罩也是不够的。

“啊？不用了，还是我去吧，刚刚或许我拿的时候落下了，我知道在哪儿，你若是去，少不了还要重新找，浪费时间，我去吧！”朵朵说完，便起身出门往后院去。

正在她向后院走去时，突然听到了女子低泣的声音，朵朵便好奇起来，他们这院子里的女眷，可就这几个，屈指可数啊，是谁在哭呢？

朵朵有些不放心地向前走去，却见刘氏哭着从对面跑了过来……

第二十章
从侧门儿进

“娘，你这是怎么了？”朵朵马上把刘氏给拦了下来问道。

“朵……朵儿？娘，娘没事儿，娘还有事儿没忙完……先……先走了！”刘氏慌慌张张匆匆忙忙地说道。

说完，刘氏一边抹着眼泪儿，一边往前跑。

而朵朵也是离得近一些才发现，她娘是在哭，而那脸上也是异常的红，她借着火光才发现，又看她那样慌张的模样，朵朵很是不解起来。

朵朵并没有追上前去，因为她发现，她娘那神色慌张的样子，好似在躲避什么人一样，却并不像受了什么委屈，这样一来，朵朵便更是不解了。

直到襄王爷出现在她的面前时，朵朵瞪大眼睛不敢相信起来。

“和离的女子怎么了？和离的女子就不配得到爱情吗？什么狗屁世俗？本王就不吃那一套！哼！”那襄王爷的脸色也十分不好，黑得能滴出墨来，怒气冲冲说完这一句话，便离开了。

最后只留下一脸呆滞状态的朵朵，很是茫然地不知所措，天啊，她这是碰到了怎么个情况啊，她娘与这襄王爷真是有JQ？这是什么时候开始的事儿啊，可是，看刚刚两人的那副模样，这分明是一个追一个逃的样子啊。

“小姐，小姐你在这里干什么呢？那枕套和被罩呢？大家都累了要休息了！”就在朵朵还在神游的时候，司影走了过来说道。

“没……没什么，你随我去拿吧！”朵朵这才缓过神儿来。

“是！”司影很不解地跟在朵朵的身边，却也没有追问下去。

就这样，朵朵一直在自个儿的思考中，直到到了三奶奶家，躺在炕上睡觉，满脑子还都是想着她娘与襄王爷的事情，而她娘如今已经不哭了，但这整个晚上，她娘那原本白皙的脸竟是一直红红的。

蓝家老宅

“您说什么？那个逆女？那个逆女她竟然……”蓝光辉听到朵朵竟要把那加工厂的干股分给皇上四成，这个不肖女，这样的好事儿，她不想着他这个爹爹，竟然把那么多银子就这样送了出去，这可如何是好啊。

“光辉啊，你那个女儿啊，她……她这是故意在跟咱们扭着干啊，你知道吗，你那个前妻，得到了皇上的恩准，她现在可以自门立户了，所以，以后……”商王爷说这些的时候，那眼睛还有意无意地盯着蓝光辉，盯着他的一举一动。

“什……什么？她……她可以自门立户了？这……”蓝光辉的心里极为苦涩，一股悔意，也深深地在他脑子里，他怎么越发地觉得，他这步棋走错了呢？

“怎么？光辉，你是不是觉得后悔了，如今你这个女儿的身份，可是着实比不上你那个儿子的呢！”商王爷看到蓝光辉那满脸的悔意，便试探性地问道。

“岳……岳父大人，小婿怎么会有那种想法啊，要知道婉儿的肚子里可是还怀有我的孩子呢，我们也还都年轻，以后还有机会的！”蓝光辉结巴道。

“好了，无论你乐意不乐意，都要记得，你那个女儿，你势必要接回去的，不仅如此，在外人面前，你定是要把戏给我做足了，千万不要被别人抓住任何的机会去皇上那里说三道四的，若是被有心人拿去做文章，到时候不光是你，连我也是要倒霉的啊！”商王爷提醒道。

“是，小婿知道了，那咱们明天还要继续待在这里吗？不如咱们先回去吧，中秋将至，怕是婉儿也会想我的，而我也担心她的身子，所以……”蓝光辉满是希望地问道。

其实他今儿个被当众赶回老宅的时候，天知道他心里有多么地窝火，很是丢脸，他受了这么多的委屈与妥协，最后却竹篮打水一场空，那他还留在这里看人家那异样的眼光干吗，不如早些回他的编修府去呢。

“万万不可，今儿个皇上可是拿话点我了，何时回京都一事，咱们都要听皇上的，所以这几日来还是会不断地抢收，直到收完，然后咱们一块儿回京都，所以再坚持两日吧！”商王爷说道。

“那……那好吧，小婿也只是担心……担心婉儿……”蓝光辉结巴地说道。

朵朵家里

“风弟，你可是真的？你真的心系于那刘氏了吗？”大周帝与襄王爷躺在铺得软软的褥子上，想到今天襄王爷的表现，大周帝问道，私下里大周帝一向称襄王爷为“风弟”。

“只有臣弟有这份儿心思又有什么用呢？人家还有人家的想法呢，只不过，臣弟也不会轻易放弃的！”襄王爷并没有向大周帝有任何的隐瞒。

“她确实是一个好女人，只是，她可是和离过的了，若是你执意如此，怕是母后那一关你都过不了啊！”大周帝不禁也担心道。

“皇兄，不会连您也要在意那些世俗吧？我爱她，我喜欢她，就在听到她的事迹时，我就被她所吸引，她是那么的善良，那么的坚强，她不畏世俗的眼光，为了自己的孩子们，可以做到那一步，皇兄，您不觉得若是做了她的亲人，很有福气吗？”

“京都里的那些女人一个个娇里娇气的，不是虚荣就是虚伪，反正看着就不顺眼，但这刘氏不一样，她真实，她坚强，无论如何，皇兄，您要帮我啊！”襄王爷把他的心里话也完全给说了出来。

“唉！朕明白，朕尽量帮你，但是太后那边，朕可以想办法帮你解决了，那刘氏那边，你有十足的把握吗？”大周帝有些坏笑地问道。

“这个也要皇兄帮忙啊……”

这一夜里，注定许多人都是睡不着的，大家都各有各的心思，一直聊到很晚。

第二日一大早，刘氏、朵朵，便早早地就起来了，因为前一段日子，为了试验那加工厂的机器，所以朵朵便是先掰了些玉米去做试验。

为了让大周帝能实实在在地感受这玉米的重要性，所以朵朵今儿个一大早起来，便要用这些玉米做些食物。

“朵儿！这个真的能好吃吗？皇上他能吃得惯吗？要不……要不咱们还是做些细粮吧，这个玉米面啥儿的，咱们还是自个儿家留着吃吧，省得若是不好吃，便惹皇上不高兴的。

“娘，您放心吧，这可是个稀罕物啊，圣上他在宫里大鱼大肉的，什么好吃的没吃过啊，眼下到了咱们乡下，不就是尝尝鲜儿吗？娘，您放心吧！”朵朵笑着说道。

刘氏一听朵朵这样说，便同万氏、冯氏三人将两个大灶都烧上了火，之后将那磨好的玉米渣子粥煮上了。至于玉米面，朵朵打算多做几种吃食，不仅让这些皇上皇子们尝尝，就是连那些今日来看秋收的人也都尝一尝。

玉米高产，能入口、能顶饿，这样才值得推广。外面那些人怕是都吃过煮的嫩玉米，但是这完全成熟的玉米，他们还没吃过。

光听说不行，得大家伙都自己试试。这个东西是不是真的能吃、顶饿，这样一来，才能受大家的欢迎啊。

所以朵朵便把较粗的玉米面，拿水和匀了，就在大铁锅的锅边做贴饼子。而锅底，可以做庄户人家最常吃的炖菜，主食和配菜一锅就得了，方便、省事。既顶饿，营养又全面，最适合庄户人家的生活。

考虑到今天来的这些人，包括大周帝在内，只怕都是山珍海味吃惯了，他们的嘴巴和胃肠怕是消化不了太粗糙的食物，虽然粗糙食物对他们的身体健康很有好处。

朵朵这样做的主要目的，便要让这些锦衣玉食的人知道，玉米不仅高产，能够解决更多百姓的温饱问题，而且采用略微精细一些的做法，滋味也很不错。如此，以后，要大力推广玉米种植应该会更加顺利。

由于朵朵家里的厨房是与卧室分开的，所以就在大家还在睡着的时候，朵朵母女几人已经开始干活儿了。

一小瓢细玉米面加糖和面、发面，做了一笼屉的玉米发糕。又将一瓢的玉米面和白面混合。发酵，做了一笼屉的玉米面和白面馒头，其中一半是实心的馒头，另一半加了剁得细细的芹菜和少许肉末做成了芹菜肉馅的包子。

几个人在厨房里忙活，就听见外面传来了脚步声，紧接着，就有人掀开门帘。只见小天天从外面走了进来。

“哈……”一进门，小天天就跑到朵朵跟前儿，大喝了一声。

“朵朵，你在做啥吃的呢？”小天天轻轻吸了吸鼻子，看向盖得严严实实、正在冒着蒸汽的大铁锅，心里就直痒痒。

“玉米发糕。”朵朵回答道。“你怎么起得这么早啊？多睡会儿多好啊，你昨儿个想必也是累了吧？”

“我都习惯早起了，我昨儿个躺下就睡着了，所以现在神清气爽的，一点儿都不累了！朵朵我现在发现我已经适应了乡下的生活，所以一想到要回京都，真的有些舍不得呢！”小天天皱着他那一张包子脸说道。

“你以为我就舍得啊，可是为了某些事情，某些人，不得不离开这里啊，不过也没关系，以后到夏天了，你可以跟谦儿回来住上几日，就当是避暑了，要知道夏天时这三里铺子的气候可是比京都凉爽许多啊！”朵朵拍了拍小天天的小脑袋说道。

“真的吗？那要说准喽哦？”小天天大大的眼睛对着朵朵眨呀眨地，很是

可爱。

“什么说准了啊？臭小子，你起得可真早，闹得你叔叔我也没有睡好！”只听欧阳晨的声音传了进来。

原来昨天晚上，小天天是同欧阳睿和欧阳晨一块儿睡的，所以小天天起了床，他们两个自然就睡不着了，此时俩人一同走进了厨房。

“民妇参见五皇子殿下，世子爷殿下！”刘氏、万氏、余氏三人一见到欧阳晨与欧阳睿来了赶紧福身行礼。

平日里她们对于欧阳睿却不是这样的，可那也是熟悉了许久，在欧阳睿的极力要求下，她们才放松下来的，可是眼前这位可是皇帝的儿子，以后也有可能做皇上的，所以她们哪里能怠慢了呢？

“婶子请起，在这里不用多礼的，你们对表哥什么样，就对我什么样吧！”欧阳晨很是温和地说道。

“是啊，婶子，对他不用客气的！某人只是嘴馋了，所以不用理会他的！”欧阳睿见刘氏等人虽然是起了身，但还是有些紧张，从而解释道。

“你们两个大男人，怎么有进厨房的喜好啊，不是所有男人对于厨房这个地方，一辈子也没有进来过一次吗？”朵朵笑着问道。

要知道此时的男人很是古板，大男子主义，所以一个产房一个厨房那是他们一生绝对不会进的，所以朵朵对于这两个人的来到，有些诧异。

“呵呵，别说得好像你有多了解男人似的，我们只是闻着香味儿就来了，早晨做什么好吃的了？很是香浓呢！”欧阳晨的一双眼睛好像不够看了似的，左看右看的。

“今天早上我准备用我们加工出来的一小部分玉米做主食，一会儿好了，你们先尝一尝啊，免得到时，在皇上面前丢了人去！”朵朵笑着说道。

“那好啊，朵朵，那我帮你尝吧，只要我吃好吃的，估计皇爷爷肯定爱吃！”小天天那个吃货又开始发挥他那爱显的精神了。

朵朵笑了笑，点了点头，不一会儿，玉米饼子、发糕、馒头等陆续地出锅了。朵朵便拿了一个小碗，给小天天他们三个人一人盛了一碗玉米粥，又将几样吃食一样拿了一个，放在了厨房的小桌子上，随后，又端上来一盘辣白菜，黄瓜干咸菜上来，这个厨房的小桌子可以足够四五个人坐的，平日里司洋，韩叔，还有另外几个欧阳睿派来的暗卫就是在这里吃的。

因为只是想让众人尝一尝，所以不管是馒头、饼子，还是发糕，都做得比较精致，也就是个头比较小。

“这个粗，你们少吃点儿，平日里你们锦衣玉食的，一定没有吃过这样的粗粮的。”朵朵指着玉米饼子道。

“嗯，这个可真好吃，这粥也很好喝，朵朵，这个是叫啥啊？”小天天指着那发糕问道。

“这个是玉米面的发糕，是不是觉得又甜又香啊？”朵朵笑着问道。

不是朵朵自吹，她很了解，新打下来的玉米，略微加工，就甜香可口。万氏等人的厨艺很好，玉米饼子的火候正合适，贴着铁锅的那一面烤得焦黄，却并不过火，将玉米的香气完全地烤了出来。玉米发糕松松软软、甜甜糯糯。玉米面的馒头和包子，这么多的美食，朵朵相信，别看他们是锦衣玉食惯了的，但是这样的美食是他们从来没有吃过的。

还有玉米粥，这样香糯的玉米粥，也只有在这个时候才能吃到，等过些天，玉米被晒得完全干了，就没有这么甜和软了，所以看着小天天和欧阳睿两人吃得格外欢实，朵朵心里便有了预感，大周帝等人一定会喜欢上这美食的。

朵朵突然发现，原来欧阳晨真的很不挑食，虽然他吃的也同欧阳睿一样的优雅，但他却是每一样都会尝些，而每样东西，朵朵都没发现他有格外地偏爱，果然是皇子的作派啊，估计他们从小就被这样教育的吧，不让任何人发现他们的喜好，从而去钻空子，看着他们这样地生活，朵朵便觉得很悲哀，一个人怎么会没有喜怒哀乐的情绪呢。

所以朵朵叹了口气后，便还是把目光转到了小天天的身上，看见吃得香喷喷的小天天，朵朵便觉得，她做这一切都值了。

“小天天，你最喜欢吃哪几样啊？”朵朵笑着问小天天。

“都很好吃，不过，我最喜欢这两样。”小天天就指着玉米发糕和芹菜馅儿的玉米包，说道。

“不过这粥我也是特别爱喝的！”小天天又喝了口玉米粥说道。

朵朵听到小天天的回答后，笑眯眯地又向欧阳睿看去，欧阳睿虽然不像欧阳晨那样，每样都吃一点，但也吃得极为香甜，看到朵朵投过来的目光，欧阳睿则是含笑把碗递了过去道：“再给爷盛碗那玉米粥！”虽然说得极拽，但朵朵却知道，欧阳睿是偏爱这玉米粥的。

“姐，思源哥他们来了，皇上也起了，你看，是不是该把早饭准备好了啊？”这时，刘谦走进来说道。

结果一看吃着的几个人，刘谦马上要跪地行礼，却被欧阳睿给挥了挥手说道：“行了，不必多礼了，你让他们稍等片刻吧！”欧阳睿见吃得也差不多了，便优雅地接过司影递过来的帕子擦了擦嘴道。

“小朵朵，你做的这些东西真好吃，都给爷吃撑了，还好，你要去京都了，看来爷是要有口福了，行了，你也不必想我，到时候我自然就会出现在你面前了！”欧阳晨很不要脸地说道。

如今他自个儿其实也是想不通他心里是在想什么，可是他却十分想同朵朵走得更近，而他也发现了朵朵的性子，这个小丫头还真是吃软不吃硬呢，你越对她客气，耍赖，她就越对你没办法啊，你若是与她来硬的，或者是以地位压她，那她若是反抗起来，报复起来，可是极为恐怖的啊，眼见他们参加劳作不就是一个很好的例子吗，果然，女人不能惹啊。

朵朵刚要反驳他的脸皮厚，却见他很潇洒地闪了出去，快得让朵朵都没有反应过来。

“朵儿，既然皇上都醒了，那么你们就上饭菜吧，我在这里看火，他婶子，你们帮着……帮着上菜吧！”刘氏似是要躲避什么，并不想去中厅。

“嫂子，那么些个大人物儿，你也知道我，也上不了啥台面，要不然我在这里看火，你们去上饭菜吧！”那冯氏有些不自在地说道。

因为昨儿个就是她在看火，她以为刘氏是为了让她好才自己留下来看火的，所以她有些不好意思，虽然她也真的很想近距离看看天子到底是长成什么样的。

“瞧婶子说的，咱们都是乡下的人，啥台面不台面的啊，就这么定了，咱们去上饭菜吧，让我娘在这里看火，那还有一锅包子和发糕没好呢，离了人可不行！”朵朵接过话说道。

对于她娘的心思，她应该能猜到，看来，那襄王爷若是对她娘来真的的话，这情路也是艰辛啊，朵朵暗自摇了摇头，便带着众人往中厅里端饭菜。

而中厅内，大周帝，襄王爷，还有几位皇子都已经就座了，小天天又发扬了他那爱显的性子，在那里同大周帝讲述着他的尝后感。

果然，经过小天天讲述完他的尝后感后，饭菜一上来，真的很受欢迎，大周帝偏爱那辣白菜和玉米粥，那玉米面的馒头也用了两个，而襄王爷是对那芹菜肉馅儿的包子极为偏爱，辣白菜用了一小碟，玉米粥也喝上了两碗，直呼过瘾。

那几位皇子吃得也极香，朵朵有注意到，他们今天早上的饭量明显比昨晚上大啊，估计他们也知道一会儿干活儿需要体力吧。

而这些吃饭的人里面，要说表情最丰富的那还属于商王爷，商王爷没想到那嫩玉米变老了之后，也可以有这么多种吃法啊，又想想这玉米的产量，又想想那四成的干股，商王爷简直很想站大起来大骂朵朵缺心眼儿啊！

很快地，众人吃过早餐后，又向朵朵家的地里出发了，今日一大早晨，那县令，府台等就恭敬地站在朵朵家的大门口儿等待着大周帝，而这次他们来，还特意带来些壮劳力，毕竟，他们站着看那些皇子们干农活儿，也有许多不妥的地方，找到这些壮劳力，也能减轻一下那几位皇子的劳动量不是。

最主要的是，快些干完活儿，皇上也好早些离开这里啊，要知道，皇上多在这里待上一天，那他们便要提心吊胆多担心一天啊，他们这些当小官的可真是伤不起啊。

而今日朵朵也没有跟谁客气，因为她可是有任务在身，只有两天时间，那么她当然希望今日全部都干完，然后明天他们娘儿几个收拾一下，再说说贴心的话，毕竟到了京都，他们是不住在一块儿的。

因为劳力多，分工协作又十分合理，所以玉米收割的速度非常快。

大约三十亩地的玉米，只一个上午，就都收割完了，那些个短工还把朵朵家种的小麦也都给收割了，大家干得热火朝天的，朵朵看到那一车车的玉米被拉走，暗道，真是人多力量大。

秋季，气候干燥，尤其是晌午的太阳，照在人的身上。比夏天还要烤人。秋收完后接连几天都是大晴天，正适合谷物的晾晒。

直到所有的庄稼都收完以后，那些称重的官员们又报起数儿来："……可做玉米种的上等玉米共二百六十四袋。称重为二万六千三百八十斤，不宜于做玉米种的中等、下等玉米共三十五袋，称重为一千四百五十六斤。"

随着称重官员的话音刚落，朵朵家的这片地里，先是一片寂静。紧接着就热闹了起来。众官员脸上都有喜色，情不自禁地站起来，有的向朵朵道喜，有的则是交头接耳。

大周帝的脸上也露出了惊喜的笑容来，早饭，那玉米粥，还有玉米面馒头，发糕，包子他可是都吃了，别说是大周的黎民百姓了，就是他也觉得那东西极好，很是顶饿的，所以大周帝又一次问道："这是多少亩的产量？"

"这是整三十亩地的总产量？"大周帝向朵朵问道。

"回皇上，是的！"朵朵恭敬地回道。

"这么算，这玉米的亩产……"

"一千斤左右。"小天天和刘谦在一旁回话儿道，在三里铺子的这些日子来，他俩一直在同朵朵学习心算和算盘，所以他们很迅速地就把亩产说了出来。

大周帝与众官员是止不住地兴奋，这么一来，天下的百姓能吃得更饱，国家的粮仓更加充实，那他大周便无后顾之忧了。

"皇上，这玉米人也可吃，而那个玉米秸秆还可以做马、牛、羊等牲畜的饲料呢！”朵朵又解释道。

“真的吗？那玉米秸秆马也可以吃？好！好！真是好啊，这样一来，咱们大周的那些战马也可以吃得饱饱的了，朕真希望，咱们大周的百姓们都可以种上这些作物啊，朵朵你的辛苦没有白费啊！”大周帝开心地大声说道。

人群中的蓝光辉心里很不是滋味儿，这是他的女儿啊，她得到赞美也该是他这个当爹的幸事，可是眼前的状况却不是这么回事儿，大周帝夸奖了朵朵夸奖了谦儿，也表扬了刘氏，唯一是他，却是连待见都没有待见一下，这让他从内心里恨上了朵朵。

“皇伯伯，现在收割得也差不多了，咱们明天休息一天，后天就可以回京了，若是朵朵一家人也要同咱们一块儿回京都的话，那咱们怎么也要给人家一点点时间收拾一下不是？所以这时间也不早了，皇伯伯还是尽早地回镇上吧！”欧阳睿的潜台词儿，就是你今儿个就不要麻烦人家母女了，还得给你做饭。

“嗯嗯，好，那睿儿，你也同朕一块儿回镇上吧，后天，就让朵朵丫头和咱们在镇上会合吧，朕想着，人家一家人想必也有好些事情要做，所以你和小天天就同朕一块儿走吧！”腹黑的大周帝是一点亏都不吃的，直接把欧阳睿的念想也给断了。

“侄儿还有一些工厂的后续的事情要与朵朵研究，怕是不能随皇伯伯一块儿回镇上了，不如，咱们后儿个早上再见可好？”欧阳睿听到大周帝的话后，先是抽动了一下嘴角，随后便找了个借口说道。

“皇爷爷，孙儿也要同谦儿哥哥一块儿回去，反正朵朵一家人也没有把我当成外人，孙儿在这也没关系的，朵朵你说是吗？”小天天为了证明自个儿所说的事实，竟让朵朵帮他证明道。

朵朵的小脸抖了抖，暗道，你都这么说了，我怎么能说不行啊。

“无碍的，皇上，就让小天天留下吧！”朵朵可谓是咬着牙说出来的。

“父皇……儿臣……”欧阳晨也上前刚要说些什么。

“好了，除了睿和小天天外，其他人都给我回镇上驿馆去！”大周帝又如何不了解他的儿子呢，轻瞪了一眼他，便下命令道。

“朵朵丫头，那你就好好收拾一下，后天就准备同朕一块儿回京都吧！”大周帝笑盈盈地说道。

“民女遵旨！”朵朵福身行礼道。

而欧阳晨则很哀怨地看着他自个儿的爹，奈何人家大周帝根本不理会他，他也只能垂头丧气上了马跟着大队人马，向镇上驶去。而坐在马背上的襄王爷走了很远，还在回头望向那个让他唯一放在心上，却又一直躲避的女人。

“光辉啊，你要想办法，把你那个女儿手中的三成干股给我弄到手，你是不知道，今天早晨，她们用玉米给我们做的早餐有多么的香甜，听说价钱要比那大米便宜上许多，若是你要能把那三成干股弄到手，那咱们商家地位会继续无人能动摇的。”送走大周帝，商王爷与蓝光辉，并没有一同随着大周帝一块儿回镇上，反而又回到了蓝家的老宅。

“岳父，那逆女现在连正眼看都不看我一眼，这两日皇上对她的称赞和欣赏，小婿不是没看到，可是你看看她是怎么对我的，所以，若是想要小婿在她的手中得到些什么，怕是难啊！”蓝光辉看到商王爷那满是期待的眼神，最终还是叹了口气说出了实情。

“难？难你也要想办法啊，你得不到三成，那你也要想办法得到一成，你要知道，整个大周，可就有这一个加工厂啊，哪怕是一成干股，你知道一个月的分红会是多少吗？那可不是几千、几万两银子的事儿啊，光辉，哪怕你不为岳父着想，你也要为婉儿肚子里的孩子着想啊，难道你不想把最好的都给他吗？”商王爷见蓝光辉这样的朽木不可雕，便拿商婉肚子里的孩子说事儿。

“只要回了京都，那蓝朵朵就是你蓝光辉的女儿了，大周一向是以孝治国，你还怕她对你怎么样吗？到时候，别说她那加工厂的干股了，就是她名下那房产和田地，那也都是你蓝家的啊，怎么？你就连这点事情都不想为婉儿肚子里的孩子考虑吗？”商王爷对蓝光辉一向是瞧不上眼的，此时看他这样没用，商王爷更加觉得有一些恨铁不成钢。

一个小姑娘而已，再厉害还能反了天去，到了京都，那便是他们的天下，所以商王爷提醒着蓝光辉，要以孝道来压她。

“小婿怎么可能不为我和婉儿的孩子想呢，小婿只是没办法而已，多谢岳父大人提醒，小婿知道该怎么办了！”蓝光辉满脸的怨恨，当然，他却不是冲着商王爷去的，而是想到蓝朵朵所做的一切，他是从心里到外觉得怨恨。

“你要知道，无论从什么方面去说，你是她的长辈，她若是对你不孝，那你便有的是方法对付她！”商王爷看到了蓝光辉的表情，他心里很开心，他知道，他已经成功地激起他这个没用女婿的斗志了。

再加上她那个精明的女儿，他就不信，夺不下那个臭丫头手中的所有财产，想到这些，商王爷的嘴角便勾起了一抹阴险的笑容来。

朵朵的家里

“这是什么？”朵朵不解地向欧阳睿问道。

因为他们一回到家里，吃过饭后，欧阳睿便把她叫了进来，然后，递给她一样东西，之后便坐在椅子上，独自品起茶来。

“你打开看看不就知道了？”欧阳睿挑了挑眉说道。

朵朵又看了他一眼，然后打开那张纸，便瞪圆了眼睛。

“房契？这是？这可？……”朵朵满是惊喜地说道。

“你怎么办到的啊？能在这么短的时间，就把房产给我娘他们买好了？太好了，这样一来我就不用担心我娘和谦儿了！”朵朵开心地说道。

对于到京都后，刘氏和刘谦的落脚处，朵朵很是伤脑筋，不能找太偏僻的房子，可是，若是地点太好的房子，这么短的时间内又很难办到，所以朵朵还在愁去了京都后，她娘和她弟弟住哪儿的问题。

眼见着他们后天就要出发了，而他们的住处还没有着落，朵朵很是焦急，却没想到，这时候欧阳睿竟是把这房契给她拿了过来。

“那你是不是得感谢我一下啊？”欧阳睿看到朵朵那明亮的双眸，灿烂的笑容，还有嫣红的小嘴儿，只觉得心里一片柔软。

突然他想到那几个对朵朵虎视眈眈的人，又想到了朵朵对欧阳磊那甜美的笑容，瞬间欧阳睿脸色阴了下来。

无论是他们出于什么目的，他都不允许他们妄想，还有皇上的心思，别以为他没有看出来，这些人，还真是能异想天开啊。

“那你想要什么感谢啊？要不然我好好地请你吃一顿吧！”对于欧阳睿突然阴下来的脸子，朵朵很是不解，而他的要求，朵朵想了一想，人家一个世子，又能缺少什么呢？估计所要求的也就是一个形式吧，所以朵朵便是开口道。

“你说你要怎么感谢我？”欧阳睿突然站了起来，贴近朵朵问道。

“怎……怎么感……感谢？”朵朵见欧阳睿朝她逼近，很不自觉地向后退了退，然后看到他那张祸水般的妖孽脸后，朵朵情不自禁地吞了吞口水。

而她的小心脏更是咚咚咚跳个不停，这厮想干吗？难不成要让她以身相许吗？要知道，她现在的年纪还未及笄啊，他不会有恋童癖吧？不过，若是他真的有那个要求，那好像占便宜的也是自己吧，想到这儿，朵朵那小嘴儿便又止不住地向上挑了。

“你给我专心一些！”看到朵朵那满脸的红霞，还有晶亮的眼睛，此时她嘴角的笑容更加给她增添了一丝丝的妩媚，所以此时欧阳睿的声音有些喑哑。

“专……专……专心？怎么……专心？”朵朵那双大眼睛都快要滴出水来了，小脸也是滚烫滚烫的，这该死的欧阳睿，怎么有这么勾人又迷人的声音呢？朵朵的小心肝儿都痒痒了。

“在我的面前，你就要眼里、心里只能有我，也只能想我，不准想其他的事情，若是你想其他的事情，那我就……”欧阳睿那喑哑又富有磁性的声音又传了过来，同时他的身体现在已经是紧紧贴在了朵朵的小身板儿上。

“你……我……你到底想怎么样啊？”朵朵现在真想扇自己一个嘴巴，她怎么这么没出息的，只因为人家一个动作，一个声音，而结巴个没完，蓝朵朵，你还真是没出息啊。

而当她看到欧阳睿的眼神儿时，朵朵更是真心地想掐死自己，自己问的这是个什么鬼问题啊？眼见着欧阳睿那野狼般的目光，蓝朵朵真想抽自个儿一个嘴巴。

“我说什么就是什么吗？嗯？”欧阳睿那炙热的胸膛就贴在朵朵的小身板上，朵朵一直往后退，他就往前贴，直到把朵朵逼到死角。

“谁……谁说了……”朵朵只觉得她的脸要滴血了，哪儿哪儿都是很热，最后，她觉得一股热流，从她的鼻子中流了出来。

“蓝朵朵……你可真是行，你真行！”只听见欧阳睿低吼了一声，便用一只手把朵朵的头给仰了起来。

原来，就在两人情之深，意之切的时候，可爱的朵朵竟流出了鼻血来，而且，那鼻血流得还格外的多，大有一副血流不止的架势。

“我……我怎么了？啊？我流鼻血了？欧阳睿，你也好意思怪我啊？你磨磨唧唧地要干吗不干吗的，你色诱谁呢？啊！……快，快拿些水来！”朵朵伸手一碰，便发现原来自个儿是流鼻血了，她便完全清醒起来，丫的，那厮是不是故意的啊，难道他不知道自个儿长得有多妖孽吗？更何况他还用他那么富有磁性的声音与自个儿对话，啊……真是要死了，朵朵只觉得自个儿丢人都丢到家去了，她快要疯了。

“你的意思是说，我想干什么就可以干什么是吗？”欧阳睿点住了朵朵止血的穴道，吩咐司影端些凉水来后，轻轻皱眉，咬着牙继续问道。

“谁说你想干什么就干什么了啊？那就是我不想让你干什么，你又离我那么近干吗呀？你……你难道不知道，你长了一张祸水脸吗？”朵朵仰着头，而此时她鼻子里的血已经不往外流了，所以她便叫嚣起来，在朵朵的心里，就是他欧阳睿的错，没事儿干吗离她这么近啊。

“蓝朵朵，你到底还是不是女人？”欧阳睿的俊脸竟红了起来。

有时候，他还真对蓝朵朵无语啊，什么叫“色诱”又什么叫“勾引”啊，还嫌他磨磨唧唧了，女孩子对于这样的事情，不都是娇羞无比，满是期待吗？

可是他眼前的到底是什么状况啊？

“我是不是女人，你看不出来吗？哼？”朵朵被这么一个妖孽怀疑不是女人，当然心里很是受伤了，从而，她竟挺了挺自个儿的小胸脯儿，掐着小腰说道。

“你……！”欧阳睿竟被朵朵给弄得结巴起来。

“水来了……呀，小姐，你怎么了？怎么流鼻血了？”司影见门并没有关上，所以便先站在门口儿叫了一声，突然发现弄得满脸是血的朵朵，竟给司影吓了一大跳，赶快上前帮朵朵处理道。

“天气太干燥，太……太热了，没什么大不了的，你可千万别同我娘说啊！”朵朵现在只想这么丢人的场面还是越少人看到越好啊，更是越少人知道越好。

司影很不理解地看了看外面的天，现在是秋季，虽说是干燥了一些，但早晚还是很凉爽的啊？而她家小姐竟然说这天气太过于热？

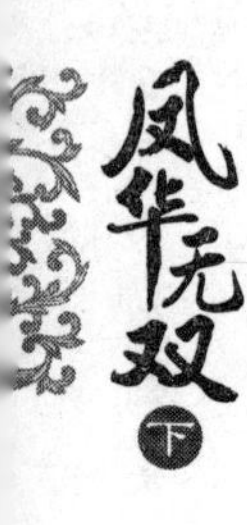

最后，她觉得，自家小姐说什么就是什么了，独自地摇了摇头，然后小心翼翼地替朵朵擦拭掉脸上的血迹。

“姐？你这是咋了？这盆里怎么都是血啊？你哪里受伤了？”小刘谦此时走到门口儿，看到司影正为朵朵擦拭着脸，还有那一盆被染红了的清水，小天天的声音也不由自主提高起来。

“你给我小声些，就是天气太燥热了，我流鼻血了，你这么大声做什么，让娘听到她又要担心了！”朵朵压低了声音，小声低吼道。

“啊？这天明明很凉快啊？姐，要不然我找宋大夫来给你瞧瞧吧，真的有点儿奇怪啊！”小刘谦像个好奇宝宝似的问道，他可不像司影，不该问的不去问，他是不明白的，就要问得清清楚楚的。

“哎呀，姐说没事儿就没事儿，行了，你还没说你找我干吗呢？”朵朵不想再话题还围绕在这丢人的事情上，从而转移话题道。

而且，再反观那个始作俑者，竟然还一脸无事的样子，朵朵想想就怄气，他倒是帮自个儿解释一下啊，后来，又一想，算了，不解释就不解释吧，免得越解释越不清楚啊。

“娘说找你有事儿！这才让我叫你一下！”小刘谦突然想起了，他是带着任务来的，便说道。

“啊……娘叫我啊？那好吧，司影，快给我好好擦干净，可别让我娘看出来啊，欧阳睿，把你那房契给我，估计我娘一定是为了去京都住哪儿而担心呢！”朵朵很了解刘氏此时叫她是为何事。

“小姐，现在完全看不出来了！”司影最后确定无事之后，便对朵朵说道。

“啊，那行了！欧阳睿，若是没事儿，那我先回去了啊，我还是要说谢谢你啊！”朵朵最后，扬了扬她手中的房契，对欧阳睿说道，临行前，她看到了欧阳睿那满脸憋屈的表情，朵朵笑得是无比的奸诈、狡猾。

只留下欧阳睿一个人阴沉着一张脸，心中暗道，这个丫头果然不能按常理去对待她！叹了一口气，欧阳睿只能一个人望天感慨，却毫无任何办法，注定，他遇到了朵朵，只有认栽的份儿。

朵朵回到她与刘氏屋子的时候，果然刘氏正坐在炕上沉思呢，虽然是点着烛光，但是朵朵却是发现，刘氏那满目的纠结，而那白皙的脸蛋儿也是红扑扑的，此时的模样，分明就如恋爱中的小女人一般啊，而刘氏那眼中的纠结，朵朵也知道是因为什么。

“娘，你叫我啊？”朵朵都进来了好一会儿，可是刘氏依然是在自己的神游状态中，朵朵只好开口问道。

“啊？朵儿回来了啊，快上炕吧，秋天的夜里还是有些凉的！”终于刘氏看到了朵朵的存在，便满是关心地开口说道。

朵朵一听到天气凉爽这个词语，便不自觉地想到刚刚自己的借口，怕是除了说给自己听外，没人能相信她是天气太热的原因才流鼻血的吧。

“娘，你有什么心事儿吗？”朵朵脱鞋上了炕，问道。

“没……也没啥，娘只是想着，朵儿啊，反正皇上已经下旨，同意娘自立门户了，娘寻思着，要不然，娘就不同你去京都了，毕竟家这里，啥啥都有，样样都熟悉了，娘……实在是……实在是舍不得离开啊！”刘氏有一个小毛病，那便是每次只要她一说谎，那肯定是不敢看对方的眼睛，双手也无措地相互摆弄起来，所以朵朵一看刘氏此时的样子，便知道她说的话是言不由衷的。

“娘，这里是啥啥都有，可是有女儿吗？娘您就不想女儿吗？还有谦儿，童生试也要开始了，势必也要去京都的，难道您不担心吗？”朵朵没有揭穿刘氏的谎言，而是撒娇道。

“娘咋不想你啊，也担心谦儿，可是……可是，就算是娘和谦儿后个儿，同你们走了，那娘和谦儿也没有住的地方啊，所以朵儿，要不然……要不然等你去京都安顿好了，再让娘和谦儿去吧！”刘氏的眼睛还是不敢看朵朵，双手也都攥到了一块儿，找理由说道。

“娘，我正想告诉你呢，敬王世子已经替你们找好住的地方了，那宅子也买完了，就等咱们一同回到京都，你和谦儿，就可以住进去了！”朵朵握住刘氏的双手，说道。

朵朵突然感觉，刘氏的双手很冰凉，看来此时的她想必也是很纠结的。

“啥？宅子都买好了？咋那么快啊？那得花不少银子吧？”刘氏很吃惊地看着朵朵问道。

“娘，你就同我说，你到底在躲避什么吧？是襄王爷吗？”朵朵终于看不下去刘氏那惊慌的模样了，便开口问道。

“你……你咋？……你说啥呢？”刘氏这次竟直接地把手从朵朵的小手中给抽了出去，头也直接扭到了另一边。

“娘，那天的事情，我都看到了，你还想瞒着我吗？”朵朵看到她娘还想继续当鸵鸟，便直奔主题道。

“啊？你？你看到了？我就说不要让他拉拉扯扯的了，他偏要，可是无论如何，我和他都是不可能的，所以，那天的事情，你就当作没看到吧，不要再去想了！”刘氏一提那晚的事情，那脸颊竟然又红了几分。

“娘，若是襄王爷真的会是你的幸福，你干吗要往外推呢？你到底在害怕什么？在纠结什么？”朵朵握住了刘氏的手，盯着她问道。

“朵儿……娘……娘能害怕什么啊，娘是一个和离的女人啊，承蒙圣上的厚爱，娘终于可以自立门户了，娘还图啥啊，娘这一辈子有你和谦儿就足够了，你们就是娘的幸福，至于那些不该娘去想的，去做的，娘不会去想，娘也不会去做的，娘不会让其他人去戳你和谦儿的脊梁骨的！”说到最后，刘氏的腰板竟是挺得直直的，就如在发什么誓言一样。

“娘，你为什么要觉得和离的女人就不能再有其他的幸福了呢？而且，我和谦儿终归要长大的，我们也都会有自己的家庭，那到时候您要怎么办？还有，你寻找你的幸福，谁会说我们，而我们又怕被谁说呢？我们又没干什么见不得人的事情，干吗要怕别人说什么啊？娘，说实话，你对襄王爷到底有没有感觉？”朵朵先给刘氏好好分析了一下她所担心的事情，随后，又发挥了女人都爱八卦的性子向刘氏问道。

“啥……啥感觉……啥感觉不感觉的，人家是王爷，怎么会看上我一个被和离的女人啊，定是他那天喝多了，这才有些失言的，朵儿，总之无论如何，娘都没有想过要改嫁的，一女怎么能伺二夫呢？所以，朵儿啊，这件事情就不要再提了，就算你们以后都有了各自的家庭，那娘看到你们幸福，娘就幸福，娘不求别的了！”刘氏最后叹了口气，似是想通了什么一样，说道。

“王爷怎么了？王爷就不能寻找爱情了？要我说，谁最有眼光，那襄王爷才是最有眼光的一个，他竟然能发现我娘这块美玉，他还真是有福之人啊。”朵朵知道刘氏还在自个儿的死胡同里，所以开口劝说道。

“啥……啥美不美玉的，我就是最平凡的一个乡下妇人，有啥美不美的，还有朵儿，可不许瞎说，啥爱情不爱情的，让人听了去，笑话！”刘氏低着头说道。

“娘，我和谦儿都希望你能找到自个儿的幸福，我那个负心汉的爹爹是根本指望不上了，而他也根本配不上你，所以若是你的幸福真的来向你敲门，你千万不要把人家拒之门外啊，娘你不要去看别人的眼光，你要记得，别人越是瞧不起你，越是诋毁你，那你便越要幸福给大家伙儿看啊，娘，有我和谦儿在后面支持你呢，你还有什么担心的呢？”

“朵朵，这件事情不要再提了，免得让有心人给听了去，娘会好好想想的，而且娘现在最担心的是你啊，你一个人进入那龙潭虎穴一般的编修府，娘实在不放心啊，要不然咱们去求求皇上，求他不让你住那块儿好不好？”刘氏把她心里一直担心的事情说了出来。

朵朵看她娘眼下的状况，也是不想把她逼得太紧，从而顺着她的话回应道：“娘，你要知道，那编修府的后面还有商王府，眼下还不到皇上同商王府决裂的时候，所以皇上一定要顾及着商家人的感受的，而这次，皇上能让你自立门户，也已经是对咱们娘儿几个的补偿了，所以，你说的这件事情，怕皇上怎么也不会同意的！”

“哎呀，那可咋办啊？要不然，娘不要这顶门立户了，只要咱们娘儿个安全，娘做什么都行！”刘氏很焦急地说道。

“娘，你觉得皇上的命令是说下就下，说收就收的？还有，皇上能亲自下旨，让你自个儿顶门立户，那可是天大的好事儿啊，哪有把好事儿往外推的啊？更何况你觉得女儿会败在那些白痴的手上吗？娘，女儿不是蓝雨儿，你放心吧，就是为了你和谦儿，女儿也会照顾好自己，不会让自己受到伤害的！”

朵朵知道刘氏还在为蓝雨儿被打，蓝家老太太被赶回来而害怕，因为毕竟在刘氏的心目中，她奶奶那便是天下最厉害、最强悍的老太太了，那样强悍的一个人，竟被人家赶了回来，可想而知对方是多么强大的啊，还有那一向任性刁蛮的蓝雨儿，自从生下来起，那也只有打别人的份儿，而这次她竟然被人赏了嘴巴还无力反抗，这如何不让刘氏害怕呢？所以刘氏想要舍掉一切，只要朵朵能平安。

“你奶和雨儿，那可都不是啥好说话儿的，不也是受了人家的绊子了吗？更何况是你呢，朵儿……”果然刘氏真如朵朵想的那般说道。

“我奶和蓝雨儿那是啥？那就是窝里横的人，一旦遇到了外人就不行了，而且，她们两个人那可都是没有脑子的，满心地以为别人都欠她们的，得听她们的，那样人家还能容得了她们？娘，你放心，你就瞧好吧，女儿会自动让我那个负心的爹爹把女儿扫地出门的，到时候咱们就可以一家团聚了！”朵朵含笑地向刘氏劝说道。

“朵儿，那你一定要好好地照顾好自己，娘和谦儿等着你啊，娘知道你很有主意，但是这次为了你奶的事情，你可是把那对母女给得罪了，所以，你一定要小心她们两个啊！”刘氏提醒道。

刘氏就算是再善良的人，可是对于那对母女俩那做作的样子她也是看得出来的，那天朵朵把她们弄得那样的狼狈，刘氏根本不相信她们会心里一点怨恨都没有，所以她觉得，那两个人一定会打击报复朵朵的。

“女儿知道了，好了娘，这时间也不早了，咱们睡觉呗？明天还有得收拾呢，昨晚你就没睡好，今天你再不好好睡，会变老的哦，到时候怕襄王爷后悔哦？”朵朵捂着嘴巴打趣道，实在是她不想让刘氏再继续担心了。

“你这孩子，连你娘你都调侃啊？后悔就后悔他的去，本来我也没想和他有什么啊？”刘氏脸皮儿到底是够薄啊，竟然满是羞怯地嘟囔道，不过她还真的听了朵朵的话，把那烛火给熄灭了，母女两人便慢慢进入了梦乡。

无论是朵朵还是刘氏，都睡得极为香甜，或许是因为刘氏昨天夜里太过于纠结的原因，所以才没睡好，今日被朵朵这样一宽慰，心情便好了许多，很快进入了睡眠状态，而朵朵也许是因为刚刚流血过多，有些疲劳，也睡得十分快。

母女俩却不知道，无论是欧阳睿，还是襄王爷，今夜都是一个不眠夜啊，若他们知道，他们为这两个没心没肺的女人伤神儿时，人家却睡得无比香甜，他们会是个什么反应呢？

第二日一大早，朵朵发现，这黑眼圈估计会传染吧，因为今日的黑眼圈儿易主了，只见欧阳睿顶着一个黑眼圈，就连他的脸都是黑的，一声不吭地在吃早饭，或许是小天天和刘谦都发现了异样，所以两人今儿个也十分地听话懂事，自顾吃了饭，便出去玩儿了。

刘氏也去了三奶奶家，准备交代一下她走后的事宜，她准备找万氏与蓝光磊两口子来给他们看家，顺便管理那个小作坊，这样一来呢，可以给他们增加些收入，二来呢，又可以让蓝光荣两口子在三奶奶家住得自在，所以思前想后，刘氏还是觉得万氏两口子是最适合给她们看家的。

蓝光荣自打在镇上出了事情后，便一直在家里养伤，上次为了保他出来，也花了不少的钱，所以蓝光荣两口子觉得很对不起蓝光磊他们，所以他们在蓝光磊两口子面前，十分小心翼翼地生活，让蓝光磊和万氏也极为不好意思，而且万氏长年地吃药看病求子，所以三奶奶一家人过得是极不富裕，而眼下这个机会，正好可以把他们的全部不便都照顾到。

所以等到桌子上就剩朵朵和欧阳睿的时候，朵朵刚想开口说些什么，欧阳睿黑着脸，腾一下子便站起身来，向外面走去，只留个远去的背影给朵朵。

这厮究竟是在抽什么疯啊？昨天是她流了鼻血好不好啊？朵朵无语，也只能站起身来同司影收拾饭桌。

之后就开始打包。

本来朵朵也想着，有些东西是不用拿的，反正到了京都也要买的，可是刘氏却什么都舍不得，最后在朵朵的极力要求下，那还打了六个大包儿呢，因为那是刘氏最后的妥协了。

第二日一大清早，朵朵一家人在三爷爷一家同老村长的送别下，踏上了通往京都的路，其实，这一大早来送他们的哪里只有三爷爷一家还有老村长呢，其实还有一些人也是来了的，只不过，他们的内心却五花八门的，有羡慕的，有嫉妒的，更有说风凉话朵朵一家人迟早要回来的，总之，无论是好是坏，朵朵他们都是乘坐着马车来到了镇上同大周帝等人来会合。

到了镇上，两队人马便是直奔京都前进，当然蓝光辉也在这其中，只不过，他满心地归心似箭啊，因为他的婉儿定是在家里等着他回去呢。

“娘，要不然你先躺在我腿上睡一会儿，等到了我叫你！”由于这是刘氏第一次出远门儿，所以她晕车了。

“无碍，娘还能坚持……”此时刘氏的脸色已经很是苍白，而她也已经下马车吐了两次了，前面的车队为了她，行驶得极为缓慢。

“可是……”就在朵朵还要说什么的时候。

“小姐，这瓶药是襄王赠给夫人的，他说这个药可以缓解一下夫人的晕车症状！”这时，司洋的声音在外面响了起来，而司影会意，挑起车帘把药接了过来。

“司洋，替我谢谢襄王所赠予的药！”朵朵笑着说道。

“娘，看来襄王爷他很是细心嘛！”朵朵打开了瓷瓶，倒出了一粒药，递给了刘氏，让刘氏服了下去，朵朵说道。

“你这孩子，浑说什么？也不怕让人笑了去？”刘氏又一次红透了脸，很是不够威严地斥责朵朵道。

“夫人，我可什么都没听到！”

“娘……”

“婶子！”

“我们可也什么都没听到！”

只见刘氏的话刚刚一说完，无论是司影，还是一直黏在一块儿的刘谦和小天天，那都反应很快地澄清道，他们哪里知道，越是澄清，刘氏的脸便越发地红了起来。

她狠狠瞪了正在偷笑的朵朵一眼，便一闭眼，靠在了司影的肩上，闭目养起神来。

而她那红透了的脸颊，以及那轻眨的睫毛，显示着她此时的紧张。

朵朵几人，无不都是捂着自个儿的小嘴偷笑，看到刘谦的表现，朵朵便知道了，原来他也看出来了，朵朵很欣慰，毕竟，若是刘氏改嫁的话，直接影响的会是刘谦，她看到刘谦这样的表现，不但不反对，这明显也有极力支持的意思，朵朵很高兴地摸了摸他的小脑袋。

吃了药的刘氏，便再也没有想吐过，而且她的脸色也慢慢地缓和了过来。

又走了几个时辰，马车终于停下了，因为京都到了，大周帝要赶回他的皇宫，襄王爷要回他的襄王府，所以可以这样说，大家又到了分道扬镳的时候了。

“朵朵，你这就随为父回编修府吧，你奶奶、你老姑她们想必都很想念你了！”大周帝，还有那几位皇子，襄王爷都走了后，蓝光辉在商王爷的带领下，朝着朵朵这边走来，说道。

“爹爹，我先把娘和弟弟安顿好了，一会儿我自个儿去编修府吧！”朵朵笑着说道。

“丫头啊，就让你爹同你们一块儿去吧，要不然你头一次来京都，怕是找不到编修府吧？”商王爷积极说道，而他的眼中也满是算计的精光。

“本世子可以送他去，时间不早了，商王爷，就此告辞吧！”一直未同朵朵母女几人分开的欧阳睿冷然说道，最后竟然直接开始赶人了。

“好……那好吧！”商王爷的脸抽动了几下，最后回应道。

而蓝光辉听到了欧阳睿的话，那更是没有反应随着商王爷回府了。

而欧阳睿则带着朵朵他们母女三人加上小天天一同向他们的住处走去，欧阳睿骑着马，他们则是坐马车，只觉得片刻间，马车就停了下来。

一下了马车，朵朵看到这个宅子的门脸儿以及位置，朵朵便很喜欢。

这是一个四进院的宅子，宅子里面很干净，好似事先收拾了一般，宅子里面除了有一个管事，四个小厮，竟然还有六个丫头，两个婆子，朵朵一看这个阵势，便不解地向欧阳睿望去。

“这些都是知根儿知底儿的人，放心用，要不然这个院子就婶子和谦儿住，还是有些少，司影是要跟你去编修府的！”欧阳睿回应道。

朵朵很满意他的安排，最后又跟着欧阳睿，熟悉了一下宅子后，天色也渐渐地要黑了，朵朵才要离开这里回编修府，当然，刘氏又是不停地嘱咐，朵朵一再保证后，朵朵才出了这个宅子向编修府驶去。

欧阳睿和小天天很尽心，一直把她送到了编修府，想要看着她进门，两人才要离去，哪里想到，编修府的大门关得紧紧的，叫了半天的门儿，竟从侧门儿走出了一个小厮。

朵朵说明身份后，哪里想到那小厮很神气地指了指这个侧门儿道：“那你们就进来吧！”那样子好像是走个侧门儿，那都是施舍了朵朵一样。

“你什么东西，竟让我们小姐从侧门进府，我们小姐可是这编修府上真正的嫡女！”司影见那个小是满脸的不屑以及很是轻蔑的表情，便发起火儿来。

“我呸，一个外室生的，还是嫡女了？土包子还真是没见过世面呢！好了，小爷我也不在这儿和你们闲磨了，爱进不进！”那小厮，说到最后，竟歪着头，一副心高气傲的模样。

“你……”司影一时气急，刚想去教训那个小厮，却被朵朵给拦住了。

“行了，司影，没必要为了一个奴才而伤了神儿，不就是不让咱们进吗？那得了？咱们走吧，正好我还不乐意来这个破编修府上住呢，既然人家不欢迎咱们，那咱们就打道回府吧，正好娘亲和谦儿两个人住还太孤单了呢！”朵朵突然间在侧门儿的边上看到了一个黄色的裙角，便笑着开口说道。

“正好欧阳睿的马车还没有走呢，不如咱们就让他再给咱们送回去吧！”说完了以后，朵朵便要转身离开。

“出什么事了？”就在朵朵开心地做戏的时候，欧阳睿竟走过来插话道。

本来他想着看朵朵平安进入编修府后，他就要回去的，哪里想到，朵朵和司影两个人一直在外面站着，司影好似还在与那小厮争执着什么，这让欧阳睿的俊颜又阴冷了下来，那些人还真的不安分呢。

“哦，没什么，怕是人家不欢迎我吧，也好，正好我也不太喜欢这个地方，你送我回我娘那边去吧！”朵朵看到那个黄色的衣角动了动，暗笑道，看你还能挺多久。

“那好吧，走吧，我送你回去！”欧阳睿本身练武就有着比常人更加敏锐的观察力，而且，他知道，此时的侧门中，并不是只有那小厮一个人，所以他的眼睛很不悦地眯了起来，开口说道。

就在朵朵司影欧阳睿要离开的时候，只听见一声很娇媚的声音传了出来：“朵朵妹妹回来了，怎么又要走了呢？叔叔和我娘亲可是等了你许久了呢！”

只见那徐菲儿，脸上浮现着甜美的笑容出现在了众人面前，而站在她身边的是蓝雨儿，朵朵看向蓝雨儿的时候，愣了一下，没想到这才几日未见，蓝雨儿竟变得比以前漂亮了许多呢，妩媚的小脸儿上化了精致的妆容，那大大的眼睛就如会说话般地盯着自己，还有那身上穿的，说不出来的贵气。

朵朵看到这种场景，不由地挑了挑眉头，这两个女人什么时候走得这样近了？看来，她果然是错过了什么啊。

而这边，就在徐菲儿见到欧阳睿的时候，那满面是说不出来的娇羞，眼睛也十分的明亮，可是当她看到欧阳睿身边的朵朵时，她的心中不禁暗骂起来："这么小的年纪就会勾引男人了，真是贱人！贱人！贱人！"

其实她躲在这个侧门内都已经有几个时辰了，就是为了等蓝朵朵这个小贱人回来，自从她外公和她那个继父回来后，她便听说了，敬王世子要送蓝朵朵回来，也不失是她能近距离接近敬王世子的一个机会，也是她想给蓝朵朵一个下马威的好机会，从而，她特意让小厮开侧门儿的，也是她特意同小厮说了那些诋毁朵朵的话的，徐菲儿的目的只为让朵朵在欧阳睿的面前丢丑，哪里想到，那个小贱人竟这样狡猾不要脸，竟然还想敬王世子把她给送回她那贱人娘那里去，贱人果然是贱人，哼。

"朵朵妹妹，这个奴才不懂规矩，你可别同他一样的啊，你要知道，我娘、叔叔，还有祖母，他们都在等着你的到来呢！"徐菲儿见朵朵独自地在那里愣神儿，全然没有听到她的话，那小脸的肌肉都气得抖了抖，暗骂朵朵是个不懂事的贱人。

"哦？菲儿姐姐是不是说错了啊？若是他们真的这样期待着我的到来，会大门紧关，而让我从这侧门进去？若是他们期待着我的到来，怎么会让一个奴才这样地轻视我？还有，刚刚那个奴才一口一个我是外室所生的女儿，也就只配走侧门儿，这又是谁同他说的呢？要知道，在大周律例上，我娘才是这编修府的正式夫人，而你娘，一个改嫁的，算得上什么正室呢？"朵朵看到假惺惺的徐菲儿，虽然在同自个儿解释，但是却频频向欧阳睿抛媚眼儿，所以朵朵说起话来便也刻薄起来。

一听见朵朵拿她娘的事情说话，那徐菲儿的脸上再也保持不了完美的笑容了，蓝朵朵这个贱人，真是太贱了，竟然诋毁她娘，等她真正进了编修府，看自己怎么去整她。

"朵儿妹妹，话也是不能这么说的，要知道，你爹爹他当年是失忆了，与我娘两人也是两相情愿的，我娘在这个编修府里也做了近十年的正室夫人，如今你爹又与你娘和离了，我想，用不着在这个问题上继续讨论下去了吧？"徐菲儿尽量保持她那良好的笑容，说道。

“我也不想同你继续讨论这个话题，让他把大门打开之后自个儿去领罚，五十大板，由我的人去监督！”朵朵淡然地说道。

“大……大小姐……奴才……奴才……”那个看门的小厮听到了朵朵这番话后，吓得腿都有些发抖了。

“你一个贱奴，也不把你那狗眼睁开了，朵朵妹妹你也敢得罪，你以为她是世家出来的那些小姐吗？一个个都是心善、和气的，朵朵妹妹她们那里的人都是个个的嫉恶如仇呢！”徐菲儿打断了那个小厮的求救，而又话有所指地对他说道。

而朵朵听到那徐菲儿的话后，丝毫没有任何的表情，一样那么淡然，好似根本没有听出徐菲儿在嘲笑她是乡下女子，粗蛮无礼一样。

“同她说那么多干吗，不让进就拉倒，咱们走！”听到那徐菲儿这样说朵朵，欧阳睿的眼睛眯了起来，随后，牵起朵朵的手道。

“别……别啊，朵朵妹妹，这当奴才的不懂事，你就多多担待，我这就让人把大门打开，所以你也就别同他这般计较了。”徐菲儿此时都快要气得抓狂了，那个贱人，那个贱人怎么就那么不要脸啊，竟然这样明目张胆地同敬王世子手牵着手，她徐菲儿，还真就没见过这么不要脸的人。

看到那个小贱人那得意的笑容，徐菲儿又怎么能如了她的愿呢，所以马上叫人把大门打开了去，同时还赔着笑脸说道。

“那个奴才，是不是也要得到点儿惩罚啊，公然地辱骂编修府的嫡女，这话若是传出去，还不被人笑掉大牙了？所以……”蓝朵朵看到那满脸挂着虚伪笑容的徐菲儿，接着说道。

“来人啊，给我把这个不懂规矩的小厮拉下去，重打五十大板！”徐菲儿可谓是咬着牙对后面的人吩咐道的。

“大小姐，饶了奴才吧，奴才可是为您做事的人啊，大小姐……”那个被押下去的小厮很不甘心，又抱有一丝希望地向徐菲儿求饶道。

“还不把他的嘴给我堵上，免得扰乱了朵朵妹妹的耳朵！”徐菲儿阴着脸，对着那些下人喊道。

成事不足败事有余的家伙，都到这个时候了，他还竟然妄想拉她下水，奴才果然是下贱的命。

“朵朵妹妹，你看，现在你可以进门了吧，可别让祖母他们等太久了啊！”徐菲儿眼下就觉得朵朵与欧阳睿两人握着的手最为碍眼。

“好了，你先回去吧，平常就要麻烦你多多帮我照顾我娘和谦儿了！”朵朵松开了欧阳睿的手，拜托道。

“你放心吧，有我呢，若是你觉得在这个府上过得不开心，不如意的话，那就不要委屈了自己，事事有我呢！”欧阳睿最后轻揉了一下朵朵的头发道。

而看到这一幕的徐菲儿，都快要气得吐血了，蓝朵朵这个贱人，她一定不会饶过她的。

“世子爷，请留步！”就在欧阳睿要转身离开的时候，那徐菲儿竟迈着她那小碎步，走上前来，开口道。

欧阳睿停了下来，轻皱眉头向徐菲儿看了一眼。

“世子爷，既然都已经到了编修府，来者是客，不如进府中喝杯茶水也是好的！”徐菲儿，满目的柔情，小脸儿上也布满了期待。

“编修夫人就是这样教育你的吗？我还以为世家的小姐多有教养呢，原来也不过如此啊，天色这么晚了，你竟然邀一个外男进去饮茶，这就是你的修养？”欧阳睿扔下这样一句话，便甩袖离去，只留下徐菲儿一人，脸色一阵白，一阵红，又一阵黑的，很委屈的眼中含着泪站在那里。

朵朵听到欧阳睿的拒绝后，情不自禁地上挑了下嘴角，那个腹黑的家伙，果然是为了她而报复徐菲儿呢。

“你得意了？你开心了是吗？蓝朵朵你就是一个贱人，贱人！”说完徐菲儿便哭着哭进了大门。

朵朵在听到徐菲儿骂她贱人的时候，那风轻云淡的脸，终于有了起伏，眼睛也眯了起来，暗道，徐菲儿，看来你永远也是学不乖的。

“小姐，要不要我去教训她去？”司影听到徐菲儿这样骂自家小姐，那当然是不高兴了。

“不用，她这种角色，我还是应付得来的！”朵朵含笑说道，殊不知她的眼中已经惊涛骇浪了起来。

“蓝朵朵，我劝你一句，既然你都已经决定要住进这编修府中，有些事情该忍也要忍的，不然的话吃亏的只有你自己，我知道，你我二人本就不对付，我的话你也爱信不信，我的嘱咐，就是为那天你帮我出气的回报吧，以后我们两个人还是谁都不欠谁的！”说完这一番话后，蓝雨儿也转身进入编修府中，但是她却留下一个丫头带着朵朵她们进入。

朵朵看到这样的蓝雨儿，终于是露出了真挚的笑容来，蓝雨儿，我真的很希望，你我能成为好姐妹，可是我这个想法，会不会因为你想去追求那些不属于你的东西而破灭呢。

朵朵心里很明白，虽然她与蓝雨儿在三里铺子的时候便很不对付，两人也因为种种的事情发生过许多的争执，但朵朵知道，蓝雨儿的心性并不坏，只不过她被她那见不得人的身份给拖累了而已，她处处与自己争，与自己比，还不是因为她是蓝光辉那最见不得光的女儿吗，而今日这一提醒，很明显，她也是有良心的，当她觉得自己不再是她的阻碍时，她便也可以放下过去的一切了。

随着小丫头的带路，朵朵很快便来到了蓝家老太太的院子，不得不说编修府的格局布置也是有几分格调的，而她一进入蓝老太太的屋子里，只听“啪！”的一声，一个杯子就朝她摔了过来，之后，蓝光辉那怒吼的声音传了过来：“逆女，你还不给我跪下！”

第二十一章
又是算计

朵朵轻轻地一闪，便闪过了那个向她砸过来的杯子，同时看向那个怒视着她的渣爹，同时还有哭红了双眼的徐菲儿正在挑衅般地看着她，朵朵便什么都明白了。

“相公，你干吗要那样生气啊？都是女儿家的玩笑，也许朵朵是有失了身份，但是你也知道，她从小，哎，算了，相公真的不必为此事生气的！”商氏噙着她那自认为很是温婉的笑容，劝慰怒气中的蓝光辉。

只是她眼中的那抹精光却显示着她此时的怒气，而她那劝慰着蓝光辉的话语也很有趣，还真是母女呢，同样地都想拿朵朵的出身而说事儿呢。

“光辉，你这是干啥？朵朵这是第一日住进编修府，有什么话不能好好说？再说了小孩子之间的矛盾，你参与什么？”蓝老太太虽然以前十分不喜欢蓝朵朵，但是相对于那个徐菲儿，一个小野种来说，蓝老太太又怎么放着自个儿的孙女不去喜欢，去喜欢她呢。

“娘，您不要管这件事情，这个逆女可是有主意得很，这进府头一日便不分青红皂白地打了一个下人的板子，娘，咱们编修府一向以仁义见称的，这事情若是传出去怎么办呢？而且她目无长姐，让长姐在外人面前丢了颜面，若是我此时不纠正了她去，她以后早晚要吃亏的啊。”蓝光辉好似一个慈父一般，痛心疾首地说道，好似朵朵犯了什么弥天大错一样。

蓝老太太被蓝光辉这样一堵，便有一丝的停顿，虽然眼中还有一些不赞同，但她也学会聪明地闭上了嘴巴。

如今她在这个家里可谓是过得顺风顺水，很是得意，而她心里却是明白，这个家的实权还是掌握在人家商氏的手中，所以，在她没把这权力完全夺到手的时候，她还是需要注意一下人家的感受，最主要的是，商氏现在的肚子里还怀有她们蓝家的孙子啊，从而这种种的一切显示，自己现在一定要守住眼前的所有。

“长姐？谁是长姐啊？据我所知，我娘只生我一个女儿，难道爹爹与商姨娘早就开始私通了，给我生了个庶姐？”朵朵大大的眼睛眨呀眨地，很是不解地问道。

“蓝朵朵，你说谁是庶女呢？你才是庶女，我娘是正妻，你那个土包子娘给我娘提鞋都不配！”徐菲儿最在意的便是她的身份，她娘改嫁了蓝光辉，一直都是她心中的痛，虽然其他人也是议论过，但谁不知道她的身份是高贵的啊，她的爹爹可是以前的大将军啊，比这个蓝光辉不知道好了多少呢。

而如今这蓝朵朵说什么呢？说谁是庶女呢？还叫自个儿的娘为姨娘，想她娘堂堂的商王府千金，怎么可能去给人家当小做姨娘啊，这个蓝朵朵贱人一定是故意的。

“司影，给我抽她两个嘴巴！”朵朵阴沉着小脸儿说道。

而司影迅速地上前飞快地对着徐菲儿就抽了两个嘴巴！

“啊？蓝朵朵你竟敢打我？还有你那个贱婢，你竟敢在编修府对我动手，你不想活了吗？来人啊，给我教训这个下贱的奴婢，给我打，给我狠狠地打！”徐菲儿朝着外面编修府的护卫吼道。

而编修府中的那些个护卫，一看自家小姐下令让他们教训的竟是一个绝色美人儿，他们又哪里能下得去手呢？所以大家你看看我，我看看你的，都不知道该从何下手！

“你们都是死人啊？给我打！”徐菲儿一手捂着被司影打肿了的小脸儿，一手指着那些侍卫说道。

司影本来就是习武之人，又见那徐菲儿一次又一次地对自家小姐和夫人不敬，所以她早就想教训她了，只是碍于她家小姐的阻拦，这下好了，小姐都发话了，那她还等什么，当然是狠狠地去教训徐菲儿了，所以，刚刚那两巴掌，司影抽得那可是极狠的，只是迅速地两下，她那两颊便肿了很高，外加那嘴角也带有血丝。

那几个侍卫一看自家老爷和夫人都并没有阻拦，便硬着头皮朝着司影围了上去，再看司影，一个利落的飞身，竟把那五六个侍卫都给踢倒在地，那速度之快，让大家根本都没反应过来。

“反了！反了！老爷，她们……她们这是想要干什么啊？妾身！妾身都已经说菲儿的不是了，她们怎么还下得去手啊！”商氏无比痛心地捂着自个儿的胸口哭泣道。

她自个儿的女儿，她从小到大都没有打过一下，而这蓝朵朵与那个贱婢两人，竟一次又一次地打她的女儿，这让她如何能咽得下这口气啊，若说当日在蓝家老宅，她们为的是委曲求全，那么现在她们又凭什么要妥协，要让人打呢？

“逆女，你到底想要干什么？你要胡闹到什么时候？”蓝光辉此时的气势明显地弱了下来，真是没有想到，那个逆女旁边，竟还有一个那么厉害的丫头呢。

“我胡闹？我胡闹什么了？是谁死皮赖脸，又是求，又是哄，又是威胁地把我骗到这编修府的？你以为我愿意来啊？竟然还让我走侧门，让一个小厮来侮辱我，侮辱我也就算了，还敢侮辱我娘，我娘到底是个什么身份，别人不知道，你还不知道吗？而那徐菲儿是个什么东西？不过是一个有娘生没爹教育的臭丫头而已，她凭什么对我指手画脚的，谁是你的女儿你不是分不清吧，就在刚刚，她指着我的头，骂我，骂我娘，你不也连个屁都没放吗？她叫那些侍卫来教训我的时候，你不也是假装没看到吗？怎么？现在她吃亏了，你说我胡闹了，你若是怕我胡闹你早想什么了？”朵朵冷着一张小脸儿，对蓝光辉说道。

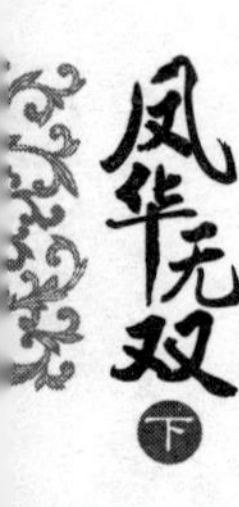

“还有，以后你们千万不要同我讲什么教不教养的问题，我就是再没教养，也比那个徐菲儿强吧，天色大黑，她竟然还想着邀请人家敬王世子到府上饮杯茶水，这还真是好教养呢，是不是以前商姨娘就这样把爹爹您邀过去的啊？”朵朵说到最后，嘴角竟然勾起了一抹残忍的笑意。

你们不是在诋毁我娘吗？你们不是拿我的身份来压我吗？那我就来个以其人之道还治其人之身呗，看看到底谁是不要脸的贱人！

“我……你……蓝朵朵你又好得到哪里去，你少在那里说风凉话了，你还不是同世子爷拉着手，蓝朵朵你到底要不要脸啊，小小年纪就这样地会勾引人，真是下贱！”徐菲儿被朵朵揭了老底儿，又说中了心思，所以恼羞成怒地吼道。

“要是你的眼睛没瞎的话，你就该知道是谁牵谁的手，而你怕是想要牵人家，人家也不想被你牵吧，人的命，天注定，所以，最好要有自知之明啊！”朵朵眼睛盯着无措的徐菲儿说道。

“你……”徐菲儿果然被朵朵给说中了，眼中含泪指着朵朵，却说不出任何话来。

“啊……”

"婉儿！婉儿！"

"娘！……"

"快请大夫去，还不快去请大夫，若是夫人肚子里的孩子有什么事情，你们都别想活了！"蓝光辉大声地吼叫道。

"蓝朵朵，都是你把我娘给气的，若是我娘肚子中的弟弟有什么闪失的话，我是不会放过你的！哼！"徐菲儿刚开始的时候或许是很担心的，可是直到她上前去扶她娘的时候，她娘的手却握了握她，她便放下心来，所以她马上聪明地就把这个过错引向了蓝朵朵。

果然……

"你这个逆女，我真是后悔让你进府，还不快给我滚到一边儿去跪着，你的母亲什么时候醒来，你什么时候给我起来，要是你母亲肚子里的孩子有什么，那么你也别想活了！"蓝光辉的脸阴沉无比，而此时府中的下人乱成了一团。

商氏这腹中的孩子便是他唯一的希望了，若是真的因为朵朵而出了什么事情，怕是他连杀了朵朵的心都有，只不过，他有没有这个能力也是一个问题哈！

"奶，我的住处是不是准备好了？赶了一天的路了，真的是好累，我需要好好休息一下！"朵朵知道如今名义是蓝老太太管家了，所以便向她问道。

"你……你把我的话当做耳旁风是吗？我让你去跪着，跪到你母亲醒，你没听到吗？"蓝光辉只觉得他的这个女儿真的很有本事，本事得都能把他给气到吐血，他到底是做了什么孽啊，竟然生了一个这样的女儿啊。

"呵呵，爹爹你是不是年纪大了容易忘事儿啊？我再说一遍，我不会叫商氏为母亲的，我的母亲姓刘，不姓商，而且，她又没死，我凭什么要跪她啊？是你希望她早些死吗？"朵朵呵呵一笑说道。

"蓝朵朵，你娘才要死了呢，你再给我说一句？"徐菲儿一听到朵朵的话，便气恼地尖叫道。

"司影，你下次记得，只要她的口中再敢说出辱骂夫人的话，那你便给我狠狠地教训她，现在她又没有学乖，你再给我抽她两个嘴巴去！"朵朵冷然说道。

"是！"司影嘴角含笑道，她就说吗，她家小姐可是天不怕地不怕的人啊，怎么到了这编修府了就能忍气吞声呢？

"不！不要，我看谁打我的菲儿！老爷，您快让她住手，不要打我的菲儿！"正在这时，刚刚本还在晕着的商氏竟敏捷地坐了起来，把徐菲儿抱在了怀中，紧紧地把她保护了起来，很怕再晚一步，她的宝贝儿女儿又得挨打。

“给我住手，不要伤了你……你姨娘！”蓝光辉此时也不去纠结该怎样去称呼了，因为他知道，若是此时他再要去纠结这些事情，怕是那个逆女会做出更疯狂的事情来，现在怎么说，也不能让她伤了婉儿啊，所以他只能吞下苦水，妥协道。

“老……老爷？我？我就只是一个姨娘吗？老爷？”商氏紧紧地护住徐菲儿，眼见着蓝光辉的出声制止，以及那个小贱人的发话，到那个贱婢的停手，商氏的表情，从紧张，到松了口气，又从松了口气，到得意，又从得意，到了失望与痛心。

所以此时商氏的脸色变化多端，很是滑稽。

“婉儿，你肚子里的孩子重要，那个逆女……为夫……为夫会收拾她的！莫要为了她而伤了自个儿的身体！”蓝光辉接收到了商氏的痛心与失望，赶紧拉住了她的手，低声说道。

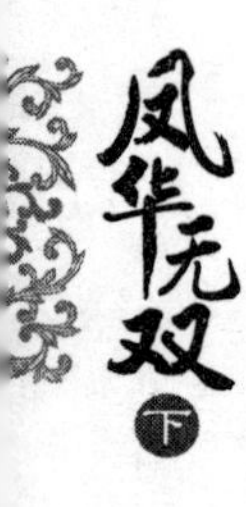

“哦？原来商姨娘并没有死啊？那爹爹我那个跪是不是就取消了啊？那接下来，我是不是可以回我的住处去休息了啊？你们有那精力去折腾，可是你女儿我可是很累的，怕是没空儿陪你们玩儿了，所以咱们回见吧！”朵朵笑盈盈地对蓝光辉说道。

而那徐菲儿和商氏如刀子般的目光看着朵朵，若是眼刀子能杀人的话，想必朵朵早就死了千次万次了，可是朵朵却笑盈盈地坦然面对着她们的目光，仿佛在说，最好是有些记性，不然……

“小桃，带小姐去她的院子吧！”蓝老太太这时候说话道。

眼见着自己的儿子与那商氏都败下阵来，这时候让朵朵先离开，是最好的办法。

虽然对于自个儿的孙女那样说自个儿的儿子，蓝老太太的心里始终是不舒服的，但是一想那个徐菲儿小贱种被打了，蓝老太太的心里便乐翻了天。

蓝家老太太在骨子里便是一个很记仇又是心眼儿小的老太太，所以对于徐菲儿以前所做下的错事，蓝老太太并不想原谅她，同时现在商氏有了身子，在有些事情上肯定是要交出来的，可是这个徐菲儿却碍手碍脚的，让她很生气，而且，最主要的是她一个名不正言不顺的外人，有什么资格指手画脚的呢？

“是！”那个唤作小桃的婢女回答道。

“辉儿，你扶商氏回房间吧，一会儿大夫来了，还是让大夫瞧一下，这样我也才能安下心来！”蓝老太太看到如今的这个状况，这夫妻二人定是有许多的话要讲，所以便挥散他们。

而那徐菲儿此时也是吓怕了，目光呆滞地瘫坐在商氏的怀里，直到商氏给她扶了起来，徐菲儿这才缓过神儿来，安静地跟在商氏的后面。

蓝光辉一行人走了之后，蓝老太太留下了蓝家老宅的那几个人。

“你们要记得，不要参与到她们争斗的风波中去，咱们眼下最主要的是把这编修府的权给夺过来，靠谁都不如靠己，商氏现在有孕，这是最好的时机，还有雨儿，你同那个徐菲儿走得近，祖母不反对，但是你要切记，不要参与到她与朵朵的争斗中，朵朵再怎么不好，那她也是我们蓝家的人，也是你同父异母的妹妹！”蓝老太太提醒蓝雨儿道。

其实对于蓝雨儿的想法，还有接近那徐菲儿的目的，蓝老太太都是知道的，如今的蓝雨儿很听话，她现在完全是听蓝老太太的话，因为经过上次的事件后，她终于明白，最终她奶奶是真正对她好的，而眼下如今蓝家老太太又掌权，从而蓝雨儿对蓝老太太那是死心塌地的。

“奶，您放心，雨儿心中有数儿，而且，刚刚在进门的时候，我也提醒过了朵儿，让她小心徐菲儿，不过看朵朵那胸有成竹的样子，怕是她心中早就有了数儿了吧。”蓝雨儿乖巧地上前歪进了蓝老太太的怀里，说道。

“好，好，那就好，我就知道我雨儿是最懂事的，翠儿，余氏，你们两个人这些日子也少往商氏那块儿去凑合，看眼前这个架势，怕是朵朵也不会消停了，那丫头也不知道啥时候开始变得这样地不让份儿，以前她也不这样啊？”蓝老太太竟感慨上了朵朵的变化。

在她印象中的朵朵，虽然有些小脾气，但是性子还算是软和的啊，哪里像现在一样，沾火就着，就如一个小刺猬一样地浑身是刺儿，根本不让份儿啊。

“你们都听到了没？”蓝家老太太又重复地向她们问了一遍。

“我们知道了娘！”

“……”蓝翠儿同余氏也都是极为恭敬地说道。

商氏的院子里。

“你走！我不想见到你！我同你过了这么多年了，原来我只是你的姨娘啊？哈哈哈，真是可笑，真是可笑啊，那我腹中这个又算是什么呢？既然这样，我不如不让他出生呢！”商氏如今脸色苍白，眼中也是含着泪水，加上她这几日一直呕吐个不停的，并没有什么食欲的，所以此时那娇小玲珑的商氏如今更加地我见犹怜，很是楚楚动人。

“婉儿，你这是干什么啊？刚刚为夫那也是权宜之计啊，那个逆女怪异得很，而且如今她还得到皇上的赏识，为夫现在对她真是轻不得重不得啊，你要知道，若是为夫真的有办法的话，那为夫真的巴不得她滚得远远的啊！”见到商氏独自趴在她的罗汉榻上哭个没完，可真的心疼死蓝光辉了，更何况，她的肚子里此时还有一个他最为在意的呢。

“婉儿可不能说那样伤为夫心的话啊，你真的舍得不要咱们的儿子了吗？这是咱们盼了多少年的儿子啊？你就真的这样忍心吗？我和刘氏，那都已经和离了，所以无论她在还是不在，你都是我的原配夫人啊，婉儿你又何必同我较这个真儿呢？你明知道，刚刚为夫做的一切都是为了菲儿啊！”蓝光辉把挣扎着的商氏揽在了怀里，轻拍着说道。

“而且，在回来的路上，岳父也是同我分析了一下，咱们大周朝是以孝治国的，这个逆女为夫早晚会收拾她的，你又是她的嫡母，她万般没有不听你话的理由，今日的事太突然，咱们没有什么准备，所以现在咱们要做的不是窝里斗，而是要想办法给那个逆女些苦头儿吃！婉儿你要知道，若不是岳父想拿到那个死丫头手上加工厂的三成干股的话，那为夫早就把她赶得远远的了！”这句话可真的是蓝光辉的心里话，试问有谁会喜欢一个常常揭自己老底，气自己的女儿呢？对于蓝朵朵，蓝光辉早早地便想舍弃了，他说得很对，若不是商王爷一直阻拦，他真的想眼不见为净呢。

“夫君，是婉儿不好，可是夫君，你可知道，当你让朵朵叫我姨娘的时候，我的心里是什么滋味儿啊？朵朵她为什么要那么对妾身啊？对妾身有敌意也就算了，她竟然让她的婢女一次一次地打菲儿，菲儿她就够可怜的了，为什么她就不能放过她呢，夫君，妾身很害怕，妾身害怕朵朵这次来编修府是为她娘亲报仇的啊，若是这样的话，那咱们这个孩子怕是也不好保了啊，夫君妾身好怕啊，真的好怕啊！”说到最后商氏竟哭着倚进了蓝光辉的怀中，而当她低下头的时候，她那如要杀人般的目光还哪有一丝的害怕啊，她那目光里有的全部都是愤恨与杀机。

“她敢！她若是真的敢伤害你，伤害你腹中孩子的话，为夫第一个就先解决了她，为夫就不相信了，我一个当爹的杀了她，还需要为她偿命不成吗？婉儿你只管把心放宽了，一切有相公我呢，事事都要以咱们的儿子为重，更何况，这中秋宫宴将至，你若是这样愁眉苦脸的，不是让人看了笑话去吗？”蓝光辉试图用其他的话题来让商氏慢慢地平静下来，刚刚大夫可是说了，商氏本来就是年纪颇大，有了身孕，怀孕期间是要有些辛苦的，所以，万万要让她一直保持良好的心情，不可太过于悲伤，那样会对她肚子里的孩子有所影响。

所以蓝光辉便把这话题引到了商氏一向较为喜欢的赴宴上面，要知道贵家女子，平日里大门儿不出，二门儿不进的，一年当中出府的次数也是有限的，而一旦什么场合碰到了一块儿后，她们那必定是要比穿着打扮和首饰的，而最为爱美又会穿戴的商氏，那可年年都是各种聚会的佼佼者啊。

且不说那商王府的财力，就是凭着那商氏的姿色与出了名地会打扮，那也都是排在前几位的，而一年一度的中秋宫宴，商氏那肯定是要出风头的，别看她现在是怀了身子，可是这也才两个月多一点点，根本还没有显怀，所以根本不会影响她分毫风华的。

“妾身现在哪还有心思参加中秋宫宴啊，妾身现在很是害怕，在中秋宫宴上，你那宝贝女儿叫我一声姨娘，若是那样的话，妾身真就不能活了！”商氏整张小脸儿上布满了担心与悲伤。

说实在的，其实现在商氏的确是挺悲伤的，因为她那件想要此次在中秋宫宴上展示的流光织锦裙早就被她那亲爱的夫君亲手给撕烂了，一想到这个，她就说不出来的心疼啊，而发生这一切的始作俑者，则是那个小贱人蓝朵朵，若不是她把那件衣裙给淋湿了，她又怎么能去换啊，若不是在换衣裙的那工夫儿，蓝光辉又怎么能进入蓝翠儿的房间，而两人……

但是这一切都只是商氏心中所想的，嘴里说的却又是一套。

“哼，她一个乡下出来的丫头，那么重要的场合，岂能让她去丢脸呢？你完全不需要担心这个，因为，为夫根本就没打算让她去赴宴，别的为夫或许和你保证不了，但是这一点，为夫却是可以保证的！”蓝光辉很肯定地说道。

“什么？是真的吗？你真的不带她进宫吗？若是那样的话，她会不会同你闹啊？要知道你的那个女儿，妾身真是怕了啊，真的不想再出什么事了！”商氏在乍一听蓝光辉的话后，真是开心极了，但是那满脸的笑意，却被商氏掩饰得很好，最后，竟是有些担心地问道。

“她要闹，就让她去闹好了，她闹得越大越好，我就要全京都的人都知道，她是怎么当人家女儿的，到时候她的名声臭了，我看那敬王世子还会不会对她死心塌地的，她现在不就是仗着那些人都可以给她撑腰才不把我放在眼里吗？那我就要让她的名声变得越发地臭，我倒要看看，哪个还能要她！”蓝光辉眯着眼睛说道。

“真的吗？相公，你能舍得吗？虽然我知道，这样做是有些不好，但是，朵朵那个孩子真是被妹妹给宠坏了的，若是现在不整治一下她的不良习惯，那将来就是嫁到夫家也是要吃亏的，她吃亏是一方面，到时候丢了咱们编修府的脸，那才是关键啊，她之下，还有婷婷和巧巧呢，若是她那样地没规矩，也会影响到婷婷和巧巧啊！”商氏说得极为纠结，仿佛对于蓝光辉的这个提议她很不忍一样。

“没有什么好不好的，她现在是越发地不把我这个当父亲的放在眼里了，我就是要让她知道，得罪了我这个当爹的她会有什么后果，好了，这些烦心的事情你都不要去想了，如今你要做的，那便是想好了那天穿什么、戴什么，对了，母亲那边，你也要多多地照顾，毕竟这也是她第一次进宫参加宫宴啊，万万不可出什么差错啊，还有雨儿，你也都带着吧，她也是个可怜的孩子！”蓝光辉嘱咐道。

对于蓝雨儿和余氏，虽然他很不想去面对，但是面对那样乖巧又讨喜的女儿，他真的讨厌不起来，更何况，她的样貌，还有才情，哪一点都足以同那个徐非儿媲美，所以这孩子若是被重视起来，或许会有个美好的将来，那他这个当爹的也自然是脸上有光啊，当然，这个他不能说出口，也不能对商氏说。

他只能尽量地在商氏面前多提一提，让商氏稍稍地关注一下她。

“雨儿那孩子我也很是喜欢呢，很是乖巧，同非儿相处得也是极好的，就是你不说，这次的宫宴，我也要带着她去的！”商氏含笑地说道，但是她的笑意却不达底，而那袖口中的手，也是狠狠攥了起来。

果然，他又要开始注意他的另一个女儿了是吗？哼，这男人果然是靠不住的，自个儿在这里为了他而受着苦，可是他呢，现在却为了他那个见不得光的女儿也开始谋划上了，她的菲儿，她怎么不见他这样上心过呢？

不过心里不舒服归不舒服，她是不会傻傻地把这层遮羞布给揭开的，揭开了，只能便宜了那个余氏，可以光明正大地做蓝光辉的女人了，所以她才不会这样的傻，她要让蓝光辉以为自己不知道，就这么永远隐瞒下去。

至于那个蓝雨儿，若是识时务的话，那她也不介意给她准备一份儿嫁妆把她给嫁出去，但是若是她要起刺儿的话，那就别怪她不客气了。

“老爷，老夫人叫您过去一下！”老太太身边的小丫头小桃很是恭敬地停在门口儿，说道。

“我知道了！”蓝光辉回应道。

“婉儿，你早些休息，娘找我，我去看看！”蓝光辉临行前拍了拍商氏的手道。

“相公，那你还回来吗？婉儿等你！”商氏楚楚可怜地向蓝光辉问道，好似很期待蓝光辉能够回来。

“时间不早了，为夫就不打扰婉儿休息了。”蓝光辉说完，便冲着商婉笑了笑离开了。

“啪！啪！啪！”的声音传了出来，只见那商氏把那罗汉榻上的小桌子，杯子什么的都给推到地上去了。

“老贱人，小贱人，都是贱人，都是喂不熟的白眼儿狼，啊！……”说到最后，商氏更大声吼了出来。

“夫人，你仔细了身子啊，那些没见过世面的乡下人，你犯得着为她们生气吗？气坏了身子可如何是好啊！”商氏身边的陪嫁嬷嬷容嬷嬷赶紧上前制止了商氏的行为，同时抱住商氏劝说道。

“嬷嬷，这些喂不熟的白眼儿狼，那个老妖婆，她竟然趁着我有了身子的时候，往她儿子那里塞女人，你说说我哪里对不起她了啊，好吃，好喝，好东西地供着她，她竟这样不给我脸面，还有那个不要脸的小贱人蓝朵朵，她竟敢在我们眼皮子底下，欺负我的菲儿，偏偏她那身边还有高手保护，而爹爹现在又不允暗卫出手，嬷嬷，你说，我该怎么办啊，这好好的一个家，马上就要被那些土包子们给搅乱了！”商氏说到最后，情绪更加激动起来。

原来，像今日这样的事情，可不止一次出现了，已经出现了好多次了，每次蓝光辉一上她的院子，蓝老太太就以相同的借口把蓝光辉给弄走了，同时还让他去另外两个姨娘的屋子里，最近更甚，竟把她那屋子里的大丫头瑞雪给了蓝光辉当了通房丫头，瑞雪是蓝家老太太自个儿在人牙子手里买来的丫头，那丫头长得很是娇媚，如今只有十六七的年纪，那身段儿很丰满，每当她看到瑞雪的时候，她便很想上前去抽她两个嘴巴，想把她那美丽的小脸儿给打花了，然后再在她那两个大肉团上踹上几脚，让她下贱，让她乱勾引人。

而她现在越发觉得，那蓝家老太太是故意的，是故意找了这么一个水灵又妩媚的大丫头的，近几日那蓝光辉越发迷恋上了那丫头的身子了，而那丫头现在被那个老妖婆保护得很好，她根本无法下手去给她喝无子汤。

这么多年来，之所以整个编修府上下，只有她一人生了两个女丫头，其他的两个姨娘一直没有什么音信，那是因为，她偷偷地叫人做了手脚，当她们侍寝的第二日，那碗绝子汤便是送到了她们的手上了，从而这些年过去了，商氏并不控制蓝光辉去那两个姨娘的屋子，男人嘛，总是同一个女人睡觉，难免会厌烦的，可是留有两只不会下蛋的母鸡，她很是放心。

可是现在怎么办，这个蓝光辉现在好像迷上了那个叫瑞雪的丫头，要不然，刚刚老太太身边的那个小桃来叫他时，他眼中的火热又从何而来呢？她是女人，她最了解不过了，他那火热的眼神是为了什么，贱人，都是贱人。

想到这会儿，商氏的怒气便无法停息。

“我的夫人，您在王府里当小姐儿那会儿可不是这样的，为了那几个土包子您就气成了这样？”容嬷嬷把商氏搂在了怀中，好似一个慈爱的娘亲一样，轻轻拍着商氏的后背。

“嬷嬷？难道你有办法吗？”商氏的哭泣马上停了下来，满脸含泪地看着一边的容嬷嬷，容嬷嬷的心计与谋划，以前在商王府那可是数一数二的，要不然她娘也不会把容嬷嬷给她派来，此时看到容嬷嬷这样说，那她便应该是有办法的。

“我的小姐您不要忘了，即便现在是老太太当家，但这阖府上下可全都是您的人啊，更何况，老爷喜得通房，夫人您怎么也要赏赐那个贱丫头一下，这样一来呢，可以表现一下您的大气，让老太太放心，也可以让老爷心里面对你愧疚，当然这些都不是最主要的，最主要的是，想要那个小贱人不孕，不光有绝子汤一个方法！”那容嬷嬷眯着眼小声地说道。

果然商氏的脸上终于有了笑容了，把头又钻进那容嬷嬷的怀里道：“嬷嬷，还是你好，我要是没有你可怎么办啊，我知道了，我就按你说的去办，只不过这也只能除掉一个啊，那若是接下来那个老妖婆，再不停地向相公塞女人呢？”

要知道那个老妖婆总是说：“家里都是些丫头片子，没一个能顶门立户的，难道现在趁着年轻不多生几个，以后想要老蓝家绝户了啊（这绝户的意思，就是没儿子送终，从此没有后代，断绝香火的意思）！”

所以若是这瑞雪也不能生养的话，她绝对有可能再找些别的女人替她儿子生孩子，那样一来，她不又要担惊受怕了吗？所以这商氏刚刚好的心情，又被打回了原形。

“夫人，有些话，本是不该我这个当奴才说的，但是您要知道男人都是有劣根的，妻不如妾，妾不如偷，咱们家老爷是什么样的人，您也是知道的，所以，与其让老太太占尽先机，莫不如，这次由夫人主动一次！”容嬷嬷小心翼翼地盯着商氏的脸把话说了出来。

容嬷嬷很是知进退，虽然她在商王府，在商氏这儿，是地位极高的，但她并没有因此而放松自满起来，相反地，对于主子们的心情，她很是顾忌的，而对于自家的主子，她很是了解，或许她家主子的想法，是所有女人的梦想吧，夫君只有她一个女人，只爱她一个人，只宠她一个人，而他只有她才能给她的夫君生孩子，可是，身在这种世家的女子，怎么可能过上那样的日子呢？要知道，就算是低门儿小户的男子们，若是家里有些小钱的，那也是一妻一妾的呢，更何况他们家主子嫁的还是四品的官员呢。

“嬷嬷，你说吧，眼下我都到了这样的局面了，我若是还那样的任性，那最后吃亏的只能是我，可是我到底该怎么主动呢？”商氏看到刘嬷嬷那欲言又止的样子，与那纠结的神情，商氏便知道，估计刘嬷嬷所要说的，怕是她最受不了的事情吧。

“夫人，您还记得当初您嫁姑爷的时候，老夫人曾说过什么吗？这正妻啊，永远都是正妻，是那些个姨娘，通房们所逾越不过去的，而那些姨娘，通房们所生的子女，也是要叫您一声母亲，由您来抚养的，所以，您现在有了身子，您所要做的便是好好地静养，安心养胎，至于老爷呢，您若是想要留住他的人，和他的心，那么，您必须要在您的身边找出一个稳妥的人去服侍他，而且，您还不能给这个人也服那样的汤药，您要让她顺其自然，若是她真生了老爷的子嗣，反正也是由您来养着的，要知道，现在这个情况，一个人奋斗，远不如两个人合作啊！”容嬷嬷看到商氏豁出一切的样子，所以便把她难以启齿的主意说了出来。

“什……什么？非要这样做吗？可是……可是若是那贱婢她生下了孩子后，便打别的歪主意呢？那样的话，我们不是引狼入室了吗？”商氏还在做着垂死挣扎，她打内心里就不愿意让别的女人生蓝光辉的孩子，更何况要找自个儿眼皮子底下的人呢。

“这个夫人不必担心，只要找一个商王府稳妥的，家生子就好，她一家大小的命都攥在咱们王府里，奴婢就不怕她能反了天去！”容嬷嬷把商氏心里最后的一丝抵触也给打消了。

“那……那好吧，这事儿就由嬷嬷去办吧，我……我同意！”商氏闭上了眼睛，艰难地说道。

“夫人……夫人不好了！”就在商氏还在独自舔伤口的时候，竟然有一个小丫头慌慌张张地闯了进来，而这个小丫头却并不是商氏屋子里的，而是徐菲儿屋子里的。

“出什么事了，慌慌张张地，惊到了夫人，仔细我扒了你的皮！”容嬷嬷斥责那个丫头道。

“夫人饶命啊，夫人饶命，实在是大小姐……大小姐……”那个丫头一时间，吓得不知道该怎么说了。

“菲儿？菲儿她怎么了？干吗吞吞吐吐的，你都说啊？菲儿她怎么了？”一听到是徐菲儿的事情，那商氏便腾的一下就站了起来，并且在容嬷嬷的搀扶下走到了那个丫头的面前问道。

“大小姐刚刚回到了房间，便不许奴婢们进去，然后她在屋子里面砸东西，砸了好一会儿后，终于没了动静，但是无论奴婢们怎么叫，怎么喊，大小姐都如没听到一般，不回应奴婢们，奴婢们后来看事情好像有点儿不对劲，便马上来寻夫人了！”那个小丫头此时也缓过神儿来了，此时可不是她害怕的时候啊，眼下的情况，若是大小姐真的出了什么事情，那夫人定是要拿她们来陪葬的，所以可不能有什么闪失啊。

“这……这是什么时候的事啊？你们怎么不早来禀报啊！”商氏十分担心，所以怒吼道。

“嬷嬷，快随我去看看，那个傻丫头，长这么大也没被别人打过，而当着那么多人的面，被一个贱婢给打了，她定是心里难过呢。”商氏说完，便在容嬷嬷的搀扶下，就要往外走。

而那跪着的小丫头竟还没缓过神儿来，容嬷嬷回过头，瞪了眼那个小丫头道：“还不跟上来，若是大小姐出了什么事情，看我怎么收拾你！”

“是……是！”小丫头迅速起身，走在前面给商氏和容嬷嬷带路。

徐菲儿的院子离商氏的院子并不太远，所以片刻后，商氏便来到了徐菲儿的院子，一进院子，便看到了丫头嬷嬷跪了一地，还有几个一直在敲打着门，求徐菲儿出来，而徐菲儿的屋子里面有灯光的微亮，却一点声音都没有。

商氏焦急地上前去拍了两下门叫道：“菲儿，娘的宝贝女儿，你开开门，是娘来了，是娘来了啊！”

商氏满怀希望地以为，徐菲儿看到自己来了，一定会开门的，但是她等了许久，还是一点儿声音也没有。

“菲儿，你这是要吓死娘吗？你快开门啊，你们几个，还愣着干什么，给我把门撞开，要是我菲儿出了什么事的话，小心你们的狗命！”就在商氏要让人撞门的时候，那房门终于有了动静儿。

只见徐菲儿梨花带雨般的小脸儿，出现了在她的眼前。

“菲儿你……”

“娘，呜呜呜……那个贱婢竟敢打我，她竟敢一次又一次地打我啊，娘，我不想活了，我不想活了啊……”徐菲儿痛哭出声。

而商氏也抱着徐菲儿痛哭起来，母女俩儿就在徐菲儿的门前，大哭起来。

而某棵树上的司影，冷冷地看着这一幕，冷笑了一下，消失在夜幕里了。

“怎么样？我那渣爹想用什么办法对付我？还有，刚刚是哪里传来的哭喊声，这些人还真不让人消停啊！”朵朵此时悠闲地歪在罗汉榻上，罗汉榻上的小桌子上还摆着些水果，朵朵一边吃着水果一边问道。

“回小姐……”司影便把她刚刚在商氏那里，听到的一切都同朵朵说了出来，最后那徐菲儿哭的事情，她也同样告诉了朵朵。

“呵呵，怪不得我那渣爹这么多年来，也就只有商氏所生的两个女儿，原来事情出在这里啊，没想到我奶还有这个心眼儿呢，呵呵，看来，来到京都后，大家都变了呢，蓝雨儿是，我奶也是！”朵朵听到司影传来的话后，好笑地说道。

所谓知己知彼才能百战不殆啊，所以就在刚刚自个儿被老太太派来的小丫头送到自己的院子后，她便是把司影给悄悄地派了出去，刚刚那一战，她那渣爹定是气坏了，所以朵朵想知道，这样生气的他，会怎样地对自己，呵呵，却是没想到，他竟然能想到了这个主意，看来，自己还真是高看他了呢。

“不让我参加宫宴吗？本来我对这个还真是不感兴趣的，但是他越不想让我去，我便偏要去，而这次，不仅我要去，我娘和我弟弟也要去，呵呵，我看他怎么拦着我，他不是想让我出丑吗？那我还真要对得起他啊，那天我也要给他准备份大礼呢……”朵朵似是自言自语，又似是对着司影说，反正，朵朵那眯着的眼睛，正在表示着她此时的心情。

而司影看到自家小姐的表情，便在心中为那个成为小姐敌人的人而祈祷了……

朵朵这边听完司影的话后竟又燃起了斗志，这回还真的不能怪她心狠，她有那样一个好渣爹，若是她不做些什么的话，怕是要对不起她的渣爹了，她真想不明白，一个做爹的怎么就能那么狠啊？不过这样也好，自己接下来做一切也不需要束手束脚的了。

“小姐，你接下来的打算，若是有用得上司影的地方，就尽管吩咐！”司影见到自家主子这副表情，她的满腔热血竟也沸腾了起来，十分想参与在其中。

跟着朵朵这么久以来，她除去知道朵朵是一个善良，没有架子的主子以外，也深深地感觉到了朵朵的腹黑和刁钻，“人不犯我，我不犯人！人若犯我，百倍还之！”这便是朵朵常常挂在口中的。

“你放心，少不了你的那一份儿，好了，时辰也不早了，咱们就早点儿休息吧，咱们要先保存体力，让他们先得意去吧！”朵朵笑着说道。

这边的主仆两人美美地睡了，再说那徐菲儿的院子内，两母女抱头痛哭了许久后，在容嬷嬷的劝说下，终于停止了哭泣。

商氏使了个眼色，容嬷嬷便吩咐丫头，收拾了一下屋里的狼藉，此时徐菲儿的屋子里已经是一片狼藉了，什么桌子，椅子，瓷器，杯子，茶壶的，反正，只要她能触及到手的东西，都被她砸了个遍。

所以商氏一边安抚徐菲儿的情绪，一边等着那几个小丫头收拾好屋子，虽然整个编修府，她们是主子，但是现在毕竟有了那几个土包子的加入，从而有些事情，该注意还是要注意的，就像如今这个状态，商氏在这些个奴才面前，是不会同徐菲儿说那些个私房话的。

终于，小丫头们把屋子收拾了干净，商氏又给了容嬷嬷一个眼神儿。

“行了，你们都下去吧，不叫你们，你们不用进来了！”容嬷嬷板着脸，对那些个下人说道。

“是！”

下人们现在巴不得都赶紧躲出去呢，谁不知道他们大小姐今天被人打了没了面子，这次，她一个人在屋子里砸东西，都算是好的了，哪个不知道，他们大小姐的脾气很不好，哪次心情不如意了，不都要找人出气啊，所以她院子里的这些丫头的身上哪个没有青一块紫一块的伤痕啊，大小姐很重面子，所以她不会把毒手下到表面上的，可是身上，大家看不到的地方却不是那么回事儿了，所以此时容嬷嬷一说完，大家赶快行礼领命很听话地都散了。

容嬷嬷也要走出去，上外面给守着去，可是却被商氏给叫住了：“嬷嬷，你不是外人，就留下来吧，这个丫头死心眼儿，有你在一旁劝说，我才能放心！”

虽然现在徐菲儿的哭声是停止了，但是商氏从她那僵硬的动作下知道，这孩子并没有想开呢，而她如今被肚子里的这个给闹的，还真的没有精力再去管别的事情了，所以聪明的商氏把她最为信任的容嬷嬷给留了下来。

“是！”容嬷嬷很是恭敬地走了回来，扶着商氏坐了下来。

“大小姐，夫人是这个编修府里的女主人，您有什么委屈大可以向夫人诉说，却是万般不能如今天这般伤害自己，您知道当夫人知道您把自个儿关在屋子里而没有动静的时候，夫人着急成什么样了？主子有火，大可以拿身边的奴才撒气，何必伤了自个儿的身子呢？不值得！”容嬷嬷这边把商氏给安排坐了下来，而那边则对着徐菲儿劝说起来。

“嬷嬷，母亲现在肚子里还有一个，她自身都顾不过来，我怎么还有脸去烦她啊？我就是不甘心，我不甘心蓝朵朵那个小贱人，也就是一个泥腿子出身，为什么她却能得到敬王世子的青睐呢？一定是她勾引世子爷的，一定是的，娘，嬷嬷，我要怎么做啊？我该怎么做啊？我看到了，我真的看到了，敬王世子握着她的手，很是宠爱，还有她身边的那个贱婢，一次又一次地敢向我动手，那是世子殿下派来的啊，娘，嬷嬷，你们说我哪里比不上那个贱人啊，我哪里比不上啊？”徐菲儿说到后来，竟又激动了起来，紧抓住了商氏和容嬷嬷的手，有些疯狂地大声问道。

徐菲儿知道，现在屋子里面都是她可以相信，也是最亲近的人了，所以一向高高在上的她，此时也放下了心中的所有防备，哭得同一个孩子一般。

商氏与容嬷嬷一个对视，终于知道，原来，她们家的宝贝大小姐，伤心，生气的并不是因为刚刚被抽了嘴巴的事情，而是因为敬王世子，商氏无奈地叹了口气，她的宝贝女儿还真是死心眼儿啊。

“菲儿，那敬王世子可是有正妻的，你干吗还要那么傻，把他放在心上？更何况，他就是再厉害，他也只是一个世子，比起那些皇子来，可是差得很远呢，你外祖母是有意把你许给大皇子，大皇子欧阳剑，虽然能力中庸，但是他与你的表哥一向交好，若是将来你表哥荣登大统，那他也会是个亲王，当个亲王的正妃，总比当个世子的侧妃强吧？”商氏痛心疾首地向徐菲儿解释道，她对于这个女儿就是恨铁不成钢啊，那欧阳睿再大也只是一个世子，他能大过皇子去吗，最主要的是，她嫁过去干什么？难道要给人做小的去吗？别说她不会同意，估计就是那宋如月也会想法子整治她呢吧。

“我才不要嫁给欧阳剑那只没脑子的猪，他也就是命好一点，他哪里能比得上敬王世子？他哪里能配得上我？我宁可去做敬王世子的侧妃，我也不做欧阳剑的正妃的，所以娘，你千万不要有把我嫁给欧阳剑的心思，我是宁死也不会嫁的！”徐菲儿一听，她的娘亲竟有着把她嫁给大皇子欧阳剑的心思，可真是气坏了她，那欧阳剑可是众位皇子中最没出息、最没才华的一个人，她的娘到底还是不是她的亲娘啊，所以此时徐菲儿很生气。

“我告诉你，你给我想都不要想，你想去给人家做小，你是不是没脑子啦啊？我辛辛苦苦地把你养大就是给人家做妾的？你知不知道做妾的艰辛啊，还有，你要知道，那欧阳睿的正妻是宋如月，宋如月是宋家人，宋家一直想取代我们商家四大世家之首的位置，现在你却要屈身在她的眼皮子底下，我是不会同意的，死都不会同意的。”商氏也很是激动地吼道。

可以说，商家和宋家那就是世仇，现在她的女儿要跑到人家的眼皮子底下去当小妾，这不是抽自己的嘴巴吗？

“娘，人家敬王世子根本就不喜欢宋如月的，您不是也听说了吗？所以若是我嫁过去，得到了世子的心，那宋如月早晚是下堂的命啊，娘，你女儿我不傻，我怎么会永远地去屈身于别人的下面呢？娘，所以，您一定要帮助女儿，不要拖女儿的后腿儿啊，反正，女儿坚决不嫁欧阳剑！”见到一向待自己轻声细语的娘亲，竟朝自己喊了起来，而且还那样激动，徐菲儿从心里感到了害怕。

要知道，她现在能靠的也只有她娘了，她的哥哥一直在外游历，一年有时候也不回来一次，而这个编修府却还不是姓徐的，所以说，其实她的处境也是蛮尴尬的，现在她娘的肚子里又有了一个，没准儿还是个男孩，这样一来，她在编修府的位置就更加艰难了，所以她此时可不能真的把她的娘给得罪了。

看到自家女儿这语气也软下来，同时又开始小心翼翼起来，商氏的心便很苦涩，她一直都知道她这个女儿的心思是极为敏感的，所以对她也是格外地疼爱，就怕她会受委屈，可是眼下，难道自己要由着她胡来吗？

“菲儿，娘是为了你好，你是娘的宝贝女儿，娘又何尝不想让你嫁得好一些呢？娘也知道大皇子欧阳剑中庸平凡了些，但是他的心却是在你身上啊，菲儿啊，娘可以以一个过来人的经验来告诉你，找一个爱自己的远比找一个你爱的要幸福得多啊，更何况，你也知道，那欧阳睿他的心也并不在你这里啊，并不是说娘想帮你就能帮得到你的啊！”看到自己女儿的小心翼翼，商氏的语气也是极为地缓和，同时话语中，也多了几分妥协。

“娘，您是知道女儿的，女儿宁缺毋滥，能嫁给欧阳世子，是女儿多年的愿望，早在那次宫宴上见到他的第一眼之后，女儿的眼中就再也装不下别人了，女儿为了他，不光勤学苦练了琴棋书画，就连京都贵族圈里所有的贵女们都讨厌的骑射，女儿也咬牙练了下来，娘，试问若是女儿就这么轻易放弃的话，那么女儿这么多年来做的这些努力到底是为了什么呢？若是女儿嫁不到自己心里最爱的人，那您说女儿以后的生活还有意义吗？”看到自家娘亲稍微地妥协，徐菲儿便又打起了感情牌，不过，她所说的也是她内心深处最想说的话。

“至于世子殿下，他的心现在不在我这里，那并不重要，那是因为她还没有发现我的好，发现我的优秀，若是他看到了我的优秀，想必他一定会喜欢我的，也只有我才配站到他的身边，至于那个小贱人蓝朵朵，她也配？她不就是想出了那什么种地的破方法，把世子殿下的目光吸引了，可是那算什么才艺呢，更何况，我可是听说了，皇上可是要推广那些种植技术呢，这样一来，她蓝朵朵那个小贱人，她还有什么脸面骄傲呢？就她那么粗俗，又什么都不会的女子，她有什么脸站在世子殿下的身边呢，而当世子殿下看到她粗俗的一面后，定会知道谁才是最好的呢！”徐菲儿自信地说道。

“菲儿，娘的好女儿，娘究竟要怎么做才是对的呢？娘是真的不忍看到你受到伤害啊，不过，既然你能那样地肯定，娘怎么也要为你争一争了，可是，你要答应娘，若是最后欧阳睿他对你还无意，你就要放弃，咱们商家的女子，不允许那样地委曲求全！”最后商氏还是不忍自个儿的女儿恳求而答应了她。

“娘，我就知道您最好了！”徐菲儿一看她娘终于松口儿了，便很开心地钻到了商氏的怀中，撒起娇来，看来她娘还是疼她的。

“你是娘的第一个女儿，又从小就这么优秀，娘不疼你疼谁啊？娘还不是怕你吃亏，这才反应那么大的？你要理解娘的苦心啊！”商氏拍了拍徐菲儿的后背说道。

“娘，那个蓝朵朵，难道就要让她这么嚣张下去吗？还有那个贱婢，她竟敢一次又一次地打女儿，娘，女儿咽不下这口气！”徐菲儿板着一张小脸儿抬起头来向商氏抱怨道。

“菲儿，蓝朵朵那个小贱人，娘早晚不等地要收拾她，不过，她身边的那个却是个厉害角色，一看她那身手就是会武功的啊，咱们也只能智取，硬来是肯定不行的。”商氏一听到这个问题，便也皱起眉头来，一想到司影的身手，其实连她也是心里胆突突的，要不然她也让她爹给她派两个懂功夫的女暗卫来？

“可是女儿不甘心，不甘心啊，娘，您一定要帮我好好地教训一下那个贱婢！”徐菲儿不依地说道，长这么大她也没有这样丢人过，竟然是被那贱婢给连续打了两次，这口气让她怎么能咽得下去呢。

“可是……”商氏也是许久没有碰到这样棘手的事情了，而这一切都要怪那蓝朵朵，若是没有她的出现，那个贱婢她怎么敢啊，所以此时的商氏也是极为伤脑筋。

“嬷嬷，您也帮我想想嘛，我是您从小看着长大的，如今我被人这样地欺负了，您一定要想办法替我出气啊！”徐菲儿看到自家娘亲也是真没有办法，便又把那心思放到了容嬷嬷身上，容嬷嬷的手段她可是最清楚不过了，若说她娘能在编修府把一切都掌握在手中的最大功臣就莫过于容嬷嬷了，而自己也是容嬷嬷自小看着长大的，所以这时候徐菲儿自然就想起了容嬷嬷的手段。

“嬷嬷，你若是心里有主意，就只管说，你就是自己人！”当商氏看到容嬷嬷看自己后，她便马上给予鼓励说道。

“夫人，大小姐，其实要对付蓝朵朵那个小贱人和那个贱婢不是没有办法！”容嬷嬷开口说道。

“嬷嬷，那你快说，有什么办法？我现在看着她们就心烦，巴不得她们去死呢，还有那个贱婢，我要让她求生不得，求死不能！”自己果然没猜错，容嬷嬷果然还是有办法的，所以徐菲儿很是迫切地想知道到底是什么办法。

“那个贱婢不是会武吗？那咱们就想办法把她给打发出去，而且，要让她永远都不能回编修府，永远都不能回到那个小贱人蓝朵朵的身边，这样不就行了？”容嬷嬷眯着眼说道。

“您是说找个人在外面杀了她吗？这样会不会太便宜她了，而且，她常常跟在蓝朵朵身边，若是找人杀了她，那蓝朵朵呢？要知道外公的人是被下了命令不准动蓝朵朵的，若咱们自个儿去找，又上哪找那种精英呢，要知道敬王世子手下的人，那可个个都是精英啊！”徐菲儿担心地说道，到了此时，她还不忘去标榜欧阳睿，所以她心里有一点小小的失望，那便是她深深地觉得容嬷嬷的这个主意很不好。

“大小姐，老奴说的可不是杀了那个贱婢，就如大小姐所说，若是杀了那个贱婢那不是太便宜她了吗？老奴说的是想办法把那个贱婢给嫁出去，老奴瞧着那个贱婢还是有几分姿色的，所以，咱们想个办法，把她嫁给一个好色之徒，这样的话，她不就永远都不能回来了吗？而且，嫁给了一个好色鬼，她以后的生活，也是可以想象的！”那容嬷嬷皮笑肉不笑地说道，要知道，这女子一生当中最大的一个事情，便是嫁人了，若是所嫁非人，那这个女子的一生也就毁了。

“嫁人？好啊，这个我怎么没有想到啊？还是嬷嬷你聪明，娘，就这么办，咱们给那个贱婢找一个色鬼，看她以后还神不神气，哼！”徐菲儿一听到容嬷嬷的这个主意便拍手叫好，果然还是容嬷嬷比较聪明。

“可是，嬷嬷，那个贱婢怎么会乖乖地就范啊？她们现在的样子，你也是看到了，她们怎么会听我的话，更何况咱们手里可是没有那个贱婢的卖身契啊，咱们说什么，她怎么会听啊！”商氏虽然也觉得这个法子是极好的，但是她还是担心着司影不会那么乖乖听话的，从而说道。

“夫人，她们现在已经进了咱们编修府，那就是咱们编修府的人了，既然是咱们编修府的人，您自然是可以支配的，更何况，您这个做母亲的，关心女儿的下人，传出去可也是佳话的，若是蓝朵朵那个小贱人不同意，那也是她的错，到时候外面会传得沸沸扬扬的，看她还怎么做人，再者呢，咱们若是给那个贱婢找一个身份强大的人，到时候人家上门来提亲，怕是就算老爷都会让上三分，更何况那个贱婢呢，她又有什么权利不同意呢，所以夫人这个问题，你可以放心的！”那容嬷嬷是一边给商氏揉着肩膀，一边对商氏与徐菲儿说道。

“要身份强大的人？一个贱婢而已，还要给她找身份强大的，嬷嬷，这样一来，不是便宜了她吗？”徐菲儿很是不满地说道。

“大小姐，这身份再怎么强大，若是不学无术，其貌不扬，又花名在外的，想必也便宜不了那贱婢吧？”容嬷嬷笑着说道，好似她早就确定了人选一样。

“我的好嬷嬷，真的有这样的人吗？谁啊？你快别卖关子了，快给我们说说！”果然一听到有这样的花花公子，那徐菲儿的脸上马上又浮出了笑容。

“嬷嬷，你说的可是孙桂？”商氏突然脑中出现了一个人，便是向容嬷嬷证实道。

“不错，就是他，京都上下，谁不知道他好色，只要咱们稍做一下手脚，让那孙桂与那贱婢相遇，那这事情就一准儿一个成，到时候若是孙桂看了上了贱婢，咱们便可以私下答应了他，等他若是来提亲，咱们就来个顺水推舟，而若是那贱婢不同意，又或者蓝朵朵那个小贱人阻拦的话，相信，德妃娘娘也不会放过她们的，所以，咱们还怕她们不成？”容嬷嬷很是洋洋自得地说道。

“这倒是个好主意！就这么办，好了，菲儿，这下你可以放心了吧，记住了，以后不要自个儿生闷气，娘亲什么时候都是站在你这面的！”一切都很明朗了以后，商氏拍了拍女儿的手道。

“还有，你这个小脸儿，回来也不知道好好地抹些药，后天就是宫宴了，若是你的脸还有印子那可如何是好啊？”商氏一向是最爱美的一个，所以她的女儿也该是最完美的，像现在这样，徐菲儿此时的样子，脸上红肿，眼睛哭得也红肿，可是让商氏很是不敢恭维的。

“对呀，中秋宫宴快到了啊，娘，那您看我这张脸会不会留下什么印子啊？这可怎么办啊？啊！对了，娘亲，这次的宫宴是不是蓝朵朵也要去啊？娘，女儿不想看到她啊，女儿不想看到她和敬王世子殿下亲热的样子，那样的话，女儿会受不了，会抓狂的啊娘亲！”其实徐菲儿的潜意识里是很明白，欧阳睿对朵朵的感情，她只是自欺欺人而已，她总想着，欧阳睿之所以不理她，那是因为他不懂她的好，就如今看来，若是自己这次在中秋宫宴上一举惊艳，那还怕敬王世子不钟情于她吗？但是若是蓝朵朵又出来搅局的话，那他就不能确定了，所以她一定要制止蓝朵朵那个小贱人去赴宴。

“菲儿你放心，蓝朵朵那个小贱人她不会去参加宫宴的，因为你叔叔已经同意了，而且也是由他去同那个小贱人说，所以菲儿，你只管好好地打扮自己，等待着那天大放异彩吧！”商氏开心地说道。

“真的吗娘？那个小贱人她不会进宫赴宴吗？那真是太好了！”徐菲儿搂着商氏的脖子，对着她的脸就是亲了一口。

商氏看到自个儿的女儿只因为这一件小事就高兴成这样，心里很不舒服，看来，以后自己还是要多多关心她啊。

“红儿，给我准备些冰水，柳儿，给我拿些冰块儿来，要快，我要好好地敷一下我的脸，免得后天留下血印子！”徐菲儿一听到自个儿讨厌的人不会去参加宫宴，那就等于那天不会有人坏她的好事了，她当然要好好地打扮自己了，而现下首要的任务，便是自个脸上的红肿问题。

“你这孩子，瞧把你高兴得，好了，你好好地收拾一下你的脸吧，娘就先回去了，今儿个被你吓得，到现在手脚还软着呢，以后可不能这样吓娘了！”商氏现在还是心有余悸地说道。

“娘，对不起，都是女儿的错，女儿太没用了，让娘亲伤心了，女儿以后不会了！”徐菲儿低着头，很是自责地说道。

“好了，娘不是责怪你，娘是心疼你啊，行了，娘和容嬷嬷先回去了，这两日，你好好地准备吧！”商氏拍了拍徐菲儿的肩膀然后就在容嬷嬷的搀扶下离开了。

终于编修府恢复了安静。

第二日一大早，朵朵便去了老太太的院子，同老太太聊了聊天，在这个过程中，她并没有遇到商氏那母女，朵朵冷笑道，她们这是在为那宫宴做准备吧，想到此，朵朵便笑着对蓝老太太说道：“奶，若是没事儿，孙女儿就先退下了，孙女儿今儿个想去我娘那看一看，毕竟，她在京都里也没有什么熟人，而谦儿也会在中秋过后，参加童生试，所以，我去看看，他们那边有没有什么需要帮忙的！”朵朵直奔主题，也没有隐瞒蓝家老太太诚实地说道。

“也好，去看看也好，朵儿啊，你和你娘的性子就是太倔了，一点儿都不软和，要不然……唉，去吧，看看你娘那里还有什么需要的没，需要什么就同奶说，不管咋地，谦儿他也是我蓝家的孩子啊！”老太太很是可惜，又有一丝怜惜地说道。

朵朵听着蓝家老太太这条理分明的话，心里便暗道，看来她奶很快便融入这上流社会了，眼看着她这说起话来很是左右逢源呢。

“好的，孙女儿替我娘谢谢奶奶了！奶，我还要提醒你一句，不是什么人的东西都可以收的，有些人也不会有那些好心的！”朵朵话有所指地说道。

“呀，这位就是爹爹的新姨娘吧？姨娘可是要努力哦，争取早日为爹爹生个儿子呢！姨娘可是要小心啦，这得宠的机会可是来之不易的，所以千万不要相信任何人，也不要贪图那小便宜，贪小便宜吃大亏哦！”朵朵同老太太说完，直接打量起瑞雪来，之后又高抬了瑞雪的身价，话里有话地说道。

“奴婢，奴婢不是……”那被朵朵称之为姨娘的瑞雪果然是红了一张俏脸，她想要解释着她的身份现在还不是姨娘，虽然老爷现在很宠爱她，也答应她等中秋过后便会抬她为姨娘，可是她现在还不是啊，可是听到了朵朵的话里有话，她却有些吃惊了，从而结巴了起来。

“朵朵，你是不是听到什么了？若是你听到什么，就尽管同奶奶说，毕竟咱们才是一家人啊！”蓝家老太太的老脸又板了起来，那不算大的眼睛也眯了起来道。

“奶，我什么也没听到，什么也不知道，只不过就是提个醒儿而已，得了，时间也不早了，孙女儿就先退下了！”朵朵很是恭敬地笑着说道，然后便带着司影离开了。

“老……老夫人，您看刚刚朵朵小姐的意思可是……”朵朵走了之后，那瑞雪刚刚还绯红的小脸儿，此时却变得惨白惨白的！

“你不要瞎想，万事有我呢，你只要服侍好辉儿，早日为我们蓝家延续香火就好！”老太太阴沉地说道。

虽然蓝家老太太嘴上那么说，但是她的心里却不是这么想的，自家的那个孙女儿，是什么样的人她多少还是会了解的，她可不是那种无事生非的人，而她现在这样说，一定是发现了什么，可恶的丫头，这样说一半儿留一半儿的，真是气人，只是她话里话外地都说贪便宜，赏赐什么的，难道近日里自个儿看得太过于紧了，她又想到其他的主意使坏了？

对于商氏做了手脚，使编修府其他女人都不孕的事情，还是一个不知道姓名的蒙面女人告诉她的，那个女人不肯透露姓名，只是说，这整个府上，除去商氏自己外，其他的女人都被服用过了绝子汤，所以，若是想要蓝家留后，那势必要再纳新人，而且，她也要必须小心谨慎地看住了，以免那商氏再从中做手脚。

蓝老太太初闻这件事情的时候，气得差点儿没背过气去，她就说嘛，怎么就会这么巧呢，她儿子可还是正值当年啊，怎么就只有商氏生出一对赔钱货后就再没有了消息呢？原来这中间是有这么一回儿事啊，后来她就以买下人为名，挑选了看着就好生养的瑞雪，之后又巧妙地送到了她儿子的床上。

之后又闻商氏有了身子，蓝老太太心里便更加地相信了那个黑衣蒙面人说的话了，就商氏那么大的年纪，都能有孕，为何那两个姨娘却不行呢，所以这更加坚定了蓝老太太心中所想。

从那以后，瑞雪的日常饮食还有用度都是经过自己手的，而朵朵那个死丫头这样一说，是不是代表商氏有所行动了呢？蓝家老太太眯起了眼，仔细前后想着。

“小姐，你说，你刚刚那样的提醒，老太太能听明白吗？奴婢觉得那个瑞雪好像并不是一个愚蠢的人呢，而且，看她体态与呼吸，她也是身上有些功夫的！”司影把她刚刚所观察到的说了出来。

“哦？你是说刚刚那个瑞雪她是会功夫的？”朵朵很是不敢相信地睁大眼睛问道。

“是啊，小姐，那是千真万确的啊，那个瑞雪是会功夫的，这个奴婢可以保证的！”司影坚定地说道。

“呵呵，这个瑞雪就不知道是谁的人了，不过这也挺好的，就搅和吧，尽情地搅和吧，把这编修府搅和得越浑才越好呢！”朵朵一边笑着，一边说道。

“什么事情让你这么高兴？昨晚睡得怎么样？”欧阳睿的声音传了过来。

朵朵一抬头，便看到了欧阳睿正站在一辆马车前，笑着向她问道。

“你怎么这么早啊？我这个人一向是随遇而安惯了，所以你应该知道我睡得好不好了吧？”朵朵笑着说道，刚刚一出编修府的门，她光顾着和司影说话了，根本没有注意到前面的欧阳睿。

“呵呵，看你这个样子，昨天编修府一定让你闹得人仰马翻了吧！”欧阳睿一边扶朵朵上马车，一边笑着问道。

“我是想低调地进府，奈何他们不给我这个机会啊！所以这个真的不能怪我啊，对了，你还没和我说呢，你怎么这么一大早地就来等我了？难道你知道我今天会来吗？”朵朵不解地问道。

“因为我就知道，你今天一定要去婶子那边看看的，他们这是第一次入京，昨儿个你又走得匆忙，所以我不难猜到你今儿个要出门，就在这里等你喽！”欧阳睿含笑说道。

“算你聪明！”朵朵笑着说道。

“不过欧阳睿，这次的中秋宫宴你会去吧？那你能不能想办法把我也带去啊，对了，还有我娘和我弟弟，能不能把我们也带进去呢？”朵朵一下子就想到了中秋宫宴的事情。

“哦？你对这个有兴趣？这不像是你所说的‘低调做人的作风’啊！”欧阳睿含着笑调侃道。

朵朵嘴角抽动了几下，这厮是故意的吧，的确自个儿平日里常常说这句话，可是现在不是她想高调好吗，那是有人先挑衅的好不好。

“眼下我都被人爬到头上拉屎了，你觉得我还继续‘低调做人’行吗？”朵朵咬着牙，很是用力地说道。

“咳咳……蓝朵朵你究竟是不是女人啊，那……什么的也是一个女子随便说的吗？你……”欧阳睿的俊脸有些不自在起来，虽然她知道朵朵比起一般的女子来很是与众不同，可是他真是没想到，连这“拉屎”二字让她说得都极为轻快，好似很正常一样。

“哼，你就说带不带吧，别在那里磨磨唧唧的，你管我说什么呢，你管天管地，还管人‘拉屎，放屁’？你是不是管得太多了啊，再说了，我是不是女人还需要让我再强调一次吗？”朵朵很是生气地朝欧阳睿吼道。

而此时端坐在一面的司影早已经被朵朵和欧阳睿的雷人谈话给笑得已经憋红了脸，同时她也悄悄地退了下去。

“你……蓝朵朵你……”欧阳睿被朵朵的这一番话给说得俊脸是红透了。

“行了，你也别你啊我啊的，刚刚问你的事情，到底能不能行啊？若是可以的话，我还要准备一下呢，毕竟我那便宜爹爹那样防着我，怕我给他丢脸，我怎么也要送他一份大礼啊！”朵朵就是想要看蓝光辉吃瘪。

“哦？你是不是又有什么主意了？既然你都想好主意了，那本世子怎么也要成全了你啊，只不过，婶子和谦儿，怕是用不着本世子帮忙了！”欧阳睿看到朵朵那满是自信的小脸儿，心中就越发地柔软起来。

“你什么意思？难道，我娘他们不能进宫吗？唉，那可是有点儿可惜了，不过也是啊，皇宫哪里是人人都能进的呢？”朵朵有些小失落地说道。

“我不是那个意思，婶子和谦儿当然可以进宫，只不过却是用不着我帮忙，我若是多事的话，襄王叔估计会跟我急的，你知道吗？就是昨晚，咱们刚刚回到京都，襄王叔随后就进了皇宫，而且是同皇上一块儿去了太后那里，襄王叔跪在太后的宫里，放出话去，这一辈子是非婶子不娶了，让太后瞧着办吧！”

“而完全不知道怎么回事儿的太后，当然是不知所措了，随后襄王叔便讲起了你母亲的事迹，与你母亲的为人，太后终于点了头，本来太后一向就是一个不拘于世俗的女人，所以她的同意，也是在意料之中的事情，而就在太后想要马上给他们赐婚的时候，襄王叔却否决了太后的提议，他说他深爱的人，他会用实际行动来感动她，而不是用强权来得到她，为此太后还流了好一会儿的眼泪呢，最后太后发话了，这个中秋家宴上，一定要看到婶子的身影，她倒要看看是什么样的女子能感动我们这大周赫赫有名的铁血男儿襄王爷呢！”欧阳睿把昨天所听到的事情同朵朵说了一遍。

而朵朵听到欧阳睿的讲述后，那眼睛瞪得很大，小嘴儿也微张，暗道，难道这就是所谓的一见钟情吗，这也太快了些吧？这襄王爷，果然是个好样儿的！朵朵的心里大大地为襄王的表现加上了几分。

“没想到襄王还有这样的胸怀，真是难得啊！”朵朵感慨道，若是一般的男子一定会被世俗的绳索给锁住的，毕竟一个和离的女人，还带个孩子啊。

“这下你可以放心了吧，那你快和我说说，你究竟想要怎么对付他们啊，又要送他们什么大礼呢？”欧阳睿的眼中满是好奇，她很好奇朵朵会怎样做。

“天机不可泄露，不过，我确实有事情要求你帮我的忙！”朵朵很认真地说道。

“呵呵，你不告诉我，还想让我帮忙，这让我上哪儿说理去呢？”欧阳睿打趣道。

“哎呀，你快附耳过来，到时候你就知道了，提前告诉你，那多没意思啊！”朵朵向欧阳睿招手，并且神秘兮兮地说道。

第二十二章 一品诰命

朵朵在欧阳睿的耳边说了些什么之后，只见欧阳睿的脸上出现了丝丝的不理解。

“那是为何呢？”欧阳睿很是不解地问道，这个丫头的脑袋中到底是想的什么呢？

“哎呀，到时候你就知道了，一个大男人不要好奇心太重嘛！”朵朵撇了撇嘴说道。

就在欧阳睿刚要说些什么的时候，只见马车停了下来，而外面司影的声音也响了起来。

“世子爷，小姐，夫人的宅子到了！”司影在外面说道。

“哦，知道了！”朵朵闻言挑开车帘走了出去。

欧阳睿直到下了车，还是在云里雾里的，直到他们几人在小厮打开门以后，走到中厅时，他们便是发现了刘谦的小身影儿。

只见刘谦的小脑袋正小心翼翼地向中厅里探去，而他那小身子还尽量地保持住了平衡，所以这离远处一看，小刘谦的姿势别提有多怪异了。

“怎么样？男人也是有好奇心的吧？”欧阳睿却是在朵朵也很想知道小刘谦在干什么的时候，说了这么一句。

朵朵不敢相信地看了看他，嫣红小嘴儿更是抖上了几抖，好吧，最后她还是没有找到任何可以反驳欧阳睿的语言，她只觉得，如今的欧阳睿怎么与她初见的时候差别那么的大呢？现在的他是不是吃错药了啊？废话变得多了不说，竟还是这样的强词夺理呢，谦儿他现在怎么能算得上男人啊？他现在充其量只能算是小孩子好不好。

朵朵看到刘谦朝里面看得那样的艰辛，所以在他的好奇的带动下，朵朵并没有大叫出声，而也是悄悄地走了过去，就在他的身后，也悄悄地往里面看去，所以此时姐弟俩的小脑袋是一上一下的，直到小刘谦发现了朵朵的到来，刚刚要对她说些什么的时候，却是被朵朵把他的小嘴儿给捂上了，之后摇了摇头，因为朵朵发现现在中厅里的那一幕很是有趣，她很想看到接下来有什么发展。

而后赶到的欧阳睿则当然不屑与他们为伍了，只是静静地站在一边也是注意聆听着屋子里面的动静，他本身就是一个习武的人，所以听觉肯定的就比旁人要灵敏得多，所以此时他完全不用像朵朵与刘谦那样去偷听，也是知道中厅里面发生了什么，而让欧阳睿没想到的是，这襄王叔很是有一套嘛，这大清早地便是到了人家的家里表心意，看来他还真的是着急呢。

不错，让小谦儿与朵朵这样费尽心思地去偷看、去偷听的中厅里，的确是上演着这样的一幕。

“王爷，你回吧，民妇是不会同意你所说的话的，而且，您那样优秀的一个人，值得更好的女人站在您的身边，而民妇却不可以，所以还请王爷以后不要再说此话了，会连累您的名声是一方面，而若是到连累到了我的朵儿和谦儿的话，那就是民妇万般的罪过了！”只见中厅里，刘氏背对着襄王爷，板着那绯红的小脸儿，强装镇定地说道。

“说来说去，你还是怕你的子女那边会反对，芳儿，你敢说，你的心里根本没有我吗？芳儿，咱们现在的年纪都不小了，难道这剩下的时间里，也不能为了自个儿而活吗？再说了，你的子女们也并不一定就能反对啊！芳儿，你在逃避什么呢？”襄王爷很是激动地握住了刘氏的小手儿。

而刘氏却是涨红了脸儿，更是小嘴儿微张，眼睛瞪得大大地不敢相信，片刻后，她缓过神儿来的时候，拼命地挣扎着，想把她的手从襄王爷的手里抽出来，只是一个女子怎么会有男子的力量大呢，更何况襄王爷也可是大周的第二个战神呢。

“王爷您放手……你放开我，你怎么……”刘氏就如受惊了的小兔子一样，使劲儿地试图挣脱了襄王爷那温暖的大掌，有那么一瞬间，她都有些沉迷于这样的温暖了，可是现实却是让她很快地就清醒过来。

“你们几个是不是也该看够了，出来吧！”看到这样焦急的刘氏，襄王爷也不忍再逼得她太紧，反正他并不着急儿，慢慢来也好，今儿个所做的一切，只是想让刘氏能够认清自己的心意而已，免得她想东想西地一直逃避。

“呵呵……王爷好！”

“王爷好……”

“王叔早……”

朵朵、谦儿和欧阳睿并排走了进来，而朵朵和小刘谦却是小步子慢慢挪了进来的，毕竟偷听人家的隐私，确实是不那么光彩的事情，更何况对方还是他们的娘呢。

“你们……你们两个孩子怎会……你们全听到了？”刘氏一见这三人走了进来，简直那脸红得都要滴出血来了，太丢人了，真的太丢人了，刚刚的事情是不是他们全听到，也全看到了？

“娘，我们也希望您能幸福，而我们也不觉得您与襄王爷在一块儿会给我们带来什么困扰，相反地，您找得到您的幸福，而我们却是又多了一个疼我们的人，我们高兴还来不及呢，又怎么会反对呢，所以，娘亲，顺应您的心意，不要有太大的心理负担！”朵朵上前一步走到了刘氏的面前，拉住了刘氏还在发烫的手，认真说道。

“是啊，是啊娘亲！”小刘谦也是在一旁附和着。

“你们……你们两个懂什么……我后面还烧了东西，我……我先去看看，你们……你们先聊！”刘氏很是尴尬慌张地就松开了朵朵的手，朝外面走去。

“襄王叔动作果然迅速啊，这一大早就来登门‘拜访’了？”欧阳睿语气中有着丝丝打趣。

“你小子，别给我来这一套，老子可不吃，老子光明正大的，一大早来怎么了？”襄王爷却是丝毫地没有因欧阳睿的话，而有任何的尴尬。

“襄王叔火气不要那么大啊，小侄也并没有说什么啊！”欧阳睿含笑说道。

“哼，你小子那肚子里有几根肠子老子都清楚，少给我玩儿那些虚的，老子不吃你那一套！”襄王爷瞪眼说道。

眼见着这叔侄儿二人斗上了嘴，而且越说越没谱儿起来，朵朵赶忙把话题给岔了开来。

“襄王爷，明天的中秋宫宴，我想让我娘和我弟弟也都去参加，可是，你是知道的，若是没有皇上太后的同意，我们这一般草民是不可能进宫的，所以……”朵朵好似很是苦恼地向襄王爷说道。

“呵呵，这个有什么难的，本王这就去向太后请旨，丫头，谦儿，以后若是有什么困难你们就只管来找我，只要本王能做到的，定是会义不容辞的！”襄王爷说着还摸了摸刘谦的小脑袋。

刘谦从小便让人被冠上了天降灾星的名头，所以从小到大他是受了很多的罪，也是吃了很多的苦的，而就像是襄王爷这样亲密关爱的表现，是他就算在蓝光辉那里都没有得到过的。

所以此时小刘谦的眼睛已经笑得眯成了缝儿，对于襄王爷这宽厚的大掌，刘谦感到了从未有过的温暖。

“好了，本王这就去宫里请旨，你们娘儿几个想必是还有话要说，本王就先走了！”襄王爷不愧是武将出身，那做起什么事来都是风风火火的，就看眼下，他便是脚步生风地向外走去。

“欧阳睿，你是不是也该去做答应我做的事情了？记得，一定要秘密进行，等你找完了，就直接将他们带到这里，除了咱们三个人，就是我娘，你也是不能告诉的。”朵朵左右看了一下，确定了刘氏也没在跟前儿，所以便小声地说道。

“姐？啥事啊？”小刘谦看到朵朵这样神秘兮兮的所以很是不解地问道。

“小孩子，别啥都打听，该让你知道的时候，自然会告诉你的！”朵朵故意板着小脸儿，开口说道。

“哦，我知道了，不是你刚刚说，除了咱们三个，不告诉别人吗？唉，这女人就是善变啊！”小刘谦十分感慨地说道。

朵朵听到了小谦儿的话后，嘴角不自觉地向上抖了抖，看来这个臭小子也开始学坏了，竟是开始怀疑自个儿说的话起来。

而欧阳睿是听到了小谦儿的话后，愣是把脖子扭到了另边去，之后说道：“我这就出去办事，你忙你的！”说完也是扭身就走了，但是朵朵从他那抖动的肩膀上看来，朵朵知道，他一定是在暗笑自己呢。

就在他们都各自去做他们自己的事情后，朵朵便向后院儿走去，她知道她娘刚刚说的只是借口，她根本就没有烧任何的东西，估计她现在是正躲在屋子里面胡思乱想呢。

果然，朵朵最后是在刘氏的房间里找到了刘氏。

“娘，您想什么呢？是不是还为襄王爷的事情而苦恼呢？”朵朵一进门，便是发现了正在发呆的刘氏，从而她坐到了刘氏的身边，依在了刘氏的肩上问道。

“朵儿，说实话，若说娘对于王爷的情义不动心，那是假的，可是现在对于男人，娘真的是失望了，当年，娘和你爹，那可谓也是经过了层层的困难，才走到一起的，可是如今呢？他还不是说变就变吗？娘现在有你、有谦儿，娘就知足了，娘真是不想再谈感情了，更何况，襄王爷的身份还摆在那里，娘是啥啊？娘只是一个被和离了的女人啊！”刘氏把头扭到了一边，眼中含着泪对朵朵说道，哪怕，哪怕她现在是没有结过婚的女人呢，那她也会考虑襄王爷的，只是，现在的她，确实是不配的。

“娘，襄王爷和我爹爹是不一样的，当年你们的年纪还小，我爹他禁不住外界的诱惑那是正常的，可是人家襄王爷，人家现在的身份是什么？他怎么可能如我爹一样的无耻呢？再者，你和离过了怎么了？谁说过和离的女人不能再嫁呢？就是和离过了，您才要找更好的呢，娘亲，答应女儿，不要为这些不必要的因素而抹煞了襄王爷的一番情意啊！幸福不是常常都找上你的，但一旦找上了你，你就要好好地把握！”朵朵倚进了刘氏的怀里说道。

刘氏听到了朵朵的话后，身子不由自主地动了动，但却依然没有再说什么。

而朵朵知道，这样就足够了，她知道她娘是听到了心里去了，只是她心中的那个坎儿，需要她自个儿慢慢地过去了。

“对了，娘亲，明天就是中秋宫宴了，太后她老人家呢，很想见见你，所以明天你与谦儿也要一块儿进宫哦？”朵朵对刘氏小小地撒了一个谎，因为她知道，若是知道是襄王爷进宫去请旨的话，那她娘说什么也不会同意的。

“啥？太后她老人家想见我？这怎么可能啊？她老人家怎么会知道我啊？朵朵，你可别说这种笑话吓娘啊！”刘氏连忙摆了摆手，很是慌乱地说道。

她还清楚地记得她头一次见皇上的情景，那样的慌乱，那样的激动，作为他们这些平民百姓的，有的人可是一辈子也是见不到皇上的，而她是比较幸运的那一个，可是眼下是怎么回事儿，竟是连太后也想见她，她又如何地不慌乱呢？

要知道，宫里面的贵人可是多了去了，若是真的让她进宫，那她还不得被吓死啊，不妥，不妥，所以刘氏很是不愿意相信地道。

“娘，女儿会开这样的玩笑吗？这是真的啊，女儿不是救过太后吗？这次皇上回来定是与她老人家说了您一同来京都的事情了，所以太后才想见您的。娘，一切有女儿呢，你不要紧张，更何况谦儿也是要去的，有我们两个在你身边，您还用怕什么呢？”朵朵小心劝说道。

果然她娘对于进宫，很是紧张的。

“啊？谦儿也要进宫啊，朵朵啊，你说，娘和谦儿不进宫行不行啊，宫里那么些个贵人呢，若是谦儿年纪小，冲撞了贵人可如何是好呢？”在潜意识里，刘氏就很不想进宫，撇去什么紧张、不安种种原因不说，最主要让她排斥进宫的便是蓝光辉和商氏，在她看来，两个和离的人，再见面那便是除了尴尬就是尴尬啦。

况且，自己自小就是出自农家的，就是一个标准的农妇，若是干些农活儿还行，可要是让她参加那样重要的宴会，那说什么也是不适合她的。

“娘，谦儿可乖着呢，怎么可能冲撞了那些贵人呢？再说了，太后她老人家都发了话了，您要是不去，那不就是抗旨吗？娘，您担心的女儿知道啊，可是现在你们已经各自有了各自的生活了，他们都可以恬不知耻若无其事了，您又何必继续想着此事呢？”朵朵又怎么看不出她娘的心里所想呢？所以朵朵试着劝说道。

果然虽然刘氏并没有说些什么，可是从她的神色来看，她定是想明白了什么。

“好了，娘，您也不必想那些了，瞧瞧您这几日怕是都没睡好，黑眼圈太严重了，还有这皮肤怎么有些黯淡啊？定是这些日子忙活地，没有按我说的方法敷脸吧？这样可不行啊，来的时候，我也有打听过，这京都的牛奶也是并不缺乏的，这里的人都不知道牛奶的优点，他们只觉得牛奶的味道很膻，所以并不受欢迎，从而这价钱上就很便宜的，这次从三里铺子来的时候，就带了一些，您先用着，以后用没了，咱们就可以在京都里买了，所以您平日里没事儿就多敷敷脸，您的皮肤底子好，若是勤加打理，定会像蛋清儿一样白皙、滑嫩的！”朵朵一边打量着刘氏的脸色，一边说道。

想当初他们刚刚从蓝家老宅分出去的时候，他们一家三口人的肤色，那就可以用两个字来形容，那便是“黑黄”，对，就是又黑又黄，长期的营养不良，再加上天天在外面干活儿，不黑、不黄往哪儿跑啊，直到后来，他们搬了出来，在饮食上改善了后，朵朵便是又从这个“黑”下手，在现有的条件下，朵朵选择了牛奶、珍珠粉、蜂蜜为原料所自制的面膜。

那牛奶和蜂蜜是乡下人常见的，不过获取蜂蜜那也是要有些技巧的，一个不慎那也会被盯得满头疱的，所以，这找取蜂蜜的活儿，朵朵一般都交给了司洋，后来，自个儿的家里有些家底了，朵朵才舍下银子去买蜂蜜，司洋才得到解脱，而那珍珠粉呢，就更是容易买到了，做珍珠粉的珍珠并不需要什么成色好的，或者是什么圆润的，只要一般的珍珠就可以，然后把它们磨成粉，这美白面膜就这样做成了。

就这样，她同刘氏的脸色才会如现在这般地越来越好，这些日子来，又是秋收，又是搬家的，想必也是让刘氏把这敷脸的事情给忘了，所以朵朵现在提醒道。

“啊？真的吗？娘的脸现在真的这么黯淡吗？那娘得快点儿去做个面膜去！”刘氏说去就去，那速度之快让朵朵很是咂舌。

果然女人天生是爱美的，无论是谁，眼下刘氏不就是个例子吗？朵朵无奈地摇了摇头，同时也是会心一笑，只要她娘还是有爱美的心，那就是好的。

想想眼下的时间，欧阳睿怕是要回来了吧？

“小姐！”就在这时，司影却是走了进来。

“是欧阳睿回来了吗？”朵朵开口道，想不到这个家伙的动作还挺快的嘛！

“不是，是襄王爷来了，说是要见小姐！”司影回应道。

“啊？他这么快就回来了啊，那我可要去瞧瞧，那太后的意旨不会是没求来吧？”朵朵站身起来，就随着司影向外走。

不是她不相信这襄王爷能力，实在是这速度是不是有点儿太快了啊？

等到朵朵去了中厅后，便是看到了坐在主椅子上的襄王爷，还有一个手捧着几个盒子的小厮。

朵朵诧异了，眼下是怎么个情况？她这旨意倒是没看到，怎么看到了这么多的礼盒呢？

“丫头，不用再看了，这是太后赏的一品诰命服和配饰！”襄王爷看到朵朵那猜疑的眼神，心里就是一阵不悦，这个丫头还真的不知道自己有多大的本事啊，只是区区进宫请个旨的小事，还值得她这么怀疑吗？

“一……一品诰命服？啊？……”朵朵的舌头如打了结般地说不出来完整的话来。

不能怪她啊，她现在是彻底地吃惊外加凌乱了啊，这一品诰命服到底是怎么回事儿啊？要知道，一品至五品的官员称诰，而诰命夫人跟其丈夫官职有关，有俸禄，没实权的，可是眼下这是怎么一回事儿啊？她娘从此以后便是有诰命在身的人了，这也就算了，还是……还是一品诰命，就连那个商氏，她是商王爷的女儿，以前嫁的又是一个将军，怕是她也是才有三品诰命在身吧，而自己的娘亲竟然是有一品诰命的身价儿，这世界还真是疯狂起来了。

若是有了这一身的诰命装在身，那商氏还不得气背过气去啊？所以她此时很是想迫不及待地看到她娘惊艳登场的那一幕了，朵朵现在全身上下热血沸腾起来。

不过她还是很冷静地确定了一下道：“襄王爷，这……这真的是一品诰命服？可是太后……太后怎么会？这……这是真的吗？”即便是朵朵现在是强装冷静，但是她的小心肝还在乱颤呢，所以请原谅她的没出息吧。

“你不需要怀疑，本王的女人，也只适合一品诰命这身衣服！”襄王爷此时的表现，恰好与朵朵是相反的，现在襄王爷的表情十分的淡然，而说出的这句话也十分的拽。

朵朵又是凌乱了起来，那小身板儿，也是不受控制地向后退了两步，然后捂住她那快要跳出来的小心脏，小脸满是兴奋、激动，好似获得了那一品诰命服的是她一样。

“小姐……你没事吧？”司影赶快上前一步，扶住了她家此时很不正常的小姐，很是关心地问道。

“司影你掐我一下！”朵朵竟是冒出了一句这样的话。

而司影也是没有想到，自家小姐竟是有这样的要求，所以一时有些犹豫起来，但看到自家小姐这样的不正常，她还是应了她的要求，在她的手臂上轻轻地掐了一下。

“哈哈，我有感觉，司影，我有感觉啊，这么说我不是在做梦了？”朵朵大笑说道。

朵朵的这一句话说完，一连遭到了襄王爷与司影的鄙视目光。

“这丫头……”

“我家小姐……”

不会变成神经病了吧。

而朵朵此时却是觉得襄王爷那就是男人的楷模，那就是他心目中的神，多么有霸气的一句话啊，额，那啥，虽然她娘现在还不是她的女人哈，不过，一个男人竟是能为自个的妻子争来如此的殊荣，可见，这个男人是多么地爱她的娘啊！看来，她娘终究是个有福气的啊。

“襄王爷，您真是太帅了，我爱死你了！”朵朵光顾着激动了，竟是脱口说了这么一句。

“小姐！”司影一闻言，马上羞红了一张小脸，小声低吼道，她家小姐莫不是真的疯了，这样羞人的话都能说出来？

“咳咳……咳……丫头……你！”就连一旁刚刚还在饮茶的襄王爷也是听到朵朵这样雷人的话后，一口水便是喷了出来。

“你敢！”一声怒吼声传了过来。

就在司影和襄王还没有缓过神儿的时候，欧阳睿那满是怒气的声音传了过来。

“我……我怎么不敢了啊？你不觉得襄王爷太帅了吗？这才是真正的男人啊！”朵朵并没有觉得自个儿的话有任何的不妥，她只是激动地顺从自个儿的心意说的啊，她有什么说错了吗？

“噗……”襄王爷本来刚刚被呛了水，咳嗽了好半天的，嗓子都有些紧了，所以刚刚要再喝些水润润嗓的时候，竟是又被朵朵的这一句话给深深地刺激到了，又是一口水喷了出来，而此次，他那英俊的老脸此时则是红成了一片了。

“小姐！”司影的小脸儿也是红得能滴出血来了，很是恨铁不成钢地低叫道。

而欧阳睿那张俊脸也越发地清冷起来。

“怎么了？怎么了呀？你们能不能思想单纯一些啊，我对于襄王爷，那是如女儿崇拜父亲一样地崇拜喜爱他，怎么了？难道他为我娘做的这一切，还不够伟大吗？我说他这样的男人，能为女人着想的男人才是真正的男人，我有什么错吗？你们……你们的思想有够龌龊哦！”朵朵很是鄙视地环视了一下仨人。

果然她的这一番话说完，那几个人的脸色竟是又变了起来，首先欧阳睿那清冷的目光柔和了许多，紧接着是司影，红红的小脸儿，也慢慢地恢复了正常。

只有襄王爷一人，那表情柔得都快要出水了，而那脸上的笑容也是被堆满了，只不过却是对着司影和欧阳睿板着脸说道：“收起你们的龌龊想法，丫头的心思，我是最明白的！丫头，你看你还有没有缺少的，只管跟本王说，包在本王的身上了！”

朵朵看到了这样热情的襄王爷当然也是欢喜了，最主要的是她娘能有这样的一个男人去爱她放心啊，从而朵朵便要笑着去和襄王爷说些什么。

“你要找的人，我已经找了，你是不是该准备了，毕竟这离明天的宫宴时间也不是那么多了呢！”欧阳睿看到那样的襄王爷先是嘴角抖了抖，随后，他就赶忙说道。

就欧阳睿来看，现在的襄王爷和那个蠢丫头都不是什么正常的人了，不就一件诰命服吗？至于那蠢丫头那么大的反应吗？这让欧阳睿真的很是无语呢。

“哦，瞧我，都把这件事情给忘了，司影，你先把这一品诰命服收起来，别让我娘知道，欧阳睿，你帮我陪王爷聊吧，你不准跟着我去看，襄王爷，那朵朵就不陪您了，为了让您明天能看到精彩的大戏，您今天就委屈一下，让他来陪你吧！”朵朵使唤起欧阳睿来那还真是不手软啊，就这么会儿工夫，他就又成了陪聊的了。

“哈哈哈，丫头你去忙吧，本王才不用他这个臭小子陪呢，本王也要先回府了，有事情就让人找本王！”襄王爷也表示对欧阳睿十分地嫌弃，从而大声说道，之后，又是一阵风似的离开了。

而很是聪明的司影当然也发现了现在中厅里诡异的气氛，所以她捧起那几个盒子开口说道：“那奴婢就先把这些东西放起来去了！”说完也是像后面有人追似的火速消失了。

中厅中又陷入了宁静，欧阳睿的脸色十分不好，朵朵突然觉得，自个儿好像真的是使唤人家使唤上瘾了啊，所以她刚要开口说些什么。

欧阳睿却是“哼”的一声，甩袖离去了。

“什么吗？整天阴阳怪气的，人家也没说什么呀？哼，拉倒，我还要去忙我的事儿呢！”朵朵决定先不去理会那个臭男人了，还是办正经事儿重要。

想着，就向后院儿走去。

这一忙就到了晚上，直到司影叫她要回编修府时，朵朵才注意到天色已经不早了，中午的时候也是司影给她送的饭，而刘氏知道自个儿的女儿有事情要做，所以并未做任何的打搅。

朵朵安排了那几个人的住处，便是向刘氏告辞，并向刘氏说明，明儿个会来接她一块儿去皇宫的，并且让她今晚一定要好好地睡个觉。

又一次在刘氏的依依不舍中，朵朵走出了大门。

直到马车行驶到编修府的时候，却是没有想到碰到了也是此时回来的蓝老太太等众人。

呵呵，真是不容易啊，除去她那个便宜爹爹外，府中上下的女眷好像都在这块儿呢。

“朵儿啊，你也才回来啊？今天可是给奶累坏了呢！你娘那怎么样？有没有缺啥少啥的啊？”蓝老太太在众人的搀扶下，下了马车开口问道。

“娘，您这就不知道了吧，刘妹妹她住的那个宅子啊，同咱们编修府也不相上下呢，这有银子啊，还真好，不过，也亏了刘妹妹生了朵朵这么一个好女儿啊，不然的话，像咱们，可就没有福气享受朵朵的孝敬了。”就在蓝家老太太提到刘氏的时候，那商氏恨得牙根儿也直痒痒了起来。

本以为那贱人刘氏来京都无处落脚后便也会进入编修府，落到她的脚下那她还不踩死她去？哪承想，这刘氏竟然住上了那么漂亮又好地段儿的大宅子，那块儿离商王府，襄王府，还有敬王府都是很近的，想当初自个儿也多想买那处宅子呢，奈何人家的主人根本就不卖她啊，而这个刘贱人还真是好命呢，刚刚一到京都落脚就住进了那样的宅子，这让她如何不生气呢，当她派去的探子回来向她禀报后，她气得当场就掀了桌子。

“哦？朵儿啊，你娘买了宅子啊？那宅子的人手儿够不够啊，你娘她性子软，可不能找一些个奴大欺主的下人！”蓝老太太这次却是聪明地并没有理会那商氏的挑拨。

无论怎么样，想当初在她最落魄、最绝望的时候，是人家刘氏和朵朵母女给予她了希望，而所有的过往中，只有她对不起人家的，却是没有人家对不起自己的，所以此时无论刘氏过着什么富贵的生活，蓝老太太都不会再挑些什么了，因为，人家已经和她的儿子彻底地和离了啊，是她们蓝家对不起人家，而不是人家对不起自己，所以蓝老太太还是颇为担心地问道。

“谢谢奶的关心，我娘她现在挺好的，虽然她人性子软了一些，但是可还有你孙女儿我啊，我可是随了奶的呢，要我说啊，咱们蓝家的女儿家，个个可都是有孝心的，所以说啊这生个好女儿可是重要的，若是像某人那般生了一些没用的，天天只能给她惹麻烦的，她可不就不能有我娘那种福气了？”朵朵含着笑说道。

她在捧高蓝家老太太的同时，却是给了商氏当头一棒，而那个只会惹麻烦的女儿自然是徐菲儿了，最主要的是，她在这里还在暗指那徐菲儿不是她蓝家的女儿。

所以在她说完这一番话后，商氏的脸，一会儿红，一会儿白，一会儿又变成黑色的，总之是变化多端啊。

“娘，咱们赶快回府吧，这明天去宫里参加宴会，可是还有才艺表演这一块儿呢，女儿这一次可是被慧妃娘娘钦点的呢，所以女儿可不能像那些乡村野丫头那样，只想着那些不入流的事情呢，女儿得回府去准备了！”徐菲儿当然听清楚了朵朵那话中的含义了，而她也真的很生气。

就在昨晚，她也仔细地想了想她这几次同蓝朵朵交手中的过程，为什么她哪次都会败下来呢？那还不是因为蓝朵朵很会找她的弱点呢，一旦被她抓住了弱点，当然自个儿就只有挨打的份儿了。

所以，她便是想通了，蓝朵朵之所以那样地说，便就是想让她生气，想让她发火，从而就中了她的计，这次她偏就不那样做，你不会找我弱点吗？那我也会找你的弱点，看咱们谁能制服谁。

“朵朵妹妹，你不要准备一下子吗？虽然你来自乡下山野，但你的爹爹毕竟是一个四品官员啊，你若是什么都不会，那也是要丢继父的脸呢！”徐菲儿马上朝商氏使了个眼色，示意她不要生气。

“唉，菲儿，你这孩子，你忘了吗？你继父说了这次的宴会可是不允许朵朵参加的啊，那宫里是什么地方啊，那岂是一般的野丫头可以进的，要知道，那宫里的规矩可是大了呢，贵人也很是多，若是某些人进去了，冲撞了哪位贵人，那岂不是要连累咱们全家吗？菲儿啊，你以为人人都有你那么一个娘娘姨母吗？你好了坏了，稍稍犯一点错，都会有你姨母给你兜着，虽然我的菲儿一向是知礼的，但是某些野丫头可就没有那么好的运气呢！”商氏意有所指地说道。

这商氏不愧同徐菲儿是母女，果然，两人配合得极为默契。

“呃……朵儿啊，你爹他也是为了你好呢，不去就不去吧，那样的地方去了拘束呢，好了，想必你今天也已经累了，一会儿用完饭，你就去休息吧！”老太太瞪了一眼商氏说道。

本来老太太并不想参与到她们的争斗中来的，可是那商氏竟然是那么地在自个儿孙女儿的面前，抹黑自己的儿子，她又哪能开心呢，从而她这才插话道，并且用眼神给予商氏警告。

“哎呀，娘，是儿媳妇儿的不是，那儿媳妇儿就先告退了，回头我还要看看菲儿她们的衣裙合不合身呢，明天可是重要的日子，免得失了礼去！”商氏见到蓝老太太的警告，心中便很是记恨，不过她的表面上还是依然笑着说道，但即便是她要走了，她还不忘向朵朵显摆今日她们是去干什么去了。

“行了，你下去吧！”蓝老太太沉着脸说道。

“朵儿啊，今儿个我们是出去买衣服和首饰去了，本来也是想带着你去的，只是你去了你娘那里一直没有回来，不过，你也不要不开心，等下一次，奶一定带着你去买一些回来的！”蓝老太太说着善意的谎言道。

其实早在一早，她就知道今天她们会去买衣服首饰等，只是一大清早，蓝光辉就已经告诉了她，明天的宫宴是不带朵朵去的，所以自然今日的购物也是没有朵朵的份儿了，就在蓝老太太还正愁怎么同朵朵说的时候，朵朵竟是自个儿提出来，要去刘氏那里，蓝老太太这才放了心。

“奶，没关系的，朵朵明白，好了，奶，您今儿个也是累了一天了，明天还要进宫，您还是快去休息去吧，今晚也美美地睡上一觉，明天一定要美美地去参加宫宴。”朵朵笑着说道，无论蓝老太太说的是真是假，朵朵都觉得，对她来说根本是没有意义的，一切的总账，她都会明天算回来的。

“好！好孩子！”蓝老太太在蓝雨儿和蓝翠儿的搀扶下往府里进，而蓝雨儿在经过蓝朵朵的身边时，却是深深地看了蓝朵朵一眼，之后便是轻皱眉头离开了。

“小姐，她们可真是可笑，还以为自己有多么高贵呢，哼，明天有她们好看的！”司影见她们都走了以后，这才小声嘀咕道。

“就先且让她们得意一下嘛，呵呵，走吧，咱们也回去好好歇着去，明天可是有好戏看呢！”朵朵淡然笑道。

这一夜编修府上格外安静，怕是大家都想着明天有个饱满的精神吧。

或许是头一天朵朵太累的原因吧，所以第二日朵朵真的就稍微有些晚了，等到她洗漱好去给老太太请安的时候，却是发现了，老太太那里真是一片春光啊，只见那徐菲儿、蓝雨儿，还有商氏的那一双女儿，无不穿得花枝招展的，那小脸儿上也是画着很是精致的妆容，看来她们这次很是注重细节的，就连那头上的步摇都极其地精致，朵朵只觉得她怎么看，怎么都不像是去宫里参加宴会的，她们倒是像去相亲的。

“奶，你今天穿得真是体面啊，很有那种贵妇的样子！”朵朵的眼睛直接掠过了正向她挑衅的徐菲儿，而直直望向了蓝老太太夸奖道。

“瞧你这个小嘴儿，这个甜的啊，呵呵，今儿个，你在家里，奶可是也让下人给你准备了一桌子的好吃的呢，所以你可不能有什么想法呢！”蓝老太太听到朵朵的夸奖后，很是开心，伸手便是把朵朵拉了过来，开心地说道。

“奶，我今天也不在府里了，这本就是中秋家宴的，而我却要一个人过，有点寂寞，我还是去娘亲那边吧，今年的中秋，也只是有他们两个人，所以，还是我们三个人一块儿过吧！”朵朵说道。

“好，那也好，你去你娘那里也好，省着我不放心，你这是现在就要走吗？”蓝老太太巴不得现在她就走呢，那商氏动用了她娘家那个慧妃的关系，好容易才让翠儿母子三人也去赴宴，这要是让她那个不省心的孙女儿知道后，怕又是要闹吧。

“是啊，奶，那我就行了，您老人家今晚儿上也玩好啊！”朵朵笑着道了别，就向外走去，完全不去看徐菲儿那得意的表情。

朵朵一出了编修府的大门，又特意向昨天的那个方向望去，却是依然没有见到欧阳睿，她心里有一些小小的失落，便还是强扯出笑容上了马车，向她娘那里驶去。

而直到朵朵进入了她娘的宅子中厅的时候，便见到了欧阳睿带着小天天正在她娘这里吃着早餐呢，而见到她进来，竟是连眼都没有抬一下。

这个小心眼的男人，真是的！

“朵儿啊，你今儿个可是来晚了，吃过没啊，要是没吃过，快点坐下来吃点啊，吃过饭后，你可要看看敬王世子送你的那件衣裙，那可真是太漂亮了，娘想着今晚，娘的朵儿一定是最美的呢！”刘氏很是开心地拉过朵朵说道。

“是啊，姐，很好看的，还有我的份儿呢！”小刘谦也是仰起他那个如今已经是胖胖的小脸儿说道。

朵朵闻言向欧阳睿看了看，只见他却也是正在盯着她，而那眼神却是让朵朵打了一个激灵，从而她在心中暗暗地发誓，她以后再也不要惹欧阳睿了，她的小心肝可是再也经不起他的摧残了。

“谢谢世子殿下！”朵朵今日很是有礼，竟然还给欧阳睿福身行了个礼。

而欧阳睿呢，却是丝毫没有感觉到任何的不妥，回应道：“顺便的！”

朵朵真的有一种想抽死他的冲动，最终朵朵还是坐了下来，狠狠地咬了一口馒头，然后吃了起来，好似她口中的馒头就是欧阳睿一样，朵朵嚼得十分欢快。

欧阳睿看到这样孩子气的朵朵也是眼中含笑了起来。

“今天太后身边的宫人会来接你们入宫，我就带着你的‘那几个人’入宫，咱们就宫中见呗？”欧阳睿笑着说道。

“叔叔，那我就跟着朵朵他们一块儿进宫吧，我不想同姓宋的那两个狐狸精一块儿去，看着她们我就火大！”小天天皱着小脸儿，同欧阳睿说道。

“好！但你可不能调皮捣蛋啊！好好听婶子的话！”欧阳睿很痛快地答应道。

“知道了！”小天天开开心心地同小刘谦在那里挤眉弄眼，很是开心。

朵朵很是不解地看着欧阳睿，这小天天刚刚说的姓宋的狐狸精，好像有他的女人在其中吧，看他那无所谓的样子，朵朵还真有点儿疑惑呢。

“好了，快吃饭吧，别瞎想了，虽说宫宴是晚上进行，但是大家都会选在下午就开始进宫了，一来呢，要提前准备一下，二来呢，可以进宫和自家娘娘，或是太后什么的聊聊天，所以，你吃完饭，你们就要好好地准备一下了！”欧阳睿见到朵朵又胡思乱想起来，便是开口说道，看来有些事情他需要尽快地进行了。

“啊，那好啊，朵儿，你快点儿吃吧，吃完了，你好好收拾一下！”刘氏一听到要在下午前就要进宫，便是又紧张起来，催朵朵道。

“娘，我知道了，你先忙你的，一会儿，我还有点儿事情要和世子殿下商议，所以等我们谈完了，我就去收拾，一准儿不会耽误事儿的！”朵朵伸出小手发誓道。

“那行，那你可别耽误事儿，今儿个咱们可是第一次入宫啊！一定要小心谨慎！”刘氏知晓朵朵的性子，但却依然不忘提醒道。

吃过饭后，朵朵他们又一次把小天天和小刘谦给打发走了，然后带着欧阳睿向后院走去……

大约过了一个时辰他们出来以后，欧阳睿脸部的肌肉却还是跳动的，他不由得又抚额抹了一把汗，这丫头到底是有多腹黑啊，此时的欧阳睿突然有些同情蓝光辉了，唉，不过不是有那么一句老话吗？自作孽不可活啊！

等欧阳睿把那几个人带走以后，朵朵便是向刘氏的屋子走去，只是还没等她进屋子呢，却是又听到了刘氏那惊呼的声音。

“这……这是哪来的衣服啊，太漂亮了！可是，这真的是给我的吗？”只听刘氏那很是不敢相信的声音传来。

“夫人，这是太后赏下来的诰命夫人的服饰，这当然是给您的啊！”司影按着朵朵的吩咐，给刘氏拿来衣服，并且解释道。

“诰命夫人？怎么会呢？这不是当大官儿的夫人，才有此殊荣吗？可我……我明明是……”刘氏十分不敢相信，她一个被和离的女人，怎以就当诰命夫人了呢？

“司影姐姐，你先下去吧，我来同我娘解释吧！”这时候朵朵走了进来对司影说道。

她觉得，襄王爷已经做到了这一点，若是她娘还要逃避的话，那也太对不起人家了啊，所以朵朵便想把这一切都告诉她娘。

“是！小姐！”司影很恭敬地说道。

“朵儿啊，这到底是咋回事儿啊？你快跟娘说说，这个诰命服是啥时候给送来的啊，还有，娘怎么就成了诰命夫人了啊？”刘氏虽然是在乡下长大的，但是对这诰命夫人一头衔可是有耳闻的啊，所以她现在很是不解地问道。

“娘，您不用瞎想了，是襄王爷去太后那为您求来的，实话跟您说吧，早在咱们回京的那天晚上，襄王爷便是进宫向太后说明了这一辈子除了你，他谁都不会娶的话！”朵朵说到这里停顿了一下。

“啥？他……他怎么能那么说呢，我并没有……”刘氏听朵朵说完这段话，很是激动地说道。

“娘，您听我说完啊，而当太后说要给您和他赐婚的时候，他却是阻止了，他说，他不希望用逼的方式娶您进门，他要等您心甘情愿地接受他后，他再娶您，而今天，让您进宫其实刚开始是我的主意，您知道吗，今儿个编修府上下的人，都去宫中赴宴了，包括我姑，但唯独我……”朵朵就把那晚蓝光辉同商氏所说的一切就都说了出来。

“什么？他蓝光辉竟然这样狠？他，他究竟还是不是人啊？他怎么能这样对你呢？”刘氏一听完朵朵的话，便拍案就站了起来骂道。

“娘，您是知道女儿的，女儿是一向不爱出风头的，所以这次，女儿一定要出这口气，这才同欧阳睿商量让咱们进宫的事情，哪里想到，襄王爷知道此事后，便说由他去向太后去请旨，而等他回来的时候，这一品诰命服便是被他拿来了，而他还说，不让我同您说，不想让您有压力，娘，您知道当时襄王爷说‘他的女人，也就是一品诰命服能配得上’的时候有多帅吗？娘，一个男人竟然能为您做了这么多，您真的一点儿都不感动吗？与其您天天为了一个狼心狗肺的男人伤心又伤神儿的，您为何就不能接受这个优秀的男人呢？”朵朵说到最后情绪都有些激动了起来。

“他……他真的是这样说的？”刘氏也很是感动地眼泪在眼圈上转，这样一个优秀得如神一般的男人，又会有哪个女人不喜欢呢？只是她配不上他啊。

“娘，您还要逃避吗？”朵朵看到她娘的动容，便是上前握住了刘氏的手道。

“朵儿，娘不会再逃避了，娘一定会顺从自己的心的，蓝光辉那个狼心狗肺的竟然那样地对你，娘不会放过他的，娘想好了，今儿个，娘就要穿着这身诰命服进宫，那个商氏不是才三品的诰命吗？娘就要让她见到娘下跪！”刘氏的斗志终于是被蓝光辉的无耻给激起来了。

“好勒！司影姐姐，快快进来为娘亲梳洗打扮换衣服吧，一定要把娘亲打扮得漂漂亮亮的！”朵朵欢喜地朝外面叫道。

“是！”司影好像早就知道会有这个情况一样，竟是还端了一盆水走了进来。

“你这孩子，竟胡说，娘都多大岁数了啊，还漂漂亮亮的呐？”刘氏笑着说道。

“娘，那女儿也去换上衣服去，时辰也不早了，我看你身边的那个月儿就不错，我就让她给我梳头穿衣吧！”对于这复杂的服饰，朵朵是深深地无奈啊，所以此时她必须找一个人为她穿衣。

“行，月儿那孩子也是个心灵手巧的，月儿啊，你随小姐去梳洗吧！”刘氏听朵朵说完，便也开口叫道。

或许刚开始的时候，朵朵以为这刘氏是夸大其词的话，那现在她是完全地相信了，那个叫月儿的丫头还真的是心灵手巧啊。

这镜中的人还是她吗？虽说十三岁的自己，脸还没有完全长开，但是经过这月儿的淡妆处理后，竟是美得倾国倾城了，大大的眼睛，樱红的小嘴儿，还有那脸上精致的妆容，而她的头发更是被梳成了一个精致的堕马髻，上面则是戴了一支玲珑点翠簪，雪字形的宝石耳环，随着她的走动轻轻摇曳，怎么看，怎么觉得那个不是自己。

不得不说那欧阳睿也很是会选衣服，一袭百花曳地长裙，浅粉色的裙摆上绣着一朵朵精致的红色花朵，花蕊上镶嵌着颗颗亮钻，正好和自己耳环、头饰相得益彰，总之，就是朵朵根本不相信自己长得这样的美。

“朵儿啊，娘这边都准备好了，你这边……”刘氏的话从外面传来，而当她进到屋子里看到这样的朵朵时，那口中的话，竟是停了下来。

“我的朵儿，果然是最漂亮的！”良久，刘氏竟是说出了这样一句话。

“我家小姐果然是最漂亮的，不过夫人也是最美的！”司影也俏皮地说道，自从司影到了朵朵家里后，变得越发不像个杀手了。

“就你嘴儿甜！”刘氏笑着说道，不过她的心里却是美滋滋的，因为她也真的好喜欢这身衣服啊，最主要的是，这身衣服还是那个人为她求来的，她又如何不欢喜呢?

“娘，您这身衣服真是气派啊！”朵朵上看下看、左看右看地说道。

只见刘氏的整件衣裳是以团鹤为饰，云缎织锦为料，而那锦缎是用金丝银线织成，用料很是奢侈，工艺繁复，果然当官儿的好啊。

再看刘氏的妆容，那也极是端庄大方的，很是有那诰命夫人的威严，朵朵暗道，这样的娘亲，若是去了宫里，让那商氏见到了，不知道会是怎样个情景呢。

时间刚刚好，就在她们都收拾完的时候，刚要去中厅的时候，外面的管家传来话，说是太后身边的嬷嬷来接他们入宫了，而那个管家也是一个极有见识的，低声地对朵朵说道：“小姐，这位嬷嬷可是太后身边的红人啊，所以切记不能得罪她！”

“我知道了，一会儿，你去账房领一百五十两银票去，一百两给那嬷嬷，那五十两就是奖赏你的！”朵朵笑着说道。

正所谓赏罚分明，这样的话，人家才会服你，也会死心塌地地跟着你，朵朵深知这一点，而且，现在她家的家底可不比以前了，所以这该花就得花啊。

“谢小姐赏赐！”果然那管家很是高兴地向后院儿去领银子去了。

“奴婢给刘夫人、朵朵小姐请安，奴婢是特奉了太后之命特意前来接夫人、朵朵小姐，还有谦少爷入宫的！”那位嬷嬷一见到朵朵和刘氏进门，马上请安道。

“李嬷嬷，还有我呢，我也同朵朵他们一块儿入宫去看老祖宗。”小天天这时候扭着他的小身子走了进来。

“是天天小少爷啊，太后她老人家还念叨着你呢，这回京都了也不去看她！”被称为李嬷嬷的人，一见到小天天，还是稍稍地惊讶了一下，随后便是笑着说道。

“那时辰也不早了，嬷嬷就请带路吧！”朵朵含笑说道。

“是！”那李嬷嬷福了福身，便是跟着朵朵他们往前走，如今刘氏可是正一品的诰命夫人啊，她当然要小心翼翼了。

这时那位管事也向朵朵走了过来，趁着大家不注意，悄悄地塞给了朵朵一百两银子。

众人到了大门口，就要上车的时候，朵朵便是拉过李嬷嬷道：“嬷嬷辛苦了，这是一些茶水钱，希望嬷嬷不要嫌弃！”

“这可是使不得啊，这可使不得，老奴……”李嬷嬷摆手说道。

“莫非嬷嬷是嫌这银子少吗？”朵朵皱着小脸儿，似乎很苦恼地问道。

“那老奴就谢谢朵朵小姐了！编修夫人等已经进了宫了，她们称朵朵小姐身子有所不适，不能进宫了！”李嬷嬷接过了银子后，悄悄附在朵朵的耳边说道。

果然，有钱能使鬼推磨啊，看来，那个管家还真是个高人呢，有了他的提醒，给了银子给这嬷嬷，这不马上就得到了有用的消息了吗？

“谢嬷嬷提点！”朵朵笑着说道，然后便也上了马车。

而就在此时的宫中，却是热闹非凡的，此时的太后与那些个娘娘们还没有出现，可是众位大臣家的小姐，贵妇们却是已经聊了起来。

什么哪家的小妾反了天了，越过了正室去，还是谁家的嫡女嫁给了哪家庶子啦，总之就是要多八卦有多八卦就是了。

“对了，菲儿，听说你现在多了一个庶妹呢？今天怎么没见到她啊？”果然朵朵回编修府里的事情，也成众人的焦点了。

“唉，你们别提了，我那个庶妹啊，那可是一点教养都没有的，从小就在那穷山沟里长大的，你们觉得她能好到哪里去呢？简直是粗俗不堪呢，可能是初到京都，水土不服吧，所以她身子有些不舒服，今天不会来了！”果然这些人还是问了她这个问题，还好她事先都想好了怎么说，哼，蓝朵朵那个小贱人，真是走到哪儿，都是阴魂不散呢。

“是吗？可是我怎么听说，你那个庶妹的母亲，才是你现在继父的原配呢？菲儿，这到底是怎么回事呢？”问话是的李尚书的嫡女李笑笑，平日里她一向是和徐菲儿不和的，所以此时她就挑徐菲儿的痛处说道。

“这……她……她一个乡野村妇，也配当正室？是我继父他以前遭过劫杀，从而失去了记忆，后来遇上我娘亲，两人情投意合，这样才成了婚，直到最近我那继父才找到他们，本来我娘很是大方，许她一个平妻的位置，哪里想到，那个乡野村妇，竟是如此的贪心，非要做大，本来我娘也是同意的，毕竟，那个乡野村妇先进的门，可是我继父却是心疼我娘，就这样，一气之下把那妒妇给休弃了！”徐菲儿夸大其词，又十分诋毁刘氏地说道。

而当她还为自己的说辞沾沾自喜的时候，一个她所熟悉的声音传了过来：“我亲爱的菲儿姐姐，好像我娘同你那继父是和离吧？怎么到你嘴里却变成了休弃呢？”

第二十三章 堪称女汉子

“还有，就算是我娘亲和我爹爹和离了，就算是我是庶女，不是嫡女，可是你要记得，我是姓蓝的，而你则是姓徐的，在这一点上看来，也是说明了我是主，你为客，作为客人的私下里这样地说主人，好像是不太好吧？”朵朵那淡然的声音继续响起。

终于把徐菲儿，还有正同那些个贵妇们一块儿聊天的商氏给缓醒了神儿，这是怎么回事儿？在这高贵无比的皇宫中，怎么出现了那蓝朵朵小贱人的声音呢？这是怎么回事儿啊，纵使是两人这样地想着，但却是一直不敢转过身去看。

“呀，这是谁家的小姐啊，长得这样美，过去的宫宴上，咱们怎么没有看到呢？”

“一品诰命夫人刘夫人在此，众位夫人还不快来见礼？免得一会儿太后出来了会不高兴，这位夫人，可是太后她老人家特封的哦！”那位太后身边的李嬷嬷笑着开口说道。

同时还特意向朵朵那边看去，笑了笑，朵朵也是回以她一笑。看来这位嬷嬷也是一位极其聪明的人啊。

“臣妇们给刘夫人请安！”

只见李嬷嬷一说完，那些个贵妇们低于刘氏等级的都走了过来向刘氏请安道，当然就现在那些王妃们也都还没到呢，从而在座的人全算在内，刘氏的等级是最高的了，从而大家都来向她请安。

“这……这怎么可能……蓝朵朵……你？”就在听到李嬷嬷的声音后，那商氏等人都准备转过来给刘氏行礼，母女两人心里暗道，就说不可能嘛，刚刚那声音定是他们出现幻听了，一定是听错了，一定不会是蓝朵朵的。

而随着那徐菲儿的一声惊呼，众位贵女都抬眼望去，只是这样一眼，竟是把不少人看呆了眼，愣愣地望着那迎面向他们走过来的娇俏美人儿。

虽然这个娇俏儿的美人儿还没有完全长开，但如今她已经是身姿轻盈，似兰似梅，那悠然的神情，慵懒的笑意，举手投足的落落大方，无一处不显示出她的自信，周身上下，不管是面容还是姿态，都完美得令人找不出一丝的瑕疵，还真是个得天独厚的绝色美人，假以时日她便会更美。

她的美融合了艳丽，清灵，静美，让人看一眼便移不开视线，只能深深地被她吸引着。

而一同跟来的司影和刘氏两人的脸上都露出自豪的笑意，她们就知道朵朵一出现，绝对会让所有人都惊艳的，就同她们刚刚看到打扮好之后的朵朵一样，是那么地惊艳。

“这位小姐是谁啊，菲儿，你认识吗？还有她旁边站的那位一品诰命夫人，我们怎么都没听说过啊？”平日里与徐菲儿交好的几个人都在下面小声地向徐菲儿问道。

可是徐菲儿如今是完全被朵朵那惊艳的出场给震呆了，这是怎么回事儿？这是怎么回事儿啊，她对面站的是蓝朵朵那个小贱人吗？她怎么会那么美，她怎么会有那样的气质啊？她明明只是一个乡下的土包子不是吗？不！她绝对地不相信，她肯定不是蓝朵朵，所以徐菲儿根本听不到任何人的问话了，只是在那里不停地摇着头。

而商氏也是一样的，在所有的贵妇和众家千金小姐都向刘氏行礼问安的时候，她则是傻傻地站在那里，眼睛瞪得大大的，就连那樱桃小口此时也毫无形象地张得大大的。

除了她之外，就连那蓝翠儿、蓝雨儿，也是满脸的不敢置信，这到底是什么情况，刘氏什么时候变成了一品诰命夫人了？还有她身上穿的那件诰命服还真是气派大方啊。

就连蓝家老太太的眼中都满是嫉妒地盯着刘氏，她可是四品官员的娘啊，而商氏也是答应了她，一定会给她请个诰命回来的，如今那商氏的等级也就只是个三品，而她家儿子的官衔是四品，估计她也能有个四品的诰命头衔儿，可是这刘氏现在竟是不声不响地就成为了一品的诰命夫人，这让她情何以堪啊！

所以一向要尖儿惯了的老太太此时心里不平衡了，更何况在她的眼里，那个刘氏也是一个啥啥都不行的人，眼下却是比自己强了，她还真是接受不了啊。

“怎么？蓝夫人这是觉得本夫人不配让你行礼吗，你眼睛那么大地瞪着本夫人干吗？”刘氏那很是温和的声音传了出来。

而刘氏的这一声传来，蓝翠儿马上扯了扯蓝老太太和蓝雨儿，让她们赶紧行礼，而她自己早早地就带着她的女儿秋儿跪地行礼了，要说这平日里也就是福一福身行礼就行，可是现在是在宫中，是在那个礼仪大于天的宫中，所以她们必须要跪地行礼才可以。

在蓝氏的拉扯下，蓝雨儿很是不情愿地跪了下来，在跪下之前，她还很是愤恨地看了朵朵一眼，她心中暗道，难道她永远都比不上蓝朵朵吗？她为什么运气就那么地好呢？为什么她有那么漂亮的衣裙，有那么精致的首饰，而自个儿只能跟在徐菲儿的身后，等待着她的施舍，想到自个儿的这身衣裙，也还是她奶做主给她买的呢，想到这里，蓝雨儿则是感觉满心的苦涩，一想到今日这样的场合，就连她和她娘一向瞧不起的刘氏都能来，而她娘则是被留在了家里。

相对于蓝雨儿的识时务，那蓝家老太太就不可爱多了，蓝老太太怎么能受得了跪在那刘氏的脚下，为她而跪呢，那是不可能的，所以她此时也梗个脖子满脸不悦地站在那里，并不理会蓝翠儿的眼色。

刘氏当然看到了蓝家老太太的表现，但是她却没有理会，在她心里，蓝家老太太一直是她的长辈，所以定是不会与她计较的。

可是商氏却是不同的，她做为一个有孩子的母亲，竟是那样地心狠手辣，竟是要拿她女儿的名节来做文章，这样的女人她又怎么饶过她呢。

而现在这样一眼望去，整个大殿中的人除去了朵朵这边的几个人外，余下没跪的也只有蓝老太太，外加商氏母女四人了。

“你……你怎么会？你怎么会成了一品诰命夫人了呢？你明明是个被……是个和离的女人啊？你怎么？”商氏还是不敢置信地指着刘氏说道。

“你放肆，你还有没有点儿规矩教养，这么大个人了，竟是还这样地不懂礼，难道，这就是你世家小姐的风范吗？不过也是啊，商王府财大势大的，当然是不会把我娘这个区区一品诰命夫人放在心上了！”朵朵看到商氏那副好似吞了大便似的表情，就心里大呼过瘾。

“蓝朵朵，你个泥腿子、乡下人，你有什么权力说我娘亲？你那被休弃、不要脸的娘亲还不一定是从哪里偷来的这一品诰命夫人服呢，等着一会儿我一定要去问问慧妃娘娘，难道这一品诰命服是什么人都能穿的吗？一个乡下来的无知妇人罢了！”徐菲儿一见朵朵的风华后，便觉得自己的面子都丢光了，所以她现在还顾忌啥呢？毕竟她姨母是向着她的，所以此时她又好了伤疤忘了疼，又开始谩骂朵朵母女起来。

就在徐菲儿大声谩骂的时候，司影便是想上前动手去了，只是却是被朵朵拉了一下，摇头示意不让她去，朵朵的阻止让司影很是不理解。

她哪里知道，刚刚那个刘嬷嬷可是说了，太后就是在后室呢，此时对大厅里的声音可是听得一清二楚啊，所以，就让徐菲儿骂吧，她骂得越欢实儿，一会儿她所要吃的苦头儿就会越大，太后对于那四大世家的人一向是不喜的，因为当年她为妃的时候，也是深受那四大世家女子暗害呢。

“李嬷嬷，哀家看你真是老了呢，这样没有教养的女子就在哀家的大殿上竟是这样地放肆，你却还是无动于衷？”就在那徐菲儿正骂得过瘾的时候，太后的声音传了进来。

随后，太后的人，也被几位宫人给搀扶了出来。

“臣妇给太后娘娘请安！”

大家一看到太后的人已经走了出来，所以都马上跪地请安道。

“都起来吧！”太后坐到主位上说道。

“朵朵丫头快到哀家的旁边来，上次你救了哀家，就那样急匆匆地走了，闹得哀家还没来得及感谢你呢！”太后此时的语气跟刚刚那冷硬又严厉的语气一点儿都不相像，就如同根本不是一个人一样。

“是！”朵朵很是乖巧地回答，然后向太后走去。

“哎哟，这朵朵丫头竟也是个小美人儿呢，这哪里还是去年哀家在敬王府看到的那个古灵精怪的丫头呢？”随着朵朵的应声，太后竟也是被朵朵今天的惊艳给惊住了。

“太后您老人家就别逗人家了，谁不知道您年轻的时候，可是咱们大周朝第一大美人儿啊，现在却是要拿人家说笑！”朵朵走到了太后的身边，撒娇说道。

“瞧你这个小嘴儿甜的，就会哄我老太婆开心！”太后面对着朵朵是发自内心的笑容，自己的命都是眼前这个小姑娘所救，在后宫这么多年，试问有谁是真心为她的呢?

“太后娘娘，您看李嬷嬷人还跪着呢，您是不是得让她先起来啊？”朵朵趁着太后这工夫的开心劲儿马上替李嬷嬷求饶道。

“她跪也是她应该的，跟在我身边这么多年了，明知道我最不能容忍什么的！罢了！罢了！今天有这丫头给你求情，你就起来吧！”太后说起这事儿的时候，语气十分严厉。

“谢太后娘娘！”李嬷嬷起来后，向朵朵投以一个感激的眼神儿。

“刚刚在哀家的大殿上骂人的那个没有教养的泼妇是谁，给哀家站出来！”太后让李嬷嬷起来之后，便是开始翻起了刚刚的旧账。

而太后这一句“没有教养的泼妇”说完后，大殿中就出现了数十声倒吸一口冷气的声音。

要知道，徐菲儿还是一个待嫁的女子，此时竟是被太后给冠上了“没有教养的泼妇”一名号，那便是可以说，她以后想要嫁入王孙贵族，怕是难了。

试问一下，一个都被太后所嫌弃的女子，还有哪家敢要啊，谁娶了她那不就是同太后作对吗?

而徐菲儿早在知道太后也听到了她那一番话的时候，便是后悔了起来，这才想起来，自己也有些太过于大意了，这是什么地方啊？这可是太后的寝宫，她在这里这样地撒野，怕是要完了，直到太后骂她为“没有教养的泼妇”后，她的脸色就变得惨白起来。

身子更是不由自主地向后退了退，却是被商氏给她按住了，同时还轻握了握她的手，给予安慰。

其实如今的商氏也是强挺着安慰徐菲儿的，不然能怎么办呢？她总不能让她的女儿这一辈子就毁了吧，不行，她一定要想办法让太后把这句话收回。

“回太后的话，是臣妇的女儿，她年少不懂事，再加上她这几天同她的朵儿妹妹闹了些小矛盾，这才一时失的口，民妇回去一定好好地惩戒她，所以还请太后娘娘能够开恩，饶了臣妇这个不懂事的女儿吧，实在是因为她朵儿妹妹的一个婢女竟是打了她好几个耳光，太后娘娘也知道女孩子家都是爱美的，所以她这才口无遮拦了起来，还请太后开恩啊！”这时候只见那商氏上前一步，跪在了地上说道。

朵朵看到商氏竟然在这时候还不忘记抹黑自己呢，果然，朵朵再看向其他人，其他人的眼中都露出了一丝同情徐菲儿的表情，商氏这打算做得还真是极好呢，不过也要看看她答不答应呢。

“商姨娘，那您说，我为什么要让人打菲儿姐姐呢?”就在商氏一说完这事情的起因经过时，朵朵那天真懵懂的声音传了进来。

“是啊，哀家也很想知道那‘没有教养的泼妇’为什么挨打，就她那泼辣样，还有人敢打她，刚刚就在她骂人的时候，可能还仗着些什么人呢，更何况她被人打了，就没找什么人来哭诉吗?”太后继续接话道。

而太后这又一句的“没有教养的泼妇”一出口，纵使是商氏也是身子晃了晃呢，看来太后是不想把这件事情揭过去呢，而且还用慧妃来点她，好像是她们仗势欺人了一样。

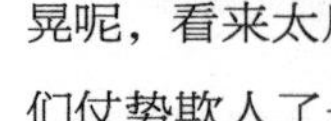

“商姨娘，您在想什么啊？你刚刚不给我娘那个一品诰命见礼也就算了，怎么现在太后她老人家在问你话呢，你怎么也不理不睬的啊？”朵朵看到商氏那满是纠结，左右为难的样子，便是心里一阵痛快，所以继续说道。

“哦？商氏，朵朵丫头刚刚说的可是真的？你见一品诰命都不见礼？”太后那不悦的声音又传了出来。

“回……回太后娘娘，臣妇是刚刚见到刘妹妹一时兴奋，所以这才忘记了行礼，还请太后娘娘明察啊！”那商氏如今已经汗流浃背的，终于让她找到了借口说道。

“商姨娘，这姐姐、妹妹的可不好乱叫啊，纵使是长幼有别，那也是我娘是大，你是小，要叫姐姐的，更别说现在我娘已经同我爹和离了呢，所以这以后啊，这礼仪上，你可是要注意的！”朵朵那樱红的小嘴儿一张一合地说道，很是悦耳。

“哦！对了，你还没有同太后她老人家说我为什么要我的婢女去打菲儿姐呢？太后她老人家可还在等着呢！”朵朵很是坏心地又提起了刚刚的事情。

而商氏一听到朵朵又旧事重提，她差点儿没气吐血了，好不容易她扯东扯西地想让太后忘了这个话题，哪里知道，那个死丫头就是不让她好过，非要提，这个小贱人果然厉害……

“商氏，若是你不便说，那就让你的女儿来说，免得到时说哀家冤枉了谁！”太后冷声说道。

“回……回太后，臣妇来说就行……其实就是普通的姐妹开玩笑的，而臣妇也已经斥责了菲儿，所以还请太后饶过菲儿这次的无礼。”商氏结结巴巴地说道。

“哦？朵朵丫头，你这姨娘说的可是真的？”太后挑了挑眉问向朵朵道。

而太后这一声“姨娘”则是给商氏气得差点没背过气去，若说是刚刚蓝朵朵一个劲儿地叫她商姨娘，她心里虽然生气，但是却是没有这样地生气，那丫头的心思她懂，无非是想让她在这么多人的面前出丑而已，可是，她自个儿的身份摆在了那里，而且最主要的是，她是蓝光辉的嫡妻，这一点是毋庸置疑的，无论蓝朵朵怎么不去承认，事实摆在了那里。

可是现在太后竟也叫她“商姨娘”这不明摆着不承认她为正室的身份吗？那她多年来在编修府里所做的是怎么回事儿？还有现在明明是那刘氏同她的夫君和离了啊。

“回太后，若是按商姨娘这么说，好像是臣女无理取闹了一样，不如这样吧，您让我菲儿姐姐说说，这到底是为了什么，我为什么要让人打她，不过按如今看来，她还是没有任何的记性呢！”朵朵并没有直接去回应太后的话。

这一口一个商姨娘叫个不停，商氏实在是受不了了，从小到大谁让她受过这样的气呢？而像此时这样让她难堪的局面，还真是从未有过呢，所以此时商氏抬起头来，那目光如淬了毒一般的，死死盯着朵朵。

“徐菲儿！你自个儿来说说，本次哀家对你的惩罚到底是冤枉了你没有？你们的家事哀家不想知道，但今日你在哀家的殿中失仪，就是你的不对！”此时老太后却是不再去逼问商氏是出于什么原因，也不再要去询问徐菲儿的原因，直接定了徐菲儿殿前失仪的罪名。

“太后……太后娘娘，臣女……臣女不是故意的，请原谅臣女吧！而且，蓝朵朵她……呜呜……太后娘娘，你就原谅臣女这一次吧！”徐菲儿最后竟然是哭了起来。

从小到大，她有一个在宫中做娘娘的姨母，历来都是别人来巴结她的，所以她便是养成了骄纵的性子，今天她也全然忘记了场合就开口大骂起来，她骂的同时心中还暗自沾沾自喜的，她就不相信蓝朵朵在宫中还能公然地兴风作浪，让她的婢女出手打自己，要知道她的姨娘可是慧妃娘娘啊。

她哪里知道，这一切竟是被太后抓了个正着呢？现在她悔恨得要命，心里还更是不停地暗骂朵朵贱人。

“李嬷嬷，给我打她二十大板，希望她以后能牢牢地记得今日的教训，不再如一个市井泼妇一样，丢我们大周人的脸面！”老太后冷着脸说道。

“是！”李嬷嬷领命。

“不！太后娘娘，太后娘娘您听臣妇解释啊，菲儿她……菲儿她真的知道错了，太后娘娘您就饶过她这一次吧！”商氏一听到要打她的宝贝女儿二十大板，那还得了了，要知道这二十大板若是打不好，那可是要死人的啊，而她菲儿又一向细皮嫩肉的，若是打出了伤疤那怎么是好呢？所以商氏很是焦急地求饶。

“朵朵，朵朵，你们虽然不是亲姐妹，但好歹咱们是一家人啊，你不能……你不能就看着你菲儿姐姐挨打啊，朵朵，你快帮……帮姨娘求求太后娘娘吧，朵朵，姨……姨娘求求你了！”

商氏现在也顾不得其他了，眼下她绝对是不能看到她的女儿就这样被打的，所以她此时也顾不得其他的称呼什么的了，只是当她说“姨娘”二字时，那声调却是极其地怪异，聪明的人都会听得出来，她这句“姨娘”二字说得极不自然。

“太后娘娘，太后娘娘，臣女知错了，臣女真的知错了，请您饶了臣女吧！”眼见着李嬷嬷向她走了过来，徐菲儿很是恐惧，所以不停地跪地求饶。

她不能被打板子啊，她今日还要好好地表现她的才艺让敬王世子爱上她啊，所以她一定不能让人打板子啊，而且，那二十大板，那可不是小数目啊，这要是打在她的身上，那还不死人啊。

所以两母女不停地跪地求饶，完全没有了来时的意气风发，精致的妆容此时也完全被她们哭花了。

“慧妃娘娘，德妃娘娘到！”就在太后没有发话的时候，外面的宫人竟是传声道来。

而一听闻这句话，那些刚刚被太后免礼的众人又是跪地行礼，就包括站在太后身边的朵朵也是要跪地行礼的，却是被太后拉住了，朵朵也没有矫情就很是安静地站在了太后的身边。

而跪在地上的商氏和徐菲儿则是轻呼了口气，太好了，救星来了啊，她们还担心这慧妃娘娘不知道消息，这才去求蓝朵朵的，哼，这下可好了，慧妃来了，还有那德妃娘娘，那可是同慧妃娘娘一向交好啊，大皇子更是二皇子党的，所以母女两人现在可谓是安下心来。

“妾身给太后娘娘请安！”走入大殿，慧妃的眼神先是寻了一下商氏娘俩，随后又看向站在太后身边的朵朵，眼神闪烁了一下，随后便是被她隐藏了起来，同德妃二人向太后请安。

而朵朵这才看清了慧妃和德妃的面貌，不禁感叹慧妃和商氏不愧是姐妹俩啊，竟然都长得娇小玲珑的，只是慧妃的气质比那商氏更为大气一些，而商氏却是有些小家碧玉那个类型。

再向那德妃望去，朵朵不禁感叹了，怪不得大皇子的身材有些壮硕呢，原来遗传于这里啊，因为这德妃竟是长得极为地丰满，身材也是高挑的，这样一看，那德妃的身材竟是可以装下那慧妃的。

“都起来吧！”太后淡然说道。

随着太后的一声令下，慧妃和德妃二人起身，而大殿中的那些贵妇贵女的也站了也来，低着头默不作声，大家的心里都明镜儿似的，眼下，这可是要到了这慧妃娘娘同太后斗法时候了，她们又有哪个敢往枪口上撞啊？

果然慧妃一见到大家都起了身，而商氏和徐菲儿还跪在大殿的中间，她便是一目了然，所以她不解地开口问道：“咦，婉儿，你这是怎么了，怎么还不起身？呀！这是菲儿吧？这一年多没见着了，菲儿竟是越长越漂亮了，你们两个这是怎么了？干吗跪在这里！”

“慧妃娘娘，求您帮忙求求太后娘娘吧，菲儿她年纪小不懂事，冲撞了太后，太后娘娘赏她二十大板，这二十大板她怎么能吃得消啊，慧妃娘娘，臣妇有罪啊，是臣妇没有好好地管教她，所以若是真的要惩罚就罚臣妇吧，饶了我的菲儿吧！”商氏一见自己的姐姐竟是这样亲切地称呼自己，今天这事儿，定是有转机的。

而她自己更是知道，自己现在是有了身孕的，她就不相信太后能真的罚她，无论是给自家姐姐面子还是给商王府面子，太后定是不会处罚自己的。

只听“扑通”一声，慧妃竟是在众人的惊讶中跪了下来，并且满目的担心向太后求饶道：“太后娘娘，妾身的妹妹婉儿还是有身孕在身的，不宜久跪的，还请太后娘娘体恤。”

“菲儿刚刚出生没有多久，徐将军便是战死在了沙场，所以菲儿自小就没了爹爹，妹妹只觉得亏欠了这个孩子，这才对她过于溺爱，但是那孩子真的是很单纯善良的好孩子啊，请太后娘娘，看在徐将军忠心报国，战死了沙场的事上，就饶了他的遗孤吧！”慧妃声情并茂陈述着那一段往事，说到最后，竟连眼眶也红了起来。

不得不说这慧妃娘娘真是极为地聪明，她并未用自己、用商王府说话，而却是用了她那个战死了的妹夫说事儿，在她看来，她妹夫为大周所作的贡献那可是不容小瞧的。

“是啊，太后娘娘，菲儿那孩子妾身也是从小看着长大的，十分的率真善良，今日冲撞一事怕也是另有原因，所以还请太后娘娘再给这孩子一次机会，毕竟女孩子家都是爱美的，这二十大板一下去，即便是一个普通男子也是受不了的！”慧妃便是向太后开口求情道。

“太后娘娘，臣女真的知道错了，请太后娘娘饶恕臣女吧！”徐菲儿也收到了慧妃的眼色，便是跪在了地上开口求饶。

大殿中除去她们几个人的求饶声，便是安静得一点儿的声音也没有了，而太后却是端坐在椅子上，并无任何的反应。

朵朵看到这一场面，便是知道了，今日怕是要便宜了那徐菲儿了，不过这样也是不错的，能把不可一世的她吓成这个样子，想必她以后应该会长记性的。

“即便如此，此次哀家也定要给她点教训尝尝不可，若不然大家都因为她的父辈所留下的功绩却这样地溺爱她的话，那便是害了她啊，她大殿当中出言污秽，板子可以免，但是这惩罚却还是要罚的，那就掌嘴二十吧，这样看她以后还敢不敢如市井泼妇一样地在大殿上张口就骂了！”太后沉默了片刻，终究还是退后了一步。

“李嬷嬷行刑！”太后下令道。

“是！”

“多谢太后娘娘！”

慧妃等人磕头谢恩，商氏虽然心还是疼，但是她知道，比起那二十大板，这样已经是最轻的处罚了，更何况有她姐姐慧妃在这里，想必那些行刑的人也会给些面子的。

“起来吧！”太后便是开口让她们起来。

而这时却是有两名宫人扶着徐菲儿，李嬷嬷便是甩手就扇，“啪，啪，啪”的声音极为响亮，无不震慑着大殿下每个人的心。

而那商氏则是双手不停地绞着她手中的帕子，好似那手中的帕子就是朵朵一般，眼神更是狠狠地瞪着朵朵。

朵朵心情很是愉悦地看着这一场景，心里更是对太后充满了浓浓的感激，在今日看来，朵朵以为，这徐菲儿定是要无事了，无论是慧妃的面子，还是德妃的面子，加上商王府的面子，无论是哪一方，太后都要顾及一下子的，哪里想到，太后最后还是罚了那徐菲儿，朵朵心里明白，这太后定然是为了她才这样做的。

眼看着这二十个嘴巴就要打完了，朵朵却是发现了一个很奇怪的现象，那便是这嘴巴虽然抽得极为响，但是徐菲儿那白皙的小脸儿上除去有一些稍微的红肿外，却不是那么的严重，难道是这李嬷嬷会什么特异功能吗？她哪里知道，宫中这些个老嬷嬷哪一个不是身怀绝技的，像今天这样的场合，若是把徐菲儿的小脸儿打肿，或是打破了相的，那都是极为不好的，而她这样打，虽然外表上看不出来什么不妥，但是只有徐菲儿自个儿知道，她此时的牙齿都被这个老婆子打得松动了。

一会儿的工夫，巴掌声停止了，商氏便是冲出去，却是被那慧妃给拉住了，还对她摇了摇头。

“菲儿，还不谢太后娘娘开恩？”慧妃拉住商氏的同时，向徐菲儿说道。

“臣女谢太后娘娘！”徐菲儿虽然对太后有满腔的恨意，但最后还是很听话地谢恩。

“好了，起来吧，以后长些记性吧！”太后挥了挥手让徐菲儿起身。

“谢太后娘娘！”徐菲儿颤抖着站起了身子。

“太后娘娘，今儿个晚上还要有宴席，菲儿她这个样子也有些不妥，所以，请太后娘娘允许，我带着她们下去梳洗一番！”慧妃很是恭敬含笑地向太后恳求道，完全看不出来，对太后有一丝的不满。

“嗯，下去吧！”太后又是挥了挥手说道。

“谢太后娘娘！”

三人一块儿谢了恩后，便是向殿外走去，而就在临走前，慧妃还是嘴角含笑地向朵朵望了一眼，而那一眼，朵朵却是看出了杀机！

她们一出了大殿外，商氏便要开口抱怨。

“闭上你的嘴，这里不是说话的地方！”出了大殿，慧妃刚刚那温婉的笑容完全不见了，取而代之的便是阴沉的脸。

“噗！”的一声，打断了商氏又要说出的话。

只见徐菲儿竟是吐出了一口鲜血。

“菲儿！菲儿，你这是怎么了啊，别吓娘啊，别吓娘！”商氏一见自个儿的宝贝女儿竟然是口吐鲜血，便是慌起了神儿来，又是大叫出声。

“你若是还想被罚的话，你就大声地叫吧，若是不想，那就扶着菲儿快快跟上来，回到我的寝宫，我自然会让太医为她查看的，这里不是说话的地方！”慧妃压低了声音，又是看了下四周说道。

“娘，我没事，咱们还是听姨母的吧，快些去姨母的寝宫！”徐菲儿毫无力气地说道。

商氏虽然还是担心，但是此时她却很是安静地闭上了嘴巴，扶着徐菲儿跟着慧妃走。

“锁儿，你去请一下张太医，就说本宫有些不舒服！”一进自己的寝宫，慧妃便是差人去请太医，而这宫中的太医无不是为皇上与各位娘娘所看病的，若是不这样说的话，那太医便不会放在心上，也不会尽快地赶来的，所以慧妃用自己作为借口说道。

“是！”小丫头领命，便是向外走去。

慧妃又是给自己的贴身嬷嬷使了个眼色。

“行了，这里面也没有你们什么事儿，都下去吧！”那位老嬷嬷开口对着宫殿里的宫女说道。

直到众人都下去后，慧妃才是阴着脸开口道：“到底是怎么回事儿，好好的怎么就挨了打，若是本宫在太后那里没有安插了眼线的话，今儿个，菲儿定是凶多吉少了！”

“都是那蓝朵朵惹的祸，她就是一个祸根啊，姐姐，她这是想置菲儿于死地啊，还有那该死的刘氏，她怎么就成了一品诰命夫人了呢？婉儿想不通，婉儿真的想不通啊！”商氏如今再也装不下去了，而且她觉得在自家姐姐面前也是不用装的，所以不停地摇着头，不敢置信地说道。

“我早就同你说过不要眼窝子浅，什么事情看得长远一些，那刘氏同蓝光辉的和离，你敢说这中间没有你的推动？刘氏的一品诰命可是襄王亲自求的，这其中的意思，想必不用我说你也是能想通的吧？”慧妃很是清冷地说道，对于自家妹妹的哭诉，她丝毫没有去上前劝慰。

“那刘氏若是现在进了编修府，那不就是在你的眼皮子底下生存吗，到时候那还不是你想干吗干吗吗？现在倒是好了，人家不光有了诰命衔儿，那级别还是高于你的，这回我看你要怎么办！”慧妃看了看自家那不争气的妹妹又说道。

她这个妹妹哪里都好，就是太过于爱拈酸吃醋，生性好妒，若是平日里小打小闹的，她也就不说什么了，可是这次拉拢刘氏母女几个，可是她千叮咛万嘱咐来的啊，可是她都做了什么呢？还跑去了人家的地盘示威了，不知道她脑子是不是坏掉了，听说还是穿着那件流光织锦去的，她这个妹妹让她说什么好呢。

“襄王爷请的旨……襄王爷请的旨……怎么可能，怎么可能啊？姐姐，这到底是怎么回事儿啊？”慧妃所说的一切，那商氏完全都没有听进去，却是听到了那刘氏之所以可以有一品诰命的头衔儿竟然是那大周如神一般的男人襄王爷给求来的，这是怎么回事儿，不，不会是她想的那般的。

“怎么回事儿，你心里会不清楚？不错，就是你心中所想的那样的，也就是你吧，一直把你的那个相公当成宝儿，要我说那刘氏才是极为聪明的，人家知道什么是宝什么是石头，这回你可以放心了吧，不会有人再同你抢你那‘好’相公啦！”慧妃这一段话说得极为讽刺，她的确是生商氏的气了。

而徐菲儿也是在一旁惊呆了，什么？蓝朵朵那个小贱人的娘竟然搭上了襄王爷？凭什么？凭什么她就那样的好命呢，想到刚刚太后对蓝朵朵的喜爱，和蓝朵朵身上穿的那件百花香云织锦的衣裙，徐菲儿就怄得要命。

在昨天她们上街去选衣服和首饰的时候，她便是看上了那一件的香云织锦衣，而那个成衣店，眼下是她外公名下所有，所以若不是什么高官显贵的话，伙计也不会开口拒绝她的要求了。

平日里的徐菲儿，虽然有些任性倔强的，但是在重要的时候，她却是极为有眼色的一个孩子，特别是对于那个自己一向要依仗的外公，那徐菲儿是更加的小心翼翼，更加地乖巧，所以她就选了另一件衣裙，而放弃了那件香云织锦，可是那件香云织锦的衣裙不是被一位贵人给订去了吗？难道那位贵人就是蓝朵朵吗？不，不可能的，蓝朵朵她就是一个草包，她有什么眼光啊，她怎么会……

“不……不会的，不会的啊，姐姐，你告诉我，这不是真的，襄王爷怎么会看上那个村妇呢？不会的，一定不会的！”商氏口中一直不敢相信地摇头直呼“不会的”。

襄王爷那如神一般的男人，怎么会看上那刘氏呢，要知道，多少世家的妙龄女子对襄王爷那也是都心存爱慕的，不仅如此，太后那边怎么会同意，让襄王娶一个已经被和离的女人呢，无论如何她也不会相信慧妃所说的一切。

“信不信由你，若是你现在还有一点脑子的话，那么，你就该知道接下来怎么做，若是你还继续要糊涂地把人家当成你的情敌的话，那我也是不会说什么的，但是这丑话也要说在前面，以后你的事情我也不会管的！”慧妃看着她那还不愿意接受现实的妹妹，不禁口气有些不悦地说道。

“可是……可是今天菲儿所受的侮辱呢？那个蓝朵朵我是不会放过她的，不然的话，以后在编修府中，还有我们娘儿几个的地位吗？”商氏终于又恢复了斗志，那刘氏她可以暂且放在一边去，可是那蓝朵朵可是一直在自己的眼前晃呢，无论如何她也不能这样憋屈地就这么算了！

“菲儿的事情你不用管，有本宫呢，那个臭丫头是救过了太后的，现在皇上对她也很是欣赏，你若是操之过急，那势必也要为你带来祸事的！”慧妃眯着眼睛说道，而那眼中的杀意更浓。

“姐姐，还有那个臭丫头身边的那个婢女，这个婢女竟是接二连三地打了菲儿，只是碍于她身手极好，又总是在那个臭丫头的身边跟着，所以我们根本没有机会动她，你看看，能不能找个机会把她给嫁出去，要依妹妹看，那个孙家的孙桂就是极好的，这样一来，还能笼络一下德妃娘娘的心，要知道，那个贱婢的模样倒是长得很是不错呢！”商氏微眯着目光，恶狠狠地算计道。

商氏心中对于朵朵母女那是浓浓的恨意，可是她的皇妃姐姐说了，目前还不能动她们，既然不能动她们，那她就要从她身边的人下手，而司影，便是成了商氏所下手的对象。

“哦？这倒是一个不错的想法，婉儿啊，不是姐姐说你，不要为了你那个不长进的相公而迷失了自己，咱们商家的女儿，一向是骄傲的，她蓝光辉也配让你使手段？”慧妃走到了商氏的面前，轻握了一下她的手道。

很明显她对于商氏的这个提议也很是赞同，所以刚刚的怒火也是消失了一大半。

“姐姐，我又何尝不知道他懦弱无能呢？可是作为女人，我又有什么办法呢？如今菲儿她们几个都大了，我也只想着她们都能嫁个好人家，我的心愿也是了了！”商氏很是无奈地说道。

“说到菲儿的婚事，本宫早就有了安排，咱们的大皇子可是一向钟情于菲儿的，大皇子虽然为人中庸了一些，但怎么说他也是皇上的第一个儿子，而且若是以后宏儿登基，那大皇子可便是亲王了，菲儿嫁过去，以后那便是亲王王妃了，你还有什么操心的，等到菲儿成了亲王王妃，婷婷和巧巧两人的婚事还会差了去吗？所以妹妹，你一定要自个儿放宽心啊！”慧妃娘娘说着，还拉了商氏坐了下来。

直到她的话一说完，那徐菲儿便是红着眼眶，摇着头，向商氏求救，试图让商氏为她求情，她不要嫁给欧阳剑啊，欧阳剑他就是一个蠢材，他哪里能配上自己啊，自己从小到大地刻苦练习琴棋书画的，难道只为了嫁给他那个蠢材吗？不！她不要！

“姐姐……菲儿她……”商氏接收到了自家女儿的哀求与绝望，又怎能忍心看着女儿这样的哀伤呢。

“德妃娘娘到，大皇子，二皇子殿下到！”

就在商氏要同慧妃坦白徐菲儿的想法时，外面竟是传来了这一道声音。

而那慧妃的脸上止不住的喜意道：“你看看，说曹操，曹操就到吧，这大皇子定是关心菲儿，这才急忙地来本宫的殿里看菲儿的！”

不同于慧妃的喜悦，商氏母女俩却是没有那份欣赏，且不说商氏知道她女儿的心里是想着谁，就是那徐菲儿，现在也是心如死灰了，这个时候他来干什么？他为什么要来啊？

“剑儿给慧妃娘娘请安！”

“臣妇给德妃娘娘请安！”

一进了大殿，大家便是都开始相互行礼。

“菲儿妹妹，你这是怎么了，听说你被打了，我很是焦急地就来看你了，到底是谁要这样地对你啊，菲儿妹妹，快让我看看，有没有打坏了哪里？”说着，欧阳剑竟是动起手来，要去摸那徐菲儿的脸颊。

“大皇子，现在臣女已经无事了，姨母刚刚唤了太医，现在正往这里赶呢，怪只怪我得罪了我的朵朵妹妹，这才惹怒了太后，不怪别人的，只怪我自己不懂事！”徐菲儿闪过了大皇子欧阳剑的手，眼神闪烁地说道。

“什么？就是那个乡下来的臭丫头吗？你怎么得罪她了，皇祖母竟是这样地对你，要我看定是那丫头的错，不行，我一定要给你出气去！”说着，那满是怒火的欧阳剑竟是向大殿外奔去，那速度快得让大伙儿还没反应过来。

在众人的惊愕下，欧阳剑就那样气冲冲地跑了出去，而徐菲儿的嘴角中却是勾出了一抹残忍的笑来，你不是喜欢我吗？你不是想娶我吗？那我倒要看看你的痴心呢。

还有蓝朵朵那个小贱人，竟敢这样地对她，那她也总要回给她些什么吧，这大皇子一向是易怒，脾气暴躁的，听了自己的话后，那更是怒不可挡，蓝朵朵看你这次怎么逃得掉。

欧阳剑，纵使你这样，我也是不会喜欢你的，你这个癞蛤蟆还想着吃天鹅肉，那你真是妄想啊。

“呀！宏儿，你快去拦着你大哥，不然一会儿若是惹怒了你皇祖母，那就麻烦了，你快去！”德妃终于在欧阳剑走了出去的片刻间回过神儿来向二皇子欧阳宏说道。

不得不说，这几个皇子中，欧阳宏才是最像大周帝的一个，器宇轩昂，英俊不凡，最主要的是他城府极深，若不然那个大皇子欧阳剑又怎么甘愿跟在自个儿弟弟的身后呢。

“德妃娘娘请放心，宏儿定不会让大哥出事的！”欧阳宏落落大方地说道，然后又向自己的母妃，还有商氏打了个招呼便离去，可是就在他离去前，竟颇为有深意地看了徐菲儿一眼。

看来他这个表妹也不是什么省油儿的灯，就是不知道她会不会如他母妃想的那样好摆弄呢，想罢，欧阳宏便大步地走出了慧妃的寝宫。

由于德妃很是担心欧阳剑，所以话就少了很多。而也就是一会儿的工夫，太医院来人，给徐菲儿看了伤势，确定无碍之后，便又重新给徐菲儿的小脸涂上了些冰凉的药油。用过之后，她的小脸儿上的红肿果然是一丝都看不到了。

“婉儿，菲儿，你们还是去内室好好地梳洗一番，免得晚宴的时候失了礼去！”一切就绪，慧妃对着很是狼狈的二人说道。

“是！”商氏同徐菲儿都是福了福身，然后向内室走去，在外人的面前，她们的礼仪还是很得体的。

“德妃姐姐，菲儿她就是一个被我妹妹宠坏了的小姑娘，这不，看到自己的意中人，怎么样都要撒个娇、告个状的，而宏儿也都跟去了，想必就不会发生什么事情的，所以德妃姐姐，千万不要为了这件事情同妹妹我离了心去啊！”慧妃把商氏和徐菲儿支了下去，便是开口向德妃说道。

她那个愚蠢的外甥女所要的那个小手段，在座的几位又有谁看不出呢，而今天又是什么场合啊，那刘氏刚刚封了一品诰命，蓝朵朵也是被太后所喜爱，无疑今日若是大皇子欧阳剑对蓝朵朵动手，那便是一个不明智的决定，闹不好还要被皇上所厌恶的啊，要知道，皇上一向是对太后很敬重的啊。

“慧妃妹妹，姐姐我并没有多想，眼看着这两个孩子感情这样的好，姐姐我只寻思着，要不然这个中秋宫宴，咱们就把这两个孩子的事情给定下来吧，两个人也都老大不小的了，妹妹你说是吗？”德妃听到慧妃的话后，笑了笑，然后试探着说道。

慧妃精明，那德妃也不傻，虽说那徐菲儿只是一个没了爹爹庇护的孤女，但是她身后可是有整个商王府呢，最主要的是，她的那个傻儿子竟是对徐菲儿情有独钟，所以她这个当娘的也是不能过多地去说什么。

更何况，皇上这五子当中，就属她的儿子资质过于平凡了，也不是当皇上的那块儿料，而二皇子就不同了，他的身后可是有商王府，作为四大世家之首，商王府的能力不容小觑，而反正自个儿的儿子也没有那样的大志向，她现在莫不如抱住了那慧妃的大腿，这样一来，以后二皇子欧阳宏登基后，她们母子二人还会有好日子过。

而对于徐菲儿和她儿子的婚事，她私下里也是同慧妃商议了好一阵儿了，慧妃那里光是口头上同意，却是没有任何实际的表现，这让德妃心里多少有些不舒服，而今儿个那徐菲儿竟是这样地当着她的面去利用自己的儿子，这让她心里很不舒服，所以脸色上自然是不会太好。

既然慧妃说这是小女儿家的撒娇和任性，那莫不如就趁着今日把这事情给定下来呢，看她怎么回她。

“呀，德妃姐姐还真是跟我想到一块儿去了呢，就在你没来的时候，我还同我妹妹商议此事呢，若是今日能定下来，那当然是最好了，咱们以后就是一家人了，姐姐你说是吧？”慧妃听到了德妃的暗示，并没有什么不悦，相反地，她还极力想促成这件事情。

反正早晚都要成的事情，只有菲儿嫁给了欧阳剑，她的心才会完全放下来，这样一来，孙家才会更加地忠心于她的宏儿啊。

“那好，咱们今儿个，就让皇上给那两个孩子做主赐了婚！”德妃一见慧妃竟然这样爽快就同意了，那笑容就止不住了，这样一来，她也是全心全意地放心了，有徐菲儿在，她还怕最后慧妃他们会反悔吗？

这边两人正在欢喜地商议着一会儿中秋宫宴上赐婚一事，而那内室中正在梳洗着商氏母女的心里却是欢喜不起来。

“你们都下去吧，菲儿的头发，我来梳就好了！”一切就绪，只差整理徐菲儿的头发时，那商氏便是把那几个小宫女给打发了下去。

“是！”几位小宫女很是恭敬地退了下去。

商氏又给了容嬷嬷一个眼色，容嬷嬷便是从外面把门关上，只剩下母女二人，这跟编修府不同，在这里说话一定要小心，所以要有她们自个儿的人守着，这样商氏才能放心。

“菲儿，你真是太大意了，你以为你今天那点儿小心眼大家没有看出来吗？你知道你这样做会为你自己带来什么后果吗？你真是太任性了！”直到门关好了，商氏才沉下脸来斥责道。

本来慧妃就一直想让菲儿嫁给欧阳剑，今日眼看着那欧阳剑对菲儿也是有情的，哪里想到菲儿竟然在这个场合下做傻事，她难道不知道，她这无疑是惹火上身啊。

“娘，我就是气不过蓝朵朵那个小贱人得意啊，还有大皇子不是说喜欢我吗，那为什么不能替我出口气啊，而且，又不是我让他去的。”徐菲儿说得理所当然，她觉得她并没有错。

“菲儿，看来真是为娘把你宠坏了，你怎么就这么糊涂啊，你这样明目张胆地去利用大皇子，娘都看出来了，你以为你姨母和德妃娘娘就看不出来吗？若是她们以为你是对大皇子有意的，把你许给大皇子怎么办？”说到最后商氏几乎是低吼出来了。

“不！不……娘，那女儿该怎么办啊，女儿要怎么办啊，女儿只想着给蓝朵朵那个小贱人一点教训的，没有想到其他的啊！”徐菲儿一听说要嫁给大皇子，她马上就慌了起来。

“你给我冷静些，以后你做事的时候就不能长些脑子吗？要是你不想嫁给他的话，那从现在开始，你就给我老实一点，不要再出状况了！”看到她那不争气的女儿，商氏真的一点儿办法都没有了，最后只能呵斥道。

徐菲儿满是委屈，但是她却不敢再说任何话，只能红着眼睛看着商氏，听她的话。

再说那满身怒气的欧阳剑，打听了蓝朵朵此时正在太后寝宫大殿后，便是怒气冲冲地向那边走去。

而大殿中，太后她老人家去内室换衣服，蓝朵朵母女也在众位贵妇、贵女的包围下正在聊着什么，蓝老太太则是虎着一张脸很是不悦，那个刘氏不该过来向她这个当婆婆的见个礼吗？看她现在那个得意劲儿，她就很是不舒服。

就在这时，只听大皇子怒气冲冲地走了进来，进门就问那内侍，哪个是蓝朵朵，虽然他见过朵朵一次，但是却对她没有什么太大的印象，也就是乡下的小姑娘而已，还不值得他放在心上、眼里的。

内侍看到大皇子这神色很是不好，也不敢多言，就指了指站在那边的朵朵，大皇子欧阳剑一看到那个背对着她，穿着百花裙的女子，便是怒气冲冲地向那个方向走去……

众贵妇和贵女看到这样一副怒气冲冲的大皇子，也都给纷纷让道，直到他走到朵朵的身后时，他便是一手要扳朵朵的肩膀，试图让她转过身来正对他，口中还说道："蓝朵朵你这个恶毒的女子，你竟然伤害菲儿，看我怎么教训你……"

"啊！"

"朵儿……"

"大哥，手下留情！"

只见随着大皇子欧阳剑这一动手，无论是周围的那些贵妇、贵女们，还有很是惊慌的刘氏，以至于刚刚赶来的欧阳宏，都是出口叫道。

而就在大家各有各的担心的情况下，这情形竟是发生了逆转，只见朵朵一个屈膝，小手也是擒住了那大皇子欧阳剑按在她肩上的手腕，很漂亮的一个过肩摔，瞬间的功夫儿，那完全毫无防备的欧阳剑便是被狠狠地摔到了地上。

"嘶……"

只见经过这一幕后，大殿中竟安静得连众人的呼吸声都是没有了。

"你……你这个……你这个野蛮的女子，你到底……你到底使了什么妖法摔倒爷的！"大皇子欧阳剑此时都顾不得站起身来，只是用手支地半坐在地上，那圆圆的白皙的大脸此时也是通红一片了。

且不说他被一个女子摔倒在地上有多么地丢人了，就是现在站在他眼前的这个乡下小姑娘怎么完全变了样子，她怎么……她怎么变得这样的漂亮啊？想当初她在父皇面前使坏让他们下地劳作时，明明长得不是这个样子啊，虽然那时他并没有仔细去看这个小姑娘，但是在他心中就不是这样的。

自从发生蓝谦的事情后，朵朵也是学了一些的防身技能，再加上她常年的劳作，所以也是有些力气的。

"大皇子殿下，虽然您是皇子，那就可以对臣女这样的不礼貌吗？您知不知道什么是男女有别，您知不知道什么叫做礼貌，臣女不知道究竟犯了什么错误，竟是能让大皇子这样地生气，要来教训臣女！"朵朵如今的小脸儿上已经满是寒气了，而且那双明亮的眼睛此时也是布满了愤怒。

看来那个徐菲儿定是一个祸害啊，这样教训她，她还不安分呢，还有这个大皇子，他究竟是有没有脑子啊，竟然公然对她行凶，还真是让她意外啊，若不是她会一些防身的技能，今儿个没准儿就要在他身上吃亏了，该死的欧阳剑，刚刚按她肩膀按得那么狠，真是气死她了。

"爷……爷，你敢说爷……你大胆！"欧阳剑却是没有想到，这个如天仙般的小姑娘竟是这样的厉害，竟然把他给说得也是哑口无言的，所以现在他只能借助着自己的身份来压制朵朵了。

“哼！你自个儿先是无理，后是技不如人的，竟然还在这里给朕丢人？你还不赶紧起来？”就在欧阳剑还在不知道怎么去教训朵朵的时候，大周帝的声音便是响了起来。

“皇上万岁万岁万万岁……”

大周帝的声音一响起，在殿里面的人便都是跪地请安，大呼“皇上万岁”，就连朵朵都心里很是憋屈，为啥这一到皇宫里动不动就开始跪了呢。

“父……父皇，我……”大皇子现在的脸色更加不好起来，完了，这下可是完了，他刚刚的丑态怕是都被他父王看个清楚了吧，心里不免又有些埋怨起朵朵来，她怎么就能这样的泼辣啊！

“都起吧！”大周帝挥了挥手，让大家起来。

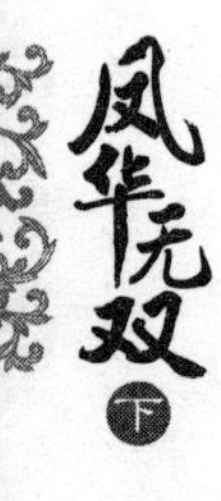

朵朵这才发现，跟在大周帝身边的，除了他那几个儿子和欧阳睿外，竟是连敬王爷、襄王爷也在内的，怪不得此时大皇子欧阳剑的脸上那么多个色彩在变，原来这是丢人丢到了家啦，哼，真是活该，只不过，刚刚自己会不会有些强悍啊？不知道大周帝看到这样的自己后，会是有什么样的想法，朵朵的嘴角抽动了一下。

因为她明显地看到了五皇子欧阳晨现在的嘴巴还没有闭上呢，看着她当然也是满是惊讶，还有那一向温和的欧阳磊，此时也是有些吃惊地看着她，只有欧阳睿是嘴带笑容地盯着她看，朵朵一见欧阳睿那笑容身子就抖上了几抖，这厮不会又有什么坏心眼儿了吧。

而就连有着战神之说的敬王爷和襄王爷那也是满脸的惊讶之色，因为且不说那欧阳剑是个大老爷们，身体又是那么的强壮，就是说他那身上的武艺也是出自他二人之手啊，可是竟让这么一个十二三岁的小丫头说摔就给摔倒了？而且他们早就发现了，朵朵这个丫头根本就是没有内力的，可是她那样单薄瘦弱的一个小丫头真的能有这么大的力气吗？所以两人看向朵朵那也很是不敢相信。

“剑儿，你是怎么回事儿，你怎么能这样无理地对待朵朵丫头呢？朕看你现在是越来越回去了！”大周帝阴着脸，朝着下面跪着未起身的大皇子欧阳剑说道。

“回……回父皇，蓝朵朵……蓝朵朵……”大皇子欧阳剑便是要把那徐菲儿的事情给说出来。

“回父皇，大哥他只是一时冲动而已，他只是想询问一下，儿臣的菲儿表妹那脸上的伤是怎么回事儿，并不是有意冒犯朵朵姑娘的，所以还请父皇明鉴！”欧阳宏见到自个儿那个一根筋的大哥要把事实说出来，便立刻上前来阻止道，虽然一样是说事实，但是欧阳宏这样一说，定是要比那欧阳剑说得要委婉一些。

“哼，看来她还是没有记性啊，罚她是哀家的事情，剑儿你莫不如来找哀家问一下，到底那个徐菲儿是如何被打的，胡闹，真的胡闹，皇儿，瞧你把他们这一个两个的给惯的，真是不像话，竟是跑到了哀家的寝宫动手！”只见老太后竟是在两位宫人的搀扶下走了出来。

原来老太后也是听到了这边的动静儿，这才又走了出来，本来只是回内室里换一件衣服，哪承想，竟是发生了这样的事情。

“朵朵丫头，快过来让哀家瞧瞧，你哪里有没有受了伤，那个死孩子，平日里就是个没深没浅的，可别是把你给弄伤了，你还要强忍着不说！哀家就知道你是个懂事的孩子！”太后坐稳了以后，马上把朵朵叫到身边很是关心地问道。

“皇祖母，您偏心，现在受伤的是您的孙儿啊，那个臭丫头竟是把孙儿……把孙儿给……给摔了去，你们干吗还都要向着她啊？”这欧阳剑很是委屈地说道。

“哦？你被朵朵丫头给摔了？摔得好，还是朵朵丫头有本事啊，你那个火爆脾气，就得需要有个人治治你，你到底长不长脑子啊，那个徐菲儿一向是骄纵惯了的，一向只有她欺负别人的份儿，别人什么时候欺负过她啊，你竟然不分青红皂白地来找朵朵的麻烦，你怎么就那么糊涂呢？行了，你也快起来吧，跪在那里干吗，惹哀家心烦！”太后虽然是在斥责着欧阳剑，但是那语气中也有着丝丝心疼地说道，她是不忍那欧阳剑跪得太久的！

要说这几个皇子之中，除去自个儿侄女儿的儿子欧阳晨外，她最喜欢的一个便是这欧阳剑了，因为欧阳剑为人心思单纯，也没有那么多的心眼儿，对自个儿也很是孝顺，对待那几个弟弟也不耍阴谋使诡计的，所以在她看来，这欧阳剑是个好孩子。

“祖母……”欧阳剑好似跟太后的关系真的很不错，这工夫，他竟然是向太后撒起娇来。

“好了，你个泼猴儿，还不快起来，你等着你父皇罚你呐！”太后看着跪在地上，那脸都皱成一块儿的孙儿，便是无可奈何地摇了摇头，笑道。

“哼，行了，你也别在这丢人现眼了，若不是你皇祖母替你求情，我非要好好教训你一下，看你以后还长不长脑子！”大周帝很是孝敬太后，所以有太后求情，大周帝也不好说什么的。

“你们两个都起来吧！”大周帝又是顺带着欧阳宏，叫他们俩儿一块起来道。

“谢父皇！”欧阳剑和欧阳宏跪地说道。

“哈哈哈，皇上，真是没有想到，剑儿竟然是栽到了朵朵那个丫头的身上，还真是让臣弟意想不到啊？这丫头总是让人意外啊！”敬王爷缓过神儿来后，便是很赞赏地看向朵朵，并且夸奖起来。

“王叔您……唉！”大皇子欧阳剑，现在只要一听到蓝朵朵这个名字或是看到她这个人，他便是觉得抬不起头来。

“怎么？你王叔说你说得不对吗？你这个臭小子，我们两个教你的功夫，你就用到了欺负女孩子这个上面吗？你可真是让我们两个失望！”襄王爷刚刚那吃惊的神色褪去，取而代之的是阴沉着脸，向欧阳剑说道。

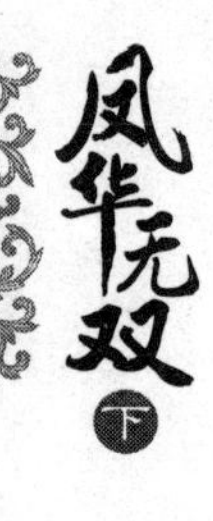

虽然欧阳剑是身为皇子的，但是襄王爷和敬王爷却也同时是他的老师，其实也不光是欧阳剑一个人，其他的几位皇子多少的也都同他们两个人学过功夫的，天知道，在刚刚欧阳剑搭到朵朵的肩膀上时，刘氏那句担心的惊叫是多么地震撼着他的心啊，当时他多么地想抽这欧阳剑啊，只是再怎么说他也是皇子，所以襄王爷却是忍了下来，虽然不能动手，但是这口头上的教育还是可以的。

“襄王叔，剑儿错了，求求您不要再提这件事情了好不好？”欧阳剑满是祈求地说道。

而他此时的神情不光是苦苦地哀求，那原本白皙的大脸，如今更是红得都可以滴血了呢。

“哼，你还知道羞愧？看来你还有得救！”襄王爷似夸似贬地说道。

欧阳剑被说得只能不停地认错，根本抬不起头来。

“皇上，这中秋宴的时间也差不多了，咱们是不是该去大殿了！”这时，竟是一直未开口的欧阳睿开口说道。

同时朵朵也是轻呼了一口气，又满是感激地看了看他。

天知道，就当敬王爷和襄王爷在取笑斥责欧阳剑的同时，她的头也是抬不起来的，她只是个弱女子好不好，可是瞧瞧那些个贵妇，和另外几位皇子看她都是什么表情，好像她有多么的爷们儿一样，她不要这样的出名啊，她是个弱女子好不好啊，所以此时欧阳睿的话，不光是替欧阳剑解了围，同时也是替她解了围啊。

“母后，那咱们就摆驾大殿吧，文武百官们估计也都等在那里了！”大周帝对着欧阳睿点了点头儿，然后向太后问道。

“好吧，那就摆驾大殿，怕是大家也都等不及了呢，朵朵丫头，你就跟在哀家的身边吧！”太后很是温和地拍了拍朵朵的手说道。

“是！”朵朵虽然口中说了“是”，但是眼神却是瞟向了刘氏，不错，她很是担心刘氏，虽然看着刘氏今日是像变了一个人，很是强硬，但是只有她知道，这个宫里的人有多么的复杂，身份有多么的高，一旦被人算计了，那就麻烦了。

“你呀就放心老老实实地待在哀家的身边吧，你娘还有襄王呢，不会有事的，你这傻丫头平日里不是挺聪明的吗？今儿个怎么变笨了，你怎么着也要给襄王一个机会不是吗？”太后看到朵朵的一双大眼睛一直往刘氏那边看，所以附在她的耳边，悄声说道。

果然朵朵听到了老太后的话后，便是笑弯了眼睛，并且附在太后的耳边道：“姜果然还是老的辣，太后娘娘威武啊！”

“你这孩子，这说的都是些什么啊？”老太后笑着说道。

“祖母，你们两个在说些什么啊？怎么这样的开心啊，可不可以同晨儿一块分享一下啊？”就在太后和朵朵两人正笑得很开心达成共识的时候，那欧阳晨的声音却是插了进来，同时他更是挤开了太后身边的另一位宫人，而同朵朵一左一右地搀扶着太后向前走。

“你这个泼猴儿，祖母就不告诉你，你怎么什么都想知道啊？”老太后笑着说道，而无疑她最喜欢的皇子便是欧阳晨。

“祖母，您不可以这么偏心的，您不可以只疼朵朵啊，我才是您最疼爱的孙子啊！”欧阳晨还颇为不满地说道。

欧阳晨边说着，那眼神儿还边瞄向朵朵，心中暗道，今儿个这丫头还真是美啊，真是没有看出来，那个刁钻又有一点野蛮的丫头竟是长得这样的绝色呢，还有刚刚她那一招又是什么呢？她竟然把他那强壮的大哥给摔了出去，不简单，真的不简单啊。

而今日这欧阳晨穿的则是一件紫色的衣袍，搭上朵朵那件百花裙，两人就这样一左一右地扶着老太后，竟是那样的登对，这可是让某人看到了以后，阴云密布。

“五皇子，刚刚我看到紫月郡主好像在找你啊，要不要本世子去告诉她一下，你的人在哪里啊？”就在朵朵和太后都觉得这欧阳晨很是难缠的时候，欧阳睿的声音又是冷冷地传了过来。

“什么？那个疯女人在哪里？在哪里啊？不行，皇祖母，孙儿想起了还有点事情没有办呢，孙儿先行一步啊！”说完欧阳晨可谓是飞一般地就没了踪影儿，哪里还想着别的事情呢。

“那丫头回来了？她不是同辅国公夫人去了湘潭寺了吗，这么快就回来了？”老太后很是不解地问道，很明显，她知道那个紫月郡主与欧阳晨的事情。

“或许是我看错了吧！”欧阳睿接过了那欧阳晨的位置扶着老太后，竟是这样淡淡地说了一句。

而他这一句一说完，这回不止是朵朵了，就连老太后都是停住了一下脚步，之后又抖了抖嘴角，却是没有说些什么。

大周帝与众人也是瞧到了这一幕，大家都记在了心里，表情各异，而那举行宴会的大殿同太后的寝宫是相通的，所以也没有坐软轿，直接就到了那宴会的大殿。

而此时的大殿上早已坐满了百官，还有一些家眷也是先到了这里，还有一部分人，刚刚在太后那里，此时也都找到了他们各家的老爷，同他们一块儿跪地直呼万岁，千岁的，这里面当然也包括蓝光辉，只是此时的蓝光辉却是有一阵儿小小的失神儿，最后被那商氏一拉，他这才缓过神儿来，赶紧低头。

原来梳洗好的商氏同徐菲儿，早在大周帝他们之前，便是同慧妃和德妃她们早先一步到达到了大殿，而商氏更是冷嘲热讽地把刘氏成为一品诰命夫人的事情告诉了蓝光辉，蓝光辉还没有消化这一消息的时候，大周帝他们便是走了进来，所以当他看到刘氏一品诰命服在身的时候，蓝光辉不由自主地僵住了身子，那目光满满的是不敢相信，还有一丝的怨恨。

怨恨，对，就是怨恨，她竟然这样地不守妇道，他是什么时候勾搭上襄王爷的？定是秋收那一次吧？果然是个下贱的女人，千方百计地同自己和离，原来竟是这样迫不及待地投入别人的怀抱去了，所以蓝光辉此时的眼神犹如利剑一样盯着刘氏。

但他不得不承认，这样穿着的刘氏是他并没有见过的，那样的端庄，那样的光芒四射，那样的自信，对，就是这种自信，那是在他的记忆中所没有的，难道离开了他，就是那样的好吗？蓝光辉的心里满满的都是埋怨与悔恨。

“众卿家免礼！”

“谢皇上！”

大周帝免了他们的礼后，他们又领旨谢恩，直到坐到了自个儿的座位上，蓝光辉的眼神还是死盯着那坐在前排的刘氏，这官员要按等级的大小而坐的，而刘氏贵为一品诰命夫人，虽然是没有实权的，但是座位却是靠前的，而蓝光辉只是一个四品官员，当然要靠后坐啦。

而他眼睁睁地看到了襄王爷竟是坐到了她的身边，蓝光辉的双拳不禁紧握了起来。

“怎么样？你这是心里不舒服了？哼，心里不舒服也没办法，对方是什么人，那可是襄王爷，可是咱们大周的战神啊，没想到刘妹妹倒是一个有心思的人啊，真是好手段！”商氏继续她的冷嘲热讽道。

自家夫君那满眼的悔意，她不是没看出来，后悔了吗？后悔所做的一切了吗？还是后悔娶了自己呢？想到此，商氏只觉得好像她所争夺来的东西都毫无意义了。

“你别瞎想，那个贱人是她不守妇道，我现在真是庆幸与她和离，不然为夫也只有戴绿帽子的份儿，婉儿，为夫只要有你就行，为夫只是不明白，为什么襄王爷竟然要那个我用过的烂货，还真是不可思议！”蓝光辉先是安慰一下此时正在吃醋的商氏，然后便是恶毒地骂刘氏道。

此时此刻的他，已经是毫无理智了，而好像，他用最恶毒的语言去形容刘氏，那他的心里才会舒服一点。

“你知道就好，我劝你一句，此时的她已经不是你能肖想的了，而你，说话也要小心了！”很明显，商氏在提醒蓝光辉，他刚刚的失言。

蓝光辉并没有回应，只是使劲儿地握紧拳头，在那里恶狠狠地盯着刘氏的方向，以至于大周帝宣布开宴，他都没有听到。

而很是窝火又愤恨的又何止是蓝光辉一个呢，只见那徐菲儿也是狠狠盯着坐在太后身边那笑得很是灿烂的朵朵。

要知道，能与太后坐在一排的，也只有皇上和他的宠妃们，要知道，有好多贵人、才人什么的，那也要坐在下面呢，而她蓝朵朵算个什么？她凭什么得到太后的青睐呢。

还有，那个草包欧阳剑是怎么为她报仇的啊，为什么蓝朵朵此时竟是这样如此欢喜地坐在这里呢？就知道那个蠢货靠不住，没想到他如此的没用，徐菲儿想罢，便是恶狠狠地向欧阳剑的方向瞪去，结果，只见那欧阳剑竟是连看都不敢看她一眼，一直低着头，倒是她的表哥欧阳宏给予了她警告的一眼。

徐菲儿接受到了自家表哥的警告便很是不甘地低下了头。

“太后，您身边这个漂亮的小姑娘是谁家的啊？长得可真是水灵啊，年纪这么小就已经这么漂亮，若是再大一些，可怎么了得啊？”五皇子的母妃如妃娘娘笑着问道。

“臣女蓝朵朵参见各位娘娘！”朵朵起身福了福身，然后笑盈盈地给如妃以及其他的娘娘们请安。

“太后，臣妾也很喜欢这个小姑娘，看她长得多讨巧啊，不知道这丫头定没定了人家啊？要是没定的话，不知道臣妾可不可以替我的磊儿争取一下呢？”云妃娘娘笑得极为甜美，而那眼中也极为地灵动。

朵朵看到云妃这样的笑容竟是有些发呆，云妃长得好美啊，最主要的是她的目光竟是那样的清澈就如新生婴儿般，在这个皇宫里，生活了这么多年，而且她还生有一个欧阳磊，欧阳磊还能健康地成长成这么优秀的少年，朵朵很是不相信云妃能如她表现得这般的没心机。

“哈哈哈，果然你们是有眼光的，朵朵丫头的确是个难能可贵的，不过她许没许了人家哀家也是不知道，因为朵朵她是刚刚从家乡来到京都的，她曾经救过哀家的命，如今又培植了一些高产的作物，为我大周解除了后顾之忧，所以说，谁娶了这孩子，是谁的福气啊！”老太后大略地介绍了朵朵的情况。

“哦？原来她就是那个乡下丫头啊？妾身就觉得这丫头虽然穿得极为体面，但却是仍然难掩一些土气呢！”德妃也是淡然笑着说道。

可以看出来，这个德妃好似很是看朵朵不顺眼，原因无他，只因她刚刚听说了，她的宝贝儿子竟然是被这一个乡下的臭丫头给摔了，不仅如此，就连襄王爷敬王爷两位王爷竟也是斥责了她儿子，要知道，她的儿子可是要取得兵权的啊，若是不得了那两位王爷的眼，那这兵权一事还能有戏吗？从而这德妃就很不喜这蓝朵朵。

“德妃姐姐果然无论对人还是对事儿都极为地严厉，要姐姐说，这个朵朵小姑娘就是极好的，不仅人长得漂亮，还那么的聪明，最主要的是能为皇上，为大周的百姓排忧解难，这才是最难得的！”就在德妃很是挑剔地说朵朵的同时，眼见着太后的脸色就要阴沉下去，一直很是安静的怜妃竟是也开口称赞朵朵道。

怜妃的话一说完，太后的脸色缓和了一些，但却依然还是不太好看。

“老祖宗，您可不能让几位娘娘打朵朵的主意啊，朵朵她可是许了人家的！”就在气氛有些僵硬的时候，那同小刘谦一块儿坐在襄王和刘氏身边的小天天突然扬起了他的奶声奶气。

小天天一出声，大家的注意力便是都看向了朵朵，而朵朵此时却也是云里雾里的，刚刚那几位妃子不停地在夸她赞她，朵朵心里明白，那也都是给太后面子而已，可是现在小天天那个臭小孩多事儿，说的是什么话？她许了人家？她许了谁啊？她自个儿怎么都不知道呢？

“小天天啊！是不是你有了小伙伴儿们玩，就忘了老祖宗了，老祖宗还奇怪呢，今儿个耳根子怎么这样的清净呢？”太后这才看到了她的宝贝儿曾孙，以至于想起今儿个似乎好像并没有见到这个宝贝儿呢。

"不过小天天啊，你刚刚说朵朵许了人家一事儿，你是听谁说的啊？哀家怎么没有听过这件事情呢？这许的又是哪户人家啊？"太后有些不敢确定地还看了下刘氏。

却是没有想到，连刘氏也满是不敢相信地看着小天天。

"回老祖宗，朵朵是被刘婶许给我了！"小天天的话一出，那坐在刘氏身边的襄王爷"噗"的一声便是把口中的酒给喷了出去，之后还红着脸看了刘氏一下，对于自己的失态很是抱歉地干笑了两声。

随后又有些哭笑不得地向小天天看去，大周帝等人刚开始听到小天天的话后，那也满是惊讶的，同时他还情不自禁地向欧阳睿看去，据他所知，欧阳睿对于那丫头的心可是够明显的了，这怎么还闹出许人了一说呢，可是当他看到欧阳睿那越来越阴下来的脸色，大周帝便是明白了，小天天口中所说的人，估计是连欧阳睿也是不知道的吧，直到小天天说出这样雷人的话，大周帝也是无语了。

"哈哈哈，皇弟啊，看来小天天有你当年的风范啊，这么小就知道要媳妇儿了啊？不过刘氏，小天天的话是真的吗？"大周帝只当玩笑一听，还想到了当年敬王爷年幼时候的事情，最后他笑着向刘氏问道。

"皇兄，真是的，这是什么场合啊？你还说那些干什么！"大周帝的一句调侃竟是把敬王爷闹个脸红，从而也是有些哭笑不得地看着自家的那个宝贝儿孙子。

"回皇上，臣妇……臣妇并不知此事啊！"现在的刘氏还是满头雾水呢，对于大周帝的疑问，刘氏都不知道怎么回答才好。

"刘婶子，您怎么忘了啊，当初我被拐了的时候，被朵朵给救到你们家去，当时我就说过一句话，我说，我要是永远地能和朵朵在一块儿，永远能吃到朵朵做的吃的就好了，您就说，若是我愿意，我可以永远地都能吃朵朵做的好吃的啊！不是只有当相公的才能永远地吃到妻子做的吃的吗？刘婶子，您忘了吗？"小天天的小脸儿上满是焦急，好似还有些责怪为什么她会忘记了此事。

"天天，当时婶子是怕你人生地不熟地被人拐来，会想家啊……所以……而且，朵朵要比你大上好几岁呢，你想想，到你长大成人的时候，朵朵都已经多大了？到那时候你还能喜欢她吗？"刘氏被小天天责问得有些哭笑不得，她没想到这个孩子的思维竟是这样的。

怪不得，他总是随着敬王世子叫自己婶子婶子的，她还觉得奇怪呢，这叔侄二人都叫自己婶子，这是什么情况啊，还有小天天，叫谦儿都一口一个谦儿哥哥地叫着，却是唯独对朵朵，始终是唤她的名字，原来他是有这个想法啊。

而朵朵听到了小天天的话后，不禁白了他一眼，无语问苍天，这都什么跟什么啊？

几乎同时，欧阳晨和欧阳宏都是松了口气，而那欧阳睿则是脸色缓和了过来，听到了小天天的说辞后，他的嘴角也是挂有一丝的笑容。

“我不管，反正朵朵是我媳妇，任何人也别想打她的主意，云妃娘娘，朵朵这丫头笨得很，还野蛮，刚刚她就把大皇子叔叔给摔到地上了，您可是要知道啊，若是让四皇子叔叔娶了这样一个凶婆娘，您能放心吗？”小天天不管刘氏的劝说，态度很是坚决，同时他还很是好心地去劝说云妃，还给云妃娘娘说起刚刚的事情。

“小天天，你给我闭嘴！”

“小天天，你个死小孩……”

只见小天天刚刚向云妃娘娘劝说完，欧阳剑同朵朵的声音就传了过来，因为就他们二人来说，谁都不想再提刚刚的事情。

最生气的是朵朵，连“死小孩”在太后、皇上的面前都说了出来，什么叫做“笨丫头”“凶婆娘”啊？他这是什么意思，看来自个儿平常里真是白疼他了，在他的心里，自己竟是这样的形象。

“哎哟！可是笑死哀家了，哀家的这个小活宝儿啊……”太后突然间颤抖的手指着小天天，大声地笑了起来。

而那几位除去德妃的其他妃子也都是掩面而笑。

朵朵此时恨不得自己的面前有条地缝，这样的话，她就可以钻进去了，这个死小孩儿，找到机会，她一定要教训他一下，哼。

整个大殿中都是太后的笑声，皇上也很是高兴，而他那几位嫔妃也只是掩嘴而笑。

“皇上，可以开宴了吗？”就在这时，一个宫人躬身走了进来问道。

“好！开宴！”大周帝很是开心地说道。

这时候只见那位宫人啪啪几掌，便是进来了几位舞姬，很是轻盈地舞了起来，而那上菜的宫女们也是穿插在了众位大臣家眷的中间，摆上了一道道精致又美味的吃食。

一曲舞蹈过后，便是乐器的声响，之后便是大周帝讲话，大家共饮，总之刚刚的小插曲并没有影响任何人的心情，就连朵朵也是放松下来，而小天天早就同小刘谦不知道说了什么，笑成了一团了。

“皇上，每年的中秋家宴上，各家臣子千金们都是要一展自己的才艺的，去年的宴会上，可是那辅国公之女紫月郡主，那一曲春江花月夜一举夺魁，今年那紫月郡主随着国公夫人去祈福了，所以臣妾很想看看，今年又有哪家的小姐能与那紫月郡主齐名呢？”就在气氛很是和谐之际，那慧妃便是笑盈盈说道，说的同时，她还给了德妃一个眼色。

“是啊，是啊，皇上，今年也该给其他臣子家的千金们一个机会呢，正巧，也能给咱们的这次中秋家宴添个好彩头儿啊！”德妃也是接到了慧妃的眼神儿，也一同附和道。

“哦？那母后您看呢？”大周帝听到了他二位妃子的提议，他并没有马上答应，而是向太后问道。

“既然大家都有那份兴致，那就遂了她们的心意吧！”太后对于这一提议则是颇为地顺其自然说道，反正每年也都是有这么一次，说是表演才艺，活跃气氛，实际上，便是那几个妃子想选儿媳妇儿吧，也是啊，就连最小的晨儿那也是十六岁了，剑儿他们几个也该成家了！只不过，今日看慧妃和德妃这架势，太后心中却是有一些不悦，同时心里暗道，这个德妃希望此时不要犯糊涂啊！随后，太后便是深深地看了眼德妃。

“那好吧，既然太后应允了，那么各位爱卿，若是你们哪家的女儿愿意一试，那便开始准备吧！”太周帝挥了挥手道。

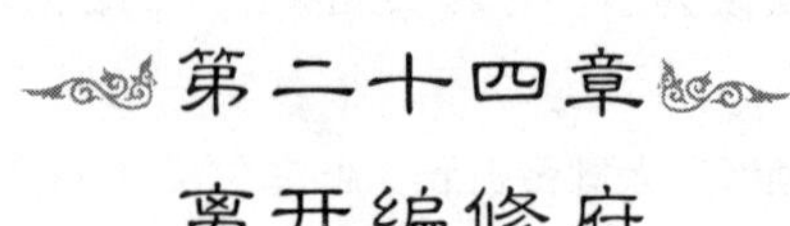

第二十四章 离开编修府

闻言，下座上的大臣们你望望我，我看看你，不少人的眸底里都是不可掩饰的喜悦与骄傲，随后仔细对身边的女儿们低声嘱咐几句，那些妙龄官家小姐的脸上都是跃跃欲试的神色，恨不得马上把自己学的琴棋书画、诗词歌赋全部展现于众人面前才好。

因为他们知道，今年可是一个好机会啊，且不说那紫月郡主大周第一才女不在，就是这次的才艺表演是那慧妃和德妃所提议的，就够他们欣喜的了，虽然明面上说的是表演才艺，大家都心知肚明，不就是让女儿家们上去弹个琴、唱首歌什么的吗？从而通过这样的方式来给那几位皇子选妃，所以他们如何能不高兴呢。

而那些个没有带女儿来的官员则是深深地后悔，总想着这年年的中秋宴，那紫月郡主独占鳌头，所以那些个适婚的嫡女们，他们也不想带来让她们上台丢丑了，以免让那些个王孙皇子们看了笑话，从而耽误了她们的婚事，可是哪里想到今日那紫月郡主竟是没来，而看这架势又是德妃和慧妃娘娘两人要给大皇子和二皇子选妃，这可是天大的好事啊。

唉，白白的立功机会就这样像条小鱼似地从手中溜走了，早知道他们就不该想得那么多，就该把他们的女儿带来啊，想着，他们竟是满脸的羡慕和妒忌。

而下面的千金小姐们却也跃跃欲试了，今日若是表现得出色，入了哪个妃子的眼，那她们就可以飞上枝头了，所以她们又哪能不高兴呢。

“菲儿，娘觉得这件事情有些不对劲儿，所以今日你还是不要上台表演了！”商氏皱了皱眉头道，因为刚刚自家姐姐与德妃的那个眼神儿可是被她看个正着呢，若说是以前不知道她的菲儿钟情于欧阳睿的时候，那还什么都好说，可是如今她已经知道她女儿的心事，那么她哪能再把主意打到大皇子的身上呢。

“娘亲，或许这次便是我表现的最好机会了，我一定要争一争的，我一定要让敬王世子看一看，到底是那个土了吧唧的蓝朵朵好，还是我这个大家闺秀好，娘您看到了，那个宋如月的脸色有多么的不好，敬王世子竟是同那几个皇子坐在一块儿，却没有坐在她的身边，娘，女儿说得没有错吧，敬王世子定是不喜那宋如月的，所以，无论如何，女儿一定要把握这次机会，至于姨母的心思，女儿也是知道的，但您是知道女儿，绝对不会嫁给大皇子的，所以早晚都要面对，莫不如这次就一准儿说清楚，娘，女儿现在只希望您能支持我，给予我鼓励！”徐菲儿握住了商氏的手，哀求道。

“菲儿，你这又是何苦呢！”商氏说了这一句后，便是没有再说什么，而徐菲儿知道，她娘这是默许了。

而看到自家女儿那欢喜的样子，商氏心里真的很不是滋味，所以她很想同蓝光辉诉一下苦，哪里想到，当她一转过身，想同他说话的时候，竟是发现他正拿着一杯酒，一边喝着，那眼睛却是一边盯着刘氏看，而刘氏那边，却是不知道与襄王在聊什么，一脸小女儿的娇羞，这样的刘氏，让她看了都很是吸引，更别说蓝光辉她那个前夫了，所以商氏那紧攥的拳，越发地颤抖起来，这男人果然是靠不住的，得不到的是最好的，眼下的自己可是还怀着他的孩子呢，他竟是这样的不给她脸面，当着她的面就明目张胆地看着刘氏，这让商氏情何以堪啊。

不一会儿，已有几个包括李笑笑在内的官家女子陆续走到中央的台子上弹奏一番，不外乎是些古筝、笛子之类的乐器，毕竟这几个都是些在上流圈子里比较出名的大家女子，这些乐器更是她们从小到大除了女红刺绣之外的看家本领，弹得确实不错，如此一来也引来了不少称赞声。

李笑笑弹奏完成之后，恭敬地向皇上太后和那几位娘娘福了福身，便是得到大家的满意点头示意后，便趾高气扬地走回了座位，在她经过徐菲儿这边的时候，像只斗胜的母鸡似的瞟去一个蔑视的眼神。

座位上蓝雨儿心中止不住的狂喜与激动，这眼下不就是个很好的表现机会吗？只要自己表演得好，何愁自己的心上人不注意到自己，多瞧自己一眼呢？特别是她的思源哥哥，她一定要让他爱上自己。

想着，她便是向徐思源的方向看了一眼，却是发现徐思源的目光却是正看向那个在上边与太后两个人巧笑嫣然的蓝朵朵呢，她心中便又是对朵朵一阵怨恨，真是个狐狸精，总是喜欢勾引别人，敬王世子是，思源哥哥是，现在又加上了云妃对她的青睐，她还真是好命呢。

而那徐菲儿看到李笑笑那得意得好像自个儿就赢得了比赛一样，便恨得一阵牙痒痒，就这水平也敢拿出来炫耀？于是，憋不下心中那道气，也顾不上什么压轴不压轴的了，身子挺得直直地上了台，之后便向宫中的乐师不知道说了些什么。

最后在众人期待的目光下，那徐菲儿身姿轻灵，身轻似燕，身体软如云絮，双臂柔若无骨，步步莲花般地舞着，连朵朵都在心里叫好，没想到徐菲儿那个刁蛮女竟是有这样的舞姿啊，真是让人惊艳啊，突然间，那徐菲儿的舞步开始改变了起来，她轻盈的舞步却是越发地向欧阳睿的方向移去，而那炙热的目光也是牢牢地盯着那欧阳睿，朵朵不禁抽动了一下嘴角，原来这徐菲儿这支舞是给那厮跳的啊，都说女子矜持，可是她认识伯这些个女人，无论是蓝雨儿，还是徐倩儿，到现在的徐菲儿，无不让她惊叹啊，看来，到底是男人的力量大啊。

朵朵不禁很没心没肺地向欧阳睿看去，哪知道那厮现在正瞪着她呢，他不去看美人，看她做啥啊？她脸上也没长花儿，她又不会跳舞的，所以朵朵恶狠狠地给还了回去，也是瞪了他一眼。

而正在忘情舞动的徐菲儿却是心如针扎，暗道："为什么，为什么啊，难道她不美吗？难道她没才华吗？为什么敬王世子的目光却不在自个儿的身上呢？难道她做的一切还不够吗，今天她能这样义无反顾地为他而跳舞，天知道此时的她已经得罪了多少人，除去那宋如月不说，就连她的姨母慧妃娘娘，还有那一心想让她嫁给大皇子的德妃娘娘怕是经此一事儿，也是恼火她了吧，为什么自个儿付出了这么多，他连看都不看自己一眼呢！"

终于一曲结束，已经跳得气喘吁吁，小脸儿也是红扑扑的徐菲儿，到最后也是没有唤回欧阳睿的目光，她谢了恩后，便走下了台。

果然，如徐菲儿想的那样，当她谢恩的时候看向慧妃和德妃的时候，只见那两人的目光都如利刃一般地向她射来，她们眼中有着失望，有着愤怒，还有着几分杀意。

当然这里面起了杀意的肯定是德妃了，好，好啊，她真是没有想到，这个徐菲儿竟是有这份心思的啊，这个不要脸的小贱人，既然她心里想的是欧阳睿，却还要利用她的剑儿，从而让剑儿吃了那么大的亏，她真是好样的啊，哈哈，好个徐菲儿，好个慧妃啊。

所以最后那德妃的目光掠过了徐菲儿，向慧妃极为讽刺地望去。

你们商家是有权有势，可是我孙家却也不是泛泛之辈吧，更何况以他们孙家的实力，就算是同其他世家合作，想必最后她与她的剑儿的生活也不会太差吧，毕竟他们可是毫无夺嫡的意思呢。

接过德妃那阴沉的笑容，慧妃却是有些慌乱了，她凑过去想要解释，却是被德妃一躲，慧妃扑了个空后，便是知道了，这德妃定是与她离了心去了，从而便是更加怨恨地向商氏母女狠狠地瞪去。

商氏心惊胆战地低下了头，看到自个儿女儿红着眼眶回来，心中那一点的责怪也是全然消失了。

而这一幕，都被大周帝和老太后看个清清楚楚的，两人看到这种场景，竟是不约而同地一笑。

之后又有几位小姐上上下下的，都是没有什么特色的，朵朵暗道，若不是徐菲儿今日那样赤裸裸地表现爱意，或许她是今天晚上最成功的一个了吧。

正在想着，朵朵却是万万没有想到，那蓝雨儿竟也是上前一步，便悠悠地从座位上起身，皇上太后和各位嫔妃们盈盈一拜，温婉地说道："请皇上允许臣女献丑一番，为众人弹奏一首《奔月》，另外再即席题一幅字画！"

蓝雨儿这一出场，大家便是都纷纷猜测起来她的身份，而有一些以前也是同蓝雨儿和徐菲儿一同交好的一些千金小姐们，便是说了她的身份。

从而好些人听到了，都不禁地撇了撇嘴，只是寄人篱下罢了，偏偏还那么喜欢出风头，还想表演两项才艺，真是不知死活。

而蓝光辉这会儿也不再向刘氏望去，而是有些不悦地看向蓝雨儿，他这个女儿一向不是挺乖巧的吗？今日怎么这样的没分寸啊？今天是什么场合啊，虽然她外公家算是书香门第，但是他可是知道的，这些年来，他们是不太联系的啊，而蓝雨儿虽然比蓝朵朵要懂事端庄一些，但毕竟是从乡下里出来的，又会什么才艺呢？所以蓝光辉的眼中满是斥责。

"你这个侄女儿倒也是个心高的，一个孤女罢了，难道还想高攀了那些个皇子去吗？真是可笑！"商氏见蓝雨儿竟是那样的端庄有礼，无论她表演成功与否，她的心里都有些不舒服，自从这家人来他们编修府，真是有太多的事情让她掌握不了了，所以她很是讽刺地说道。

"商氏，我雨儿差在哪里？为什么高攀不上那些个皇子呢？而且，我雨儿是不是孤女也不是你能说了算的，别忘了你的女儿也算是孤女吧？刚刚竟然还做了那么不要脸的事情，难道她不是想高攀谁才那样做的吗？所以，在事情没有结束前，你不要乱说！"

熟悉蓝家老太太的人都应该知道，只要涉及那蓝雨儿的事情，她都是极为不淡定的，所以此时那商氏竟然说她的雨儿是攀高枝儿，还说她雨儿是孤女，她哪里能淡定呢，要说孤女，那徐菲儿可是当仁不让的，她雨儿别人不知道，可她是知道的，她雨儿可是有爹有娘的孩子啊。

"你……你说谁不要脸？"那商氏此时也愤怒了，竟是当着她的面说她的女儿不要脸，她又怎么能忍得了呢。

"行了，你们还嫌咱们府上不丢人吗？"蓝光辉看到自家的娘亲和自己的妻子竟又是杠上了，不免低吼出声，而那脸色也很是不好。

而熟悉他的人，都是知道，这一向温和的蓝光辉这是生气了，所以蓝老太太和商氏两人都乖乖地闭上了嘴巴。

蓝雨儿出场，朵朵也是挺意外的，但却是没有过多地去想，哪里知道，当大周帝准许，让蓝雨儿表演的时候那蓝雨儿竟是向朵朵投去一个挑衅的眼神。

随后便是缓缓走到台中抚琴，琴音袅袅，时而舒缓如流泉，时而急越如飞瀑，时而清脆如珠落玉盘，时而低回如呢喃细语，蓝雨儿弹的这曲奔月无疑是今晚弹得最好的一个了，就连朵朵都不禁对蓝雨儿刮目相看了，看到了大家的如痴如醉，就连蓝光辉都是满脸喜色呢。

这才是她蓝光辉的女儿呢，无论在哪儿生活，都可能练就这么一身的好本事，通过这事儿，蓝光辉不禁又想到了那余氏，到底是书香门第出身的，这教育子女的方面，就是比起那个不守妇道的刘氏强。

而就在众人都在如痴如醉的时候，蓝雨儿却是一手弹琴，一手画起了画来，而即便是这样两只手都在活动，但却是丝毫没有影响了她的琴音，这可是让大家都瞪大了眼睛，闭上不嘴。

看到众人的表情后，蓝光辉那心里止不住的兴奋与激动，这样优秀的女儿又怎能流落在外呢？而大周朝一肩担两房的人也大有人在，所以说也是不算什么的，而她这个女儿若是真的能被哪个妃子看上，那可是他蓝家之幸啊。

所以蓝光辉想着，今晚儿上回去，他一定要去余氏那个院子坐一坐。

而那商氏和徐菲儿却也没有想到那个蓝雨儿竟有这一身好本领，心中却是嫉妒得要死。

只有蓝雨儿自己才知道，她为了能够出人头地，她付出了多少的艰辛，她每晚都是怎样苦练这个本领的，看着眼前大家这满脸的赞赏，蓝雨儿只觉得，这一切都值了。

直到她的琴音停止，作画完毕之时，便是有一个小宫人把画给拿了起来呈给大周帝等众人看，只见蓝雨儿很是应景儿地画了一幅嫦娥奔月，看到之人无不拍手叫好。

就连大周帝都说了几声的“赏”字，几位嫔妃对这蓝雨儿却也是记在了心里，蓝雨儿谢过恩后，便是回到了座位上，然后向徐思源那边看去，她却是看到徐思源在那独自饮酒竟是连看都没有看她一眼。

“皇上，太后，各位娘娘，这位蓝家的姑娘真是厉害了，臣女实在是服了，可是臣女听说坐在太后身边的那位姑娘也是蓝家的吧？这位姑娘长得这样的漂亮，又深得太后、皇上的喜爱，那莫不如趁着这宫宴之际，也表演个节目，让太后和皇上都开心一下嘛！”

只见说话的女子身穿淡粉色华衣，外披白色纱衣，露出线条优美的脖颈和清晰可见的锁骨，裙如雪月光华流动轻泻于地，使得步态愈加雍容柔美，薄施粉黛，双颊边若隐若现的红晕，把她显得如花瓣般的娇嫩可爱，整个人好似随风纷飞的蝴蝶。

而她的声音也极为悦耳，只是朵朵确实想不起这位女子是什么人，干吗要冲着她来呢，而且，看着这位女子说的好像是对自己的才艺很是期盼似的，可是她那眼中的算计，并没有逃过朵朵的眼睛，这位女子那满眼的敌意，到底是为了什么呢？

“欣然，不得无礼，这表演才艺都是各家小姐自愿的，哪有你这样要强逼着人家表演的！”只见众人正在期待满眼看好戏的时候，云妃却是开口斥责道，同时她的眼神竟有了一些颇为警告的神色。

原来，这便是邓国孙女儿，也就是云妃娘娘的侄女儿邓欣然。

而当朵朵也在猜测中了解了她的身份，只是最让她吃惊的并不是这邓欣然的身份，而是她刚刚不小心捕捉到的云妃一抹警告，她终于发现，原来这云妃果然如自己想得那般的不简单啊，就是不知道，她对于拉拢自己到底出于什么目的呢，还好，早在三里铺子的时候，她便是很明确地选择了大周帝作为她的靠山啦。

“姑姑，人家就是好奇嘛，听说朵朵妹妹很是聪明，还为咱们大周立下了一大功劳，所以欣然很想看看朵朵妹妹是不是在琴棋书画上也有很强的造诣啊！”那邓欣然并没有因为云妃的话而就此妥协，她反而是步步紧逼说道。

“欣然，你够了啊，不许胡闹！”此时刚刚一直同欧阳晨说着什么的欧阳宏也警告地说道。

“四皇子表哥，你未免有些太小题大作了吧？欣然也只是想同朵朵妹妹交个朋友而已，再说了皇上和太后都没有说人家胡闹，表哥你那么紧张做什么？”对于欧阳宏的斥责，这邓欣然果然不再像刚刚云妃娘娘斥责她那样的淡定了，而她那本来平静的小脸儿上，竟也是出现了一丝丝的波动。

朵朵终于了解了，原来自个儿竟是被欧阳宏给连累了啊，定是刚刚云妃娘娘那段玩笑话，却是让这个邓欣然记在心里了，唉，这人的思想还真够特别的了，她才十三岁好不好，哪有什么抢她们男人的资本啊，看着她们一个个对她都充满了敌意，朵朵直呼“太委屈”。

而那邓欣然让欧阳宏那样的一斥责，竟是身子也抖了几抖，小手儿也是紧握了双拳，表哥难道是真的喜欢那个小村姑了吗？她不就是有几分姿色吗？可是有姿色的女人多了去了，就拿她来说吧，她长得就不比那蓝朵朵差吧，凭什么表哥放着自己不去看一眼而偏偏去看那个乡下的小村姑呢？

就在刚刚她们上台展示才艺的时候，她上台弹琴的时候，也发现了她的表哥的目光总是追随着那个蓝朵朵，这才是让她最受不了的，自己的琴声虽然比上不那个叫蓝雨儿的，但却也是上上之选吧，为什么表哥就连一个关爱、鼓励的眼神儿都没有呢？

所以她很是伤心，很是难过，既然如此，她就要同蓝朵朵比上一比，看看那个蓝朵朵到底是不是个比她强的，俗话说，有对比才有高低优劣之分，那还等什么呢，所以这邓欣然打定主意后，便是开口向皇上太后提议道。

“哦？朵朵丫头你怎么说？若是你不愿意比，朕绝不勉强！”大周帝从内心里便猜得朵朵定不会是什么泛泛之辈，所以他也很是相信朵朵能有大表现。

“回皇上，臣女从小是在乡下长大的，她又没有她雨儿姐姐那般有个好外公，所以她怕是连个大字都不认识一个的，所以还请皇上原谅，小女是万万不能上台去献丑的！”蓝光辉上前一步，抢在朵朵回答前说道。

笑话，刚刚他的一个女儿已经是大放异彩了，而就是平日里那些个看不起眼，还有刚刚看不起蓝雨儿的人，都在频频地向他示好，说他这是要交好运了，谁都明白这里面的意思，今日何有这个才艺展示，想必大家是都知道的，而当蓝雨儿在上面表演的时候，皇上、太后、众位嫔妃表现出来的欢喜他们也是看在眼里的，所以其他人现在就很是着急地巴结着蓝光辉。

而蓝光辉自己也是飘飘然了起来，正自己想着，自己终于不用靠岳父家升官的时候，那邓欣然的话便传了过来，这可真是把那蓝光辉给吓到了，要知道，那蓝朵朵会不会什么才艺，他可是最清楚，再认回他们前，他可是把一切都给了解了，那蓝朵朵连大字都是不识一个的，怎么可能会有什么才艺呢？倒不是他有多瞧不起她，只因为，他有一句话说得对，她没有蓝雨儿那样的一个好外公啊。

所以他这么想着，也是这么说了出来。

而当他一说这句话时，襄王只感觉到了他身边的刘氏身子抖了抖，襄王爷很是心疼，却又无力地看了看刘氏一眼。

只见那刘氏是满目的哀伤，其实早在她刚刚看到别人家的女儿都那么的优秀，都那么的多才多艺的时候，她心里就很是自责，若不是有自己这么一个娘，她朵儿或许也会像这些女孩子一样优秀吧，直到蓝雨儿上台表演时，更是刺激了刘氏那很是自责的心，会不会是自己太失败了，同样一块儿长大的姐妹，怎么就会差那么多呢?

而就在她这样的自责下，却是没有想到蓝光辉会来上这么一句，他难道不知道，就是他这么一句，就会毁了朵朵的一生吗，连字都不识一个吗?没有一个好外公吗?他蓝光辉果然够狠啊，皇上明明都说了这个要看朵朵自个儿的意见的，就是不表演那也没人会说些什么的，可是他偏偏要说上这么一句，这让刘氏如何能不生气呢?

想着刘氏也是狠狠地向蓝光辉瞪了去。

蓝光辉感觉到了刘氏的怒视心里突然畅快了许多，他就是想让刘氏看一下，她那宝贝女儿，不也是姓蓝的，只要是姓蓝的，那他就有权力做任何的事情，包括毁她的名誉。

“哦?”大周帝一听到蓝光辉这样的言辞时，眼中便闪了闪。

“你个老家伙，那个是你的女儿，你怎么能这样说话，你到底是不是她亲生父亲啊?爷看那个丫头就是个厉害的，不识字怎么了?不会才艺又怎么了?爷就不相信，那些个什么狗屁才艺的能当银子花，能当饭吃!”大皇子欧阳剑那憨厚的声音传了过来。

而他的一番话说完，大殿上的人又一次地安静下来，而那刚刚还在得意洋洋的蓝光辉更是老脸一会儿红，一会儿黑，一会儿又青的，总之是变化多端的。

而朵朵听到欧阳剑这番话后，更是很奇怪地看着他，按理来说自个儿刚刚摔了他，他不是该如德妃那样恨他吗?可是他这话里的意思满满的都是帮她啊，所以朵朵很是奇怪，所以就盯着那欧阳剑去看。

哪里想到那个欧阳剑突然间地瞪向了自己道：“你这个凶丫头，爷本来以为你是一个特别的，不受世俗影响，怎么，这个老家伙说你说得这么难听，你都不知道反驳啊，只因为他是你亲爹啊，你就该拿出刚刚……刚刚对爷的那股劲儿去治他，看他还乱说话不了!”大皇子说完后便是瞪了朵朵一眼然后把头扭了过去。

但是眼尖的朵朵还是发现了，他那扭过头去的耳根都是红的，朵朵暗道，这厮还真是可爱呢。

其实朵朵之所以不说话，并不是因为蓝光辉是她爹，她是因为世俗什么的才对那蓝光辉忍让的，她只是想让那蓝光辉先好好地乐呵一下，一会儿再让他尝一下哭的滋味，可是没想到竟然还有人能替她出头，而这出头之人竟是刚刚跟自己有了过节的大皇子欧阳剑，看来，这太后喜欢欧阳剑还真是有眼光啊。

“好啊！好，这大皇子的话说对了，俗话说虎毒还不食子呢，更别说这编修大人还是个人了！大皇子殿下，真是好样的，王叔就欣赏你这样的！”就在众人，包括大周帝在内还都没有缓过神儿来的时候，襄王爷竟是力挺大皇子欧阳剑道。

“真的吗？王叔，您不生我气了吗？呵呵，刚刚的事情是剑儿的错，剑儿一定多多地用脑子！”而这欧阳剑在说此话的时候，竟还是如下定了什么决心一般向徐菲儿看了一看。

其实或许好多的人都说大皇子欧阳剑比较傻，殊不知他只是太过于憨厚，太过于相信别人而已，在他的眼里，坏人还真是挺少的，而对于徐菲儿的喜爱，那也是从小母妃和慧妃娘娘给他灌输的，他便是以为这徐菲儿以后就是自个儿的媳妇儿了，所以有人欺负他欧阳剑的媳妇儿他又怎么能让呢？男子汉大丈夫，若是连自个儿的女人都保护不了，那还算什么男人呢，从而这欧阳剑这才对那徐菲儿极好的。

可是他今日做了这件事情后，所有的人都说他没长脑子，所有的人都责备他，本就让他很是不舒服了，哪里想到，原来，他一直认定的媳妇儿，根本是心有所属，根本就不喜欢自己，而自己这么多年来也只不过是她的枪手而已，包括刚刚的事情，怕也是她在利用自己吧，所以想到这里，他内心也只是有一点儿的苦涩，却是丝毫的疼痛都没有。

“朵朵丫头，朕还是听你自己的，你若是不想表演，那便是谁也不能勉强的，可你若是想要表演，那也是谁也阻止不了的！”大周帝在说这句话的时候，竟是朝着那正跪在地上一直在变脸的蓝光辉一瞥。

“是啊，朵朵丫头，刚刚剑儿说的话虽然有些粗，但是那理儿却是不粗的，不是必须所有的贵女们都要会才艺的，朵朵丫头，你心里不要有负担！”太后也很是心疼地拉住了朵朵的手说道，对于这个乡下的小姑娘，她很是怜惜的。

而云妃却是因为那邓欣然才造成了这种局面，也很是尴尬，最后只能看了看自家的侄女儿，无奈地叹了口气，这孩子终究是被她哥哥给宠坏了！

至于其他妃子也并没有说话，无论是出自什么心理，她们都觉得，此时说话，无疑是惹祸上身啊，那皇上和太后对于蓝朵朵的喜爱，她们可是都看在眼里的啊。

“回皇上，太后的话，臣女的确是想上场一试！”朵朵看了看大家的神色，又看了看蓝家的席位上众人的眼光，就包括她那个奶奶在内，无一不对她投以鄙夷的目光，这是认定了她不行是吗？朵朵冷笑道。

“啊？朵朵，你万般不可开玩笑啊！”那跪在地上的蓝光辉竟然焦急地抢在了太后和皇上之前说了这番话。

“蓝爱卿，你放肆，朕刚刚说的话你可是没有听清楚吗？若是朵朵丫头决定表演，那也是谁都不能阻止的，你难道没有听到吗？”终于，蓝光辉所做的一切还是激怒了大周帝。

“臣知罪！臣知罪！”蓝光辉被大周帝吓得跪在地上不停地磕头，那一直保养很好的额头也是被磕红了。

“好了，你且退下吧！”大周帝眼见着差不多了，便是让他退下。

“那丫头，你可是要表演什么呢？”大周帝笑着问道，他就觉得这丫头定然要再给他惊喜的。

“回皇上，民女想作一幅画！”朵朵笑着回答道。

“哦……？想不到朵朵丫头果然是个多才多艺的！”大周帝赞赏之后，便是让人下去准备。

一切就绪后，朵朵便上了台，在刘氏满是担心，小刘谦很是焦急，小天天满是期待的目光下，朵朵便画了起来，而这中间，宫人们还让那些舞姬们上台来继续跳舞。

当然，此时有些人的心中根本就没有别的心思了，只想着看朵朵怎么出丑了，特别是蓝雨儿，徐菲儿，还有那邓欣然，那眼睛恨不得就长在朵朵身上。

最后，大约有半个时辰的功夫，朵朵的大作便完成了！

就在宫人展示给大家看的时候，大家无不是都失望地哀叹了一声，还当她能画出什么花样来呢，原来也只是一幅嫦娥奔月呢，虽然那画功与那蓝雨儿不相上下的，但是人家那可是边弹边画还是比她画得快呢。

就是那大周帝眼神中也是颇为失望的，的确，他很是失望，因为他对朵朵的要求极为的高。

而那蓝雨儿等看到后，也先是惊讶了一下，蓝朵朵她什么时候学会作画的，而且这画功还很是不错，这究竟是怎么回事儿？可是后来，一想着，虽然画了，但却是十分没有创意，所以这一局，她注定还是要输的。

“咦？你们快看那幅画的后面……”

“对，快看后面……”

“天呐，这位蓝姑娘可是画的双面画啊？”

“大家快看，那是嫦娥仙子在跳舞吗？”

“把画给朕翻过去！”大周帝听到坐在另一个方向的百官们竟在下面惊叹出声来，大周帝便吩咐道。

直到那宫人把画翻过去后，上首的皇上太后，包括那几位嫔妃们无不惊叹。

连那几位刚刚为朵朵担心的皇子们此时也很是不敢相信地盯着那幅朵朵画的双面画。

后面那是一个什么景象？樱花飞舞，明月高挂，一个白衣女子在湖面上跳舞？那个是传说之中的嫦娥仙子吗？很明显，前面的嫦娥奔月，和后面的这位跳舞仙子是同一个人……

这样的画功，这样的技术，真是让他们叹为观止啊，而那蓝雨儿、徐菲儿、邓欣然看到这幅情景后，也是不由自主地不停地摇着头，特别是徐菲儿，竟是向蓝雨儿狠狠地瞪了去。

她不是说这蓝朵朵什么都不会，什么都不懂，大字都不识一个吗？可是眼下这幅画怎么说？这幅画的画功，别说是她和蓝雨儿了，就是宫中的画师都不一定能画出来吧？前后的嫦娥竟然是画得一模一样，而且前后的动作却还不是一样的，为什么会变成这样？为什么？徐菲儿气得小脸儿涨红，手握拳头，本来刚刚自己孤注一掷的那支舞蹈，并没有换来敬王世子的另眼相看，相反地，她竟还把那德妃，慧妃还有欧阳剑给得罪了去，目前她的情况已经很是不乐观了，她本想着这会儿，若是蓝朵朵出了丑，那定会让敬王世子看一看，谁才是宝贝谁才是顽石，因为蓝雨儿事先告之，所以让徐菲儿很是得意，可是眼下却出了这样一个意外，徐菲儿无论如何也是淡定不了的，她此时气得眼泪都不争气地流了出来。

而蓝雨儿更甚，她不断地摇着头，小脸儿惨白，甚至嘴里还止不住地念叨着：“不会的，不会的，这一定不会是真的，不会是真的！”她根本无法相信啊，蓝朵朵有几斤几两她怎么会不知道啊，她们从小可是一块儿长大的啊，她怎么可能会画画呢，而且还画得这么好？

而蓝光辉的脸色也十分的差，想不到这个逆女竟然还有这等本事啊，真是没想到啊，想想刘氏竟然能把蓝朵朵教得这么好，莫非，她早早就有什么心思了不成？现在蓝光辉心里这个后悔啊，当初他就不该舍掉他们母女仨人啊，商氏所能带给他的，或许他这个女儿能给他带来更多，可是眼下都已经这样了，想挽回也是不太可能了，还好，他还有一个有用的女儿呢，虽说那蓝雨儿刚刚表演的才艺或许没有蓝朵朵的出彩，但那在这大周的京都可也是数一数二的了，而就算那蓝朵朵再厉害，她也只能选一个嫁了吧，那其余的那几个，还不是让他雨儿随便选吗？想着想着，蓝光辉竟很是得意地向蓝雨儿看了看。

欧阳睿看到这样的朵朵，先是嘴角上挑，之后便又皱了皱眉头："这丫头还果然招人儿啊！"

欧阳晨和欧阳宏两人的眼睛都要看直了，这可气坏了那邓欣然。

"气死我了，真的是气死我了，这个小贱人，没有想到她竟是一个深藏不露的啊，竟是借着自己的找茬儿上了位，真是贱人，贱人，贱人！"

眼见着她表哥现在的眼里都是那个小村姑了，这邓欣然的眼睛里都要冒起火来了。

"朵朵丫头，你还真是让朕刮目相看啊，竟有这等好本事！快呈上来，让朕好好地看看！"大周帝很是兴奋而又激动地对朵朵说道，又吩咐宫人把画给递上来。

"皇上，哀家就说吧，这朵朵丫头是个有内秀儿的孩子，果真就让哀家给说准了吧？瞧瞧这幅画画的，哀家真是太喜欢了啊！"那位宫人把这幅画给呈上来后，皇上和太后便是前面后面地欣赏了起来，那脸上的欣喜，可是止不住的啊。

"妙！妙！果真是妙啊，朵朵丫头，你快跟朕说说，你是同谁学的这么一手的好手艺啊？"大周帝那脸上止不住地狂喜，既然朵朵会这种画法，那便是肯定有人教她的，这样一来，他们大周定是能人辈出啊，他一定要认识一下这位能人。

"回皇上，臣女的确是有人教的，而且教臣女这种画法的还不是一个人，而是两人！"朵朵笑盈盈地福身说道。

众人闻言，都止不住地惊叹，那样一个小村庄竟有这样的能人？

"你胡说，若是咱们那儿有这样的能人，我雨儿怎么没有学到呢，死丫崽子，你到底是人是鬼？早在你得了时疫时已经断了气了，却是又醒了过来，我就怀疑了，后来你又弄出了那么些名堂，咱们村儿里种了一辈子的地，也没有你那么多的名堂啊，你咋就那么好命，就能做那么好的梦？所以，我怀疑你，定是被什么给上身了！"就在朵朵向大周帝禀报时，蓝家老太太的声音却是传了出来。

蓝家老太太来到京都这么久了，本来那三里铺子的土话也已经改了不少了，但是这前提是她得在不着急的情况下，才会发挥稳定的，而一遇到焦急的事情，那肯定是要暴露原形了，就如现在这个情况，蓝家老太太竟是又操持着她那一口地道的三里铺子的方言，反驳朵朵道。

蓝老太太本来刚才看到她的雨儿这样的有出息，便很是高兴，也很是自豪，今日这一表演，那她的雨儿的婚事还用愁吗？看着那些个妃子、贵妇们看她雨儿那样热切的眼神，她那张老脸上竟是止不住的喜悦啊。

而就在蓝朵朵要上台表演的时候，她还很是嗤之以鼻呢，那个死丫崽子，有个几斤几两她还不知道吗？看到自个儿的儿子那样地阻拦着，估计也是怕那死丫崽子丢人吧，可是蓝老太太却是认为，那是根本没有必要的啊，有比较才会更显示出她雨儿的好啊，而且那死丫崽子明显地就是不识好歹嘛，干吗还要为她好呢。

对于刘氏能成为一品诰命一事，蓝老太太这心中很是不服气，再加上她又和那个襄王爷勾勾搭搭到了一块儿，更是让她窝火，就刘氏这么一个废物，竟还学会了攀高枝儿？真是不要脸的女人，所以此时的蓝老太太便是把刘氏对她的那点儿好全部都给忘记了。

蓝老太太一向是个要尖儿的人，此时她一向最看不起的一个儿媳妇竟然都比她强，她如何能受得了呢？所以当她看到蓝朵朵那样光芒万丈地超过她的宝贝雨儿时，蓝老太太便是把她内心中一直在怀疑的事情给说了出来，她实在是不敢相信蓝朵朵那个死丫崽子会有那么大的本事。

“放肆，是何人这样没有规矩地在这大殿上喧哗啊？竟然这样诋毁朵朵丫头，真是不知羞耻！”太后听到蓝老太太的话后，便是拍案斥责道。

“扑通！”一声，只见随着太后的斥责后，蓝家老太太竟是不由自主地起身，跪倒在地上。

但是许久也不见她回话，因为她的浑身发抖，根本就不知道怎么回话才好，平日里嚣张跋扈的她，也只限于同自家人厉害，这一旦到了正经儿的场合，她就完全地没有了主意，而她如今面对的又是什么人？那可是整个大周朝最尊贵的女人啊，所以她此时除了发抖已经没别的行动能力了。

“回太后娘娘，这是微臣的娘亲，她可是看着微臣的女儿蓝朵朵长大的，她深知微臣的女儿蓝朵朵的一切，所以请太后娘娘息怒，微臣的娘亲也是怕朵朵她是什么上了身，而影响她的身体啊，请太后息怒啊！”就在蓝家老太太在那心脏跳得快要停止了的时候，蓝光辉向前一步，跪在地上道。

而这蓝光辉看似给蓝老太太求情，请求太后的原谅，实际上却是更加表明了刚刚蓝老太太所说的可信度，若说蓝家老太太刚刚那几句没头没尾的话不可信的话，那如今蓝光辉亲自表明，这蓝老太太就是蓝朵朵的祖母，那可是看着她长大的，而蓝朵朵如今能有这样的成就，那是她们说什么也都不信的，从而蓝光辉看似求情的一句话，却是把朵朵扣上了妖鬼上身的事实上去了。

刘氏一听蓝光辉的言辞，便是生气得起身要反驳，却是被朵朵的一记眼神给制止了。

“哦？你就是那个偏心的祖母？一个孙女儿得了时疫，另一个孙女儿心眼儿好去照顾她，而当那个得了病的孙女儿很快地好了起来后，另一个孙女儿却是病倒了，而你竟是那样的狠心，把这个为照顾自己姐姐的孙女儿给赶到了猪圈里面去？你还是不是人？你还有没有一点儿良知啊，难道，朵朵就不是你的亲孙女儿吗？今日你又这样地诋毁你的亲孙女儿，难道只是因为她抢了你另一个宝贝孙女儿的风采了吗？”太后阴沉着脸，很是不悦地说道。

听到这里的蓝雨儿，只觉得大家的目光又全都聚集到了她这里，而这次的目光再也不是那样仰慕，那样的惊艳的了，此时那些人的目光竟全部都是深深的鄙视，深深的厌恶。

蓝雨儿如今浑身也是气得颤抖了，为什么在哪里她都逃不开蓝朵朵破坏呢，为什么蓝朵朵总是要挡她的路呢，她真的好恨，真的好恨啊！

而这边的蓝老太太听过老太后的话后，差点儿没有晕厥过去，怎么在三里铺子时的事情，这老太后这样地了解啊？想罢她便是狠狠地瞪向朵朵，是她，一定是她，一定是这个死丫崽子搞的鬼，一定是她说的。

“哼，看来你现在还并不知道自己错了呢，你看朵朵丫头干什么？你觉得皇家的人都是那么好骗的吗？哀家之所以这样地信任朵朵，喜欢朵朵，是因为什么？那哀家就告诉你，除去她救过哀家的命外，那就是她的善良深深地打动了哀家，早在她救过哀家之后，哀家便派人仔细调查过了，所以你干的那些个好事儿，全是哀家让人查出来的，并不是朵朵告的密！现在你还觉得你这个孙女儿是被鬼上身了吗？”太后的语气极为地不好，更有些丝丝威胁的意思。

这下不仅是蓝家老太太了，就是那蓝光辉也是满头大汗了，刚刚在他听到他娘的话时，他的心里可谓是一阵喜悦啊，这个女儿太不好被他掌握，他很是不喜，若是她的名声就此而坏了的话，没准儿，以后她对自己就会乖乖的了，而那刘氏为了她的女儿，想必也会回到他的怀抱吧，所以这才有了他也出来踩上一脚的戏码儿了。

可是眼下这个情况，若是他还坚持己见的话，那就是和太后作对啊，太后的意思明明就是威胁着他们说相反的话啊，所以蓝光辉此时后悔极了。

“是啊，奶奶，爹爹，若是你们真的怀疑我的话，那大可以准备一些狗血，往我身上泼，看看我能不能被打回原形，再不济，你们也可以去找上些道士让他们来捉妖，看看我身上那些什么鬼啊妖地捉完后，我还是不是我了？”朵朵依然是笑盈盈地说道。

“朵儿，你可不要有别的想法，你奶也是关心你，现在我们知道你是健康的，那我们就放心了……我们就放心了！”蓝光辉一听完朵朵的话后，差点儿被气得吐血去，这死丫头，这嘴巴还真是毒呢。

“你这孩子，哀家和皇上都相信你，你干吗要听那些个无谓的人说些什么呢？行了，你们也起来吧，今天本就是大好的日子，哀家也不想过多地说些什么了！”太后笑着点了点朵朵的额头说道，随后又很是厌恶地对蓝光辉和蓝家老太太挥了挥手，让她们坐回去，省着碍了她的眼。

而从开始大周帝也并未说些什么，只是望向那蓝家的席面上时，眼光有些幽暗。

而那几位皇子们，听到朵朵的说辞后，也是嘴角抽动，这丫头还真是强悍啊，竟是让人往她身上泼狗血，这种招数她都能想到，真是让他们汗颜啊，而那大皇子欧阳剑，突然觉得，原来她刚刚那样地摔自己一下，那都是对自己的手下留情啊。

而欧阳睿看到这些人的脸色后，他的脸色却是越来越黑了。

“朵朵丫头，你刚刚还没有说呢，你的这个技能到底是哪两个人授给你的啊？”大周帝还是对这个问题比较感兴趣。

“回皇上，那画技呢，是工部侍郎之子，徐国源所授，而那双面画技的灵感却是在我娘那里得来的，因为那几年里，我们被赶出了老宅，我们很穷，我娘就靠着给绣庄绣活儿来养活我们，而那双面绣就是我娘发明的，双面绣可以卖上些好价钱，从那时候起，臣女就开始琢磨起这件事来，所以今儿个突然来的灵感，就作了这幅画！”朵朵淡然地说道。

而她所说的也并不都是说谎，虽然这双面画可是那位老奶奶所授，之后她又想帮助她娘多描些绣活，加上徐思源也在一旁指导，这才让她练就了这样一番的好画工。

“哦？原来是徐家的那个孩子啊，徐爱卿，你可是有一个好儿子啊！这孩子今年是不是也要参加科考了，若是这孩子能夺魁，那朕定是要重用的！”大周帝一听完朵朵所讲的，跟他所调查的也差不多少，便是开心大笑道。

他当然知道朵朵的画是谁教的，但是却是没有想到这丫头能自个儿创造了双面画啊。

“皇上，那依你说哀家是不是也很是有眼光啊，早早地便册封了刘氏那一品诰命之衔，这样的一位伟大的母亲，哀家甚是喜欢！”太后也夸奖刘氏说道。

而那边的刘氏虽然有很多的疑问，但她却知道，现在还不是她问的时候。

“回皇上、太后，今日臣女其实还带来了一个节目呢，不知道，可否让臣女展示呢？”就在大周帝和老太后都十分开心的时候，朵朵却是诡异地看了看蓝光辉和商氏一眼，呵呵，好戏这才刚刚开始呢。

蓝家老太太和蓝光辉两人浑身瘫软地坐在了椅子上，刚刚的那一幕真的好惊险，好惊险，不过，即便是太后和皇上堵住了他们的嘴，他们也是对于蓝朵朵的各种不正常深深地怀疑了，别人不知道，蓝老太太和蓝雨儿还不知道吗？她们就是不相信，这短短的昏迷几天里，她就知道那么多的事情，想想这些事情，蓝老太太等人就各种不相信。

同时蓝光辉和蓝老太太的眼睛也相视一对，无论如何，他们也要揪出那些个妖魔鬼怪的。

而听到朵朵又要有节目的时候，那徐菲儿、蓝雨儿、邓欣然那三人的目光都满是嫉妒，满是痛恨，贱人！贱人！真是贱人啊！可劲儿地显摆不就是想着吸引那些个皇子什么的吗？真是不要脸！

她们虽然不是坐在一块儿，但是此时她们仨人的心灵相通，她们也是完全地忘记了，这一切都是她们所挑起来的，朵朵只是顺着她们的意愿陪着她们玩玩儿而已。

“哦？朵朵丫头，那你还有什么才艺要表演吗？那朕可要说好了，不精彩可不行啊，你要知道，刚刚你的那一幅双面画可是把我们大家的胃口养刁了啊！”大周帝似是开玩笑地说道。

而底下的那一众大臣们也都一副满脸的赞同，的确如此，他们现在的心里也满是期待，希望还能看到更加精彩的才艺，只是他们自家的女儿们却不是这样地想着，只见她们小脸儿上满满的都是嫉妒与嘲讽，表演吧，表演吧，最好是演砸了才好呢，哼，不就是会画个双面画吗？神气什么啊？还想表演才艺，还真是不知天高地厚啊。

所以此时众人们有期待的，有看笑话的，还有着是担心的，就如刘氏，她现在还在云里雾里呢，那双面绣明明是朵朵对她提议的啊，她只是按照朵朵说的，自个儿去琢磨而已，而对于朵朵能在刚刚的才艺表演上取胜她心里面已经很是激动了，同时也放下心来，可是这丫头到底在想什么啊？她竟然还要表演？

虽然朵朵现在越发地聪明了，一般的事情是不用她操心的，可是眼下这是什么地方啊？这种场合，可是不允许她乱来的啊，若是她搞砸了，惹皇上和太后不高兴了这可怎么办呢。

“放心，我不会让丫头有事的！”就在她心里满是焦急与担心时，襄王爷却是附在他的耳边说了这句话。

而刘氏这边感到很是窝心，很是温暖的同时，却也是脸颊绯红了一片啊，只因为襄王爷在说话的同时，那呼吸也是直接喷到了她的耳边，让她的耳边有着又麻又痒的感觉。

听到了襄王爷的保证，刘氏竟是突然地放松了下来，而她满面的娇羞让她不知所措地低下了头。

“贱人，真是不要脸的贱人，早晚有一天我会让你求上门来的，到时候看我怎么治你！”蓝光辉看到了羞怯的刘氏竟是那样的招人儿，便很是生气，从而他的心里便已经是骂声一片了。

“怎么？你心里不舒服了是吗？呵呵，你再不舒服，你也是没有同人家襄王爷争风的资本，蓝光辉，我奉劝你，事情不要做得太过火，我还坐在你的身边呢，而我的肚子里，还怀有你的儿子呢，你怎么能这样不给我脸面？”商氏在最开始的时候那语气中还是带着丝丝的嘲讽的，谁知道说到最后，她竟是带着一丝的哭腔儿了。

要知道怀孕中的女人本来就是内心脆弱的，再加上今晚上给她的刺激竟是这样的多，她的精神说实在的都要崩溃啦，所以在她看自己的相公竟然那样嫉妒地看着刘氏时，她的心就如针扎一般地难受。

“婉儿，你莫要多想，为夫怎么会想着那个不要脸的贱人啊，婉儿，你才是为夫的爱妻，不要想得太多，你只要健健康康地为为夫生个儿子，那比什么都强啊！”蓝光辉，马上很是温柔地覆在了商氏的手背上，而他那眼中的嫌恶却是商氏看不到的。

现在蓝光辉对于商氏是极为地怨恨的，若不是她与她爹，那刘氏此时还是他的女人呢，怎么会转投襄王爷的怀抱啊？

最主要的是，现在他不但是鸡飞蛋打了，还受着那个死丫头的气，他心里能好受吗？事到如今了，商王爷也没有明确给他什么好处，却把他弄得一个骑虎难下，好在现在他还有一个好女儿蓝雨儿，看来他平日里还是对这个女儿太过于忽视了呢。

商氏眼眶已经有些泛红了，低下了头，虽然她的内心知道蓝光辉现在是在敷衍她，可是她在没有想到办法能控制他前，现在还不能撕破脸的。

“回皇上，臣女接下来要献上的节目是专门为太后娘娘准备的，而且，也不是由臣女亲自表演的，素闻太后娘娘平日里很是喜欢戏曲，所以趁着今日这中秋佳宴，臣女特地准备了一台戏曲，而这表演的人，也是敬王世子特意找的，定是安全的！”朵朵含笑说道。

要知道皇宫岂是能让人随便进入的地方？宫中这么些个贵人、娘娘的，若是哪里出了问题她都得吃不了兜着走，所以她现在只能借助那欧阳睿的名号了，想着，还很是感激地向欧阳睿投以她最真挚的目光。

只是让朵朵没有想到的是，那厮竟然是正在阴沉着脸看着她呢，朵朵那本来“真挚”的目光也是一滞，嘴角也是抽动了几下，便很是无语地又笑着看向太后和皇上，只是心里却是不停地抱怨，这厮又抽风了？

“好！好！好啊，哀家就是好这一口儿呢，皇上啊，看来朵朵丫头还是最惦记哀家的呢，那还等什么，就开始吧！”太后笑盈盈地说道。

“那就传下去，开始吧！”大周帝也是笑着说道，只是他的眼中却是有着丝丝的失望，他真的很想看看朵朵的潜在能力到底是什么，哪里想到，原来她是让别人演啊。

不同于大周帝的失望，台下面的众家千金们可是很开心，同时心里面也很是激动，哼，就她会出风头，竟是请来一帮戏子来讨好太后，早知道这样也能被赞赏，她们也这么做了呢，所以此时她们的心里别提有多么地恨朵朵了。

朵朵朝着那个抽风的欧阳睿使了个眼色，只见欧阳睿便是击掌三下，那几位戏子便是走了进来，他们进来后，先是向太后皇上等请安，然后便是奏乐开唱。

“我说你是个父，父不恋子，我说你是个子，你子不恋孙，我说你这父不父，子不子，孙不孙，民不民地做的什么官？为的什么民啊？狗头上戴纱帽你装的是什么人？”那扮相是一个乡下女子的戏子怒气嗔道。

众人对于这种形式的表演本就是没见过的，他们哪时会见过，她们哪里会见过，而这个故事也是从来没听过的，她们哪里知道，这是朵朵在老奶奶那里看过的故事，然后用白话表演了出来的。

越到最后演的，蓝光辉与商氏的脸就越发地不好看起来，不错，此时上演的正是那朵朵自个儿改编的包公怒铡陈世美的桥段。

秦香莲不畏艰难，万里寻夫，陈世美不念夫妻之情，为了荣华富贵杀妻灭子。

舞台上的陈世美见一切都败露，便很是愤然执迷不悟地问道：“你为什么要出现，你不出现，这一切就都不会发生啊，我数十年寒窗苦读就这么被毁了啊。”

“住口！没有香莲贤惠，你就不会熟读诗书，没有香莲你也不会那样放心地扔下你的娘亲，没有香莲你又有何机会进京赶考而不知归家呢，说到头来，是你良心泯灭，天理难容！”

当那农妇打扮的秦香莲说完这一句话的时候，整个大殿上的女子们全部都红着眼眶，绞着帕子，全然都是愤怒啊。

天啊，天下怎么会有这么无耻的男人啊，竟然为了升官发财，竟是能对自己的结发妻子动手啊，他的妻子这些年为了他终于熬成了黄脸婆，而他却还想杀了他的妻子。

而当那戏子道：“陈世美来把脸翻啊，誓死不认秦香莲，手拿宝剑就往下砍！”的时候，包括太后在内的女人们，好多竟都是红着眼睛站了起来！

当然这里肯定是不会包括商氏的，如今的商氏已经是铁青着一张脸，浑身发抖了，而那蓝光辉只觉得喉咙里有一股腥甜往上涌来。

“这个逆女，这个逆女究竟是想干什么？”蓝光辉强忍着自己那喉咙中的腥甜暗道，可是最终他还是没有咽下去。

“噗”的一声便是喷出血来。

蓝光辉伸手夺过了商氏手中的帕子，擦去了嘴上的血迹，好在那些人都被那戏给吸引了过去，不然的话，大家定会是怀疑到他的身上来的。

那个逆女究竟想干什么？她就那么迫不及待地想看自己没脸吗？她怎么就不想想她也是姓蓝的，若是他这个当爹的没脸面了，倒下了，她有什么好处啊？想着这些，那蓝光辉就是满脸的愤恨。

“相公，你这是怎么了？要不要找来太医……”商氏的脸色也十分不好，但是她还是在自我调节着，自我催眠着别人不知道，别人并不知道这戏里唱的是什么。

“小声些，难道你想让大家都知道吗？算了，我再忍一下吧，回府再找大夫来瞧瞧吧，若是让大家看出端倪来，那咱们的脸还往哪放啊？”蓝光辉低声地说道。

“你那个女儿，她……她到底想干什么啊？难道非要看咱们编修府上出笑话才满意吗？我现在真是后悔当初让你去寻他们，我这简直是在自找麻烦啊，相公，我们该怎么办啊？”此时的商氏不再是耍心眼儿作秀了，她眼下是真的好怕，真的好悔啊，而她的内心深处也更加地怨恨起她爹爹来。

“你以为我想吗？我想给自己找这么多的麻烦吗？还不是……”蓝光辉有些激动了，所以说起话来也不由得很是大声起来。

最后他还是及时地把嘴给闭上了，但是有一些大臣还是注意了。

“铡得好！铡得好啊！这样的负心汉，就该铡了他啊！”

“这种狼心狗肺的东西，早死早好！”

“这包大人还真是铁面无私啊，铡得真是畅快啊！”

就在有些大臣们往蓝光辉那里去看的时候，只听那大殿中的感慨声，怒骂声传了过来，当然，这是以太后为首的，那些个妃子，大臣的夫人啊，基本都参与这骂声中。

原来，这出戏的最精彩的一幕终于出现了，当那陈世美被那龙头铡铡了的时候，大家无不畅快地大呼过瘾呢。

而蓝光辉当然也注意到了那个“陈世美”的结局，他只觉得气血上涌，突然间一个倒栽，便是晕了过去，他再也忍不住了，他对于这个“陈世美”的结局感到心惊啊，难道这个逆女是想要了他的命吗?

“啊！相公，皇上！宣太医啊，宣太医啊，皇上！相公他晕倒了啊！”当商氏看到蓝光辉嘴角儿边儿上竟流下了血，人也紧紧闭着眼睛晕倒的时候，便是惊叫出声了，此时她根本也顾不上什么失不失仪的了。

最后大殿中一片混乱，蓝光辉的晕倒，商氏的尖叫，还有太后也是略感身子乏了，就这样宫宴就在这鸡飞狗跳中结束了。

当夜回府后，由于蓝光辉的晕倒，所以还算太平，而第二日他一早也是照常上了早朝，只不过，早朝上那些个大人们对他嘲讽还有不屑那也是让他极为地不自然，所以他怒气冲冲地回到了蓝府，却又是不见朵朵的身影。

蓝光辉直接进了蓝老太太的院子：“娘，朵朵这孩子的本事到底是同谁学的，这个孽女，我怎么看着像妖孽转世呢?您仔细想想，她是不是真的被什么上身了?”

早朝上大臣们与皇上对他的冷眼，让蓝光辉更加地想除掉朵朵，所以他也很是不介意往朵朵的身上泼脏水。

“辉儿，你说起这个，娘倒想了起来，那丫头她曾经生过一场病，是不是就在那个时候招上什么了?不然……”蓝老太太与蓝光辉相视一眼，两人都在彼此的眼中看出了各自的含义。

当晚，蓝光辉又同那商氏把她和蓝老太太所想的告知了她，商氏当然也是极力赞同，要知道除去蓝朵朵，他们这个家才能太平。

所以，直到朵朵第二日晚上从刘氏那边回来，一进入大门后，她就闻到很浓烈的烧纸的味道，朵朵和司影很是不解地相视了一眼。

“小姐，老爷同老太太都在您的院子等您呢，所以您直接回自己的院子就好了！”一进入编修府的大门，便是有一个小厮同朵朵说道。

朵朵闻言，更加疑惑地同司影对视。

“小姐请！”小厮躬身做了一个请的手势。

“小姐，估计她们这是又要甩什么奸计了，一会儿，我们一定要小心！”司影很是敏锐地感觉到了事情的不正常，所以她提醒朵朵道。

“呵呵，他们不会真的以为我是妖精，找了人来抓我吧？这下子好玩儿了，希望他们不要后悔啊！”朵朵含笑地说道。

但是此时在前面带路的小厮却是听到了朵朵的这句话后，莫名地身子抖了一下，为什么他们家的小姐猜得这么准啊？莫非她真的是妖精，想着，小厮的步伐就越来越快了，他只想快些到达目的地。

越发地接近了朵朵的院子，两主仆便是更加地觉得这事情不对劲儿，而司影更是走到了朵朵的前面去查看一下。

终于到了朵朵的院子，司影便是长了见识了，这满院子的树上，灯笼上，挂满了一道道的黄色驱妖符，这种驱妖符平日里也只有在去道观的时候才是可以看到的，可是如今朵朵的院子里竟挂满了这一条条一道道的条符，不用想，司影也是知道了，她家小姐刚刚又一次地猜准了，这些人是要把她家小姐当妖驱除了啊。

“蓝朵朵，你这个妖精，今天我倒要看看，你是个什么变的，不会是狐狸精吧，竟然那么会勾引人！”就是在主仆二人正在想该怎么办的时候，那徐菲儿讨厌的声音又传了出来。

“我是不是狐狸精我不知道，但我知道，你想成为狐狸精，人家却是连看都不看你一眼呢！”朵朵有注意到，隐藏在暗处的几个身影，然后对着徐菲儿冷嘲暗讽地说道。

“蓝朵朵是你不要脸的，你就不要怪别人了！开始吧！”就在此时，便是在夜幕中落下了一批黑衣人，直奔朵朵身边的司影打了过来。

即便朵朵不是什么杀手，也没有经过什么训练，但她仍能感觉到这些人的杀气来。

原来他们这次是想彻底地除掉自己吗？怕是司影在这里，他们吃亏，这才安排了这些个杀手来吗？

“司影，你要小心！实在不行，你就先保自己，出去给我找人！”朵朵留下这句话，便是向徐菲儿那边奔去！

她觉得今日她们做了这一番肯定不光是为了除掉司影而已，所以她觉是，此时这满院子的或许都是陷阱，只有徐菲儿，和那些在暗中看热闹的人的地方才是安全的。

司影听到了朵朵的话，但是她却是不能让朵朵一个人在这里受险，所以司影抽出了腰中的剑，与那几个黑影厮杀起来。

再说朵朵正朝那徐菲儿方向奔去，便是有一道寒光扫来，紧接着，只听了一句，何方妖孽，还不给我快快现身？

之后，朵朵便是见到了在那寒光之后，一个人端着个大木盆，作势要泼的动作。

朵朵眼神一闪，马上加快速度跑了几步，然后抓住了徐菲儿，便是向前一推，而那徐菲儿本就是平日里什么都不做的大小姐，要跑也没有朵朵跑得快，要力气也没有朵朵的力气大，从而，朵朵很轻松地便是把徐菲儿给推了出去。

只听“哗！”的一声！

“啊！好恶心的狗血啊，你们是干什么的，没有看到是我吗？蓝朵朵你个小贱人，我要杀了你！我要杀了你啊！”徐菲儿如疯婆子一般地就要向朵朵扑去，而朵朵却是哪里能让她就这么轻松地抓到自己呢，所以她很是灵巧地向那藏在暗处的众人方向跑去。

“徐菲儿，被狗血泼得是不是很开心啊？哈哈，没准儿，你这么一被狗血泼立马就走了好运了呢，孙桂今晚回去就会后悔，不会休弃你，把你抬进国公府做他的宠妾去呢，这样多好？你娘是妾，你也做妾，这不是再好不过的事情吗？”朵朵不停地闪躲着，还不停地嘲讽着徐菲儿。

“仙姑，您快动手啊，这个小妖精，她厉害着呢！”就在徐菲儿已经恼羞成怒得想要杀了朵朵的时候，商氏的声音传来。

“菲儿，你不可再去追了，你还要胡闹到什么时候啊？”商氏一边对着她请来的道姑说道，一边又朝徐菲儿大吼道。

好好的一件事情，又被她这个白痴女儿给搞砸了，她没事儿干什么要出来啊？为什么就不能消停些，真是白白浪费了那一盆的狗血，竟然全都泼到了她女儿的身上，她不禁对她请来的这个道姑有些不喜。

“夫人请放心，看本道姑的厉害！”那道姑一边说道，马上就拿着一道黄符向朵朵扑来，那道姑身上虽然有些武功，但那也只是花拳绣腿而已，而朵朵寻常是干惯了活计的，所以跑得十分快，如今，整个院子里就成这样一种局面，朵朵在前面跑，而那后来居上的道姑竟也跑到了徐菲儿的前面，徐菲儿被甩在了最后。

只是此时的徐菲儿已经被朵朵气红了眼，完全不去理会那商氏在说些什么，一心想和朵朵拼了……

“我的好爹爹，原来，您还真是好兴致，竟然真的怀疑你自己的女儿是妖怪啊，那么你最好祈求，今日我就被收了去，不然的话……呵呵！”别看朵朵这样地疯跑，但是她说起话来却是一点也不喘的。

蓝光辉一听到自己被点到了名字，那老脸上便是止不住地发烧，与此同时他还暗自瞪了商氏一眼，真是成事不足败事有余啊，明明事情都商议得很好了，他们只负责在暗处的，可是哪里知道，她那个好女儿竟是那样地多事，走上前去，非要逞那一时的口舌之快呢。

“朵朵，爹爹的好女儿，爹爹是为了你好啊，想当初爹爹在离开家的时候，你还是很乖巧的啊，怎么突然间就变成了这样啊？定是有妖怪在你身体里作乱，所以女儿啊，你乖一点，让这位道姑把你身上的妖魔给驱走啊，这样一来，以后，爹爹定是会更加地疼爱你的啊，爹爹所做的一切，还不是为了你吗？”蓝光辉很是无奈地说道，而那语气也是痛心，此时若是不知道的人，还以为他是一位多么慈祥的父亲呢。

“呵呵，你离家的时候，我才多大，你拿你这话去骗鬼去吧，我是不会相信你的，我只要你记住，今日便是我给你的最后机会，若是你再抓住不了，那便是不要怪我了！”朵朵再也不想再虚假了，她自己的亲爹都已经想要了她的命了，她还虚假什么呢？

“朵朵，你怎么和你爹爹说话呢？你爹爹那是为了你好啊，你可不能……你不要往这边跑，你这是想干什么？”蓝老太太那原本要斥责朵朵的不懂事的声音便是转换成了惊恐的声音。

因为，只见朵朵正朝着他们这个方向奔来，不仅如此，那个道姑此时手中也正拿着一道冒着火光的黄符也一块儿追来，这马上就要到他们的面前了，他们哪里能不怕？此时她深深地相信了，朵朵是被妖精附体了的。

所以她此时胆战心惊的。

“我的好奶奶，您常常说我们是喂不熟的白眼儿狼，可是在我看来，您才是真正的喂不熟呢，我和我娘还有我弟弟对你啥样，你最清楚不过了，可是你却是怎么对我们的呢？我们一直敬您为老人，事事不和您计较，但是，我觉得我还是错了！”朵朵很是清冷地说道。

“你们听好了，经此一事，若是我还能平安走出这编修府的话，那我以后就不再是蓝家的女儿了，是你们不仁在先的，大不了，咱们就去皇上那里评理，大不了，咱们一家人都被砍了头去，我也不再这么窝囊地同你们生活下去了！不过，即便是让我死，我也不会让你们好过的，我的好奶奶，好爹爹，我来了！”朵朵最后的声音竟是说不出来的阴冷，本来如今这个院子里的布置就很是瘆人，朵朵再这么一说，躲在一旁的人无不觉得惊恐起来了！

“啊！瞎了你的狗眼吗？你这是在往谁的身上贴符啊？”

“呀！着火了，着火了啊！”

“哎呀，哪个黑心肝的人推了我啊？”

“奶，你在哪儿啊，娘，你们在哪儿啊？”

就在大家都惊恐的那一瞬间，朵朵便是很敏捷地就冲向了他们的人群中，而后面紧随其后的那个道姑，竟也快速地扑了上来，而顺着朵朵的闪过来的身影，抬手就把那道符给贴了出去。

哪里想到，她贴的竟然并不是朵朵，而是贴到了商氏的身上了，而贴上也就算了，那燃了一半儿的驱妖符竟是在商氏的身上着起了火。

从而那一堆的丫头婆子们都纷纷地奔来商氏这边救火，而竟是把那站在一边的蓝老太太给推倒了，蓝雨儿要去扶蓝老太太，这时候却是被人堵住了去向，所以她很是焦急地大喊大叫了起来。

“啊！我的肚子，我的肚子啊！老爷！老爷快叫大夫了！啊！”商氏突然尖叫起来，在扑火的过程中，不知道谁竟然把她给扑倒了，而此时她的小腹疼痛，有液体正从她的下体流了出来，她很是恐惧地大叫起来。

“婉儿，婉儿，你在哪儿？你们这些个没用的奴才，都给我闪一边去，若是你们夫人肚子里的孩子有什么闪失，你们就都别活了，快，把院子里的灯都给我点上，快去请大夫！”蓝光辉此时再也不去想着怎么捉妖了，好好的一个儿子都快要被他们给捉没了啊。

“小姐，小姐，你在哪里啊？你有没有事情啊？”司影与那几个黑衣人纠缠了好久，最后终于干掉了他们，这才走入内院来找朵朵。

刚刚她在打斗的过程中也听到了内院中的热闹，她知道他们的小姐并没有事情，而且竟还把那些人给搅得人仰马翻的，果然他们家的小姐是强悍的啊。

“我没什么事情，我又没做亏心事，所以我不会被泼狗血，也不会被火烧，当然有些人就不一样了！”这时，只见朵朵很是悠闲地从一棵树的后面走了出来。

而这时院中的灯光也都被点燃了，此时院子里的光线已经很是通明了，所以此时谁在哪里，也是一目了然了。

“老爷，刚刚是有人推了我，是有人推了我啊，快去请大夫，快去请大夫啊！”此时的商氏脸色惨白地坐在地上，而蓝光辉此时也走上前去，让她的身子靠在了自己的怀里。

“婉儿，你怎么样？你怎么样了？大夫，我已经让人去请了，你要挺住，你一定要挺住啊！”蓝光辉不是没有见到商氏身下的血，已经染红了衣裙，但是这是他的儿子啊，他唯一的希望，他是打内心里并不希望这个孩子有事。

“到底是谁推倒了夫人？到底是谁！”蓝光辉现在早已经忘了朵朵的存在

了，所以他环视了一下众人，看到了连头发都没有散乱的朵朵一下，便又闪了过去。

“我看到了，我看到了，是蓝朵朵，是蓝朵朵推了娘亲，是蓝朵朵想杀了我的弟弟，是她啊！”徐菲儿满身狗血地向朵朵指道。

众人这才看清了，那徐菲儿，哪里只有身上有狗血啊？她那原本精致的小脸儿上也满是狗血的，而此时她被朵朵气得都要抓狂了的语气，再配上她这满是狗血的脸，从她身上散发着各种怪味，很多人从内心里想吐。

蓝光辉闻言，凌厉的目光射向朵朵！好似他真的相信了徐菲儿的话。

“怎么了？你这也是相信了别人的女儿的话，不相信我喽？不过，那么卑鄙的事情，我还真的不屑去做呢，而且，想必刚刚众人的目标是我吧，所以我若是真的在商姨娘身边，那大家还会找我找得这样的辛苦吗？蓝大人，您说是吗？”朵朵不屑于徐菲儿的那冤枉的指控。

“你个妖女，不是你还有谁，就算是你没在我娘身边，但是你会妖术的，反正我看到了，是你推倒我娘的，你休想不承认，我一定要杀了你，我一定要杀了你啊！”说着，徐菲儿如癫狂了一般地就向朵朵冲了过来。

“菲儿，你……”就在那很是虚弱的商氏还没有来得及阻止的时候，只听“噗”的一声。

徐菲儿的身体便是被司影给一脚踹了出去。

“你们真是得寸进尺了，以为就外面的那几个就可以把我给困住吗？我还真是高看你们了呢，有我在，我看谁敢冤枉我家小姐？”司影阴沉着小脸儿说道。

“菲儿……噗！”的一声，那商氏竟是也吐出了一口鲜血来。

“你个贱婢，你竟然胆敢在蓝家这样的嚣张，你真的以为我们拿你没办法了是吗？我原本只想要你一个人的命，饶那个孽女一次，不过，既然，你们主仆这样的情深，那么我也不用客气了，来人啊！”蓝光辉此时被商氏的吐血给惊吓得很是愤怒，只见他一拍手，便是又飞身前来了十几个黑衣人。

刚刚朵朵说过的话，他全部都听到了心里去了，左右这个女儿他是要失去了，与其让她回来向他报仇，不如今日就除去了她……

今日本来他借此一事，只是想控制住蓝朵朵而已，而并没有对她痛下杀机的，可是事情现在闹到了这种地步，若是他不除掉这个孽女的话，估计他以后也别想有什么好日子过了。

且不说敬王世子会对她怎么样，就说现在怕是她在皇上面前也是红人了吧，所以他必须要抓住这次的机会，否则后患无穷。

“我亲爱的爹，不知道，你这次又用什么借口来诬蔑我，从而要除去我呢？还有，多谢你这样看得起我，竟是派来了这么多的人来取我的性命！”朵朵含笑看着蓝光辉那铁青着的脸。

“辉儿……你……”纵使是一向跋扈惯了的蓝老太太也是被此时的一切给惊到了，这是怎么了？她的儿子竟要把自己的女儿杀了，她儿子怎么可以这样做呢？

“娘，您也别怪我心狠，刚刚那孽女所说的一切，想必您也是听到了吧，这个孽女若是今日放过了她，她定是要报复咱们编修府的，而且，她竟然连婉儿腹中的孩子都容不下，儿子还用对她客气吗？还有，今日所做的一切，您也是看到了，这个孽女她是被妖魔附身了的，咱们这是救她啊，她非但不领情，还闹成了这个样子，所以娘，无论如何，儿子今天都要除去这个妖女！”蓝光辉阴沉着一张脸，很是阴冷地说道。

不错，就算今日他杀了蓝朵朵，他也会放出话去，就说蓝朵朵是被妖魔上了身，失手把商氏给推倒在地，导致商氏腹中孩子不保，这样一来，就算大周帝、敬王世子再怎么不高兴，再怎么舍不得，那便是也不会对他怎么样的，因为这事实是存在的啊，今夜编修府这一大动静儿，想不让人知道，都不行啊。

“可是辉儿，她毕竟也是你的亲骨肉啊，小孩子犯了错，让她改就好了，这要了她的命……”蓝老太太还是很不忍心地去伤害朵朵，虽然她的心里满满的都被蓝雨儿所占据，但是，当初她受了委屈却是她这个孙女儿赏了徐菲儿几个巴掌啊，最主要的是，她明明看到了是谁推的商氏，的确不是蓝朵朵啊。

而此时的她却是为了大局什么都不能说，所以蓝老太太又如何能让朵朵死在她的眼前呢。

朵朵却是没有想到蓝老太太竟然替自己求情，想必她也是看到了是谁推的那商氏了吧，不管怎么样，虽说她奶平儿日里并不喜欢她，甚至还虐待过她，但是就此看来，她奶还真的没有那个让她死的心思，而那次得了时疫住进猪圈，怕是她也是怕影响到她，从而才间接地害死了她这个前身吧。

想到这里，朵朵的心里竟然是温暖了许多，朵朵知道，这定是她的前身的感觉吧，从内心里，她的前身还是很渴望着被蓝老太太疼爱的。

“娘，这个孽女她不是我的女儿，她是被妖魔附了身的，她若是我的女儿的话，她会在中秋宫宴上，摆了那么一出戏，让我颜面无存？您是不知道，她吃我的，用我的，结果，她却是拿着银子去给刘氏风光，今天早朝上，儿子可是被大家很是嘲讽了一番呢，娘，您说这个女儿她是我的女儿吗？”蓝光辉把他心中的怒火全都发泄了出来，说完了，他也觉得舒服了许多，若是此时再把这孽女的命给要了，那就功德圆满了。

“老爷，大夫来了！”正在蓝老太太和蓝光辉说话的工夫，小厮便是把那大夫请了过来。

那大夫一进入这编修府的大门后，便是深深地皱眉，虽然时人很是信奉鬼神一说，但是如这编修府中这样把这些东西带回家来的，他还真是第一次见到，直到他被带到朵朵的院子时，他的腿突然间软了起来。

这是什么情况啊，那些个黑衣人各个都手拿利剑地对着两名女子，这是怎么回事儿啊。

蓝光辉这次特意留了一个心眼儿，那便是这次他找来的这个大夫，并不是以前那个专门为商氏，乃至为商王府诊治的那个退下来的御医，因为，他并不希望今夜的事情被传出去，就算是传到商王府也是不行的。

所以蓝光辉果断地就换了一个大夫。

“大夫，你且来看看我夫人，她肚子里的孩子怎么样了？”蓝光辉一见到大夫来了，便很是焦急地说道。

虽然他见到这商氏的下体已经流了好多的血，心里也是做好了那个孩子没了的打算，只是在他的潜意识里，他还是希望商氏能保住这个孩子啊，那谦儿被蓝朵朵的逼迫，他已经失去了，现在他最需要的便是一个儿子啊。

那大夫此时的腿儿都已经打起弯儿来了，但听到蓝光辉的吩咐，他还不得不硬着头皮上前去查看。

此时的商氏脸色白得没有一丝的血色，不仅如此，她刚刚吐了一口血之后，竟是连说话的力气也没有了，她只能眼神锐利如刀般地盯着朵朵与司影二人。

被司影踢出去的徐菲儿现在已经呈昏迷状态了，无论是下人们怎么掐人中，怎么去叫，都是没有唤醒她，还好容嬷嬷上前试了一下她的鼻息，她还是有呼吸的。

所以商氏现在满脑子都是想的，蓝光辉最后能把她们主仆两人给千刀万剐了呢。

直到看到大夫来了，她才重新燃起了新的希望。

“回大夫，夫人……夫人……夫人她肚子里的孩子已经没了，而且，这地上太过于湿冷，夫人实在不宜在这里坐这么久，所以……所以夫人以后怕……怕是再难怀有身孕了！”这位大夫很是心惊胆战地把他诊断出来的结果说了一遍。

他怎么就这么倒霉啊，竟是遇到了这样的事情，今晚他也只是看到那小厮的出手很是大方，这样他才出了这个诊的，又一想到是编修府，一个文官的府中而已，怎么知道，竟是这么大阵势啊，若是他知道的话，就是打死了他，他也不会来的啊。

眼下诊出了这么倒霉的结果，希望这家主人不要迁怒于他才好啊。

“什么？不！不会的，我不信！我不信！你是个庸医，一定是个庸医，我要许太医，相公，你怎么找了这么一个庸医来替我诊断啊，我要许太医，我要许太医啊！”果然，只见刚刚还是没有任何力气说话的商氏，如发疯了一般地朝着那大夫就尖叫起来。

孩子没了其实是在她意料之中的事情，毕竟她可是生了四个孩子的女人，她怎么会连这一点都感觉不出来呢？只是她刚刚还抱有一丝的希望而已，可是这个庸医说什么？她以后都不能再有身孕了？这怎么会啊？这怎么会啊？她才三十几岁而已啊，她若是不能再为蓝光辉生孩子，那那些不要脸的女人们岂不是要开心了吗？

不行，她不能不生孩子的啊，还有，一定是这个庸医，一定是这个庸医的医术不好的，若是请了许太医来，为自己调理一下，定是没有什么问题的。

“夫人，您这是小产后流血过多，而且，您若是小产后，不坐在这湿冷的地面上也是无碍的，如今已经进入了深秋，天气早晚很是寒冷，女子本就不能着凉了，更何况，您小产后，坐在这湿冷的地面这么久呢，所以，若是您不相信在下，在下也是没有什么好说的，告辞！”这位大夫开口说道。

话说每个医生，最讨厌的事情便是有人怀疑自己的医术了，而这商氏虽然是在极度的悲伤中，但却是深深地伤害了这位大夫的心。

“大夫请留步，我家夫人只是小产后极度伤了心，所以才……劳烦您再给看一下，我们家小姐这是怎么了，一直在昏迷不醒着呢！”容嬷嬷那很是抱歉的声音传了出来。

看着自家夫人和老爷，都是一副满脸的不敢相信的样子，容嬷嬷很是认命地担当起大任来，毕竟现在还有一个大小姐躺在地上昏迷着呢。

那大夫听到了容嬷嬷的声音，也没有过多地去为难，笑话，现在这院子里的情景他可是看得清清楚楚的，刚刚他也就是出自本能地傲气一下而已，而眼下，这有病人，这该看也是要看的啊。

所以只见这大夫顺着容嬷嬷的示意，向那所谓的大小姐看去，这不看还好，一看，这大夫竟是“啊”的一声！

那大夫惊魂未定地不敢置信地看着他面前躺着的，究竟是一个什么东西，浑身散发着一丝丝血腥味儿，就连脸上都是有许多的，谁能告诉他一下，这一家人到底是发生了什么事儿了啊？怎么会是这样的惨烈呢？

想罢，那大夫强迫地压制下了自己心里的恐惧，然后走到徐菲儿身边，探了探脉后便是发现原来只是心口受到了重创而晕了过去，所以只见那大夫在医药箱里，拿出一根银针，然后便是在徐菲儿的手上一刺。

“嗯……”果然，随着那针一下去，徐菲儿竟是醒了过来。

而就在刚刚这位大夫要去给徐菲儿请脉的时候，那商氏便是安静了下来，眼下自己的身子都成了这样了，她哪能再不去顾自个儿的女儿了啊，所以，商氏一见到如今自己的女儿醒过来了，便是叫道：“菲儿，你哪里不舒服，有没有怎么样啊？”

要知道刚刚那个贱婢的一脚很是重的，竟是把她的女儿给踢晕了那么久，所以此时她很是担心因此自己的宝贝女儿会留下什么病根儿了去。

“娘……啊……呜呜呜……你一定要杀了她们，你一定要帮女儿杀了她们啊，那贱婢竟敢这样对女儿，还有那蓝朵朵，娘，她是妖怪，她是妖怪啊！”醒过来的徐菲儿，是过了好一会儿，听到商氏的声音后才缓过神来，这才想到刚刚发生的事情。

“老爷，若是没有什么事情，在下就先行告退了！”那名大夫一听到，一会儿要杀人，一会儿又妖怪的，真的很瘆人，所以，他便是想赶快离去。

“好吧！李管家送客！”蓝光辉并没有去为难这个大夫，而是让管家送他。

这个大夫便是松了口气随着管家向外走，从而没有看到蓝光辉在他离开的时候，对着管家使了一个杀无赦的目光。

“老爷，你这个女儿定是让妖精上了身，这是咱们府里所有人都看到的，要不然咱们府中上下，也不能遭了这个难去，所以今日你不是对你的女儿动手，而是对那个妖孽动手，老爷，您还犹豫什么啊？难道您想让咱们府上的所有人都出了事情，你才舍得动手吗？”商氏见到自个儿女儿所受的屈辱和身体上的伤害，和自己如今的状态，商氏狠声地说道，此时她的语气中，满是愤恨和疯狂。

虽然她知道，推她倒地的，并不是蓝朵朵，但是她却不想放过这个除掉她的机会，虽然她并没有看到，那个推她的人是谁，但是她却是在慌乱中拉住了那人的手，而那人的手，明明是个中年女人的手，并不是蓝朵朵那十二三岁女孩子所拥有的。

但是即便不是她，也是因为她才引起的，所以，她这次绝对不能放弃这个机会了，哪怕是事后她被她爹爹所斥责，她也是在所不惜的。

“对，对，她是妖，她是妖啊，一定要活活地烧死她，一定要烧死她啊！”

徐菲儿接过商氏的话，也向着蓝光辉喊道。

母女俩就这般地狂吼，以此来发泄自己心中的委屈。

而再反观朵朵，竟是笑得那样的讽刺，此时正在盯着蓝光辉一直看着呢。

她就是要看，这蓝光辉怎么去下发这个命令，若说此时她不害怕，那是假的，但是她没有忘记了欧阳睿临行前，那不放心的眼光，所以她此时才与蓝光辉说了那么多，也只是为了拖延时间而已，所以她在同自己赌，赌欧阳睿会不放心地来编修府。

只见那蓝光辉，满脸的肃杀，伸出手来就是要往下一挥。

“辉儿，不要啊，不要！那是你女儿，那是你女儿啊！”蓝老太太这时竟是身子颤抖着地向蓝光辉走了过来，她好似被那刚刚那一推，也是伤了筋骨了，此时看到她走路的姿势也特别地不自然。

“朵朵，你个死丫崽子，你能不能不这么嘴硬啊，你向你爹爹认个错儿怎么了？你为啥就这么倔呢？”蓝老太太向蓝光辉说完后，便又朝着朵朵骂道。

只是在场所有的人，都是发现了，蓝老太太这并不是在真的骂朵朵，她是在帮她啊，她是在提醒她，此时说句好听的话，就会过去了。

“奶，您天天骂我是死丫崽子，若是我真的死了，您会想我吗？呵呵，从三里铺子到京都，咱们祖孙俩可谓一向是不和的，却是没有想到，您今儿个却是这样待我，这份儿恩情我真的记下了！”朵朵含笑地对着蓝老太太说道。

蓝老太太平日里说话极其的恶毒，骂朵朵那也是什么恶毒的话都是骂过的，可是今日这一骂，朵朵竟是觉得她心里是无比的温暖。

“娘，您看到了吗？这丫头她就是咱们蓝家的克星，所以，她今天必须得死！”蓝光辉先是向蓝翠儿使了个眼色，蓝翠儿便是会意，把还在挣扎的老太太给扶到了一边去。

“给我杀无赦！”蓝光辉咬着牙，很是洪亮的声音传了出来，却是再也没看朵朵一眼。

其实他是不敢再看朵朵那清澈的目光，那解脱了的目光，那胸有成竹不会有事的目光，对，他很是不喜欢他这个女儿，因为他总觉得，他这个女儿好似在任何问题上，都很是有把握，而且还能次次都算计到他，所以她现在并不想看朵朵的眼睛，他怕只要一看，他的这次行动就又毁了。

“你们怎么还不动手？”

“嗖！嗖！嗖！”

“啊！……”

“啊……”

蓝光辉等了好一会儿，却是仍不见打斗的声音，便是回头一问，哪里想到，只听到几声尖叫，之后便是看到那些个黑衣人，全部都中了剑倒地身亡。

而这院子里的众人都是女眷，所以一看到死人后，那尖叫声音便是此起彼伏地响彻了编修府。

“何……何人胆敢进我编修府来杀人？是不是活得不耐烦了？”蓝光辉壮着胆子叫道。

“哼，本王就是活得不耐烦了，你能奈我何？”一声浑厚又很有磁性的声音传了进来。

“蓝光辉，想不到你的胆子还是挺大的啊，竟然就这么私自地草菅人命呢！我看你活得不耐烦了吧！”一边说着，只见着襄王爷便大步流星地走了进来。

跟在他身边的则是欧阳睿。

“王……爷……王爷！微臣给王爷，给世子请安！”蓝光辉马上就要上前去行礼。

“腾！”的一声。

“啊！”

只见襄王爷看到蓝光辉的接近，便是抬脚就向蓝光辉踹去：“你什么东西，一个文官而已，竟有这么恶毒的心，你还是不是人啊？”襄王爷把蓝光辉踹了出去说道。

只见蓝光辉很是巧合地最后落到了商氏的身边，一口喷出了鲜血来。

“襄王爷，您虽是大周的王爷，可是我相公却也是四品大员，您怎么能这样就动手打人啊？您就不怕……”商氏一见到蓝光辉被踢了出来，便强忍着自己身体的疼痛说道。

虽然刚刚那大夫给她服用了止血的药丸，容嬷嬷也是找了一个软垫给她坐在身下，但她此时还是虚弱得很啊，本来她刚刚正想得意地看着蓝朵朵怎样去死，这中途竟是插进来了襄王爷和欧阳睿，他们俩怎么会来呢？难道是有人报信儿吗，而她正想着的工夫，她就见到她的相公竟是被人一脚给踢飞了起来，直到跌落到她的身边口吐鲜血。

“呵呵，一个从四品而已，还真当自己是个大官儿了？竟是学会了那些个草菅人命起来，本王怕什么，本王什么也不怕，大不了咱们就去皇上跟前儿去告御状！看看到底谁是谁非！”襄王爷也没有给予那商氏什么好脸色，板着脸道。

而蓝光辉此时却是胆战心惊起来，同时他深深地后悔，当时为什么没把蓝朵朵给杀了，竟让她等到了这两个黑脸阎王的到来，要知道，若是蓝朵朵告上自己一状，那自己就是死定了，所以他此时后悔极了。

“朵朵丫头，你没事吧？本王收到消息，说是有一些无知的恶毒之人竟要今晚在编修府里捉妖呢，所以本王对这个编修府里的治安很是怀疑呢，不如你收拾收拾一下你的包袱，就随本王回府吧，本王明天就向皇上太后奏明，收你为义女，从此以后，你就安心地给我住在王府，若是有哪些个不长眼睛的人敢对你不敬，我襄王府的人可不是好惹的呢！”襄王爷向朵朵很是关切地看去，见到她完好无损地站在那里，他便又很是嚣张地言外有音地说道。

原来，这个消息，便是欧阳睿告之襄王爷的，欧阳睿对于这件事也不是不能管，但是，若是想要朵朵彻底离开编修府，那就必须得有襄王爷出面，所以，欧阳睿这才找上了襄王爷，襄王爷一听此事，那也是大发雷霆，便带上人就来到了编修府。

“襄王爷，纵使您是王爷，您也不能这样做！朵朵是我的女儿，凭什么要去你的府上呢？还有，她现在有父有母的，也是没有必要认您做义父啊，我们父女俩今日是有些误会，但是父母和儿女哪有隔夜的仇啊，所以襄王爷您……”蓝光辉内心恐惧起来，他没有忘记刚刚说过的话，他也没有忘记商王爷的叮嘱，所以，他不能眼睁睁地看着朵朵被襄王给带走的。

“蓝大人，您还记得刚刚我同您说过的话吗？我说过，若是今日我无事，那么，我就会与你们蓝家断绝关系，想必您年纪也不算大，不会这么快就忘记吧？所以现在请您收回您那恶心的话，因为我会想吐，估计您自个儿听了都是很不自然吧？”朵朵很是嘲讽地说道。

到了现在那蓝光辉还想着垂死挣扎，他还真是打不死的小强啊，他觉得到了如今，自己还会忍下去吗？都撕破了脸，他现在还在做戏给谁看啊？

“朵朵，我的女儿，你怎么可以这样对父亲说话呢，你母亲已经同为父和离了，若是连你也同蓝家断绝关系的话，你就不为你的名声着想吗？过了年去，你就要及笄了，你真的不为你的未来着想吗？朵朵，这个时候可不是你意气用事的时候啊！”蓝光辉那脸部的肌肉气得已经开始抖动起来，他的女儿果真是够狠啊，都到这时候了，还想踩他一脚呢。

“蓝大人，呵呵，你是在拿名声一事来为难我吗？那对不起了，我这个人一向是不在意那些世俗缥缈的东西的，我只求我活得舒心安乐，根本不会在意别人的眼光，所以，蓝大人，让您失望了呢！”朵朵冷然地讥讽道。

“蓝光辉，你觉得做本王的义女是没有身份的吗？什么名誉、地位的，在本王这里什么都不是，再不济，朵朵丫头还有睿小子在后面等着呢，总比那些个上赶着人家的无耻女人好得多！”襄王爷说到此，还特意地看了徐菲儿一眼。

“襄王爷，你莫过分，这说来说去，也是我编修府的家务事，而且我菲儿，也不是……也不是上赶着谁！”商氏现在恨不得去抽襄王爷两个嘴巴，她女儿怎么样关他什么事啊？他怎么就那么的多事呢？拿她的菲儿来说事儿，真是气死她了。

“编修府的家务事，我不会去理会，但是这朵朵丫头我必须要带走，若是你们不同意，那本王就向皇上那边告蓝光辉草菅人命，你们看着办吧！”襄王爷此时竟是赤裸裸地威胁起编修府的人。

“怎么样？你们想得如何啊？”襄王爷满是胜券在握地说道。

蓝光辉此时的脸色已经铁青，身子也不由得颤抖起来，而这一系列的表现，其实也不光是被气的，只有他知道刚刚襄王爷那一脚踢得有多么的用力啊，他的五脏六腑都觉得伤到了。

可是就此让他放弃蓝朵朵，他却还是万般不甘心，那个孽女还不知道以后要怎么报复他呢，她那冰冷的眼神，他想想都是害怕啊。

“襄王爷，您何苦咄咄逼人呢？到底她也是姓蓝的！”蓝光辉满面的痛苦纠结地说道，不过他那语气中还透露着丝丝的得意。

这襄王爷对刘氏的心思他可是知道的啊，不过又怎么样呢？他蓝光辉可是刘氏的第一个男人啊，你是个王爷又怎么样呢？还不是捡他穿过的破鞋吗？所以他特意提醒着襄王爷道。

“那我若不再姓蓝了呢？蓝大人，在刚刚，你想杀了我的时候，我就已经不是你的女儿了，我之所以还保有蓝姓，那也是因为咱们有言在先的，（朵朵指的是设计让刘氏同蓝光辉和离一事）但是你却不要想得太多，所以今日，无论是你让不让我走，我都不会留下的，若是你想上皇上那去告我，或是想要用毁我名声来要挟我，那你就试试看吧！司影姐姐，把咱们的东西收拾了，咱们今夜就走，记住只拿咱们从三里铺子来的时候带来的东西，他蓝家的东西一律不拿！”朵朵冷然说道。

真没有想到她这个极品渣爹还真是渣得可以啊，眼看着自己无望了，却还要想着恶心一下别人，现在她深深地有些同情商氏了，这样的男人真的值得她去爱吗？

“是！小姐！”司影就等她家小姐这句话了，所以朵朵一说完，她马上就去收拾了。

“朵朵你……”蓝光辉满是哀伤地又叫了句朵朵，好似他有多么舍不得朵朵离开似的。

“蓝大人，停止你那虚伪的行为吧，再也不要拿什么礼义孝道来要求了，因为，你所提供的也只是一颗种子而已，从小到大，你对我又作过什么贡献呢？所以你那一套在我这里还真是没用！”朵朵冷冷地看着蓝光辉，眼睛是一眨不眨地看着他。

“咳咳……”

“嗯……”

要说欧阳睿那也是知道朵朵总是能够语出惊人的，可是襄王爷和在场的人却是不知道啊，所以，直到朵朵说完后，在场的人，包括襄王在内，无不咳嗽的咳嗽，清嗓的清嗓，他们真是没有想到这个年纪只有十二三岁的小姑娘竟然这样的强悍，竟是把与其渣爹的关系形容得这样的形象。

“蓝朵朵你……你……你这个粗俗的孽女，你还要不要脸了？”蓝光辉很是难堪地指着蓝朵朵骂道，他只觉得全院子里的人，无论是主子还是奴才的，那都是满是嘲讽地看着他呢，所以他现在很想掐死朵朵，果然在乡下长大的孩子就是粗野，竟连这种不知羞耻的话都能说出口，真是不要脸。

“行了，蓝大人，虽然我很不想承认，但是到底我这个孽女也是你这个妖孽所提供的种子，所以，你还是不要在那里丢人现眼了！”朵朵眯着眼睛笑道。

“噗……你……”只见蓝光辉听到这句话后，终于也挺不住了，又是一口鲜血吐出，晕倒了。

“老爷……老爷！”

“辉儿！辉儿……”

随着蓝光辉又一次地吐血倒地，编修府又是大乱了起来，而朵朵只是冷冷地看了他们一眼，转身离开了，她终于离开了这个深潭，再也不用让她娘天天为她担心了，而她这个渣爹……想必以后也不会有什么好的下场吧。

番外

卿生我未生，我生卿已老

我叫欧阳景天，大周朝的皇上是我的皇爷爷，太后是我的老祖宗，我还是敬王爷的嫡长孙，生长在这样的背景下，很多人认为我很是幸福，只有我知道，这样围绕了许多光环的我并不是很开心，甚至上，我还很是恨他们，那些口口声声说爱我的人。

为什么他们大人总是有那么多的借口来骗我们这些小孩子呢？娘亲明明是那个老巫婆给害死的，可是他们却依然姑息着那个老巫婆，而不相信我的话。

说起这个老巫婆，她名义上是我的亲祖母，但却并不是我的亲祖母，我的亲祖母多年前就病逝了，这个只是我祖父的续弦。听说，当年，就是因为这个老巫婆介入，才气死了我的亲祖母。当然，这一切，都是从下人们偷偷议论的话中听来的。

我的娘亲，是一个温婉端庄的女子，爹爹长年在外征战，娘亲在敬王府里的日子并不好过。有几次，我看到她在偷偷的流泪郁郁寡欢，可是，一到爹爹回来的时候，她却是又笑颜如花，从不让在外征战的爹爹担心。

可是，爹爹在战场上阵亡的消息还是传来了。娘亲得知了这个消息后，整日里以泪洗面，虽然在我面前还是在强颜欢笑着，但是我明白，她心里是在滴血呢。当时的我，虽然也十分的难过，但是我知道，身为小男子汉的我，却是不应该在娘亲面前流泪的。所以，那几日儿，我天天陪着娘亲，想让她不要那么伤心。

可是天不遂人愿，娘亲的郁郁寡欢，心神恍惚，导致有些人动了歪心思。

那天，我亲眼看到娘亲被人推下了水中，却无人去施救，而我又被那老巫婆的人钳制着，根本无法去救娘亲。我心里面明白，纵使是没人拉着我，我也是没办法去救娘亲的，因为那时的我，毕竟只有五岁。虽然祖父，叔叔说我天生聪慧，但，始终我也只是一个小孩子啊，力气悬殊，最后我只能眼看着娘亲在水里挣扎，直到水面平静，这样的场面一直留在了我的脑海里，直到多年后我还是能够梦到那个场景。

最后，祖父赶回来了，叔叔也赶回来了，娘亲被救了上来，可是，那时的她的身体早已经没有了温热，脸色也已经变得青紫起来，太医来了一个又有一个，却都是说了同一个消息，娘亲死了，救不活了，天知道我那时有多么的心痛，多么的悔恨，为什么我身为男子汉却是不能保护我的娘亲呢，为什么我要这样的弱小呢。

之后，我便是把我看到的事情与祖父说了去，可是祖父只说我是小孩子有许多的事情不懂，说那个老巫婆是我的祖母，是我娘亲的婆婆，她怎么会做那样的事情呢？虽然当时很是气愤的我一直在据理力争，但祖父依然没有相信我。

我看着祖父不相信我，我很是气恼，便是去找一向很是疼爱我的叔叔去说，而叔叔听完了我的话后，却是脸色阴沉得很，我心里竟然有了一丝丝的小窃喜，我知道叔叔一定会杀了那个老巫婆替我的娘亲报仇的，毕竟叔叔很是疼爱我的，可是，哪里知道，姓宋的那个老巫婆却是依然好好的活着，而叔叔却是有一个月都没有出现在王府里。

天知道当时的我有多么的失望，皇家的亲情难道真的那样的薄凉吗？他们为何就不肯相信我呢？而且，娘亲的死那样的突然，为什么他们就不肯去好好的查一查呢，再见到叔叔，是一个月以后的事情了，那时候的他整整瘦了一大圈，从那天开始，叔叔把我接到了他的院子去住，也是从那天开始，我便是发现，我的身边有了保护我的人。

后来我才知道，原来叔叔并不是没有相信我的话，相反的，他听了我的话便是去找了那姓宋的老巫婆去报仇，可是，却是被我的祖父给拦住了，听说，他们二人进了书房谈了好长时间的话，直到叔叔离去时，他的脸也是铁青着的。

从那以后，叔叔便是和我相依为命了起来，不准任何人进入他的院子，就连祖父也不行，在没有爹娘的的日子里，叔叔却是给了我无尽的爱，多年之后，我才明白叔叔的苦心，他又是何尝不知道害死我娘亲的人究竟是谁呢，只是，他因为有.太多的无可奈何而动不了那个女人而已，所以他现在能做的也只有保护我的安全而已。

听娘亲说，欧阳家的人世代都有痴情人，我的祖父是，爹爹也是，可是，让我很不明白的是，之所以说我的爹爹爱我的娘亲，那是因为，爹爹虽然贵为世子，但是他始终却只有我娘亲一个女人，可是，娘亲所说的祖父也是痴情人，这话从何而来啊？明明祖父无论是在祖母生前还是死后，也是依然都有多个女人的啊。

若是他真的爱祖母的话，那么为什么会让那个宋家的老巫婆钻了空子去，而气死了祖母呢，若是他也是痴情人的话，那为什么在祖母去逝后，他依然一个接着一个又娶回来呢？所以，娘亲的话是始终让我琢磨不透的。

只是，当最后祖父竟是选择那样的极端的方式去结束仇人们的生命与自己的生命时，我才真正的懂得了娘亲所说的话中的含义，原来，祖父的痴情，竟是可以用尽一生去为其报仇的。

爱一个人有很多种，但是如祖父这般，为了给一个人报仇却是付出了这么多年岁月的，还真是少之又少的，我那时却是体会不了那种心情，甚至，那时的我，在心里很是怨恨他，因为，那时的我，在敬王府里生活得很不快乐，我觉得我的生活一片黑暗。

直到与她相识……

认识她的那一年，我刚刚八岁……

那时的我，并不懂得什么叫做利益联姻，我只知道，宋家的女人都是狐狸精，没有一个好东西，早在那个老巫婆时常的接她的侄女来敬王府上住的时候，我的心便是变得敏感起来，特别在那老巫婆的侄女频频的对叔叔对我献殷勤的时候，我便是更加的对她反感起来，我总是觉得似乎她会抢走我如今最为重要的人——我的叔叔。

虽然叔叔对她一直是不理不睬的，可是那个厚脸皮的女人却是如苍蝇一般的粘人，很是讨厌，直到那天，我听到了皇伯伯下旨要叔叔娶那个女人的消息后，我的心便是又揪痛起来，虽然叔叔一再同我说，就算是那个女人进门，他依然会是对我如从前那般一样关爱的，他也有他的无可奈何，可是我那时却是根本不肯听叔叔说的话，什么叫做对我还如从前那般一样，他也有他的无可奈何，在我看来，他与祖父都是一样的，一定都会被那姓宋的女人给迷惑了的，可是，无论我怎样去说，怎样去闹，叔叔却是依然要娶那姓宋的女人。

所以我的心里十分的气恼，便是把怒气都发在了那姓宋的女人身上，故意打碎了她最珍贵的一个花瓶，本还想着，能让自己出口气，又能气得让那个老巫婆去吐血，我现在光是心里想想就十分的开心，但是却是没有想到，祖父却是因此而骂了我一顿，之后又责罚了我，把我关进了祠堂。

以往我被祖父惩罚，叔叔都会第一时间来放我出去的，可是这一次，我却耐心等了两日儿却依然没等来叔叔身影，我的心很是难过，我知道叔叔在这段日子里正在准备他和宋家那个小狐狸精婚事事宜，但是，他不是说过吗，我是他最亲的亲人，娶宋家的那个女人只是不得已而为之吗，果然，大人都是爱骗人的。

所以我一气之下，便偷偷的溜出了王府去，而我却并没有走远，只是在敬王府的附近打听消息，本想着，我不见了，敬王府上下定然是会在第一时间里就开始乱了起来去到处寻我的，也许这样一来，叔叔与那姓宋的女人的婚事也会就此作罢吧！想想，我心里的小兴奋又重新燃了起来。

可是，让我没想到的是，我挨饿受冻的在敬王府外面等了两天，等到的却是从王府里面抬出一担担聘礼向府外去，整个敬王府上也是喜气洋洋的，丝毫没有为我不见而着急的场面，我的眼睛湿润了，原来，我根本就不是他们的唯一亲人，他们都在说谎。

此时此刻，我特别想我的爹爹和娘亲，若是他们在，是不是此时又是另外一番景像呢?

我拖着疲惫的心和身体想离开这里，去一个让他们永远找不到的地方，哪里知道，就在这时，我却是被一方帕子给捂住了，就在我想要挣扎的时候，却是突然失去了意识。

直到我再醒来的时候，我已经在一辆马车上了，而这辆马车上，还有大大小小的几个孩子，我们的身体都在用绳子绑着，而嘴里也是堵着破布，所以，根本是发不出声音来的。

我知道，我这是被绑架了，可是即便是这样，我的心里也并无任何的慌张，因为我此时早就已经心死了，反正我的亲人也不在了，我是生是死又能怎样呢?可是，也就是在与此同时，我的心里还是弱弱的想着，我的叔叔和祖父一定会把我救出去的，他们现在应该发现我不见了吧，我现在也十分的想知道， 我在他们心里的位置到底如何。

只是，一天过去了，两天过去了，甚至几天都过去了，我受了许多的苦，也挨了许多的打，可是我所谓的那些个亲人都没有出现过，我彻底的失望了，或许，他们现在正在过着幸福的生活呢，他是什么，他只是一个死了爹和娘的孤儿而已。

所以之后几天的日子里，我渐渐变得烦燥起来，也变得自暴自弃起来，天天都想逃出去，想当面的问问他们，这就是他们所谓的爱护吗?

可是，无论我想了什么办法，又逃跑几次，最后也都依然被抓了回来，继续受着非人的虐待，我渐渐的绝望了，甚至我还想过就此死了算了，但是，那些个人却没有让我有这个机会，几次寻死，我都被人给阻止了，难道我的人生就会这样的就此下去吗?

直到她的出现……

日子一过数日，我渐渐的知道了，我是被人贩子给抓起来了，因为，在这一路里，我们这个车里的人数渐渐增加，甚至在中途，还有人就地被卖了去，由于我不是很听话，又一次次的寻死，所以人贩子一直并没有把我卖出去。

这天，我们来到了一个小镇上，又是一连被抓了三个人回来，有一个孩子看着甚至比我还小，我不禁在想，他是不是也会同我一样，也是个被家人忽视的孩子呢?

就在我的心里还在为人家可怜的时候，惊人的一幕便是出现了，那是个怎样的女孩儿，她竟是单独一人就这样扑上了车，与那赶车的人搏斗，她甚至是抱着拼命的架式想要阻止这辆马车的前进，那时候我深深的被震撼了，但同时，我的心里也在想，真是个蠢女人，而我的内心深处却是强烈的又加了一句，真是个可爱的蠢女人。

就是刚刚一连被抓上来了三个人，其中有一个是她的亲人吧，真是不知道，到底是谁有这样能为其拼命的家人，可真是有福气的人啊，那个蠢丫头还真是厉害，最终还是为了那些个营救家人的人争取了时间，直到那几个拐子被抓住，而那个蠢丫头抱住了那个比我还小的孩子的时候，我的心不知道似被什么东西扎了一下子一般，很是疼痛，这样的才算得上家人吧，而我的家人此时又在哪儿呢?

车上被拐了的人都是被认领走了，有的没被认领的，也是能说清楚自己的家在何处，只有我自己……

我打心眼儿里不想回到那个冰冷的地方，所以我内心深处却是冒出了一个小小的火苗儿，我真的很想有如蠢丫头一般的家人。

而让我很是意外的是，那个蠢丫头的心肠还真是好，竟然能同意收留我，我的小脸儿虽然依然紧绷着，但是没人知道我的心里此时有多么的雀跃，多么的兴奋。

原本我想着，她的家里定然是一个幸福的家庭，有着疼爱他们的爹爹，娘亲，哪里想到，其实他们的日子也不是那么好过的，连我一直以为的，被那个蠢丫头抱在怀里的男孩子是比我小的，其实不然，那个看似比我小的孩子已经十岁了。

他之所以这样的弱小，那完全是因为长期营养不良的原因，也就在那时，我知道了她的名字，蓝朵朵，很是土气的一个名字。

听说，以前她差点儿就死在猪圈里……

听说，她的祖母恶毒，大伯母狡猾，他们受到了很多的苦……

听说，是她经过自己的努力而让她们母女三人走出了他们很是恶毒的祖母家……

听说，是她带领着她的家人慢慢过上了的好日子……

一切的一切，更是让我的内心里起了不小的波澜，父亲早亡，母亲性子绵软，而祖母又是处处偏心，在这样的家里，这个蠢丫头竟然还可以坚强起来，早早的承担起了这一切来，其实在他的心里，早就对她十分的佩服了，但是，蠢丫头就是蠢丫头，干嘛要这样苦了自己呢?

直到后来，我融入了这个家里之后，才明白，原来这样的辛苦也是值得的，她有一个十分爱她的娘亲，还有一个视她为天，视她为地的弟弟，还有只是沾着一点亲戚三爷爷三奶奶等人，这根本就是一个温暖的家庭啊，为这样的家庭做什么样的牺牲也是都值得的。

在我到她们家的时候，她们家也是十分不富裕的，但是，她们却没有因此而把我抛下扔下，有她们的一口吃的，就有我的一口，而且，那个蠢女人做得东西还真的十分好吃，好多东西虽然在京都里，连下人都不吃的东西，那个蠢女人却是可以做的如美味一般的好吃，还有她后来自己种的东西也都是那样的美味，所以说，我还真的是越来越离不开这个蠢丫头了呢。

原本想着，他们已经分了家，他们就应该是自由的，他们的日子也是逐渐慢慢变好了起来，却是没有想到，就因此还为他们带来了烦恼，她的祖母那边整日的闹腾个不停，甚至还想把她给嫁出去，对方竟然还是一个傻子，我听到了之后都要被气得吐血了，可是那个蠢女人竟然是如此的淡定，最后，她也只是故意扮了丑，就轻而易举的把那些人给骗了过去，一想到那番景像，我还是忍不住的笑喷了，有时候我在想，这到底是一个怎样的女子呢?

在这里的时光，还真的别有一番滋味呢，虽然也是有吵有闹，有阴谋，有使坏，但是，这里却是比那冰冷的王府更有生机，更加的让人温暖，而这个原因也只有一个，那便是他们一家人很是团结，无论出了什么事情，他们都会一块儿承担。

在这个乡村里，同他们一家人生活在一块儿的日子简直就是我在娘亲死后过得最开心的日子呢。

而那个蠢女人一家的日子也过得越发的好起来，当然，这期间，她的祖母与姑姑还是不断的找他们的麻烦，可是，最后还是被她一一化解了，而我在这个家里，负责的只有玩，只有享受无穷的童真，不知不觉中，我的心房也是慢慢的为他们一家人敞开了。

那个蠢女人的手艺十分的好，香香的糖饼，甜甜的拔丝地瓜，还有鲜嫩的玉米，好似无论什么，在她的手中都有魔力一般的神奇。

只是好景不长，到底我的叔叔和祖父还是找来了，但现在的我却是不希望他们能这么快的找到我了，我那么多日子受苦的时候他们在哪儿？在我最需要他们的时候，他们又在哪儿呢？

祖父的道歉，叔叔的解释，终究还是让我心里不忍了起来，其实，这么多年来，他们对我是什么样的，我还是知道的，但我现在还是舍不得蓝朵朵那个蠢女人，还有蓝谦，刘婶子等，最后，我还是随着他们离开了，但好在，叔叔答应了我，以后一有时间就会带我来这里，而那个蠢女人也答应了我有时间会去看我的。

就这样，我离开了这个让我很是温暖的小乡村，回到了京都，只是回到京都的日子过得是那样的漫长，直到那个蠢女人要来京都，我很是高兴。

而当我得知，那个蠢女人来此的目的以后，我便又更加恨起了那个姓宋的老巫婆来，她的庶弟竟然在那晋县里一手遮天啊，果真是姓宋的，没有一个好东西啊，不行，这件事情既然已经让我知道了，那么我定然是要管一管的。

当蓝朵朵直挺挺的无所畏惧的跪在厅堂中，娓娓道来那宋老太婆的庶弟的恶行，还有她们字里行间的委屈求全，无不让我心中怒火狂烧，可是叔叔脸上的表情却是十分的轻松，这让我十分的不解。

我知道叔叔好像在我之前认识的蓝朵朵，而我的心里也有所感觉，他好似对蓝朵朵的感情是不一样的，至于到底是什么样的，我当时也并不清楚，只知道，他对蓝朵朵也是十分的关心的，甚至老巫婆的侄女都没有过这样的待遇，可是眼看着祖父的脸色越来越不好，而那姓宋的老巫婆又在一旁那样的煽风点火，为什么叔叔却是依然一副淡然的表情呢。

当我去询问他的时候，他却是只说了一句：“那个丫头精着呢，咱们不必担心！”

虽然叔叔的话我是一直十分的相信的，可是，比对以往我与那姓宋的老巫婆“战争”来看，我依然是担心朵朵吃亏，所以我偷偷的让人去把信息传给了我的老祖宗，也是当今的皇太后。

太后老祖宗也是十分的对宋家的女人反感的，宋老巫婆更是这么多年来，一直没有在宫宴上出现过，更是多年没有见过太后老祖宗的面，我的失踪，已经让老祖宗对着宋家的那个老巫婆发过一次难了，这次若是我再去找老祖宗的话，老祖宗一定会为朵朵做主的。

果然，太后老祖宗听到了我传递的消息，竟是亲自的来到了敬王府，而当她听到朵朵对祖父所说的那一番话后，就连老宗踪也是对她露出了一副很是欣赏的表情，后来，叔叔告诉了我，那个蠢丫头这样做的方式叫做以退为进，看似在委屈求全，但实际上，她是在给祖父下套呢，真是想不到，那个蠢丫头竟然是这样的精明呢。

解决了这件事情后，还算是那个女人有良心，陪着我过了我的生日才回去，这个生日也是距爹爹与娘亲去世以后，我过的最开心的一个生日了，可惜的是，朵朵最终还是要回到她的家中的，因为，那里有爱她的家人，需要她的家人。

又是一个春暖花开的季节，听说，朵朵家里种了许多的作物，就连皇帝伯伯也都十分的重视呢，叔叔，祖父又是忙了起来，而宋家的那两个女人也并没有闲着，我觉得待在这个地方很是让我厌倦，所以，我便是央求叔叔带我去朵朵那里，让我很是意外的是，叔叔这一次竟然很是痛快的就答应了，直到到了朵朵那里，听到了叔叔的那句“小天天住哪儿，我住哪儿”时，我才知道，原来，我也是被他摆了一道，只不过，这又没什么，只要我能天天住在朵朵家，天天跟蓝谦玩，天天吃到刘婶子和朵朵做的好吃的就好。

这次的到来，很是意外，蓝朵朵的奶奶再也没有找过她的麻烦，甚至，蓝朵朵还时不时的会去给她送些精致的吃食，在乡下这种地方，有的人家一辈子可都是没有尝过这样的吃食的，以前她那样的对待她们姐弟和娘亲，现在为什么她还那样的对她呢？

“老人毕竟是老人，更何况现在遭了难了，力所能及的能帮就帮她一些吧，就当积德行善了！”当时那个蠢女人是这样对他说的。

没有了老宅人的找茬儿，朵朵一家人的日子也好过多了，夏末，初秋的时候，朵朵的小身影又是忙碌了起来，种了那么多的作物，今年又有皇伯伯亲自下令抢收，所以朵朵整个人也是小心翼翼了起来，就怕到时候会遇到什么事情。

可是老天爷似乎并不打算让她的生活安静下去……

原来，她的爹爹并没有死，而是失去了记忆，如今想起了一切，这便是派人来要接她们到京都去享福去？听到这个消息后，我的心情却是十分的好，因为，就这样来，就代表朵朵可以去京都，我也可以常常见到朵朵了呢。

无论是刘婶子还是蓝谦，都是无比的雀跃，谁会想到，这么多年后，一直以为死去的人，此时竟是传来了他还活着的消息呢？这也算是老天待他们不薄吧。

只是，为什么我却是觉得蓝朵朵那个蠢丫头好似并不开心呢？难道她不想去过好的生活吗？虽然他们现在的日子也是越发的好了，但是，究竟这个家还是应该有个男人啊，更何况，蓝谦以后也是要走科举之路的。

什么？原来她的爹爹现在竟是又有了妻室，而且对方还是商王爷的爱女，这……这究竟是怎么回事儿啊，我那时才体会到了她的想法，两方的身份的差距，刘婶子心性又纯良，她又怎么能够斗过她们呢？

我明显的能看出，刘婶子的难过，蓝谦的失落，但是他们依然是以朵朵为中心，因为，他们都知道朵朵是不会做任何伤害了他们的事情的，果然，他们的选择是正确的，因为，接下来的事情，的确是证明了朵朵的做法是对的。

由于商王府的管家并没有把人给带回，那蓝光辉竟是随后就回到了三里铺子，对着刘婶子又是一番的温柔攻势，可是，那个蠢丫头又如何会让他奸计得逞呢，她利用了干农活的苦累，而让她的娘亲，看清这个男人的另一面嘴脸。

商婉找上门来，蓝朵朵却是二话不说，狠狠的泼了她们一身的水，不仅如此，蓝朵朵还是借着她奶奶所受的气而痛骂了那商婉母女一番，这是我第二次看到这个蠢女人的泼辣的一面，第一次，她是为了救她的弟弟，而这一次，她同样是想解救她的娘亲于水火之中。

最终在这一番的激烈的争斗下，刘婶子伤了心，但是，她为了她的两个孩子，蓝朵朵和蓝谦，她也是将其忍了下来。

“与其这样的过下去，不如就此和离了吧！”

那个蠢女人到底脑子里都想了什么，这样惊世骇俗的事情也是她能想得到的？让自己的爹爹和娘亲和离，她有没有想过以后的日子要怎么过啊？而且，那贪婪的蓝光辉又怎样能舍得吐出“她”这口肥肉呢。

说来说去，也都是这作物惹的祸，若是没有这些个作物，那蓝光辉恐怕是永远不会想到刘婶子母子三人吧，眼前，这口肥肉已经让他吃了一半了，另一半，他是无论如何也是不肯吐出去的。

“若是想要让我与你回府，那你便是要放娘亲自由，放谦儿自由，如若不然，那么我们便是就此纠缠下去吧！”

又一次的牺牲自己去为其家人，这样全心全意为家人的蠢女人又让人何尝能够不去关注呢？虽然若是利用皇伯伯和祖父的权力，也是可以让其达到目地的，可是，这毕竟是他们的家事，而且，那蓝光辉的身后还有着商王府的支持，由于皇伯伯对于四大世家的放纵，他便是更加不方便出面去管这件事情了。

所以这个蠢女人没有去求任何人，自己一个人做出了这个决定，虽然那蓝光辉还是依然的不想放弃他唯一的儿子蓝谦，可是，此时那商婉却是传来了有了身孕的消息，也就是这一个消息，更加的让蓝光辉做下了这个决定。

蓝光辉本想着，有了他女儿这棵摇钱树，那他的以后就都不用再愁了，他日后在商家也是会站住了脚的，却是没有想到，他的女儿竟是把那一半的干股都是献给了皇上，这简直是让他浑身哪儿哪儿都疼啊，他怎么有了这么白痴的一个女儿呢。

可想而知，回到京都的日子，那商王府便也是整日里的鸡飞狗跳的，虽然我不曾亲自看到，但是依然会听到她的消息，她的日子过得越发的有滋有味儿起来，虽然这其中也不缺乏惊险，但好在，叔叔也是在她身边安插了暗卫的。

而我也是厌烦回敬王府那个家，索性便是又住到了刘婶子的家里，此时的蓝谦已经改姓叫做刘谦了，因为和离书那蓝光辉也已经是签完了，以后他们母子俩那与蓝光辉完全是一点关系也没有了。

在这个家里生活，很是开心，这里没有我讨厌的人，而朵朵也会时常的来这边，对于现在充满魅力的朵朵，我心里便是更加的喜欢了，我真的好想与她一同生活到永远，而我也记得她说过，会永远对我好的，我想，我们两个这也算是订了情的人吧。

直到后来，在皇家宴会上，叔叔与那些皇子叔叔们向皇伯伯请旨赐婚，而那赐婚对象是朵朵时，我才是醒了过来，原来，这个蠢女人在不知不觉中竟是招惹了这么多的人去，我当时很是生气，直接开口也去求娶，可是，为什么，我的话一说出来后，竟是把大家都给弄笑了，就连老祖宗也是，他们以为我是说笑的吗？早在我第一次见到朵朵的那一刻起，我就是喜欢上了朵朵，我就是想要与朵朵生活一辈子的啊。

为什么会没有人相信我呢，难不成，年纪小，就不配拥有爱情吗？我喜欢朵朵，朵朵对我好那不就足够了。

直到后来我才知道，喜欢有很多种，而我对朵朵的喜欢也只是依恋温暖而已，她与叔叔的爱情才是真正的爱情，他们两人可以为对方去生为对方去死，就像我的爹爹娘亲一样，这样的爱情，又如何被别人插足呢？

有朵朵这样的蠢女人做我的婶婶，做我的家人，我还有什么不满足的呢？要怪只能怪，卿生我未生，我生卿已老，世俗如此。